Grauer Rauch hing in dichten Schwaden über der uralten Festung von Sagadava. Als Vespasian und seine Gefährten sich ihr näherten, wurde ersichtlich, dass der Rauch aus den Reihen der Belagerer, von ihren Feuern und fahrbaren Schmieden aufstieg.

An der gesamten Belagerungsmaschinerie arbeiteten Tausende von Legionären, Zimmerleute für die Türme, Männer mit Hacken und Schaufeln, die das Gelände für die Artillerie ebneten, Schmiede an mobilen Hammerwerken, die die eisernen Geschosse für die Ballistae formten, und Steinmetze, die Felsbrocken in Form brachten, damit sie in die Schlingen der Onager gelegt werden konnten. Der unaufhörliche Lärm ihrer Arbeit mischte sich mit dem Gebrüll der Offiziere zu einer Kakophonie, die laut herüberschallte bis zur Stelle, von der Vespasian und seine Reitergruppe Ausschau hielten.

«Lange bleiben werden sie jedenfalls nicht», bemerkte Sabinus. «Es sieht so aus, als würden sie bald zuschlagen. Pomponius hat recht, es könnte schon morgen zum Angriff kommen.»

«Dann sollten wir uns beeilen», sagte Vespasian und trieb sein Pferd an.

Robert Fabbri, geboren 1961, lebt in London und Berlin. Er arbeitete nach seinem Studium an der University of London 25 Jahre lang als Regieassistent und war an so unterschiedlichen Filmen beteiligt wie «Die Stunde der Patrioten», «Hellraiser», «Hornblower» und «Billy Elliot – I Will Dance». Aus Leidenschaft für antike Geschichte bemalte er 3500 mazedonische, thrakische, galatische, römische und viele andere Zinnsoldaten – und begann schließlich zu schreiben. Mit seiner epischen historischen Romanserie «Vespasian» über das Leben des späteren römischen Kaisers wurde Robert Fabbri in Großbritannien Bestsellerautor.

Mehr zum Autor und seinen Büchern: www.robertfabbri.com

ROBERT FABBRI

VESPASIAN

DAS TOR ZUR MACHT

Historischer Roman

Aus dem Englischen von Michael Windgassen

Rowohlt Taschenbuch Verlag

Die Originalausgabe erschien 2012 unter dem Titel «Vespasian.
Rome's Executioner» bei Corvus / Atlantic Books, Ltd., London.

Deutsche Erstausgabe
Veröffentlicht im Rowohlt Taschenbuch Verlag,
Reinbek bei Hamburg, Dezember 2018

Redaktion Tobias Schumacher-Hernández
Karten © Peter Palm, Berlin
Umschlaggestaltung HAUPTMANN & KOMPANIE Werbeagentur, Zürich,
nach der Originalausgabe von Atlantic Books Ltd.
Umschlagillustration Tim Byrne
Satz aus der Stempel Garamond bei hanseatenSatz-bremen, Bremen
Druck und Bindung GGP Media GmbH, Pößneck, Germany
ISBN 978 3 499 27513 5

Für meine Tante Elisabeth Woodthorpe,
die immer für mich da ist

Prolog

Rom, November A. D. 29

Das Staccato genagelter Sandalen auf feuchtem Pflaster hallte von den rußgeschwärzten Ziegelmauern einer unbeleuchteten Gasse auf dem Viminal-Hügel wider, die zwei verhüllte Gestalten durcheilten. Zum ersten Mal in diesem Winter war schon am Abend Nebel aufgezogen, der die mondlose Nacht noch finsterer machte. Rauchschwaden aus den zahllosen Feuerstellen der dichtbevölkerten Subura verwandelten den Nebel in feinste Tröpfchen, die die wollenen Kleider der beiden Männer durchdrangen und hinter ihnen in der Luft verwirbelten. Mehr als das spärliche Licht ihrer zischelnden Fackeln hatten sie nicht, um den Weg durch diese Finsternis zu finden.

Den Männern war bewusst, dass sie beschattet wurden, sie schauten sich aber nicht um; es hätte sie nur aufgehalten, und Gefahr drohte nicht wirklich. Die heimliche Art, mit der ihnen die Verfolger nachsetzten, ließ vermuten, dass es sich nicht um Diebe handelte, sondern um Spione.

Sie eilten so schnell sie konnten, hasteten an Bergen von Unrat vorbei, einem toten Hund, Exkrementen und dem unglücklichen Opfer eines Überfalls, das leise stöhnend in einer Blutlache lag. In der Hoffnung, nicht einem ähnlichen Schicksal zu begegnen, ließen sie den Sterbenden zurück und strebten der Kuppe des Viminal zu. Dank der mit Knuten bewaffneten Vigiles waren die Straßen dort sicherer. Trotzdem hüteten sich die beiden, den Nachtwachen in die Arme zu laufen. Sie konnten es sich nicht leisten, angehalten und befragt zu werden. Deshalb hatten sie den kürzesten Weg vom Palatin-Hügel gewählt, ihrem Ausgangspunkt, durch die gesetzlosen Gassen der Subura zum Viminal. So lange es nur irgend ging, wollten sie die breiteren, stärker patrouillierten Straßen meiden. Spät in der Nacht unterwegs zu sein, zumal ohne Begleitschutz, musste Verdacht erregen. Der Erfolg ihrer Mission hing aber nicht zuletzt auch davon ab, dass sie ihr Ziel unbehelligt erreichten.

Um die Verfolger abzuschütteln, bogen sie im Laufschritt um die nächste Ecke nach rechts ab, dann wieder nach links, doch auch die Schritte hinter ihnen beschleunigten sich. Sie waren jetzt deutlich zu hören, und das trotz der vom Nebel gedämpften Schreie und des auch in der Nacht unablässigen Klapperns von Pferdehufen und Wagenrädern, der Geräusche von Verzweiflung und Elend aus der Subura.

Als sie um eine weitere Ecke bogen, warf der eine dem anderen einen Blick zu. «Ich finde, wir sollten sie uns schnappen», zischte er und zog seinen Begleiter in einen Hauseingang.

«Wie Ihr meint, Herr», antwortete der andere gleichmütig. Er war älter und trug einen dichten schwarzen Bart, der sich im Fackelschein unter der Kapuze andeutete. «Und wie sollen wir das machen? Mir scheint, sie sind zu viert.»

Auf dem Gesicht des jüngeren Mannes zeigte sich Unsicherheit. Er kannte seinen Gefährten seit nunmehr fast vier

Jahren und war gewöhnt an dessen tadellose Manieren und Ergebenheit. Immerhin war er nach wie vor ein Sklave.

«Einen Plan habe ich nicht. Wir warten einfach, bis sie vorbeikommen, und fallen über sie her», erwiderte er und zog unter dem Umhang leise seinen *Gladius* aus der Scheide. In der Stadt durften nur Prätorianer und die *Cohortes urbanae* ein Schwert tragen. Auch deshalb wollten die beiden lieber unentdeckt bleiben.

Der ältere Mann grinste über die Frechheit seines Freundes, zog aber sein Schwert ebenfalls. «Die einfachsten Pläne sind oft die besten, Herr. Dürfte ich vielleicht trotzdem einen Vorschlag machen?»

«Sprich.»

«Ich bleibe hier mit beiden Fackeln zurück, und Ihr versteckt Euch auf der anderen Straßenseite. Wenn sie mich angreifen, könnt Ihr sie von hinten überfallen. So haben wir eher eine Chance gegen sie.»

Der Jüngere ärgerte sich ein wenig, dass er nicht selbst auf diese simple List gekommen war, und folgte dem Rat des Gefährten. Mit einem kurzen Dolch in der linken und seinem Schwert in der rechten Hand ging er in einem Hauseingang auf der anderen Seite in Deckung und wunderte sich, wie es der andere schaffte, den Schein der Fackeln abzuschirmen.

Kurz darauf waren am Ende der Gasse Stimmen zu hören. «Sie sind hier rein, da bin ich mir sicher», knurrte der Anführer dem Mann zu, der neben ihm ging. «Sie wissen, dass wir ihnen auf den Fersen sind, und haben einen Schritt zugelegt. He, was …»

Es verschlug ihm die Sprache, als plötzlich eine brennende Fackel auf ihn zuflog und seine Haare wie auch den

Kragen des geölten Umhangs streifte. Beides fing sofort Feuer. Schreiend ließ er sich auf die Knie fallen, als die Flammen von seinem Kopf hochschlugen und sich in der ohnehin schon stickigen Luft der Gestank brennender Haare und Fasern verbreitete. Der andere hatte keine Zeit mehr zu reagieren, denn schon spürte er, wie sich eine messerscharfe Metallspitze unmittelbar unter dem Kinn durch seine Kehle bohrte und am linken Ohr wieder austrat. Seine Luftröhre füllte sich mit heißem Blut, und Schmerzen von ungeahnter Heftigkeit zwangen ihn zu Boden. Mit beiden Händen umklammerte er den aufgetrennten Kiefer, und vor seinem Mund bildete sich mit dem gurgelnden Schrei, den er ausstieß, zäher schwarzer Schaum.

Der jüngere Mann sprang aus seinem Versteck und rannte auf die beiden anderen Spitzel zu, die noch ein paar Schritte zurückhingen. Sie waren es gewohnt, überraschend aus dem Hinterhalt zuzuschlagen, und die Bedrohung überforderte sie. Sie ließen ihre Dolche fallen, gingen auf die Knie und ergaben sich im Schein der Flammen, die von dem Umhang ihres Anführers aufloderten.

«Ihr feigen Maden», höhnte der jüngere Mann. «Wer hat euch auf uns angesetzt?»

«Erbarmen, Meister, wir führen nichts Übles im Schilde», flehte der eine.

«Ach, nein?», entgegnete der Jüngere. «Dann ist das wohl auch nicht von Übel.» Mit einem geraden Stoß rammte er dem Spion sein Schwert durch den Hals. Der sackte lautlos in sich zusammen und war wenige Augenblicke später tot.

Sein Kumpan starrte entsetzt auf den Leichnam, verlor die Kontrolle über seine Blase und fing an zu schluchzen.

«Du könntest mit heiler Haut davonkommen», flüsterte der jüngere Mann. «Verrate uns, wer euch geschickt hat.»

«Livilla.»

Der junge Mann nickte. Sein Verdacht hatte sich bestätigt.

«Danke für den Hinweis», sagte sein bärtiger Gefährte und trat hinter den am Boden knienden Spitzel. «Aber laufenlassen können wir dich nicht.» Er packte ihn bei den Haaren, schlitzte ihm blitzschnell mit dem Messer die Kehle auf und warf ihn aufs Pflaster. «Gebt ihm den Rest, Herr», sagte er und zeigte auf den Anführer, der sich immer noch am Boden wälzte, obwohl sein Umhang nur noch schwelte. «Und dann nichts wie weg.»

Ohne weitere Probleme erreichten sie nach einer Viertelmeile ihr Ziel: eine eisenbeschlagene Holztür in der Straße der Lampenmacher nahe dem Viminal-Tor. Der Bärtige klopfte dreimal an, wartete eine Weile und wiederholte das Signal. Wenig später öffnete sich eine kleine Luke in der Tür. Ein umschattetes Gesicht zeigte sich im Ausschnitt.

«Was wollt ihr?»

Die beiden Männer streiften ihre Kapuzen vom Kopf und gaben sich im Licht der Fackeln zu erkennen.

«Ich bin Titus Flavius Sabinus, und das ist Pallas, der Diener der Matrona Antonia», antwortete der jüngere. «Wir sind hier mit Quintus Naevius Cordus Sutorius Macro verabredet, in einer Angelegenheit, die nur ihn, den Tribun, und die Matrona etwas angeht.»

Die Klappe vor der Luke wurde zugeschlagen, und die Tür öffnete sich knarrend. Sabinus und Pallas steckten ihre Fackeln in Halterungen an der Wand und betraten einen spärlich beleuchteten Raum, der ihnen im Vergleich zu der Düsternis, die draußen herrschte, warm und einladend vorkam. Mehrere Faltschemel standen ungeordnet auf den nackten Holzdielen, dazu zwei Tische, auf denen Öllampen flackerten. Vor einem Vorhang, der anscheinend einen Durchgang verbarg, befand sich ein schlichtes Schreibpult. Auch darauf brannten zwei Öllichter.

«Der Tribun wird gleich kommen», sagte der Pförtner kurz angebunden. Er trug die Uniform der Prätorianergarde, wie immer, wenn er im Dienst innerhalb der Stadtmauern war: eine weiß gesäumte, gegürtete Tunika, darüber eine weiße Toga, unter der ein Schwert in einem über die Schulter geschlungenen Bandelier steckte. «Eure Waffen, ich bitte darum.»

Widerstrebend händigten sie ihre Schwerter und Dolche dem Wachposten aus, der diese außer Reichweite auf das Pult legte. Weil er sie nicht gebeten hatte, Platz zu nehmen, blieben Sabinus und Pallas schweigend stehen. Der Prätorianer stellte sich vor den verhängten Durchgang, legte die Hand ans Heft seines Schwerts und starrte die beiden aus blassblauen Augen an, die unter zusammengewachsenen Brauen kalt hervorblitzten.

Hinter dem Vorhang waren unmissverständlich die Lustäußerungen einer Frau zu vernehmen. Der Wachposten ließ sich keine Gemütsregung anmerken, während das anfangs sanfte Seufzen eskalierte, lauter und heftiger wurde und in einem schrillen Schrei kulminierte, der plötzlich abbrach, als in schneller Folge harte Klatschlaute zu hören waren. Die Frau fing nun zu schluchzen an, verstummte aber sogleich. Ein krachender Schlag ließ vermuten, dass sie die Besinnung verloren hatte. In der folgenden Stille warf Sabinus einen nervösen Blick auf Pallas, der so ungerührt zu sein schien wie der Wachposten. Als Sklave war er daran gewöhnt, wie ein Möbelstück behandelt zu werden, und hütete sich davor, Gefühle zu zeigen.

Mit einem Ruck wurde der Vorhang beiseitegeworfen. Der Wachposten stand stramm. Naevius Sutorius Macro trat in Erscheinung, ein stämmiger, wohl über sechs Fuß großer Mann, der Ende vierzig sein mochte. Er trug ein gegürtetes Prätorianerkleid, sonst nichts. Seine kräftigen, muskulösen Unterarme und die Beine waren dicht behaart; auch unter dem Halsausschnitt der Tunika quollen schwarze, drahtige Locken hervor. Seine kantigen Kieferknochen, die dünnen Lippen und hellwachen Augen, die militärisch kurz geschorenen Haare, ja seine ganze Erscheinung zeugten von Autorität und Machtwillen.

Pallas verriet keinerlei Regung, lächelte aber innerlich. Er sah, dass sich seine Herrin für ihren Plan an den Richtigen herangemacht hatte. Sabinus nahm unwillkürlich Haltung an, obwohl er der Disziplin des Militärs nicht länger unterstand. Macro grinste flüchtig. Er war es gewohnt, dass andere so auf ihn reagierten, und genoss das Gefühl von Überlegenheit.

«Rührt euch, *Cives*», sagte er, belustigt wegen des sichtlichen Unbehagens des jüngeren Mannes und der strammen Haltung, mit der dieser sich zum Narren gemacht hatte. «Ihr wisst, wer ich bin, sonst wärt ihr wohl nicht gekommen. Stellt euch vor und dann lasst hören, mit welcher Botschaft Antonia einen jungen unbedeutenden Mann und einen Sklaven zu mir geschickt hat.»

Sabinus schluckte seine Wut über die gezielte Beleidigung

herunter, straffte die Schultern und blickte Macro ins Gesicht. «Ich bin Titus Flavius Sabinus, und das ist ...»

«Ich weiß, wer der Sklave ist», fiel ihm Macro ins Wort und setzte sich hinter das Pult. «Du interessierst mich mehr. Woher kommt deine Familie?»

«Wir sind aus Reate. Mein Vater war Centurio in der zweiten Kohorte der Zwanzigsten Legio Valeria Victrix und kämpfte unter der Führung unseres geliebten Kaisers in Germania, bevor er aus gesundheitlichen Gründen ausgemustert wurde. Der Bruder meiner Mutter, Gaius Vespasius Pollo, steht im Senatorenrang und war sieben Jahre Prätor.» Sabinus stockte. Wieder einmal wurde ihm bewusst, wie mediokert der Stand seiner Familie war.

«Ja, ich kenne Senator Pollo. Ich hatte kurze Zeit mit ihm zu tun. Allerdings war er zu schwach und konnte mir nicht nützlich sein, weshalb ich ihn ablehnen musste. Willst du mir einen Vorwurf daraus machen?»

Sabinus schüttelte den Kopf. «Ich bin einzig im Auftrag Antonias hier.»

«Und in welchem Verhältnis stehst du, Neffe eines Exprätors, zu ihr?» Macros Blicke bohrten sich in Sabinus' Augen.

«Mein Onkel steht ihr zu Diensten», antwortete er ausweichend.

«Aha, der kleine Exprätor sucht also den Schutz einer hohen Herrin und macht sich ihr zum Handlanger, und sein Neffe steigt auf in den gewichtigen Rang eines Boten. Nun, Bote, setz dich und trage deine Nachricht vor.»

Sabinus nahm Platz, froh darüber, nicht länger wie ein dummer Schuljunge behandelt zu werden, der sich seinem *Grammaticus* erklären musste. «Ich selbst habe keine Nachricht für Euch und bin lediglich mitgekommen, um der Stimme eines Sklaven Gewicht zu verleihen. Pallas hat Euch etwas zu sagen.»

«Gewicht?», grummelte Macro. «Glaubt deine Herrin, ich würde einem Sklaven kein Gehör schenken? Nun, recht hat sie, warum sollte ich ihm zuhören, ob seinen Worten nun Gewicht verliehen wird oder nicht?»

«Wenn Ihr es nicht tätet, würde Euch womöglich eine interessante Gelegenheit entgehen», antwortete Pallas ruhig, den Blick geradeaus gerichtet.

Macro starrte ihn an, zitternd vor Erregung. «Du wagst es, mich anzusprechen, Sklave?», knurrte er. Und wieder an Sabinus gewandt: «Eine interessante Gelegenheit? Sprich!»

«Ich kann Euch leider nichts dazu sagen, Tribun. Meine Herrin hat ihre Nachricht einzig und allein Pallas anvertraut. Ihr solltet ihn hören, sonst erfahrt Ihr nicht, worum es geht.» Dem jungen Mann klopfte das Herz bis zum Hals, als ihm bewusst wurde, dass er zu weit gegangen war und Macro in die Ecke gedrängt hatte.

Macro blieb ruhig. Natürlich war er neugierig zu erfahren, was die mächtigste Frau Roms ihm mitzuteilen hatte, er mochte sich aber nicht dazu herablassen, einem so niederen Mann seine Aufmerksamkeit zu widmen. Doch seine Wissbegier gewann die Oberhand. «Sprich, Sklave», sagte er schließlich, «und fass dich kurz!»

Pallas warf einen Blick auf den Wachposten, der hinter ihm stand.

«Satrius Secundus bleibt!», sagte Macro, der die Geste des Sklaven verstand. «Er wird mein Vertrauen nicht brechen. Er ist mir mit Haut und Haar ergeben, nicht wahr, Secundus?»

«Wie Ihr wünscht», erwiderte Pallas und merkte sich den Namen, um ihn seiner Herrin kundtun zu können. «Antonia lässt grüßen und sich dafür entschuldigen, dass sie Euch nicht in ihr Haus eingeladen und die Höflichkeit erwiesen hat, unter vier Augen mit Euch zu reden. Sie hofft jedoch, Ihr werdet verstehen, dass man Euch beide nicht in Zusammenhang bringen darf. Euer beider Sicherheit wäre bedroht.»

«Ja, ja, kommt zur Sache», entgegnete Macro, der an der gesetzten Sprache des Griechen Anstoß nahm.

«Die Fehde zwischen meiner Herrin und Seianus dürfte Euch kein Geheimnis sein, Eminenz. Sie sieht nun endlich eine Möglichkeit, ihr ein Ende zu setzen, indem sie Seianus dem Kaiser als Verräter anzeigt, der nach der Macht schielt.»

Macro runzelte die Stirn. «Das wäre allerdings ein gewagter Vorstoß. Hat sie Beweise für eine solche Unterstellung?»

«Sie hegt schon seit langem Verdacht gegen ihn, hatte aber bislang nichts Konkretes gegen Seianus in der Hand. Aber nun gibt es einen Zeugen.»

Macro merkte auf. «Und was könnte der bezeugen?»

«Das hat mir meine Herrin natürlich nicht anvertraut.»

Macro nickte.

«Er ist jedoch kein Bürger», fuhr Pallas fort. «Er wird nicht unter Eid aussagen, sondern unter Folter, und Tiberius persönlich wird anwesend sein.»

«Wie will deine Herrin diesen Mann vor den Kaiser bringen, wenn wir, die Prätorianer, sämtliche Zugänge zum Palast bewachen?»

«Genau deshalb braucht Antonia Eure Hilfe. Sie macht Euch folgenden Vorschlag: Helft Ihr dabei, Seianus zu Fall zu bringen, wird sie dafür sorgen, dass Ihr der nächste Präfekt der Prätorianergarde werdet.»

Macros Augen leuchteten kurz auf. Er fasste sich sogleich wieder und lächelte dünn. «Wie garantiert sie mir das?»

«Wenn Euch das Wort der Schwägerin des Kaisers nicht reicht, bedenkt dies: Sollte es gelingen, Seianus zu stürzen – und es wird gelingen –, wird der neue Präfekt sofort einschreiten müssen, um Ordnung in seine Reihen zu bringen und sie von all jenen zu säubern, die der alten Führung treu sind. Eine solche Umstellung wird Geld kosten, sehr viel Geld, das Ihr nicht habt. Antonia ist bereit, Euch mit den nötigen Mitteln auszustatten, die Ihr brauchen werdet, um Euch die Loyalität der wichtigsten Offiziere zu erkaufen, sobald die Zeit dazu gekommen ist. Bis dahin könntet Ihr Euch Gedanken darüber machen, wer gekauft werden müsste und wie Ihr Euch alle gefügig macht.»

Macro wiegte bedächtig seinen Kopf. «Woher nimmt Antonia die Gewissheit, dass dieser Zeuge in ihrem Sinne vor dem Kaiser aussagt?»

«Bei allem Respekt, diese Frage erachtet meine Herrin als ihr Problem. Sie hat allerdings angedeutet, dass sie einen Weg finden wird, Euch nach Capreae versetzen zu lassen.»

«Hört, hört», höhnte Macro. «Als wäre das so einfach und mit einem Antrag zu bewerkstelligen.» Er fixierte Pallas mit eisigem Blick und musterte ihn für eine Weile. Wie immer ließ sich der Grieche nichts anmerken. «Und wenn ich ihr zuvorkomme, jetzt gleich zu Seianus gehe und ihm berichte, was mir hier und heute zu Ohren gekommen ist? Um dich wär's geschehen, auch um den Neffen des Exprätors und seine Familie. Glaubst du nicht auch?»

«Nein, Herr, denn wenn Ihr ihm das sagtet, hättet Ihr Euer Leben verwirkt.»

«Was soll das heißen?»

«Allein der Umstand, dass Ihr uns empfangen habt, wird ihn an Eurer Treue zweifeln lassen. Er wird annehmen, dass man Euch einfach nicht genug Geld geboten hat und Ihr mit einer höheren Summe durchaus bereit gewesen wärt, ihn zu verraten.»

Macro stand auf und schlug mit der flachen Hand aufs Pult. «Secundus, mach dich bereit!», brüllte er und griff selbst nach einer der Waffen auf dem Pult. Der Wachposten zog seinen Gladius und stürzte auf Sabinus und Pallas zu.

«Ennia!», rief Pallas.

Macro hob die Hand und gebot seinem Mann Einhalt. «Lass ab», befahl er. Secundus gehorchte. «Was hat meine Frau mit dieser Sache zu tun?», knurrte Macro.

«Vorerst nichts, Herr», antwortete Pallas unaufgeregt. «Sie ist in guter Gesellschaft und amüsiert sich bestimmt.»

«Was willst du mir damit sagen, Sklave?», fragte Macro aufgebracht.

«Kurz nachdem Ihr heute Abend Euer Haus verlassen habt, ließ Antonia Eure Frau Ennia mit einer Sänfte abholen, um mit ihr und ihrem Enkel Gaius zu Abend zu essen. Eine solche Einladung konnte sie natürlich nicht ausschlagen. Wir sind aufgebrochen, als sie ankam, und sie wird bis zu unserer sicheren Rückkehr Antonias Gast sein. Ihr tätet gut daran, uns von Secundus eskortieren zu lassen.»

Es schien, als wollte Macro über Pallas herfallen. Er beherrschte sich aber und nahm wieder auf dem Stuhl Platz. «Mir bleibt wohl keine Wahl», sagte er leise. Mit hasserfülltem Blick schaute er zu ihm auf. «Wie dem auch sei, du wirst für deine Frechheit büßen, Sklave.»

Pallas war klug genug, um seine Ansichten zu diesem Thema für sich zu behalten.

«Also gut», sagte Macro, als er sich wieder halbwegs gefasst hatte. «Secundus wird euch geleiten. Sag deiner Herrin, dass ich auf ihren Vorschlag eingehe, aber nicht ihr zuliebe, sondern im eigenen Interesse.»

«Etwas anderes hat sie von Euch auch nicht erwartet, Herr. Sie ist sich darüber im Klaren, dass sie mit Euch nur ein Zweckbündnis eingehen kann. Mit Eurer Erlaubnis würden wir jetzt gern gehen.»

«Ja, geht, raus mit euch!», blaffte Macro. «Ach, eine Frage noch: Wann genau will Antonia den Zeugen vor den Kaiser bringen?»

«In frühestens sechs Monaten.»

«Ist er etwa nicht in Rom?»

«Nein, Herr, er ist nicht einmal in Italien. Man hat ihn auch noch nicht gefangen genommen.»

«Wo ist er dann?»

«In Moesien.»

«Moesien? Wer will ihn da ausfindig machen und nach Rom bringen?»

«Macht Euch darum keine Gedanken, Herr», antwortete Pallas und wandte sich ab. «Dafür sorgen andere.»

TEIL
I
PHILIPPOPOLIS,
THRAKIEN,
MÄRZ A. D. 30

I

Vorsichtig verlagerte Vespasian sein Gewicht auf den linken Fuß. Er versuchte, möglichst leise über den Waldboden zu gehen, der von welkem Laub, Zweigen und Schneeflecken übersät war. Mehrere Dutzend Schritte hatte er schon nahezu geräuschlos zurückgelegt. Die ausgeatmete Luft verdampfte vor seinem Gesicht, und nach der langen Hetzjagd pochte sein Herz rasend schnell. Er war allein. Seine beiden Jagdgehilfen, zwei Sklaven, die er sich aus den königlichen Ställen ausgeliehen hatte, hatte er zurückgelassen. Sie sollten mit den Pferden langsam folgen, während er dem waidwunden Hirsch zu Fuß nachsetzte. Er hatte ihn mit einem Pfeil am Hals getroffen und eine Wunde geschlagen, die heftig blutete. An den frischen Spuren erkannte er, dass er dem geschwächten Tier sehr nahe war. Er legte einen Pfeil auf, spannte den Bogen und spürte die Befiederung des Pfeils an der Wange. Kaum wagte er zu atmen, pirschte weiter und spähte durch die Lücken der Bäume auf der Suche nach der lohgrauen Beute inmitten der erdbraunen und rostroten Farben des Winterwalds.

Eine kleine Bewegung am rechten Blickfeldrand ließ ihn erstarren. Er hielt die Luft an und wandte sich der Stelle zu, die seine Aufmerksamkeit erregt hatte. Knapp zwanzig Schritt entfernt, halb verdeckt vom Dickicht, stand der Hirsch, bewegungslos und mit blutverschmiertem Widerrist, den Blick klagend auf seinen Jäger gerichtet. Als Vespasian sein Ziel ins Auge fasste, sackte das Tier in sich zusammen. Vespasian fluchte, verärgert darüber, um den genugtuenden Todesstoß betrogen worden zu sein. Es kam ihm wie ein Gleichnis für die vergangenen dreieinhalb Jahre vor, die er in Ausübung seiner Garnisonspflichten in Thrakien seit der Niederschlagung des Aufstands hatte zubringen müssen. Bislang war jede Aussicht auf ein Gefecht im Sande verlaufen; stets war er frustriert ins Lager zurückgekehrt, das Schwert ohne Blut, aber die Füße wund von der Jagd auf ein paar Banditen. Die bittere Wahrheit war, dass im römischen Klientelkönigreich Thrakien Frieden herrschte und er sich langweilte.

Anfangs, im ersten Jahr, hatte er noch durchaus interessante Tage erlebt. Nachdem die Rebellen vernichtend geschlagen waren, hatte sich Pomponius Labeo mit der Legio V Macedonica, einem Großteil der IIII Scythica und den *Alae* der Kavallerie samt Hilfskohorten auf den Rückmarsch zu ihrem Stützpunkt an den Danuvius in Moesien gemacht. Publius Iunius Caesennius Paetus, der Präfekt der illyrischen Kavalleriekohorte, war als Kommandant der Garnison zurückgeblieben. Vespasian hatte nominell den Oberbefehl über die zwei restlichen Kohorten der Legio IIII Scythica, die zweite und fünfte, war aber de facto dem Centurio Lucius Caelus, dem amtierenden Präfekten des Lagers, unterstellt. Der tolerierte ihn zwar, ließ aber keinen Zweifel daran, was er von jungen Aufsteigern hielt, die ihre Führungsposition einzig und allein ihrer gesellschaftlichen Stellung verdankten.

Immerhin hatte Vespasian einiges von Caelus und den anderen Centurien gelernt, die ihre Männer mit Manövern auf dem Feld, mit dem Bau von Straßen und Brücken und mit der Wartung ihrer Ausrüstung und des Lagers beschäftigten. Aber das waren Pflichten in Friedenszeiten, und nach einer Weile war er ihrer überdrüssig. Er sehnte sich nach dem Kitzel des Kriegs, den er bislang allzu selten erfahren hatte, nur in den ersten zwei Monaten seines Aufenthalts in Thrakien. Doch der Krieg kam nicht zurück, allenfalls als schaler Vorgeschmack in Form endloser Paraden und militärischen Drills.

Häufiger als es seinem Bauchumfang guttat, musste er im Palast an Festgelagen mit Königin Tryphaina und verschiedenen regionalen oder aus Rom angereisten Würdenträgern teilnehmen. Seine Versuche, der Königin oder ihren Gästen Neuigkeiten aus Rom zu entlocken, fruchteten kaum – selbst in der Ferne zögerte man, seiner Meinung frei Ausdruck zu verleihen oder auch nur anzudeuten, wie angespannt die Lage in der Stadt war. Seianus war immer noch Prätorianerpräfekt und ein Günstling Tiberius', der sich offenbar in seinem selbst gewählten Exil auf der Insel Capreae eingerichtet hatte. Wie es seiner Herrin Antonia in ihrem politischen Streit mit Seianus um die legitime Herrschaft über Rom erging, wusste er nicht. Schon so lange abgestellt im Hinterhof der Macht, kam sich Vespasian vor wie eine vergessene Figur am Rand des Spielfelds. Er sehnte sich nach Rom zurück, wo er Antonia wieder dienen und mit ihrer Hilfe weiter Karriere machen könnte. Hier gab es für ihn nur Stillstand.

Das einzig Gute seiner Zeit in Thrakien war, dass er nun fließend Griechisch sprach, die Lingua franca des Ostens.

Auch den thrakischen Dialekt beherrschte er inzwischen. Nicht aus Neigung hatte er ihn erlernt, sondern weil es von ihm verlangt worden war. Vergnügen bereitete ihm nur noch die Jagd, doch auch die hatte, wie an diesem Morgen, ihre Tiefpunkte.

Gereizt wie er war, schoss Vespasian einen Pfeil auf das leblos am Boden liegende Reh. Der durchbohrte seinen Hals und nagelte es am Waldboden fest. Sogleich aber bereute er, seiner Wut freien Lauf gelassen und keinen Respekt gegenüber dem Tier gezeigt zu haben, das ihm so tapfer widerstanden hatte. Er drang durch das Dickicht zu seiner Beute vor, murmelte ein an Diana, die Jagdgöttin, gerichtetes Dankgebet, zückte sein Messer und machte sich daran, den noch warmen Körper auszuweiden. Es tröstete ihn der Gedanke, dass seine vierjährige Militärzeit endlich vorbei war. Der März ging zu Ende, und die Schifffahrtslinien würden nach dem Winter ihren Betrieb wieder aufnehmen. Bald käme Ersatz für ihn an. Er würde nach Rom zurückkehren mit der Aussicht auf Beförderung in den Rang eines *Magistratus Minores*; er würde vielleicht das Amt eines Vigintivir bekleiden und, was ihn besonders freute, Antonias Sekretärin Caenis endlich wiedersehen. Während er mit der Klinge die Decke des Hirschs aufbrach, hatte er ihr Bildnis vor Augen, ihre vollen, feuchten Lippen und die strahlend blauen Augen, die, als sie ihm Lebewohl gesagt hatte, voller Liebe gewesen waren, ihren schlanken Körper, im schwachen Licht einer einzigen Öllampe, nackt in der ersten und einzigen Nacht, in der sie miteinander geschlafen hatten. Er wollte sie wieder in die Arme schließen, ihren Duft in sich aufsaugen und sie ganz für sich haben. Aber wie sollte das möglich sein? Sie war Sklavin und konnte dem Gesetz nach frühestens im Alter von dreißig Jahren freigelassen werden. Ohne seine Arbeit am Kadaver zu unterbrechen, sann er über die Vergeblichkeit dessen, was ihn erwartete, nach. Selbst wenn sie frei wäre, könnte er sie nicht heiraten, wie er es sich als Sechzehnjähriger in seiner Naivität erträumt hatte. Für einen Mann in seiner Position und mit seinen Ambitionen war es ausgeschlossen, eine Freigelassene zur Frau zu nehmen. Sie konnte allenfalls seine Konkubine sein, aber was würde sie davon halten? Nun, sie müsste sich damit abfinden, beschloss er und schabte das restliche Gekröse aus der Bauchhöhle.

«Ich hätte in der Zeit, die ich hier nun schon herumsitze, gut und gern ein Dutzend Pfeile auf Euch abschießen können.»

Vespasian fuhr herum und schnitt sich dabei mit dem Messer in den Daumen. In zwanzig Schritt Entfernung thronte Magnus grinsend auf seinem Pferd und hielt seinen Jagdbogen auf ihn gerichtet.

«Beim Hades, hast du mich erschreckt», rief Vespasian und schüttelte die verletzte Hand.

«Schlimmer würde es Euch jetzt ergehen, wenn ich ein thrakischer Rebell wäre und Euch einen Pfeil in den Hintern verpasst hätte.»

«Na ja, bist du aber nicht und hast es auch nicht getan», erwiderte Vespasian und lutschte an seinem Daumen, auf dem sich sein Blut mit dem des Hirsches mischte. «Wie kommst du überhaupt dazu, dich hinterrücks anzuschleichen?»

«Ich habe mich nicht angeschlichen, im Gegenteil, ich habe so viel Lärm gemacht wie eine Centurie von Rekruten, die sich von ihren Müttern verabschieden.» Magnus senkte den Bogen. «Ihr wart offenbar ganz und gar in Eurer eigenen Welt versunken und habt mich nicht bemerkt. Verdammt gefährlich ist das, wenn ich Euch darauf aufmerksam machen darf.»

«Ja, ich weiß, dumm von mir. Aber mir geht so einiges durch den Kopf», gestand Vespasian und erhob sich.

«Bald wird Euch noch mehr durch den Kopf gehen.»

«Wieso?»

«Ihr habt Besuch. Heute Vormittag ist Euer Bruder in der Garnison angekommen.»

«Was?»

«Was ich sage.»

«Sabinus? Was will er hier?»

«Das würdet Ihr wohl gern wissen? Vermutlich ist er den weiten Weg nicht gekommen, um sich nett mit dem Brüderchen zu unterhalten. Er hat mir aufgetragen, nach Euch zu suchen und Euch so schnell wie möglich ins Lager zu bringen. Also los. Wo ist Euer Pferd?»

Als die Jagdgehilfen eingetroffen waren und die Beute auf sein Pferd gebunden hatten, war es schon weit nach Mittag. Dichte Wolken sorgten für eine frühe Dämmerung im Wald, und sie waren gezwungen, die Pferde am Zaumzeug zu führen, um im Dunkeln nicht zu stürzen. Vespasian ging an Magnus' Seite und fragte sich, was seinen Bruder bewogen haben mochte, Hunderte von Meilen zurückzulegen, um mit ihm zu sprechen. Ihm schwante Schlimmes. Vor zwei Jahren hatte sein Vater geschrieben und ihn von dem nicht unerwarteten Tod seiner geliebten Großmutter Tertulla unterrichtet. Immer noch schmerzte es ihn, wenn er daran dachte, wie sie wohl ihren letzten Trunk aus dem silbernen Becher genommen hatte, der ihr lieb und teuer gewesen war.

Es musste wohl ein Elternteil gestorben sein, dachte er und hoffte, dass es nicht der Vater war. «Was für einen Eindruck macht er auf dich, Magnus? Ist er niedergeschlagen?»

«Im Gegenteil, er brennt darauf, Euch zu sehen. Hätte er schlechte Nachrichten, wäre er doch wohl zurückhaltender damit. Er war sehr enttäuscht, als ich ihm sagte, dass Ihr nicht da seid.»

«Klingt vielversprechend.» Vespasian lächelte verstohlen. Er und Sabinus hatten sich als Kinder ständig in den Haaren gelegen. Vespasian war von seinem um mehrere Jahre älteren Bruder immer wieder verprügelt worden. Damit war es erst vorbei gewesen, als Sabinus sich zum Militärdienst gemeldet hatte. Seither pflegten sie ein halbwegs friedliches Verhältnis, und doch konnte sich Vespasian kaum vorstellen, dass sein Bruder enttäuscht gewesen sein sollte, ihn nicht sofort nach seiner Ankunft im Lager anzutreffen.

«Na ja, ich werde wohl noch früh genug erfahren, worum es geht», sagte Vespasian und verrückte den über die Schulter geschlungenen Bogen, weil die Sehne seine Haut reizte. «Der Wald lichtet sich, wir können jetzt reiten.» Er machte sich daran, in den Sattel zu steigen. «Das Licht müsste reichen –» Ein scharfes Zischen, unmittelbar gefolgt von einem heftigen Aufprall, schnitt ihm das Wort ab. Zwei Pfeile trafen gleichzeitig auf den Kiefer seines Pferds, genau da, wo kurz vorher Vespasians Kopf gewesen war. Das Tier bäumte sich wiehernd auf und warf ihn zu Boden. Ein dritter Pfeil bohrte sich dem Pferd in die Schulter, gleich darauf ein vierter in die Brust. Es stürzte.

«Verdammt!» Magnus warf sich schützend über Vespasian. Sein eigenes Pferd scheute. «Schnell, in Deckung hinter Euren Gaul!»

Sie sprangen über das am Boden ausgestreckte Tier, als zwei weitere Pfeile in dessen Bauch einschlugen. Es warf den Kopf in die Höhe, schrie und trat mit allen vier Hufen aus, vergeblich darum bemüht, sich wieder aufzurichten. Die beiden Jagdgehilfen kamen herbeigerannt und suchten hinter ihnen Deckung. Schreiend wirbelte einer wie ein Kreisel um die eigene Achse; sein Umhang schlang sich um seinen Leib, als er in den Knien einknickte und mit beiden Händen den Pfeil ergriff, der ihm im blutenden Auge steckte. Sein Gefährte hechtete durch die Luft und kam neben Vespasian und Magnus zu liegen. Von einem weiteren Geschoss getroffen, schüttelte sich das Pferd noch einmal in Krämpfen, bevor seine Kräfte erlahmten.

«Was machen wir jetzt?», zischte Magnus, als weitere Pfeile über sie hinwegsurrten und sich fünf Schritte hinter ihnen in den Waldboden bohrten. Danach blieb es still.

«Mir scheint, man hat es auf mich abgesehen», flüsterte Vespasian. «Alle Pfeile gingen in meine Richtung, dann erst auf die Sklaven, als wir in Deckung waren.» Er warf einen Blick zurück auf die Gefährten, zog sein Messer und schnitt die Beute von dem toten Pferd. «Die Angreifer sind wohl zu zweit. Ich schlage vor, ich laufe jetzt in die eine und du in die andere Richtung. Wenn wir Glück haben, stellen sie mir nach, und du könntest sie von hinten überraschen. Wie heißt du?», fragte er den Gehilfen, der noch auf den Beinen war, einen Mann mittleren Alters mit dichten schwarzen Locken und einem griechischen Sigma, das ihm auf die Stirn gebrannt war.

«Artebudz, Herr», antwortete der Sklave.

«Hast du jemals einen Mann getötet?» Die Schnüre waren gekappt, und der Hirsch glitt zu Boden. Zwei weitere Pfeile trafen auf das Pferd.

«In meiner Jugend, Herr, ehe ich versklavt wurde.»

«Töte die beiden hier und jetzt, und du wirst ein freier Mann sein. Ich sorge dafür.»

Der Sklave nickte. Hoffnung und Entschlossenheit zeigten sich auf seinem Gesicht, als er den Jagdbogen vom Gehenk seines Gurtes nahm. Vespasian gab ihm einen Klaps auf den Arm, packte dann den Hirsch bei den Vorderläufen und warf ihn sich über die Schulter.

«Bei drei richte ich mich auf. Das Tier ist mein Schild. Sobald sie ihre Pfeile abgeschossen haben, lauf los. Sie werden eine Weile brauchen, um neu aufzulegen. Verstanden?» Der Sklave nickte. Vespasian kauerte sich über sein rechtes Knie, bereit aufzustehen. «Also dann – eins, zwei, drei!»

Er hob den Hirsch über die Flanke des toten Pferds. Unmittelbar darauf spürte er den Aufprall zweier Pfeile, die wieder fast gleichzeitig im Kadaver seiner Beute einschlugen. Dann richtete er sich mit ihr auf und lief, so schnell er konnte, auf eine dickstämmige Eiche zu, die er nach zwanzig Schritten erreichte. Zwei heftige Schläge von hinten brachten ihn ins Taumeln, aber er blieb auf den Beinen und spürte keinen Schmerz. Die Pfeile hatten erneut das erlegte Tier in seinem Rücken getroffen. Die kalte Luft kratzte ihm in der Kehle, als er hinter dem Baum in Deckung ging und zwei weitere Pfeile zitternd in den Stamm einschlugen.

Vespasian lehnte den Hinterkopf an die mit weichem Moos gepolsterte Borke und füllte seine Lungen mit kalter

Winterluft. Der Kopf des Hirschs rollte von seiner Schulter wie der eines betrunkenen Zechbruders. Vorsichtig spähte er um den Baum herum auf das tote Pferd und die Bäume dahinter. Magnus und Artebudz waren nirgends zu sehen. Er hielt den Atem an und lauschte. Um die Angreifer auf sich aufmerksam zu machen, während sich die beiden Gefährten in Stellung brachten, ließ er den Hirsch zu Boden gleiten, nahm den Bogen zur Hand und legte einen Pfeil auf. Er kniete sich ins Laub und berechnete anhand der Flugbahnen der bislang abgeschossenen Pfeile die Richtung, in die er zielen musste. Mit seiner Schätzung zufrieden, holte er tief Luft, riss den Bogen herum und löste den Pfeil, worauf einen Wimpernschlag später ein Geschoss im Abstand von einer Handbreite an seinem Kopf vorbeistrich. Vespasian grinste. Die Angreifer hatten sich offenbar aufgeteilt, was die Sache für seine Gefährten einfacher machte. Zehn Schritte zu seiner Linken lag eine gefallene Eiche, die ihm Schutz bieten mochte. Er legte einen zweiten Pfeil auf, fixierte ihn über dem Griff mit dem Zeigefinger der linken Hand, hob mit der rechten den Hirschkopf und stand vorsichtig auf, den Rücken an den Stamm gepresst.

Ein gedämpfter Schrei war im Hintergrund zu vernehmen, dann ein Ruf.

«Einer weniger!»

Es war Magnus. Um nicht aus Versehen den Freund zu treffen, ließ Vespasian seinen Bogen sinken. Da dem Gegner ohnehin bekannt war, wo er sich befand, vergab er sich nichts, indem er rief: «Sind's Römer oder Thraker?»

«Weder noch. Wilde Vögel, wie sie mir noch nie zu Gesicht gekommen sind», antwortete Magnus. «Sie tragen seltsame Beinkleider.»

«Hoffen wir, dass sie kein Latein verstehen. Kannst du das tote Pferd sehen?»

«Ja, in fünfzig Schritt Entfernung. Wenn ich richtig vermute, seid Ihr ein Stück links davon.»

«Gib acht, du müsstest ganz in der Nähe des anderen sein. Wenn ich mich jetzt bewege, wird er sich vielleicht zeigen. Duck dich, ich gebe einen Pfeil in Kopfhöhe ab. Artebudz, sieh, ob sich da was rührt.»

Vespasian rüstete sich für einen neuerlichen Kraftakt. Er stieß den Hirsch nach rechts, hörte ein scharfes Zischen und einen Einschlag in den Kadaver, hechtete nach links auf den am Boden liegenden Baumstamm zu und löste blitzschnell einen Pfeil. Sofort ging er wieder in Deckung, worauf sich ein Pfeil auf der anderen Seite in den Stamm bohrte. Gleich darauf vernahm er das unmissverständliche Geräusch eines heiseren, heftigen Atemstoßes. Jemand war getroffen worden.

«Ich hab ihn erwischt», brüllte Artebudz, und vor Aufregung überschlug sich seine Stimme.

«Ist er tot?», fragte Magnus.

Nach einer Weile tönte es: «Jetzt ja.»

«Iuppiter sei Dank.»

Vespasian sah Magnus und Artebudz vor der Leiche eines Bogenschützen stehen.

Magnus rümpfte die Nase, als er näher kam. «Nicht zu fassen, dass wir sie nicht schon gerochen haben, bevor sie uns entdecken konnten. Unglaublich, wie diese Wilden stinken. Der Wind muss günstig für sie gestanden haben.»

Von dem Toten ging tatsächlich ein strenger Geruch aus,

eine Mischung aus Männer- und Pferdeschweiß und Exkrementen, die sich womöglich über Jahre in der schlecht gegerbten Lederhaut von Kleidern konzentriert hatten, die wahrscheinlich nie gewechselt worden waren.

Vespasian wich unwillkürlich einen Schritt zurück. «Was für einer ist das?»

«Keine Ahnung. Artebudz, weißt du's?»

«Nein, Herr. Der Mütze nach könnte es ein Thraker sein, aber der rote Bart ...?»

Vespasian musterte die Aufmachung des Toten. Die Mütze schien tatsächlich nach thrakischer Tradition gefertigt zu sein. Eine Lederhaube mit Ohrenklappen und Nackenschutz, wie sie von Mitgliedern der Stämme im Norden Moesiens getragen wurde, anders als im Süden Thrakiens, wo man sich Kappen aus Fuchsfellen auf den Kopf setzte. Aber in den Rand dieser Mütze waren mit gefärbtem Garn die kruden Umrisse von Pferden eingestickt, und die Ohrenklappen waren unter dem Kinn zusammengebunden. Von den kniehohen Stiefeln abgesehen, war die restliche Kleidung eindeutig nicht thrakisch: lederne Beinkleider, deren abgewetzte Innenseiten darauf schließen ließen, dass ihr Träger viel Zeit im Sattel verbracht hatte, eine Tunika aus ungefärbter Wolle und darüber ein verschlissener Lederkittel, der bis zu den Oberschenkeln reichte.

«Ein Skythe vielleicht», meinte Magnus. Er bückte sich und hob einen aus Horn und Holz gefertigten Bogen vom Boden auf.

«Wohl eher nicht», entgegnete Vespasian. «Skythen kenne ich. Sie sind dunkler und haben merkwürdige Augen. Der hier sieht ganz normal aus. Wie dem auch sei, das sollte uns jetzt nicht kümmern. Ich will endlich meinen Bruder begrüßen. Morgen kann Artebudz mit ein paar Sklaven hierher zurückkommen und die Leichen bergen, vor allem meinen Jagdgehilfen.»

Artebudz grinste, sichtlich froh darüber, schon bald ein freier Mann zu sein.

Vespasian wandte sich ab. «Fangen wir die Pferde ein.»

Es war schon dunkel, als sie das Garnisonslager unmittelbar vor den Stadttoren von Philippopolis erreichten. Vespasian schickte Artebudz in die königlichen Stallungen und ermahnte ihn, kein Wort über den Vorfall im Wald zu verlieren, bevor er selbst mit seiner Herrin, der Königin, gesprochen haben würde. Zusammen mit Magnus setzte er seinen Weg fort, erwiderte den Gruß des Centurios der Wachen am Garnisonstor und ritt im Galopp über die von flachen Ziegelbauten gesäumte Via Praetoria hin zu der vornehmeren Residenz an der Kreuzung der Via Principalis. So aufgeregt war er, dass er die gedämpfte Stimmung und Rastlosigkeit, die im Lager herrschten, nicht zur Kenntnis nahm. Die Soldaten fassten gerade ihr Essen, das sie mit dem in großzügiger Ration verteilten Wein und einem stärkeren, vor Ort gebrauten Gesöff herunterspülten. Vespasian war mit anderen Gedanken beschäftigt: Was wollte sein Bruder? Wie würden sie nach vierjähriger Trennung aufeinander reagieren? Und warum hatten diese beiden Barbaren ihn zu töten versucht?

«Die Jungs haben heute offenbar schlechte Laune», unterbrach Magnus seinen Gedankenfluss.

«Was?»

«Ist mir schon früher mal aufgefallen, dazu kann es schnell

kommen. Wenn sie nichts zu tun haben und sich gegenseitig anstänkern, werden sie leicht reizbar und fragen sich, was sie hier eigentlich verloren haben und wie lange sie noch in diesem Drecksloch herumlümmeln müssen. Sie sind Legionäre und haben seit über drei Jahren nicht mehr anständig gefochten, während sich die Jungs, die nach Moesien versetzt wurden, tüchtig rumschlagen können, wenn man den Gerüchten Glauben schenken darf.»

Vespasian schaute sich unter den Männern um, die an ihren Kohlenpfannen hockten, und bemerkte, dass etliche ihn über den Rand ihrer Weinkrüge hinweg verächtlich beäugten. Der eine oder andere hielt sogar seinem Blick stand, was als Aufmüpfigkeit gedeutet werden konnte, die sich Vespasian unter normalen Umständen nicht hätte gefallen lassen.

«Ich werde mich morgen bei Centurio Caelus erkundigen und ihn fragen, was Sache ist», entgegnete Vespasian lustlos, obwohl es im Grunde zu Caelus' Pflichten gehörte, zu ihm zu kommen und Bericht zu erstatten, wenn es unter den beiden Kohorten, die er befehligte, zu Unstimmigkeiten kam. Dass Caelus das noch nicht getan hatte, war wohl ein weiteres Beispiel für seine subtilen Versuche, Vespasians Autorität zu untergraben.

Vor seinem Quartier angekommen, stieg Vespasian vom Pferd. Der Bau war den Kasernen der Mannschaften ganz ähnlich, nur etwas größer, und Vespasian brauchte seine zwei Räume nicht mit sieben anderen Männern zu teilen.

«Danke dir. Wir sehen uns später.» Vespasian holte tief Luft und trat durch die Tür.

«Ah, mein kleiner Bruder. Zurück aus dem Schmollwinkel der Wälder?», tönte die vertraute Stimme ohne jede Spur von Zuneigung oder Freundschaft. Sabinus lag ausgestreckt auf dem Sofa. Offenbar hatte er sich im Badehaus der Offiziere frisch gemacht, denn seine Kleider waren frei von Schmutz und Staub. Er trug eine weiße Reitertoga über einer sauberen Tunika.

«Auch als der jüngere Bruder bin ich nicht mehr klein, seit ich mich den Adlern angeschlossen habe», entgegnete Vespasian. «Und ich schmolle auch nicht, hab ich noch nie getan.»

Sabinus stand auf. Seine dunklen Augen schimmerten im Licht der zwei Öllampen, als er mit spöttischer Miene den Bruder betrachtete. «Spielst wohl den großen Soldaten, oder? Willst du mir auch noch weismachen, dass du keine Maulesel mehr bumst?»

«Hör zu, Sabinus, wenn du die weite Reise gemacht hast, um dich mit mir anzulegen, sollten wir es gleich hinter uns bringen. Danach kannst du dich wieder verpissen. Es sei denn, du versuchst, höflich zu sein, und sagst, was du mir zu sagen hast.» Vespasian ballte seine Hände zu Fäusten und straffte die Schultern. Sabinus lächelte dünn. Er hatte, wie Vespasian bemerkte, ein wenig zugenommen, was wohl auf die vier Jahre Müßiggang in Rom zurückzuführen war.

«Wie du meinst, kleiner Bruder», sagte er und setzte sich auf einen Stuhl. «Alte Gewohnheiten sind zählebig. Ich bin nicht hier, um mit dir zu kämpfen, sondern im Auftrag Antonias. Willst du mir nichts zu trinken anbieten?»

«Wenn du mit deinen Beleidigungen fertig bist, gern.» Vespasian durchquerte den Raum und nahm einen Krug, der auf einer grob gezimmerten Truhe neben der Tür zum Schlafzimmer stand. Er füllte zwei Becher mit hiesigem Wein und reichte einen seinem Bruder, nachdem er einen Schluck Wasser hinzugegossen hatte. «Wie geht es unseren Eltern?»

«Beide sind wohlauf. Ich habe Briefe von ihnen für dich dabei.»

«Briefe?» Vespasians Augen leuchteten auf.

«Ja, und auch einen von Caenis. Du kannst sie später lesen. Jetzt solltest du dich erst einmal waschen und umziehen. Wir müssen Königin Tryphaina einen Brief von Antonia aushändigen. Wir haben ein Problem und brauchen ihre Hilfe.»

«Was für ein Problem?»

«Eins, neben dem sich die Rettung von Caenis wie ein angenehmer Spaziergang durch Lucullus' Gärten ausgemacht haben dürfte. Weißt du von den thrakischen Stämmen der Geten?»

«Nie davon gehört.»

«Ich weiß auch nicht viel darüber, nur dass sie außerhalb des Reichs, jenseits des Danuvius beheimatet sind. Sie liegen ständig im Streit mit Stämmen im Norden, ziehen aber seit einiger Zeit auch plündernd durch Moesien, und das immer häufiger und in größerem Stil. Die Fünfte Macedonia und die Vierte Scythica haben alle Hände voll zu tun, die Räuberbanden zurückzuschlagen. Der Kaiser macht sich Sorgen und denkt daran, Poppaeus Sabinus wieder als Statthalter einzusetzen.»

«Was können wir in dieser Sache tun?», fragte Vespasian, dem die Vorstellung widerstrebte, in Poppaeus' Nähe zu geraten, weil er wusste, dass er ein Verbündeter Seianus' war.

«Antonia will nicht, dass wir irgendetwas gegen die Überfälle unternehmen, die sind nicht ihr Problem. Vielmehr interessiert sie sich für eine Information, die ihr vor ein paar

Monaten von einem ihrer Spione aus Moesien zugespielt wurde.»

«Sie hat Spione in Moesien?»

«Ja, überall. Wie dem auch sei, dieser besagte Spion berichtete, dass an den letzten drei oder vier Überfällen ein Mann beteiligt war, mit dem sich unsere gute *Domina* einmal gern unter vier Augen unterhalten würde, in Rom.»

«Und wir sollen ihn für sie einfangen?»

Sabinus grinste. «Wie hast du das erraten?»

Vespasian hatte ein flaues Gefühl in der Magengrube. «Um wen handelt es sich?», fragte er, obwohl er die Antwort schon ahnte.

«Um einen Mittelsmann von Seianus, den thrakischen Hohepriester Rhotekes.»

II

Königin Tryphaina legte Antonias Brief auf dem polierten Eichentisch ab und betrachtete die beiden Brüder. Wie Sabinus trug Vespasian eine Toga wie zu einem persönlichen Treffen. Sie saßen in ihrem prächtigen, von warmem Licht durchfluteten Arbeitszimmer, das zu ihren Privatgemächern gehörte und in einem hinteren Teil des Palastkomplexes gelegen war, abgeschieden von den formellen Räumlichkeiten, in denen es von neugierigen Amtsträgern und Sklaven nur so wimmelte. Freien Zutritt zu ihrem Bereich hatten nur ihr Sekretär und ihre Leibsklavin. Sogar ihr Sohn, König Rhoimetalkes, hatte draußen vor der Tür zu warten und über eine der vier Wachen, die den einzigen Eingang schützten, um eine Audienz zu bitten. Wegen seiner engen Beziehungen zu Antonia wurde Vespasian jedoch immer schnell vorgelassen.

«Meine Verwandte hat also den Priester ausfindig gemacht, der meinem Sohn und mir nach dem Leben trachtet und in Gottes Namen über Thrakien zu herrschen vorhat», sagte sie und richtete ihre scharfen blauen Augen mal auf den einen, mal auf den anderen Bruder. «Und sie bittet darum, dass ich euch Männer zur Verfügung stelle, die dabei helfen sollen, ihn gefangen zu nehmen. Das will ich gern tun, aber ob sie euch auch gegen die Geten von Nutzen sein können, kann ich natürlich nicht vorhersagen.»

«Wie ist das zu verstehen, Herrin?», fragte Vespasian und beugte sich in seinem dick gepolsterten Sessel vor, um dem beißenden Rauch aus dem Kohlenbecken auszuweichen, das hinter ihm stand.

«Meine Männer sind in der Mehrzahl Fußsoldaten. Nur wenige können sich Pferde leisten. Die Geten aber sind ein Reitervolk aus dem Grasland nördlich des Danuvius. Sie kämpfen ausschließlich zu Pferde. Unsere kleine Kavallerie käme nicht gegen sie an, und für unsere Infanterie wären sie viel zu schnell. Als ranghöchster römischer Bürgerin in Thrakien wäre es mir zwar durchaus möglich, euch die beiden hier stationierten Kohorten zu unterstellen, aber auch sie könnten gegen eine so mobile Streitmacht nichts ausrichten. Habt ihr je von der Schlacht bei Carrhae gehört?»

«Dann müssten wir also warten, bis sie zu uns kommen», sagte Sabinus in Gedanken an die Strategie, mit der die Legio VIIII Hispana, der er angehört hatte, die numidische Revolte in Afrika niedergeschlagen hatte. «Wir ziehen in den Norden, sprechen mit Pomponius Labeo und versuchen herauszufinden, wo diese Räuberbanden gerade sind und in welche Richtung sie sich bewegen. Dann schneiden wir ihnen den Weg ab und fallen über sie her. Wenn wir Glück haben, reitet der Priester wieder mit ihnen wie während der letzten Raubzüge.»

Vespasian warf dem Bruder einen kritischen Blick zu. «Dein Plan setzt ein bisschen viel aufs Geratewohl, wie mir scheint.»

«Hast du einen besseren Vorschlag, kleiner Bruder?»,

entgegnete Sabinus. «Willst du ihnen eine Einladung zu den Spielen mit anschließendem Festmahl zukommen lassen?»

«Dein Bruder hat recht, Vespasian», beeilte sich die Königin einzugreifen, bevor es zum Streit käme. «Es könnte eine Weile dauern, ehe ihr sie aufspürt, und wenn es so weit ist, müsst ihr darauf hoffen, dass Fortuna euch eine günstige Gelegenheit bietet.»

«Verzeiht, Herrin.» Vespasian beruhigte sich. Sein Bruder hatte recht, sosehr ihn das auch ärgerte. Schnell schluckte er seinen Unmut herunter und führte Sabinus' Plan weiter aus. «Wir brauchen Männer, aber nicht viele, allenfalls ein halbes Dutzend ausgewählter Kämpfer. Wenn wir sie nicht auf offenem Feld schlagen können, dann vielleicht überraschend aus dem Hinterhalt.»

«Na bitte, kleiner Bruder, du bist offenbar endlich auf den Trichter gekommen.»

«Wenn Überraschung der Schlüssel zum Erfolg ist, meine Herren, schlage ich vor, dass Harmonie das Losungswort ist.»

Die Brüder sahen einander an, nickten kurz und besiegelten damit ein unausgesprochenes Abkommen.

«Gut», fuhr Tryphaina fort, «das wäre also geregelt. Ich werde den Hauptmann meiner Garde auffordern, sechs seiner besten Männer für euch abzukommandieren, die in allen Waffengattungen erfahren sind und insbesondere mit Pfeil und Bogen umzugehen verstehen, denn ihr werdet es mit den besten Bogenschützen zu tun haben.»

«Aber Ihr sagtet doch, es seien hauptsächlich Reiter», entgegnete Vespasian. «Soweit ich weiß, haben Thraker keine berittenen Bogenschützen.»

«Dieser Stamm schon. Seine Kämpfer haben manche Gewohnheit der nördlichen Nachbarn angenommen, der Sarmaten und Skythen. Wie diese tragen sie sogar Beinkleider.»

Vespasian sperrte die Augen auf. «Beinkleider? Ich glaube, ein paar dieser Vögel sind mir heute über den Weg gelaufen.»

Tryphaina lächelte. «Unmöglich, es gab hier keine Zwischenfälle mit Geten, seit Moesien römische Provinz ist, also seit über fünfzig Jahren.»

Vespasian berichtete auf die Schnelle, was sich am Nachmittag zugetragen hatte, hob ausdrücklich Artebudz' Einsatz hervor und erklärte, was er ihm versprochen hatte. Als er fertig war, ließ sich die Königin mit einer Antwort Zeit.

«Deiner Beschreibung nach könnte es sich tatsächlich um Geten gehandelt haben», bestätigte sie. «Bist du sicher, dass sie es auf euch abgesehen hatten?»

«Daran kann kein Zweifel bestehen.»

«Dann scheint es, als habe unser Freund Rhotekes euch nicht verziehen, dass ihr ihn daran gehindert habt, meinen Sohn zu töten. Es könnte sein, dass er dir Mörder auf den Hals geschickt hat, um sich zu rächen.»

«Aber warum erst nach fast vier Jahren?»

«Nach seiner Flucht zu den Geten wird er eine Weile gebraucht haben, um sich bei den Stammesältesten beliebt zu machen. Sie werden ihn anfangs mit Argwohn betrachtet haben.»

«Aber wenn dem so wäre – wie ist es möglich, dass diese Kerle wussten, wie mein Bruder aussieht?», fragte Sabinus.

«Das weiß ich auch nicht. Ich weiß aber, dass Rhotekes ein Fanatiker ist und jeden beiseiteräumt, der sich ihm in den Weg stellt. Er wird nicht aufhören, euch nach dem

Leben zu trachten. Ihn nach Rom zurückzuführen dürfte spannend werden. Aber zuerst müsst ihr ihn gefangen nehmen. Ihr solltet gleich morgen aufbrechen. Der Schnee in den Haimos-Bergen geht zurück, und der Succi-Pass nach Moesien ist wieder offen. Gegen Mittag werden die Männer vor dem Lager für euch bereitstehen. Ich lasse den Präfekten Paetus wissen, dass du nicht mehr zurückkommst, Vespasian.»

«Aber wir haben durchaus vor zurückzukommen, Herrin», entgegnete Vespasian.

«Natürlich, aber nicht hierher zurück. Diesen Mann in meinem Königreich zu haben kann ich nicht riskieren. Viele meiner Untertanen sehen in ihm einen Helden, der sie vor dem zunehmenden Einfluss Roms beschützt. Würde bekannt, dass er sich in Thrakien aufhält und ich euch dabei helfe, ihn nach Rom zu überführen, drohen Unruhen, die nur eins zur Folge hätten: Es käme zu einem Blutbad, und Rom würde uns annektieren.»

«Was machen wir dann mit ihm?», fragte Vespasian.

«Ihr zieht mit ihm nach Tomoi ans Schwarze Meer. Ich werde veranlassen, dass im Hafen meine Quinquereme ab Anfang Mai auf euch wartet. Ihre Mannschaft ist mir treu ergeben. Sie wird euch nach Ostia bringen. Ich schätze, ein Monat auf See, mit dem Priester im Frachtraum angekettet, ist besser, als über Land zu reisen, wo ihr ihn Tag und Nacht im Auge behalten müsstet.»

«Ihr seid sehr großzügig, Herrin», sagte Sabinus, ein wenig erleichtert durch die Aussicht, dass die Rückkehr von überschaubarer Dauer sein und er nicht mehr als einen Monat unter Übelkeit würde leiden müssen.

«Ja, aber bin ich auch großzügig genug, um meinen kostbarsten Jagdsklaven freizusetzen?» Sie lächelte, als sie Vespasian erröten sah, hatte er sich doch erdreistet, über fremden Besitz zu verfügen, ohne dessen Wert zu kennen.

«Ich werde für Euren Verlust aufkommen, Herrin.»

«Ich bezweifle, dass du dir einen Ersatz für Artebudz leisten kannst. Er ist ein kleines Vermögen wert. Er ist nicht nur ein hervorragender Fährtenleser, sondern weiß auch besser als jeder andere mit dem Bogen umzugehen. Darum werde ich ihn freilassen, aber nur unter der Bedingung, dass er euch begleitet. Nun, bevor ich noch den Rest meines Königtums abtrete, sag mir, Sabinus, wie Antonia in der Sache gegen Seianus vorankommt. Sie macht in ihren Briefen nur vage Andeutungen, wohl aus Angst, sie könnten abgefangen werden.»

Sabinus verzog das Gesicht und rutschte unruhig auf seinem Sitz hin und her. «Leidlich, Herrin. Seianus konnte seine Position stärken. Er ist nunmehr fast die einzige Person, die Kontakt zum Kaiser auf Capreae hält. Offenbar hat er Tiberius eingeflüstert, dass nicht er, sondern die kaiserliche Familie gegen ihn intrigiert. Kurz bevor ich zu meiner Reise aufgebrochen bin, wurden Antonias ältester Enkel Nero Germanicus und seine Mutter Agrippina auf Seianus' Befehl wegen des Verdachts auf Hochverrat festgenommen. Sie sitzt im Gefängnis auf der Insel Pandateria, er auf Pontia. Antonia macht sich jetzt Sorgen um die beiden anderen Enkel und zukünftigen Kronerben Drusus und Caligula. Seianus geht äußerst vorsichtig vor und wählt seine Ziele mit Bedacht.»

Die Königin nickte, während sie die Nachricht sacken

ließ. «Verstehe. Will Seianus erfolgreich sein, muss er alle potenziellen Nachfolger Tiberius' beiseiteschaffen, die zu alt sein werden, um ihn ins höchste Amt zu heben. Denn darauf hat er es wohl angelegt: an der Seite eines jüngeren Kaisers zu stehen, der dann auf tragische Weise ums Leben kommt, sodass der Senat vor der Wahl steht, entweder ihn zum Herrscher zu küren oder einen weiteren Bürgerkrieg zu riskieren.»

Vespasian wurde bang bei dem Gedanken, dass sein Freund Caligula den Machenschaften des Seianus ausgeliefert war. «Was ist mit Seianus' Briefen an Poppaeus, die beweisen, dass die beiden unter einer Decke stecken? Ich weiß, sie wurden vernichtet, aber hat Antonia sie nicht als Druckmittel verwenden und Poppaeus zwingen können, mit ihm zusammenzuarbeiten?»

Sabinus ließ den Kopf hängen. «Leider nein. Poppaeus war zwar eine Weile sehr besorgt, und es schien, dass er sich besinnt, aber dann zweifelte er an der Existenz der Briefe und verlangte, sie zu sehen. Schließlich verschwanden die Liktoren, die den Anschlag auf Asinius überlebt hatten. Anscheinend war die Wahrheit über seinen Tod aus ihnen herausgefoltert worden, denn in einem Brief an Antonia schrieb Poppaeus, dass er sich nun sicher sei, dass sie nichts von ihm erfahren habe.»

Tryphaina dachte einen Moment lang nach und schüttelte dann den Kopf. «Asinius wäre also für nichts und wieder nichts gestorben. Nun, sorgen wir dafür, dass sein Tod nicht ungesühnt bleibt.» Sie erhob sich und gab zu verstehen, dass die Audienz beendet war. «Geht, meine Gebete werden euch begleiten.»

Die Brüder standen auf. «Danke, Herrin», sagten sie im Gleichklang.

«Ich danke euch, denn wenn ihr Erfolg habt, werde ich meinen ärgsten Feind los sein, und ihr helft meiner Verwandten, die Macht unserer Familie in Rom zu festigen.» Sie umarmte die beiden. «Viel Glück. Liefert Antonia diesen Priester aus, damit sie Seianus zu Fall bringen kann.»

Vespasian schwirrte der Kopf, als er mit Sabinus durch die hohen, schwach beleuchteten Korridore des Palastes ging. Ihre Schritte hallten von den Marmorwänden wider. Die Aussicht auf Taten und das Ende der Langeweile, die ihn hier schon so lange geplagt hatte, waren ihm herzlich willkommen. Ebenso beflügelte ihn der Gedanke, den Tod Asinius' rächen zu können, des Mannes, dem er seinen Posten als Militärtribun verdankte. Und zwar indem er denjenigen Zeugen nach Rom brachte, der bestätigen konnte, dass die thrakische Rebellion von Hasdro finanziert worden war, dem Freigelassenen Seianus'. Ob dessen Aussage Seianus vor den Augen des Kaisers verdammen würde, war ungewiss, aber da Antonia seine Auslieferung verlangte, glaubte er doch sicher zu sein, dass sich der Einsatz und das Risiko lohnen würden. Aber wie lange würde es dauern? Er hatte gehofft, schon im nächsten Monat wieder zurück in Rom und bei Caenis zu sein, musste aber nun die entgegengesetzte Richtung einschlagen und einen Mann gefangen nehmen, von dem er nicht einmal wusste, wo genau er sich aufhielt.

«Mist, ich dachte, es ginge bald wieder nach Hause», murmelte er.

«Du wirst schon morgen aufbrechen, kleiner Bruder.»

Sabinus lachte. «Allerdings werden wir einen Umweg einschlagen.»

Vespasian ging auf den Scherz nicht ein. «Ja, einen Umweg, der uns womöglich ein halbes Jahr kostet.»

«Hoffentlich nicht. Ich muss rechtzeitig zu den Wahlen zurück in Rom sein. Antonia hat beim Kaiser für mich erwirkt, dass ich auf der Liste der Kandidaten für ein Quästorenamt stehe. Mit ihrer Unterstützung habe ich eine gute Chance, gewählt zu werden, zumal diesmal nur der Senat votieren wird und nicht die Vollversammlung.»

«Schön für dich», erwiderte Vespasian grummelnd. Er tat sich schwer damit, dem Bruder Beifall zu spenden.

«Danke für den großzügigen Vorschuss an Glückwünschen, kleiner Bruder.»

«Hör auf, mich kleiner Bruder zu nennen.»

«Mach dir nicht ins Hemd.»

«He, he, meine Herren!» Es war Magnus, der da rief. Er stand vor dem Palasteingang und wurde von zwei gepanzerten und mit Speeren bewaffneten Wachposten zurückgehalten.

«Magnus, was ist?»

«Die Mistkerle wollen mich nicht durchlassen», antwortete er und musterte die Wachen, die beide rote Bärte trugen.

«Vorsicht, Römer», knurrte der größere der beiden. Er überragte Magnus um mehr als einen Kopf. «Rom hat hier nichts zu sagen.»

«Piss doch deiner Mutter in den Mund, du Fuchsficker!»

Der riesige Thraker zielte mit dem Schaft seines Speers auf Magnus' Gesicht. Der aber duckte sich, stellte ihm ein Bein und stieß ihn zu Boden.

«Es reicht!» Vespasian griff ein und zerrte Magnus zurück. «Schluss jetzt!» Und an den Wachposten gewandt: «Ich entschuldige mich für meinen Mann.»

Sabinus baute sich vor dem zweiten Wachposten auf, der seinen Speer erhoben hatte und Vespasian damit drohte. Sein am Boden liegender Kamerad warf Magnus einen giftigen Blick zu und nickte langsam. Er war offenbar gescheit genug, sich nicht mit zwei Römern anzulegen, die von hohem Rang zu sein schienen.

Vespasian führte Magnus über den abschüssigen, von Fackeln beleuchteten Platz vor dem Palast. «Was fällt dir ein, mit diesen Wachen Streit anzufangen? Das war dumm von dir.»

Magnus zeigte keine Reue. «Sie hätten mich durchlassen sollen. Ich hatte es eilig. Paetus hat mich zu Euch geschickt mit der dringlichen Meldung, dass die Situation im Lager außer Kontrolle zu geraten droht.»

Schon als sie das uralte Stadttor von Philippopolis passierten, hörten sie Gebrüll und Lärm aus dem römischen Lager, das rund eine halbe Meile entfernt war. Im Laufschritt machten sie sich im spärlichen Licht eines Halbmonds auf den Weg über raues Gelände. Den Grund für die Unruhen hatte Magnus den Brüdern nicht erklären können. Er wusste nur, dass Streit ausgebrochen war und eine Delegation wütender Männer Paetus zu sprechen verlangt hatte. Bevor er sie zu empfangen gedachte, wollte er, der Präfekt der Garnison, sich mit Vespasian beraten, dem Befehlshaber zweier Kohorten der Legio IIII Scythica.

Es standen nicht wie sonst Legionäre der Garde vor dem

Prätorianertor Wache, sondern nur ein Centurio, der Vespasian mit grimmigem Blick bedachte, als sie sich näherten.

«Ich weiß nicht, was in sie gefahren ist, Herr», sagte er und salutierte. «Aber seit wir die Toten gefunden haben, braut sich was zusammen.»

«Was für Tote, Albinus?», fragte Vespasian, den Salut erwidernd.

«Drei unserer Männer wurden heute Morgen im Wald aufgefunden, Herr. Wir haben sie seit zwei Tagen vermisst. Sie wurden übel zugerichtet, mit Messern, wie man mir sagte. Selbst habe ich sie nicht gesehen. Zwei von ihnen sind tot, der dritte ist in ziemlich schlimmem Zustand.»

«Danke, Centurio», sagte Vespasian und trat durch das Tor der Via Praetoria, gefolgt von Sabinus und Magnus.

Im Lager hatten sich überall kleine bis größere Gruppen heftig diskutierender Legionäre gebildet, die einen im Licht flackernder Fackeln, die anderen im Schatten zwischen den Zelten. Hier und da kam es zu Handgreiflichkeiten mit Centurionen, die mit Hilfe ihrer Stellvertreter, der *Optiones*, die Streitereien zu schlichten versuchten. Immerhin schien es, dass sie die Oberhand behielten und sich mit ihren Rebstöcken Respekt verschaffen konnten.

«Noch ist die Lage offenbar unter Kontrolle», sagte Vespasian, der sah, wie ein grauhaariger Veteran zwei Raufbolde auseinanderbrachte, die sich blutig geschlagen hatten. Einer der beiden wollte über den Centurio herfallen, ließ aber die Faust sinken, weil ihm wohl bewusst wurde, dass es für Tätlichkeiten gegen einen Vorgesetzten keine mildernden Umstände gab: Darauf stand die Todesstrafe.

«Ein heilloses Durcheinander ist das», höhnte Sabinus.

«Und das nennst du ‹unter Kontrolle›? In der Neunten Hispana würde jetzt gründlich aufgeräumt.»

Vespasian verzichtete darauf, sich auf einen Vergleich mit der alten Legion einzulassen, der sein Bruder früher angehört hatte. «Halt die Klappe, Sabinus. Von mir wird jetzt verlangt, dass ich Würde und Haltung zeige. Und ich muss Paetus finden. Warte du mit Magnus in meinem Quartier. Hier geht es um Angelegenheiten, die dich nichts angehen.» Er richtete seine Toga über dem angewinkelten linken Arm, straffte die Schultern und ging langsam und hocherhobenen Hauptes die Via Praetoria entlang, ohne auf die Streitereien um ihn herum zu achten. Diejenigen Legionäre, die ihren Tribun bemerkten, der so mächtig war wie ein Magistrat in Rom, ließen vom Handgemenge ab und hörten zu brüllen auf. Der tiefsitzende Respekt vor höherstehenden Männern brachte sie zur Ruhe. Schweigend folgten sie Vespasian zur Principia, die sich im Zentrum des Lagers befand.

Vor dem Stabsgebäude hatte sich eine Menge aufgebrachter Soldaten versammelt, die ihm Platz machten, als er näher kam. Er sprang die wenigen Stufen hinauf unter den von Säulen gestützten Portikus. Zwei Centurionen, die den Eingang bewachten, salutierten so zackig, dass die Zierscheiben an ihrem Rüstzeug klirrten. Er erwiderte ihren Gruß und betrat das Gebäude, ohne noch einmal auf die Menge der vielen hundert Männer im Hintergrund zurückzublicken.

Hinter einem großen Tisch am äußeren Rand des Raumes erhob sich Publius Iunius Caesennius Paetus von seinem Stuhl. «Ah, Tribun, gut, dass Ihr kommt», rief er und modulierte jede Silbe in wohlklingend aristokratischer Aussprache. «Ich habe Euer Stelldichein bei der Königin hoffentlich nicht unterbrochen. Euer Diener sagte, Ihr und Euer Bruder seid vor sie getreten.»

«Wir hatten uns schon verabschiedet, als Magnus kam», antwortete Vespasian und ging im Schein flackernder Wandleuchten auf den gut zwanzig Schritt entfernten Schreibtisch zu.

«Schön. Ich bin schon gespannt darauf, Euren Bruder kennenzulernen. Wenn ich richtig informiert bin, diente er der Neunten Hispana in Afrika während des Aufstands. Mein Cousin war zu dieser Zeit Tribun in der Dritten Augusta, der damals eine verzwickte Aufgabe zukam. Vielleicht hättet Ihr die Freundlichkeit, morgen Abend mit mir zu speisen», sagte Paetus. Er setzte sich wieder und deutete auf einen Stuhl, der vor dem Schreibtisch stand. «Nehmt doch bitte Platz, Vespasian.»

«Danke, Paetus», erwiderte Vespasian und verzichtete wie sein Vorgesetzter auf militärische Förmlichkeiten.

«Wir stehen hier im Moment vor einer etwas heiklen Situation. Die Männer sind unzufrieden. Sie streiten untereinander. Am frühen Abend haben sie eine Delegation zu mir geschickt. Wie Ihr wisst, ist es ihr gutes Recht, dem befehlshabenden Offizier ihre Nöte und Klagen vorzutragen.»

«Ja, ich weiß. Als ich von der Jagd zurückkam, ist mir schon aufgefallen, dass Ärger in der Luft liegt», entgegnete Vespasian und versuchte, möglichst wenig von seinem sabinischen Zungenschlag anklingen zu lassen – wie immer, wenn er sich mit einem kultivierten Patrizier unterhielt. «Worüber beschweren sich die Männer?»

«Nun, ich glaube, sie langweilen sich. Aber das ist nichts

Neues. Beim Hades, wir langweilen uns alle. An diesem lausigen Ort festzusitzen geht auch mir gegen den Strich. Immerhin haben die Männer ihren Jahresurlaub, während unsereins die Stellung halten muss. Ich habe meinen kleinen Lucius das letzte Mal gesehen, als er fünf war, jetzt ist er schon fast zehn. Auch war ich seit über vier Jahren nicht mehr im Theater oder auf der Jagd, dabei liebe ich eine ordentliche Schwarzwildhatz ebenso sehr wie Ihr.»

«Ja, aber Langeweile entschuldigt nicht, was dadraußen vor sich geht.»

«Nein, natürlich nicht. Wir werden die Rädelsführer auspeitschen und in eine andere Kohorte versetzen lassen, und ich fürchte, ein paar Männer müssen wir hinrichten, weil sie sich an Vorgesetzten vergriffen haben. Sie sitzen im Kerker und ärgern sich hoffentlich, dass sie so töricht waren. Ein solches Verhalten können wir nicht dulden.

Zu allem Überfluss haben wir heute drei Männer gefunden, die von Barbaren gefoltert wurden. Einer lebt noch, er ist im Lazarett. Der Arzt meint, er könnte wieder auf die Beine kommen. Ich an seiner Stelle würde lieber sterben, aber das nur am Rande bemerkt. Die beiden Toten waren zufällig Botengänger; vielleicht sind sie als solche erkannt worden, obwohl sie keine Insignien trugen, die sie identifiziert hätten. Jedenfalls wollen jetzt viele Rache üben, ein paar Ortschaften niederbrennen, wild um sich schlagen und Frauen schänden. Das kennt man ja. Ich habe den Mannschaften klar und deutlich gesagt, dass so etwas nicht in Frage kommt, nicht nachdem wir die Rebellion niedergeschlagen haben, und ich glaube, die meisten haben's eingesehen. Aber ein paar Hitzköpfe laufen jetzt herum und maulen, es sei nicht fair, dass sie hier feststecken, während sich die Kameraden aus den anderen acht Kohorten jenseits des Danuvius oben in Moesien unter den Aufständischen austoben können.»

«Verständlich. Was können wir dagegen tun?»

«Das war auch die Frage der Delegation. Man will, dass ich Statthalter Pomponius Labeo einen Brief schreibe und ihn darum bitte, zwei Kohorten aus den Kampfgebieten abzuziehen und durch zwei von unseren ersetzen zu lassen. Eigentlich keine schlechte Idee. Aber bevor ich mich öffentlich dazu äußere, möchte ich Eure Meinung hören. Die Zeit drängt. Noch diskutieren die Männer untereinander, aber es gibt einen harten Kern, der sich mit einem abschlägigen Bescheid nicht zufriedengibt und die Sache selbst in die Hand nehmen will.»

«Ja, keine schlechte Idee. Trägheit geht auf Kosten der Kampfkraft. Aus militärischer Sicht wäre ein solcher Einsatz sinnvoll. Allerdings habe ich von meinem Bruder erfahren, dass Poppaeus Sabinus das Kommando in Moesien wieder übernommen hat und Pomponius als Legatus in die Vierte Scythica zurückversetzt wurde.»

Paetus verdrehte die Augen. Er und Poppaeus waren sich nicht grün. «Nun ja, dann werde ich eben Poppaeus schreiben, dem kleinen Schleimer.» Er blickte entschuldigend zu Vespasian auf. «Verzeiht, mein Guter, ist mir nur so rausgerutscht.»

Vespasian lachte. Obwohl Paetus aus einer alten vornehmen Etrusker-Familie stammte, aus der viele Konsuln hervorgegangen waren, behandelte er Vespasian wie jemanden seinesgleichen, wenn auch nur als Waffenbruder. «Mich müsst Ihr nicht um Entschuldigung bitten.»

«Richtig, aber ich fürchte, er weiß, was ich von ihm halte. Darum wäre es vielleicht besser, Ihr als ein Tribun der Vierten Scythica setzt den gewünschten Brief an ihn auf und bittet um sein Einverständnis. Dann wäre es eine rein legionsspezifische Angelegenheit ohne persönliche Note.»

Vespasian fand, dass er seinen Vorgesetzten nicht länger im Unklaren über seine Pläne lassen durfte. «Wie wär's, ich würde mich für unsere Männer in einem Vieraugengespräch mit ihm starkmachen?»

«Nicht nötig, dass Ihr eine so weite Reise auf Euch nehmt, lieber Kamerad.»

«Ich wollte eigentlich der Königin nicht zuvorkommen und warten, bis sie Euch offiziell in Kenntnis setzt. Nun, sie hat mir einen Auftrag erteilt.» Er berichtete Paetus, worum es ging, nannte aber weder Antonias Namen noch den des Gesuchten.

Als er fertig war, beugte sich Paetus über den Schreibtisch vor, betrachtete ihn und legte seine Hände wie zu einem Dach über dem Mund zusammen.

«Dahinter steckt doch bestimmt mehr», sagte er nach einer Weile. «Euer Bruder kommt aus Rom, gemeinsam eilt Ihr zur Königin, und plötzlich müsst Ihr, von einer kleinen Abteilung der königlichen Garde begleitet, nach Moesien, um einen räuberischen Getenhaufen aufzuhalten und anschließend nicht mehr hierher zurückzukehren, und das aus Gründen, die Ihr mir nicht anvertrauen könnt. Habe ich mich etwa verhört?»

«Nein», antwortete Vespasian, der sich selbst im Klaren darüber war, dass seine Worte Argwohn erregen mussten.

«Tja, auf den Kopf gefallen bin ich nicht. Ich komme aus

einer Familie, die seit Jahrhunderten in der Politik mitmischt, und wenn Ihr gestattet, werde ich ein paar Lücken in Eurer Geschichte ausfüllen. Erstens, Tryphaina ist eine Urenkelin von Marcus Antonius, der zufällig auch der Vater von Antonia ist, einer Verbündeten des verstorbenen Konsuls Asinius, dem Ihr Eure Position verdankt. Und dem Ihr, als er in Poppaeus' Lager eintraf, so schnell wie möglich Eure Aufwartung machen wolltet. Ihr habt mir nie erzählt, was Ihr mit ihm besprochen habt, ich habe auch nicht gefragt, zumal es wahrscheinlich irrelevant war, denn Asinius ist ja nicht lange geblieben und dann auf der Rückkehr in seine Provinz am Fieber gestorben – jedenfalls wollte man uns das glauben machen.»

Paetus breitete die Arme aus und betrachtete Vespasian mit skeptischem Blick.

«Wie dem auch sei, an dem Tag, an dem Asinius aufbrach, traf ich Poppaeus' Schreiber Kratos, ein paar Liktoren von Asinius sowie mehrere Prätorianergardisten und eine weitere Person an, der der Kopf fehlte, allesamt mausetot, und zwar in dem Zelt, in dem Asinius untergekommen war. Plötzlich wart auch Ihr verschwunden, zwei Tage lang, und seid erst zurückgekommen, als Poppaeus nach Rom abgereist war.»

Vespasian rutschte verlegen auf seinem Stuhl hin und her. Offenbar wusste Paetus eins und eins zusammenzuzählen. Er mochte und respektierte ihn, hatte aber keine Ahnung, mit welchem politischen Lager er tatsächlich sympathisierte. Sich ihm zu offenbaren, war womöglich gefährlich. Paetus bemerkte sein Unbehagen und fuhr lächelnd fort.

«Außer Euch waren auch andere nicht zur Stelle. Wenn ich mich richtig erinnere, wurde seit diesem Tag auch ein

Priester mit äußerst unangenehm arglistigem Mienenspiel nicht mehr gesehen.»

Paetus legte eine Pause ein, beugte sich wieder vor und blickte in Vespasians dunkle Augen.

«Nun, was sagt Ihr dazu, wenn ich Euch verrate, dass ich in der enthaupteten Leiche im Zelt Hasdro, den von Seianus Freigelassenen, wiedererkannt habe und dass ich weiß, dass er und Poppaeus mit diesem Priester zu schaffen hatten? Ich habe die drei nämlich zusammen gesehen. Außerdem weiß ich, dass Seianus kein Freund von Antonia ist. Soll ich raten, worin Ihr verwickelt seid?»

«Lieber nicht, Paetus, um unser beider Wohl willen», antwortete Vespasian vorsichtig. «Ihr habt den Sachverhalt zutreffend dargelegt, aber verlangt bitte nicht von mir, irgendwelche Schlüsse, die Ihr daraus zieht, zu bestätigen oder zu leugnen.»

Paetus nickte. «Verstehe. Vielleicht sollte ich meine Gedanken für mich behalten. Aber eins will ich Euch sagen: Wenn Euer Bruder gekommen ist, um auf Antonias Geheiß mit Tryphaina Dinge zu besprechen, die mit den erwähnten Vorkommnissen zu tun haben, bin ich gern bereit zu helfen, auf welche Art und Weise auch immer. Es würde letztlich meiner Familie zugutekommen.»

«Wenn das wahr ist, nehme ich Eure Hilfe gern in Anspruch, Paetus», erwiderte Vespasian erleichtert.

«Gut, dann wäre das geklärt.» Paetus klatschte und rieb sich die Hände. «Nutzen wir die Unruhen im Lager als Vorwand für Eure Reise in den Norden. Wir sagen den Männern, dass Ihr Euch für sie bei Pomponius ins Zeug legt und einen Wachwechsel einzuleiten versucht. Ich gebe Euch eine

Turma meiner Ersatzkavallerie mit auf den Weg über den Succi-Pass nach Moesien.»

«Wozu brauche ich einen Vorwand für meine Abreise und eine Eskorte?», fragte Vespasian, dem es nicht passte, dass so viel Aufwand um seine Mission betrieben werden sollte.

«Die vorgeschobene Erklärung ist nötig, weil wahrscheinlich nicht alle Centurionen so denken wie wir. Ich weiß, dass gewisse Leute in Rom Euch beziehungsweise mir die Morde an Hasdro und Kratos in die Schuhe schieben. Euch, weil Ihr plötzlich verschwunden seid, und mir, weil ich sie nicht angezeigt habe.»

«Wer weiß denn, dass Ihr Bescheid wusstet?»

«Einer unserer Männer, nämlich Centurio Caelus, sah mich das Zelt verlassen. Ihr wisst es vielleicht nicht, aber er steht Poppaeus sehr nahe.»

«Ah!»

«Überrascht? Mich würde es nicht wundern, wenn er als unser ranghöchster Centurio den Auftrag hat, uns zu bespitzeln und Poppaeus und seinem Freund Bericht zu erstatten. Wenn bekannt würde, dass ich Euch mit einer Eskorte von Tryphainas Soldaten nach Moesien habe ziehen lassen, wird man glauben, ich hätte mich gegen sie verschworen. Das könnte mich teuer zu stehen kommen, vor allem dann, wenn Ihr Erfolg habt und nach Rom bringt, was ich vermute. Meine Reiter schicke ich Euch mit, weil Ihr mit Sicherheit in Gefahr geraten werdet.»

Vespasian erschrak. «Woher wisst Ihr das? Heute Nachmittag haben mich zwei Männer zu töten versucht, aber davon habe ich nur meinem Bruder und der Königin erzählt.»

«Es waren zwei?»

«Ja, und beide sind jetzt tot.»

«Nun, ich denke, Ihr solltet mit dem armen Kerl im Lazarett sprechen, aber vorher wende ich mich an meine Männer.»

Vespasian und Paetus verließen die Principia und blickten aufs Lager hinaus, das von zahllosen Fackeln erleuchtet war. Die Männer der zwei Kohorten und Hilfstruppen erwarteten ihre Befehle. In der kalten Nachtluft verdampfte ausströmender Atem.

Erwartungsvolle Stille machte sich breit, als Paetus, auf der obersten Stufe stehend, die Arme öffnete zum Zeichen der Eintracht.

«Männer der thrakischen Garnison», rief er mit fester hoher Stimme, die bis in die hintersten Reihen zu hören war. «Ihr kommt mit einer berechtigten Beschwerde. Dass wir unsere Kameraden hier in Thrakien nicht rächen können, ist eine Schande. Ich habe mich jedoch soeben mit eurem Tribun beraten, der mir vorgeschlagen hat, ins Hauptquartier der Legion zu reiten und sich höchstpersönlich für eure Sache beim Legatus einzusetzen. Er wird ihn bitten, dafür zu sorgen, dass ihr in Moesien zum Einsatz kommt.»

Wilder Jubel wurde laut.

«Allerdings», rief Paetus über den Lärm hinweg, «was sich hier an Unbotmäßigkeiten zugetragen hat, darf im Sinne der guten Moral nicht ungestraft bleiben. Die beiden Männer, die sich der Tätlichkeit gegenüber ranghöheren Offizieren schuldig gemacht haben, werden morgen hingerichtet.» Der Jubel nahm ab. «Es muss so sein. Darüber hinaus werdet ihr die Rädelsführer ausliefern. Jeder von ihnen erhält zwei Dutzend Stockhiebe, und weil sie nicht mehr hier bleiben können, werden sie den Tribun auf seinem Weg ins Hauptquartier der Legion begleiten und dort einer anderen Kohorte zugeteilt. Dies ist der Preis dafür, dass ihr mit eurer Beschwerde nicht in Anstand zu uns gekommen seid, wie es sich für römische Soldaten gehört, sondern mit Meuterei gedroht habt. Rom toleriert keine Auflehnung in den Reihen seiner Legionen. Wenn ihr euch nicht zu fügen gedenkt, müsst ihr mich und den Tribun töten, wonach ihr für den Rest eures Lebens vogelfrei und Gejagte sein werdet. Wer einverstanden ist, hebt die Hand.»

Die Legionäre tuschelten untereinander. Hier und da erhob sich eine Stimme, aber von den Spannungen, die noch am Nachmittag geherrscht hatten, war kaum mehr etwas zu spüren. Nach und nach gingen Hände in die Höhe, und am Ende zeigten sich alle Männer einverstanden.

Paetus nickte. «Gut, und nun liefert die Rädelsführer aus. Wenn sie freiwillig kommen, werde ich Milde walten lassen und die Strafe auf ein Dutzend Hiebe reduzieren.»

Es kam Bewegung in die Menge, und drei Männer traten vor. In einem von ihnen erkannte Vespasian den grauhaarigen Veteranen wieder, der sich vor seinen Augen zurückgehalten hatte, als es danach aussah, dass er einen Centurio zu schlagen versuchte. Er stellte sich nun Paetus vor.

«Legionär Varinus von der zweiten Centurie, fünfte Kohorte, bittet um Erlaubnis, eine Aussage zu machen, Herr.»

«Sprich, Legionär», entgegnete Paetus.

«Wir drei sind enge Kameraden der beiden Männer im Wachhaus und der drei, die heute gefunden wurden. Wir übernehmen die volle Verantwortung für die Unruhen, die wir in unserem Wunsch, unsere Kameraden zu rächen, angezettelt haben, und unterwerfen uns bereitwillig Eurer Bestrafung. Nur um eins bitten wir Euch inständig: Seid gnädig den beiden gegenüber, die hingerichtet werden sollen, Herr.»

«Unmöglich, Varinus. Sie haben sich an einem Offizier vergriffen und müssen sterben.»

Den Gesichtern der Legionäre sah Vespasian an, dass der Unmut unter den Männern fortgären würde, sollte das Urteil vollstreckt werden. Er beugte sich zu Paetus und flüsterte ihm etwas ins Ohr. Dessen Miene klarte auf. Er schien erleichtert und nickte Vespasian zu, worauf sich dieser an die Menge wandte.

«Präfekt Paetus pflichtet mir bei: Weil es schon dunkel war, als die Übergriffe stattfanden, könnte es zu Verwechselungen gekommen sein, und nur ein Mann hat sich beider Vergehen schuldig gemacht. Da sich nicht eindeutig feststellen lässt, wer von den beiden der eigentliche Übeltäter ist, soll das Los entscheiden: Wer verliert, wird hingerichtet, der andere erhält die gleiche Strafe wie die Rädelsführer. Das ist unser letztes Wort.»

Varinus und seine beiden Gefährten salutierten stramm.

«Centurio Caelus», rief Paetus. «Abführen! Die Bestrafung erfolgt morgen in der zweiten Stunde.»

Ein Mann Mitte dreißig mit kantigem Gesicht trat vor. Von seinem Helm fiel ein Büschel weißen Pferdehaares seitlich auf die Schulter herab. Etliche Zierscheiben glitzerten im Fackellicht auf seiner Uniform.

«Herr, bevor sich die Menge auflöst, möchte ich Euch einen Vorschlag unterbreiten.»

Paetus verdrehte die Augen, fühlte sich aber verpflichtet, den stellvertretenden Präfekten des Lagers anzuhören. «Sprich, Centurio!»

Caelus richtete den argwöhnischen Blick seiner kalten Augen auf Vespasian. «Ich schätze das Angebot des Tribuns, sich für unsere Männer beim Legatus einzusetzen. Vielleicht ließe sich seiner Fürsprache größeres Gewicht verleihen, wenn ihn ein Vertreter des Centurionats begleiten würde.» In der Menge wurde gemurmelt. «Es wäre wohl angemessen, wenn er mich als den Dienstältesten der Garnison mitnähme.»

Das Gemurmel schwoll an, und die Menge skandierte «Caelus, Caelus». Paetus wandte sich mit entschuldigendem Lächeln Vespasian zu. «Tut mir leid, mein Freund, wir sind überstimmt. Mir scheint, Ihr habt einen weiteren Gast in Eurer Reisegruppe, ob Euch das recht ist oder nicht», flüsterte er. Mit erhobener Stimme sagte er: «Ich bin einverstanden. Der Centurio wird euren Tribun begleiten.» Mit diesen Worten ging er die Stufen vor der Principia hinunter und steuerte auf das Lazarett zu. Vespasian folgte ihm und warf einen Blick auf Caelus, der mit einem dünnen, wenig freundlichen Lächeln antwortete.

«Anscheinend will Euch der Centurio auf die Finger schauen», sagte Paetus, während sie den Exerzierplatz hinter der Principia überquerten und auf das Lazarett zugingen, das sich auf der anderen Seite des Lagers befand.

«Ja, irgendetwas hat seinen Verdacht erregt», erwiderte Vespasian. «Aber das beunruhigt mich im Augenblick nicht weiter. Wichtiger sind zwei andere Fragen: Wie erkläre ich den sechs Soldaten der Königin seine Begleitung, und wie kann ich ihn abschütteln, sobald ich mit Pomponius gesprochen habe?»

«Die Antwort auf die erste Frage liegt auf der Hand. Ihr sagt einfach, er habe Pomponius eine Nachricht von Tryphaina zu überbringen und sei eine willkommene Verstärkung für die Eskorte. Die Antwort auf die zweite Frage ist heikler.» Paetus schaute Vespasian mit bedeutungsvoller Miene an.

«Muss ich ihn etwa töten?»

«Aller Wahrscheinlichkeit nach ja, es sei denn, Ihr lasst Poppaeus wissen, was Ihr vorhabt.» Paetus trat durch den Eingang des Lazaretts. Vespasian musste dem Präfekten im Stillen recht geben und folgte.

Der Gestank von Fäulnis und Blut wehte ihnen entgegen. Einem Sklaven, der den Boden wischte, rief Paetus zu: «Geh und hole den Arzt.» Der Sklave verbeugte sich und eilte davon.

Wenig später war der Arzt zur Stelle. «Guten Abend, Herr, wie kann ich dienen?» Seine Aussprache verriet, dass er Grieche war wie die meisten Militärärzte im Osten des Reichs.

«Bring uns zu dem Mann, der heute Nachmittag eingeliefert wurde, Hesiod.»

«Er schläft, Herr.»

«Dann weck ihn auf. Wir müssen mit ihm reden.»

Hesiod nickte, griff nach einer Öllampe und wies ihnen den Weg. Sie durchquerten einen Raum mit zwanzig Betten, von denen die meisten belegt waren, und traten durch eine Tür in einen dunklen Korridor mit drei Türen auf einer Seite. Der Gestank war hier noch ärger. Vor der ersten Tür blieb der Arzt stehen. «Sein Zustand hat sich verschlechtert, Herr. Ich fürchte, er wird nicht überleben.»

«Das will er wahrscheinlich auch gar nicht», erwiderte Paetus und folgte dem Arzt durch die Tür.

Vespasian stockte der Atem, als er den Raum betrat. Der ekelhaft süße Geruch faulenden Fleisches war überwältigend. Der Arzt hob seine Lampe, und Vespasian sah, warum der Mann am Leben wohl kein Interesse mehr hatte. Nase und Ohren waren offenbar abgeschnitten worden. Ein blutdurchtränkter Verband ließ vom Gesicht kaum etwas erkennen. Ähnlich eingepackt waren auch die Hände, deren Finger samt und sonders fehlten, und der verbundene Unterleib ließ vermuten, dass man ihm nicht nur Gliedmaße abgetrennt hatte. Er erwachte, als das Licht auf seine Pritsche fiel, und schaute aus verzweifelt flehenden Augen zu den Besuchern auf.

«Helft mir sterben, Herr», krächzte er. «Ich kann kein Schwert mehr halten mit diesen Händen.»

Paetus sah den Arzt an, der nur mit den Schultern zuckte. «Wir werden sehen, Legionär», entgegnete er, «aber vorher will ich, dass du dem Tribun erzählst, was du mir berichtet hast.»

Der Legionär richtete seinen schmerzvollen Blick auf Vespasian. Er mochte kaum mehr als achtzehn Jahre alt sein. «Sie haben uns im Wald aufgelauert, Herr.» Er atmete flach und sprach unter Mühen. «Zwei von ihnen haben wir töten können, wurden dann aber überwältigt. Sie sahen aus wie Thraker, sprachen aber anders und trugen Beinkleider.» Seine Stimme wurde schwächer. Der Arzt führte ein Glas Wasser an seine Lippen, aus dem er gierig trank. «Postumus war als Erster dran. Sie haben ihm den Mund zugestopft, damit er nicht schreit, und sich mit Messern an ihm zu schaffen gemacht, ganz langsam. Weil er beim Überfall schon verwundet worden war, hatte er es bald hinter sich. Einer von ihnen sprach griechisch und sagte, uns würde es ähnlich ergehen, wenn wir nicht kooperierten. Mein Gefährte meinte, er könne ihm den Buckel runterrutschen. Da wurden sie wütend und traktierten ihn noch übler als Postumus. Ich war in Todesangst, Herr, und nachdem sie mir diese Schmerzen zugefügt hatten, sagte ich, dass ich ihnen helfen würde. Es tut mir leid.»

«Was wollten sie?», fragte Vespasian.

«Dass ich ihnen zu erkennen gebe, wenn Ihr das Lager verlasst, Herr. Wir warteten zwei Tage lang bis heute Morgen, als Ihr mit zwei Sklaven zur Jagd aufgebrochen seid. Ich war erleichtert und glaubte, dass sie mich in Frieden lassen. Doch sie nannten mich einen Feigling und Verräter. Zwei von ihnen richteten mich zu, während die beiden anderen Euch folgten.»

«Es waren vier?» Vespasian warf einen Blick auf Paetus, der die Stirn runzelte.

«Ja, Herr. Macht mir nun ein Ende.»

Paetus zog sein Schwert. «Wie ist dein Name, Legionär?»

«Decimus Falens, Herr.»

Er setzte die Klingenspitze auf den linken Rippenbogen. «Scheide in Frieden, Decimus Falens; man wird sich deiner erinnern.» Er legte ihm seine linke Hand um das Kinn und stieß zu. Falens krampfte, seine Augen traten hervor. Erleichterung zeigte sich in seinem Blick, als er sein Leben aushauchte.

III

Die Männer der zweiten und fünften Kohorte der Legio IIII Scythica standen stramm vor einem Holzblock und sieben Fuß hohen Pfählen. Der schrille Klang eines Signalhorns, einer *Bucina*, ertönte über dem Exerzierplatz. Vespasian stand neben Paetus auf einem Podest und ließ seinen müden Blick über die geordneten Reihen der Legionäre schweifen. Er hatte kaum geschlafen, die halbe Nacht wach gelegen und sich den Kopf zermartert. Nachdem er das Lazarett verlassen hatte, war er in sein Quartier gegangen und hatte sich mit Sabinus und Magnus über die Ereignisse am Abend unterhalten. Paetus' Angebot, ihnen eine Turma von dreißig Reitern mit auf den Weg zu geben, hatte die beiden ein wenig heiterer gestimmt, aber die Aussicht auf Poppaeus' Begleitung und der Umstand, dass sich zwei weitere Geten mit ihren Bogen irgendwo in der Nähe versteckt hielten, schmeckte ihnen überhaupt nicht. Was sie dazu zu sagen hatten, stieß jedoch auf taube Ohren, denn Vespasian wollte sich nur den Briefen widmen, die Sabinus mitgebracht hatte. Zwei waren von seinen Eltern. Sie enthielten nicht viel mehr als Nachrichten über die Güter seines Vaters und jede Menge guter Ratschläge von der Mutter. Caenis' liebevolle Zeilen ließen hingegen sein Herz höherschlagen.

Wieder erschallte das Horn und rief Vespasian in die Gegenwart zurück. Fünf Männer wurden aus der Wache neben dem Lazarett vor die Kohorten geführt. Vor dem Holzblock und den Pfählen mussten sie anhalten. Sie trugen nur Sandalen und rostrote Hemden ohne Gürtel – wie Weiber, was sie demütigen sollte.

«Centurio Caelus», rief Paetus. «Bereite die Männer auf ihre Bestrafung vor!»

«Gefangene, stillgestanden!», blaffte Caelus. Die Männer schlugen die Hacken zusammen. «Kommt her und zieht euer Los.»

Zwei der fünf traten vor. Caelus hob seine Faust in die Höhe. In ihr steckten zwei Strohhalme. «Wer den kürzeren Halm zieht, ist als Schuldiger an den Übergriffen auf die Offiziere überführt und wird vom Kommandanten der Garnison bestraft. Wer den längeren Halm zieht, wird wie die anderen drei zur Buße ein Dutzend Stockhiebe erleiden. Nun wählt!»

Die Unglücksraben, beide Anfang zwanzig, sahen einander an und schluckten schwer. Gleichzeitig streckten sie die Hände vor und zogen je einen Halm aus Caelus' Faust. Wer verloren hatte, war leicht auszumachen, denn er ließ den Kopf hängen, während der andere erleichtert aufatmete. Es hat sich wohl noch nie jemand so über eine Prügelstrafe gefreut wie er, dachte Vespasian.

«Präfekt Paetus», rief Caelus, «dieser Mann ist schuldig. Wie lautet Euer Strafmaß?»

«Tod», antwortete Paetus einsilbig.

Die Geschwindigkeit, mit der das Urteil verhängt wurde, überraschte Vespasian. Der Mann wurde gezwungen, vor dem Holzblock niederzuknien. Freiwillig beugte er sich darüber. Ihm war offenbar klar, dass er stillhalten musste, wenn sich denn zumindest die Hoffnung auf einen schnellen, schmerzfreien Tod erfüllen sollte. Einer der Wachsoldaten trat vor. Er hatte das Schwert bereits gezogen und ließ es, ohne lange zu zögern, mit gewaltigem Schwung niedersausen. Der Kopf trennte sich vom Körper, der sofort auf den Block herabsackte. Aus der Halswunde spritzte ein dicker Blutschwall.

Die Männer der zweiten und fünften Kohorte gaben keinen Laut von sich. Alle Augen waren auf den toten Kameraden gerichtet, dessen Kopf schnell eingesammelt und mit dem Körper davongetragen wurde.

«Die Gefangenen an die Pfähle!», brüllte Caelus und tippte mit dem Rebstock an seinen Schenkel. Die Hände über den Köpfen erhoben, traten die Männer vor. Sie hatten schon manche Strafaktion miterlebt und wussten, was ihnen blühte. Wachsoldaten fesselten sie mit Lederriemen an den Handgelenken und zerrten ihnen die Hemden vom Leib. Nur im Lendenschurz standen sie da. Drei Centurionen, ein jeder mit einem Rebstock bewaffnet, verteilten sich mit Caelus auf die Bußgänger.

«Ein Dutzend Hiebe, auf mein Kommando», rief Caelus. «Eins!»

Gleichzeitig sausten die Stöcke auf die Schultern der Männer nieder, die zusammenzuckten und laut aufstöhnten.

«Zwei!»

Wieder zischten die Stäbe durch die Luft. Diesmal trafen sie auf eine Stelle dicht neben dem Striemen, den der erste Hieb hinterlassen hatte. Vespasian sah, dass die Centurionen ihr Handwerk verstanden und darauf bedacht waren, keine bleibenden Schäden hervorzurufen. Es galt, die Männer zu bestrafen und nicht kampfunfähig zu machen. Hätten sie sich eines schlimmeren Vergehens schuldig gemacht, wäre die Peitsche zum Einsatz gekommen.

Nach dem achten Schlag lief dreien aus aufgeplatzten Wunden an den Händen Blut über die Arme. Nur Varinus hatte dem vorbeugen können. Anscheinend, dachte Vespasian, hat er aus früher erduldeten Strafaktionen gelernt, nicht instinktiv vor jedem Hieb die Arme schützend anzulegen. Hat der Veteran die jüngeren Kameraden etwa nicht darauf hingewiesen?, fragte er sich. Wenn ja, vermochten sie sich einfach nicht so zu beherrschen wie er und litten darum umso mehr.

«Zehn!»

Die vier Stöcke klatschten mit einer solchen Wucht auf die Hinterteile der Männer, dass er bei einem, nämlich Caelus, zerbrach. Das abgebrochene Ende flog durch die Luft und fiel klappernd auf das Podest.

«Gebt mir einen neuen!», brüllte er.

In der kurzen Pause, die entstand, lehnte sich Paetus an Vespasian und flüsterte grinsend: «Er sollte vielleicht ein bisschen vorsichtiger sein mit seinem Verlangen nach einem neuen Stab, findet Ihr nicht auch?»

Vespasian lächelte, denn er verstand die Anspielung auf Centurio Lucillus, der dafür bekannt gewesen war, dass er schon jede Menge Stäbe entzweigeschlagen hatte, und deshalb mit «Her mit einem neuen» apostrophiert wurde. Er war eines der ersten Mordopfer gewesen, als nach Tiberius' Aufstieg die Legionen Pannoniens gemeutert hatten.

Die letzten beiden Hiebe wurden ausgeteilt, die bestraften Männer von den Fesseln befreit. Vespasian war erleichtert zu sehen, dass sie noch auf den Beinen stehen konnten. Es hätte ihm nicht gefallen, seine Abreise zu verschieben und auf die Genesung des einen oder anderen warten zu müssen. Die Centurionen aber hatten die Züchtigung der Kameraden mit großer Geschicklichkeit durchgeführt, und alle vier waren in der Lage zu reiten, auch wenn die Gesäße noch eine Weile schmerzen würden.

«Legionäre, die Ordnung ist wiederhergestellt», rief Paetus. «Tragt mir eure Beschwerden in Zukunft persönlich vor, ohne die Lagerdisziplin zu gefährden. Centurio Caelus, lasst die Männer abtreten!» Er drehte sich um und stieg vom Podest. Vespasian folgte.

«Ich bin froh, dass es vorbei ist», sagte Paetus, als sie zur Principia zurückkehrten. «Nicht dass mir solche Strafaktionen besonders nahegingen, aber wenn sie fällig werden, weil sich Männer rächen wollen, hinterlässt es doch einen faden Beigeschmack. Danke, dass Ihr eine Möglichkeit gefunden habt, die für die meisten zu verkraften ist. Ich finde, die vier haben sich wacker gehalten. Berichtet Pomponius davon. Wahrscheinlich wird er sie, weil sie eng befreundet sind, voneinander trennen, aber wenn er hört, dass sie ihre Strafe wie Soldaten erduldet haben, teilt er sie nur in unterschiedliche *Contubernia* derselben Centurie auf.»

«Ich werde es ihm sagen, Herr», antwortete Vespasian, «wenn ich ihn finde. Wissen wir, wo sich die Vierte Scythica zurzeit aufhält?»

«Ich habe Sendboten nach Oescus an den Danuvius geschickt, ehe die Passstraße unpassierbar geworden ist. Tinos, der Decurio Eurer Turma, war schon ein paarmal dort. Er kennt den Weg.»

«Ja, dorthin wollen wir zuerst. Wenn wir sie nicht antreffen, wird hoffentlich jemand wissen, wohin sie gezogen sind. Danke für Eure Hilfe, Paetus.»

«Nicht der Rede wert. Wie gesagt, ich helfe, weil ich glaube, dass Antonias Anliegen nicht zuletzt im Interesse Roms und meiner Familie ist. Missversteht mich nicht.»

«Nein. Wenn ich erfolgreich bin, werden alle Familien Roms profitieren, die auf Seiten der rechtmäßigen Regierung stehen.»

«Hoffen wir's. Bleibt mir nichts weiter, als Euch alles Gute zu wünschen», sagte Paetus und ergriff Vespasians Unterarm. «Wenn in ein paar Monaten meine Ablösung kommt und ich nach Hause zurückkehre, lasse ich Euer Gepäck mit meinem verschicken. Viel Glück und auf ein Wiedersehen in Rom.» Er wandte sich ab und eilte die Stufen zur Principia hinauf.

Vespasian rief ihm nach: «Schade, dass mein Bruder und ich heute Abend nicht mit Euch speisen können. Wir sind anderweitig verpflichtet, tut mir leid.»

«Wir werden es in Rom nachholen. Meine Tafel wird dort sehr viel reicher gedeckt sein», entgegnete Paetus und verschwand im Gebäude. Vespasian fragte sich, ob er in Paetus einen Freund hatte oder nur einen Zweckverbündeten.

Es war Mittag, als Vespasian, Sabinus und Magnus das Lager zu Pferde verließen, um sich mit den Männern von Königin Tryphaina zu treffen. Die drei Hügel der uralten Stadt Philippopolis ragten unter einem regenwolkenverhangenen

Himmel vor ihnen auf. Im Näherkommen sahen sie, dass eine Reitergruppe wenige hundert Schritte vor der Stadtmauer auf sie wartete.

Magnus stöhnte. «Ich hätte drauf wetten können: Der verfluchte Thraker, mit dem ich immer wieder aneinandergerate, kommt mit uns.»

Vespasian erkannte in der Gruppe neben Artebudz die beiden Palastwachen vom Vorabend wieder. Der eine, ein Bär von Mann, starrte Magnus mit feindseliger Miene entgegen und flüsterte seinem Kumpan etwas zu, der grinsend nickte.

«Du solltest gelernt haben, dass man den Hiesigen gegenüber ein bisschen freundlicher sein sollte», erwiderte Vespasian lachend, «insbesondere dann, wenn mit ihnen nicht gut Kirschen essen ist.»

«An deiner Stelle würde ich den Himmel oder welchen Gott auch immer bitten, dass der dahinten nicht auf den Einfall kommt, dich zu seinem Lustknaben zu machen», meinte Sabinus.

«Sehr lustig», sagte Magnus.

«Kein schlechter Rat», sagte Vespasian und hielt sein Pferd vor der Reitergruppe an. Er musterte die Männer eine Weile.

Neben den beiden Wachen saßen drei weitere bärtige Thraker in ihren Sätteln. Alle trugen Fuchsfellmützen, wie unter den Mitgliedern der Stämme im Süden üblich, und schwere Umhänge, die vor Winterkälte schützten. Jeder war mit einem kurzen Bogen aus Holz und Horn bewaffnet, der zusammen mit einem Köcher voller Pfeile in einem Futteral am Sattel hing. Die Hefte der Schwerter, deren Scheiden im Rücken festgeschnallt waren, ragten bis über die Schultern hinaus. Es waren *Rhomphaiai*, wie Vespasian erkannte, Breitschwerter mit sichelartig geschwungener Klinge.

Artebudz setzte sich auf seinem Pferd ein paar Schritte von der Gruppe ab und verbeugte sich. «Danke, Meister, dass Ihr meine Freilassung erwirkt habt.»

«Die hast du verdient, und ich bin nicht dein Meister. Rede mich mit Herr an. Das Gleiche gilt für euch alle.» Vespasian schaute jedem der Männer ins Gesicht. «Ich bin Tribun Vespasian. Eure Königin hat euch mir als Eskorte zugeeignet, das heißt, unter meiner Führung herrscht militärische Disziplin. Ist das klar?» Die Männer nickten. «Gut. Ich vermute, ihr sprecht Griechisch, richtig?» Wieder nickten alle. «Wir werden nach Moesien in den Norden ziehen, begleitet von einer Hilfskavallerie und einigen Legionären. Gespräche mit ihnen sind verboten. Sie gehen davon aus, dass ihr in Angelegenheiten eurer Königin unterwegs seid. Wenn wir unser Ziel erreicht haben, werden wir nach dem Hohepriester Rhotekes suchen. Ich will ihn gefangen nehmen und über Tomoi nach Rom bringen. Hat irgendjemand von euch ein Problem damit?»

Der riesige rotbärtige Wachsoldat spuckte aus. «Scheiß Priester», knurrte er.

Die anderen Thraker taten es ihm gleich.

«Darin stimmen wir immerhin überein», meinte Magnus entgegenkommend.

Der Riese musterte ihn mit grimmigem Blick. «Mit dir, Römer, bin ich noch nicht fertig. Von wegen Übereinstimmung.»

«Es reicht!», donnerte Vespasian. «Ich dulde keinen Streit. Wenn ihr Probleme miteinander habt, bleiben die hier zurück.» Er fasste den Wachsoldaten ins Auge. «Wie ist dein Name?»

«Sitalces», murrte er.

«Wie bitte?»

«Sitalces, Herr.»

«Schon besser. Hör zu, wenn wir die Sache lebend überstehen wollen, werden wir uns untereinander keine Scherereien leisten können. Magnus mag dir gestern auf die Füße getreten haben, ich werde jedenfalls nicht zulassen, dass solche albernen Händel unsere Einheit in Gefahr bringen. Ist das klar?»

Sitalces blickte von Vespasian zu Magnus und kratzte sich den dichten roten Bart. «Ja, Herr, ich habe verstanden», antwortete er. «Abgerechnet wird später», fügte er hinzu.

«Na schön.» Vespasian ließ es dabei bewenden, weil er ahnte, dass er von diesem Mann nicht mehr verlangen konnte, ohne dass er vor seinen Kameraden an Ansehen einbüßen würde. «Wartet hier. Wir holen jetzt unsere Begleiter ab.» Mit Sabinus und Magnus galoppierte Vespasian zurück zum Lager.

«Nimm dich vor deinem neuen Freund in Acht, Magnus», sagte er, als sie sich dem Tor näherten.

«Macht Euch keine Sorgen, Herr. An mir haben sich schon härtere Kerle die Zähne ausgebissen», antwortete Magnus heiter. «Ihr könntet ihn auch zurücklassen.»

«Daran habe ich selbst schon gedacht, aber das würde den anderen missfallen, und außerdem sieht er so aus, als könnte er im Nahkampf recht nützlich sein.»

«Solange er auf den Füßen steht», fügte Sabinus lachend hinzu.

Sie erreichten den Pferdestellplatz und trafen dort ihre Eskorte an. Ein großgewachsener Offizier, Mitte dreißig, mit schmalem, sonnengebräuntem Gesicht und kurzen lockigen Haaren, kam auf sie zu.

«Decurio Tinos von der illyrischen Hilfskavallerie», stellte er sich vor und salutierte. Sein Akzent verriet, dass Latein nicht seine Muttersprache war.

«Sind deine Männer bereit zum Aufbruch, Decurio?», fragte Vespasian und stieg aus dem Sattel.

«Ja, Herr.»

«Gut. Hast du dich schon mit Centurio Caelus getroffen?»

«Ich bin zur Stelle», meldete sich eine Stimme hinter ihm.

Vespasian drehte sich um und sah Caelus mit Varinus und seinen drei Kumpanen näher kommen. Die Männer trugen Seesäcke auf den Schultern.

«Abteilung, halt!», rief Caelus. Die Legionäre blieben augenblicklich stehen. Vespasian bemerkte, dass zwei von ihnen unter Schmerzen litten. Der dritte und jüngste von ihnen hatte seine Handgelenke verbunden. «Jeder von euch nimmt sich ein Pferd», fuhr Caelus fort. «Sattelt und zäumt es.» Die Männer beeilten sich, seinen Befehl auszuführen. Wohl nicht zuletzt in absichtlicher Missachtung der Autorität seines Vorgesetzten wandte sich Caelus ab und wählte sich selbst ein Pferd aus, ohne Vespasian um Erlaubnis zu bitten.

«Centurio!», rief Vespasian.

Caelus blieb stehen und drehte sich langsam um.

«Centurio, komm her.» Vespasian zeigte auf den Boden vor seinen Füßen. Caelus schaute sich um. Die Männer waren mit ihren Pferden beschäftigt, nur Tinos, Sabinus und Magnus beobachteten ihn. Mit ihnen als Augenzeugen konnte er es sich nicht erlauben, den Gehorsam zu verweigern. Er ging auf Vespasian zu.

«Rapport, Centurio», befahl Vespasian mit gedämpfter Stimme und blickte Caelus in die Augen.

«Stillgestanden, Centurio.»

Caelus blieb widerwillig stehen. In seinen Augen brannte Hass. «Centurio Caelus meldet sich mit vier Legionären bereit zum Abmarsch.»

«Ich habe das Wörtchen ‹Herr› nicht gehört.»

«Weil ich's nicht gesagt habe», murmelte Caelus nur für Vespasian vernehmlich.

Vespasian näherte sich seinem Gesicht bis auf eine Handbreit und sprach leise und schnell. «Hör mir zu, Centurio, vielleicht hast du länger gedient als ich, und trotzdem bin ich dein Vorgesetzter. Verweigerst du mir noch einmal den Respekt, degradiere ich dich zum gemeinen Legionär. Ich werde dich genau im Auge behalten, hast du verstanden?»

Caelus grinste. «Ich verstehe sehr gut, aber Ihr scheint etwas nicht kapiert zu haben. Ihr könnt mich nicht degradieren. Hochgestellte Männer halten ihre schützende Hand über mich. Tatsächlich bin ich es, der Euch im Auge behält.» Er trat zurück und salutierte, als sei er aufgefordert worden, sich zu entfernen. «Herr!», bellte er so laut, dass ihn alle hö ren konnten. Er drehte sich auf dem Absatz um und marschierte davon. Vespasian blieb wütend zurück. Er fühlte sich machtlos.

«Das lief nicht so gut», bemerkte Sabinus trocken.

Vespasian drehte sich zu ihm um und bedachte ihn mit

einem Blick, der Sabinus veranlasste, auf weitere sarkastische Bemerkungen zu verzichten. Er lenkte sein Pferd auf die kleine Reitergruppe zu, die bereit zum Aufbruch war.

«Wir müssen uns vor Caelus in Acht nehmen, Herr», sagte Magnus, als Vespasian wieder in den Sattel stieg. «Wenn es ihm gelingt, die Männer gegen Euch aufzubringen, könnte es Probleme geben.»

«Varinus und seine Gefährten haben soeben noch Caelus' Stock zu spüren bekommen. Ich glaube kaum, dass sie ihm die Ehre geben. Vielleicht solltest du dich mit ihnen anfreunden. Ich werde versuchen, Tinos auf unsere Seite zu ziehen. Caelus wäre dann isoliert. Möglich, dass wir ihn irgendwann unterwegs verlieren.»

«Ich wüsste, wie wir ihn mit Sicherheit verlieren», sagte Magnus ernst.

«Etwas Ähnliches hat auch schon Paetus vorgeschlagen.»

Magnus runzelte die Stirn. «Das hat es wohl auch noch nicht gegeben: einen Garnisonskommandanten, der vorschlägt, einen Centurio abzuschütteln?»

«Hoffen wir, dass es nicht so weit kommen muss.» Vespasian trieb sein Pferd an und setzte sich an die Spitze der Kolonne. «Caelus würde sich wahrscheinlich nicht so ohne weiteres abschütteln lassen.»

Artebudz und die Thraker schlossen sich der kleinen, doppelreihigen Kolonne an, die im leichten Galopp durch das Lagertor über die neu gepflasterte Straße in nordwestlicher Richtung auf den Pass nach Moesien zustrebte. Caelus warf einen argwöhnischen Blick zurück, als sich die Reiter hinter den vier Ersatzpferden gruppierten.

«Was zum Henker haben diese Fuchsmützen mit uns zu schaffen?», knurrte er.

Vespasian wusste, dass die Frage an ihn gerichtet war, reagierte aber nicht darauf, da Caelus ihn wieder einmal nicht als Herr adressiert hatte.

«Es sind Kuriere der Königin, die mit uns reiten», erklärte Tinos, der von Vespasian unterrichtet worden war und in deren Begleitung nichts Ungewöhnliches sah. «Sie hängen sich immer wieder an, wenn Boten von uns nach Norden ziehen. Gemeinsam sind wir stärker.»

Caelus schnaubte, ging aber nicht weiter auf das Thema ein. Vespasian lächelte innerlich und dankte Paetus für dessen listigen Einfall. An Tinos gewandt, sagte er: «Decurio, schick zu jeder Seite der Straße eine vierköpfige Vorhut voraus, die uns stündlich Bericht erstattet.»

Der Decurio wirkte verwirrt, weil er wohl nicht einsehen konnte, warum in dem nunmehr friedlichen Klientelkönigreich Thrakien eine solche Vorsichtsmaßnahme nötig sein sollte.

«Tu, was ich sage», befahl Vespasian. «Und sag ihnen, sie sollen auf der Hut sein.»

«Ja, Herr», erwiderte Tinos. Er ließ sich zurückfallen und teilte entsprechende Befehle aus. Wenig später erschallte ein *Lituus*, ein Horn mit aufwärtsgebogenem Schallbecher. Es stieß eine Folge schriller Signaltöne aus, worauf acht Reiter an der Kolonne vorbei und auf die schneebedeckten Berge des Haimos zugaloppierten.

Magnus gesellte sich zu Varinus und dessen Kumpanen, um deren Freundschaft zu gewinnen, während Vespasian einen Plausch mit Tinos hielt. Die Straße stieg leicht an und führte durch vertrautes Gelände. Nach einer Stunde, in der die Reitergruppe bereits ein gutes Stück zurückgelegt hatte, kehrten zwei der Kundschafter kurz hintereinander zurück. Beide hatten nichts zu vermelden und machten sich unverzüglich wieder auf den Weg zu ihrer jeweiligen Einheit. Wie erwartet fing es bald wieder zu regnen an. Vespasian raffte seinen Umhang und ließ sich an die Seite seines Bruders zurückfallen.

«Du hast gut daran getan, auf die Differenz zwischen den Silberbarren in der Münze und der Summe der geprägten Dinare hinzuweisen», sagte er in Anspielung auf Sabinus' Part bei der Aufklärung von Unstimmigkeiten in der Prägeanstalt, die sich im Zusammenhang mit der von Seianus finanzierten Rebellion der Thraker ergeben hatten. Sabinus war stellvertretender Magistrat gewesen und hatte Aufsicht über die Herstellung von Silber- und Bronzemünzen geführt.

Sabinus schaute seinen Bruder verblüfft an. Er hatte noch nie ein Lob von ihm gehört, was allerdings auf Gegenseitigkeit beruhte. «Willst du ein Kompliment hören, weil du mich so gründlich mit Fragen der Buchhaltung vertraut gemacht hast?», entgegnete er argwöhnisch.

«Nein, aber ich verstehe es als Kompliment, dass du meine Gründlichkeit hervorhebst.»

«Hmmm, na ja, dafür danke ich dir», murrte Sabinus. Er drehte den Kopf zur Seite und stemmte sich einem heftigen Regenschauer entgegen.

Für eine Weile ritten sie schweigend nebeneinanderher. Vespasian warf immer wieder verstohlene Blicke auf den Bruder, der sich standhaft weigerte, ihn zur Kenntnis zu nehmen. Die unverhoffte Anerkennung und Sabinus' unverhohlener Ärger darüber amüsierten ihn.

«Was hast du nach deinem Jahr bei den Vigintiviri in Rom eigentlich so getrieben?», fragte Vespasian nach einer Weile betont beiläufig.

Sabinus runzelte die Stirn. «Was geht's dich an?»

«Es interessiert mich, schließlich bist du mein Bruder.»

«Wenn du's unbedingt wissen willst: Ich habe um Stimmen für meine Wahl zum Quästor geworben, die dieses Jahr stattfindet.»

«Soll heißen, du bist anderen ordentlich in den Arsch gekrochen, oder?» Vespasian wischte sich den Regen vom Gesicht, der von dem mit roten Federn geschmückten Helm herabtropfte.

«Na klar, das wirkt immer, und je größer der Arsch, desto einfacher geht's. Dein Kollege Corbulo, der Tribun der Vierten Scythica, war letztes Jahr Quästor und sitzt jetzt im Senat. Bei ihm habe ich mir besonders viel Mühe gegeben.»

«Du kennst ihn?»

«Tu nicht so überrascht. Dir verdanke ich es doch, dass er mir seinen Arsch entgegengestreckt hat.»

«Wie kommst du darauf?», wunderte sich Vespasian.

Sabinus grinste. «Onkel Gaius kennt seinen Vater. Sie waren im selben Jahr Prätoren und stehen auf gutem Fuß miteinander. Als Corbulo vor zwei Jahren zurückkam, hat sein Vater Gaius und mich zum Essen eingeladen, um Dankeschön zu sagen.»

«Wofür?»

«Tja, kleiner Bruder, Corbulo scheint zu glauben, dass er dir sein Leben verdankt, genauer gesagt, einem Talisman, den du getragen haben sollst, damals, in dem Thraker-Lager, aus dem ihr befreit wurdet. Und dann war da noch von einem Kampf auf Leben und Tod die Rede. Ich habe das alles nicht so richtig verstanden, aber er ist anscheinend überzeugt davon, dass die Götter euch geschont haben, damit ihr euer Schicksal erfüllen könnt.»

«Mir gegenüber hat er sich jedenfalls nicht dankbar gezeigt.»

«Er ist eben ein arrogantes Arschloch und will nicht in deiner Schuld stehen. Sein Vater hat dagegen sehr viel mehr Format und klar zu verstehen gegeben, dass er sich unserer Familie aus Dankbarkeit verpflichtet fühlt. Das heißt, er unterstützt meine Kandidatur und wird sein Möglichstes tun, dass ich vom Quästor zum Senatsmitglied aufsteige. Du kannst dir vorstellen, wie eifrig Onkel Gaius und ich ihm Honig ums Maul geschmiert haben. Endlich warst du einmal der Familie zu was nütze, kleiner Bruder.»

«Und du bist der Nutznießer», entgegnete Vespasian mit mehr als einer Spur von Bitterkeit in der Stimme.

Sabinus grinste und nickte dem Bruder zu. «Für den Erstgeborenen ist das doch wohl nur recht und billig. Aber keine Sorge, ich bin nicht der alleinige Nutznießer. Von Corbulo war außerdem zu erfahren, dass er sich in Moesien mit einem Centurio namens Faustus unterhalten hat, der, wenn ich richtig verstanden habe, mit euch in diesem Thraker-Lager war.»

«Und worum ging es in dem Gespräch?»

Sabinus warf einen Blick über die Schulter zurück, um sich zu vergewissern, dass Caelus außer Hörweite war. «Um Poppaeus», sagte er leise.

«Verstehe, ja, ich musste mich Faustus anvertrauen, damit er mir hilft. Mir war klar, dass ihm Poppaeus' Anschlag auf uns und die gesamte Entlastungstruppe nicht gefallen konnte. Er hat Corbulo also davon berichtet?»

«Ja, und Corbulo und sein Vater haben es uns gesagt, nicht ahnend, dass wir schon Bescheid wussten, weil Tryphaina und Rhoimetalkes in einem Brief an Antonia davon geschrieben haben.»

«Und?»

«Tu nicht so begriffsstutzig, kleiner Bruder. Sie wollen sich natürlich an Poppaeus rächen und vermuten zu Recht, dass auch wir auf Vergeltung sinnen. Also haben sie vorgeschlagen, dass sich unsere Familien zusammentun. Wir sind gemeinsam zu Antonia gegangen. Corbulo hat sich uns unter der Voraussetzung angeschlossen, dass wir den Priester zu Tiberius führen. Er wird vor ihm aussagen, dass Poppaeus die Bergung der thrakischen Geldtruhe geheim halten wollte, obwohl es seine Pflicht gewesen wäre, Kaiser und Senat davon in Kenntnis zu setzen.»

Vespasian schaute seinen Bruder entsetzt an. «Was? Sollen wir etwa Rhotekes nach Capreae bringen? Davon hast du mir noch gar nichts gesagt.»

«Irgendjemand muss es tun. Der Kaiser wird dem Priester erst glauben, wenn der vor seinen Augen unter Folter gesteht. Und ihr, du und Corbulo, werdet ebenfalls Zeugnis ablegen müssen. Selbst wenn du es gewusst hättest, wärst du trotzdem hier, oder?»

Vespasian nickte bedächtig. Er hatte sich nicht vorstellen können, dass der Priester vor den mächtigsten Mann der Welt treten würde. Sein Bruder aber hatte recht: Selbst wenn

Vespasian eine solche Möglichkeit bewusst gewesen wäre, hätte er sich kaum eines anderen besonnen.

Der Regen hatte zugenommen und verhüllte die Berge. Ein einzelner Kundschafter kam ihnen aus westlicher Richtung entgegen. Vespasian trieb sein Pferd an und schloss zu Tinos auf, damit er hören konnte, was der Mann zu melden hatte. Es war glücklicherweise nichts Nachteiliges. Als dieser wieder abzog, schaute Vespasian suchend nach Norden. Von dort kam kein Kundschafter. Auch nach einer weiteren halben Meile zeigte sich niemand, der Meldung hätte machen können. Vespasian beschlich eine böse Ahnung. Er schaute Tinos an, der nur mit den Achseln zuckte und offenbar ebenso beunruhigt war wie er. Plötzlich war aus einiger Entfernung ein kehliger Schrei zu hören. Tinos hob die Hand und ließ die Kolonne anhalten. Aus dichten Regenschleiern traten im Abstand von gut zweihundert Schritt schemenhaft vier Reiter hervor, was die beiden für einen Moment erleichterte. Im Galopp eilten sie ihnen entgegen. Doch dann erkannten sie, dass nur einer der Reiter aufrecht im Sattel saß. Die drei anderen hingen quer über ihren Pferden mit Pfeilen im Rücken, die nur allzu deutlich machten, was geschehen war. Vespasian musterte den überlebenden Kundschafter. Vom Regen verwässertes Blut rann ihm übers Gesicht und tropfte auf die Tunika. In der rechten Schulter steckte der Stumpf eines abgebrochenen Pfeils. Das Entsetzen in seinem auf Vespasian gerichteten Blick grenzte an Wahnsinn.

«Wo ist das passiert?», fragte Vespasian.

Der Mann verdrehte die Augen. Er reckte den Hals nach vorn, gab gurgelnde Laute von sich und spuckte Blut. Ihm war die Zunge aus dem Mund herausgeschnitten worden.

IIII

Es hatte zwei Tage und Nächte unaufhörlich geregnet, jetzt fielen dicke nasse Schneeflocken vom Himmel. Auf einer kurvigen Straße zog die Gruppe bergan, auf den Succi-Pass zu, der mehr als tausend Fuß über ihnen lag. Die Moral der Männer war alles andere als gut. Nicht nur dass sie bis auf die Haut durchnässt waren und froren; sie waren in ständiger Furcht vor den Mördern im Hinterhalt, die ihren Kameraden verstümmelt hatten. Es war nur wenig von ihm zu erfahren gewesen, zumal er nicht schreiben konnte. Bevor er seinen Verletzungen erlegen war, hatte er bloß kopfnickend bestätigen können, dass ihnen zwei Angreifer aufgelauert hatten, beide beritten und mit Hosen bekleidet. Vespasian hielt es für zu riskant, weitere Kundschafter auszusenden, um einen Feind zu lokalisieren, der es offenbar vermochte, sich gegenüber einem zahlenmäßig überlegenen Gegner durchzusetzen. Er spielte kurz mit dem Gedanken, seine Thraker loszuschicken, doch wollte er deren Leben, das ihm wichtiger war als das der illyrischen Hilfstruppen, nicht aufs Spiel setzen und sie den unheimlichen Jägern ausliefern, die aus dem Sattel heraus mit Pfeil und Bogen umzugehen verstanden – was er im Übrigen für unehrenhaft hielt. Außerdem, räsonierte er, würden sich die Geten früher oder später zeigen, und dann kam es darauf an, schnell und mit vereinten Kräften zu reagieren. Trotzdem empfand er es als demütigend, dass nur zwei Männer eine Kolonne von über vierzig in Angst und Schrecken versetzen konnten.

Aus dem Schneeregen wurde Schneegestöber, das sie zu einem langsamen Schritttempo zwang, weil die Pferde auf der zunehmend dicken Schneeschicht nur schwer Tritt fassen konnten. Vespasian wischte sich die Flocken vom Schoß und richtete seinen Blick auf Magnus, der mit gesenktem Kopf an seiner Seite ritt. «Wie bist du mit unseren vier Legionären zurechtgekommen?», fragte er.

«Wir haben uns gut verstanden. Lucius ist der, der den längeren Halm gezogen hat und verdammt froh ist, mit uns reiten zu können. Ihm ist sehr wohl bewusst, dass er Euch sein Leben verdankt ... Nun, Lucius war Stallknecht für die Grünen in Rom, bevor er sich freiwillig zum Militärdienst gemeldet hat. Wenn wir zurück in Rom sind, will er mich in seinen Kreis einführen; könnte nützlich für mich sein, denn ich verspreche mir davon den einen oder anderen Tipp für die Rennen im Circus.»

Vespasian lächelte, obwohl ihm die vor Kälte spröden und aufgeplatzten Lippen schmerzten. «Schön, solche Freunde zu haben», erwiderte er unverhohlen ironisch, «besonders dann, wenn man sein Geld für Wetten verschwenden will.»

«Dafür fehlt Euch wohl jedes Verständnis, oder? Ich glaube, ich konnte noch nie einen Blick in Euren Geldbeutel werfen. Wie gesagt, Lucius weiß, was er Euch schuldet, so auch Varinus und die beiden anderen Jungs, Arruns und Mettius. Keiner von ihnen hat was übrig für Caelus. Wenn es Ärger mit ihm geben sollte, stehen sie Euch bei.»

«Gut zu wissen. Unser Freund scheint sich allerdings bedeckt zu halten.»

Magnus warf einen Blick zurück auf Caelus, der tief gebeugt im Sattel saß und sich in seinen Umhang vermummt hatte. «Vielleicht nimmt ihm das Wetter die Lust am Streit.»

«Das bezweifle ich, aber vorläufig setzt es ihn wohl außer Gefecht.»

Es schneite immer noch, als sie die Passhöhe erreichten. Zu allem Übel blies ihnen ein eisiger Nordwestwind entgegen, der für heftige Verwehungen sorgte.

Vespasian ließ die Kolonne anhalten und beugte sich zu Tinos herüber. «Was meinst du, Decurio?», brüllte er gegen das Heulen an. «Sollen wir uns in den Windschatten zurückziehen und warten, bis sich der Sturm verzogen hat?»

«Er könnte Stunden anhalten, vielleicht Tage», antwortete Tinos. An seinen Wimpern und Nasenflügeln hatten sich Eiskristalle gebildet. «Wenn wir warten, schneien wir ein und erfrieren womöglich. Entweder wir ziehen uns bis ins Tal zurück, oder wir reiten weiter. Der Pass ist nur fünf Meilen lang. Mit ein bisschen Glück haben wir ihn in weniger als zwei Stunden hinter uns gebracht.»

Vespasian behauchte die blau gefrorenen Hände und spähte in den Schneesturm hinaus. Zu sehen war kaum etwas, aber er wusste, dass die Felsschneise an keiner Stelle mehr als dreißig Fuß breit war. Sie würden sich also nicht verirren. Er traf eine Entscheidung. Tinos hatte recht. Besser war es, in Bewegung zu bleiben. «Weiter!», befahl er. Tinos nickte.

Vespasian trieb sein widerwilliges Pferd mit wuchtigen Hackentritten an. Es legte die Ohren an, setzte sich aber wieder in Gang.

Nach einigen hundert Schritten eisiger Tortur bemerkte er, dass ein Reiter zu ihm aufzuschließen versuchte. Er drehte sich um. Es war Caelus.

«Der reine Wahnsinn ist das!», brüllte der Centurio. «Wir sollten umkehren.»

«Mach, was du willst, wir ziehen weiter.»

Caelus war nun auf gleicher Höhe. «Warum? Wozu die Eile? Wir könnten ins Lager zurückreiten und es noch einmal probieren, wenn es zu schneien aufgehört hat.»

«Dann wird der Weg wahrscheinlich tagelang unpassierbar sein, vielleicht den ganzen Monat über», entgegnete Vespasian und trieb sein Pferd weiter an. «Noch können wir es schaffen, ihn zu überwinden.»

«Kann das Ersuchen der Männer an Pomponius denn nicht so lange warten? Warum riskieren wir unser Leben für so eine Kleinigkeit?»

Vespasian fiel keine Antwort ein, mit der sich Caelus zufriedengeben würde, und sah sich genötigt, seine Befehlsgewalt auszuspielen. «Bei Gott, wenn du nicht sofort damit aufhörst, meine Anweisungen und Gründe in Frage zu stellen, Centurio, werde ich dich züchtigen lassen, egal, wer dich auch schützen mag.»

Caelus musterte ihn mit argwöhnischem Blick. «Ihr könnt mich nicht einschüchtern.» Er griff nach seinem Schwert. «Ich will wissen, was Ihr vorhabt, Vespasian.»

«Lass stecken, Caelus», rief Magnus von hinten und zielte mit der Spitze seiner Klinge auf den Schenkel des Centurios.

«Wenn du dein Schwert ziehst, werde ich zustechen. Ich unterstehe keiner Militärdisziplin.»

Caelus fuhr herum. «Dann halt dich auch raus, Zivilist!»

«Nimm dich in Acht, ich könnte mit meinem Schwert ausrutschen und dich an einer Stelle verletzen, wo das Blut nur so sprudelt. Bei der Kälte wärst du tot, ehe wir dich zu einem Arzt bringen könnten.»

«Willst du mir drohen?»

«So wenig, wie du den Tribun bedrohst.»

Caelus nahm die Hand vom Heft seines Schwertes und wandte sich wieder an Vespasian. «Ich werde Poppaeus von Eurem verantwortungslosen Verhalten berichten, wenn wir es denn bis nach Moesien schaffen.» Er spuckte aus und lenkte sein Pferd zur Seite.

«Beschwer dich ruhig, Centurio», rief ihm Vespasian nach. «Die richtige Adresse wäre allerdings Pomponius, der Legatus unserer Legion. Oder bist du anderen verpflichtet?» Ob Caelus ihn hörte oder nicht, war ihm letztlich egal. Es ärgerte ihn vielmehr, Caelus gegenüber deutlich gemacht zu haben, dass er höhere Ziele verfolgte.

«Als ich gesehen habe, dass er zu Euch aufschließt, bin ich ihm gefolgt, um nichts anbrennen zu lassen», rief Magnus gegen den Wind an und steckte sein Schwert zurück in die Scheide.

«Ich hatte die Situation unter Kontrolle», blaffte Vespasian.

«Na, dann werde ich mich das nächste Mal zurückhalten, wenn ein Centurio sein Schwert gegen einen Tribun zieht, der ohnehin alles unter Kontrolle hat.»

Vespasian bereute es schon, dem Freund so unwirsch über

den Mund gefahren zu sein. Die Zähne zusammengebissen, blinzelte er in das weiße Gestöber und konzentrierte sich darauf, das Pferd in der Spur zu halten. Der Schnee reichte dem Tier nun schon bis zu den Sprunggelenken. Es kam nur noch mit Mühe voran.

Vespasian wandte sich an Tinos. «Wie weit ist es noch?», brüllte er, und doch war seine Stimme kaum zu hören, so laut brauste der Wind.

«Eine Meile, schätze ich.»

«Wenn es weiter so schneit, fürchte ich, dass wir es nicht schaffen.»

«Wenn's sein muss, steigen wir von den Pferden und führen sie, ob vor oder zurück.» Tinos zuckte plötzlich zusammen, senkte dann den Blick und blickte verwundert auf einen Pfeil, der sich ihm in die Brust gebohrt hatte. Blut quoll ihm aus den Mundwinkeln. Er rutschte aus dem Sattel und fiel in den Schnee.

Vespasian riss sein Pferd herum. «Zurück! Überfall!», brüllte er. Im selben Augenblick spürte er einen Pfeil dicht an seinem Kopf vorbeisurren, obwohl er weder etwas sah noch etwas hörte. Magnus und Sabinus brauchten keine zweite Aufforderung, sie hatten Tinos fallen sehen. Aber die Reiter hinter ihnen gerieten in Panik. Die aus den letzten Reihen drängten weiter vor und verwehrten Caelus, den vier Legionären und dem ersten der Illyrer den Rückzug.

«Umkehren und auseinander mit euch!», schrie Vespasian und lenkte sein Pferd durch die verwirrte Menge. Ein dritter Pfeil brachte einen Legionär zu Fall. Dessen Pferd bäumte sich scheuend auf und traf mit einem seiner wirbelnden Vorderläufe einen Soldaten der Hilfstruppe am Kopf. Vespasian sah, dass ihnen kein Fluchtweg offenstand. Das Ende der Kolonne schob sich weiter vor. Er griff nach seinem Jagdbogen, legte einen Pfeil auf und suchte mit verzweifelt irrendem Blick nach den Angreifern. Im dichten Schneetreiben war nichts zu erkennen. Vor dem chaotischen Gewimmel im Hintergrund trat plötzlich Sitalces mit seinem Bogen in der Hand in Erscheinung.

«Verdammt, warum machst du nicht kehrt?», herrschte Vespasian ihn an.

«Wir werden angegriffen, Herr, irgendwo von hinten. Einen meiner Männer habe ich schon verloren.»

Ihm wurde klar, dass sie von zwei unsichtbaren Bogenschützen in die Zange genommen wurden und weder in die eine noch in die andere Richtung ausweichen konnten.

«Runter von den Pferden und vor den Felswänden links und rechts in Stellung gehen», brüllte er, so laut er konnte, und sprang in den Schnee. Sein Befehl wurde befolgt. Die Männer stoben auseinander und verteilten sich an den Rändern des Engpasses.

Vespasian kam neben Caelus und den drei überlebenden Legionären zu stehen. Nach der Anstrengung, die der Lauf durch den knietiefen Schnee ihm abverlangte, dampfte ihm die Atemluft vor dem Gesicht.

«Wegen Eurer Ungeduld verlieren wir Männer», schimpfte der Centurio. «Ich hoffe, es ist die Sache wert.»

«Schuldzuweisungen sind jetzt fehl am Platz, Centurio. Wenn wir das hier überstehen wollen, müssen wir zusammenhalten.»

«Ihr habt uns den Mist eingebrockt!»

Vespasian mochte ihm nicht widersprechen. Er hatte die

Männer in diese Situation gebracht, weil er davon ausgegangen war, dass das Wetter die Geten ebenso behindern würde wie sie. Aber das war offenbar nicht der Fall, und nun lag es an ihm, halbwegs glimpflich aus der Sache herauszukommen.

Sabinus, Magnus und ein paar Soldaten der Hilfstruppe eilten herbei. Einer der Soldaten schaffte es nicht. Er fiel, kurz bevor er in Sicherheit war. Aus einer Halswunde spritzte Blut über den pulvrigen Schnee. Der Pfeil, der ihn getroffen hatte, schien von schräg oben gekommen zu sein.

«Wer in diesem Schneesturm so genau trifft ... muss ganz in der Nähe sein», keuchte Magnus. «Wenn sie uns sehen, warum sehen wir sie nicht?»

«In eine ganz ähnliche Lage bin ich mal in Pannonien geraten», erinnerte sich Sabinus, als Sitalces, Artebudz und die übrig gebliebenen Thraker herbeistapften, die ihre Pferde als Schilde nutzten. «Wenn man auf Schneegestöber hinabblickt, sieht man mehr als von unten oder von der Seite. Dann fliegen einem nicht ständig Flocken in die Augen, und man wird weniger geblendet.»

«Dann müssen wir weiter rauf», meinte Vespasian. «Sitalces, du und deine Männer, wappnet euch mit euren Bogen. Von wo kamen die Pfeile, die auf das Ende der Kolonne trafen?»

«Von der Seite dort drüben.» Sitalces zeigte in die Richtung und schnallte seinen Köcher an den Gürtel. Seine Männer taten es ihm gleich und zogen ihre Bogen aus den Hüllen, die an den Sätteln befestigt waren.

«Verflucht, die Mistkerle haben ihren Überfall gut geplant. Wir müssen uns aufteilen. Sabinus, ich knöpfe mir mit Artebudz, Sitalces und Magnus den vor, der da unten ist.

Nimm die drei Thraker mit dir und setz den anderen weiter oben außer Gefecht.»

Caelus wollte etwas sagen, hielt es aber wohl für besser, den Mund zu halten.

Sabinus grinste. «Ist mir recht, kleiner Bruder. Legen wir es auf einen Wettstreit an.»

«Ist mir egal, wie du es nennst. Wir müssen jedenfalls schnell sein. Anschließend treffen wir uns wieder hier. Und sei versichert, für den, der zuletzt kommt, wird's keinen Preis geben.» Vespasian grinste zurück und wandte sich dann Caelus zu. «Rück mit den Legionären weiter vor. Sucht nach den Pferden der Mistkerle und bringt sie her. Sie werden irgendwo weiter oben an der Straße sein, denn wenn wir an ihnen vorbeigekommen wären, hätten wir sie gesehen, und in den Hinterhalt zwischen den Felsen haben sie sie bestimmt nicht mitnehmen können.»

Widerspruchslos führte Caelus seine Männer dicht an der Felswand entlang bergauf. Die beiden Soldaten der Hilfstruppe blickten Vespasian erwartungsvoll an. Sie wollten ihren Auftrag von ihm hören.

«Ruft möglichst viele Kameraden herbei und treibt unsere Pferde zusammen.» Vespasian zeigte auf die in der Nähe nervös kreisenden Tiere. «Um die müsst ihr euch nicht kümmern, die laufen nicht weg. Aber holt die zurück, die durchgebrannt sind. Verstanden?»

Die beiden Illyrer salutierten und machten sich auf den Weg.

Vespasian blickte nach vorn. «Auf jetzt, bringen wir es hinter uns.»

Es war einfacher, mit dem Schneesturm im Rücken bergab zu gehen, aber die Füße und Unterschenkel fingen zu schmerzen an, obwohl alle Wollsocken in ihren Sandalen trugen und sich die Beine noch am Morgen vor dem Aufstieg mit Schweineschmalz eingerieben hatten. Nach gut zweihundert schweren Schritten und mit der ständigen Furcht vor fortgesetztem Pfeilbeschuss im Nacken passierten sie das letzte tote Pferd, nur schemenhaft auszumachen im Schnee. Vespasian glaubte schließlich, dass sie weit genug gegangen waren, um den einen Angreifer rücklings überraschen zu können. Sie verließen den halbwegs sicheren Schutz der Felswand und überquerten das Joch möglichst schnell in langen Schritten, wobei sie die Knie bis zur Brust anheben mussten, um die Füße aus dem tiefen Schnee zu befreien. Und ständig drohte ein Pfeil aus dem Hinterhalt. Nach kurzer Suche fanden sie eine Böschung, die weniger steil war und bezwingbar erschien.

«Ich gehe als Erster da hoch», sagte Vespasian.

Artebudz trat vor. «Herr, ich stamme aus dem Gebirge der Provinz Noricum und bin ein erfahrener Bergsteiger. Überlasst mir die Führung.»

Es erleichterte Vespasian, sich einverstanden erklären zu können. «Gut. Wir müssen so weit hinauf, dass wir die Passsohle nicht mehr sehen können. Dann sind wir über dem Angreifer und steigen jeweils zu zweit auf verschiedenen Wegen wieder ab.»

Vespasian folgte Artebudz auf dem steilen, tückischen Anstieg. Er klapperte mit den Zähnen, und seine Finger waren taub. Es fiel ihm schwer, Anschluss an den ehemaligen Sklaven zu halten, der flink und gewandt den Abhang erklomm. Der Sturm schien weiter zugenommen zu haben.

Er kam von rechts und zerrte an seinem Umhang, der wie ein loses Segel flatterte. Heftige Böen drohten ihn aus dem Gleichgewicht zu bringen. Er biss die Zähne aufeinander, zwang seine steifen Glieder und Muskeln zur Mithilfe und quälte sich höher und höher. Manchmal riskierte er einen Blick nach unten, vorbei an Magnus und Sitalces. Die gegenüberliegende Felswand war nicht mehr zu erkennen, wohl aber immer noch die Passsohle. Sabinus hatte recht: In einem Schneesturm war es leichter, von oben nach unten zu schauen. Während er weiter aufstieg, wunderte sich Vespasian über die Geschicklichkeit der getischen Bogenschützen, mit der sie es schafften, trotz scharfer Querwinde ins Ziel zu treffen. Plötzlich ging ihm ein Licht auf; den seitlichen Windstößen verdankte er sein Leben. Der erste Pfeil hatte ihm gegolten, nicht Tinos. Er murmelte ein Dankgebet an Fortuna und bat sie um weiteren Schutz.

Endlich, als sie rund hundert Fuß an Höhe gewonnen hatten, war die Passsohle nicht mehr zu sehen. «Halt, es reicht!», rief er den anderen keuchend zu und schnappte nach Luft, die ihm eisig durch die Kehle fuhr. «Artebudz und ich werden noch ein Stück höher steigen und queren dann den Hang Richtung Tal. Magnus, du folgst uns mit Sitalces auf der Höhe, die ihr jetzt erreicht habt.»

Magnus schien es ganz und gar nicht zu gefallen, mit dem riesigen Thraker auf abschüssigem und vereistem Grund allein zurückgelassen zu werden. Sitalces bemerkte seinen Unmut und grinste hämisch. «Keine Sorge, Römer, solange wir hier noch nicht fertig sind, geschieht dir nichts. Außerdem brauche ich jemanden, an dem ich mich festhalten kann, falls ich ausrutschen sollte.»

«Ich könnte dir bestimmt nicht helfen», lächelte Magnus unschuldig. «Wie schnell und schwer du fällst, habe ich ja schon gesehen.»

Sitalces grunzte. Der Schlagabtausch schien ihm zu gefallen, was er sich aber nicht anmerken lassen wollte.

«Mir scheint, ihr werdet noch beste Freunde, wenn das hier geschafft ist», bemerkte Vespasian. «Auf jetzt, bevor wir einfrieren.»

Unter Aufbietung all seiner Kräfte folgte er Artebudz weitere fünfzehn Fuß nach oben und dann quer zum Hang auf die Stelle zu, von der der Angriff erfolgt war. Artebudz spannte seinen Bogen und zielte mal in die eine, mal in die andere Richtung, während er trittsicher und beweglich die Traverse meisterte. Vespasian musste dagegen die rechte Hand zu Hilfe nehmen, um sich abzustützen. Den Bogen mit einem bereits aufgelegten Pfeil hielt er in der linken. Er warf einen Blick nach unten und zurück und sah, dass Magnus und Sitalces ebenso große Schwierigkeiten hatten wie er.

Als sie an die fünfzig schwierige Schritte zurückgelegt hatten, nahm der Wind plötzlich an Heftigkeit zu und trieb die Schneeflocken horizontal vor sich her. Die Sichtverhältnisse wurden ein wenig besser. Jetzt waren die gegenüberliegende Felswand und die gefallenen Soldaten auf der Passstraße zu sehen. Nach ein paar weiteren Schritten blieb Artebudz abrupt stehen, hockte sich in den Schnee und zeigte auf seine Nasenspitze.

«Ich kann ihn riechen», flüsterte er aufgeregt. «Er steht anscheinend irgendwo windwärts.»

Vespasian gab Magnus und Sitalces mit einem Handzeichen zu verstehen, dass sie anhalten und in Deckung gehen sollten, schnupperte und nahm den unverkennbar strengen Geruch wahr, den auch die toten Geten im Wald verströmt hatten. «Wo genau?»

Artebudz zeigte nach vorn. «Dahinten, das könnte er sein, im Abstand von dreißig Schritten vielleicht.»

Vespasian folgte der angezeigten Richtung. Zuerst sah er nichts als tanzende Schneeflocken, die jetzt leichter fielen, aber dann bemerkte er, dass sich vor einem großen Felsvorsprung etwas bewegte, ein mannshoher Wulst aus zwei verschiedenen Weißtönen, der eine Teil schneeweiß, der andere etwas dunkler wie gebleichte Wolle.

Vespasian nickte Artebudz zu. Beide hoben ihre Bogen, zielten und lösten fast gleichzeitig die Pfeile. Sie trafen auf den Wulst und verschwanden darin; die Bewegung schüttelte den Schnee ab, der sich darauf gesammelt hatte. Zum Vorschein kam eine Art Zelt aus einer wollenen Decke und einer aufrechten Stütze.

«Scheiße!», zischte Vespasian. Ihm war sofort bewusst, dass sie sich nun dem Angreifer, der sich wahrscheinlich hinter dem Felsvorsprung versteckt hielt, zu erkennen gegeben hatten. «Runter!», rief er und ließ sich auf den Bauch fallen, als der getische Bogenschütze plötzlich aus der Deckung sprang und einen Pfeil auslöste, der dicht hinter Vespasian im Schnee versank. Gleich darauf war der Angreifer wieder hinter der Felskante verschwunden.

Auf dem freien Abhang und selbst ohne Schutz, sah Vespasian nur eine Möglichkeit zu handeln. «Nimm die Stelle ins Visier, wo er sich gezeigt hat, und gib mir Deckung», flüsterte er Artebudz zu. «Ich greife jetzt an.» Er ließ seinen Bogen im Schnee liegen, zog sein Schwert und gab Magnus und

Sitalces ein Zeichen, dass sie bis hinter den Felsvorsprung vorrücken sollten. Dann kroch er selbst darauf zu.

Bald waren seine Kleider von Schneematsch durchtränkt. Die bronzene Brustplatte fühlte sich an wie eine Eisscholle, die ihm auch noch die verbliebene Restwärme zu entziehen drohte. Er war jetzt dem Fels so nahe, dass der Schütze ihn nur würde sehen können, wenn er sich aufrichtete und Artebudz als Ziel anböte. Also riskierte Vespasian einen Vorstoß in geduckter Haltung. Als er die Felskante erreichte, hörte er das dumpfe Schwingen von Bogensehnen im Austausch zweier Pfeile zwischen Artebudz und dem Angreifer. Magnus und Sitalces waren zehn Schritte entfernt und ein Stück unter ihm. Die Bogen in den Händen, näherten sie sich dem Felsvorsprung von hinten. Der Wind hatte sich inzwischen gelegt. Es schneite noch, war aber unheimlich still geworden. Der Gestank des Geten war so widerlich, dass Vespasian die Luft anhielt. Vor der Kante angekommen, blieb er stehen und machte sich auf einen Nahkampf gefasst. Er umklammerte das Heft seines Schwerts und nickte Magnus und Sitalces zu. Sie sprangen vor, lösten ihre Pfeile aus und ließen sich in den Schnee fallen. Unmittelbar darauf schnurrte der Bogen des Geten. Vespasian stürmte um die Kante herum und fiel über den Mann her, der gerade einen neuen Pfeil aus seinem Köcher zog. Weil dem keine Zeit mehr blieb, um nach seinem Dolch zu greifen, stieß er mit der Pfeilspitze zu. Sie traf auf Vespasians Brustpanzer, rutschte davon ab und bohrte sich in dessen linke Schulter. Ungeachtet der Schmerzen, die ihn durchfuhren, zielte Vespasian mit der Schwertspitze auf den Rippenbogen des Schützen und stemmte ihm die Klinge mit Wucht durch den Leib ins Herz. Blut spritzte über seinen

Schwertarm. Mit einem übelriechenden Luftschwall stieß der Gete einen gurgelnden Schrei aus und zog, vom Eisen aufgespießt, Vespasian mit sich zu Boden.

«Alles in Ordnung, Herr?», rief Magnus, der mit Sitalces herbeigeeilt war und Vespasian von dem toten Krieger aufhalf.

«Von dem Ding da in der Schulter abgesehen, ja», antwortete er, als auch Artebudz zur Stelle war. Der musterte den Pfeil, fackelte nicht lange und packte zu. Das Geschoss ließ sich leicht herausziehen, aber nicht ohne Schmerzen. Der Knochen hatte verhindert, dass die Widerhaken der Pfeilspitze ins Fleisch eingedrungen waren.

Aus dem Einstich sickerte Blut. Artebudz schöpfte eine Handvoll Schnee. «Haltet das daraufgedrückt, bis wir wieder unten sind und ich einen Verband anlegen kann», sagte er und pappte ihm den Schnee auf die Wunde. Vespasian befolgte seinen Rat und hieß zum ersten Mal an diesem Tag das kalte Nass willkommen, das den Schmerz zu betäuben half. Er blickte auf den stinkenden Toten zu seinen Füßen. Die meergrauen Augen starrten stumpf auf die tanzenden Flocken, die auf ihn herabfielen und sich auf die Augenwimpern und den buschigen schwarzen Bart legten. Die Lippen waren schon blau angelaufen. Über seinen Kleidern trug er eine weiße, nunmehr von Blut befleckte Decke mit einem Kopfausschnitt, dessen Rand mit der Kappe vernäht war.

«Perfekt getarnt», bemerkte Vespasian. «Kein Wunder, dass wir sie nicht gesehen haben. Kehren wir um. Ich bin gespannt, wie es Sabinus ergangen ist.» Mit der Schuhspitze hob er die Decke an und warf den Saum über das Gesicht des Toten. Er wollte sich gerade abwenden, als ihm etwas ins Auge fiel, das die Decke verborgen hatte. Er kniete sich in den Schnee, schob sie weiter zurück und brachte ein zylindrisches, etwa eine Elle langes Etui aus rotem Leder zum Vorschein.

«Was ist das denn?», rief er aus und nahm es zur Hand.

«In solchen Hüllen werden doch Militärdepeschen verschickt, oder?» Magnus zeigte sich ebenfalls überrascht. «Was mögen Barbaren damit anfangen? Lesen können sie jedenfalls nicht.»

«Du doch auch nicht.»

«Zugegeben.»

«Das Ding muss von den Kurieren sein, die sie abgefangen haben. Paetus hat mich unterrichtet. Arme Kerle. Schauen wir uns später an, was darin ist. Auf jetzt.» Er schob das Behältnis unter seinen Gürtel und machte sich an den Abstieg über den tiefverschneiten Abhang.

Es hatte aufgehört zu schneien, und der Himmel lichtete sich, als sie wieder zusammentrafen. Die verbliebenen illyrischen Soldaten hatten die Pferde eingefangen. Caelus und die drei Legionäre waren mit den Reittieren der Geten gekommen: gedrungenen, kräftigen Tieren mit dichtem rauem Fell.

Artebudz versorgte Vespasians Wunde. Er hatte sie gerade verbunden, als Sabinus und die anderen Thraker kamen.

«Erfolg gehabt?», fragte Vespasian seinen Bruder zähneklappernd. Nach der Hitze des Zweikampfs war er wieder durchgefroren, obwohl die Sonne durch die Wolken brach.

«Ja, so gerade eben. Aber wie ich immer sage, gerade eben ist gut genug. Der Kerl war mit allen Wassern gewaschen. Fast hätte er Bryzos zur Strecke gebracht», antwortete Sabinus und deutete auf Sitalces' rotbärtigen Kumpan, der hämisch grinste.

«Drenis und Ziles müssten noch ein bisschen an ihrer Treffsicherheit arbeiten», sagte Bryzos. Seine beiden dunkelhaarigen Landsleute zeigten sich verlegen. «Nur einer von ihnen hat den Mistkerl erwischt, bevor ich von hinten über ihn hergefallen bin. Er war nur leicht verletzt und hat gekämpft wie ein Löwe. Mit dem Stinker, diesem Heiden, bin ich aber dann doch fertiggeworden.» Er hob einen blutigen Skalp an, der an seinem Gürtel hing.

«Heide?» Vespasian blickte fragend auf Bryzos. «Ich dachte, alle Thraker beten dieselben Götter an.»

«Nicht die Geten», antwortete Bryzos und spuckte aus. «Sie lehnen alle unsere Götter ab, außer einen, Zalmoxis. Wie dumm muss man eigentlich sein, dass man nur einen Gott verehrt?»

«Wie verhält sich euer Hohepriester dazu?»

«Keine Ahnung, interessiert uns auch nicht weiter», antwortete Sitalces. Auch er spuckte auf den Boden. «Dass er sich überhaupt auf sie einlässt, macht ihn für uns zu einem Abtrünnigen. Wir fürchten ihn nicht mehr.»

Vespasian nickte und befahl, die Toten, sieben an der Zahl, auf die Ersatzpferde zu binden. Sie sollten jenseits der Berge an geeigneter Stelle eingeäschert werden. Als er in den Sattel stieg, fühlte er sich von einer Sorge befreit: Er hatte befürchtet, dass Rhotekes, wenn er ihn stellte, den Thrakern so viel Angst machen würde, dass sie seine Gefangennahme verhindern könnten. Nach allem, was Vespasian wusste, waren die thrakischen Götter eine ziemlich grässliche Bande, mit der man sich lieber nicht anlegte.

Die Kolonne setzte sich wieder in Bewegung. Bei sehr viel besseren Wetterverhältnissen kam sie nun schnell voran. Von der Sonne beschienen, erstrahlten die verschneiten Berge vor tiefblauem Himmel.

Nachdem sie die Passhöhe hinter sich gelassen hatten, erinnerte sich Vespasian, der zwischen Magnus und Sabinus ritt, an das Depeschenbehältnis und zog es aus dem Gürtel.

«Was ist das?», wollte Sabinus wissen.

«Wir werden sehen. Der Bogenschütze trug es bei sich», antwortete Vespasian. Er nahm den Verschluss ab und schüttelte den Inhalt heraus. Eine Schriftrolle fiel in seinen Schoß. Er nahm sie zur Hand und betrachtete das Siegel. «Tiberius Claudius Nero Germanicus», las er laut vor. «Verflucht, das ist Antonias Sohn.»

«Und ein Idiot, nach allem, was bekannt ist, oder zumindest tut er so», wusste Sabinus beizutragen. «Aber um sich idiotisch zu geben, muss man wohl auch einer sein. Das jedenfalls behauptet Antonia.»

«An wen hat er das Schreiben gerichtet?», fragte Magnus und beugte sich über das Siegel.

Sabinus schaute den Bruder an. «Um das herauszufinden, kleiner Bruder, bleibt dir nichts anderes übrig, als den Brief eines Mitglieds der kaiserlichen Familie zu öffnen.»

Vespasian dachte einen Moment lang nach. «Wenn wir nicht reinschauen, werden wir nicht wissen, wem er zuzustellen ist.» Er brach das Siegel, überflog das Geschriebene und stieß einen Pfiff aus.

«Und?», fragte Magnus.

«Er ist an Poppaeus gerichtet, aber nicht Claudius hat ihn unterschrieben, sondern ein Mann namens Boter. Und von der Grußformel und der Signatur abgesehen, scheint der ganze Text verklausuliert zu sein.»

«Interessant», bemerkte Sabinus. «Boter ist einer von Claudius' Freigelassenen. Ich bin ihm selbst nie begegnet, aber Pallas kennt ihn. Vor ein paar Jahren soll er Claudius' erste Frau geschwängert haben. Seltsamerweise hat Claudius ihm das durchgehen lassen. Jetzt ahne ich, warum. Claudius hat ihn in der Hand und spannt ihn für schmutzige Geschäfte ein. Wenn was schiefläuft, kann er auf Distanz gehen und behaupten, von ihm hinters Licht geführt worden zu sein. Boter hat das Nachsehen und Claudius seine Rache. Nicht schlecht.»

«Ob er sich hinter Claudius versteckt?», fragte Magnus.

«Möglich. Pallas hält ihn für sehr ehrgeizig.» Sabinus hielt einen Moment inne und korrigierte sich. «Nein, der Brief muss mit Claudius' Wissen geschrieben worden sein. Doch da er nicht von ihm unterschrieben ist, wohl aber sein Siegel trägt, wird er anfechtbar sein, wenngleich er authentisch scheint. Vielleicht ist Claudius nicht der Idiot, für den man ihn hält. Ich finde, wir sollten ihn Antonia vorlegen, wenn wir wieder zurück sind. Pallas könnte ihn wahrscheinlich dechiffrieren.»

«Warum sollte er Poppaeus einen chiffrierten Brief zukommen lassen? Daraus lässt sich doch nur schließen, dass er und vielleicht auch Seianus mit ihm unter einer Decke stecken», sagte Vespasian und steckte die Schriftrolle zurück in das Behältnis. Die Kolonne bewegte sich nun talwärts. In der Ferne breitete sich unterhalb der Schneegrenze die bewaldete Hügellandschaft Moesiens aus.

«Ja, als Neffe des Kaisers und Bruder von Germanicus,

des von Augustus vorgesehenen Nachfolgers, hat Claudius durchaus gute Aussichten auf den Thron, insbesondere dann, wenn er von Seianus unterstützt wird.»

«Warum sollte Seianus ihn unterstützen?»

«Vielleicht weil er Claudius für einen Schwächling hält, den er für seine eigenen Zwecke einspannen kann, was er anscheinend schon tut.»

«Inwiefern?»

«Nun, Claudius hat sich von seiner Frau Plautia Urgulanilla nach der Geburt von Boters Tochter wegen Ehebruchs scheiden lassen und vor zwei Jahren neu geheiratet, wahrscheinlich auf Seianus' Rat hin, und zwar eine Frau namens Aelia Paetina.»

Vespasian runzelte die Stirn. Er hörte den Namen zum ersten Mal. «Und?»

«Damals dachte sich niemand was dabei. Man hielt Claudius für einen Einfaltspinsel. Aber Aelia, deren Eltern starben, als sie noch ein Kind war, wurde von ihrem Onkel mütterlicherseits aufgezogen, von Lucius Seius Strabo.»

Vespasian riss die Augen auf. «Doch nicht etwa von Seianus' Vater?»

«Doch, kleiner Bruder. So ist es. Aelia ist Seianus' Halbschwester, und der wiederum ist der Schwager von Claudius. Würde Claudius Kaiser, wäre Seianus sein legitimer Nachfolger.»

TEIL
II
MOESIEN,
APRIL A.D. 30

V

Vielen Dank für Euren Bericht, meine Herren», sagte Pomponius Labeo und betrachtete dabei Vespasian und Caelus mit einem Ausdruck verhaltener Belustigung. «Ich habe mir Eure Bitte durch den Kopf gehen lassen und will sie Euch gewähren. Sobald die Belagerung der Burg von Sagadava zu einem erfolgreichen Abschluss geführt worden ist, werde ich die dritte und die achte Kohorte in Marsch setzen, um der thrakischen Garnison zu Hilfe zu eilen.»

Vespasian und Caelus salutierten, erleichtert über die Entscheidung des vorgesetzten Kommandanten. Sie befanden sich in dessen Arbeitszimmer in der neu errichteten Festung von Durostorum am Ufer des Danuvius, die erst seit kurzem von einer Abteilung der Legio IIII Scythica gehalten wurde. Das Hauptgebäude war Ende des vergangenen Jahres fertiggestellt worden, und in dem Arbeitszimmer roch es noch nach frisch gewachsten Dielen und Wandverputz. Draußen vor dem unverschlossenen Fenster hörte man ein Heer von Sklaven bei der Arbeit und die Rufe ihrer Aufseher.

«Ich nehme an», fuhr Pomponius fort, die feisten Arme vor sich auf den Schreibtisch gelegt und den Kopf verschwörerisch nach vorn gereckt, «die kleinen Ungereimtheiten in Eurem Reisebericht sind einer persönlichen Animosität geschuldet und dem Umstand, dass Ihr deswegen das Leben Eurer Männer nicht unnötig in Gefahr bringen wolltet. In Anbetracht Eurer unmittelbar bevorstehenden Rückkehr nach Rom, Tribun Vespasian, will ich darüber hinwegsehen.»

Vespasian atmete auf. Nach den zwanzig Tagen, in denen sie nach Pomponius gesucht und von dem Kommandanten der Garnison bei Oescus erfahren hatten, dass die Legio IIII Scythica gegen eine getische Räuberbande von über dreitausend Mann zu Feld gezogen war, hatte er mit einer scharfen Zurechtweisung dafür gerechnet, dass er mit seiner Kolonne in einem Schneesturm über den Succi-Pass gekommen war. Er hatte, seinem Rang gemäß, als Erster Bericht erstatten dürfen, unerwähnt gelassen, dass er von Caelus zur Umkehr aufgefordert worden war, und stattdessen betont, wie wichtig das Pomponius vorgetragene Ersuchen seiner Garnison sei. Dort herrsche große Unzufriedenheit, hatte er erklärt, wohl wissend, dass er Caelus damit in ein schlechtes Licht rückte, weil dieser verantwortlich war für die Disziplin der Mannschaften. Sich selbst und Paetus hatte er dagegen dargestellt als diejenigen, denen zu verdanken sei, dass die drohende Meuterei im Keim erstickt werden konnte.

«Wenn ich auch etwas sagen dürfte, Legatus ...», knurrte Caelus.

«Ihr schweigt, Centurio», blaffte Pomponius, wobei seine schlaffen Wangen bebten. «Ihr hattet heute Morgen nach Eurer Ankunft Gelegenheit, mich zu unterrichten. Die Sache hat sich für mich erledigt. Wenn Ihr nach Thrakien zurückgeht, werdet Ihr die drei Legionäre, die Paetus geschickt hat, zur Belagerungslinie nach Sagadava bringen. Dort überstellt Ihr sie Faustus, dem *Primus Pilus*. Sie wollen ihre Kameraden rächen, gut. In der ersten Centurie der ersten Kohorte können sie sich nach Herzenslust austoben, wenn sie die Festung stürmen. Mein Schreiber hat den Überstellungsbefehl bereits ausgefüllt und ein paar Worte an Paetus hinzugefügt. Holt Euch auf dem Weg nach draußen die Papiere bei ihm ab. Ihr seid entlassen, Centurio. Verstanden?»

«Ja, mein Herr.»

«Gut. Führt die illyrischen Hilfstruppen mit Euch und kehrt so schnell wie möglich nach Thrakien zurück. Abtreten.»

Caelus salutierte, machte auf dem Absatz kehrt und stampfte mit unverhohlener Wut auf den Ausgang zu.

Als sich die Tür hinter ihm schloss, ging ein breites Grinsen über Pomponius' Gesicht. «Er hat schon immer für Poppaeus spioniert und wird ihm eine Menge zu sagen haben, wenn er nach Sagadava kommt.»

«Poppaeus ist in Sagadava?», platzte es wider alle Gebote der Zurückhaltung gegenüber seinem Vorgesetzten aus Vespasian heraus.

Pomponius sah gnädig über den Verstoß hinweg. «Setzt Euch, Tribun. Ja, er ist vor vier Tagen dort angekommen, dieser hinterhältige kleine Bastard. Ich habe während der vergangenen zwei Monate die Geten durch Ostmoesien gejagt und sie schließlich bei Sagadava in die Enge getrieben, wo sie auf Boote gewartet haben, mit denen sie den Fluss überqueren wollten. Vor drei Tagen dann, als die Belagerungsreihen geschlossen waren und diese Pferdeficker in der Klemme steckten, ist er mit vier Kohorten der Fünften Macedonia und zwei Geschwadern der danubischen Flotte aufgekreuzt, hat das Oberkommando an sich gerissen und mich wieder abziehen lassen. Jetzt sitze ich hier, während er die Lorbeeren erntet. Er hatte sogar die Frechheit, mir vorzuwerfen, meine Pflichten gegenüber Rom vernachlässigt und die getischen Raubzüge nicht verhindert zu haben. Als wäre es ein Leichtes, einen Feind zu bekämpfen, der dreißig bis vierzig Meilen am Tag zurücklegen kann, während wir, wenn alles gut geht, allenfalls fünfzehn schaffen. Bei Plutos Klöten, wir brauchen hier mehr Kavallerie.» Pomponius ließ sich in die Stuhllehne zurückfallen und wischte mit der Hand den Schweiß ab, der sich trotz der Kälte auf seiner Stirn gebildet hatte.

Unruhig rutschte Vespasian auf seinem Hocker hin und her. Er fragte sich, wie er herausfinden sollte, ob sich Rhotekes im Haufen der Belagerten aufhielt. Und wenn ja, wie sie durch die römischen Linien hindurch in die Festung gelangen, ihn ergreifen und entführen konnten, ohne dass Poppaeus etwas davon mitbekam. «Warum ziehen die Geten eigentlich immer wieder plündernd durchs Land?», fragte er. «So viel gibt es gar nicht zu erbeuten, und ihnen muss doch klar sein, dass sie mit ihren Raubzügen den Kaiser womöglich veranlassen, sein Herrschaftsgebiet bis über den Fluss hinaus auszuweiten.»

Pomponius blickte aus seinen von Selbstmitleid betrübten Betrachtungen, in die er versunken war, auf. «Was? Oh, verstehe. Strategisch ist es reiner Wahnsinn, worauf sich diese Lumpen einlassen. Aber es scheint, dass ihr König Cotiso, der Enkel seines Vorgängers selbigen Namens, den wir vor fünfzig Jahren geschlagen haben, dazu angestachelt wurde, sich für die Schmach, die seinem Volk widerfahren ist, zu rächen.»

«Durch wen?»

«Durch den abscheulichen Priester, der sich bei Poppaeus Gehör verschaffen konnte. Ihr habt ihn vielleicht gesehen, als er Dinas' Volk zur Kapitulation bewegt hat. Ihr wart doch dabei, oder?»

«Ja, ich war dabei», antwortete Vespasian und versuchte, dabei gelassen zu erscheinen. «Er hält sich also seit der Niederschlagung der Revolte bei den Geten auf?»

«Seit wann genau, weiß ich nicht, aber er ist mit Sicherheit schon mindestens ein Jahr bei ihnen. Nach Augenzeugenberichten hat er sogar an manchen ihrer Raubzüge teilgenommen.»

«Auch an dem jüngsten?», fragte Vespasian betont beiläufig.

Pomponius wollte schon antworten, hielt sich aber zurück und musterte den jungen Tribun mit seinen kleinen Schweinsaugen. «Verstehe», sagte er langsam. «Euer Bruder ist mit Euch gekommen, nicht wahr?»

Vespasian spürte, wie ihm das Herz höherschlug. «Ja, mein Herr.»

«Doch nicht in irgendeiner militärischen Funktion, oder?»

«Nein, er ist Zivilist.»

«Ist er vor kurzem aus Rom gekommen?»

Vespasian wusste, dass Leugnen zwecklos war. «Ja, mein Herr, Ende März.»

Pomponius nickte bedächtig und stand auf. Vespasian tat es ihm gleich.

«Ich habe mich jetzt um andere Angelegenheiten zu kümmern, Tribun», sagte Pomponius und ließ den jungen Mann wissen, dass das Gespräch beendet war. «Es würde mich freuen, heute Abend mit Euch und Eurem Bruder zu speisen.»

«Das hier wird Euch bestimmt besonders gut schmecken», meinte Pomponius begeistert, als ein riesiger Flussbarsch serviert wurde, angerichtet mit einem sämigen Sud. «Eine Spezialität meines Kochs. Seine Soße aus Honigwein und Pflaumen ist unübertroffen, und er versteht es, einen Fisch auf den Punkt genau zu garen. Er ist eine wahre Perle. Er dient mir seit zwölf Jahren und wird, wie ein guter Wein, immer besser mit der Zeit.» Wie um den Vergleich zu bestätigen, nahm er einen tiefen Schluck aus seinem Pokal, rülpste und blickte begierig auf seinen Teller.

Vespasian schaute seinen Bruder an, der ihm gegenüber am Tisch saß und überhaupt nicht müde zu sein schien. Mit einem höflichen Lächeln wandte er sich dann an den Gastgeber. «Schon vom Anblick dieses feinen Gerichts läuft mir das Wasser im Mund zusammen», übertrieb er.

Wenn es der zweite oder dritte Gang gewesen wäre, der ihm vorgesetzt wurde, hätte er vielleicht die Wahrheit gesagt, aber es war der achte. Vespasian hatte sich aufgrund des beachtlichen Bauchumfangs des Gastgebers schon auf ein schweres Abendessen gefasst gemacht und während der ersten vier Gänge Zurückhaltung geübt, weil ja bald, wie er glaubte, Gebäck und Früchte serviert werden würden. Doch weit gefehlt. Bislang waren ihm eine mächtige Portion gerösteten Zickleins vorgesetzt worden, verschiedene Wildvögel und Teile einer Rehkeule, die alle in deftigen Soßen schwammen.

So übersatt und voll er sich auch fühlte, es kam gar nicht in Frage, etwas davon abzulehnen. Es wäre extrem unhöflich gewesen. Erleichterung verschaffte ihm nur, dass er wagte, sich ein Beispiel an Pomponius zu nehmen, der hemmungslos aus beiden Körperöffnungen Wind abließ – eine Unart, die sich Vespasian bei Tisch eigentlich nicht gestattete. Mit dem sechsten Gang aber hatte er seine Skrupel aufgegeben und den Blähungen, die seine Innereien zu zerreißen drohten, Tor und Tür geöffnet. Wie viel lieber wäre er an Magnus' Stelle, der, während Vespasian sich quälte, mit Artebudz und den Thrakern zusammensaß und Wein becherte. Vespasian krümmte sich unter Schmerzen auf der Liege. Sabinus versorgte sich mit einer unnötig großen Portion vom Barsch und löffelte Soße darüber.

«Hau rein, kleiner Bruder», sagte er mit boshaftem Funkeln in den Augen. «Unser Gastgeber hat das Beste für den Schluss aufbewahrt. Wir sollten ihm gerecht werden.» Er stopfte sich einen tropfenden Happen in den Mund, kaute und gab genießerische Laute von sich.

«Ihr irrt, Sabinus», meinte Pomponius, als er sich ein noch größeres Stück vom Servierteller nahm. «Es wäre ein Fehler, mit dem Besten bis zum Schluss zu warten, denn dann kann man es gar nicht mehr richtig genießen. Wir haben noch ein paar Gänge vor uns, nicht zuletzt die in Honig sautierte Schlafmaus, bevor wir mit süßem Gebäck die letzten Lücken schließen.»

Sabinus erbleichte. Vespasian glaubte, sich übergeben zu müssen. Unter Aufbietung seiner letzten Reserven an Überwindungskraft legte er das kleinste Stück des Fischs auf seinen Teller und tat, als schmeckte es ihm vortrefflich, wobei er heimlich so viel wie möglich davon in seinem Mundtuch verschwinden ließ.

«Poppaeus mag sich dank seines neu erworbenen Geldes noch so gut ausgerüstet haben», sagte Pomponius, der zu seinem Lieblingsthema an diesem Abend zurückkehrte, «mit einem mit Marmor ausgelegten Zelt, mobilen Fresken, protzigem Mobiliar und zahllosen Pferden. Wegen seiner niederen Herkunft aber wird es ihm nicht möglich sein, die wirklich schönen Aspekte des Lebens zu genießen.» Mit einem Kanten Brot wischte er die überschüssige Soße von seinem Teller. «Ihr könnt mir glauben, ich weiß Bescheid. Ich hatte schon einige Male das Missvergnügen, mit ihm zu tafeln, und wäre es nach mir gegangen, hätte man seinen Koch auspeitschen lassen für die armselige Kost, mit der er uns abzuspeisen versucht hat. Das Essen war fast so karg wie die Ration für Legionäre. Kein Wunder, dass er eine so dürftige Figur macht.» Er fand seine Bemerkung offenbar so komisch, dass er sich fast an seinem Wein verschluckte. «Vorsorglich habe ich, sooft ich bei ihm zu Gast war, meinen Koch beauftragt, mit einem anständigen Schmaus auf meine Rückkehr zu warten», fuhr er fort und putzte sich die Nase, aus der Wein getropft war. «Nur so war es mir möglich, seine frugalen kleinen Gastmahle zu überstehen.» Er hob seinen Kelch, um sich von einem im Hintergrund wartenden Sklaven neu einschenken zu lassen, und fügte hinzu: «Eins muss man ihm aber lassen, er versteht sich auf Wein.»

«Wie Ihr, Pomponius», bemerkte Sabinus, erfreut, auch wieder einmal zu Wort zu kommen. Er kostete aus seinem Kelch. «Woher stammt eigentlich dieser gute Tropfen?»

«Von meinem Gut in Aventicum, im Süden von Germania Superior», antwortete Pomponius und nahm einen tiefen Schluck. Mit fast wehmütigem Blick sagte er: «Ein wunderschöner Ort, am Ufer des Murtensees im Stammland der Helvetier. Mein Großvater Titus Pomponius Atticus hat eine

Menge Land ringsum erworben, als er mit unserem Bankgeschäft in die Provinz expandierte.»

Vespasian gab sich interessiert, während Pomponius die unternehmerischen Leistungen der Familie hervorhob und beklagte, dass ihm in der Ausübung seines Amtes der Geschäftssinn verlustig gehe und er deshalb daran denke, sein Amt zu verkaufen. Noch ein Gang wurde aufgetragen, dann noch einer, und Vespasian wünschte sich eine Brechschüssel herbei, wovon er sonst nie Gebrauch machte, weil er solche Tischsitten verabscheute. Jetzt aber wäre er gern darauf eingegangen, hätte Pomponius nicht schon deutlich zu verstehen gegeben, dass es ihm nie in den Sinn kommen würde, gute Kost zu verschwenden.

Glücklicherweise wurde sein Teller mit der nur zur Hälfte verspeisten Schlafmaus weggeräumt. Stattdessen kamen nun Gebäck und Früchte auf den Tisch, dazu zwei volle Krüge mit kaum verdünntem Wein. Pomponius schickte die Sklaven fort.

«Kommen wir zur Sache, meine Herren», sagte Pomponius, als der letzte Sklave die Tür hinter sich zugezogen hatte und die drei Männer allein in dem großen, schmucklosen Raum waren, der nichtsdestotrotz im Licht der untergehenden Sonne, der Öllampen und brennenden Kohlenpfannen eine intime Atmosphäre ausstrahlte. «Ich würde sehr gern wissen, warum Ihr, Vespasian, in unserer Unterredung am Nachmittag so schnell und geschickt auf Rhotekes zu sprechen gekommen seid. Ich bin vielleicht ein einfacher Soldat und Sachverwalter ohne politische Begabung und voll des guten Weins, höre aber doch genauer hin, wenn mir jemand drei Fragen in kurzer Folge stellt, deren Antworten er sehr wohl kennt, und dann mit einer vierten herausrückt, die ihm merklich unter den Nägeln brennt.»

Vespasian fühlte sich ertappt. Zu leugnen, dass er von Pomponius auf Schleichwegen den Aufenthaltsort von Rhotekes zu erfahren versucht hatte, hieße, an der Intelligenz seines Gastgebers zu zweifeln. Gäbe er ihm aber recht, würde er klären müssen, warum er, ein einfacher Tribun, zu wissen wünschte, ob der Priester gemeinsame Sache mit getischen Räuberbanden machte oder nicht. In Zukunft vorsichtiger fragen, nahm er sich vor und warf einen Blick auf den Bruder, der nur mit den Schultern zuckte.

«Wie viel Zeit wollt Ihr Euch nehmen, wenn Ihr wirklich einmal in die Klemme geratet?», fragte Pomponius streng. «Dass Ihr so lange zaudert und Euch hilfesuchend nach Eurem Bruder umschaut, verrät mir, dass Ihr mir nicht sagen wollt, warum Ihr dem Priester nachstellt.»

«So ist es, Exzellenz», erwiderte Vespasian.

«Wir sind hier unter uns, nicht auf dem Paradeplatz. Streicht ‹Exzellenz›», entgegnete Pomponius scharf. «Warum wollt Ihr den Priester finden?»

«Wir haben den Auftrag, ihn nach Rom zu bringen.» Vespasian spürte, wie der übervolle Magen in ihm rebellierte.

«Wer hat Euch beauftragt?» Ohne auch nur einen Rest von Jovialität bohrte sich Pomponius' Blick in Vespasians Gesicht, mit einer Intensität, dass ihm angst und bange wurde.

«Das kann ich nicht sagen», antwortete er gereizt. Er spürte, wie sich der Bruder auf der anderen Seite des Tisches versteifte und über Pomponius herzufallen drohte.

«Doch, das werdet Ihr, Tribun. Bei den Göttern, sonst

vergesse ich, dass ich Euch mein Leben verdanke. Nur deshalb habe ich heute Morgen Caelus' Beschwerde abgewiesen und Euch den Vorzug gegeben. Ich kann meine Entscheidung aber auch revidieren und Euch in Schimpf und Schande nach Rom zurückschicken.»

«Das müsst Ihr dann tun, Legatus. Ich werde nichts sagen.»

Es schien, als würde Pomponius jeden Moment platzen. Doch er fasste sich schnell wieder. «Na schön, Tribun, dann muss es so sein.»

«Dürfte ich eine Frage stellen?», mischte sich Sabinus schnell ein.

«Wenn es uns aus der Sackgasse heraushilft ...»

«Mein Bruder tut gut daran zu verschweigen, wer ihn gebeten hat, den Mann nach Rom zu bringen. Würdet Ihr uns denn erklären, warum Ihr so sehr darauf brennt, eingeweiht zu werden?»

Pomponius musste nicht lange nachdenken. «Nein.»

«Ihr seid Euch sicher im Klaren darüber, dass das, was dieser Mann zu sagen hat, sehr wichtig ist für zwei verfeindete Lager in Rom, und bis auf weiteres kann keiner von uns sicher sein, wer den größeren Nutzen daraus ziehen könnte.»

«So ließe es sich zusammenfassen.»

«Ich vermute, Ihr habt ein Interesse daran, dass ein bestimmtes Lager den Priester zu fassen bekommt, bevor er in die Hände anderer fällt oder gar eliminiert wird. Sehe ich das richtig?»

Pomponius lachte. «Ihr glaubt doch wohl nicht im Ernst, dass ich darauf antworte. Wir wissen beide, dass nur eines der angesprochenen Lager Rhotekes tot sehen möchte.»

«Wie gesagt, wir wollen ihn nach Rom bringen, und zwar lebendig.»

«Und was, wenn ich ihn lieber tot sähe?»

Sabinus griff unter seine Tunika und zog ein Messer. «Dann würde ich Euch töten. Vielleicht sollte ich das so oder so tun, um auf der sicheren Seite zu sein.»

Pomponius mühte sich von seinem Stuhl auf und ging in Kampfposition.

«Lass gut sein, Sabinus», rief Vespasian. «Du hast ihn doch gehört – er verachtet Poppaeus und würde nichts tun, was ihm zugutekommt.»

Pomponius lächelte. «Junger Mann, Ihr müsst noch viel lernen. Jemanden zu verachten ist kein Grund, nicht mit ihm zusammenzuarbeiten, wenn sich die Interessen überschneiden. Ich weiß, dass auch Ihr ihn verabscheut, sonst hättet Ihr mir nicht gesagt, dass er mir meinen Sieg gestohlen hat, als wir die thrakische Revolte niedergeschlagen haben. Aber das ist fast vier Jahre her. Inzwischen seid Ihr womöglich andere Bündnisse eingegangen. Wie dem auch sei, dass Ihr Euren Bruder vor mir in Schutz nehmt, zeigt mir, dass wir auf derselben Seite stehen. Es sei denn, Ihr seid ein sehr guter Schauspieler, was ich allerdings nicht glaube. Darum werde ich Euch vertrauen, Sabinus, ungeachtet der Tatsache, dass Ihr mich in meinem eigenen Speisesaal mit einem Messer bedroht. Ich tue es ab als schlechtes Betragen. Der Priester ist in Sagadava.»

Sabinus hielt das Messer erhoben. «Warum sollten wir Euch vertrauen?»

Pomponius schaute ihm ins Gesicht. «Weil ich derjenige bin, der Antonia darüber informiert hat, dass Rhotekes bei den Geten ist, und sie hat Euch doch auf den Weg geschickt, ihn zu ergreifen, wenn ich nicht irre.»

«Ihr seid Antonias Spion in Moesien?», rief Vespasian ungläubig aus.

«Unsinn, ich bin niemandes Spion. Ich habe sie informiert, weil sich unsere Interessen überschneiden. Ihr, Vespasian, habt mir nach der Schlacht erklärt, dass Rhotekes als Mittelsmann von Seianus und Poppaeus fungiert hat. Als er also im vergangenen Jahr wieder aufgetaucht ist, habe ich Antonia einen anonymen Hinweis zukommen lassen, weil ich annahm – offenbar zu Recht –, dass er ihr von Nutzen sein könnte. Ich weiß, dass sie Seianus zu Fall zu bringen versucht, und wenn ihr das gelingt, wird Poppaeus mit ihm untergehen. Und ich hätte meine Rache dafür, dass er mich um meinen verdienten Sieg gebracht hat.»

«Woher wisst Ihr, dass Antonia gegen Seianus intrigiert?»

«Setzt Euch wieder und füllt Eure Becher, meinen bitte auch, wenn Ihr schon dabei seid. Ich werde Euch alles erklären.»

Die Brüder ließen sich nicht lange bitten und tranken den starken Wein, der sie schnell ruhiger stimmte. Pomponius leerte seinen Kelch mit einem Zug und hielt ihn hin, um neu eingeschenkt zu bekommen. Vespasian tat ihm den Gefallen.

«Danke», sagte Pomponius und streckte sich auf seiner Liege aus. «Ich will mich kurz fassen. Als die Thraker vor sechs Jahren mit Aufstand drohten, war ich in Rom. Man hatte mich gerade zum Legatus der Vierten Scythica ernannt und nach Moesien beordert. Asinius wollte mich als seine Augen und Ohren in Moesien und Thrakien wissen. Er zog mich ins Vertrauen und sagte, dass er zusammen mit Antonia dem drohenden Aufstieg Seianus' entgegenzuwirken gedenke. Wegen der großen Summe Geldes, die nach der Niederschlagung der Numiderrevolte im Besitz von Tacfarinas gefunden wurde, kamen Antonia und Asinius auf den Verdacht, dass das Aufrühren von Aufständen in den Provinzen zur Strategie Seianus' gehört, der das Reich zu schwächen und seine Stellung beim Kaiser zu stärken versucht. Sie glaubten, dass auch der drohende Aufstand in Thrakien diesen Plänen zuzuschreiben war. Zu diesem Zeitpunkt ahnten sie noch nicht, dass Poppaeus darin verwickelt sein könnte, denn seit seiner Ernennung zum Gouverneur von Moesien und Thrakien zehn Jahre zuvor war er nicht mehr in Rom gewesen, und es gab keinerlei Hinweise darauf, dass er und Seianus in Kontakt miteinander standen. Weil Poppaeus zwar von allen respektiert wird, aber keine herausragenden Fähigkeiten vorzuweisen hat, stellte er keine besondere Bedrohung dar. Sie hatten aber auch keinen Grund, ihm zu vertrauen. Also brauchten sie ihren eigenen Mann vor Ort.»

«Warum vertraute er Euch so sehr, dass er Euch all dies sagte?», fragte Vespasian.

«Weil wir miteinander verwandt sind. Seine Mutter, Vipsania Agrippina, ist die Nichte meines Vaters.»

«Und sie war Tiberius' erste Frau und Mutter seines verstorbenen Sohnes Drusus, der, wie Antonia glaubt, von ihrer Tochter Livilla, der Geliebten Seianus', ermordet wurde», führte Sabinus aus.

«Genau. Wir hatten also beide einen Angehörigen zu rächen und einen Kaiser zu schützen, dem wir beide durch Heirat verbunden sind. Auf mich konnte er scheinbar zählen, aber ich habe mich verweigert.»

«Warum?»

Pomponius lächelte, als er Vespasians fassungslosen Blick auf sich gerichtet sah. «Weil meine Urteilskraft nicht länger vernebelt ist vom Enthusiasmus und Idealismus der Jugend – wie die Eure offenbar, wenn ich Eure Miene richtig deute. Seianus hatte mir kurz zuvor einen Sitz im Senat vereitelt, um einen seiner Männer ins Amt zu hieven. Zum Trost gab er mir das Kommando über die Vierte Scythica. Ich wusste aber, dass er mich im Auge behalten würde, das tut er wahrscheinlich immer noch. Für Asinius und Antonia wäre ich zur Belastung geworden, und außerdem habe ich vor, eines natürlichen Todes zu sterben und nicht, wie die meisten, die Seianus' Argwohn erregen, auf gewaltsame Weise.»

«Und wie kam's zum Gesinnungswandel?», hakte Vespasian nach, ohne seinen Abscheu ganz verhehlen zu können.

Pomponius schaute ihn ungerührt an. «Mäßigt Eure Zunge, junger Mann, und versucht gar nicht erst, mich nach Euren frechen und naiven Maßstäben zu beurteilen.»

Vespasian errötete, beschämt nicht nur wegen Pomponius' Einschätzung seiner Person, sondern auch von der Einsicht, dass er recht hatte. «Verzeiht, ich habe mich im Ton vergriffen.»

Pomponius neigte seinen Kopf. «Um auf Eure Frage zu antworten: Meine Zeit hier geht zu Ende. In etwa einem Monat werde ich auf meine Güter in Aventicum zurückkehren, faulenzen und Wein trinken, bis sich in Rom die politischen Wogen geglättet haben. Darum bin ich das Risiko eingegangen, Antonia mit Informationen zum Nachteil Poppaeus' zu versehen, in der Hoffnung, dass sie davon Gebrauch macht.»

«Warum habt Ihr Rhotekes, als er hier auftauchte, nicht gefangen genommen und an Antonia ausgeliefert?»

«Seit über einem Jahr versuche ich, den Priester zu ergreifen. Als ich ihn endlich gestellt und mir schon überlegt hatte, wie ich ihn am besten aus dem Weg schaffen sollte, kreuzte plötzlich Poppaeus auf. Seianus musste davon erfahren haben, dass Rhotekes wieder aufgetaucht war. Anscheinend hatte er den Kaiser dazu bewegen können, Poppaeus als Gouverneur einzusetzen, wahrscheinlich mit der Begründung, dass ich mit den räuberischen Banden nicht fertigwürde. Poppaeus hat sich auch den Oberbefehl über Sagadava unter den Nagel gerissen, weil er weiß, dass sich Rhotekes dort aufhält, und sicherstellen will, dass er sich nirgendwo anders blicken lässt. Holt ihn da raus.»

«Wie sollen wir das anstellen?», fragte Sabinus. «Ihr arbeitet an einem Plan, wenn ich recht verstanden habe?»

«Ich sagte, dass ich schon eine Weile darüber nachdenke, wie ich seiner habhaft werde», korrigierte Pomponius. «Von einem Plan kann nicht die Rede sein. Die Festung ist mit rund dreitausend Bastarden bemannt. Vermutlich kann man sich dort vor lauter Soldaten nicht mehr bewegen. Immerhin sind die meisten ihrer Pferde im Freien.»

«Selbst wenn wir es schafften, unbemerkt einzudringen, würden wir doch sehr bald Argwohn erregen», gab Vespasian zu bedenken, dem das Szenario ganz und gar nicht schmeckte.

«Es sei denn, wir tarnen uns als Geten», meinte Sabinus.

«Genau», pflichtete ihm Pomponius bei. «Daran habe ich auch schon gedacht, aber mir fehlen die Männer für ein solches Wagnis. Einen Thraker kann man mit einer so heiklen Mission nicht betrauen, und wir Römer würden nie und nimmer als Geten durchgehen, selbst wenn wir verpestete Beinkleider trügen.»

«Wir haben fünf Männer aus Königin Tryphainas Gefolge mitgebracht. Sie kämen für eine solche Kostümierung durchaus in Frage», sagte Vespasian. «Sabinus, Magnus und ich würden uns schon einzufügen wissen.»

Pomponius sah ihn an und runzelte die Stirn. «Sehr riskant. Setzt doch einfach nur die Thraker in Marsch.»

«Es werden mindestens zwei Männer nötig sein, um den Priester zu tragen; blieben nur drei zur Rückendeckung. Fallen einer oder zwei, wäre es um alle geschehen. Nein, um überhaupt eine Chance zu haben, müssen wir mitmachen.»

Sabinus räusperte sich. «Ich fürchte, mein Bruder hat recht, Pomponius. Stellt sich nur noch die Frage: Wie kommen wir rein und wieder raus?»

«Also, zuerst einmal müsstet Ihr Euch verkleiden, was an sich nicht schwerfallen dürfte; wir haben jede Menge Gefangene, von denen sich geeignete Sachen borgen ließen. Centurio Faustus, den Vespasian schon kennengelernt hat und dem wir beide vertrauen, wird Euch weiterhelfen können. In die Festung einzudringen dürfte dagegen etwas schwieriger sein. Soweit ich weiß, gibt es nur drei Möglichkeiten. Eine bietet sich nach meiner Einschätzung am ehesten an: durch einen kleinen Abwasserkanal in der Nordmauer, die dem Fluss zugewandt ist. Eine Annäherung zu Wasser hätte zudem den Vorteil, dass Ihr dem Belagerungsring aus dem Weg gehen würdet.»

Sabinus rümpfte die Nase. «Die Vorstellung, durch Getenscheiße zu kriechen, gefällt mir nicht. Wie sehen die anderen beiden Möglichkeiten aus?»

«Da wäre noch das Haupttor im Westen, oder Ihr klettert über die Mauer. Aber das würde nicht unbemerkt bleiben.»

«Wir könnten abwarten, bis Poppaeus die Festung erstürmt, und dann im allgemeinen Getümmel Rhotekes ergreifen», schlug Vespasian vor.

«Ja, aber wenn ich Poppaeus wäre, hätte ich ein Sonderkommando zu seiner Eliminierung eingerichtet, und am Ende hättet Ihr es nicht nur mit den Geten, sondern auch mit den Römern zu tun.»

«Sieht nicht gut aus», bemerkte Vespasian. «Aber keine Sorge, Sabinus, die Scheiße, in die wir da hineingeraten, wirst du an deinen Kleidern nicht riechen können.»

Sabinus grinste gezwungen. «Sehr komisch, kleiner Bruder. Und wie kommen wir da wieder raus, Pomponius?»

«Wiederum per Boot. Lasst Faustus dafür sorgen, dass Eure Pferde stromabwärts auf Euch warten. Ihr könntet verschwunden sein, bevor Poppaeus bemerkt, dass Ihr da wart. Er sollte nur darauf achten, nicht mit der danubischen Flotte zusammenzustoßen, die den Auftrag hat, fliehende Geten abzufangen.»

Vespasian schickte sich in das Unvermeidliche. «Na schön, wir haben also eine Art Plan, und da es keine Alternative gibt, bleibt uns nichts anderes übrig, als entsprechend vorzugehen. Es sei denn, wir kehren um und lassen den Priester in Sagadava sterben.»

«Wäre für mich die ansprechendste Option», meinte Sabinus. «Würde uns so manche Scherereien ersparen.»

«Kurzfristig gesehen, ja», erwiderte Pomponius. «Aber wenn Seianus davonkommt, wird jeder, der gegen ihn stand, sich und seine Familie in einer sehr unbequemen Lage wiederfinden. Ich schlage darum vor, dass Ihr jetzt erst einmal ausschlaft und Euch dann auf den Weg macht. Ihr habt einen Ritt von anderthalb Tagen vor Euch und dann eine Nacht voller Gefahren, wenn Ihr das Wagnis eingeht.»

«Gleich nach unserer Ankunft?», fragte Vespasian. «Sollten wir vorher nicht den Ort erkunden und uns einen letzten Plan zurechtlegen?»

«Ich fürchte, dazu fehlt die Zeit. Poppaeus prahlte damit, gegen Ende des Monats würden alle getischen Krieger tot sein. Wenn er sein Versprechen hält, wird er in der vorletzten Nacht des Monats angreifen, also schon in drei Tagen.»

VI

Grauer Rauch hing in dichten Schwaden über der uralten Festung von Sagadava. Für Vespasian und seine Gefährten stand anfangs zu befürchten, dass Poppaeus sie bereits angegriffen hatte und sie zu spät kamen. Aber als sie sich näherten, wurde ersichtlich, dass der Rauch aus den Reihen der Belagerer, von ihren Feuern und fahrbaren Schmieden aufstieg. Der Anblick dessen, was Poppaeus an Mannschaften und Maschinerie aufzubieten hatte, war aus der Ferne betrachtet durchaus beeindruckend, aber nichts im Vergleich zu den riesigen, vier Meilen langen Befestigungsanlagen, die Poppaeus vor vier Jahren hatte errichten lassen, um die thrakischen Rebellen in Schach zu halten.

Die Mauern bestanden aus großen Blöcken braunen Gesteins, gesetzt vor fast vierhundert Jahren, und zwar von dem Getenkönig Cothelas, einem Vasallen von Philipp II. von Makedonien, der damit seine Westgrenze vor Angriffen vom Fluss her zu schützen versucht hatte. Die Festung stand an der Stelle, wo der Grat eines schroffen Felsens in einen nicht weniger steilen Abhang überging, der im Abstand von rund hundertfünfzig Schritten parallel zum Fluss verlief. Ein weiterer Felsrücken sicherte die Westflanke, sodass ein Angriff nur von Süden in Frage kommen konnte, der zwangsläufig durch eine trichterförmige Verschanzung auf ein freies Feld vor dem Haupttor zuführte. Eine wehrhafte Zuflucht. Von festen Mauern – dreihundert Schritte im Quadrat und zwanzig Fuß hoch – umschlossen, ragte in deren nordöstlichem Winkel weithin sichtbar die Burg auf. In ihrer Hochzeit hatten Katapulte auf dem weiten Flachdach gestanden, mit denen man, selbst unangefochten, feindliche Boote versenkt hatte. Aber jetzt gab es diese Wurfmaschinen nicht mehr; sie waren schon vor langer Zeit verrottet, als nach der Invasion der Gallier die Geten im Süden des Danuvius ihre Macht verloren und sie sich vom Fluss zurückgezogen hatten. Die Stämme, die an ihre Stelle getreten waren, besaßen nicht das Wissen und die Technik, die Maschinen instand zu halten. Als die Römer, angeführt von Marcus Crassus, dem Enkel des gleichnamigen Triumvir, zu Beginn der Regentschaft von Augustus Moesien erobert hatten, waren sie auf eine fast verfallene Festung gestoßen, besetzt von Übriggebliebenen aus dem Stamm der Saci, die ihnen nichts hatten entgegensetzen können. Die Römer führten zwar ein paar Reparaturen durch, aber weil die große Feste Lysimachid bei Axiopolis strategisch sehr viel bedeutsamer war, besetzten sie Sagadava nur mit einer relativ kleinen Mannschaft, die dann von getischen Horden überrannt worden war.

Auf einer kahlgeschlagenen Anhöhe, nur noch eine Meile von den römischen Truppen entfernt, hielten Vespasian und seine Kameraden an und blickten hinab auf das Gewimmel der Belagerer, die aus gefällten Bäumen ein Bollwerk errichtet hatten: zwei Meilen lang und in Hufeisenform. Es umschloss die Festung sowie eine Siedlung, die sich im Windschatten des Felsrückens im Westen gebildet hatte, und reichte mit beiden Enden bis an den Fluss heran. Auf dem eingehegten Gelände liefen Hunderte von Pferden frei umher.

In den Wall waren drei Tore eingelassen, dicht beieinander und im Schnittpunkt des Hufeisens. Hinter jedem dieser Tore ragte ein massiver, aus Holz gezimmerter Turm auf Rädern empor, der sich von dreißig Fuß Kantenlänge am Sockel auf rund zehn Fuß am oberen Ende verjüngte. An allen drei Türmen waren lange Rampen angelegt, die von Seilwinden in waagerechter Schwebe gehalten wurden, bereit für die Fahrt bis hin zu den Mauern, um schließlich Hunderte von Angreifern auszuspucken.

Hinter den römischen Linien standen Dutzende von Onagern zum Schleudern von Steinen sowie *Ballistae*, mit denen Pfeile katapultiert wurden. Sie sollten, wenn die Türme von kretischen Bogenschützen begleitet in Stellung gebracht wurden, die Mauern unter Beschuss nehmen. Ihre Reichweite betrug über vierhundert Schritt, und die Wucht ihrer Projektile war durchaus geeignet, die Verteidiger an wirksamer Gegenwehr zu hindern und somit die eigenen Soldaten zu schützen.

An der gesamten Belagerungsmaschinerie arbeiteten Tausende von Legionären, Zimmerleute für die Türme, Männer mit Hacken und Schaufeln, die das Gelände für die Artillerie ebneten, Schmiede an mobilen Hammerwerken, die die eisernen Geschosse für die Ballistae formten, und Steinmetze, die Felsbrocken in Form brachten, damit sie in die Schlingen der Onager gelegt werden konnten. Der unaufhörliche Lärm ihrer Arbeit mischte sich mit dem Gebrüll der Offiziere zu einer Kakophonie, die laut herüberschallte bis zur Stelle, von der Vespasian und seine Reitergruppe Ausschau hielten.

«Ist doch wieder mal typisch», sagte Magnus grinsend. «Sie haben ganz Moesien, zwängen aber so viele Männer wie möglich in einen kleinen Winkel.»

«Lange bleiben werden sie jedenfalls nicht», bemerkte Sabinus. «Es sieht so aus, als würden sie bald zuschlagen. Pomponius hat recht, es könnte schon morgen zum Angriff kommen.»

«Dann sollten wir uns beeilen», sagte Vespasian und trieb sein Pferd an. «Machen wir erst einmal Faustus unter all den Männern ausfindig.»

Faustus zu finden war leichter als erwartet. Die erste Kohorte legte vor dem mittleren Tor letzte Hand an den riesigen Turm, der wenige Schritte dahinter geparkt war. Die Männer hämmerten und sägten an den Stiegen und Zwischenböden im Inneren des Turms. Über den Lärm, der von ihnen ausging, tönte eine vertraute Stimme hinweg.

«Wir machen hier kein verdammtes Kunstwerk, sondern was Zweckvolles. Ihr braucht auch später nicht mit eurer Liebsten hier zu wohnen, nein, ihr werft euch daraus in die Schlacht, ihr Glückspilze. Wenn die Fünfte Macedonia ihren Turm eher fertig hat als wir, verliere ich zehn Dinare an deren Primus Pilus und muss jeden Zehnten von euch zurück zur Mutter schicken, und das ohne Eier.»

«Centurio Faustus», rief Vespasian und stieg vom Pferd.

Faustus schaute sich um und nahm sofort stramme Haltung an. «Tribun Vespasian», begrüßte er ihn und grinste übers ganze Gesicht. «Und Magnus, alter Hund! Wollt Ihr Euch an unserem kleinen Krieg beteiligen? Thrakien scheint ziemlich langweilig zu sein, wenn Ihr eine so weite Reise auf Euch nehmt, um ein bisschen Abenteuer zu erleben.»

«Thrakien ist in der Tat langweilig», erwiderte Vespasian und ergriff den muskulösen Unterarm des Centurios. «Aber wir wollen euch nicht helfen, Spaß an eurem Krieg zu haben. Wir haben selbst eine kleine Schlacht zu schlagen, bevor ihr hier Tabula rasa macht. Das ist mein Bruder Sabinus, und das» – er zeigte auf Artebudz und die Thraker – «ist unsere Armee.»

«Lasst mich raten: Ihr seid hinter dem wieselgesichtigen Priester her. Ich will gar nicht erst fragen, warum, schätze aber, dass Ihr ihn finden wollt, bevor es Poppaeus tut. Ihr müsstet ihn also noch in dieser Nacht ergreifen, denn dass wir morgen angreifen, ist ein offenes Geheimnis.»

«Sehr scharfsinnig, Faustus. Wir brauchen deine Hilfe, um an getische Kleider und ein Boot zu gelangen.»

Faustus zögerte. «Poppaeus sitzt mir seit seiner Rückkehr im Nacken. Was Eure Unternehmungen angeht, kann ich diskret wegschauen, aber …»

Er wurde unterbrochen vom Ruf des Anführers der Centurie, die den Wall bewachte. «Sie fallen aus. Rund fünfhundert Mann. Wappnet euch!»

Seine Männer duckten sich unwillkürlich und hoben ihre Speere.

«Schilde!», brüllte Faustus. «Und geht hinter dem Wall in Deckung!»

Alle Legionäre ließen ihre Werkzeuge fallen, schnappten sich ihre Schilde und rannten zum Wall.

«Stellt Euch mit Euren Pferden zu ihnen, da seid Ihr in Sicherheit. Die stinkenden Bastarde rücken mehrmals am Tag vor und versuchen, unsere Türme in Brand zu setzen. Es scheint, die hier haben es wieder auf unseren abgesehen. Wenn sie sich doch bloß häufiger den der Fünften Macedonia vornähmen. Ich will die Wette nicht verlieren.»

Schrilles Kriegsgeschrei und das Donnern Hunderter Hufe erfüllte die Luft, als Vespasian und seine Kameraden den Wall erreichten. Wenig später zischten flammende Pfeile darüber hinweg, die eine dünne Rauchspur hinter sich zurückließen. Wie ein Trommelwirbel hörte sich ihr Aufprall auf dem Turm an. Brennende Stofffetzen regneten herab, doch viele steckten im Holz und drohten, das Bollwerk in Brand zu setzen.

Eine Centurie stand mit einer Pumpe und Eimern voller Wasser unter dem Turm in Bereitschaft. Die kleinen Brandherde am unteren Teil waren schnell gelöscht. Aber weiter oben, wohin kein Wasser gelangte, breitete sich das Feuer aus, und schon flog ein zweiter Schwarm brennender Pfeile herbei, die weiteren Schaden anrichteten.

«Bringt die verdammte Pumpe in Schwung, ihr Wichser! Unserem Mithras ist das Feuer hier alles andere als heilig», brüllte Faustus und schwang seinen Rebstock nach einer Gruppe von Legionären, die mit vereinten Kräften die Pumpenwippe bedienten, um für ausreichenden Wasserdruck zu sorgen. Die Wut, mit der sie von ihrem Primus Pilus angetrieben wurden, wirkte Wunder, denn sie legten sich nun so kräftig ins Zeug, dass aus der Schlauchtülle, die von zwei Männern gehalten wurde, ein Wasserstrahl aufspritzte, der bis zur oberen Turmplattform hinaufreichte.

Die Bedrohung nahm zu. Die Geten hatten sich inzwischen so weit genähert, dass nun in Harz getränkte brennende Fackeln, mit denen die Pfeile in Brand gesetzt worden waren, über den Wall geflogen kamen. Dutzende trafen auf den Turm, glitten daran herab und hinterließen flammende Spuren, denen das Löschwasser kaum etwas anhaben konnte. Die Männer an der Pumpe verstärkten ihre Bemühungen. Vespasian hörte, wie der Centurio befahl, die Speere gegen die Geten, die jetzt in Reichweite waren, zum Einsatz zu bringen. Das Kriegsgebrüll auf der anderen Seite des Walls verwandelte sich in gellende Schreie, als achtzig *Pila* auf die gegnerische Reiterschar niedergingen. Ein Schrei ließ Vespasian aufblicken, und er sah einen Legionär vom hohen Wehrgang kopfüber herabstürzen, direkt vor seine Füße. Wahrscheinlich hatte ihn nicht der Pfeil getötet, der ihm im Kiefer steckte, sondern der Sturz. Die Stellung des Kopfes zur Schulter machte deutlich, dass er sich den Hals gebrochen hatte. Aus einem jungen Gesicht starrten leblose Augen zu Vespasian empor. Der Bursche war höchstens siebzehn Jahre alt geworden.

«Armer Kerl», sagte Magnus, der neben Vespasian stand. «Hat sich wohl aus der Deckung gewagt, weil er sehen wollte, ob er jemanden mit seinem Pilum erwischt hat. Traurig, dass er aus dem Fehler nicht mehr lernen kann.»

Vespasian nickte zustimmend, als schon der Befehl zu einer weiteren Speersalve erging. Diesmal schienen sich die Geten darauf eingestellt zu haben, denn wieder fielen Legionäre, von Pfeilen durchbohrt, vom Wall, jedes Mal begleitet von Triumphgeschrei auf der anderen Seite.

«Das war's, sie machen kehrt», rief der Centurio von oben.

«Wurde aber auch Zeit. Artillerie!», brüllte Faustus.

Die Mannschaften der Ballistae und Onager, die die erste Kohorte vor dem Wall verstärkt hatten, rannten zu ihren Geschützen zurück und brachten sie in Stellung.

«Zweihundert Schritt – zwei fünfzig», rief ihnen der Centurio auf dem Wall zu, der wusste, wie weit die Flugbahn der Wurfgeschosse reichte. «Jetzt!», brüllte er und warf sich der Länge nach auf den Wehrgang, um nicht selbst getroffen zu werden.

Ein schabendes Kreischen von Gestein und Eisen wurde laut, unmittelbar gefolgt vom scharfen Knall zurückfedernder Wurfarme, als fünfzehn Artilleriegeschosse gleichzeitig durch die Luft katapultiert wurden.

Faustus gesellte sich zu Vespasian, als die schwere Fracht über sie hinwegflog. «Auch wenn wir niemanden treffen, gebietet es der Anstand, dass wir ihnen ein paar Steine und Bolzen hinterherschicken», meinte er grinsend. «Macht übrigens Spaß.»

«Und die Männer an den Maschinen können üben», sagte Sabinus. «Kompliment, wie schnell sie ihre Waffen geladen haben. Ich bin beeindruckt.»

«Ihr solltet sie besser nicht loben: Sie würden sich nur was drauf einbilden und langsamer werden.»

«Keine Sorge, Bruder im Licht.»

Faustus zog die Augenbrauen hoch. «Ihr habt meinen etwas profanen Hinweis auf unseren Herrn Mithras gehört, Bruder? Er wird mir bestimmt verzeihen, aber ich will ganz sichergehen und werde darum Euch, einen Mitbruder, nach Kräften unterstützen. Ein Boot und Kleider, sagtet Ihr. Kein Problem.»

Faustus wandte sich seinen Männern zu. «Worauf wartet ihr noch, ihr faulen Säcke?», polterte er. «Habt ihr noch nie einen dampfenden Belagerungsturm gesehen? Zurück an die Arbeit, Marsch, Marsch. Wir wollen uns doch von den Jungs der Fünften Macedonia nicht übertrumpfen lassen. Und schafft die Toten fort!»

Die Männer reagierten sofort. Schilde und Eimer wurden fallen gelassen und die Arbeit wieder aufgenommen. Zufrieden mit der raschen Umsetzung seiner Kommandos, wandte Faustus sich wieder Vespasian und dessen Gefährten zu. «Nun, die Geten haben das Kleiderproblem gelöst. Statt dass ich acht Gefangene hinrichten lasse, können wir aus Dutzenden von Toten dadraußen auswählen. Wir schauen sie uns an, wenn es dunkel geworden ist. Treiben wir jetzt erst einmal ein Boot auf.»

«Soweit ich weiß, gibt es auf der Westseite der Burg einen Einstieg in den Abwasserkanal, der dann in den Innenhof mündet», erklärte Centurio Faustus anhand einer groben Skizze der Festung, auf die das Licht einer einzelnen Öllampe fiel.

«Mist», bemerkte Magnus. «Der wird doch voller Geten sein.»

«Ja, um die zweitausend. Der Rest ist in der befestigten Siedlung untergebracht», erwiderte Faustus. «Aber wenn Ihr in der Nacht einsteigt, schlafen vielleicht alle.»

«Vielleicht. Und wenn nicht?», fragte Vespasian und kratzte sich im Schritt, wo er heftige Irritationen verspürte, seit er die Kleider eines toten Geten trug.

Faustus zuckte mit den Achseln. «Wer weiß, was diese

Kerle nachts so treiben, zum Beispiel mit den Pferden, von denen sie etliche in der Festung halten. Wie dem auch sei, den Priester findet Ihr wahrscheinlich im Burghaus. Laut Auskunft derer, die es geschafft haben, der Festung zu entfliehen, liegen die bequemsten Räume auf halber Höhe im dritten Geschoss. Ich schätze, in ihnen haben sich die getischen Kommandeure einquartiert.»

«Mir passt das Ganze nicht», brummte Sabinus. «Selbst wenn wir es schaffen, an den schlafenden Barbaren unbemerkt vorbeizukommen, ins dritte Stockwerk hochzuschleichen und Rhotekes ausfindig zu machen, wird es doch bestimmt nicht geräuschlos vonstattengehen, wenn wir ihn gefangen nehmen. Wie also kommen wir wieder unbehelligt davon? Nicht einmal Mithras könnte uns hinausschleusen, ohne dass sich uns der ganze Haufen in den Weg stellt.»

«Ihr müsst ja nicht denselben Weg zurück einschlagen. Die Hilfe unseres Herrn Mithras braucht Ihr aber allemal.» Faustus grinste. «Ich gebe Euch ein Seil mit, mit dem Ihr aus dem Fenster steigen könnt, fünfzig Fuß senkrecht hinab bis ans Flussufer. Zwei oder drei meiner Burschen erwarten Euch im Boot.»

Vespasian nickte. «Klingt vernünftig, aber mit Verlaub, Faustus, mir wäre es lieber, die drei Männer der thrakischen Garnison würden das Boot steuern. Einer verdankt mir sein Leben. Und auch die anderen haben bessere Gründe auszuharren, wenn's brenzlig wird.»

Faustus gab sich schulterzuckend einverstanden. Sie saßen an einem Tisch in einer spärlich erleuchteten Hütte, die an den Wall gebaut worden war. Faustus nutzte sie als Schaltzentrale für die erste Kohorte. Wegen der stinkenden Kleider, die sie drei Stunden zuvor den gefallenen Geten abgenommen hatten, war die Luft darin zum Zerschneiden.

Vespasian warf einen Blick auf Sabinus und Magnus, die zögernd nickten, dann auf Sitalces und den Rest der Thraker, die sich in seinem Rücken drängten und die Skizze begutachteten. «Nun, Sitalces, was meinst du?», fragte er den riesigen Thraker.

«Wo ich herkomme, gibt's ein Sprichwort: ‹Ein Feigling hat noch nie eine Sau gefickt.›»

Vespasian stimmte in das allgemeine Gelächter ein. «Das werde ich mir merken. Tja, Männer, wir haben eine Riesensau vor uns. Lasst sie uns auf unvergessliche Weise bespringen.»

«Wie schätzt ihr eure Chancen ein, wenn ihr die Festung morgen stürmt?», fragte Vespasian Faustus, als sie sich mit ihrem Gefolge durch die Reihen der Belagerer schlängelten und auf den Fluss zugingen. Manche Legionäre, die immer noch bei Fackellicht arbeiteten, beäugten sie argwöhnisch. Aber der Anblick ihres Primus Pilus und der Begleitung durch ein schwerbewaffnetes Contubernium – eine Einheit aus acht Männern – legte den Soldaten offenbar die Vermutung nahe, dass es sich um getische Deserteure handelte, die zum Verhör geführt wurden. Vespasians Männer hatten ihre Waffen abgelegt und zusammen mit den eigenen Kleidern, mehreren Brechstangen und Seilen der Obhut Varinus' überlassen, der sie mit seinen beiden Freunden Lucius und Arruns in einem kleinen Handkarren in Sicherheit brachte.

«Es wird nicht leicht sein, aber wir werden es schaffen, vorausgesetzt, wir sind schnell genug. Nicht zuletzt kommt es darauf an, dass wir die tausendköpfige Horde in der befestigten Siedlung zurückhalten können. Sie darf auf keinen Fall die Türme in der halben Stunde angreifen, die es braucht, um sie vor die Mauern zu schieben. Dumm wäre es auch, wenn sie unsere Reihen durchbrechen und das Weite suchen. Das zu verhindern ist Aufgabe der siebten, achten, neunten und zehnten Kohorte. Wir und die sechste bemannen den einen Turm, die dritte und vierte den anderen und die zwei Kohorten der Fünften Macedonia den dritten. Deren zwei übrige Kohorten bewachen die Tore. Poppaeus, das muss man ihm lassen, hat alles gründlich durchdacht und weiß, wie solche Aktionen geplant werden müssen. Das kann man wahrhaftig nicht von all den anderen Saftsäcken behaupten, unter denen ich schon gedient habe.»

«Wann genau greift ihr an?», wollte Sabinus wissen.

Ehe Faustus antworten konnte, meldete sich eine verhasst-vertraute Stimme. «Faustus, wo zum Teufel hast du diese Wilden her?» Centurio Caelus tauchte mit zwei fackeltragenden Legionären aus der Dunkelheit auf. «Wenn du sie zum Kommandanten zum Verhör bringen willst, hast du die falsche Richtung eingeschlagen.»

«Verzieh dich, Caelus, und kümmere dich um deine eigenen Angelegenheiten», knurrte Faustus. Vespasian und Sabinus senkten ihre Köpfe, um sich nicht zu erkennen zu geben. Magnus ging hinter Sitalces in Deckung.

«Gefangene sind Sache des Feldherrn, und seine Angelegenheiten sind auch meine», entgegnete Caelus. Er riss einem der Legionäre die Fackel aus der Hand und richtete sie auf Vespasian. «Wollen wohl nicht gesehen werden, oder?»

«Zurück mit dir!», warnte Faustus und versuchte, zwischen Vespasian und Caelus zu springen. Caelus aber war schneller, packte Vespasian beim Kinn und zwang seinen Kopf in die Höhe.

«Na, was haben wir denn hier?», höhnte er und starrte ihm mit hasserfülltem Blick in die Augen. «Ein als getischer Krieger verkleideter Tribun.» Er musterte die anderen der Gruppe und erkannte Sitalces sowie die anderen Thraker. «Alle gleich angezogen ... Wohl doch keine Boten der Königin, he? Spione vielleicht?» Er wandte sich wieder Vespasian zu. «Wusste ich doch, dass Ihr etwas im Schilde führt, zusammen mit den haarigen Bastarden oben auf dem Pass, als Ihr ihnen Eure Befehle gabt. Ihr hattet die ganze Zeit kein Wort mit ihnen gewechselt, kanntet aber Sitalces und Artebudz beim Namen. Jetzt verstehe ich, warum Ihr unser aller Leben in Gefahr gebracht habt. Ihr seid in einer geheimen Mission unterwegs, in wessen Auftrag auch immer. Unseren Feldherrn dürfte interessieren, was ich ihm zu sagen habe.»

«Centurio, nichts wirst du tun», knurrte Vespasian. «Faustus, schnapp ihn dir!»

Caelus wich Faustus mit einem Sprung zur Seite aus und schleuderte die Fackel herum, die nur um Haaresbreite Faustus' Gesicht verfehlte und ihn zurückschrecken ließ. Mit höhnischem Grinsen drehte er sich um und rannte in der Dunkelheit davon.

Den beiden zurückgebliebenen Legionären befahl Faustus: «Kehrt in eure Centurie zurück und schweigt über diesen Vorfall hier. Wenn nicht, werdet ihr den Rest eurer Dienstzeit Latrinen ausheben und in regelmäßigen Abständen die Peitsche zu spüren bekommen.»

Die beiden Männer reagierten angemessen entsetzt auf

die angedrohte Strafe, salutierten vor ihrem Primus Pilus und eilten davon.

«Verdammt», fluchte Vespasian. «Er wird uns noch einen Haufen Ärger machen.»

«Ja, aber was könnte uns Poppaeus anhaben? Vielleicht ahnt er, dass wir in die Festung einzudringen versuchen, weiß aber nicht, wie, und wenn Caelus das Lager erreicht, sind wir schon im Boot», meinte Magnus.

«Schätze, du hast recht. Machen wir uns auf den Weg.»

Vespasian stieg die Uferböschung hinunter zu dem zwanzig Schritt langen und drei Schritt breiten Plattbodenboot aus Eichenholz, das mit acht Rudern bestückt war. Es lag, versteckt zwischen hohem Schilfrohr, auf einer Sandbank und wurde von zwei Männern, die zu Faustus' Gefolge gehörten, bewacht. Sein eigentlicher Zweck war es, Frachtgüter von und zu den Schiffen zu transportieren, die weiter draußen auf dem Strom ankerten. Die Lampen im Bug und achtern waren weithin zu sehen und tanzten träge in der ölschwarzen Nacht. Ihr Licht schimmerte rötlich auf den Wellen des langsam dahinfließenden Wassers.

«Schnell, Varinus, verstau unsere Sachen», befahl Vespasian, als die drei Legionäre den Handkarren unter Mühen herbeischafften.

«Ein paar Meilen stromabwärts stehen einige meiner Männer in Bereitschaft, mit Pferden für Euch und den Priester», informierte sie Faustus, als sie aufs Boot kletterten. «Sie werden Fackeln tragen, damit Ihr sie seht. Von dort ist es noch ein Tagesritt bis Tomoi. Ihr folgt dem Danuvius bis zu der alten Festung bei Axiopolis, wo der Fluss nach Norden abknickt; von dort aus reitet Ihr in südöstlicher Richtung weiter bis ans Meer.»

«Danke, Bruder», sagte Sabinus und umfasste Faustus' Schultern in einer seltsamen Geste. «Möge unser Herr weiter sein Licht über dir leuchten lassen.»

«Wie auch über dir, Bruder», erwiderte Faustus.

«Auf dass ihr die nächste Nacht überlebt», sagte Vespasian und drückte den Unterarm des Centurios.

Faustus lächelte. «Macht Euch um mich keine Sorgen. Es müsste schon mehr aufgeboten werden als eine Horde pferdefickender Wilder, um mich in Mithras' wärmendes Licht zu versetzen.»

«Das glaube ich gern.» Vespasian wandte sich ab. Als er achtern neben Sabinus, der an der Ruderpinne saß, Platz genommen hatte, war von oben aus den römischen Belagerungsreihen eine Abfolge von Trompetenstößen zu vernehmen.

«Verdammt!», platzte es aus Faustus heraus.

«‹Kohorten zu den Waffen›? Was hat das zu bedeuten?», fragte Vespasian.

«Entweder die Geten greifen an, und zwar den ganzen Wall anstatt nur einen Abschnitt – was unwahrscheinlich ist, weil wir ihr Kriegsgeheul gehört hätten –, oder Poppaeus schlägt schon jetzt zu. Wenn dem so ist, hat er den Verstand verloren, denn so ganz auf die Schnelle würde das schrecklich schiefgehen.»

«Mist», zischte Sabinus. «Womöglich weiß er inzwischen, worauf wir aus sind, und will uns zuvorkommen.»

«Ich gehe jetzt lieber», rief Faustus und stieg die Böschung hinauf, gefolgt von seinen Männern. «Wenn tatsächlich zum Angriff geblasen wurde, kann ich zumindest sicherstellen, dass Eure Pferde auf Euch warten. Poppaeus hat Euch womöglich einen Gefallen getan. Die Geten werden gegen den Wall vorrücken; das heißt, der Innenhof ist frei.»

«Ja, aber die Mistkerle sind jetzt alle hellwach», grummelte Magnus. «Und wo wird der Priester sein?»

«Wenn er eine nette warme Kammer hat, wird er sie bestimmt nicht verlassen, um die Festung zu verteidigen», sagte Vespasian und ergriff das Ruder. «Ablegen, Varinus.»

«Aye, aye, *Trierarchus*», rief der grauhaarige Veteran, löste grinsend die Leine und stieß das Boot in die Strömung. Vespasian runzelte die Stirn wegen der allzu vertraulichen Form der Anrede, verzichtete aber darauf, den Mann zu rügen, dem er nun sein Leben anzuvertrauen hatte.

Das Boot glitt stromabwärts und näherte sich der Festung, die noch eine knappe Meile entfernt war. Die Strömung war stark genug, dass sich die Männer nicht in die Ruder legen mussten; ungeübt, wie sie waren, hätten sie das Fortkommen womöglich eher behindert als beschleunigt. Eine dichte Wolkenbank hatte sich vor den Halbmond geschoben, und das Ufer, von dem sie sich kaum mehr als zehn Schritte entfernt hatten, war schon nicht mehr zu erkennen. Statt der gellenden Rufe der Bucinae schepperten jetzt die *Cornua*, die tiefgestimmten Hörner, die zur Schlacht bliesen und selbst dann noch gut zu hören waren, wenn die Waffen klirrten und die Schreie der kämpfenden Männer laut wurden.

«Sie greifen tatsächlich an», flüsterte Vespasian seinem Bruder zu. «Der Mistkerl hat den Befehl gegeben und lässt jede Menge Männer in den Tod laufen.»

«Wenn die Cornua blasen, fließt Blut», zitierte Sabinus eine alte Weisheit.

Vespasian versuchte, dem sich erhebenden Lärm zu entnehmen, was an Land vor sich ging. Über der befestigten Siedlung schien der rötlich gelbe Abglanz von Fackeln auf, der das Ufer als Silhouette zu erkennen gab. «Faustus sagt, es braucht eine halbe Stunde, um die Türme in Stellung zu bringen, und das würde erst geschehen, wenn das Dorf gesichert wäre.»

«So war's geplant, aber jetzt kommt es offenbar anders», erwiderte Sabinus. «Sei's drum, es soll unsere Sorge nicht sein. Wir müssen uns auf unsere Aufgabe konzentrieren, und als Erstes gilt es jetzt, an Land zu kommen.»

Vespasian nickte und hielt das Boot auf Kurs. Er spürte, wie sich ein Knoten in seinem Bauch bildete, und dachte an den Zwischenfall am Pass, als ihn zum ersten Mal im Kampf eine Wunde zugefügt worden war, die, obwohl kaum der Rede wert, ihn doch an die eigene Sterblichkeit gemahnt hatte. Hätte er keinen Brustpanzer getragen, wäre er womöglich gefallen. Jetzt, ohne Brustpanzer, fühlte er sich verwundbar. Bilder aus seiner Kindheit bei der Arbeit auf dem Gut der Familie wurden in ihm wach, für einen Moment sehnte er sich zurück in die Sicherheit seiner Heimstatt, in der ein Tritt des Maultiers das Schlimmste gewesen war, das er zu fürchten gehabt hatte. Er vertrieb den Gedanken, verwarf ihn als müßig. Er hatte seine Wahl getroffen und befand sich nun, fernab von zu Hause, auf diesem Boot. Und es blieb ihm nichts anderes übrig, als sich vor den bevorstehenden Gefahren zu wappnen und seine Todesangst zu bezähmen, um seine Mission erfüllen zu können.

Den Blick nach vorn gerichtet, sah er den Lichtschein aus den Fenstern der Burg, glimmende kleine Punkte noch, aber sie näherten sich. Als sie auf Höhe der Festung waren, lenkte er das Boot aufs Ufer zu und suchte im Dunkeln nach einer Stelle, wo das Schilfrohr nicht allzu dicht stand, sodass sie anlanden konnten. Die ihnen zugewandte Festungsmauer war rund hundertfünfzig Schritt weit entfernt und wirkte wie ein Wall aus intensiver Dunkelheit, vom schwachen Abglanz der Fackeln im Hof gekrönt. Am linken Rand ragte die Burg empor. Der Fackelschein ließ ihre Umrisse gerade eben erkennen. Das durch die Fenster fallende Licht schimmerte sonderbar.

In der Ferne dauerte das Schmettern der Cornua an.

Endlich setzte das Boot auf festem Boden auf. Varinus sicherte es mit einer Leine an einem dürren Strauch, während Vespasian und die anderen an Land gingen. Lucius und Arruns reichten die Brechstangen, Seile und getischen Waffen an: Bogen, Köcher voller Pfeile, schlanke Messer und Streitäxte mit Schneiden von einem halben Fuß Länge und Dornen auf der anderen Seite, wie sie von Kriegern bevorzugt wurden, die zu Pferd kämpften. Sitalces und seine Thraker hatten auch ihre Rhomphaiai mitgebracht, die sie auf dem Rücken trugen. Artebudz und Sabinus schlangen sich dicke Taue um die Schultern.

«Versteck das Boot im Schilf, Varinus», flüsterte Vespasian und schnallte sich einen Köcher an den Gürtel. «Wir kommen hierher zurück, so schnell wie möglich.»

«In Ordnung, Herr, viel Glück.»

Vespasian knurrte ein paar unverständliche Laute, wandte sich ab und führte die Männer in gebückter Haltung die Uferböschung hinauf. Plötzlich raschelte etwas vor ihnen. Sie hielten an.

«Was ist das?», zischte Sabinus dem Bruder ins Ohr.

«Da bewegt sich was.» Vespasian zog einen Pfeil aus dem Köcher, starrte angestrengt ins Dunkel und machte am oberen Rand der Böschung zwei oder drei Schatten aus. Dann waren es noch einige mehr. Er legte den Pfeil auf. Die Kameraden taten es ihm gleich. Einer der Schemen bewegte sich leicht. Vespasian wagte kaum zu atmen. Er hörte ein Schnauben, gefolgt von ein paar harten Stößen auf den grasbedeckten Grund.

«Sind nur Pferde, ziemlich viele», flüsterte er, senkte den Bogen und atmete erleichtert auf. Vorsichtig schlich er bergan. Die anderen folgten.

Der Druck, den er im Magen verspürte, war noch stärker geworden, seit sie das Boot verlassen hatten, und plagte ihn so sehr, dass er trotz der Kälte zu schwitzen begann. Auf was für eine närrische Mission hatten sie sich da eingelassen! Es ärgerte ihn im Nachhinein, mit welcher Selbstverständlichkeit Antonia aus der Sicherheit ihrer prächtigen Villa heraus von ihm und seinem Bruder erwartet hatte, dass sie sich ihren Wunsch zu eigen machten. Und er erinnerte sich an die warnenden Worte seiner Großmutter: Lass dich nicht in die Ränke der Mächtigen verwickeln, denn sie missbrauchen andere nur für ihre schmutzige Arbeit und entledigen sich dann ihrer, weil sie zu viel wissen und nicht länger von Nutzen sind.

«Kommen Euch Bedenken, Herr?», fragte Magnus, als ahnte er, was in Vespasians Kopf vor sich ging. Sie hatten den oberen Rand der Böschung erreicht und sahen zahllose Pferde, grasend oder ruhend, die mit zunehmendem Abstand in der Dunkelheit verschwanden.

«Wieso fragst du?»

«Liegt doch nahe, oder? Wir nehmen es hier mit Tausenden Wilden auf, von denen sich jeder, der recht bei Verstand ist, auf Abstand halten würde, um einen miesen kleinen Wicht zu ergreifen, dem niemand, der seine Bekanntschaft gemacht und alle Sinne beisammenhat, noch einmal begegnen wollte. Und wozu das alles, frage ich?»

Vespasian grinste. «Nun, ich glaube, wir tun es für Rom.»

«Rom, dass ich nicht lache! Ihr tut es vielleicht für Rom; ich mache nur Euretwillen mit, weil ich Euch und Eurem Onkel verpflichtet bin. Ich dachte, Ihr lasst Euch die ganze Sache noch einmal durch den Kopf gehen und besinnt Euch eines Besseren.»

«Wollt ihr die ganze Nacht Schwätzchen halten?», zischte Sabinus.

«Wär mir wahrhaftig sehr viel lieber», murmelte Magnus halb zu sich selbst.

Dass sein Freund offenbar genauso viel Angst hatte wie er, machte Vespasian ein wenig Mut, so auch die beruhigende Nähe seines Bruders. Lächelnd erinnerte er sich an Sitalces' thrakisches Sprichwort und führte die Gruppe leise und im Zickzack durch die Herde der getischen Pferde, die, den Geruch ihrer Kleider witternd, ruhig blieben, wobei das eine oder andere ein unaufgeregtes Schnauben von sich gab.

Die hundert Schritt auf unebenem Gelände und an lebenden Hindernissen vorbei zurückzulegen nahm eine Weile in Anspruch. Als sie den Steilhang unterhalb der Festung erreichten, konnten sie Rufe und das Dröhnen Hunderter von laufenden Füßen weit oben vernehmen.

«Es scheint, sie sind alle wach geworden», murrte Magnus.

«Aber sie haben jetzt nur die Festungsmauern und ihre Verteidigung im Sinn», sagte Vespasian, der nun Hoffnung schöpfte. «Kommt, suchen wir nach dem Abwasserkanal.»

Sie erklommen den Steilhang und folgten der Mauer in Richtung Burg.

Ehe sie etwas sahen, konnten sie die Kloake riechen. Seit fast vierhundert Jahren sickerte Abwasser durch den Kanal in einen fauligen Sumpf, der entsprechend stank.

Bald hörten sie die Jauche tropfen und gelangten schließlich vor ein kreisförmiges Gitter, drei Fuß im Durchmesser, durch das ihnen ein noch üblerer Gestank entgegenschlug.

«Bei Plutos ungewaschenem Arsch, dagegen duften unsere Sachen ja geradezu nach Frühling», stöhnte Magnus, der sich an den Geruch seiner Verkleidung gerade erst gewöhnt hatte.

«Dein Kraftausdruck passt jedenfalls, mein Freund», bemerkte Vespasian. «Mir scheint, wir stehen hier vor Plutos ungewaschenem Arsch und müssen jetzt hineinkriechen.»

«Wie werden wir erst stinken, wenn wir am anderen Ende rauskommen?», würgte Sabinus hervor.

«Sitalces, Ziles, kommt mit den Brechstangen her und reißt das Gitter ab», befahl Vespasian. Es hatte, befand er, keinen Zweck, das Unvermeidliche länger hinauszuzögern.

Sitalces und Ziles waren anscheinend immun gegen den Gestank. Ohne mit der Wimper zu zucken, setzten sie die Brechstangen an und hebelten das Gitter auf, das von Drenis und Bryzos schließlich aus der Verankerung gerissen wurde.

«Bringen wir es hinter uns», murmelte Vespasian, holte tief Luft und stieg in den pechschwarzen Tunnel.

Der war so eng, dass er nur kriechend vorankam, und zum ersten Mal war er dankbar für seine seltsamen und, wie er fand, behindernden Beinkleider. Immerhin schützten sie seine Knie vor den Ablagerungen von Kot, über die er sich hinwegmühte. Seine Hände aber waren ungeschützt und rutschten durch schleimigen Ausfluss.

Es kam ihm vor wie eine Ewigkeit, während der er umwölkt von atemraubenden Fäulnisgasen voranrobbte, dabei hatte er erst fünfzehn schreckliche Fuß zurückgelegt, als weiter vorn Stimmen zu hören waren und am Ende des Tunnels das Licht von Fackeln aufflackerte. Hin- und hergerissen zwischen dem Wunsch, so schnell wie möglich wieder ins Freie zu gelangen, und der Befürchtung, dass der Ausgang bewacht war, kroch er vorsichtig weiter. Im Näherkommen bemerkte er, dass er nur den Widerschein von Fackeln sah, der von der Tunnelwand reflektiert wurde. Wenige Fuß vor der Öffnung hielt er an, sodass Sabinus gegen seinen Hintern stieß – und dann spürte Vespasian die Erschütterungen, als Mann auf Mann ineinanderkrabbelte.

Vespasian reckte den Hals vor und sah zwei äußerst behaarte Gesäße von Geten in Aktion, deren Eigentümer auf einer kniehohen Mauer hockten und sich angeregt miteinander unterhielten. Die Mauer bestand aus drei Seitenteilen und bildete eine zum Abwasserkanal hin geöffnete, offenbar häufig benutzte Latrine. Ein drittes Gesäß schob sich über den Rand, als die beiden anderen nach einem geräuschvollen Finale verschwanden, um unmittelbar darauf von zwei weiteren ersetzt zu werden.

«Was ist los? Warum gehen wir nicht weiter?», zischte Sabinus.

«Wir sind hier vor dem Ausgang einer Latrine, auf die sich einige, wen wundert's, zu einem letzten Schiss zurückgezogen haben.»

«Oh Mann, wie lang dauert das noch?»

«Woher soll ich das wissen?», flüsterte Vespasian. «Im Augenblick sind fünf dort oben. Zwei von ihnen scheinen die Hosen voll zu haben», fügte er grinsend hinzu.

Wenig später wurde eine zurechtweisende Stimme laut. Maulschellen hatten zur Folge, dass sich die Hinterteile eilig zurückzogen, das eine und andere noch mitten im Geschäft. Vespasian zählte bis hundert. Weil niemand mehr auftauchte, hielt er es für sicher, den Kanal zu verlassen. Bis zu den Knien versank er im frischen Unrat, fühlte sich aber trotzdem wie neugeboren, als er endlich wieder halbwegs frische Luft atmete und sich die Hände an den Beinkleidern abwischte. Es war unnatürlich still geworden. Er schlich zur Außenmauer, lugte darüber hinweg und sah sich zu seiner Überraschung vor einer Vielzahl von Pferden. Sie waren im Nordostwinkel des Hofes zusammengetrieben worden, möglichst weit weg vom Tor, sodass sie den Kämpfern nicht in die Quere kommen konnten. Verständlicherweise schienen sie sich von der Latrine fernzuhalten. Während hinter ihm seine Gefährten den Kanal verließen, schaute er zu den Festungsmauern im Süden und Westen empor, auf denen sich in zwei oder drei Reihen Geten Schulter an Schulter drängten und auf die römischen Linien hinabstarrten, stumm wie Männer, die einem unausweichlichen Schicksal entgegensahen.

Sabinus stellte sich neben ihn. «Glück gehabt», flüsterte er nach Einschätzung der Lage.

«Schön, dass du dich glücklich schätzen kannst, obwohl du soeben noch in der Scheiße gesteckt hast», erwiderte Vespasian. «Aber ich glaube, du hast recht.» Er warf einen Blick zurück auf die anderen, stellte sicher, dass alle da waren, und schickte sich an, über die Latrinenmauer zu klettern.

Ein Hornsignal erschallte tief scheppernd.

«Mist», zischte Sabinus und zog ihn zurück. «Die Artillerie schlägt zu. In Deckung.»

Sitalces und Ziles liefen geradewegs auf das Tor zu und rammten ihre Brecheisen in den Falz zwischen Türblatt und Rahmen. Aber nicht schnell genug. Eine kurze Folge krachender Einschläge zwang sie unwillkürlich in die Knie, als eine zweite Artilleriesalve niederging. Zwei Onagersteine trafen auf die Burgmauer wenige Fuß oberhalb des Tors und zerplatzten zu Wolken von Steinsplittern. Größere Stücke prallten von der Wand ab und prasselten wie schwerer, scharfer Regen auf ihre gebeugten Rücken und den Boden ringsum herab.

Sitalces erholte sich als Erster. Er warf sich mit all seiner Körpermasse gegen den Hebel der Brechstange und riss einen klaffenden Spalt in das Tor, ohne es zu öffnen. In diesem Spalt setzten nun beide ihre Eisen an, und mit vereinten Kräften stemmten sie sich dagegen. Das Tor gab so plötzlich nach, dass der riesige Thraker über die Schwelle stürzte und zu Boden ging. Ziles sprang ihm nach, flog aber gleich wieder zurück wie von einem Titan durch die Luft geschleudert. In seiner Brust steckte ein halbes Dutzend Pfeile. Bevor der

Thraker tot zu Boden fiel, schwang sich Vespasian durch die Öffnung und sprang um den linken Torpfosten herum. Aus der Burghalle dröhnte ihm ein mächtiges Geschrei entgegen. Im flackernden Licht mehrerer Fackeln sah er Sitalces mit seiner beidhändig über die linke Schulter gezogenen Rhomphaia auf sechs Geten zustürmen, die hastig neue Pfeile auflegten. Blitzend sauste die lange Klinge auf sie hinab, trennte auf einen Hieb zwei Köpfe und einen Arm ab und öffnete die Schleusen für Fontänen von Blut. Während sich der riesige Thraker den Gegnern von der einen Seite entgegenwarf, stürmte Vespasian brüllend von der anderen auf sie ein. Die Geten hatten ihre Bogen fallen lassen und lange Messer gezückt. Ein Pfeil, von der Torschwelle abgegeben, streckte einen von ihnen nieder. Sein Messer flog in Brusthöhe auf Vespasian zu, der den Wurf im Ansatz gesehen hatte und geistesgegenwärtig genug war, sich im letzten Augenblick zu ducken. Es streifte seinen Kopf, der unmittelbar darauf vor die Brust des Gegners prallte, mit einer Wucht, die diesem den Atem nahm. Rücklings stürzte er zu Boden mit Vespasian obenauf. Einen tierischen Schrei ausstoßend, mühte sich Vespasian auf die Knie, holte mit der Axt aus und spaltete den Kopf des Geten, ehe dieser wieder zu Luft gekommen war. Knochen, Hirnmasse und Zähne mengten sich unter wiederholten Schlägen zu einem blutigen Brei. Eine kräftige Hand klemmte sich um Vespasians Handgelenk. Er fuhr herum und sah Magnus, der ihn zurückhielt.

«Meint Ihr nicht, er ist tot genug?», stieß er durch zusammengebissene Zähne hervor. «Alle sind's.»

Vespasian blinzelte und entspannte sich. Zum ersten Mal

nach seinem Angriff sah er wieder scharf. Alle sechs Geten lagen schrecklich zugerichtet am Boden. Sitalces, Bryzos und Drenis waren dabei, das aufgebrochene Tor mit einem Keil zu verriegeln, während Artebudz und Sabinus die enge Steinstiege absicherten, die nach oben führte. Vespasian atmete tief durch, um wieder zu Sinnen zu kommen, und realisierte, wie ihn die Todesangst übermannt hatte.

«Seht Euch vor», warnte Magnus flüsternd und half ihm auf die Beine. «Man stirbt nur einmal, und wenn Ihr einen Mann zwei- oder dreimal oder wie in Eurem Fall sechsmal zu töten versucht, kann es gut sein, dass es Euch selbst erwischt.»

«Danke, Magnus. Ich werde es mir merken», erwiderte Vespasian, mehr aus Höflichkeit denn als echten Vorsatz. «Tut mir leid, die Angst ist mit mir durchgegangen», fügte er entschuldigend hinzu und bemerkte, dass der Freund eine blutverschmierte Rhomphaia in der Faust hielt.

Magnus sah seinen verwunderten Blick. «Die hab ich von Ziles; er braucht sie nicht mehr. Eine schöne Waffe, wenn man sie denn selbst führt und nicht davon bedroht wird, erst recht nicht durch jemanden wie Sitalces, wenn Ihr versteht, was ich meine.»

Vespasian verstand sehr wohl.

Wieder schmetterten Wurfgeschosse der römischen Artillerie auf die Burgmauern ein. Auf den Boden der Tatsachen zurückgeholt, gesellte sich Vespasian zu seinem Bruder am Fuß der Stiege.

«Ist da oben was zu hören?», flüsterte er, übertönt vom Geschrei der Geten auf den Wehrmauern.

«Nichts», antwortete Sabinus.

Sitalces eilte herbei. «Das Tor ist verkeilt, wird aber einem Ansturm nicht lange standhalten», meldete er.

«Dann sollten wir uns beeilen», meinte Sabinus. Er nahm eine der brennenden Fackeln aus der Halterung. «Nehmt auch die anderen mit. Es soll dunkel sein hier unten. Artebudz, du kommst mit mir.»

Schnell stieg er die Stufen hinauf, gefolgt von Artebudz mit gespanntem Bogen. Der unverminderte Lärm von draußen maskierte ihre leichten Schritte.

Vespasian nahm eine Fackel und machte sich mit Magnus auf den Weg. Sein Herz schlug schnell. Er fürchtete sich immer noch, aber seine Todesangst wurde von einem anderen, stärkeren Gefühl überlagert: dem Willen und Verlangen zu überleben. Er hatte sich ein wenig beruhigt und war dankbar, dass sein Bruder die Führung übernommen hatte, zumal sein Wirken, wie ihm bewusst war, einiges zu wünschen übrigließ.

Ein knarrendes Dielenbrett verriet, dass Sabinus das erste Obergeschoss erreicht hatte. Er und Artebudz bewegten sich vorsichtig. Vespasian folgte. Sie befanden sich in einem Lagerraum, der die ganze Grundfläche der Burg in Anspruch nahm. Fenster gab es keine, da das Geschoss noch im Schatten der Festungsmauern lag. Von der Mitte des Raumes führte eine Holzstiege weiter nach oben. Etliche Getreidesäcke, Amphoren und Wasserfässer standen herum. An den Wänden schienen Leichen zu hängen, die Vespasian erst bei näherem Hinsehen als Hirsch- und Schafskadaver identifizieren konnte.

«Wir sind offenbar in der Speisekammer der Geten», sagte Sabinus. «Schnell, stellt ein paar Säcke rund um die Stiege.

Und schauen wir mal nach, was in den Amphoren ist. Hoffentlich Öl. Ein hübsches Feuer könnte uns helfen.»

Die Amphoren enthielten tatsächlich Öl und waren schnell über den zurechtgerückten Getreidesäcken ausgeschüttet. Plötzlich nahm der Lärm von draußen eine andere Tonart an. Die Schreie wurden lauter und mischten sich mit dem unverkennbaren Klang aufeinanderschlagender Waffen.

«Unsere Leute scheinen die Mauer erstürmt zu haben. Wir müssen uns jetzt sputen», sagte Sabinus. Er reichte Drenis seine Fackel und schnappte sich eine noch ungeöffnete Amphore. «Nehmt so viele davon mit, wie ihr könnt. Wir wollen oben auch ein Feuerchen machen. Drenis, du wartest hier, und wenn wir oben sind, legst du an den Säcken Feuer.» Mit Vespasian auf den Fersen hastete er die Stufen hinauf.

Auch das zweite Obergeschoss war ein einziger großer Raum. Die Stiege befand sich hier nicht in der Mitte, sondern am Rand, und es gab Fenster, die zum Fluss hinausblickten. Auf dem Boden lagen Berge von Bettzeug. Offenbar schliefen hier jene Geten, die privilegiert genug waren, um nicht im Freien übernachten zu müssen. Sabinus und Vespasian eilten auf die Stiege zu. Vier Pfeile bohrten sich plötzlich direkt vor ihnen in die Bodendielen und brachten sie zu einem jähen Halt, der sie fast das Gleichgewicht kostete. Schnell wichen sie zurück, als Magnus mit zwei Amphoren in den Armen herbeigelaufen kam, gefolgt von den anderen.

«Da oben erwartet uns ein Begrüßungskomitee. Artebudz, Sitalces, Bryzos, deckt sie mit Pfeilen ein», befahl Sabinus. «Vespasian, wir springen dann rauf.»

Artebudz, Sitalces und Bryzos gingen vorsichtig in Stellung und schickten nacheinander und in steter Folge Pfeile durch die Stiegenluke. Sabinus machte sich mit einer Amphore voll Öl auf den Weg nach oben, Vespasian mit der Fackel. Drenis folgte, nachdem er die Säcke vor der ersten Stiege in Brand gesteckt hatte.

Noch zehn Stufen vom oberen Treppenrand entfernt, schleuderte Sabinus durch den Ausschnitt die Amphore, die polternd auf den Dielen landete. Vespasian ließ ein paar weitere Pfeile hinaufsurren und dann die brennende Fackel folgen. Ihre Feuergarben griffen sofort auf das verschüttete Öl über. Wenig später loderten im dritten Obergeschoss hohe Flammen auf.

«Artebudz, Bryzos, ihr mit den Bogen voran; Sitalces und Drenis, ihr folgt uns», rief Sabinus und zog seine Axt aus dem Gürtel hervor. Alle nickten. Sabinus wandte sich an Vespasian und grinste. «Das hier macht doch allemal mehr Spaß als Speichelleckerei in Rom. Aber es wird weh tun, kleiner Bruder. Los jetzt!»

Artebudz und Bryzos sprangen die Stufen hinauf und verschwanden in einem Inferno. Vespasian und Sabinus rannten hinterher, als ein mächtiger Wasserschwall auf brennendes Öl hinabstürzte und verdampfte. Eine dichte, übel stinkende Rauchwolke breitete sich aus. Vespasian verlor auf den letzten Stufen fast die Orientierung, doch dann tauchte er aus den Flammen auf und erklomm den Treppenabsatz am Ende eines langen Korridors, der auf der anderen Seite in ein weiteres Stiegenhaus mündete. Zu beiden Seiten des Ganges waren je vier Türen zu erkennen. Er und Sabinus gingen links und rechts des Treppenabsatzes in Stellung, vorsichtig, um auf dem brennenden Öl nicht auszugleiten. Ein Pfeil flog herbei, genau zwischen ihnen hindurch, und blieb in der Rückwand stecken. Dankbar für seine Beinkleider, die ihn vor den Flammen schützten, blickte Vespasian auf und sah, wie Bryzos und Artebudz auf zwei Geten anlegten, die sich von der Mitte des Korridors aus mit Pfeil und Bogen zu wehren versuchten. Zwei Kumpane lagen zwischen umgekippten Löschwassereimern vor ihren Füßen am Boden, offenbar tot. Beide Pfeile der eigenen Männer trafen den, der gerade seinen Pfeil von der Sehne ins Leere schnellen ließ; von der Wucht der Einschläge umgerissen, ging er zu Boden. Vespasian und Sabinus rückten vor, als der andere Gete sein Bogengeschoss auslöste und Artebudz erwischte. Die Brüder stürmten an ihm vorbei, der sich mit einem Pfeil in der Brust am Boden krümmte. Der Gete versuchte gar nicht erst nachzulegen, machte stattdessen kehrt und rannte auf das Stiegenhaus zu. Mit einem gellenden Schrei und einem gut gezielten Pfeil von Bryzos in der Wade verschwand er darin.

Der Korridor war nun frei, füllte sich aber mit Rauch, der zusammen mit Magnus, Sitalces und Drenis aus dem Treppenschacht aufstieg. Der Schlachtenlärm auf dem Wehrgang hatte zugenommen.

«Es scheint, unsere Jungs sind auf dem Vormarsch», rief Sabinus. «Bryzos, schütte Öl vor das Stiegenhaus dahinten. Wenn jemand runterkommt, halt die Fackel dran.»

Magnus reichte Bryzos seine Amphore, Drenis gab ihm seine Fackel, worauf er loseilte, um den Befehl auszuführen.

«Durchsuchen wir die Räume!», sagte Sabinus. «Sitalces, lass dir von Artebudz das Seil geben.»

«Ist schon gut, ich kann es selbst tragen», entgegnete Artebudz unter Schmerzen und richtete sich auf. «Es scheint, ich lebe noch, bin nur ein bisschen angeschlagen.» Er zog an dem Pfeil, der sich in die Seilschlingen gebohrt hatte. Sie und sein festes Wams hatten ihm das Leben gerettet.

«Glück gehabt», sagte Sabinus. «Du und Sitalces, ihr kommt mit mir. Wir werfen einen Blick in die Räume auf der rechten Seite. Vespasian, du, Magnus und Drenis durchsucht die auf der Hofseite. Wir wechseln uns ab; eine Gruppe bleibt immer in Stellung. Auf jetzt!»

Aus dem Treppenschacht loderten Flammen empor. Es wurde immer heißer. Vespasian trat die erste Tür auf und ging sofort hinter dem Pfosten in Deckung. Pfeile kamen nicht, wohl aber ein Schwall frischer Luft, der das Feuer schürte. Mit angelegtem Bogen sprang Drenis in den Raum.

«Sauber!», brüllte er wenig später. Sie rückten vor die nächste Tür. Die Männer um Sabinus brachen die erste Tür auf ihrer Seite auf.

Bis sie die letzten beiden Türen erreichten, hatte sich so viel Rauch entwickelt, dass sie nur noch in tiefgebückter Haltung Luft holen konnten. Die Hitze des Feuers im Geschoss unter ihnen drang durch die Bodendielen.

«Zu dumm, dass wir Rhotekes nicht schon hier erwischt haben», meinte Vespasian und holte aus, um die Tür einzutreten. «Ich habe keine Lust, da oben hinaufzusteigen.»

Bryzos schrie auf, als er gerade zutreten wollte. Vespasian fuhr herum und sah den rotbärtigen Thraker, mit Pfeilen gespickt, zu Boden stürzen. Die Fackel fiel ihm aus der Hand. Füße und Beine angreifender Geten erschienen im Stiegenhaus. Sitalces, Drenis und Artebudz legten sofort mit Pfeil und Bogen auf sie an. Die ersten stolperten und rutschten über die ölverschmierten Stufen. Mit einem letzten verzweifelten Kraftakt griff der sterbende Thraker nach der Fackel und schnippte sie mit den Fingern in Richtung Stiege. Vespasian und seine Gefährten sahen sie auf die Ölpfütze zurollen. Das brennende Pech brachte das Öl zum Sieden. Der aufsteigende Rauch entzündete sich, und Flammen sprangen auf, die Bryzos und die toten Geten einhüllten. Seine Schreie wurden lauter, je höher die Flammen schlugen. Von der Feuersbrunst verschreckt, zogen sich die überlebenden Geten wieder nach oben zurück – in die Falle.

Den Geruch brennenden Menschenfleischs in der Nase und Bryzos' ersterbende Schreie im Ohr, stieß Vespasian schließlich die letzte Tür auf seiner Seite auf. Wieder wagte sich Drenis mit einem Sprung in den Raum dahinter, der wiederum leer war. Vespasian eilte zum Fenster und riskierte einen Blick nach draußen. Aus den Belagerungstürmen links und rechts strömten Legionäre auf die Mauern im Süden und Westen. Der Turm in der Mitte nahe dem Tor brannte lichterloh. Männer, von denen manche in Flammen standen, versuchten, sich mit einem Sprung in die Tiefe zu retten. Irgendetwas war entsetzlich schiefgegangen. Doch unten im Hof waren die Geten auseinandergetrieben und in kleineren Gruppen von Legionären umzingelt worden. Immer mehr römische Soldaten rannten die Stufen von den Mauern herab und eilten den Kameraden zu Hilfe, die in wildwütige Zweikämpfe verwickelt waren. Direkt unter dem Fenster hatten sich zwei Contubernia darangemacht, das Tor zur Burg aufzubrechen. Als es zerbarst, schlugen ihnen Flammen entgegen. Angeführt von einem Mann, in dem Vespasian auf den ersten Blick Caelus wiedererkannte, zogen sie sich eilends zur Festungspforte zurück.

Vespasian ahnte, dass Caelus es auf ihn und seinen Bruder abgesehen hatte, und rannte zurück in den Korridor, wo Sabinus die letzte Tür auf der Flussseite der Burg gerade aufgebrochen hatte. Zwei Pfeile sausten aus dem Raum dahinter hervor und verfehlten Vespasian nur knapp. Artebudz und Sitalces, die sich zu beiden Seiten der Tür postiert hatten, sprangen aus der Deckung und erlegten mit ihren Pfeilen die zwei Geten, die sich drinnen aufhielten.

Sabinus rannte in das Zimmer. «Verdammt!», rief er. «Er flieht!»

Vespasian eilte zu ihm ans Fenster und sah ein straffes, zitterndes Seil vom Dachgebälk in die Tiefe führen. Sie streckten die Köpfe zum Fenster hinaus. Zehn Fuß unter ihnen hing ein getischer Krieger am Seil. Darunter, noch zwanzig Fuß vom Grund entfernt und nur undeutlich im orangefarbenen Feuerschein zu erkennen, der vom brennenden Turm abstrahlte, entdeckten sie Rhotekes.

«Schnell, hochziehen», schrie Vespasian und ergriff das Seil. Magnus und Sitalces sprangen hinzu und packten mit an. Bald tauchte der Gete vor dem Fenster auf, die Augen vor Angst weit aufgerissen. Artebudz schickte ihm einen Pfeil in den offenen Mund, worauf der Mann schreiend in die Tiefe stürzte. Das Seil entspannte sich so plötzlich, dass alle vier, die daran zogen, auf dem Dielenboden landeten.

«Der Mistkerl ist gesprungen», rief Vespasian. Er raffte

sich auf und hastete zum Fenster. Ohne lange zu fackeln, ergriff er das Seil und glitt daran hinab.

Seine Hände brannten, aber die festen Beinkleider schützten ihn vor der Reibung. Als er das Fenster im ersten Obergeschoss passierte, kam ihm ein Hitzeschwall des Feuers entgegen, das inzwischen darin toste. Unten wieherten und schrien die getischen Pferde, vom Schlachtenlärm und den Flammen in Panik versetzt; wie eine wogende schwarze Wolke irrte die Herde auf dem Hang zwischen Flussufer und Festungsmauern hin und her.

Vespasian kam unten auf. Wenig später war Sabinus zur Stelle. Der Boden bebte unter den Hufschlägen der aufgebrachten Pferde.

«Rhotekes kann unmöglich da durch geflohen sein», rief Sabinus, den Blick auf die Menge der wildgewordenen Tiere gerichtet. Magnus und Sitalces gesellten sich zu den Brüdern. «Wahrscheinlich ist er an der Mauer entlanggelaufen. Aber in welche Richtung?»

«Weg von den Pferden», meinte Vespasian. «Und dann runter zum Fluss. Eine andere Möglichkeit hat er nicht.» Sobald sich auch Artebudz und Drenis abgeseilt hatten, lief er los, entgegen der Laufrichtung der Herde. Aus den Fenstern der Burg schlugen nun mannshohe Flammen.

Das Kampfgetöse jenseits der Mauer nahm an Lautstärke zu, sobald sie den Windschatten der Burg verließen und auf die Mündung des Abwasserkanals zueilten, während die Herde in entgegengesetzter Richtung an ihnen vorbeizog. In dem übel stinkenden Morast davor sahen sie die Umrisse toter Pferde, die darin eingesunken und von anderen überrannt worden waren.

Von dem Priester war keine Spur zu sehen.

«Kommt, wir laufen runter ans Ufer und dann stromaufwärts», brüllte Vespasian und eilte den Abhang hinunter.

Der flache Schilfsaum war schon fast erreicht, als ein Ruf laut wurde.

«Da sind sie, Jungs, los, schnappt sie euch!» Caelus und sechzehn Männer, mit denen er in die Burg einzudringen versucht hatte, waren um die Westmauer herumgegangen. Rund hundert Schritte entfernt, rannten sie, vom Feuer des hell auflodernden Belagerungsturms hinterleuchtet, den Abhang hinunter auf sie zu.

«Legt auf sie an», befahl Vespasian und griff selbst zu Bogen und Pfeilen. Jeder hatte Zeit, drei oder vier Geschosse abzugeben und dann im Laufschritt ans Ufer zu eilen. Von Caelus' Männern war niemand getroffen worden, aber sie hatten anhalten und ihre Schilde heben müssen. Vom Wasser aus schossen Vespasian und seine Gefährten weitere Salven auf sie ab. Dennoch kamen die Verfolger immer näher. Flammenschein glimmte auf ihren Helmen und den eisenbeschlagenen Rändern ihrer Schilde, die die auf sie abgegebenen Pfeile wirkungslos machten. Bald waren sie bis auf Wurfweite eines Pilum herangerückt.

«Wir müssen hier weg», knurrte Sabinus.

«Stimmt», pflichtete ihm Vespasian bei, «zurück zu –»

Weiter kam er nicht, denn jemand fiel ihm ins Wort: «Männer der vierten Centurie, dritten Kohorte, Vierte Scythica, ich befehle euch, bleibt stehen!»

Es war die Stimme ihres Primus Pilus, der im Hintergrund aufgetaucht war und die Verfolger, nur noch dreißig Schritt von der Gruppe um Vespasian entfernt, aufhielt.

Caelus fuhr herum.

«Abteilung – kehrt!», brüllte Faustus.

Gehorsam und diszipliniert, wie man es ihnen jahrelang eingeschärft hatte, folgten die Männer dem Befehl und kehrten den vermeintlichen Geten den Rücken. Aus dem Schatten kommend, trat ihnen Faustus entgegen. Brüllend fiel Caelus über ihn her und zielte mit der Schwertspitze auf den Unterleib des Widersachers. Faustus sprang zur Seite und rammte ihm, den der eigene Schwung aus dem Gleichgewicht brachte, das Heft seines Gladius in den Nacken. Caelus ging zu Boden. Faustus entwaffnete ihn und wandte sich an die verunsicherten Legionäre.

«Dieser Dreckskerl hat euch missbraucht, um eine römische Mission zu sabotieren», blaffte er sie an. «Die Männer dahinten gehören zu uns. Sie mussten sich wehren. Tribun Vespasian, kommt her mit Euren Männern.»

Vespasian führte seine Gefährten auf die Legionäre zu und zog die Getenmütze vom Kopf.

«Als ich Caelus mit seinen Männern durch das Tor habe gehen sehen, war mir klar, dass er Euch nachstellt. Also bin ich ihm gefolgt», erklärte Faustus, während die Legionäre, die Vespasian wiedererkannten, miteinander zu tuscheln begannen.

«Danke, mein Freund», erwiderte Vespasian. «Ich fürchte allerdings, der Priester ist uns entwischt und inzwischen über alle Berge.»

«Na, wir haben heute Nacht wohl allesamt Pech gehabt. Mit dem Angriff ist einiges schiefgelaufen. Wir haben die Siedlung nicht gut genug bewacht. Fast tausend Geten konnten ausbrechen und einen unserer Türme in Brand setzen.

Sie haben eine Menge unserer Leute getötet und sich wieder freigekämpft. Immerhin sind wir mit den Besatzern der Festung fertiggeworden. Sie gehört jetzt uns.»

«Komm, kleiner Bruder, wir sollten jetzt gehen», sagte Sabinus. «Wenn Rhotekes mit einem Boot stromabwärts flieht, können wir ihn vielleicht noch erwischen.»

Vespasian seufzte. Er war erschöpft, wollte sich aber wie sein Bruder noch nicht geschlagen geben. «Was habt ihr mit ihm vor?», fragte er und richtete den Blick auf Caelus, der aus der Ohnmacht erwachte.

«Nun, vor den Augen seiner Männer kann ich ihn nicht töten», antwortete Faustus leise und stemmte Caelus sein Knie in den Rücken. «Poppaeus würde mich unter Mordanklage stellen. Also führe ich ihn zurück in die Schlacht und erledige die Sache dort.»

Beide schreckten auf, als der Boden wieder unter trommelnden Hufen erbebte und schrilles Gewieher laut wurde.

«Die Pferde kommen zurück!», warnte Vespasian.

«Bildet mit den Schilden einen Keil!», kommandierte Sabinus. «Die Pila in Stoßrichtung!»

Die Legionäre reagierten verwirrt. Sie ahnten zwar, dass Gefahr in der Luft lag, konnten sich aber deren Ursache nicht erklären. Schnell ordneten sie sich zusammen mit denen, die sie verfolgt hatten, zu einer von Speeren starrenden V-Formation, als die Pferde aus der Nacht auftauchten und auf sie zugaloppierten.

Caelus sah die anderen von sich abgelenkt und nutzte seine Chance. Unbemerkt zog er seinen *Pugio* aus der Scheide, rammte ihn Faustus von der Seite in den Hals und traf die Halsschlagader, aus der ein fingerdicker Blutstrahl spritzte. Blitzschnell sprang er auf und rannte in Richtung Festung den Hang hinauf. Vespasian wollte ihm nachsetzen, registrierte aber, wie sich die dunkle Welle der verschreckten Tiere unaufhaltsam näherte. Er überließ den Centurio seinem Schicksal, ging neben Faustus in die Knie und versuchte, den Blutstrom aufzuhalten.

Die Herde erreichte den Keil.

Kurz bevor die führenden Pferde auf das stachelbewehrte Hindernis trafen, wichen sie zu beiden Seiten aus. Die anderen folgten, und wie ein Fluss um eine Insel wogten sie vorbei. Von der Formation geschützt, presste Vespasian eine Hand auf die Wunde des Verletzten, schaute sich um und sah Caelus einen entsetzten Blick über die Schulter werfen und wenige Augenblicke später schreiend unter der Sturzflut aus Pferdeleibern verschwinden.

Die Legionäre hielten dem panischen Ansturm stand. So heftig bebte der Boden, dass sie die starren Knie beugen und die Schockwellen abfedern mussten. Ohrenbetäubend laut waren das Stampfen der Hufe und die Schreie der schäumenden Tiere, die im Abstand einer Armeslänge an den Schilden vorbeirasten und die Speerspitzen instinktiv scheuten.

Endlich waren auch die letzten Pferde vorbeigestoben. Die Herde schloss sich wieder, als hätte es das Hindernis nie gegeben.

Sie waren in Sicherheit.

Aber es dauerte noch eine Weile, ehe der Erste zu reden wagte.

«Verdammt! Ich glaube, ich habe mich eingeschissen», ächzte Magnus in rauem Flüsterton. «Nicht dass das besonders auffiele bei dem Gestank dieser Beinkleider. Wie geht es Faustus?»

Vespasian betrachtete den Verletzten, der ein schwaches Lächeln zeigte. «Hab ich doch gesagt, die verfluchten Barbaren kriegen mich nicht», hauchte er. «Mein Herr erwartet mich.»

Seine Augen brachen. Vespasian schloss sie mit seiner blutverschmierten Hand und stand auf. «Tragt Centurio Faustus ins Lager», befahl er den Legionären. «Und sammelt unterwegs diesen Scheißhaufen ein», fügte er hinzu und zeigte auf die zerstampften Überreste des Mörders seines Freundes.

Die Legionäre, noch sichtlich benommen, salutierten zaghaft und hoben ihren Primus Pilus auf ihre Schultern. Sabinus legte dem Toten eine Hand auf die Brust, murmelte ein paar unverständliche Worte und entfernte sich langsam.

Als Vespasian den Trägern des toten Freundes nachschaute, fielen die Festungsmauern in sein Blickfeld. Darauf patrouillierten jetzt nur noch einige wenige Legionäre mit der Gelassenheit von Soldaten, die eine Schlacht überlebt und nichts mehr zu befürchten hatten. Eine kleine einzelne Gestalt erschien und blickte Richtung Fluss. Im Feuerschein leuchteten ein hoher Helmkamm aus roten Pferdeborsten und ein purpurfarbener Umhang. Vespasian erkannte Poppaeus. Der Feldherr hob seinen Gladius und schüttelte ihn wie zur Drohung. Ob er Vespasian und die seinen sah, blieb im Unklaren.

«Gehen wir», sagte er und marschierte auf den Fluss zu.

Es dauerte eine Weile, bis sie die Stelle gefunden hatten, an der Varinus und seine Männer mit dem Boot auf sie warten wollten.

«Varinus», rief Vespasian vorsichtig.

Aus dem Schilf tauchte der Bug des Bootes auf. Lucius und Arruns ruderten, Varinus steuerte.

«Wir haben möglicherweise gesehen, wonach Ihr sucht, Herr», meldete er, als Vespasian und Sabinus an Bord gingen.

«Was?», fragte Sabinus zerstreut.

«Tja, wir haben die Burg im Auge behalten und gesehen, wie Flammen aus den Fenstern schlugen. Plötzlich seilten sich zwei Männer ab, einer wurde wieder heraufgezogen, aber der andere sprang. Und dann kamt Ihr runter. Also dachte ich, dass es vielleicht angebracht wäre, ein Jota von meinen Befehlen abzuweichen. Mit Lucius bin ich an Land gegangen. Es dauerte nicht lange, und wir haben ihn gestellt, als er gerade ein kleines Boot besteigen wollte.»

Vespasian fuhr auf. «Habt ihr ihn getötet?»

«Ich dachte, wenn Ihr so viel Mühe auf Euch nehmt, ihn zur Strecke zu bringen, sollte ich das Vergnügen lieber Euch überlassen.» Varinus schlug ein Wachstuch vor seinen Füßen auf. Darunter lag Rhotekes, an Händen und Füßen gefesselt und die Augen voller Hass.

Der Priester spuckte aus, als er Vespasian erkannte. «Warum seid Ihr nicht tot? Ich habe Männer ausgeschickt, um das Werk der Götter zu verrichten und Euch zu töten», knurrte er und entblößte seine spitzgefeilten Schneidezähne.

Vespasian schlug ihm mit der Faust ins Gesicht. «Für all die Männer, die du statt meiner hast töten lassen.» Er holte aus und versetzte ihm einen zweiten Hieb. «Und das ist für Decimus Falens.»

Jemand ergriff sein Handgelenk, bevor er ein weiteres Mal zuschlagen konnte.

«Es wäre schade, wenn Ihr ihn umbringen würdet, Herr», flüsterte ihm Magnus ins Ohr, «besonders nach all dem Ärger, den wir hatten, um ihn zu fassen.»

«Du hast recht», erwiderte Vespasian und holte ein paarmal tief Luft. Er riss sich aus Magnus' Umklammerung, blickte auf Rhotekes, der bewusstlos auf den Planken lag, und spuckte in sein blutiges Gesicht. «Trotzdem, ich verabscheue diesen Haufen Unrat.»

VII

Das kleine Boot trieb mit der Strömung und wurde zusätzlich angeschoben von einer leichten Brise von Westen. Es glitt an dem Belagerungswall und am Römerlager vorbei und steuerte auf den schwachen Morgenschimmer am östlichen Horizont zu. Lucius und Arruns legten sich in die Riemen, während Varinus an der Pinne einen Kurs dicht entlang des Ufers hielt, um der danubischen Flotte nicht aufzufallen, deren dunkle Silhouetten backbords auf den Wellen wippten. Vespasian und die anderen waren so müde, dass sie nur dahocken konnten und ins Leere starrten.

Auf allen lasteten schwere Gedanken an Faustus, Bryzos und Ziles.

Rhotekes lag geknebelt und gefesselt in der Bilge. Er war kurz wieder zur Besinnung gekommen, aber von Magnus mit einem Fausthieb in Ohnmacht versetzt worden, als er mit seinem Grunzen und Ächzen zur Last fiel. Wasser schwappte um ihn herum.

Nach einer Weile glimmte in der Ferne ein kleiner gelblicher Lichtpunkt am Ufer auf, der ihre Aufmerksamkeit erregte.

«Das müssten Faustus' Männer mit unseren Pferden sein»,

sagte Vespasian, aus dem Halbschlaf aufgewacht. «Halt darauf zu, Varinus.»

«Aye, aye, Trierarchus.»

Vespasian rollte mit den Augen, ließ aber auch diesmal die kleine Spitze gegen ihn unkommentiert. Varinus hatte mit seinen eigenmächtigen Abweichungen von seinen Befehlen der gemeinsamen Sache einen größeren Dienst erwiesen, als ihm, dem schlichten Legionär, überhaupt bewusst sein dürfte.

Umsichtigerweise warteten Faustus' Männer an einer Uferstelle, die flach und frei von Schilfrohr war. Das Boot konnte problemlos anlanden. Vereinzelt fingen Vögel zu singen an, und in den Wolken am Horizont brachen sich purpurn und violett erste Sonnenstrahlen.

«Optio Melitus meldet sich auf Befehl von Primus Pilus Faustus mit Euren Pferden zur Stelle», salutierte ein junger adretter Mann, der von der stinkenden Getentracht unangenehm überrascht die Nase rümpfte, als Vespasian, von Sabinus und den anderen gefolgt, das Boot verließ.

«Danke, Optio», erwiderte Vespasian und beantwortete müde den Salut. Er schaute in die Runde. «Ich muss euch leider sagen, dass Faustus tot ist. Seid vorsichtig, wenn ihr ins Lager zurückkehrt. Es könnte … ähm, Ärger geben.»

«Faustus ist tot?», rief Melitus. «Schrecklich. Dann wird Centurio Viridio der neue Primus sein. Ein wilder Hund ist er, wenn auch nicht ganz so wild wie Faustus.»

Varinus und seine Männer luden die Ausrüstung und den ohnmächtigen Priester aus dem Boot, während sich die anderen ihrer dreckigen Verkleidung entledigten und ein Bad im eisigen Wasser des Flusses nahmen. Um den Gestank loszuwerden, schrubbten sie sich gegenseitig ab, was aber nur annähernd den gewünschten Effekt hatte.

Wieder in ihren eigenen Kleidern und gestärkt von der Mahlzeit aus Brot, Wurst, Käse und Wein, die Melitus ihnen vorgesetzt hatte, packten sie Rhotekes auf eines der beiden Pferde, die für Bryzos und Ziles gedacht gewesen waren, die Ausrüstung auf das andere und brachen auf.

«Macht's gut, Jungs», verabschiedete sich Magnus von Varinus und seinen Männern, die ins Boot zurückstiegen. «Wir sehen uns in Rom, Lucius, und da besuchen wir dann die Ställe der Grünen.»

Lucius grinste. «Wenn wir jemals dort ankommen», antwortete er und half Melitus und seinen beiden Männern an Bord. «Aber so Fortuna will und wir zurückfinden, wird sie uns und den Grünen wohl auch im Circus hold sein.»

Sie legten ab, machten kehrt und ruderten stromaufwärts, gegen den Wind, der zugenommen hatte. Bald aber waren sie im Halbdunkel verschwunden.

Vespasian trieb sein Pferd an. Im leichten Trab folgte er dem Fluss in östliche Richtung.

Magnus neben ihm führte das Pferd mit dem Priester am Zügel. «Hatte ich nicht recht? Sind doch anständige Kerle, nicht wahr?», bemerkte er nach längerem einvernehmlichem Schweigen.

«Hängt davon ab, was du unter anständig verstehst», entgegnete Vespasian. «Aber ja, sie waren uns nützlich, und wenn ich das Sagen hätte, würde ich Varinus zum Optio machen für seinen Einsatz in der vergangenen Nacht.»

«Eine solche Ehrung wäre an ihn verschwendet. Er hat

zweimal versucht, sich im höheren Rang auszuzeichnen. Ist ihm aber nicht gelungen. Ein solcher Dienstgrad scheint ihm nicht zu passen.»

«Oder passt er vielleicht nicht in diese Position?»

«So könnte man es auch sagen, und die Führung hat's offenbar so gesehen.»

«Wahrscheinlich», sagte Vespasian und lachte zum ersten Mal seit langem. Die Sonne tauchte hinter dem Horizont auf und warf warme Strahlen auf sein Gesicht. «Wie dem auch sei, hoffen wir, dass es dein Freund Lucius zurück nach Hause schafft. Ihr könntet dann auf der Rennbahn fließend *Essedum* reden oder wie immer sich euer Kauderwelsch auch nennen mag.»

Magnus runzelte die Stirn. «Ach, mein Herr, Ihr werdet wohl nie verstehen, wie wichtig es ist, Freundschaft zu pflegen mit Leuten, die sich wie Lucius wirklich gut auskennen. Haltet sie bei Laune, und sie werden Euch todsichere Tipps geben.» Er blickte über die Schulter zurück in Richtung Boot, in dem seine Goldmine an Informationen davonfuhr. «Herrje, seht Euch das an», platzte es aus ihm heraus.

Vespasian fuhr im Sattel herum. Die Kinnlade fiel ihm herunter. Weniger als eine Meile hinter ihnen hatten acht Biremen und zwei Triremen der Flussflotte ihre Segel gehisst und steuerten, begünstigt vom auffrischenden Wind, geradewegs auf sie zu. Die goldenen Strahlen der Morgensonne ließen ihre Aufbauten glänzen und verliehen den weißen Segeln einen bernsteinfarbenen Schein. Ein wunderschöner Anblick, brächten die Kriegsschiffe keine Gefahr mit sich. Die schrillen Laute aus den Pfeifen der Taktgeber für die Ruderer hallten bis hin zu ihnen ans Ufer.

«Sieh mal, Sabinus», rief Vespasian.

Sein Bruder drehte sich um. «Mist! Poppaeus schickt uns ein halbes Geschwader hinterher. Der Kerl gibt doch nie auf. Na schön, reiten wir eben landein.»

«Ist vielleicht keine so gute Idee», meldete sich Sitalces und zeigte auf eine Staubwolke im Süden, keine vier Meilen entfernt.

«Römer?», fragte Vespasian.

«Nein, eine Reiterabteilung von Legionären besteht höchstens aus hundertzwanzig Mann, die nie so viel Staub aufwirbeln würden», antwortete Sitalces. «Der Wolke nach zu urteilen, ist ein fünf- oder sechsmal größerer Haufen unterwegs. Ich schätze, es sind Geten, die letzte Nacht fliehen konnten.»

«Die sind bestimmt nicht hinter uns her. Schließlich wissen sie nicht, dass wir hier sind», meinte Magnus.

«Jedenfalls würde ich ihnen lieber nicht über den Weg laufen», erwiderte Sitalces.

«Dann müssen wir also doch dem Ufer folgen und schneller sein als sie», sagte Vespasian und trieb sein Pferd zum Galopp an.

Die schnellere Gangart rüttelte Rhotekes auf und ließ ihn aus der Ohnmacht erwachen. Trotz des Knebels im Mund waren seine Proteste so laut, dass sie das Hufgetrappel übertönten.

Das Gelände wurde rauer und zwang die Pferde zu einem niedrigeren Tempo, das aber ausreichte, den Abstand zum römischen Geschwader zu vergrößern. Die Staubwolke der Geten jedoch näherte sich. Als die Gruppe um Vespasian und Sabinus eine Hügelkuppe überquerte, kam Lysimachid, die große Festung von Axiopolis, in Sicht. An die zwei Meilen waren es bis dorthin.

«Da knickt der Strom nach Norden ab», rief Vespasian, schon auf dem Weg bergab, seinem Bruder zu. «Mit dem Priester sollten wir uns dort nicht blickenlassen. Poppaeus hat bestimmt Spione in der Garnison, und die würden ihn darüber informieren, dass er in unserer Gewalt ist – wenn er es nicht schon weiß. Was schlägst du vor?»

«Wir reiten daran vorbei und dann geradeaus weiter», antwortete Sabinus. «Die Flotte hätten wir dann abgeschüttelt und müssen uns nur noch wegen der Geten Sorgen machen.»

«Wenn's weiter nichts ist», meinte Magnus.

Plötzlich war ein dumpfer Aufprall zu hören, und das Pferd von Rhotekes bäumte sich auf. Dem Priester war es gelungen, das Seil zu lösen, mit dem er an das Tier gebunden war. Jetzt sprang er, immer noch von den Fußfesseln behindert, in entgegengesetzter Richtung davon.

«Dieser Hundsfott», rief Magnus und sprang von seinem Pferd. Er lief dem Priester nach, riss ihn zu Boden und versetzte ihm einen wuchtigen Fausthieb. Der Gefangene erschlaffte. Blut trat unter dem Mundknebel hervor, und die linke Wange schwoll an.

Sitalces eilte hinzu und half Magnus, den bewusstlosen Mann auf das Pferd zurückzuhieven. Das Tier weigerte sich still zu stehen und warf schnaubend den Kopf hin und her. Schließlich gelang es ihnen doch, das Seil unter dem Bauch des Pferds hindurchzuführen und den Priester festzubinden.

«Beeilt euch!», drängte Sabinus. «Das Geschwader holt auf.»

Über das Wasser hinweg waren die Pfeifentöne in kürzerer Folge zu hören. Alle zehn Schiffe nahmen an Fahrt auf und erreichten ein Tempo, das die Ruderer allenfalls noch ein paar hundert Schläge beibehalten konnten, ehe sie vor Erschöpfung zusammenbrechen würden. Vespasian sah, wie Männer an Bord Wurfmaschinen beluden, an deren Reichweite zur Reitergruppe nicht mehr viel fehlte.

Die Getenhorde im Süden war nun als dunkler Fleck unter der Staubwolke auszumachen.

«Fertig», rief Magnus, nachdem er und Sitalces den letzten Knoten geschlungen hatten. Sie liefen zu ihren Pferden zurück.

Nur wenige Schritte vom Ufer entfernt klatschten zwei Wurfgeschosse aufs Wasser, dessen Spritzer im hohen Bogen auf sie niederprasselten.

«Verdammt, es wird eng», rief Sabinus und versuchte, Reißaus zu nehmen. Ein weiteres Geschoss sauste dicht über ihre Köpfe hinweg. Den Blick nach oben gerichtet, prallte Magnus mit Sitalces zusammen und riss den riesigen Thraker mit sich zu Boden. Wiederum schlug ein schwerer Stein in der Nähe auf, rollte auf das mit Proviant bepackte Lasttier zu, das Artebudz am Zügel führte, und verfehlte es nur knapp.

«Hätte fast vergessen, wie leicht du zu Fall zu bringen bist, mein Freund», spöttelte Magnus und sprang auf die Beine.

«Du glaubst wohl, wir wären quitt, Römer», entgegnete Sitalces grinsend. «Dabei schulde ich dir jetzt mindestens zwei Niederwürfe, würde ich meinen.»

Sie rannten auf ihre Pferde zu, während die anderen schon davonstoben. Als Magnus in den Sattel sprang, stieß sein Pferd einen schrillen Schrei aus und brach unter ihm zusammen. Eines seiner Hüftgelenke war zertrümmert worden, die Stelle war ein Brei aus Fleisch und Knochensplittern. Ein blutiger Stein, zweimal so groß wie eine Männerfaust, kugelte durchs Gras.

«Nimm das hier», rief ihm Artebudz zu und reichte ihm die Zügel des Lastpferdes. Wieder ergoss sich eine Wasserfontäne über sie. Magnus musste sich nicht lange bitten lassen. Das Pferd des Priesters im Schlepp, lief er herbei, warf sich auf das frische Tier und galoppierte den anderen nach. Das verwundete Pferd blieb kreischend und mit wild ausschlagenden Hufen zurück.

Vespasian warf einen Blick über die Schulter und vergewisserte sich, dass sein Freund folgte. Immer neue Geschosse wirbelten Grasbüschel und Erde durch die Luft, Spritzwasser regnete auf ihn herab, in dessen Sprühnebel Regenbogen schillerten.

Der Beschuss ließ nach. Die erschöpften Ruderer – Freie mit Rechten, keine Sklaven, die man ausgepeitscht hätte – verringerten die Schlagzahl, nicht nur weil ihre Kräfte nachließen, sondern auch um die Ruderblätter zu schonen, die unter länger fortgesetzter Last womöglich zu Schaden gekommen wären. Vespasian parierte sein Pferd in einen leichten Galopp durch und ritt in gemäßigtem Tempo weiter, bis er und die anderen die Flussbiegung hinter sich gelassen hatten. Die Geten aber waren nur noch eine knappe Meile entfernt.

«Sie haben die Richtung geändert», warnte Sitalces lauthals, um sich über das Stampfen der Hufe hinweg bemerkbar zu machen.

«Was?», brüllte Vespasian.

«Die Geten, sie drehen nach links ab», rief Sitalces. «Wie es scheint, auf Axiopolis zu.»

«Endlich mal eine gute Nachricht», bemerkte Magnus, der sich gerade von einem Sack Pökelfleisch, der ihn von hinten bedrängte, zu befreien versuchte.

Vespasian blickte nach Norden und hielt unwillkürlich die Luft an, als er begriff, warum die Geten die Richtung geändert hatten. Auf dem Fluss, der in der Biegung rund fünfhundert Schritt breit war, wimmelte es von bunten Segeln. Die getische Flotte hatte ihren sicheren Hafen im Norden von Scythia Minor, der von den Römern noch nicht besetzt worden war, verlassen und Kurs nach Süden aufgenommen, um das in Not geratene Räuberheer aufzunehmen.

«Verflucht, unsere Männer der Schwadron können sie nicht sehen; die Biegung versperrt ihnen den Blick», sagte Vespasian, als alle angehalten hatten, um den prächtigen Anblick zu bestaunen.

«Was heißt ‹unsere Männer›?», knurrte Magnus. «Sie haben uns vorhin noch ihre Geschosse um die Ohren geschleudert.»

«Deshalb bleibt uns keine Wahl», meinte Sabinus. «Wenn wir sie zu warnen versuchen, werden sie uns wieder attackieren. Sollen sie doch selbst zusehen, wie sie ihre Probleme lösen.» Wie die meisten Römer, die in einer Legion gedient hatten, war Sabinus nicht gut auf die Seestreitkräfte zu sprechen. Er betrachtete sie als kümmerliche Ableger der Armee.

«Vielleicht hast du recht», sagte Vespasian. «Lasst uns von hier verschwinden.»

Sie passierten den Südrand von Axiopolis und zogen in südöstlicher Richtung weiter, einen Bergrücken hinauf, der den Danuvius nach Norden zwang. Auf dem Höhengrat hielten sie an und schauten zurück, von oben herab auf das, was sich im Westen der Flussbiegung abspielte.

Das Getenheer hatte das Ufer erreicht und nahm das überraschte römische Geschwader unter Beschuss. Wie kleine schnelle Wolken flogen Unmengen von Pfeilen auf die Schiffe zu, mit verheerenden Folgen für die Männer an Bord. Trotz hoher Verluste wehrten sie sich mit ihren Wurfmaschinen, offenbar ohne die getische Flotte in der Flussbiegung zur Kenntnis genommen zu haben. Vespasian sah Dutzende Reiter, getroffen von Katapultgeschossen, stürzen, doch scheinbar unvermindert hagelten Pfeilsalven auf die vorderen drei Schiffe ein, die wegen der vielen Opfer unter den Ruderern offenbar nicht mehr manövrierfähig waren. Der zunehmende Wind trug dumpfes Geschrei den Berg hinauf. Zwei Triremen und die fünf verbliebenen Biremen hielten, ihre Wurfmaschinen entladend, auf die getische Kavallerie am Ufer zu, um die bedrängten Schiffe zu entlasten, doch schon tauchten die ersten Getenboote in der Biegung auf. Endlich auf sie aufmerksam geworden, verstärkten die Römer ihre Gegenwehr. Wie kleine Perlen muteten von oben betrachtet die Wurfgeschosse an, die durch die Luft schwirrten. Auch auf den Mauern von Axiopolis traten nun Ballistae in Aktion. Von Steinen aufgerührt, schäumte das Wasser, aber die angreifende Flotte ließ sich nicht abschrecken, zumal die Römer, von den Reitern in Anspruch genommen, nicht auch noch ihr die Stirn bieten konnten.

Der Takt der schrillenden Pfeifen beschleunigte sich, bis fast nur noch ein Dauerton zu hören war und die führenden Boote der Geten auf die Römerflotte zuflogen. Zwei von ihnen rammten eine Trireme breitseits, vorn und achtern. Ein anderes holte seine Backbordruder ein, streifte eine Bireme, deren Ruder wie Zweige knickten und die Männer, die daran saßen, von den Bänken katapultierten. Die Geräusche zerberstenden Holzes übertönten die Pfeifen. Mit rückwärtsgerichteten Ruderschlägen versuchten sich die beiden getischen Boote aus dem Gerippe des Römerschiffes freizuzerren.

Als die zweite Welle der getischen Flotte über das hilflose Geschwader hereinbrach, wandte sich Vespasian ab. «Ich habe genug gesehen und weiß für meinen Teil, dass ich nie zu Wasser kämpfen möchte», sagte er kopfschüttelnd.

«Heute werden etliche gute Kerle den Styx überqueren», murmelte Magnus. Er folgte Vespasian und zog das Pferd mit dem Priester hinter sich her. «Und das alles nur wegen Poppaeus, der einen Mann zum Schweigen bringen will.»

«Oder weil wir ihn lebend nach Rom schaffen wollen», bemerkte Sabinus. «Aber lasst uns darüber nicht ins Grübeln geraten. Über den Todeszeitpunkt eines Mannes entscheidet Mithras, und dagegen lässt sich nichts machen.»

Weil ihm nicht der Sinn danach stand, sich mit dem Bruder über theologische Fragen zu streiten, legte Vespasian eine Gangart zu und galoppierte bergab, auf die Ebene zu, die sich bis ans Euxinische Meer und den Hafen von Tomoi erstreckte.

Vespasian und seine Kameraden froren bis ins Mark, als sie endlich, zwei Stunden nach Sonnenuntergang, die Stadttore erreichten. Ein stürmischer Wind hatte die Wolken vertrieben und die Temperatur abfallen lassen. Den Wachposten reichte der Anblick seiner Tribunsuniform, um ihm und den anderen auch nach Torschluss Einlass zu gewähren. Sie ritten über eine breite, nur vom Mond beleuchtete Straße, die geradewegs auf den Hafen zuführte, den einzigen Daseinsgrund der Stadt. Die Gebäude zu beiden Seiten waren ärmlich und heruntergekommen. Die ganze Stadt wirkte vernachlässigt; sie hatte wohl schon bessere Zeiten erlebt.

«Was für ein elendes Loch», fand Magnus, als ein paar in Lumpen gehüllte Bettler aus einer dunklen Gasse zu ihnen aufblickten.

«Deshalb ist es ein Ort für Verbannte», erklärte Sabinus. «Der Dichter Publius Ovidius Naso verbrachte hier die letzten Jahre seines Lebens, der arme Kerl.»

«Früher war es ein großer Hafen der Odrysen», sagte Sitalces fast wehmütig. «Aber dann habt ihr Römer den Norden Thrakiens erobert und die Provinz Moesien daraus gemacht. Und weil ihr hier keinen Hafen brauchtet, ging der von Tomoi vor die Hunde. Wir sind jetzt auf die wenigen Häfen angewiesen, die unserem Königreich noch verblieben sind.»

«Wie kommt's, dass hier noch Menschen wohnen?», fragte Artebudz.

«Sie leben vom Fischfang und von Seeräuberei, was sie natürlich selbst nicht zugeben würden, und treiben Handel mit dem Regnum Bospori im Norden und dem Königreich von Colchis im Osten. Das wäre aber auch schon alles.»

«Ich dachte, Pompeius Magnus hätte dem Unwesen der Freibeuter ein Ende gesetzt», wunderte sich Vespasian.

«Aber nicht auf dem Euxinischen Meer», erwiderte Drenis und spuckte auf den Boden. «Ihm ging's nur um den Schutz Eurer kostbaren Handelsrouten. Viele Freibeuter haben sich hierher in den Norden abgesetzt.»

«Etliche machen auch noch das Mare Aegaeum unsicher», wusste Sabinus zu berichten. «Zwischen all den Inseln kann man sich bestens verstecken. Auf der Fahrt hierher wurde mein Schiff von Piraten gejagt, als wir an der Landzunge von Achaea vorbeigekommen sind. Zum Glück hatten wir ein paar gute Bogenschützen an Bord. Die Banditen verloren die Lust an uns, nachdem es zehn oder zwölf von ihnen erwischte, unter anderem den Kapitän, einen hässlichen Rotbart, der übrigens dein Bruder hätte sein können, Sitalces. Aber glaubt mir, nicht alle Piraten sind schlecht. Die aus Kilikien haben Mithras zu uns ins Imperium gebracht; das war zur Zeit der Sklavenaufstände in Sparta.»

«Mithraische Piraten?» Vespasian lachte. «Ich nehme an, die bringen Licht in dunkle Gewitterwolken.»

«Spotte nicht, kleiner Bruder», entgegnete Sabinus ernst. «Das Licht des Herrn leuchtet über allen Menschen, auf gute wie böse, fromme wie ungläubige. Er macht keine Unterschiede, denn er starb, um uns zu erlösen, und kehrte nach drei Tagen ins Leben zurück, um uns zu zeigen, dass sich der Tod überwinden lässt.»

«Faustus scheint ihn nicht überwunden zu haben», sagte Magnus.

Sabinus strafte Magnus mit finsterer Miene. «Der Körper ist nicht alles.»

Vespasian verzichtete auf eine frivole Bemerkung, denn er sah dem Bruder an, wie wichtig ihm sein Glaube war.

«Das dahinten scheint unser Schiff zu sein», sagte Sitalces und löste damit die Spannung. Über dem Mast einer riesigen, vom Mond beschienenen Quinquereme flatterte die königliche Standarte Thrakiens im Wind. Selbst im geschützten Hafenbecken schlugen die Wellen so hoch, dass das Ruderkriegsschiff an seiner Anlegestelle bedenklich hin und her schaukelte.

«Sitalces, alter Sack!», rief von der Mole der wachhabende Hauptmann, als sich die Gruppe näherte. «So pünktlich haben wir dich gar nicht erwartet. Aber glaub nicht, dass wir bei dem Wetter ablegen.»

«Ich finde, das sollte unser Trierarchus am besten selbst entscheiden, Gaidres», entgegnete Sitalces. Er stieg aus dem Sattel und klopfte dem Freund auf die Schulter. «Du Landei glaubst doch wohl nicht, ein qualifiziertes nautisches Urteil treffen zu können?»

«Landei war ich mal. Jetzt fahre ich zur See und bin sehr wohl in der Lage, ein solches Urteil zu treffen. Ich berufe mich dabei auf die Anzahl der Gebete, die der Alte ausstößt, glaub mir, seit dieses Wetter aufgezogen ist, betet er ständig», entgegnete Gaidres grinsend. «Kommt an Bord und überzeugt euch selbst. Ich lasse jemanden kommen, der sich um die Pferde kümmert.»

«Das Wetter verschlechtert sich noch», sagte Trierarchus Rhaskos und blickte den Mast entlang zum Nachthimmel auf, der wieder voller Wolken hing. «Der Wind warnt uns vor Zibelthiurdos' Zorn. Er kommt; er reitet herbei und will uns mit seinem Blitzstrahl treffen. Bald werden wir das Donnern der Hufe seines Pferdes und seinen treuen Hund heulen hören.»

«Ihr wollt wohl damit sagen, dass ein Gewitter aufzieht», sagte Vespasian gereizt, den das viele Gerede über Götter zu nerven anfing.

«Ja, wenn Zibelthiurdos zürnt, bricht häufig ein Sturm aus», antwortete Rhaskos und kratzte sich an seinem grauen Rauschebart, der viel länger war als die kurz geschorenen Haupthaare, sodass es Vespasian so vorkam, als blickte er auf einen umgedrehten Kopf. «Wir sollten ihn besänftigen. Ich bereite ein Opfer vor. Eins eurer Pferde wäre durchaus geeignet.»

«Von unseren Pferden opferst du keines für deine Götter», entschied Sabinus kategorisch. «Sie –»

«Sind Eigentum der römischen Streitkräfte», beeilte sich Vespasian zu erklären, bevor sein Bruder die thrakischen Götter verunglimpfen und sich für Mithras starkmachen konnte.

«Meins gehört der Königin», sagte Sitalces. «Ich bin mir sicher, sie würde es für einen guten Zweck gern hergeben.»

Vespasian glaubte zu wissen, dass jemand, der thrakische Götter beleidigte, mit schlimmen Folgen rechnen musste, und hielt sich deshalb zurück. Rhaskos schien zufriedengestellt. «Gut, das wäre also geklärt. Wie mir bereits zugetragen wurde, habt ihr einen Gefangenen mitgebracht.» Er richtete seinen Blick auf Rhotekes, der zwischen Magnus und Artebudz an Deck lag und sich windend von seinen Fesseln zu befreien versuchte. «Die Königin bat mich, eine Kerkerzelle für ihn einzurichten. Sie ist auf dem Ruderdeck.

Gaidres wird sie euch zeigen und mit zehn seiner Männer auf den Gefangenen aufpassen.»

«Drenis und ich … ähm, holen dann mal das Pferd», sagte Sitalces zu Vespasian, als der sich mit Gaidres auf den Weg machte. Der junge Tribun nickte zustimmend; Sabinus schnaubte verärgert.

Sie folgten Gaidres über das fünfzig Fuß lange Schiff. Magnus und Artebudz hatten den Priester zwischen sich genommen und schleiften ihn hinterher. Das Deck schwankte und knarrte unter ihren Füßen; der Wind ließ die Wanten surren, die den Mast hielten. Als sie den Bug erreichten und vor einer Luke haltmachten, spürten die Brüder bereits erste Reaktionen auf den heftigen Seegang im Magen. Über einen Niedergang stiegen sie auf das Ruderdeck hinab, wo ihnen der Gestank von Kot und Urin entgegenschlug.

«Es scheint, wir stecken wieder in der Scheiße, Herr», bemerkte Magnus, der den sich sträubenden Priester herunterreichte zu Artebudz und Sabinus.

Kaum dass sich Vespasian an das schwache Licht der wenigen Öllampen gewöhnt hatte, glaubte er seinen Augen nicht trauen zu können, als er sah, dass die Ruderer, über ihren Riemen eingeschlafen, angekettet waren. Anders als die Römer ließen die Thraker Sklaven ihre Schiffe antreiben.

«Wie schafft ihr es, hier für Disziplin zu sorgen?», fragte er Gaidres verwundert.

Gaidres zuckte mit den Achseln. «Sie können nicht weglaufen, und außerdem wissen alle: Wer Ärger macht, geht über Bord und wird ersetzt von einem derer, die unten in der Bilge hocken.»

«Ja, aber was hat ein Sklave schon groß zu verlieren? Wir

setzen Freigelassene an die Riemen. Denen kann man vertrauen, dass sie zusammenarbeiten und nicht meutern, denn wenn sie sechsundzwanzig Jahre Dienst tun und am Leben bleiben, erhalten sie die volle Bürgerschaft.»

«Ich als einfacher Seemann kann Euch dazu nicht viel sagen. Aber Mitleid braucht Ihr mit den Mistkerlen nicht zu haben. Viele von ihnen waren Piraten. Hier erfahren sie am eigenen Leib, was sie anderen zuleide getan haben.»

«Mitleid habe ich nicht», murmelte Vespasian und schaute sich nervös um. «Ich mache mir nur Sorgen um meine Sicherheit auf einem Schiff, das von Sklaven angetrieben wird, denen es egal ist, ob sie am Leben bleiben oder sterben.»

«Kein Wunder, dass aus dir noch nichts Anständiges geworden ist», sagte Sabinus. «Statt dich darauf zu konzentrieren, eine Schlacht zu gewinnen, machst du dir Gedanken um Sklaven auf der Ruderbank.»

«Tja, so verfahren wir seit alters her; ich stelle das nicht in Frage. Kommt, die Zelle ist dadrüben.» Gaidres öffnete eine kleine Tür und duckte sich, als er über die Schwelle trat.

Vespasian und Sabinus folgten ihm in eine kleine, übelriechende Kabine. Durch ein Gitter in der Decke sickerte Mondlicht. Vespasian blickte auf einen eisernen Käfig, der an die fünf Fuß hoch, breit und tief war.

«Bring ihn her, Magnus. Artebudz, hol mal eine dieser Öllampen», sagte Vespasian, während Gaidres einen Schlüssel hervorkramte.

Das zusätzliche Licht der Lampe half Gaidres, das Schloss zu finden und die Käfigtür zu öffnen. An zwei der Stäbe waren Ketten mit Hand- und Fußschellen geschmiedet.

«Ich nehme ihm jetzt den Knebel aus dem Mund», warnte

Vespasian Magnus und Artebudz, die den Priester fest im Griff hatten. «Hütet euch vor seinen spitzen Zähnen.»

Kaum hatte er den Knebel herausgezogen, spritzte Vespasian ein warmer Schwall von Schleim und Speichel ins Gesicht. Spontan rammte er Rhotekes seine Faust in die Magengrube. Magnus und Artebudz verhinderten, dass er in sich zusammensackte.

«Hör zu, du kleines Scheusal», knurrte Vespasian. «Du lässt dich jetzt fügsam anketten, oder wir gebrauchen Gewalt, und dann wachst du auf mit einem weiteren Riss im Schädel.»

Nach Luft ringend, hob Rhotekes den Kopf. Seine kleinen Augen funkelten voller Verachtung. Er verzog sein verhärmtes mageres Gesicht zu einer Grimasse und bleckte seine gelben, spitzgefeilten Schneidezähne. Sein Mund war von der Narbe entstellt, die ihm Asinius knapp vier Jahre zuvor zugefügt hatte.

«So oder so, Römer», zischte er. «Es ist ohnehin zwecklos. Keiner von uns wird Rom erreichen, denn du überlebst die Reise nicht, und mich führen meine Götter zurück nach Thrakien, ohne dass ich meinen Fuß in eure verhasste Hauptstadt werde setzen müssen. Dies prophezeie ich im Geiste meines Herrn Zibelthiurdos, dessen Zorn dir gewiss ist, weil du mich gefangen genommen hast. In seinem Namen verfluche ich diese Reise. Dieses Schiff ist dem Untergang geweiht.»

Vom Oberdeck war plötzlich der gellende Schrei eines Pferdes zu hören, unmittelbar gefolgt vom dumpfen Aufprall eines schweren Körpers.

Rhotekes' Grimasse verwandelte sich in ein schiefes Grinsen. «Zibelthiurdos hat meinen Fluch vernommen. Und um meine beleidigten Götter gnädig zu stimmen, bedarf es mehr als des Opfers eines Pferdes. Was dazu nötig wäre, ist römisches Blut.»

Vespasian schlug mit der Faust zu und zertrümmerte die Nase des Priesters, der zwischen Magnus und Artebudz bewusstlos zu Boden ging.

«Dann also mit Gewalt», sagte Vespasian und verließ die Kabine.

Teil
III
Mare Aegaeum,
Juni A. D. 30

VIII

Es war heiß; sehr, sehr heiß. Kein Lüftchen regte sich, das auch nur für ein kleines bisschen Erfrischung gesorgt hätte, als die Quinquereme an der Ostküste der Insel Euboia vorbeiruderte. Die Sonne stand im Zenit und brannte auf das Deck herab. Die Planken waren so aufgeheizt, dass von der Mannschaft niemand seinen bloßen Fuß daraufsetzen mochte und sich alle unter dem großen Segeltuch aufhielten, das auf dem Achterschiff aufgespannt worden war. Es gab ohnehin nicht viel für sie zu tun. Seit der Abfahrt von Tomoi ging kein Wind, weshalb es sich erübrigte, die Segel zu setzen.

Seit zwölf Tagen trieben die Sklaven das Schiff voran, Schlag für Schlag zum steten Takt einer Trommel – die unter Thrakern der römischen Pfeife vorgezogen wurde –, zehn Stunden täglich in drückender Hitze. Ausruhen konnten sie nur für zwei Stunden in der finsteren Bilge, bevor sie wieder zurückkehren mussten in das Elend einer Existenz, die nur einen einzigen Zweck hatte. Eingeschlossen in einem hölzernen Gefängnis und an ihre Riemen gekettet, gezwungen, ihre Notdurft über einem herumgereichten Eimer zu verrichten, vegetierten sie im Halbdunkel dahin, wo ihnen während ihrer nervtötenden Tätigkeit nur eine Empfindung zuteilwurde, dann nämlich, wenn sie aus dem Takt kamen und die Peitsche auf ihren Rücken schnalzte.

Der höllische Gestank, den sie verbreiteten, drang vor bis zu Vespasian und seinen Kameraden, die unter dem Sonnensegel saßen. Sie brüteten in der Hitze, die sie seit dem Unwetter plagte, das ihre Abfahrt von Tomoi fast zwanzig Tage hinausgezögert hatte. Dann, plötzlich, über Nacht, hatte sich der Sturm gelegt, nachdem nicht nur Sitalces' Pferd, sondern auch das von Drenis geopfert worden war. Am nächsten Morgen hatten sich die Wolken verzogen. Die Sonne intensivierte ihre Strahlkraft mit jeder Meile, die sie in Richtung Süden zurücklegten.

Auch die Routine auf dem Oberdeck machte mürbe, wenn auch nicht eintöniger Handgriffe wegen, sondern vor lauter Langeweile. Von Sonnenaufgang bis zum Abend, wenn der Anker gesetzt wurde, gab es absolut nichts zu tun, außer dass man die vorüberziehende Küste betrachtete oder ein paar Worte miteinander wechselte. Abwechslung brachten nur Jagdausflüge auf den wildreichen Hügeln über den Buchten, in denen sie übernachteten.

Frisches Trinkwasser wurde zum größten Problem. Zwar fand Rhaskos, der den Landstrich bestens kannte, immer einen Ankerplatz in der Nähe einer Flussmündung, doch die Fässer an Bord reichten nicht, um den Flüssigkeitsbedarf der Sklaven zu decken. Obwohl manchmal auch tagsüber für Nachschub gesorgt wurde, gab es nie genug, und die Ruderer begannen zu schwächeln. Tag für Tag gingen nun zweien oder dreien von ihnen die Kräfte aus, und weil sie zu nichts mehr taugten, warf man sie, ob schon tot oder noch lebendig, über Bord.

«Da geht wieder so ein Unglücksrabe», sagte Magnus, als das jüngste, dreckverkrustete Opfer dem Meer übergeben wurde. Ein kläglicher Schrei verriet, dass noch ein Lebensfunke in ihm war.

«Wenn es so weitergeht, bleibt bald keiner mehr übrig», bemerkte Vespasian. Er konnte sich ausrechnen, dass die Todesrate noch zunehmen würde, je mehr Sklaven an Erschöpfung starben, weil die noch lebenden umso mehr schuften und sich verausgaben mussten. «Wir brauchen Wind.»

«Eine solche Flaute habe ich noch nie erlebt», murrte Rhaskos, der backbords neben dem Steuerruder stand. «Jeden Abend rufe ich Mutter Bendis an, aber sie erhört meine Gebete nicht. Dabei war sie mir sonst immer gnädig. Langsam drängt sich mir der Verdacht auf, dass tatsächlich ein Fluch auf dieser Reise lastet.»

Magnus runzelte die Stirn und warf einen Seitenblick auf Vespasian, der sich nichts anmerken ließ. Von Rhotekes' Verwünschungen war nicht mehr die Rede gewesen. Man hatte sie als theatralische Geste eines verzweifelten Mannes abgetan und vergessen. Die ungewöhnlichen Wetterverhältnisse aber rührten an ihren Aberglauben, und die unablässigen Gebete, die aus der Zelle des Priesters zu hören waren, in einer Sprache, die weder Sitalces noch Drenis verstanden, waren nicht dazu angetan, ihre Sorgen zu zerstreuen. Nur Sabinus konnte dem vermeintlichen Fluch eine positive Seite abgewinnen. Am Vorabend hatte er sich zufrieden darüber geäußert, dass er dank der ruhigen See immerhin seinen Mageninhalt zurückhalten könne, statt ihn über das Mare Aegaeum zu verteilen.

Sie versanken wieder in stumpfsinnige Betrachtungen,

eingelullt vom monotonen Trommelschlag des Taktgebers, den Blick auf die Berge von Euboia gerichtet, während das Schiff der Küstenlinie der Insel folgte und auf östlichem Kurs auf das Kap von Kafireas zusteuerte.

Im Bug öffnete sich eine Luke, aus der einer der Sklavenaufseher seinen Kopf steckte. «Trierarchus, seht Euch das an!», rief er und bugsierte einen leblosen Körper an Deck.

Er schleifte ihn auf den Planken über die gesamte Länge des Schiffs hinter sich her und legte ihn vor den Füßen des Trierarchus ab.

Unter den verfilzten schwarzen Haupt- und Barthaaren war das Gesicht des Mannes am Boden kaum zu erkennen. Dunkelroter Ausschlag bedeckte seinen Oberkörper.

«Um Himmels willen!», rief Rhaskos aus. «Sklavenfieber. Ist noch jemand davon betroffen?»

«Drei weitere, Trierarchus. Aber die können noch rudern.»

«Ins Wasser mit ihnen, sofort!»

Der Sklavenaufseher eilte los, um den Befehl auszuführen. Derweil warfen zwei Männer der Besatzung den infizierten Sklaven über Bord. Wenig später drang Geschrei aus der Luke im Bug. Drei Gestalten, die sich heftig wehrten, wurden daraus hervorgezerrt, geschlagen und getreten. Weil sie noch lebten, legte man ihnen eine schwere Kette an, mit der sie über Bord gestoßen wurden und im Wasser verschwanden.

«Das wäre wohl der Beweis», sagte Rhaskos. «Wir stehen unter einem Fluch, und ich zweifle keinen Augenblick mehr daran, dass der Priester dafür gesorgt hat. Wir haben die Götter beleidigt, indem wir ihn an Bord genommen haben.»

Vespasian rückte näher an Magnus und Sabinus heran. «Ich glaube, wir sollten es ihm sagen», flüsterte er.

«Wozu?», entgegnete Sabinus. «Du glaubst diesen Unsinn doch wohl nicht, oder?»

Bevor Vespasian antworten konnte, schlugen plötzlich Ruderblätter klappernd aufeinander. Ein Ruck ging durch das Schiff, der die Männer an den Steuerrudern auf die Planken warf.

«Auf die Beine, und dreht bei!», brüllte Rhaskos.

Auf den unteren Decks war nun neben dem Geschrei das Knallen von Peitschen und Kettengerassel zu hören. Der Sklavenaufseher sprang durch die Luke und rannte auf Rhaskos zu.

«Trierarchus, die Sklaven weigern sich zu rudern», keuchte er.

«Dann schlagt sie, bis sie sich wieder in die Riemen legen», zeterte Rhaskos.

«Aber das tun wir doch, nur es zeigt keine Wirkung.»

«Dann schmeißt ein paar ins Wasser, es soll den anderen eine Lehre sein.»

«Wohl kaum, Herr. Sie sagen, jetzt, wo das Fieber ausgebrochen ist, würden sie sowieso über Bord gehen. Weshalb sollten sie noch rudern?»

«Gütige Erdmutter Bendis! Die können uns doch nicht erpressen», schrie Rhaskos. «Schnappt euch die Rädelsführer, werft einen davon in die Bilge und stecht einem anderen die Augen aus, vor allen anderen. Ihnen soll klarwerden, dass man zum Rudern nicht sehen können muss.»

«Ja, Herr, gute Idee», erwiderte der Sklavenaufseher und machte kehrt.

«Und sag ihnen, dass niemand, der sich angesteckt hat, über Bord geworfen wird, es sei denn, er ist wirklich tot», rief ihm Rhaskos nach.

«Ist das klug?», fragte Sabinus. «Wird sich das Fieber so nicht umso schneller ausbreiten?»

«Nicht in zwei Tagen», blaffte Rhaskos. «So lange brauchen wir, um das Heiligtum von Amphiaraos bei Oropos an der attischen Küste zu erreichen.»

«Was hat es damit auf sich?», wollte Vespasian wissen.

«Es ist ein Orakel, gewidmet der Heilung und Weissagung», antwortete Rhaskos weihevoll. «Da werde ich Rat darüber einholen, wie sich der Fluch abwenden und das Fieber heilen lässt.»

Gellende Schreie aus der Tiefe machten dem Gespräch ein Ende. Die Trommel schlug wieder, und das Schiff setzte sich in Bewegung.

«Wer ist dieser Amphiaraos?», erkundigte sich Magnus bei Rhaskos, als sie vom Ankerplatz, einer glitzernden Bucht, einen steilen Weg hinaufstiegen. «Ich habe nie von ihm gehört.»

«Ein Halbgott, einer der Heroen», antwortete Rhaskos. Er nahm den ausgefransten Strohhut vom Kopf und wischte sich den Schweiß vom frisch geschorenen Schädel. «Er war der König von Argos und ein Günstling des griechischen Gottes Zeus, von dem manche behaupten, dass er unser Zibelthiurdos ist. Er verlieh ihm seherische Kräfte. Amphiaraos wurde überredet, an einem von Polyneikes, einem der Söhne des Ödipus, angeführten Feldzug gegen Theben teilzunehmen, mit dem das Reich seinem Bruder Eteokles entrissen werden sollte. Der hatte versprochen, nach dem Tod des Vaters die Krone mit ihm zu teilen, sein Wort aber nicht gehalten. Obwohl Amphiaraos seinen eigenen Tod vorhersah, zog er mit. Als ihn während der Schlacht Periklymenos, der Sohn des Poseidon, zu töten versuchte, schleuderte Zeus seinen Blitzstrahl und schlug eine Öffnung, in der Amphiaraos samt seinem Streitwagen verschwand. Er ersparte ihm das Los der Sterblichen, damit er bis in alle Ewigkeit von der Macht, die Zeus ihm verliehen hatte, Gebrauch machen konnte.»

«Wie sollen seherische Fähigkeiten einen Fluch unschädlich machen?», fragte Vespasian.

«Er gibt also zu, dass ein Fluch auf uns liegt», entgegnete Rhaskos.

Vespasian schaute seinen Bruder an, der neben ihm ging und mit den Achseln zuckte. «Jetzt kannst du es ihm doch sagen.»

«Was sagen?»

«Rhotekes hat uns verflucht, als wir ihn an Bord brachten», gestand Vespasian.

«Warum im Namen aller Götter habt Ihr mir das verschwiegen?», beklagte sich Rhaskos. «Ich hätte dafür gesorgt, dass ein Priester aus Tomoi mitfährt, um uns zu schützen.»

«Weil das Ganze Unsinn ist, nichts weiter», blaffte Sabinus.

«Unsinn? Ihr habt doch selbst erlebt, wie viel Unglück seit der Abfahrt über uns hereingebrochen ist. Braucht Ihr weitere Beweise?»

«Wir waren nicht die Einzigen, denen es schlecht ergangen ist», gab Vespasian zu bedenken. «Jedes Schiff auf dem

Euxeinos hat unter den Stürmen gelitten, und jedes Schiff auf dem Aegaeum leidet unter der Flaute. Wie kommt ihr darauf, dass das Wetter allein gegen uns gerichtet ist?»

«Weil wir einen Priester mit uns führen, der großen Einfluss auf die Götter hat und deren Hilfe genießt.»

«Na schön, dann werde ich wohl wieder einmal meinen Einfluss bei meinem Gott Mithras geltend machen müssen. Er hat die größte Macht von allen», erwiderte Sabinus. «Vor unserer Abreise habe ich zu ihm gebetet. Er hat mich erhört, das Meer beruhigt und dafür gesorgt, dass mir kein einziges Mal übel geworden ist.»

«Glaubt, was Ihr wollt», entgegnete Rhaskos abfällig. «Aber eins steht fest: Wenn Ihr selbst gehört habt, dass der Priester Euch verwünscht hat, dann lastet ein Fluch auf uns. Und den werde ich jetzt abzuwenden versuchen.»

«Schaden kann's ja nicht, oder?», bemerkte Magnus, sichtlich verunsichert von dem Streit. «Wenn wirklich von einem Fluch die Rede sein kann, befreien wir uns davon, wenn nicht, helfen auch einfache Gebete oder was auch immer.»

«Wenn du deine Götter um Wind bittest und ich den ganzen Weg bis nach Ostia an Übelkeit leiden muss, werde ich dafür sorgen, dass dich jeder Gott verflucht, dem du huldigst», drohte Sabinus, während sie einen nach Harz duftenden Zedernhain betraten.

Nach rund zwei Meilen, auf denen es stetig bergan ging, gelangten sie an eine tief abfallende Schlucht. Am oberen Rand der westlichen Steilwand befand sich das Heiligtum des Amphiaraos, ein langgezogener Gebäudekomplex, überragt von einem Theater, dessen Sitzreihen in den Fels dahinter gehauen waren. Ein schwefeliger Geruch hing in der Luft. Die wenigen Menschen, die Vespasian sehen konnte, schlenderten entweder sehr langsam umher oder lagen im Schatten eines Säulengangs, der von dem Tempel wegführte, der unmittelbar vor ihm stand. Zu hören waren nur die allgegenwärtigen Zikaden und das klägliche Blöken einiger Schafböcke, die hinter dem Tempel eingepfercht waren. Bratenduft wehte ihnen entgegen.

«Hier scheint nicht viel los zu sein», sagte Vespasian und unterdrückte ein Gähnen.

«Das liegt daran, dass der Heros nur in Träumen zu seinen Bittstellern spricht», erklärte Rhaskos. «Ihr opfert einen Widder und stellt den Priestern Eure Fragen. Anschließend legt Ihr Euch auf das Vlies des Opfertieres und wartet auf eine Antwort.»

«Soll das heißen, von den Priestern selbst kommt nichts?», höhnte Sabinus.

«Sie sind die Mittelsmänner. Sie essen vom Schlachtopfer, und indem sie das tun, überbringen sie dem Heros Eure Fragen und Bitten um Heilung.»

«Sie tun also nichts, essen aber den ganzen Tag.» Sabinus lachte. «Schön, wenn man sich's leisten kann.»

Rhaskos bedachte Sabinus mit strafenden Blicken. «Wir sind hier an einem sehr alten heiligen Ort. Ihr hättet nicht mitzukommen brauchen, aber da Ihr nun einmal hier seid, wäre es angebracht, Ihr respektiertet den Glauben anderer. Ich werde jetzt einen Widder kaufen und ihn opfern. Wenn Ihr wollt, könnt Ihr mich begleiten.»

Der Widder war maßlos überteuert. Dem Hirten war natürlich klar, dass er von einem Bittsteller, der unklugerweise ohne ein eigenes Opfertier gekommen war, jeden Preis verlangen konnte. Nach langem Hin und Her und ein paar unverhohlenen Drohungen von Seiten Magnus' dem Schäfer gegenüber wurden sie handelseinig und betraten den Tempel.

Eine riesige Marmorstatue von Amphiaraos, die fast bis zur Decke reichte, beherrschte den angenehm kühlen Innenraum. Am Fuß der Statue brannten sieben Leuchter. Unter jedem dieser Leuchter hockte ein wohlgenährter Priester. Davor befand sich ein eiserner Korb mit glühender Holzkohle und einem Rost obenauf. Daneben lag auf einem blutbesudelten Altar ein Messer. An den Wänden ringsum hingen zahllose Vliese von früheren Opfertieren.

«Tretet näher», sagte der älteste Priester und erhob sich von seinem Stuhl in der Mitte. «Mein Name ist Antenor. Ich bin der Hohepriester des Amphiareion. Wie heißt du?», fragte er den Bittsteller.

Rhaskos führte den Widder vor den Altar und verbeugte sich tief. «Rhaskos.»

«Sprich, Rhaskos, was erbittest du von Amphiaraos, und von welcher Not soll er dich erlösen?»

«Auf meinem Schiff lastet ein Fluch, ausgesprochen im Namen Zibelthiurdos'. Ich mache mir Sorgen um meine Mannschaft, hoffe unsere Reise bis an ihr Ziel fortsetzen zu können und bitte um Heilung für meine an Fieber erkrankten Sklaven.»

«Wir werden dein Gesuch übermitteln. Verrichte nun dein Opfer, Rhaskos.»

Rhaskos wandte sich an Vespasian, Sabinus und Magnus und gab ihnen zu verstehen, dass sie ihm helfen sollten, das Tier auf den Altar zu heben. Im Näherkommen bemerkte

Vespasian, dass Antenor zuerst ihn, dann Sabinus eingehend musterte.

«Wer sind diese Männer, Rhaskos?»

«Gäste an Bord meines Schiffes. Sie sind hier, um sich von der Macht des Heroen zu überzeugen. Selbst opfern wollen sie nicht.»

«Ihr seid Brüder, nicht wahr?»

«Ja», antwortete Sabinus herablassend, unbeeindruckt von der Beobachtungsgabe des Priesters. Selbst ein flüchtiger Betrachter hätte die Ähnlichkeit zwischen ihnen wahrgenommen.

«Woher kommt ihr?»

«Von Tomoi am Euxinischen Meer», gab Vespasian zur Auskunft. Er packte den Widder bei den Hörnern; das Tier sträubte sich gegen ihren Versuch, es auf den Altar zu heben.

«Und ihr segelt nach Westen?», fragte Antenor. Er trat auf den Altar zu, ohne die Brüder aus den Augen zu lassen.

«Ja, nach Ostia», bestätigte Vespasian, der Mühe hatte, den Widder zu bändigen, obwohl ihm Sabinus zur Hand ging.

Der Priester nickte, anscheinend erfreut über das Gehörte. Er richtete seine Aufmerksamkeit wieder auf Rhaskos. «Im Namen der Wahrheit und der Heilung, nimm dieses Tier als Opfergabe an, mächtiger Amphiaraos.»

Rhaskos ergriff das Messer und schlitzte dem Widder die Kehle auf. Blut spritzte auf den Altar. Das Tier verdrehte die Augen und schlug heftig mit den Hinterbeinen aus. Aber seine Gegenwehr erlahmte allmählich. Es knickte in den Knien ein und kollabierte in die Lache seines Blutes, das vom Fell aufgesogen wurde.

Die anderen sechs Priester, ein jeder mit einem Messer bewaffnet, traten vor und zogen dem Opfertier das Fell ab.

Es dauerte nicht lange, und das blutbesudelte Vlies war in Gänze abgetrennt. Antenor nickte zufrieden und wälzte den entbalgten Kadaver auf den Rücken, worauf er sich von Rhaskos das Opfermesser geben ließ und die Bauchdecke aufschnitt. Mit wenigen geschickten Handgriffen entfernte er die Leber und legte sie auf den Rand des Altars. Wieder nickte er zufrieden – die Auspizien waren offenbar günstig. Plötzlich aber merkte er auf. Er nahm die Leber noch einmal zur Hand, betrachtete sie eingehend von allen Seiten und wandte sich schließlich den Brüdern zu.

«Bleibt noch eine Weile», sagte er und legte die Leber zurück. Und an Rhaskos gewandt: «Leg dich schlafen, Rhaskos. Wir werden derweil einen Teil deiner Opfergabe verzehren. Amphiaraos flüstert dir seine Antwort im Traum zu. Gib gut acht.»

Rhaskos verbeugte sich, nahm das Vlies und ging, während sich die sechs Priester daranmachten, das Fleisch zu entbeinen und Stücke davon auf den heißen Rost zu werfen. Fett fing zischelnd zu sieden an und tropfte in die Glut.

«Was ich noch zu sagen habe, ist nur für eure Ohren bestimmt», fuhr Antenor fort, als Rhaskos verschwunden war.

Vespasian warf einen Blick auf Magnus, der lächelte. «Schon verstanden, Herr. Ich warte draußen auf Euch.»

Seine Schritte verhallten im Tempel. Der alte Priester ging um den Altar herum, legte jedem der Brüder eine Hand unters Kinn und schloss die Augen. Vespasian schaute Sabinus an, der ebenso verblüfft zu sein schien wie er selbst.

Schließlich ließ der Priester wieder von ihnen ab und

schlug die Augen auf. «Es ist, wie ich schon dachte, als ich euch zum ersten Mal gesehen habe», sagte er. «Und die Leber hat es bestätigt.»

«Was bestätigt?», fragte Sabinus und rieb sich das Kinn.

«Wir warten hier schon seit Jahrhunderten darauf, zwei Brüdern, die auf einem verfluchten Schiff nach Westen segeln und nicht als Bittsteller, sondern als Zeugen vor den Heros treten, eine Prophezeiung kundzutun. Befriedigt nehme ich zur Kenntnis, dass ihr diese Brüder seid.» Er wandte sich an die Priester, die die Feuerstelle umringten und die Bratenstücke wendeten. «Leto, hol die Schriftrolle.»

Ein jüngerer Priester eilte davon und kehrte wenig später mit einem Kasten zurück. Antenor klappte den Deckel auf und holte ein Pergament daraus hervor, das sehr alt zu sein schien.

«Dies ist eine Niederschrift der Prophezeiungen Amphiaraos'», erklärte er und strich die Schriftrolle auseinander. «Eine jede enthält eine Beschreibung der Person oder der Personen, für die sie bestimmt ist. Daraus vorlesen darf nur der Hohepriester, denn das Wort soll nicht durch die lose Zunge eines jüngeren offenbart werden.»

Die anderen Priester, die das Fleisch zu essen begonnen hatten, kehrten ihm wie auf Kommando den Rücken.

«Über die Zeiten hinweg sind nur sieben Prophezeiungen gelesen worden», fuhr Antenor fort. «Wenn ihr hören wollt, trage ich die für euch bestimmte nun vor.»

Seit er im Alter von fünfzehn Jahren seine Eltern belauscht hatte, wie sie über die Omen seiner Geburt und die günstige Vorsehung, die ihm in die Wiege gelegt worden war, gesprochen hatten, reizte es Vespasian zu erfahren, was sie tatsächlich besagten. Er warf einen Blick auf Sabinus, von dem er wusste, dass der damals erst Fünfjährige dabei gewesen war, als diese Prophezeiung verkündigt worden war, aber hatte schwören müssen, sie niemals preiszugeben. Ihr Vater Titus hatte sie später einen weiteren, übergeordneten Schwur ablegen lassen, vor allen Göttern einschließlich Mithras, dem einzigen, den Sabinus wirklich verehrte. Einen Schwur, der Sabinus ermächtigte, Vespasian den Inhalt der Prophezeiung zu gegebener Zeit anzuvertrauen. Vielleicht war die Zeit nun gekommen.

«Ja, ich will sie hören», sagte er. «Und du, Sabinus?»

Der Bruder zögerte. «Es könnte gefährlich sein, allzu viel über die Zukunft zu wissen.»

«Dabei dachte ich, du würdest den Rätseln der alten Götter nicht allzu viel Bedeutung beimessen, jetzt, da du dich glücklich schätzt in Mithras' Licht», entgegnete Vespasian mit kaum verhohlenem Spott in der Stimme. «Wie kannst du etwas fürchten, an das du längst nicht mehr glaubst?»

«Ich leugne nicht die Existenz der alten Götter, kleiner Bruder, zweifle aber an ihrer Vorrangstellung gegenüber meinem Herrn Mithras. Prophezeiungen, die vor seiner Zeit ausgesprochen wurden, mögen durchaus von Bedeutung sein, sollten aber mit Vorsicht behandelt werden. Ich ziehe es vor, meine Ohren zu verschließen.»

Vespasian schnaubte verärgert. «Sei's drum. Antenor, lies mir vor, was geschrieben steht.»

«Ich darf die Botschaft nur euch beiden, nicht bloß einem zu Gehör bringen», entgegnete der alte Priester.

«Dann eben nicht», sagte Sabinus und ging.

«Sabinus!», rief ihm Vespasian nach, so gebieterisch, dass

der Bruder tatsächlich stehen blieb. «Ich muss es hören. Tu mir den Gefallen.»

Sabinus fuhr auf dem Absatz herum und schaute ihm ins Gesicht. «Warum sollte ich, kleiner Bruder?»

«Weil mein Anspruch darauf, die Botschaft zu hören, nicht geringer ist als dein Recht, dich zu verschließen. Und wenn wir uns nicht anhören, was da geschrieben steht, werden wir beide nie erfahren, wer von uns beiden hier und jetzt die richtige Entscheidung getroffen hat. Wenn du gehst, tust du mir Schlimmeres an als alles zusammengenommen, was du mir bislang zugemutet hast, und ich werde dir grollen bis an mein Lebensende, das schwöre ich dir.»

Das Feuer in Vespasians Augen veranlasste Sabinus innezuhalten und nachzudenken. Vespasian sah, dass der Bruder mit sich kämpfte. Er widersetzte sich nicht aus Gemeinheit, sondern schien tatsächlich Angst zu haben.

«Wovor hast du Angst, Sabinus?», wollte Vespasian wissen.

Sabinus schlug die Augen nieder. «Davor, zurückgelassen zu werden.»

«Von wem? Von mir?»

«Ich bin der Ältere von uns beiden.»

«Das hat hiermit nichts zu tun. Unsere Pflicht ist es, die *Dignitas* unserer Familie in Rom zu mehren, und in der Hinsicht sind wir gleich. Wir sollten uns anhören, was die Prophezeiung uns beiden zu sagen hat, und in ihrem Sinn dem Hause Flavius zu Diensten sein.»

«Wie du wünschst, Vespasian», erwiderte Sabinus. «Hoffen wir, dass ich unrecht habe und dass das, was wir hören werden, nur dummes Gefasel ist.»

«Danke, Bruder.»

«Wenn ihr euch entschieden habt, trage ich die Weissagung nun vor», sagte Antenor gelassen. Hinter ihm saßen die anderen Priester erwartungsvoll auf ihren Stühlen und nagten an Knochen.

«Ja, Antenor», sagte Vespasian.

Sabinus murrte beipflichtend.

Antenor hob die Schriftrolle und las laut vor:

«Zwei Tyrannen stürzen, doch schon bald ein dritter übernimmt ihre Posten,
aus eines Bruders Mund erfährt die Wahrheit der König im Osten.
Folgen soll er mit seinen Gaben des Löwen Spuren im Sand,
auf dass er morgen über den vierten im Westen gewinne die Oberhand.»

Vespasian runzelte die Stirn. «Und was hat das zu bedeuten?»

«Das kann ich nicht sagen.» Der alte Priester rollte das Schriftstück wieder ein und legte es zurück in den Kasten. «Wir deuten nicht, wir sind nur …»

«Vermittler?», spottete Sabinus.

Antenor lächelte gütig. «Genau. Wenn ihr mich jetzt entschuldigen wollt, ich habe noch eine Pflicht zu erfüllen und meinen Anteil am Opfer zu verzehren.»

«Danke», sagte Vespasian und ging.

Sabinus deutete eine Verbeugung an und folgte. «Zum ersten Mal bin ich gern bereit zuzugeben, dass du recht hattest, Vespasian. Die Prophezeiung zu fürchten war dumm; es hat nicht geschadet, sie zu hören, und der alte Esel freut sich jetzt, weil er glaubt, seinem Gott, oder wer immer dieser Amphiaraos auch sein mag, gedient zu haben.»

«Ich habe gehofft, du hättest seinen Worten noch etwas hinzufügen können, Sabinus.»

«Was denn?»

«Was mir bei meiner Geburt geweissagt worden ist. Ich weiß, dass du es weißt.»

«Dann weißt du auch, dass darüber zu sprechen verboten ist.»

«Nicht nach dem Schwur, den wir unserem Vater geleistet haben.»

«Der gilt nur, wenn einer von uns dem anderen wegen eines vorher abgelegten Eides nicht helfen kann, und zurzeit sehe ich nicht, dass du meine Hilfe nötig hättest.»

«Es gibt bestimmt etwas, das du mir sagen kannst.»

«Hör zu, ich war damals noch sehr jung, und mein Gedächtnis ist nicht das beste. Was ich dir sagen kann, ist, dass es keine Prophezeiung war, sondern ein Spruch der Auguren, der für Wirbel gesorgt hat.»

«Was besagt dieser Spruch?»

«Mehr darf ich dir nicht sagen. Wie dem auch sei, ich war gerade mal fünf Jahre alt und habe so viel davon verstanden wie von der Prophezeiung heute, die du soeben unbedingt hören wolltest. Für mich ergibt sie überhaupt keinen Sinn. Vielleicht ergibt sich einer im Nachhinein, aber davon hat man dann nichts mehr.»

«Ja, dann wäre es zu spät. Es ist ja doch der Zweck einer Prophezeiung, sie zu deuten», entgegnete Vespasian, während sie sich unter der sengend heißen Sonne vom Tempel entfernten. «Das Einzige an dem Spruch, das für uns von Bedeutung sein könnte, wäre wohl die Stelle, an der von der Wahrheit aus dem Mund eines Bruders die Rede ist. Würdest du mir die Wahrheit sagen, wenn ich ein König aus dem Osten wäre?»

«Ich würde dir bestimmt nicht sagen, was du hören willst, wenn es das ist, was du meinst. Was soll's? Ich sehe weder dich noch mich als einen zukünftigen König im Osten. Und was soll mit diesen Tyrannen gemeint sein?»

«Es könnte doch sein, dass Seianus Erfolg hat und Kaiser wird. Die anderen drei wären dann womöglich seine Nachfolger.»

«Was für eine Bedeutung hätte die Weissagung dann für uns? Wir wären tot wie diese», sagte Sabinus und zeigte auf eine lange Reihe von Standbildern vor der Rückwand des Säulenganges.

«Nun, mir reicht es, die Prophezeiung gehört zu haben, auch wenn sie keinen Sinn ergibt», murmelte Vespasian.

«Worum geht's?», fragte Magnus, der hinter einer der Säulen zum Vorschein trat.

«Nichts, wie es aussieht», antwortete Sabinus.

«Wo ist Rhaskos?», wollte Vespasian wissen.

Grinsend deutete Magnus auf einen Schläfer weiter hinten in der Kolonnade. «Er hat sich hingelegt, um eine Botschaft zu empfangen.»

Sabinus merkte auf und traute offenbar seinen Augen nicht. Ein riesiger, rotbärtiger Barbar, dem das linke Auge fehlte, kam auf ihn zu.

«Was ist?», fragte Vespasian. «Du siehst aus, als hättest du ein Gespenst gesehen.»

Sabinus wartete, bis der Hüne vorübergegangen und außer Hörweite war. «So ist es.»

«Wie bitte?»

«Der Kerl dahinten», erklärte Sabinus und blickte der Gestalt nach, die sich vom Tempelgelände entfernte und in Richtung Küste ging. «Erinnert ihr euch, dass ich euch von Piraten erzählt habe, die uns auf der Überfahrt attackiert haben?»

Vespasian und Magnus nickten.

«Er war der Trierarchus und müsste tot sein. Unsere Schiffe waren nur sechzig Faden voneinander entfernt, ich habe gesehen, wie ihn ein Pfeil ins linke Auge traf.»

Magnus schien wenig beeindruckt. «Ihr müsst Euch getäuscht haben. Vielleicht hatte er einen Bruder.»

Sabinus schüttelte den Kopf. «Nein, er war's, ich bin mir sicher. Habt ihr nicht gesehen, dass ihm das linke Auge fehlt?»

«Dann hat er eben überlebt», entgegnete Vespasian. «Anscheinend ist er hierhergekommen, um geheilt zu werden.»

«Tja, weit hätte er es in der Tat nicht gehabt», räumte Sabinus ein, «nur zwei, drei Tage. Aber selbst wenn er überlebt hätte, wäre die Wunde doch wohl nie so schnell verheilt.»

«Vielleicht wirken an diesem Ort wahrhaftig Wunder», sagte Magnus nicht ohne Ehrfurcht.

«Augenscheinlich», witzelte Vespasian.

«Lach nicht, Vespasian», erwiderte Sabinus ruhig. «Wenn ein Mann hier Heilung findet, der eigentlich tot sein müsste, müssen übernatürliche Kräfte am Werk sein, eine Macht, die noch älter ist als Mithras. Wir sollten sie ernst nehmen.»

VIIII

Es war schon früher Abend, als sie zum Schiff zurückgelangten, zu spät, um weiterzufahren. Rhaskos hatte fast den ganzen Nachmittag über geschlafen, wirkte aber alles andere als ausgeruht. Was ihm im Traum von Amphiaraos offenbart worden war, wollte er nicht sagen, nur dass er mit dem Heros gesprochen habe und nun über dessen Mitteilung nachdenke. Hatten sich am Morgen noch alle über Rhaskos lustig gemacht, nahm ihn jetzt sogar Sabinus ernst, nicht weil er an die Wirksamkeit des Fluches glaubte, sondern weil auch er im Stillen hoffte, dass die an Fieber erkrankten Sklaven wieder gesund würden.

Nach einer ruhigen Nacht an Deck unter Schwaden von Sternen, die umso heller strahlten, als der Mond früher untergegangen war, blickte Vespasian erwachend zu einem türkisfarben schimmernden Himmel auf und fühlte sich erfrischt. Das Plätschern sanfter Wellen am Schiffsrumpf, von dem er am Vorabend eingelullt worden war, hatte sich zu einem heftigeren Geräusch gewandelt: Brandungswellen rollten in die felsige Bucht und ließen das Schiff hin und her schaukeln. Sofort richtete er sich auf und spürte eine kühle Brise im Gesicht.

An Bord herrschte bereits Hochbetrieb. Die eine Hälfte

der vierzig Mann starken Besatzung beeilte sich, die aufgerollten Vor- und Hauptsegel an ihren jeweiligen Bäumen anzuschlagen, während die anderen im Bug und achtern an den Winden standen, bereit, die Anker zu lichten. Wie ein aufgeregter Hund eilte Rhaskos an Deck hin und her, bellte seine Männer an und fletschte die Zähne, wenn einer trödelte oder etwas Falsches machte. Es konnte ihm alles gar nicht schnell genug gehen.

«Was sagt Ihr dazu, Herr?», fragte Magnus und reichte Vespasian ein kaltes Stück Schweinefleisch sowie einen Becher mit verwässertem Wein. «Wer hätte gedacht, dass sich die Luft noch einmal regt? Verrückt, nicht wahr?»

«Ja, wir haben gestern ein paar seltsame Dinge erfahren», erwiderte Vespasian und nahm einen Bissen. «Wo ist Sabinus?»

«Nun, er hat dringendere Geschäfte zu erledigen, als mit uns zu frühstücken, wenn Ihr wisst, was ich meine», antwortete Magnus und zeigte aufs Vorschiff.

Vespasian drehte sich um und sah den Bruder, von Krämpfen geschüttelt, über die Bordwand gebeugt.

Von einem Sprachrohr verstärkt, erging Rhaskos' Befehl an die Männer im Bug, den Anker zu lichten. Als dieser – ein kleiner Felsblock – aus dem Wasser kam, fing der Taktgeber zu trommeln an, und die Sklaven legten sich in die Riemen. Das Tau des Ankers achtern straffte sich, und die riesige Quinquereme drehte langsam bei, bis sie parallel zur Küste lag. Wieder brüllte Rhaskos durch sein Sprachrohr, worauf auch der hintere Anker eingeholt wurde. Unten auf dem Ruderdeck änderten die Sklaven wie ein Mann die Schlagrichtung, und das Schiff glitt vorwärts. Als auch der zweite Anker geborgen war, gab Rhaskos den Befehl, das Hauptsegel zu setzen. Sechs Männer kletterten über die Strickleiter am Mast entlang nach oben und verteilten sich, auf dem Fußpferd balancierend, steuer- und backbords und lösten auf Rhaskos' Kommando hin die Geitaue. Das Segel fiel und flatterte im Wind, bis es gerafft wurde. Es blähte sich. Die Trommelschläge wurden schneller, und Vespasian spürte, wie das Schiff nach vorn ruckte.

«Mutter Bendis sei Dank für den Wind», rief Rhaskos, den Kopf zum Himmel emporgereckt, während sich die Männer daranmachten, das Vorsegel zu setzen.

«Müssten wir uns nicht bei Amphiaraos bedanken?», fragte Vespasian, der sich zu ihm zwischen die Steuerruder gestellt hatte.

«Nein, hier hat Bendis ihre Hand im Spiel», antwortete Rhaskos grinsend und brüllte wieder eine Reihe von Kommandos durch sein Sprachrohr.

Der Gaffelbaum am vorderen Mast wurde hochgezogen, und als das Segel gesetzt war, nahm das Schiff weiter an Fahrt auf. «Was macht dich so sicher?», hakte Vespasian nach, als Rhaskos wieder ansprechbar war.

«Weil das, was mir Amphiaraos im Traum gesagt hat, so sonderbar war, dass ich es nicht verstanden habe, also auch nicht befolgen konnte.»

«Glaubst du immer noch, das Schiff ist verflucht?»

«Ohne jeden Zweifel.»

«Und warum geht jetzt ein Wind?»

Der alte Trierarchus lächelte. Seine Augen funkelten selbstgefällig. «Weil ich, bevor ich mit dem Heros sprach, dafür gesorgt habe, dass meine Mannschaft auch den dritten Rädelsführer unserer Bendis geopfert hat, dort unter dem Mast. Sie haben ihn in zwei Stücke geschnitten, die beiden Hälften getrennt und die Segel in der Mitte hindurchgezogen, um sie und sich zu läutern. Die Mazedonier nehmen einen Hund, aber wir halten ein Menschenopfer für potenter.»

Vespasian kniff die Brauen zusammen. Rhaskos' religiöser Eifer verwunderte ihn nicht mehr. «Na, es scheint ja gewirkt zu haben», sagte er. «Aber wie steht's um das Fieber? Ist das verschwunden?»

«Nein, in der Hinsicht sind wir immer noch verflucht. Inzwischen ist schon mehr als ein Viertel der Sklaven befallen.»

«Warum tust du dann nicht, wozu dir Amphiaraos im Traum geraten hat?»

Bedauernd schüttelte Rhaskos den Kopf. «Weil es Selbstmord wäre.»

«Selbstmord?»

«Ja. Vielleicht sollte ich dem Heros Vertrauen schenken, aber ich kann mich nicht dazu überwinden, seinen Vorschlag in die Tat umzusetzen.» Er schaute Vespasian an und zeigte sich zerknirscht. «Ich soll einen Sklaven bei der Hand nehmen und sein Ruder gegen mein Schwert tauschen. Das habe ich geträumt.»

Der Wind und die Trommel des Taktgebers waren beständig. Es war kühler geworden, und an Bord herrschten nunmehr erträgliche Bedingungen. Auf dem Ruderdeck aber grassierte das Fieber. Der oberste Sklavenaufseher hatte sich gezwungen gesehen, die unterste Reihe zu beiden Seiten, wo jeweils nur ein Sklave das Ruder führte, aufzulösen. Die Riemen der mittleren und oberen Reihen waren mit jeweils zwei Sklaven besetzt. Dass das Schiff nun weniger schnell vorankam, ärgerte Rhaskos, und er hörte nicht auf, seine verschiedenen Götter anzuflehen.

Ungefähr im Abstand einer Meile passierte das Schiff die Bucht von Marathon und glitt an der attischen Küste vorbei. Nach zwei Tagen nahmen sie Kurs auf den Peloponnes und überquerten den Saronischen Golf auf dem verkehrsreichsten Schifffahrtsweg der Welt. Entsprechend viele Handelsschiffe begegneten ihnen, die den Hafen von Piräus ansteuerten oder von dort kamen.

Am frühen Morgen des fünften Tages näherten sie sich der Meerenge zwischen der Südspitze des Peloponnes und der Insel Kythira. Vespasian und Magnus lehnten im Bug an der Reling und sahen den kargen Landstrich vorbeiziehen. Die Luft war so klar, dass man selbst aus der Ferne einzelne Bäume erkennen konnte. Sabinus gesellte sich zu ihnen. Er hatte sich zwar seit zwei Tagen nicht mehr übergeben müssen, war aber immer noch bleich und wacklig auf den Beinen.

«Bald werden wir Italien ansteuern», sagte Vespasian, den Blick auf zwei Handelsschiffe gerichtet, die an die drei Meilen entfernt waren. «Was geschieht, wenn wir in Ostia ankommen?»

«Wir bringen den Priester zu Antonia», antwortete Sabinus mit schwacher Stimme. «Dann warten wir.»

«Worauf?», fragte Magnus.

«Auf Macro, der uns sagen wird, wie und wann wir Rhotekes nach Capreae zu schaffen haben.»

Magnus reagierte alarmiert. «Augenblick mal, an Eurer

Auskunft stört mich gleich zweierlei: Macro und Capreae. Warum weiß ich noch nichts davon?»

«Ja, Sabinus», stimmte Vespasian ähnlich irritiert mit ein. «Von Macro war bislang nicht die Rede. Warum?»

«Weil ihr nach Capreae nicht mitzukommen braucht.»

«Aber du gehst?»

«Ja.»

«Dann komme ich mit. Und was hat Macro mit der Sache zu tun?»

«Antonia verspricht sich einiges von seiner Nähe zu Tiberius», antwortete Sabinus. «Sie hofft, dass der Kaiser ihn auf Seianus' Posten hebt. Es ist ein Zweckbündnis.»

«Das erscheint mir aber ziemlich gewagt», grummelte Magnus. «Als wir Macro das letzte Mal gesehen haben, wollte er uns nicht aus Rom rauslassen. Ich habe versucht, ihm den Kopf abzuschlagen, und er hat einen Dolch in Vespasians Bein zurückgelassen.»

«Magnus hat recht, Sabinus. Wir müssen uns vor ihm in Acht nehmen.»

«Das beruht wohl auf Gegenseitigkeit», entgegnete Sabinus abfällig. «Und Antonia wird ihre Pläne bestimmt nicht ändern, weil du mit Macro eine Meinungsverschiedenheit hattest. Wie auch immer, er arbeitet jetzt mit uns zusammen, und ich bin mir sicher, er wird froh sein, die Vergangenheit zu vergessen – wenn du ihn freundlich darum bittest und ihm den Dolch zurückgibst», fügte er grinsend hinzu.

«Sehr komisch, Sabinus», blaffte Vespasian. «Ich habe jedenfalls nicht die Absicht, gemeinsame Sache mit ihm zu machen.»

«Euch bleibt womöglich gar nichts anderes übrig», meinte

Magnus und verließ die beiden. Er marschierte ans andere Ende des Schiffes, wo Sitalces, Artebudz und Drenis unter der Plane hockten.

Vespasian schluckte. Es gefiel ihm nicht, Macro gegenübertreten zu müssen, doch es schien unabwendbar. In Gedanken versunken, richtete er seine Aufmerksamkeit wieder auf die zwei fernen Schiffe und sah, wie der Wind sie zwang, zwischen Insel und Festland hin- und herzukreuzen. Obwohl sie langsamer war, schloss die Quinquereme, auf geradem Kurs und zusätzlich von Rudern angetrieben, zu ihnen auf.

«Hast du weitere Überraschungen für mich auf Lager, Sabinus?», fragte er nach einer Weile. «Wenn ja, rück raus damit.»

«Ich habe dir immer gesagt, was du wissen musst, zu gegebener Zeit», erwiderte Sabinus gereizt.

«Nein, hast du nicht, du hast mir immer nur gesagt, was ich deiner Meinung nach wissen muss. Wenn wir effektiv zusammenarbeiten wollen, müssen wir unsere Informationen miteinander teilen. Ansonsten ist es kaum möglich, richtige Entscheidungen zu treffen. Du wusstest zum Beispiel nicht, dass ich mit Macro aneinandergeraten bin, und hast es offenbar nicht für nötig erachtet, mich darüber zu informieren, dass wir nun am selben Strang ziehen.»

«Du hättest mir sagen sollen, dass ihr aneinandergeraten seid.»

«Es war vor vier Jahren. Er wollte mich auf der Aemilischen Brücke gefangen nehmen. Für mich war er nur ein Prätorianer unter vielen, die ihre Pflicht tun. Hätte ich gewusst, dass er inzwischen auf unserer Seite steht, hätte ich den Vorfall erwähnt.»

«Jetzt weiß ich davon, und was für einen Unterschied macht es?», entgegnete Sabinus, der es nicht leiden konnte, von seinem jüngeren Bruder belehrt zu werden.

Vespasian versuchte, sein Temperament im Zaum zu halten. «Dass Macro bei den Prätorianern Karriere macht, spricht für Ehrgeiz und Skrupellosigkeit. Er wird Vergangenes nicht vergangen sein lassen, sondern sich an mir zu rächen versuchen. Daran kann kein Zweifel bestehen. Die Frage ist nur, ob seine Rachegelüste unseren Auftrag beeinträchtigen und uns womöglich daran hindern, Rhotekes vor den Kaiser zu führen.»

«Wenn er es dazu kommen ließe, wäre er ein Narr.»

«So denkst du, aber Stolz macht blind. Ich habe ihn gedemütigt und in den Staub gestoßen. Das war wohl zu viel für seine Dignitas, also wird er wahrscheinlich die nächstbeste Gelegenheit nutzen, mir ein Messer zwischen die Rippen zu stoßen, und sei es nur, damit er sich besser fühlt. Der Erfolg unserer Mission wäre zweitrangig für ihn.»

Da Sabinus den Mann kannte, mochte er die Bedenken des Bruders nicht von der Hand weisen. «Vielleicht hast du recht», sagte er. «Versuchen wir zu verhindern, dass er dir auf den Pelz rückt.»

«Wie soll das möglich sein?»

«Wir werden sehen. Tut mir leid, dass ich dich nicht schon früher unterrichtet habe.»

«Nun, hast du weitere Überraschungen für mich in petto?»

Zu einer Antwort kam Sabinus nicht, denn plötzlich brüllte eine der Wachen im Vorschiff: «Trierarchus! Unmittelbar vor uns!»

Vespasian blickte auf. Hinter einer Landzunge von Kythira war eine Trireme aufgetaucht und hielt mit hoher Geschwindigkeit auf die beiden Handelsschiffe zu, die jetzt nicht mehr als eine Meile weit entfernt waren.

Rhaskos kam herbeigerannt. «Oh, Bendis hilf!», jammerte er. «Piraten, und uns fehlen die Männer, sie zu bekämpfen. Wahrhaftig, wir sind verflucht.»

«Die Sonne steht hinter uns. Wahrscheinlich blendet sie deren Spiegelung im Wasser, sodass sie uns nicht sehen», vermutete Vespasian. «Machen wir, dass wir wegkommen. Sie werden mehr als zufrieden sein mit dem, was an Bord der Händler zu finden ist.»

«Ja, wir könnten versuchen, an ihnen vorbeizusegeln», sagte Rhaskos. «Aber das wird uns umso interessanter für sie machen. Dass ein so großes Schiff wie unseres nicht eingreift, wäre doch äußerst ungewöhnlich. Sie werden glauben, dass wir zu schwach besetzt sind oder etwas besonders Wertvolles transportieren. So oder so, sie werden uns angreifen.»

«Und wenn wir kehrtmachen?», schlug Sabinus vor.

«Dann wissen sie, dass wir vor ihnen Angst haben. Und mit so wenigen Sklaven an den Rudern kommen wir nicht schnell genug voran. Sie hätten uns in wenigen Stunden eingeholt. Nein, uns bleibt nur eines übrig. Wir müssen sie herausfordern. Ich werde Gaidres und seinen Männern befehlen, die Mannschaft zu bewaffnen und dann direkt Kurs auf die Piraten zu nehmen, sodass sie glauben, wir wollten sie rammen, damit sie von sich aus Reißaus nehmen.»

«Wie viele Langbogen stehen zur Verfügung?», fragte Sabinus, der an seine erste und einzige Begegnung mit Piraten zurückdachte.

«Mehr, als wir Männer haben», antwortete Rhaskos, er war schon losgelaufen, um durch Gaidres sein Schiff in Kampfbereitschaft versetzen zu lassen.

Die Trireme hatte inzwischen das erste Handelsschiff erreicht. Vespasian sah, wie es mit Enterhaken gekapert wurde. Dutzende von Piraten fielen über ihre Beute her. Die Schreie derer, die niedergemetzelt wurden, hallten über das Wasser. Das andere Handelsschiff segelte weiter.

Inzwischen hatte Gaidres alle Männer auf dem Oberdeck antreten lassen. Jeder war mit einem Bogen bewaffnet, und zu Vespasians unbegründeter Verwunderung – denn es waren schließlich Thraker – trug jeder eine Rhomphaia auf dem Rücken.

Auf Rhaskos' Befehl hin schlug der Taktgeber schneller auf seine Trommel. Unten hörte man Peitschen knallen, mit denen die Sklaven angetrieben wurden.

Die Quinquereme nahm Fahrt auf und pflügte mit ihrem Bug durch schäumende Wellen. Die Piraten waren inzwischen auf sie aufmerksam geworden und beeilten sich, auf ihr Schiff zurückzukommen. An Bord des Handelsschiffes blieb eine Restmannschaft zurück, die die Enterhaken löste, worauf die Trireme erstaunlich schnell eine Wende um hundertachtzig Grad vollzog und sich dem Angreifer entgegenstellte. An Flucht schienen die Piraten gar nicht zu denken.

Gaidres teilte die Besatzung in kleine Einheiten auf, die, angeführt von jeweils einem seiner Männer, rings auf dem Schiff in Stellung gingen und die Piraten mit Schwärmen von Pfeilen unter Beschuss nahmen. Zwei Gehilfen machten mit Wasserschläuchen die Runde. Magnus kam herbeigelaufen, von Sitalces, Artebudz und Drenis gefolgt.

«Sieht aus, als wollten sie uns die Stirn bieten», bemerkte er ruhig und reichte Vespasian und Sabinus Bogen und Köcher. Dann rückte er die Rhomphaia zurecht, die er dem toten Ziles abgenommen hatte, und trat vor die Reling.

Sabinus legte einen Pfeil auf und grinste düster. Von seiner Seekrankheit war ihm nichts mehr anzumerken. «Ein paar ordentliche Salven werden das Pack auf Abstand halten», meinte er, als die Quinquereme das Kap im Norden von Kythira passierte.

Beide Schiffe waren nur noch eine knappe halbe Meile voneinander entfernt. Mit jedem Trommelschlag näherten sie sich unaufhaltsam. Vespasian spürte, wie sein Mund trocken wurde. Er griff nach dem Schwert, vergewisserte sich, dass es nicht in der Scheide festklemmte, und zog dann einen Pfeil aus dem Köcher. Wie er zelebrierten auch alle anderen Männer ringsum ihre ganz persönlichen Rituale vor dem Kampf. Gespannte Stille herrschte an Deck, unterbrochen nur von steten Trommelschlägen und dem unregelmäßigen Schnalzen von Peitschen.

Aus nunmehr nur noch vierhundert Faden Entfernung gaben die Piraten vorschnell eine erste Pfeilsalve ab, die wirkungslos ins Wasser stürzte, was die thrakische Mannschaft mit halbherzigem Jubel begrüßte. Gaidres feuerte sie in ihrer Muttersprache an und brachte sie erneut zum Jubeln, diesmal deutlich entschiedener.

Eine zweite Salve erreichte schon die Quinquereme, als deren Bug gerade von einer Welle hochgestemmt wurde und darum wie ein Schutzschild wirkte. Die wenigsten Pfeile gelangten bis aufs Deck, und nur einer traf einen der Männer an der Schulter, hatte aber so viel an Schwung verloren, dass er nur eine kleine Wunde schlug. Leicht blutend ging der Mann zurück auf seine Position.

Auf Thrakisch brüllte Gaidres ein Kommando. Seine Männer hoben die Bogen und visierten ihr Ziel an. Vespasian, Sabinus und Magnus taten es ihnen gleich und warteten auf den Schießbefehl. Gaidres hob den Arm, den auf- und niederwippenden Bug der Trireme fest im Blick.

Als diese bis auf hundert Faden herangekommen war, riss er den Arm herab.

Über fünfzig Pfeile schwirrten auf das Piratenschiff zu, dessen Bug gerade in ein Wellental tauchte und das mit über hundert Mann besetzte Deck entblößte. Etliche von ihnen fielen, während andere neu auflegten und zu einem schlecht koordinierten Gegenschlag ausholten.

Der Trommelschlag legte einen Takt zu. Die Quinquereme beschleunigte auf ein Tempo zum Rammen mit voller Wucht.

Mit gespanntem Bogen wartete Vespasian auf Gaidres' Zeichen, zuversichtlich wie der Rest der jubelnden Mannschaft, dass der Thraker den rechten Zeitpunkt einzuschätzen verstand.

Wieder fuhr sein Arm herab, und wieder war die Salve präzise ausgelöst.

In das jubelnde Gebrüll platzte der Schrei der Backbordwache. Vespasian schaute sich um und sah ein zweites Schiff im Windschatten hinter der Landzunge aufkreuzen. Noch eine Meile entfernt, hielt es direkt auf sie zu.

Sie steckten in der Falle.

«Dagegen können wir im Moment nichts tun», rief Sabinus. «Kümmern wir uns zunächst um die Bastarde da vorn.»

Die Trireme war jetzt weniger als sechzig Faden entfernt. Gaidres' Arm schnellte herab, diesmal aber hatte er sich verrechnet. Die meisten Pfeile der dritten Salve prallten von der Bordwand ab.

Rhaskos brüllte etwas, worauf die Mannschaft geschlossen an der Reling Halt suchte.

«Gleich kracht's!», übersetzte Vespasian für seinen Bruder und Magnus.

«Danke für den Hinweis», rief Magnus zurück. Thrakisch war ihm immer fremd geblieben.

Vespasian setzte einen Fuß vor den anderen und stemmte sich mit ausgestreckten Armen ab. Die beiden Schiffe flogen aufeinander zu.

Im, wie es schien, allerletzten Moment drehte die Trireme nach links und holte steuerbords die Ruder ein.

Vespasian hörte Rhaskos ein Kommando brüllen und spürte einen Ruck nach rechts. Der Trierarchus wollte verhindern, dass das feindliche Schiff seine Steuerbordruder rasierte. Während der Bug der schwereren Quinquereme herumfuhr, schwenkte das wendigere Piratenschiff auf den ursprünglichen Kurs zurück, streifte die Backbordseite und entlud ein Enterkommando.

Rhaskos' jüngsten Befehl konnte Vespasian nicht verstehen. Falls er eine Kurskorrektur hatte vornehmen wollen, kam sie zu spät. Das Piratenschiff pflügte durch die Ruder auf der Backbordseite und knickte die dicken Holme wie dürre Zweige. Allerdings sprach der ohrenbetäubende Lärm der Anmutung Hohn. Beide Schiffe bebten und warfen Angreifer wie Verteidiger auf die Planken. Auf den unteren Decks kreischten die Sklaven. Mit den Händen an ihre Ruder gekettet und die Füße in Eisenschellen fixiert, wurden sie von den mit unsagbarer Wucht zurückschlagenden Schäften in Stücke gerissen. Einzelne Körperteile flogen durch den düsteren Raum, zum heillosen Entsetzen der unverletzten Sklaven auf der Steuerbordseite.

Die Quinquereme drehte sich langsam weg von dem Schiff der Piraten, das geradeaus weiterglitt, an den verbliebenen Rudern steuerbords vorbei und bis auf Höhe des Mastes. Die dreißig Mann, die die Quinquereme bereits geentert hatten, waren vorübergehend auf feindlichem Deck gestrandet, das sich nach dem Aufprall nun wieder stabilisiert hatte.

Wie auf Kommando sprangen alle, die auf den Planken lagen, gleichzeitig auf, denn jedermann wusste, dass auch nur die geringste Verzögerung mit dem sicheren Tod bestraft werden würde. Weil auf kurzer Distanz kein Bogen zu gebrauchen war, fielen beide Lager übereinander her. Rings um Vespasian fuhren zischend Rhomphaiai aus ihren Scheiden. Auch er zog sein Schwert und warf sich dem Schild des nächstbesten Widersachers entgegen. Selbst ohne Schild, traf er mit der linken Schulter auf einen lederbezogenen *Hoplon* und stieß dessen Träger einen Schritt zurück. Von oben sauste sein Schwert herab, das Vespasian parierte, indem er seine Klinge schützend über den Kopf hob, was zur Folge hatte, dass das Handgelenk des Gegners auf die Schneide traf. Eine Erschütterung ging durch Vespasians Schwert, und Blut spritzte auf seine Tunika, als der Pirat schreiend den Arm zurückzog und dessen Hand, die immer noch das Schwertheft umklammert hielt, vor Vespasians Füße tropfte. Ein gezielter Stoß durch die Kehle ließ den heulenden Mann verstummen. Schnell schnappte sich Vespasian den Schild, ging in die

Hocke und schaute sich um. Rechts von ihm waren sowohl Sabinus als auch Artebudz in wüste Ringkämpfe verwickelt; links brachten Magnus und Sitalces wie auch Gaidres und seine Männer ihre Langschwerter wie Sicheln zum Einsatz und mähten unaufhaltsam Schritt für Schritt das Feld der Feinde nieder, die zahlenmäßig hoffnungslos unterlegen und dazu völlig undiszipliniert waren. Nur an schwächeren Gegnern im südlichen Aegaeum erprobt, hatten sie mit ihren sehr viel kürzeren Waffen den Verteidigern des großen Schiffes nichts entgegenzusetzen. Statt mit ihren Schilden einen Schutzwall zu bilden, kämpften alle einzeln für sich, wofür sie mit Gliedern und Köpfen bezahlten, die nun das blutverschmierte Deck übersäten.

Mit einem weiten Satz sprang Vespasian nach rechts, bohrte die Spitze seiner Klinge ins Auge des Mannes, der mit seinem Bruder rang, und wandte sich dann einem jungen Burschen zu, der sichtlich verstört mit zitterndem Schwert vor ihm bis an die Reling zurückwich. Ein Kopf flog rotierend zwischen ihnen durch die Luft und besudelte das Gesicht des Piratenjungen mit Blut. Als sich Vespasian ihm weiter näherte, sprang der Junge schreiend von Bord. Vespasian lachte.

«Was zum Henker findest du hier komisch?», knurrte Sabinus hinter ihm.

Vespasian fuhr herum und sah den strengen Blick des Bruders auf sich gerichtet. Überall an Deck lagen Piraten, aber auch ein paar Thraker tot herum. Der Kampf war vorbei.

«Ich hatte gerade einen Gegner vor mir, der es vorzog, zu ertrinken, statt halbwegs ehrenhaft zu sterben», antwortete er. «Warum es mich zum Lachen gebracht hat, weiß ich selbst nicht», fügte er hinzu und fasste sich wieder.

Ein lauter Befehl von Rhaskos beendete das Gespräch. Die Brüder horchten auf. Die Trireme, inzwischen an die zweihundert Faden entfernt, hatte die Ruder wieder ausgefahren und machte kehrt. Besorgniserregender war, dass sich das zweite Schiff schon bis auf eine halbe Meile genähert hatte. Den Blick auf die Gefahr gerichtet, hörten sie den unmissverständlichen Wechsel des Trommelschlags in eine höhere Frequenz, die Angriff bedeutete.

Vespasian blickte den Schiffsrumpf entlang. Über die Hälfte der Ruder fehlte. Die unbeschädigten hingen schlaff im Wasser. Selbst ihm, der von der Seefahrt kaum etwas verstand, war klar, dass es eine Weile dauern würde, bis das Schiff wieder manövriert werden konnte. Im jetzigen Zustand war es dem Gegner schutzlos ausgeliefert, und wenn die Mannschaften beider Triremen enterten, wäre es wohl um ihn und alle anderen geschehen.

«Sabinus», rief er und lief in Richtung Achterdeck, wo sich Rhaskos befand. «Nimm Magnus mit und hol Rhotekes aus dem Käfig.»

Die Mannschaft hatte sich darangemacht, Leichen und abgetrennte Glieder über Bord zu werfen, während sich unter der Leitung von Gaidres zwei Gruppen formierten, die auf den beiden Seiten des Schiffes Stellung bezogen, um die zu erwartenden Enterkommandos abzuwehren. Vespasian erreichte Rhaskos, der heftig mit dem Sklavenaufseher debattierte.

«Rhaskos», fiel ihm Vespasian ins Wort. «Wir brauchen mehr Männer.»

Der Trierarchus betrachtete ihn wie einen Idioten. «Und wo sollen wir die hernehmen?»

«Auf den unteren Decks sind mehr als zweihundert.»

«Sklaven, die wir zum Rudern brauchen.»

«Aber jetzt rudern sie nicht, und für eine Flucht ist es zu spät. Wir werden alle sterben, wenn beide Schiffe angreifen. Erinnere dich an deinen Traum und bewaffne die Sklaven. Wenn sie überleben wollen, müssen sie unsere Sache zu der ihren machen.»

Rhaskos blickte auf die beiden Triremen. In Anbetracht ihrer Nähe musste er nicht lange überlegen. «Ihr habt recht. Wenn sie mit und für uns kämpfen, haben wir eine Chance. Lasst Gaidres alle zusätzlichen Waffen zusammentragen und zur Luke bringen.» Er wandte sich an den Aufseher, der merklich verunsichert war. Anscheinend fürchtete er, bewaffnete Sklaven könnten sich an ihm und seinen Männern rächen. Rhaskos ahnte, was in ihm vorging, und sagte: «Darüber sorgen wir uns später, wenn es ein Später für uns gibt. Hol die Schlüssel und nimm ihnen die Fesseln ab. Ich komme gleich runter und werde mit ihnen reden.»

Vespasian rannte zu Gaidres, als eine erste Pfeilsalve, von der nächsten Trireme abgegeben, auf das Deck einhagelte und die Verteidigung um ein paar weitere Männer schwächte.

«Seite an Seite mit Sklaven kämpfen», murrte Gaidres, nachdem er zur Kenntnis genommen hatte, was geplant war. «Das hat es noch nie gegeben. Hoffen wir, sie kämpfen mit und nicht gegen uns.»

«Das wird sich herausstellen», erwiderte Vespasian und steuerte auf die Luke zu, die zu den Ruderdecks hinabführte. Plötzlich bebte das Schiff und riss ihn kurz vor der Luke zu Boden. Die erste Trireme hatte sie gerammt, doch zum Glück fehlte es ihr an Schwung, sodass der bronzearmierte Sturmbock die Bordwand nicht durchschlagen konnte. Die zweite Trireme war allerdings sehr viel schneller unterwegs und nur noch rund sechshundert Faden weit entfernt. Vespasian legte den Schild ab und stieg den Niedergang hinunter.

Rhaskos sprach zu den Sklaven. «Ihr habt die Wahl: mit dem Schiff unterzugehen oder als freie Männer mit uns zu kämpfen, zu leben oder zu sterben, so es die Götter wollen. Und denkt daran, sollten die Piraten Erfolg haben, werdet ihr wieder an Ruder gekettet. Schlagen wir sie aber, bleibt ihr frei, und ich werde die Königin bitten, eure Freiheit zu garantieren, wenn wir nach Thrakien zurückkehren. Entscheidet euch.»

Vespasian öffnete die Tür zu der kleinen Kabine im Bug. Magnus nahm gerade dem Priester, den Sabinus gepackt hielt, die Fußfesseln ab.

«Beeilt euch», drängte Vespasian.

«Was ist eigentlich los?», fragte Magnus, der hastig an Rhotekes' Ketten herumhantierte.

«Wir stellen eine kleine Armee zusammen», antwortete Vespasian, während vom Sklavendeck Freudengeschrei herübertönte.

«Befreit sie von den Ketten!», brüllte Rhaskos über den Lärm hinweg.

Der Aufseher und seine Gehilfen machten sich an die Arbeit und lösten die Fuß- und Handschellen, mit denen die nunmehr Freigelassenen an Ruder und Planken gefesselt waren.

«Ich bete zu Amphiaraos, dass er mir das Rechte zu tun

geraten hat und ich seine Botschaft nicht missverstanden habe», sagte Rhaskos zu Vespasian und stieg zurück aufs Oberdeck, gefolgt von johlenden Männern.

«Was hat er damit gemeint?», fragte Sabinus. Er und Magnus zerrten Rhotekes, der immer noch gefesselt war und vor sich hinmurmelte, durch die Kabinentür.

Ehe Vespasian antworten konnte, ging ein krachendes Beben durch das Schiff, das zur Steuerbordseite hin wegrückte und alle, die auf den Beinen standen, zu Boden riss. Von stiebenden Holzsplittern und einem mächtigen Wasserschwall begleitet, durchschlug ein bronzener Sturmbock den Rumpf. Unmittelbar vor Vespasian kam er mit einem weiteren Krachen zum Stillstand, als er von innen gegen die Schiffswände schlug. Gellende Schreie wurden laut. Das Schiff geriet in Schräglage, sodass sich der Sturmbock durch die Bordwand fräste und eine Lücke riss, durch die Wasser unter hohem Druck hereinströmte. Als das Schiff zur anderen Seite wippte, brach der Bock durch die Deckplanken und zerquetschte etliche der fiebernden Sklaven in der Bilge. Krachend und knirschend richtete sich das Schiff wieder auf. Der Bock senkte sich zurück aufs Zwischendeck, wo er unmittelbar vor Vespasian bedrohlich schwankte wie eine wilde Bestie, die sich zum Sprung bereit machte.

«Bacchus' Eichel», krächzte er und starrte mit weit aufgerissenen Augen auf den Bronzekopf des Sturmbocks. Auf Griechisch waren darin die Worte eingraviert: *Grüße von Poseidon.* Ein zerschmetterter Sklave stürzte hinunter in die Bilge.

Magnus erholte sich als Erster von dem Schrecken.

«Kommt, Herr», rief er und zog Vespasian aus dem schäumenden Wasser. Sklaven drängten vorbei, sprangen über den wankenden Bock und hasteten die Stufen hinauf, weg von den Zwischendecks, die immer schneller überflutet wurden. Sklavenaufseher beeilten sich, die noch verbliebenen Männer von den Ketten zu befreien, und flüchteten dann ebenfalls. Wer es nicht selbst schaffte, musste zurückbleiben und kläglich ertrinken. Durch die Gitter über der Bilge reckten sich Hände, aber auch für die, die im Kielraum gefangen waren, kam jede Hilfe zu spät, zumal der Rammbock die letzte Hoffnung, durch das aufgerissene Loch im Deck zu steigen, blockierte.

Wieder auf dem Oberdeck, ergriff Vespasian den Schild, zog sein Schwert und schaute sich um. Es war ein schrecklicher Anblick, der sich ihm bot. Piraten sprangen an Bord der zweiten Trireme, deren Bug immer noch im Rumpf der Quinquereme steckte, und warfen sich in ein wüstes Gemetzel, das immer weiter gespeist wurde von nachfolgenden Freigelassenen, die jetzt, unter Waffen gestellt, eine seit Jahren der Knechtschaft angestaute Wut austoben konnten und wie Tiere kämpften, ohne auf die eigene Sicherheit zu achten. Berauscht von der neuen Erfahrung, aus eigenem Willen zu handeln, schienen die Jahre in Ketten und der Einkerkerung in dunklen Verliesen mit einem Mal vergessen, sodass sich jetzt ihre kräftigen Arme und Beine regten, um zu töten. Die faulen Zähne gefletscht und aus verfilzten, dreckigen Bärten mit irrer Freude schreiend, erinnerten sie an mythische Furien.

Vespasian sah, wie die Piraten auf dem Vorderdeck der einen Trireme zurückgeworfen wurden, und rannte zu der Stelle, wo die andere längsseits mit Enterhaken angelegt hatte.

Weil hier die Angreifer auf breiterer Front kämpften, waren sie erfolgreicher. Und weil sie jetzt wussten, was ein seine Rhomphaia schwingender Thraker anzurichten vermochte, hatten sie sich zu einem Schildwall formiert. Tief geduckt hinter ihren Hoplons schützten sie sich vor den Hieben der Langschwerter, rückten langsam vor und drängten die Verteidiger zurück. An der ihm zugewandten Flanke ihrer Angriffsreihe entdeckte Vespasian gleich neben der Reling Sabinus und Magnus. Sie standen mit den im Kampf erbeuteten Schilden Schulter an Schulter und versuchten, den Piratenwall zurückzuwerfen. Fast mechanisch hieb Sabinus mit dem Schwert auf ihn ein, während Magnus sichtlich Mühe hatte, seine Rhomphaia einhändig zu führen. Vespasian eilte ihnen zu Hilfe, achtete aber darauf, nicht auszurutschen auf den vom Blut überschwemmten Planken. Er drängte sich zwischen seinen Bruder und die Reling, hielt den Schild fest gepackt und schlug zu.

Hinter dem Schildwall rückten weitere Piraten nach, bis die gesamte sechzigköpfige Mannschaft an Bord der Quinquereme war. Der Druck auf die Thraker, deren Reihen sich auf breiter Front in die Länge zogen, nahm zu. Etliche Angreifer, denen unter ihren Schilden die Beine weggesenst wurden, stürzten schreiend auf blutende Stümpfe, doch die Front blieb geschlossen.

«So kommen wir nicht weiter», keuchte Sabinus, der einen Schritt zurückweichen musste und fast aus dem Gleichgewicht geriet, weil das Schiff inzwischen in Richtung Bug gierte. «Wir sinken. Wir müssen versuchen, die Seiten zu wechseln.»

«Zwingen wir sie herum, sodass sie dem Vorderdeck den

Rücken kehren und die Sklaven von hinten über sie herfallen können», schlug Vespasian ächzend vor, als sein Schwert wieder einmal auf Holz traf.

«Könnte aber auch sein, dass die Piraten dann ausschwärmen.»

«Nicht wenn wir uns neu formieren, und zwar schnell. Warte auf mein Zeichen.»

Sabinus nickte. Vespasian rannte um den Haufen herum zum hinteren Rand des Gewühls, wo er Gaidres vorfand, der an der Seite von Sitalces und Drenis mit wuchtigen Hieben seiner Rhomphaia auf den dichten Schildwall einhackte, ohne dessen Vorwärtsbewegung stoppen zu können.

«Gaidres, komm mit mir!», rief er. «Sitalces, halt die linke Flanke in Position, wenn die rechte gleich zurückfällt.»

Der riesige Thraker zeigte sich einverstanden und hieb weiter auf den Schildwall ein.

Dicht gefolgt von Gaidres, rannte Vespasian über das geneigte Deck nach unten in Richtung Vorschiff. Überall lagen Tote. Die Freigelassenen hatten mit unbändiger Wut die Piraten auf deren Schiff zurückgeschlagen. Die Verluste auf beiden Seiten waren hoch. Jetzt versuchten die langhaarigen Gegner, die ehemaligen Sklaven daran zu hindern, das eigene Schiff zu entern, dessen Ruderer mit überhasteten, unkoordinierten Schlägen die Trireme zurückzusetzen und den Sturmbock aus dem Rumpf der Quinquereme herauszuziehen versuchten.

«Gaidres, ich brauche mindestens fünfzig unserer Ruderer. Hast du sie im Griff?»

«Ich will's versuchen», antwortete der Seemann mit besorgtem Blick auf die wildwütige Horde.

Markerschütterndes Kreischen und Knirschen übertönte die Schreie und das Klirren von Waffen, als der Sturmbock freigelegt wurde und die Quinquereme bedrohlich zu schwanken begann. Das kleinere Schiff hatte sich gelöst. Ohne dessen Sturmbock als Anker sackte das Vorschiff tiefer ins Wasser.

«Beeilung, Gaidres», drängte Vespasian. «Uns bleibt nicht viel Zeit.»

Gaidres verzog das Gesicht, mischte sich unter das johlende Pack und brüllte Befehle. Die mit Bogen bewaffneten Freigelassenen deckten die sich zurückziehende Trireme mit Pfeilen ein. Auf beiden Seiten des kleineren Schiffes sprangen oder stürzten Männer schreiend von Bord ins aufgewühlte Wasser, nicht wenige mit Pfeilen im Leib.

Es dauerte nicht lange, und Gaidres hatte es tatsächlich geschafft, einen Großteil der ehemaligen Sklaven zur Ordnung zu rufen und in Stellung zu bringen. Auf der anderen Seite vergewisserte sich Vespasian, dass von hinten keine Gefahr drohte. Dann richtete er seinen Blick auf die Trireme, die inzwischen an die sechzig Faden zurückgewichen war. Plötzlich entdeckte er eine vertraute Gestalt im Bug, die für einen kurzen Moment Blickkontakt mit ihm hielt. Es war der verwundete Piraten-Trierarchus, den er im Heiligtum gesehen hatte. Sein eines Auge funkelte voller Wut, und er schleuderte Vespasian Verwünschungen entgegen, ehe er, als eine weitere Pfeilsalve auf sein Schiff einhagelte, hinter der Bordwand in Deckung ging.

Entsetzt über diese Begegnung, die er aber als Zufall abzutun versuchte, drehte sich Vespasian um und brüllte: «Sabinus, jetzt!»

Sabinus hörte das Zeichen des Bruders und reagierte sofort. Mit Magnus und den Thrakern wich er nach links aus. Sitalces hielt die Stellung in der Mitte, was zur Folge hatte, dass sich die Reihe der Piraten um neunzig Grad um ihn und seine Männer drehte. Nicht ahnend, dass sie in eine Falle tappten, rückten sie weiter vor. Mit über hundert grölenden, zerlumpten Wilden stürmten Vespasian und Gaidres auf dem steil geneigten Deck nach achtern.

Der Blutdurst der Freigelassenen war noch lange nicht gestillt. Sie warfen sich von hinten in die Reihen der Piraten und richteten unter ihnen ein so schreckliches Gemetzel an, dass Vespasian ein Grauen überkam, obwohl er selbst mit rücksichtsloser Gewalt gegen die Angreifer vorging. Berauscht vom Glück über die neugewonnene Freiheit und dem Gefühl, wieder lebendig zu sein, weideten sich die vordem Geknechteten an einer Brutalität, die nicht weniger grausam war als das, was sie über Jahre hinweg am eigenen Leib erlitten hatten.

Gefangen zwischen der grenzenlosen Tobsucht im Rücken und der unwiderstehlichen Gewalt präzise geführter Langschwerter vor sich, schienen die Piraten zu spüren, dass sie dem Untergang geweiht waren. Also wollten sie ihr Leben so teuer wie möglich verkaufen. Sie kämpften mit einer Entschlossenheit, die der ihrer Gegner in nichts nachstand. Trotzdem schwand ihre Anzahl rapide.

Vespasian durchbohrte mit dem Schwert einen Mann von hinten, der, als er schreiend den Kopf in den Nacken warf, von einem weiteren Hieb enthauptet wurde. Im hohen Bogen spritzte das von seinem Herzen gepumpte Blut aus den freiliegenden Schlagadern und regnete auf den stürzenden

Torso herab. Entsetzt fuhr Vespasian herum und sah Sitalces, der in diesem Augenblick seine Rhomphaia zurückschwingen ließ. Blitzschnell hob er den Schild, worauf die Klinge funkenschlagend auf den metallenen Rand krachte.

«Hör auf, Sitalces», brüllte er und senkte den Schild.

Sitalces hielt inne und grinste verlegen. Plötzlich sprang ein Freigelassener auf sie zu und stieß dem riesigen Thraker ein Messer in die Kehle.

«Neiiiin!», schrie Vespasian, als Sitalces zu Boden ging und den wütenden Wilden, der immer weiter auf ihn einstach, mit sich riss. Vespasian packte in dessen verfilzte Haare und zerrte ihn in die Höhe. Mit unverständlichem Gebrüll fuhr der herum und zielte mit dem Messer auf Vespasians Schenkel. Doch ehe es Schaden anrichten konnte, fuhr eine Klinge herab, die seinen Arm in der Beuge kappte und ihm im Rückschwung den Kopf vom Rumpf trennte.

«Du verfluchtes Dreckstück», tobte Magnus und schlug überflüssigerweise mit seiner Rhomphaia ein weiteres Mal zu.

Auf der ganzen Front spielten sich ähnliche Szenen ab, als die ehemaligen Sklaven auch die letzten Piraten niedergemetzelt hatten und auf die Thraker stießen. Warnende Schreie gellten, doch beide Lager prallten aufeinander. Dank der besseren Disziplin und der längeren Reichweite ihrer Waffen konnten sich die Thraker gegenüber der zahlenmäßig überlegenen Horde enthemmter Kämpfer behaupten, aber erst als der Sklavenaufseher und einer seiner Gehilfen ihnen in die Hände gefallen waren und entsetzlich zugerichtet auf den Planken lagen. Gleich darauf wurden die Täter von gezielten Langschwertstreichen gerichtet, was die anderen zur

Vernunft zu bringen schien. Die Männer beider Lager senkten die Waffen und standen keuchend und misstrauisch einander gegenüber.

An Bord wurde es gespenstisch still.

Vespasian schaute in die Runde. Das Vorschiff war fast vollständig im Wasser eingetaucht. Die Quinquereme sank nur deshalb nicht, weil das Piratenschiff, auf dem niemand der Besatzung noch lebte, mit vier starken Tauen an der Bordwand festgemacht hatte. Die zweite Trireme eilte auf das Schwesterschiff zu. Offenbar wollte man verhindern, dass es den Thrakern in die Hände fiel.

«Rüber aufs andere Schiff», rief Vespasian. «Lassen wir nicht zu, dass sie es holen.»

Sein Befehl erinnerte die erschöpften Männer an die nach wie vor prekäre Lage. Wortlos schlossen beide Gruppen ein Stillhalteabkommen. Dann beeilten sich alle, das verlassene Schiff zu entern.

«Die Bogenschützen kommen mit mir», brüllte Sabinus und sprang aufs Vorschiff, das vom Gewicht der sinkenden Quinquereme niedergedrückt wurde. «Halten wir sie auf Abstand, so lange wie möglich.»

An die fünfzig Seemänner und ehemalige Sklaven folgten seinem Ruf.

«Wir nehmen unsere Verwundeten mit, auch die unter den Freigelassenen», rief Gaidres laut genug, dass alle ihn hören konnten. «Wo ist der große Kerl?»

Magnus ging neben Sitalces in die Knie und suchte nach Lebenszeichen. Es gab keine. «Er ist tot», sagte er tonlos.

«Dann schaff ich ihn rüber. Die Königin wird ihn ehrenvoll beisetzen wollen. Drenis, komm mit!»

«Wo ist Rhotekes?», fragte Sabinus.

«Ich habe ihn mit Artebudz im Heck zurückgelassen», erwiderte Magnus und schaute Sitalces nach, der von Gaidres und Drenis weggetragen wurde, während sich der Rest der Mannschaft daranmachte, unter den Gefallenen an Deck nach Kameraden zu suchen, die noch am Leben waren.

«Ich hole ihn. Geh und pack deine Sachen zusammen, vor allem das Schriftstück.»

Magnus reagierte nicht.

«Los, mach schon, sonst folgen wir ihm alle über den Styx.»

Magnus schrak auf wie aus einem Albtraum und lief los, um seine Sachen aus der kleinen Kabine im hinteren Teil des Schiffes zu holen.

Leichen trieben im Wasser, das nun das gesamte Vorschiff überspült hatte und bis zum Mast reichte, an dem ein Seemann mit der königlichen Standarte der Thraker heruntergeklettert kam. Vespasian fand Artebudz inmitten eines heillosen Durcheinanders. Er zerrte einen schreienden Rhotekes an seinen Handschellen auf die Trireme zu. Erste Pfeilschwärme kreuzten den Himmel. Das Duell mit den Bogenschützen auf dem anderen Piratenschiff hatte begonnen.

Die Quinquereme sackte plötzlich zur Seite. Gaidres hatte das vordere Tau gekappt, um die Trireme zu entlasten, die schon so tief im Wasser lag, dass die unteren Ruderluken überflutet zu werden drohten.

«Beeil dich, Artebudz», rief Vespasian, der Mühe hatte, sein Gleichgewicht zu halten.

«Er will nicht mit, Herr», entgegnete Artebudz, der nun den Priester hinter sich herschleifen musste.

«Komm schon, Mistkerl.» Vespasian packte ihn bei der Tunika. «Was ist? Willst du etwa lieber auf dem von dir verfluchten Schiff bleiben?»

«Meine Götter holen mich nur von einem thrakischen Schiff», kreischte er mit frommer Inbrunst. «Auf dem Piratenschiff kommt ihr alle um, aber ich bleibe hier am Leben.»

«Sei nicht albern.» Vespasian lachte. Sie hatten die Reling erreicht, vor der sich Dutzende von Männern drängten. «Wenn wir auf dich verzichten könnten, würde ich dich gern zurücklassen und zusehen, wie du enttäuscht wirst.»

«Wie gesagt, dieses Schiff wird Rom niemals erreichen.»

«Das vorherzusehen ist nicht schwer», entgegnete Vespasian. Mit hämischem Grinsen stieß er den Priester an die Reling. «Rom liegt schließlich nicht am Meer. Ostia ist unser Ziel. Du kannst dir deine Weissagungen sonst wohin stecken.»

Er und Artebudz stießen den Priester über die Bordwand. Mit dumpfem Aufprall landete er auf der Trireme. Artebudz sprang hinzu und schaffte ihn fort.

Gaidres kappte nun auch das hintere Tau, und wieder sackte die Quinquereme ein Stück tiefer. Die noch an Deck liegenden Toten rutschten über die Planken. «Bei Bendis, beeilt euch», brüllte er. «Sie ist nicht mehr zu halten.»

Die Rudersklaven unter Deck der Trireme schrien, weil Wasser durch die Luken der Riemen drang. Pfeile zischten durch die Luft. Das Duell der Schützen nahm an Heftigkeit zu, je mehr Thraker mit ihren zweifelhaften Verbündeten, den ehemaligen Sklaven, an Bord kamen und das Piratenschiff auf Abstand zu halten versuchten.

Inzwischen hatten alle Seemänner die Decks gewechselt,

und Magnus kam mit dem Gepäck herbeigeeilt. Rhaskos verließ sein Schiff als Letzter, die Geldkassette unter den Arm geklemmt und das Sprachrohr in der rechten Hand. Gaidres und Drenis kappten die beiden letzten Taue. Die Trireme machte einen Satz in die Höhe und fiel laut klatschend aufs Wasser zurück. An Deck blieb niemand auf den Beinen. Die Piraten nutzten die Gelegenheit und nahmen das Schiff wieder unter Beschuss, ehe sich alle aufgerappelt hatten.

Vespasian erhob sich, ging aber sofort in Deckung, als ein gewaltiges Brausen laut wurde. Unmittelbar hinter ihm richtete sich das Heck der Quinquereme steil auf, fast siebzig Fuß hoch über den Wellen. Der Mast knickte, und Leichen wurden wie Geröll durch die Luft katapultiert. Faulige Luft strömte aus den Ruderluken, als sich tosende Wassermassen im Schiffsbauch breitmachten. Das Schiff schien zu schreien, so qualvoll ächzten Hölzer und Gebälk, als die Quinquereme unter dem Jubel der Freigelassenen in den dunklen Tiefen des Reichs von Poseidon verschwand.

Das Wasser kochte noch einmal schäumend über und brachte die Trireme in heftige Bewegung. Dann glätteten sich die Wogen. Das Duell der Bogenschützen war ins Stocken geraten, da beide Mannschaften vom ehrfurchteinflößenden Schauspiel des untergehenden Riesen gebannt waren. Aber dann forderte Sabinus seine Männer auf, den Beschuss wieder aufzunehmen und noch zu verstärken. Das Piratenschiff entfernte sich, um den in schneller Folge abgegebenen Salven auszuweichen, worauf Sabinus den Schützen Einhalt gebot. Beide Schiffe waren rund zweihundert Faden voneinander entfernt, nicht weit genug, um so viel Fahrt aufzunehmen, dass mit einem Rammmanöver dem anderen größerer

Schaden hätte zugefügt werden können. Auch von Pfeilen ging keine Gefahr mehr aus.

Die Luft regte sich nicht.

Mit über zweihundertfünfzig Männern an Bord, von denen viele mit Bogen bewaffnet waren, hatten sie von den Piraten nichts mehr zu befürchten, doch es fehlte ihnen an Proviant, um die Fahrt nach Ostia überstehen zu können. Für Vespasian stand deshalb fest, dass sie den Kampf fortsetzen mussten, entweder um deren Schiff aufzubringen oder um wenigstens die Vorräte zu erbeuten, bevor es versenkt werden würde. Sie mussten angreifen, doch das Schiff stand still, und die Ruder hingen schlaff im Wasser.

Er lief zum Achterdeck, wo sich Rhaskos aufhielt. «Was ist los, warum bewegen wir uns nicht?»

«Wir sind in Schwierigkeiten, mein Freund, mögen uns die Götter schützen», antwortete der Trierarchus und hob die Hände in die Höhe. «Der Sklaventreiber der Piraten hat über hundert Männer an den Rudern getötet, ehe wir das Schiff kapern konnten. Mit anderen Worten, wir stecken fest. Und wenn den Piraten das klarwird, werden sie Anlauf nehmen und uns zu rammen versuchen.»

«Dann müssen wir unsere Ruderer dazu bringen, an die Stelle der Toten zu treten, und zwar schnell.»

«Ja, aber jetzt sind sie frei und werden sich nicht mehr in die Riemen legen, schon gar nicht Schulter an Schulter mit Sklaven.»

«Dann befreien wir auch sie. Das hätte ich sowieso vorgeschlagen, denn viele werden von römischen Schiffen erbeutet worden sein. Sprich mit unseren Ruderern und schick hundert von ihnen zu mir nach unten.»

Zusammen mit Gaidres machte sich Vespasian auf den Weg hinab zum Ruderdeck. Es sah dort aus wie in einem Schlachthaus. Leichen hingen abgestochen über ihren Riemen. Wer noch lebte, starrte aus hohlen Augen auf die vier thrakischen Seemänner, die die Toten von ihren Fesseln befreiten und durch die Ruderluken bugsierten.

«Befreit zuerst die Sklaven und kümmert euch dann um die Toten», befahl Vespasian. Die Thraker schauten ihn verwundert an.

«Ihr habt gehört, was er gesagt hat», brüllte Gaidres.

Schulterzuckend führten die Thraker die Anordnung aus.

«Keiner rührt sich vom Fleck», rief Vespasian. «Wir brauchen euch, aber ab jetzt rudert ihr als freie Männer. Weigert ihr euch, werdet ihr sterben. Gibt es römische Bürger unter euch?»

Über zwanzig Männer hoben die gefesselten Hände.

«Ihr geht hoch an Deck und lasst euch Waffen geben.»

Die anderen protestierten grollend.

«Ruhe!», rief Vespasian. «Ein Bürger Roms muss sich nicht knechten lassen. Ihr aber genießt nicht den Schutz der Bürgerschaft und werdet darum rudern. Wenn wir überleben, fahren wir nach Ostia, wo ihr das Schiff verlassen oder, wenn ihr wollt, auf ihm in den Osten zurückkehren könnt. Das bleibt euch überlassen.»

Fast alle zeigten sich mehr oder weniger einverstanden.

Der thrakische Taktgeber kam den Niedergang herunter, gefolgt von den Ruderern. Er schaute Vespasian an, der ihm mit einer Kopfbewegung zu verstehen gab, dass er hinter der runden, mit Ochsenhaut bespannten Trommel Platz nehmen sollte.

Eilends wurden jetzt die Leichen weggeschafft, damit die Ruderer an ihre Stelle treten konnten. Vespasian und Gaidres kletterten ans Oberdeck zurück.

Angelockt vom Treibgut des gesunkenen Schiffes, schwirrten Möwen herbei und stürzten sich kreischend auf Beute.

«Es scheint, sie haben genug, Herr», sagte Magnus und zeigte auf das Piratenschiff, das kehrtgemacht hatte und in westlicher Richtung davonruderte.

«Hoffen wir es», erwiderte Vespasian, obwohl er nicht so recht daran glauben mochte. «Rhaskos, die Rudermannschaft ist einsatzbereit. Was sollen wir deiner Meinung nach tun?»

«Beten.»

«Und was dann?», platzte es aus Vespasian heraus. Er stürmte auf den alten Trierarchus zu. «Gehen wir dann schlafen und hoffen wieder auf einen hilfreichen Traum? Mach lieber einen praktischen Vorschlag. Versuchen wir jetzt, das Piratenschiff zu kapern, um an seine Vorräte zu kommen, oder drehen wir bei und sorgen uns später darum, wie wir uns über Wasser halten können? Du hast das Sagen an Bord und entscheidest, was wir tun.»

Rhaskos reagierte erschrocken auf die Heftigkeit seines Ausbruchs und schaute sich blinzelnd um. «Wie gesagt, sie fliehen nicht, sondern holen aus, um uns zu rammen, weil sie glauben, wir hätten ihnen nichts mehr entgegenzusetzen. Wenn wir jetzt auf sie zuhalten, stellen wir sie vor die Wahl, entweder zu kämpfen oder zu fliehen.» Er hob sein Sprachrohr an den Mund. «Wir nehmen Kurs auf den Gegner. Sturmangriff!», brüllte er dem Taktgeber nach unten zu.

Gleich darauf ertönte die Trommel, langsam zuerst, bis das Schiff Fahrt aufnahm, dann immer schneller, angetrieben von Ruderern, denen als Freigelassene klar war, was für sie auf dem Spiel stand, und die sich darum umso kräftiger in die Riemen legten.

Der Anführer der Piraten sah, dass von dem Thrakerschiff sehr wohl noch Gefahr ausging, und gab den Befehl, sich ihm entgegenzustellen.

«Er ist verrückt, wenn er glaubt, dieses Schiff zurückerobern zu können», sagte Magnus, der sich zu Vespasian und Rhaskos gesellt hatte. Sie alle hatten den Feind, der sich nun wieder näherte, fest im Blick.

«Er ist nicht verrückt, er ist wütend, weil wir sein Schiff haben. Es zurückzuerobern wird er wahrscheinlich nicht versuchen, ich schätze vielmehr, dass er uns versenken will», erwiderte Vespasian und zog zum zweiten Mal an diesem Tag seinen Gladius aus der Scheide. «Erfolg wird er nicht damit haben, aber es könnte sein, dass wir beide Schiffe verlieren.»

«Bogenschützen in Bereitschaft!», brüllte Sabinus und eilte zum Vorschiff.

Die Ruderbänke waren längst nicht voll besetzt, aber auf dem Oberdeck drängten sich über hundert Mann.

Das Thrakerschiff drehte ein kleines Stück backbords bei.

«Was tust du da?», herrschte Vespasian Rhaskos an.

«Das, was ich am besten kann», antwortete der Alte, ohne das herankommende Schiff aus den Augen zu lassen. «Und stört mich nicht dabei.»

Das Piratenschiff drehte ebenfalls leicht bei. Als es nur noch vierhundert Faden entfernt war, kehrte Rhaskos wieder auf den alten Kurs zurück. Die Piraten taten es ihm gleich, näherten sich jetzt aber nicht mehr genau von vorn, was sie zu einer Entscheidung zwang: sich entweder damit zu begnügen, die Ruder zu rasieren, oder weiter backbords zu steuern und im spitzen Winkel zu rammen.

«Volle Kraft voraus!», brüllte Rhaskos durch sein Sprachrohr. Die Schlagzahl erhöhte sich rapide, worauf Rhaskos das Schiff zur Backbordseite hinabfallen ließ, weg von den Piraten, um ihnen die Breitseite zu bieten. Inzwischen hatte das Thrakerschiff so viel Fahrt aufgenommen, dass ihm kein Zusammenstoß mehr drohte.

«Lösen!», brüllte Sabinus, und Dutzende von Pfeilen flogen auf das Piratenschiff zu, das weniger als hundert Faden entfernt war. Sie hagelten auf das gegnerische Deck und brachten etliche Männer zu Fall. Der ersten Salve folgten unablässig weitere, die die Piraten zwangen, hinter der Bordwand in Deckung zu gehen.

Vespasian sah den riesigen Piratenanführer am Steuerruder stehen. Unbeeindruckt von den Geschossen, feuerte er die Mannschaft zur Gegenwehr an und brachte sein Schiff zurück auf Kollisionskurs. Aber es war zu spät. Die Schiffe glitten im Abstand von weniger als fünfzig Faden aneinander vorbei. Rhaskos ließ nach Steuerbord beidrehen und hatte das Piratenschiff nun genau hinter sich. Ein Pfeilhagel prasselte auf das von Thrakern dichtbesetzte Deck. Schreie von Verwundeten übertönten die Trommelschläge und das Ächzen von hundertachtzig Ruderern, die freiwillig alles gaben, was in ihnen steckte. Der Pfeilbeschuss dauerte an.

Vespasian bahnte sich einen Weg durch die Menge und eilte auf Rhaskos zu. Der alte Trierarchus grinste breit. «Wie gefällt Euch das?», rief er. «Ich habe sie ausmanövriert und musste nicht einmal beten. Die Götter mögen mir verzeihen.»

«Wozu das Manöver? Ich dachte, wir versuchen, sie zu kapern», entgegnete Vespasian.

«Als der Alte auf uns zukam, wurde mir klar, dass Ihr falschliegt, junger Freund. Er hat tatsächlich den Verstand verloren und ist bereit, auch noch sein zweites Schiff zu verlieren, nur um uns aus Trotz zu vernichten. Er ist verrückt, und gegen Verrückte kämpfe ich nicht. Sie sind unberechenbar.»

Vespasian blickte über Rhaskos' Schulter hinweg auf das Piratenschiff, das die Verfolgung aufgenommen hatte. «Und was jetzt? Er holt auf.»

«Wir können das hohe Tempo länger halten als er», entgegnete Rhaskos augenzwinkernd. «Gaidres, schick ein Dutzend Ruderer nach unten, um andere abzulösen, die Paare im Bug als erste.»

Gaidres nickte und rief Männer ohne Bogen zu sich.

Vespasian ging zu Sabinus, der an der Reling im Heck stand. Die Piraten waren weniger als vierzig Faden entfernt und holten langsam auf. Ihre Sklaven auf dem Ruderdeck wurden gnadenlos ausgepeitscht, um letzte Kraftreserven zu mobilisieren. Der Wellengang machte gezielte Pfeilschüsse fast unmöglich. Der Piratenanführer stand immer noch an der Ruderpinne und brüllte aus vollem Hals. Sabinus scheiterte mit seinen wiederholten Versuchen, ihn mit Pfeil und Bogen zu treffen.

«Es ist wie verhext», murmelte er, legte einen weiteren Pfeil auf und visierte sorgfältig sein Ziel an. Wieder flog der

Pfeil ins Leere. «Mut hat er ja, dass er so ungeschützt dasteht, das muss man ihm lassen.»

Der Austausch erschöpfter Ruderer gegen frische Kräfte machte sich bemerkbar. Selbst römische Bürger hatten sich freiwillig zum Frondienst gemeldet, da ihnen klar war, dass sich ihre Privilegien nicht über den Tod hinaus erstreckten. Das Thrakerschiff zog davon, als aufseiten der Piraten erschöpfte Sklaven an den Riemen aus dem Takt gerieten. Ihr Trierarchus nahm einen südlichen Kurs in Richtung Kythira auf und schrie seinen Trotz heraus, bis ihn eine Pfeilsalve zwang, hinter der Bordwand in Deckung zu gehen.

«Halbe Kraft voraus», brüllte Rhaskos.

Der Trommelschlag verlangsamte sich, so auch das Schiff.

«Amphiaraos sei Dank, dass er mir den Weg gewiesen hat», rief Rhaskos mit himmelwärts gerichtetem Blick. «Sobald wir in Ostia sind, werde ich ihm einen weiteren Widder opfern.»

«Wenn wir es bis dahin schaffen», sagte Vespasian. «Was werden wir den Männern zu essen geben?»

«Dafür sorgen die Götter. Schließlich haben sie uns auch geholfen, den Piraten zu entkommen.»

«Sie haben uns nicht geholfen, sie zu schlagen», knurrte Sabinus. «Hast du nicht geträumt, dass die Mannschaft gerettet und vom Sklavenfieber befreit wird?»

Mit selbstzufriedener Miene antwortete Rhaskos: «Ja, aber Ihr wollt doch wohl nicht bestreiten, dass wir uns dank der Befreiung der Sklaven erfolgreich gegen die Piraten wehren konnten. Und damit sich das Fieber nicht weiter ausbreitet, habe ich befohlen, nur diejenigen zu befreien, die sich noch nicht angesteckt haben. Die Kranken in der Bilge sind mit unserem Schiff untergegangen. Es gibt kein Fieber mehr, und ich bin mir sicher, wir schaffen es, unser Ziel zu erreichen.»

Vespasian war beeindruckt: Das Orakel hatte Rhaskos tatsächlich eine Antwort auf seine Frage gegeben. Er trat an die Reling, genoss die beruhigende Wirkung einer frischen Brise und der warmen Sonne auf der Haut und dachte darüber nach, was er im Amphiareion gesehen und gehört hatte.

«Das Heiligtum scheint wirklich ein Ort voll geheimer Kräfte zu sein, Sabinus», sagte er leise und blickte dem Piratenschiff nach, das mit dem gekaperten Handelsschiff im Schlepp am Horizont verschwand. «Zweifelst du immer noch an der Prophezeiung?»

«Ich weiß nicht», antwortete der Bruder. «Vergessen werde ich sie jedenfalls nicht.»

«Ich auch nicht», erwiderte Vespasian. Das Schiff verließ die Straße von Kythira und nahm auf dem Ionischen Meer Kurs auf Ostia.

Teil IIII

Rom,
Juli A. D. 30

X

Als die Trireme an einer der vielen Molen im Hafen von Ostia, dem gefräßigen Mund der Stadt Rom, anlegte, schlug Vespasian eine Wolke unterschiedlichster Gerüche entgegen. Frischer salziger Meeresgeschmack mischte sich mit dem Mief des Tiber, der den Schmutz der zwanzig Meilen stromaufwärts gelegenen Stadt in das Tyrrhenische Meer ausspie. Zwischen den Schiffen dümpelten Fäulnis ausdünstende Tierkadaver im Wasser, und Rauchschwaden wehten von den Holzkohlefeuern der Händler am Kai herüber, die den Seeleuten, die allzu lange mit trockenem Brot abgespeist worden waren, gegrilltes Fleisch und Würste verkauften. Säcke voll duftender Gewürze – Zimt, Nelken und Safran – aus Indien oder noch ferneren Gegenden wurden von syrischen Handelsschiffen gelöscht, neben Booten aus Afrika und Lusitanien mit streng riechendem Garum an Bord, jener aus den fermentierten Innereien von Fischen hergestellten Würzsoße. Übermäßig parfümierte Huren tändelten mit ungewaschenen Seemännern; nach Knoblauch stinkende Dockarbeiter tanzten nach der Pfeife von Händlern, die Lavendelduft verströmten; schäumende Pferde und Maultiere zogen Karren voll süßer getrockneter Aprikosen, Feigen, Datteln und Rosinen. Faulende Fische, frisches

Brot, schwitzende Sklaven, mit Harz versetzter Wein, abgestandener Urin, getrocknete Kräuter, Gammelfleisch, nasse Hanftaue, Bilgenwasser und warmes Holz – das Gemisch aus all diesen Gerüchen machte Vespasian schwindeln, als er der thrakischen Mannschaft dabei zusah, wie sie, von Rhaskos herumkommandiert, das Schiff festmachte und den Landungssteg absenkte.

«Ich hatte unterwegs nicht mehr daran geglaubt, dass wir es zurückschaffen, Herr», sagte Magnus, der neben ihm an der Reling stand. «Wir sind tatsächlich in Ostia.»

«Bin zwar nie zuvor hier gewesen, aber ich nehme dich beim Wort», erwiderte Vespasian und lächelte, wohl nicht weniger erleichtert über die geglückte Rückkehr als sein Freund.

Der vorhersehbaren Probleme wegen, die die Verköstigung so vieler Männer an Bord mit sich gebracht hatte, waren sie gezwungen gewesen, Umwege zu machen. Der im Laderaum gefundene Proviant hatte nur für wenige Tage gereicht. An Häfen entlang der Seeroute hatten Säcke voll Zwieback, Kichererbsen und Dörrfleisch eingekauft werden müssen. Während eines Zwischenstopps von zwei oder drei Tagen waren mehrere Männer auf die Jagd gegangen, um Wild zu erbeuten. Insgesamt hatten sie fast dreißig Tage von Kythira gebraucht, viel länger als angenommen, aber immerhin ohne weiteren Zwischenfall.

Als das Schiff endlich festgemacht war, drängte sich Rhaskos durch die Menge an Bord zu Vespasian. «So nun, mein junger Freund, jetzt werden wir Abschied nehmen», sagte der Alte, den das Anlegemanöver ins Schwitzen gebracht hatte. «Wie ich jetzt wieder heimkehren soll, weiß ich selbst noch nicht, denn das Gold, das mir die Königin für die Reise gegeben hat, ist aufgebraucht.»

«Ich bin sicher, die Götter werden dich geleiten», entgegnete Vespasian, bereute seine Worte aber sofort.

Glücklicherweise nahm Rhaskos keinen Anstoß daran. Er nickte nur bedächtig mit dem Kopf. «Ja, das werden sie.»

Am Kai wurden Stimmen laut. An die zwanzig bewaffnete Männer drängten durch die Menge und bauten sich vor der Landungsbrücke auf. Sie trugen zwar keine Uniform, waren aber doch als Soldaten zu erkennen. Jeder einzelne trug einen Gladius. Was Vespasian stutzig machte, war die gute Qualität ihrer Tuniken und die Selbstsicherheit, mit der sie auftraten. Es schien, dass sie der Prätorianergarde angehörten.

Spontan dachte Vespasian an Verrat, und er warf einen nervösen Seitenblick auf Magnus und Sabinus, die sich zu ihm gesellt hatten.

Der Anführer der Soldaten, ein großer, drahtiger Mann mit kastanienbraunen Haaren und spitzem, bleichem Gesicht, ließ die Gruppe stillstehen. Ein vornehm gekleideter, bärtiger Grieche trat vor.

«Willkommen zu Hause, meine Herren», grüßte Pallas und bestieg die steile Landungsbrücke.

«Pallas!» Vespasian war überrascht, Antonias Verwalter vor sich zu sehen. «Woher wusstest du von unserer Ankunft?»

Pallas verbeugte sich tief. «Ich wusste nicht, wann Ihr kommt. Ich habe hier gewartet, zehn Tage lang, seit ein Bote von Königin Tryphaina über Land gekommen ist und meiner Herrin mitgeteilt hat, dass Ihr Ende Mai von Tomoi abgelegt seid. Sie hat mich hierhergeschickt, damit ich Euch und unseren gemeinsamen Freund zurück nach Rom begleite.»

«Und das ist deine Eskorte?», fragte Sabinus, der die Phalanx der Männer am Kai argwöhnisch betrachtete.

«Ja, Herr. Ich werde Euch später alles erklären, wenn nicht so viele Ohren mithören.» Pallas deutete auf die Menge der Mannschaftsmitglieder und Freigelassenen, die sich an Deck drängten.

«Darauf bin ich gespannt», entgegnete Sabinus mit ungutem Gefühl.

«Zurück an die Arbeit, alle!», befahl Rhaskos plötzlich. «Hier gibt es nichts zu sehen.»

«Ah, Ihr müsst der edle Trierarchus sein», bemerkte Pallas und verbeugte sich vor Rhaskos, als sich die Menge auflöste.

«Rhaskos, mein Herr», erwiderte der Schiffsmeister, der eine solche Anrede nicht gewohnt war.

«Bitte, Meister, nennt mich nicht ‹Herr›; ich bin nur ein gewöhnlicher Sklave.»

Vespasian und Sabinus lächelten. An Pallas war wahrhaftig nichts «gewöhnlich».

Rhaskos zeigte sich irritiert. «Verzeihung, ähm …»

«Ihr braucht Euch auch nicht zu entschuldigen. Mein Name ist Pallas, Herr.»

«Pallas», plapperte Rhaskos nach. «Aha, danke –»

Weiter kam er nicht, denn Pallas zog die Augenbrauen hoch. «Meine Herrin Antonia hat mich gebeten, Euch, Trierarchus Rhaskos, mitzuteilen, dass Euer Schiff auf ihre Kosten mit Proviant ausgestattet wird. Ich habe dem Hafenädil bereits ein Schreiben vorgelegt, das die Zahlung für alles garantiert, was Ihr braucht.»

«Den Göttern sei gedankt.» Rhaskos hob Gesicht und Hände himmelwärts. «Und übermittle deiner Herrin meinen Dank … Pallas. Ich stehe in ihrer Schuld.» Er verbeugte sich spontan, bemerkte aber sofort sein Fehlverhalten und eilte davon, wobei er jedem Gott, der ihm in den Sinn kam – und es waren etliche –, aus voller Brust und von ganzem Herzen dankte.

Vespasian war sich sicher, dass Pallas seinen Spaß an der vorangegangenen Szene gehabt hatte, obwohl dieser sich wie immer nicht das Geringste anmerken ließ.

«Wir sollten gehen, meine Herren», sagte Pallas und ließ in seiner Stimme leise anklingen, dass er es eilig hatte. «Wir wollen doch in Rom sein, bevor es dunkel wird.»

Knapp eine Stunde waren sie unterwegs. Sie hatten sich von Rhaskos, Drenis und Gaidres verabschiedet und Rhotekes, ohne großes Aufsehen zu erregen, auf einen geschlossenen Wagen verfrachtet, der ein wenig abseits vom Gedränge im Hafen für sie bereitgestellt worden war. Artebudz, der in seine gebirgige Heimat in der Provinz Noricum zurückzukehren gedachte, fuhr im Wagen mit und bewachte den Priester zusammen mit Magnus. Die anderen ritten zu Pferde.

«Wie Ihr richtig bemerkt habt, meine Herren, begleiten uns Prätorianer», erklärte Pallas, als sie in zügigem Trab das Stadttor passierten. «Sie gehören allerdings der Kavallerie an, und ihr Decurio Marcus Arrecinus Clemens –»

«Clemens?», unterbrach Vespasian. «Der Name kommt mir bekannt vor. Zusammen mit Macro und Hasdro hat er mich auf der Via Aurelia verfolgt. Macro hat ihn und die Hälfte der Kavallerie nach Norden geschickt, um die Straße zu sperren, während er mit der anderen Hälfte in Cosa nach mir gesucht hat.»

«Ja, er ist unserem neuen Freund Macro treu ergeben», sagte Pallas. «Und zufällig ist er ein Anhänger von Claudius, dem Sohn meiner Herrin.»

«Wie kommt's?», fragte Vespasian erstaunt.

«Ich glaube, er ist jemand, der im Circus besonders gern auf Gespanne setzt, die die schlechtesten Chancen haben.»

Sabinus wollte es genauer wissen. «Auf Außenseiter oder hoffnungslose Fälle?»

«Als hoffnungslosen Fall würde ich Claudius nicht bezeichnen», antwortete Pallas stirnrunzelnd. «Seine Mutter, ja, so auch der Kaiser und Seianus – die trauen ihm nichts zu. Aber gerade deshalb nimmt er immer noch an Rennen teil. Er mag etwas einfältig wirken, weil er stottert, sabbert und hinkt, weil er sich allzu häufig in der Wortwahl vergreift und Witze reißt, über die niemand lachen kann. Im Grunde aber ist er sehr ehrgeizig, eine machthungrige Schlange, vor der man sich in Acht nehmen muss. Und sehr intelligent ist er, wenn auch manchmal etwas chaotisch. Er interessiert sich für alles Mögliche, und manche seiner Schriften sollen, wie man mir sagte, recht erbaulich sein.»

Vespasian wunderte sich. «Würdest du auf ihn wetten, Pallas?»

Pallas warf ihm einen verschlagenen Blick zu. «Das Dumme ist, dass man im Circus nur eine Wette abgeben kann, und das auch nur vor dem Rennen. Ein reichlich ungünstiger Zeitpunkt, nicht wahr? Ich würde es vorziehen, mein Geld in der letzten Runde zu setzen, wenn sich abzeichnet, wer am Ende gewinnt. Das hätte zwei Vorteile: Die Wahrscheinlichkeit zu gewinnen ist sehr viel höher, und man ist weniger lange von seinem Geld getrennt.»

«Clemens muss demnach ziemlich lange warten, bis er von seinem Einsatz was zurückgewinnt, stimmt's?» Sabinus lachte.

«Vielleicht, aber wie jeder kluge Spieler, der einen langen Atem hat, sichert er seinen gewissermaßen ab: Er schmeichelt Caligula und begleitet ihn, wenn er abends inkognito ausgeht; er sorgt dafür, dass der Herr nicht allzu sehr in Verlegenheit gerät, und räumt hinter ihm auf, was bisweilen sehr mühsam ist.»

«Allerdings», pflichtete Vespasian bei und dachte an die sexuellen Ausschweifungen seines Freundes. «Clemens passt also auf ihn auf?»

«Oh ja, und ich bin mir sicher, er wird auch Euch beiden nützlich sein.»

«Wie kommst du darauf?», fragte Sabinus.

«Weil Ihr in Antonias Gunst steht und er mit Euch verwandt ist, zwar nur entfernt, aber immerhin. Die Mutter Eures Vaters und Clemens' Großmutter hatten ein und denselben Großvater. Daraus wird er seinen Vorteil zu schlagen wissen.»

«Er sieht uns aber doch gar nicht ähnlich», meinte Sabinus und musterte den dürren Decurio, der vor ihnen ritt. «Hässlich ist er, so viel steht fest.»

«Ich halte es für ratsam, andere nicht nach ihrem Aussehen zu beurteilen, mein Herr», erwiderte Pallas, für den das Thema damit beendet zu sein schien.

Vespasian ritt schweigend weiter. Die Vorfreude auf Caenis, die sich seit der Sichtung der italienischen Küste kribbelnd in ihm bemerkbar machte, war inzwischen so stark, dass er sich auf nichts anderes mehr konzentrieren konnte. Nach über vier Jahren durfte er endlich wieder darauf hoffen, mit ihr zusammen sein zu können. Ob sie in Antonias Nähe war? Würde er die Gelegenheit haben, mit ihr zu reden, mit ihr allein zu sein, sie zu berühren und zu umarmen? Auf alle diese Fragen hatte er keine Antwort. Er würde sich gedulden und abwarten müssen. Nicht das Heft in der Hand zu haben irritierte ihn. Er versuchte, an etwas anderes zu denken: an seine Eltern, die Güter, Onkel Gaius, an die Insel Capreae, an deren felsiger Küste sie am Vortag vorbeigesegelt waren. Doch es gelang ihm nicht. Immer wieder drängte sich ihm dieser eine Gedanke auf: Caenis. Er spürte, wie ihm das Blut in die Lenden schoss, wenn er sie vor seinem geistigen Auge im Lampenschein aus ihrer Toga schlüpfen sah, und musste Korrekturen an seiner Kleidung vornehmen.

«Na, freust du dich auf ein Wiedersehen mit deinen Maultieren zu Hause, Bruder?», hänselte ihn Sabinus, dem seine unschickliche Regung offenbar aufgefallen war.

«Halt's Maul», blaffte Vespasian doppelt verlegen.

«Ich habe Clemens gebeten, einen Reiter vorzuschicken, um meiner Herrin zu sagen, dass wir am Abend zurück sein werden», erklärte Pallas, wohl in der Absicht, beschwichtigend einzugreifen. «Ich bin sicher, es wird ein Festmahl auf uns warten, und Ihr könnt Euch davon überzeugen, dass alle Haushaltsmitglieder ihre Pflicht tun.»

Zu hören, dass er Caenis am Abend wiedersehen würde, beruhigte Vespasian. Etwas befangen lächelte er Pallas zu, dessen Miene wieder einmal völlig ausdruckslos blieb. Sabinus kicherte leise.

Es dunkelte schon, als sie den Palatin hinauftrabten. Die Rückkehr in die Großstadt mit ihrem Menschengewimmel versetzte Vespasian einen leichten Kulturschock; doch der legte sich jetzt, da die Mengen ausdünnten und die Gebäude größer und stattlicher wurden.

Antonias Siegel hatte dafür gesorgt, dass sie mit dem Wagen an der Porta Ostiensis von den Soldaten der Cohortes urbanae anstandslos durchgewinkt worden waren – normalerweise durften Fuhrwerke nur bei Tag in die Stadt hineinfahren. Danach hatte es fast eine halbe Stunde gedauert, sich durch den Verkehr auf dem Aventin, rund um den Circus Maximus und am Fuß des Palatins zu schlagen. Jetzt aber waren sie am Ziel.

Clemens klopfte an das Tor zum Stallhof auf der Rückseite von Antonias Anwesen. Schnell wurde ihm aufgemacht.

«Wir werden beobachtet», bemerkte Pallas, als sie auf den Hof ritten.

Vespasian schaute sich um und sah auf der Straße zwei Gestalten im Schatten einer Zypresse, gut fünfzig Schritte entfernt. «Seianus' Männer?», fragte er.

«Sehr wahrscheinlich», antwortete Pallas und stieg vom Pferd. «Sie werden ihm aber nicht viel mehr berichten können, als dass eine Gruppe von Männern gekommen ist, die einen Karren begleitet haben.»

«Willkommen», tönte eine vertraute kräftige Frauenstimme. Antonia kam die Stufen von ihrer Villa herunter und schritt elegant auf Vespasian und Sabinus zu. Obwohl schon Mitte sechzig, war sie immer noch schön, wohl nicht zuletzt dank aufwendiger kosmetischer Behandlungen, sorgfältiger Haarpflege und teuerster Kleider. Ihr Lächeln, das sie den

Brüdern schenkte, war strahlend. «Wie kann ich mich nur angemessen für euren Einsatz bedanken?», sagte sie und ergriff Sabinus' Hand. Er verbeugte sich und murmelte etwas Unverständliches.

Antonia wandte sich nun Vespasian zu und nahm seine Hand zwischen die ihren. «Wie ich sehe, sind dir die vier Jahre beim Militär gut bekommen, Vespasian», flüsterte sie, sodass nur er sie hören konnte. «Aus dir ist ein sehr attraktiver Mann geworden. Ich hoffe, dein Verstand ist in gleichem Maße gereift wie dein Körper, denn in den nächsten Monaten wirst du nicht kämpfen müssen, sondern mit politischen Angelegenheiten beschäftigt sein.»

Vespasian errötete ein wenig. Dass eine so mächtige Frau ihnen entgegengekommen war und sie nicht im kühlen Arbeitszimmer empfing, war eine große Ehre, die ihn demütig stimmte. «Ich kann nur hoffen, den Aufgaben, die mir bevorstehen, gewachsen zu sein, Herrin», erwiderte er stockend und machte sich darauf gefasst, wieder einmal in politische Intrigen verwickelt zu werden, von denen, wie er wusste, die höchsten Kreise der römischen Gesellschaft durchdrungen waren.

Vor weiteren peinlichen Fragen schützte ihn die Ankunft von Magnus und Artebudz, die Rhotekes aus dem Wagen zerrten und vor Antonia auf den Boden warfen.

«Das ist also der, der uns so viel Mühe gekostet hat, ihn nach Rom zu bringen.» Mit Abscheu betrachtete sie den schmutzigen Priester, der vor Angst zitterte und unterwürfig ihre Füße zu berühren versuchte. Magnus hinderte ihn mit einem Fußtritt daran.

«Danke, Magnus.»

«Mit dem größten Vergnügen, Herrin», erwiderte Magnus grinsend. «Seit unserer Ankunft in Ostia ist nicht mehr viel mit ihm los. Vorher hat er ständig seine Götter angefleht, damit sie ihn davor bewahrten, nach Rom gebracht zu werden, aber jetzt faselt er nur noch davon, von ihnen verlassen worden zu sein. Aber wer könnte ihm das verübeln, wenn man ihn so sieht, und …» Magnus unterbrach sich, als ihm klarwurde, dass er unstatthafterweise drauflosredete, ohne von Antonia dazu ermutigt, geschweige denn aufgefordert worden zu sein.

Antonia bedachte ihn mit einem Blick, der, wie Vespasian zu bemerken glaubte, außer einer milden Rüge ein heimliches Verlangen zum Ausdruck brachte. Und er fragte sich nicht zum ersten Mal, in welchem Verhältnis die beiden zueinander standen. Für ihn unvergessen war Caligulas freche Bemerkung, wonach Antonia eine besondere Vorliebe für Boxer hatte, insbesondere unmittelbar nach einem Kampf. Und Magnus hatte schon öfter vor ihren Augen gekämpft.

Magnus verbeugte sich. «Verzeiht, Herrin», sagte er zerknirscht.

Vespasian verkniff sich ein Lachen. Eine Frage hatte sich beantwortet: Sein Freund war jedenfalls nie der dominante Part gewesen.

«Pallas, führ den Gefangenen ab», befahl Antonia, wieder ganz die Herrin. «Gib ihm genug zu essen, damit er bei Kräften bleibt, nicht mehr. Er soll nicht denken, dass er unser Gast ist.»

Pallas verbeugte sich vor ihr und schaffte mit Artebudz' Hilfe den Priester fort, der sich wieder heftig zu sträuben begann.

«Nun denn», sagte Antonia naserümpfend. «Ich glaube, dass ihr uns allen zuliebe eine Weile im Badehaus zubringen solltet, bevor wir uns bewirten lassen. Wenn ihr euch erfrischt habt, sehen wir uns wieder. Magnus, zeig ihnen den Weg.»

Wenig später hockten die drei, aus allen Poren schwitzend, in dem kleinen, hell erleuchteten und mit Marmor verkleideten *Caldarium*. Sklaven massierten sie mit einem parfümierten Balsam und schabten ihnen mit *Strigiles* Öl, Schweiß und Staub vom Körper.

Die Brüder hatten darauf verzichtet, Magnus zu fragen, wieso er wusste, wo sich Antonias Badehaus befand. Seine verlegene Miene war bereits Auskunft genug gewesen, als er sie zielsicher durch ein Labyrinth von Gängen geführt und mit seinem scheuen Blick zum Schmunzeln gebracht hatte.

Müdigkeit von der Reise schlug sich in der brütenden Hitze des Caldariums nieder, und sie dösten behaglich, von fachkundigen Händen behandelt, zeitvergessen vor sich hin.

Eine sonore Stimme im Flur ließ sie aus dem Halbschlaf aufschrecken.

«Ihr Lieben, wie schön, dass ihr zurück seid.»

Ihr Onkel Gaius Vespasius Pollo platzte, völlig nackt, zur Tür herein. Seine Fleischwülste wippten heftig, als er sich über den Mosaikboden näherte. Vespasian und Sabinus standen auf und ließen sich enthusiastische Umarmungen gefallen. Magnus musste zu seiner Erleichterung nur eine herzlich auf seinen Unterarm zugreifende Pranke ertragen.

«Antonia sagte mir, dass ich euch hier antreffe», sagte

Gaius, klatschte den Brüdern auf die Schultern und setzte sich auf die heiße Steinbank. «Wirklich und wahrhaftig, du siehst gut aus, Vespasian; das Militär hat dich in Form gebracht, so wie mich damals, als ich noch jung und schlank war. Und du, Magnus, wie sehr habe ich deine Dienste während der vergangenen vier Jahre vermisst. Ah, bevor ich's vergesse: Antonia bat mich, dich zu ihr zu schicken. Sie wünscht dich noch vor dem Essen zu sehen. Warum, sagte sie nicht.»

Magnus verzog das Gesicht. «Dann muss ich jetzt wohl gehen», murmelte er, griff nach seinem Leinentuch und bemühte sich um einen möglichst würdevollen Abgang.

Als sich die Tür hinter ihm schloss, brachen die Brüder in Gelächter aus.

Gaius schaute sie verdutzt an. «Was ist so komisch, meine Lieben?»

Vespasian beruhigte sich und deutete diskret auf die Sklaven, die um sie herumschwirrten. «Das erklären wir dir später, Onkel. Lass uns jetzt erst einmal wissen, was es Neues gibt.»

Gaius ließ sich nicht lange bitten und berichtete in aller Ausführlichkeit von seinen jüngsten Erfolgen, die vielleicht beachtlich sein mochten, aber letztlich ohne jede Konsequenz.

Als er damit fertig war, gingen sie ins Tepidarium. Vespasian legte sich bäuchlings auf eine angenehm warme Lederliege und genoss die Entspannung nach der guten, geradezu gewalttätigen Behandlung durch einen von Antonias fachkundigen Masseuren. Nur am Rande nahm er wahr, dass Sabinus und Gaius den Raum bald verließen und ihm gesagt wurde, er werde gerufen, wenn das Essen serviert werden würde. Wenig später schlief er friedlich ein.

Öl tröpfelte auf seinen Rücken, und zwei Daumen bearbeiteten sanft seine Muskeln rund um die Schulterblätter. Er erwachte und seufzte behaglich. Er rührte sich nicht, hielt die Augen geschlossen und gab sich der Massage hin, die sehr viel zarter war als das zuvor empfangene Kneten und Schlagen. Die Hände bewegten sich an der Wirbelsäule abwärts, lösten, was verspannt war, und entlockten ihm Geräusche wohliger Zufriedenheit. Tiefer noch glitten sie und streichelten seine Pobacken auf eine Weise, die sich eindeutig von einer gewöhnlichen Massage unterschied. Er öffnete die Augen, und sein Herz machte einen Sprung.

«Caenis!», rief er und richtete sich mit einer halben Drehung um die Längsachse auf.

«Psst, Liebster», flüsterte sie und drückte ihm den schlanken Zeigefinger auf den Mund. «Leg dich zurück und lass mich zu Ende bringen, womit ich begonnen habe. Wir waren so lange getrennt, dass dir jetzt nur noch Zärtlichkeiten vermitteln können, was du über meine Gefühle zu dir wissen musst und wie ich für dich empfinde, auf immer und ewig.»

Vespasian starrte sie an und spürte, wie sein Herz in ihm pochte. Da stand sie vor ihm, die Frau, von der er so lange nur geträumt hatte. Sie war nackt, im schwachen Schein der Lampe schimmerte ihre Haut wie Elfenbein, und von ihren schwarzen vollen Haaren, die in Locken auf ihre Schultern herabfielen, ging ein rötlicher Glanz aus. Caenis lächelte ihn an und schüttelte langsam den Kopf, als könnte sie selbst nicht glauben, was ihre Augen, groß und blau und voller Freudentränen, vor sich sahen.

Vespasian ergriff ihre Hände, verschränkte seine Finger mit ihren und hütete sich, allzu fest zuzudrücken und ihr weh zu tun. «Caenis, wie sehr habe ich mir diesen Moment herbeigewünscht; ich kann dir kaum beschreiben, wie …»

«Still, Liebster.» Sie zog ihre Hände aus seinem Griff und legte sie auf seine Schultern. «Auch mir fehlen die Worte, deshalb sollten wir lieber schweigen.» Sie drückte ihn sanft auf die Liege zurück. «Lass mich dich zu Ende massieren, während ich mich wieder mit deinem Körper vertraut mache.» Sie beugte sich über ihn und gab ihm einen Kuss auf die Lippen. Er kostete ihre Berührung und ihren Duft. Als sich ihre Zungen fanden, stieg sie über ihn auf die Liege und setzte sich auf seinen Schoß. Wieder aufgerichtet, massierte sie seine breite und muskulöse Brust, wobei sie ihm liebevoll und ungläubig in die Augen schaute. Vespasian erwiderte ihren Blick, bis sie die Massage zu einem für ihn besonders glücklichen Abschluss gebracht hatte.

Auch das Abendessen war für Vespasian eine äußerst angenehme Veranstaltung, was nicht zuletzt an den verstohlenen Blicken lag, die er mit Caenis austauschte, während sie, offenbar bei bester Laune, ihre Herren bediente. Den ganzen Abend lächelte er, und mit dem Appetit eines sexuell befriedigten Mannes ließ er sich eine Speise nach der anderen schmecken. Das Essen war wie erwartet von höchster Qualität, so auch der Wein, und die Unterhaltung sehr viel leutseliger und entspannter als bei seinem letzten Gastmahl bei Antonia in ebendiesem Raum. In den vier Jahren als Gast von Königin Tryphaina und in der Runde ihrer hochrangigen römischen Besucher hatte er sich in der Kunst gepflegter Konversation geübt, einer Kunst, die er wegen seiner Herkunft vom Lande nie zu beherrschen gehofft hatte, aber dann doch immerhin eine Kunstfertigkeit erlangt hatte, deren er sich nicht zu schämen brauchte. Es gelang ihm, sich zu entspannen und das Gespräch mit seinen Beiträgen zu beleben, nicht weil er sich dazu genötigt fühlte, sondern aus freien Stücken und weil er etwas Interessantes zu sagen hatte. Die Anwesenheit von Gaius Caligula, der es sich nicht hatte nehmen lassen, die Wiedersehensfreude mit allen zu teilen, trug zu Vespasians allgemeinem Wohlbefinden nicht unwesentlich bei. Der junge Freund zeigte sich in bester Stimmung, obwohl – oder vielleicht auch gerade weil – seine Mutter und sein ältester Bruder im vorausgegangenen Jahr in die Verbannung geschickt worden waren. Ihnen hatte auf Seianus' Veranlassung, der alle potenziellen Nachfolger von Tiberius zu verdrängen versuchte, vor kurzem auch Drusus, sein anderer Bruder, folgen müssen.

Zu Vespasians Überraschung war auch Clemens zum Essen eingeladen worden, der sich als talentierter Gesellschafter erwies. Mit Witz und Esprit brachte er die Unterhaltung immer wieder in Schwung, ohne zu dominieren. Er schaffte es sogar, mit Antonia zu flirten, aber nie unbotmäßig oder gar plump, und so wurden seine Komplimente auch nicht allzu ernst genommen, sondern verstanden als Hommage an eine schöne Frau, die um einige Jahre älter war als er.

Im Verlauf des Abends erfuhr Vespasian, dass Clemens tatsächlich in seiner offiziellen Eigenschaft als Aufpasser von Caligula zugegen war. Nach Drusus' Inhaftierung hatte Tiberius, dem Seianus immer wieder Misstrauen gegen seine nächsten Verwandten einflüsterte, angeordnet, Caligula unter ständige Beobachtung zu nehmen. Macro, der nach wie vor Seianus' Vertrauen genoss, hatte dafür gesorgt, dass Clemens die Überwachung des jungen Mannes übernahm. Und ebendies sei Anlass zur Hoffnung, erklärte Antonia, nachdem die Sklaven hinausgeschickt worden waren und Pallas seinen Posten an der Tür bezogen hatte.

«Macro, der merkwürdige, aber, wie ihr zugeben müsst, unentbehrliche Bettgenosse, hat mich wissenlassen, dass der Kaiser meinem jungen Gaius nichts Böses wünscht», sagte sie, schaute dabei ihren Enkel, der neben ihr auf dem Sofa lag, liebevoll an und fuhr ihm zausend durch den Haarschopf.

«Lass das, Großmutter», protestierte Caligula mit spaßhaft aufgesetzter Grimasse. «Bin ich erst einmal Kaiser, werde ich sofort verfügen, dass es Frauen verboten ist, einem Mann in den Haaren herumzuwühlen, es sei denn, er hat sie dafür bezahlt.»

«In dem Fall werde ich Antonia ein Talent Silber geben, damit sie meine Haare verwöhnt», rief Clemens ins allgemeine Gelächter.

«Wie galant, mein lieber Clemens», entgegnete Antonia, deren Wangen glühten, nicht etwa der schmeichelnden Worte wegen, sondern weil sie, wie Vespasian vermutete, wohl etwas zu viel Wein getrunken hatte. «Der hypothetische Fall kann nur dann eintreten, wenn mein Enkel am Leben bleibt und sein rechtmäßiges Erbe antritt. Wie gesagt, Tiberius will ihm keinen Schaden zufügen, besteht aber darauf, dass er streng bewacht wird. Gerüchten nach, die mir Macro bestätigt, hat er vor, Gaius demnächst nach Capreae einzuladen. Wenn es dazu kommt, wird Macro sicherstellen, dass Clemens das Kommando seiner Garde übernimmt.

Wenn Gaius und Clemens auf der Insel sind, haben wir eine Gelegenheit, den Priester dorthin zu schmuggeln.»

Alle stimmten murmelnd zu, nur einer erhob Widerspruch.

«Herrin», sagte Sabinus vorsichtig, «mit Verlaub, aber können wir Clemens wirklich vertrauen? Schließlich ist er Macros Mann.»

Clemens wollte sich gerade selbst zu Wort melden, doch Antonia kam ihm zuvor und hob die Hand. «Ich glaube, auf deine Frage antwortet dir am besten dein Onkel, Sabinus.»

«Mit dem größten Vergnügen», sagte Gaius Vespasius Pollo ein wenig zu laut. Auch er hatte Antonias Wein über die Maßen zugesprochen. «Abgesehen von den üblichen Anreizen wie Geld, Gunst und Beförderung – zum Tribun der Prätorianer etwa, wenn Macro Präfekt sein sollte – gibt es nur eines, das Loyalität garantiert, und das ist die Familie.»

«Ich weiß, dass er väterlicherseits mit uns verwandt ist», erwiderte Sabinus, «aber so entfernt, dass von Familie im engeren Sinn nicht die Rede sein kann. Nichts für ungut, Clemens, ich möchte nur sicher sein.»

«Recht so, Cousin», entgegnete Clemens heiter und nahm einen Schluck Wein. «Ich habe Verständnis für deine Bedenken. Deshalb habe ich dieses Angebot gemacht.»

«Was für ein Angebot?»

«Darf ich?», mischte sich Gaius ein, etwas heftiger als nötig.

Clemens hob seinen Kelch und nickte gnädig.

«Das Problem ist, er hat hier keine direkte Verwandtschaft», fuhr Gaius fort. «Kannst du mir folgen, Sabinus?»

«Ja.»

«Also sollten wir die Familienbande etwas enger knüpfen.»

«Aber wie?»

«Indem du Arrecina Clementina heiratest, seine einzige Schwester.»

Sabinus fiel die Kinnlade herunter. Er tat sich sichtlich schwer, eine Antwort zu formulieren. «Aber mir steht nicht der Sinn danach, schon jetzt zu heiraten», platzte es schließlich aus ihm heraus. Vespasian musste an sich halten, um nicht zu kichern.

«Mein lieber Junge, sei nicht albern. Jeder Mann will heiraten», antwortete Gaius lachend. «Von einigen wenigen Ausnahmen abgesehen, versteht sich», fügte er hinzu und legte eine Hand auf seine füllige Brust. «Für dich empfiehlt es sich sogar in diesem Fall, denn erstens erweitert sich die Familie, zweitens stammt die Zukünftige aus einem Reitergeschlecht, drittens gewinnen wir einen wichtigen Verbündeten. Schließlich und endlich sind deine Eltern sehr angetan von der Idee. Dein Vater bittet mich in seinem jüngsten Brief, dir zu sagen, dass er sich diese Verbindung ausdrücklich wünscht. Er hat mir die Vollmacht gegeben, in seinem Namen die Bedingungen einer Eheschließung auszuhandeln, da er selbst nicht nach Rom kommen kann.»

Sabinus schluckte. Er wusste, was dies zu bedeuten hatte.

«Für mich persönlich», meinte Clemens, «wäre es eine Ehre, wenn meine Schwester einen Mann mit einer so vielversprechenden Zukunft heiraten würde, vorausgesetzt, unser Plan hat Erfolg. Wenn nicht, werden wir wahrscheinlich über kurz oder lang das Zeitliche segnen, und damit hätte es sich dann. Was meine Schwester betrifft, wird sie tun, was ich ihr sage, denn unser Vater ist tot. Sie hat sich mir zu fügen, und ich will sie dir an die Hand geben.»

«Das ehrt mich», erwiderte Sabinus ruhig. Als wohlerzogener junger Mann mochte er Clemens nicht brüskieren, indem er dessen großzügiges Angebot leichtfertig abtat.

«Du wirst dich mehr als geehrt fühlen, wenn du sie erst siehst, Sabinus», hauchte Antonia. «Sie ist bezaubernd schön.»

Sabinus warf einen Blick auf Clemens, dessen spitzes, bleiches Gesicht nicht gerade angetan war, den Worten Antonias Glaubwürdigkeit zu verleihen.

«Pallas, bitte sie herein», sagte Antonia.

Pallas verbeugte sich und ging hinaus.

«Nimm es mir bitte nicht übel, Sabinus», fuhr sie lächelnd fort, «ich habe mir die Freiheit genommen, Clementina mit meiner Sänfte abholen zu lassen, während wir aßen. Sie ist sich im Klaren darüber, dass sie nun ihrem zukünftigen Ehemann gegenübertritt.»

Vespasian empfand ein klammheimliches Vergnügen daran, seinen Bruder dermaßen in Bedrängnis zu sehen, und war mehr als froh, dass ihn Ähnliches nicht selbst betraf. Vielleicht zum ersten Mal in seinem Leben genoss er es, der jüngere Bruder zu sein.

Die Tür öffnete sich, und Pallas führte eine junge Frau herein, die nicht älter als fünfzehn Jahre sein mochte. Sie trug eine safrangelbe Stola, darüber eine verhüllende türkisfarbene *Palla*, die sie, als sie vor der Gastgeberin stand, von den Haaren nahm und langsam den Kopf erhob.

Vespasian stockte der Atem.

Sabinus sprang auf und wich zurück.

Antonia hatte nicht übertrieben. Das Mädchen war bezaubernd schön, seine Augen so grün wie ein zartes Blatt im Frühling, die Farbe der Lippen und Haare wie ebendieses Blatt im Herbst. Ihre Haut war blass wie die ihres Bruders, aber während seine fahl wirkte, hatte ihre einen Schmelz, der von Nächten zärtlicher Liebkosung sprach. Im Unterschied zum spitzen Gesicht des Bruders war ihres schmal und zart, mit einer schlanken, wohlgeformten Nase und einem vollen Mund, der geküsst sein wollte.

«Titus Flavius Sabinus», sagte Clemens, der aufgestanden war und die junge Frau bei der Hand genommen hatte. «Darf ich dir meine Schwester vorstellen: Arrecina Clementina.»

«Ich fühle mich geehrt», flüsterte Sabinus.

«Geehrt fühle ich mich, mein Herr.» Ihre Stimme war klangvoll und melodisch. Sie griff unter ihre Palla und brachte eine Statuette aus Elfenbein zum Vorschein, die sie Sabinus in die Hand legte, und verbeugte sich tief in der Hoffnung, dass er mit dem Geschenk auch sie akzeptierte. Er lächelte, als er die Inschrift las: Mithras, einen Stier tötend.

«Danke, Clementina. Ich verstehe dein Geschenk als Zeichen unserer bevorstehenden Vermählung», erwiderte er. Alle Zweifel waren zerstreut.

«Ich freue mich, mehr über Euren Gott zu erfahren», sagte sie und schaute ihm in die Augen.

«Tut mir leid, dass ich nichts für dich habe», versuchte er das Thema zu wechseln, zumal der Mithraskult für Frauen nichts übrighatte. «Dass du mir vorgestellt wirst, hat mich ein wenig überrascht.»

Vespasian hätte fast laut aufgelacht. Die Worte seines Bruders waren die größte Untertreibung, die er je gehört hatte.

«Es war hoffentlich eine schöne Überraschung», sagte Clemens, um den beiden aus der Verlegenheit zu helfen. «Ich geleitete dich nach Hause, Schwester. Senator Pollo, ich werde morgen zu Euch kommen, um mit Euch über die Mitgift, den Ehevertrag und den Zeitpunkt der Hochzeit zu reden.»

«Ich erwarte Euch, Clemens», antwortete Gaius.

Clemens ergriff den Unterarm seines zukünftigen Schwagers. «Dass ich dich zum Bruder haben werde, freut mich sehr, Sabinus.» Sabinus murmelte etwas, konnte aber den Blick nicht abwenden von seiner Gemahlin in spe. «Herrin, ich danke Euch für diesen Abend», sagte Clemens und verbeugte sich vor Antonia. «Meine Herren, ich wünsche Euch allen eine gute Nacht.»

Er führte seine Schwester aus dem Raum. Pallas folgte, um ihnen in die Sänfte zu helfen. Sabinus starrte wie vom Donner gerührt auf die geschlossene Tür. Gaius und Antonia tauschten ein Lächeln, während Caligula und Vespasian ungläubige Blicke wechselten.

Caligula erholte sich als Erster. «Bei Jupiters Eiern, warum hat mir keiner –»

«Gaius, mein Liebling», fiel ihm Antonia scharf ins Wort und fuhr ihm wieder zausend durchs Haar. «Werde bitte nicht ausfallend.»

Caligula entschuldigte sich wenig später und murmelte etwas von Kopfschmerzen. In Anbetracht der Eile, mit der er den Raum verließ, glaubte Vespasian, dass ihn in Wirklichkeit etwas anderes quälte und er sich von einer oder gleich mehreren der vielen Sklavinnen seiner Großmutter Erleichterung versprach.

Nach dem Abschied von Clemens und seiner Schwester

hatte sich das Gespräch um die in Aussicht stehende Verbindung gedreht, der ein jeder alles Gute wünschte. Sabinus hatte, sooft man einander zuprostete, einen tiefen Schluck aus seinem Kelch genommen, und seine Zunge war schon etwas träge geworden. Vespasian fand, dass es nun an der Zeit war, auf die Schriftrolle zu sprechen zu kommen, die bei dem toten Geten gefunden worden war, denn sein Bruder schwelgte nur noch in den vorgestellten Wonnen der Ehe und würde bald dem Übermaß seines Glücks erlegen sein. Es fügte sich günstig, dass Caligula gegangen war, denn vom Inhalt des Schreibens sollten möglichst wenige Personen Kenntnis nehmen.

«Herrin», sagte Vespasian. Alle senkten ihre Kelche nach einem abermaligen Trinkspruch auf die Verlobten. «Es gibt da etwas, das ich Euch sagen muss, lieber früher als später.»

«Nur zu», erwiderte Antonia mit fester Stimme. Sie hatte im Laufe des Abends nur noch wenig getrunken und ihren Wein reichlich mit Wasser vermischt.

Er wandte sich an Pallas, der wieder seinen Posten neben der Tür eingenommen hatte. «Pallas, ruf Magnus; er soll die Schriftrolle mitbringen.»

«Ja, Herr.» Der Diener verschwand für einen Augenblick, um den Befehl weiterzuleiten, und kehrte an seinen Platz zurück.

Während man auf Magnus wartete, berichtete Vespasian von den Umständen, unter denen das Schriftstück gefunden worden war, und skizzierte dessen Inhalt. Sabinus schien wieder etwas nüchterner zu sein und äußerte die Vermutung, dass Claudius den freigelassenen Boter womöglich als einen entbehrlichen Schild vorgeschoben habe.

Antonia schüttelte den Kopf. «Das wäre viel zu raffiniert für meinen einfältigen Sohn.»

Vespasian warf einen Blick auf Pallas, der keine Miene verzog, obwohl er noch vor wenigen Stunden eine Meinung vertreten hatte, die mit der seiner Herrin im Widerspruch stand. Allerdings glaubte Vespasian, in den Augen des Verwalters zumindest einen Funken von Interesse aufblitzen zu sehen.

«Bei allem Respekt, Herrin», sagte Gaius. «Ihr schaut auf Claudius herab, weil Ihr ihn mit seinem verstorbenen älteren Bruder vergleicht, dem großen Germanicus. Ihr seid enttäuscht von ihm, nicht zuletzt im Hinblick auf seine unvorteilhafte Gestalt. Aber könnte es nicht sein, dass die Intelligenz seiner Mutter zumindest in Spuren auf ihn abgefärbt hat?»

Antonia runzelte die Stirn. «Intelligenz in diesem Wicht? Im Leben nicht! Mag sein, dass er Poppaeus einfach nur gebeten hat, ihm ein paar obskure Bücher aus seiner Bibliothek zu leihen. Vielleicht entspricht es seinem kindischen Sinn für Intrigen, seine Worte zu verschlüsseln.»

«Aber dann müsste der Empfänger den Schlüssel haben», gab Vespasian zu bedenken. «So viel Umstand für ein paar Bücher, auch wenn sie obskur sein mögen?»

«Wie dem auch sei, wir werden bald mehr wissen», entgegnete Antonia, als an der Tür ein Kratzen zu hören war.

Pallas öffnete und ließ Magnus eintreten, dessen Gesicht auffällig gerötet war. Offenbar hat er sich nach den Anstrengungen am frühen Abend allzu viel von Antonias Wein zu Gemüte geführt, dachte Vespasian und grinste.

«Guten Abend, Herrin, meine Herrin», murmelte Magnus, den Blick zu Boden gesenkt.

«Danke, Magnus», sagte Antonia. «Gib Pallas die Schriftrolle. Er wird gleich jemanden kommen lassen, der dich in eine Kammer führt, wo du schlafen kannst. Das wär's – fürs Erste.»

Magnus verbeugte sich und ging.

An Pallas gewandt, fragte Antonia: «Traust du dir zu, den Text zu entschlüsseln?»

«Ich will's versuchen, Herrin», antwortete Pallas. Er öffnete die Schriftrolle und las. «Ich bin gut bekannt mit einem anderen Freigelassenen Eures Sohns, mit seinem Schreiber Narcissus, der um einiges gescheiter ist als dieser Boter. Wir haben uns häufig über Geheimschriften und Chiffren unterhalten und Ideen darüber ausgetauscht. Ich bin mir sicher, wenn Boter den Text verschlüsselt hat, wird er sich an einen Vorschlag von Narcissus gehalten haben. Gebt mir ein bisschen Zeit, und ich finde den Schlüssel. Ich brauche etwas zum Schreiben; entschuldigt mich, ich bin gleich wieder da.» Auf leisen Sohlen verließ er den Raum.

Während sie auf Pallas warteten und über das eine und andere sprachen, schweifte Vespasian in Gedanken ab und hoffte, die Nacht mit Caenis verbringen zu können. Mit dieser Möglichkeit hatte er gar nicht gerechnet, und er vermutete, dass Antonia es so eingefädelt hatte, vielleicht in einer übergeordneten Absicht. Wenngleich eine Frau in ihrer Position ohnehin erreichte, was sie wollte, auch ohne die Bedürfnisse eines so geringen Menschen wie ihm zu berücksichtigen, geschweige denn die einer Sklavin. Vielleicht hatte sie Caenis tatsächlich sehr gern.

Es wurden noch ein paar Weinkelche geleert, bis Pallas mit einer Wachstafel zurückkehrte. «Geschafft, Herrin», verkündete er. «Es handelt sich um eine einfache monoalphabetische Substitution mit zyklischer Verschiebung, wie sie auch schon Caesar angewendet hat. Der Schlüssel ist die Zwölf. Das heißt, der erste Buchstabe wird um eine Stelle verschoben: aus A wird B; der zweite um zwei Stellen: aus A wird C; der dritte um drei Stellen und so weiter bis zum zwölften Buchstaben. Anschließend verschiebt man um zwei, dann vier, sechs, acht, zehn und zwölf Stellen, in der nächsten Folge um drei, dann sechs, neun, zwölf Stellen. Es folgen eine Vierer-, eine Sechser- und schließlich eine Zwölferreihe. Danach fängt man wieder von vorn an. Im Grunde recht simpel, das Ganze.»

«Sehr gut, Pallas.» Antonia zeigte sich ebenso verblüfft wie die anderen in der Runde. «Und was steht jetzt in dem Schreiben?»

Pallas räusperte sich und las vor. «‹Ich übersende Euch meine Grüße› und so weiter und so fort. Dann:

‹*Wie Ihr sicher wisst, hat mein Herr mit Eurem gemeinsamen Freund verabredet, dass dieser meinen Herrn unterstützen wird, wenn die Zeit gekommen ist. Mein Herr aber glaubt jetzt, dass, wenn er sein Ziel erreicht hat, der besagte Freund versuchen wird, ihn aus dem Weg zu schaffen, und, Familienrechte beanspruchend, an seine Stelle zu treten gedenkt. Damit es dazu nicht kommt, trägt sich mein Herr mit der Absicht, sich von den Verpflichtungen dem Freund gegenüber loszusagen, sobald er seine rechtmäßige Position eingenommen hat. Er entschädigt sich, indem er nimmt, was Euch das Liebste ist, und bindet sich an Euch, damit er nach wie vor mit Eurer vollen Unterstützung rechnen kann. Ihm ist bewusst, dass vorher gewisse Vereinbarungen zu treffen wären, und er schlägt ein möglichst baldiges Treffen vor. Er lässt Euch wissen, dass er ähnliche, wenn auch nicht gleichlautende Regelungen mit anderen Personen von Rang und Namen getroffen hat, und hofft, dass Ihr dafür Verständnis habt und dass Ihr und Eure Familie ihn in seinen Bemühungen, von denen er sich in Kürze Früchte verspricht, nach Kräften unterstützt.*›»

Es war totenstill im Raum. Alle Männer richteten ihre Blicke auf Antonia. Zu der erwarteten Explosion kam es nicht. Stattdessen wiegte sie bedächtig ihren Kopf und ließ das Gehörte auf sich wirken.

«Du hast anscheinend recht, Gaius», sagte sie schließlich. «Claudius ist am Ende womöglich doch nicht so dumm, wie ich dachte.»

«Deshalb ist er immer noch hier, Herrin», erwiderte Gaius leise. Er kannte Antonias Empfindlichkeiten nur zu gut, wenn es um ihre beiden überlebenden Kinder ging. «Wir müssen überlegen, was dieser Brief für uns bedeutet. Der gemeinsame Freund ist vermutlich Seianus. Es scheint, dass dieser ihm bereits versprochen hat, seine Anwärterschaft auf die Nachfolge Tiberius' zu unterstützen.»

«Was bin ich nur für eine Närrin gewesen», flüsterte Antonia und starrte ins Leere. «Als Tiberius den Vorschlag machte, dass sich Claudius und Aelia Paetina vermählen, war ich sofort einverstanden und dachte, er wolle Seianus mit der Aussicht auf eine engere Verbindung mit dem Herrscherhaus nur freundlich stimmen, ihm aber nichts von Wert an die Hand geben, da seine Schwester einen Mann heiraten würde, der zu Höherem nicht geboren ist. Wie sehr habe ich mich geirrt. Seianus macht Claudius zum Kaiser, entledigt sich dann seiner und reißt als sein legitimer Schwager die Macht an sich. Und die wird er zu festigen versuchen, indem er meine Tochter Livilla zur Frau nimmt. Claudius weiß offenbar um diese Gefahr und wappnet sich dagegen: Hat ihm Seianus erst einmal auf den Thron verholfen, wird er sich von dessen Schwester scheiden lassen, denn Aelia Paetina ist ihm zu nichts mehr nütze, und Seianus verliert seinen Anspruch auf Nachfolge. Anschließend heiratet er Poppaeus' Tochter Poppaea Sabina und sichert sich damit die Unterstützung ihres Vaters, seiner Legionen in Moesien und aller Hilfsstreitkräfte. Vorher wird sie sich von ihrem Mann Titus Ollius trennen müssen, mit dem sie nur eine Tochter hat, eine zweite Poppaea Sabina. Offenbar ist dafür die erwähnte Vereinbarung nötig, und die zu treffen dürfte kein Problem sein. Poppaeus wird der Gelegenheit, seine Tochter zur Kaiserin zu machen, nicht widerstehen können. Mit den anderen Personen von Rang und Namen werden wahrscheinlich die Gouverneure der romtreuen Provinzen gemeint sein: Pannonien, Africa proconsularis und Germanien. Er wird sich unangreifbar machen, und eines seiner ersten Opfer wird mein kleiner Gaius sein. Das kann ich nicht zulassen.»

«Dazu wird es nicht kommen, Herrin», sagte Vespasian zuversichtlich. «Denn vorher werdet Ihr Seianus zu Fall bringen. Ohne ihn ist Claudius machtlos.»

«Nicht unbedingt. Wenn er Kaiser werden will, so lächerlich das auch erscheinen mag, wird er zu verhindern wissen, dass ihn der Verlust eines unliebsamen Verbündeten von seinen Plänen abhält. Nein, er wird eine andere Strategie verfolgen, die einzig mögliche Alternative in Abwesenheit verlässlicher Hilfsbereitschaft: Mord. Wenn er wirklich so listig und rücksichtslos ist, wie es das Schreiben vermuten lässt, wird er alle potenziellen Rivalen aus dem Weg räumen, unter anderem meinen Gaius. Claudius muss aufgehalten werden, aber wie? Ich kann doch meinen eigenen Sohn nicht töten lassen …»

Pallas, der immer noch an der Tür stand, räusperte sich diskret.

Antonia lächelte. «Du hast gewiss einen Vorschlag zu machen, Pallas.»

«So etwas würde ich mir nicht anmaßen, Herrin, aber vielleicht gestattet Ihr, dass ich Euch gewisse Beobachtungen vortrage.»

«Was du beobachtet hast, höre ich mir immer gern an.»

«Ihr seid zu gnädig, Herrin», sagte der Verwalter und trat näher. «Mir ist einiges aufgefallen. Erstens: In dem Schreiben steht, dass Poppaeus von den Vereinbarungen zwischen Claudius und Seianus weiß. Daraus schließe ich, dass sich die drei Herren, vielleicht sogar noch weitere, getroffen haben müssen, um über die Sache zu beraten, und dass zu diesem Zweck Poppaeus jüngst in Rom gewesen ist.»

«Und wer könnte an den Beratungen außerdem teilgenommen haben?», fragte Gaius.

«Die anderen Personen von Rang und Namen, wie unsere Herrin bereits richtig vermutet hat, Gouverneure oder deren Repräsentanten. Sie werden bei diesem Treffen Unterstützung durch ihre Legionen versprochen haben. Wörtlich heißt es in dem Schreiben: ‹damit er nach wie vor mit Eurer vollen Unterstützung rechnen kann›.»

«Womit könnte er sie auf seine Seite gezogen haben?», dachte Vespasian laut nach.

«Diese Frage bringt mich zu meinem zweiten Punkt: Claudius muss annehmen, dass Poppaeus an seinem Aufstieg nicht mehr und nicht weniger interessiert ist als Seianus an seiner Entmachtung. Poppaeus steht beiden nahe und würde in jedem Fall profitieren, ob nun dieser oder jener Kaiser wird. Also hat er Poppaeus das großzügige Angebot gemacht, Poppaea zur Frau zu nehmen. Er hofft, dass damit die Waage zu seinen Gunsten ausschlägt. Sonst hätte er Poppaeus nie und nimmer zum Mitwisser seiner Ränke im Hinblick auf Seianus gemacht.»

Vespasian lächelte, als er einen Haken in dem Plan zu sehen glaubte. «Den anderen aber wird er wohl kaum ein vergleichbar großzügiges Geschenk machen können. Der eine oder andere mag enttäuscht sein und beschließen, sich auf Seianus' Seite zu schlagen. Und der wüsste dann von Claudius' Plänen.»

«Genau. Claudius wird deshalb in anderen Briefen, die er geschrieben hat, handfeste Drohungen formuliert haben. So stellt er auch Poppaeus vor die Wahl, entweder für oder gegen ihn zu sein. Einen Mittelweg gibt es nicht. Im selben Satz kommt er auf seine Familie zu sprechen, mit anderen Worten: Entweder wird Poppaea Kaiserin, oder sie wird sterben.»

«Nehmen wir an, seine mehr oder weniger versteckten Drohungen fruchten, und er wird tatsächlich Kaiser», sagte Sabinus langsam. «Werden sich die Bedrohten später nicht zu rächen versuchen, allein um ihrer Dignitas willen?»

Antonia führte seinen Gedanken weiter aus. «Es könnte ein neuer Bürgerkrieg ausbrechen, der womöglich noch verheerender wäre als der zu Zeiten meines Vaters.»

«Dass es so weit kommt, glaube ich nicht», meinte Pallas. «Wie schon Vespasian bemerkt hat, müsste Seianus erst einmal von Claudius' Plänen unterrichtet werden, und zwar durch den einen oder anderen der Gouverneure, die sich benachteiligt fühlen könnten. Auch das wird Claudius in sein Kalkül mit einbezogen haben. Ich erinnere daran, dass der Brief vor vier Monaten gefunden wurde. Wahrscheinlich sind die anderen ungefähr gleichzeitig verschickt worden.»

«Und da Poppaeus seinen Brief nie erhalten hat, kann er auch Claudius nicht an Seianus verraten haben», folgerte Gaius grinsend. «Seianus glaubt jetzt bestimmt, dass Poppaeus gegen ihn arbeitet.»

«Seinen Plan, über meinen Sohn den Thron zu besteigen, sieht er jetzt bedroht, denn er hätte wenigstens die Legionen Moesiens gegen sich, und wahrscheinlich nicht nur die», sagte Antonia mit echter Besorgnis in der Stimme. «Für ihn ist Claudius also nunmehr eine Belastung, der es sich zu entledigen gilt. Mein Sohn wollte besonders clever sein und muss nun um sein Leben fürchten. Vielleicht hat er nichts anderes verdient, aber ich könnte es nicht ertragen, einen weiteren Sohn zu verlieren, auch wenn er noch so dumm ist oder einfach nur schlecht beraten.»

«Damit komme ich zu meinem letzten Punkt, Herrin: Der Brief wurde definitiv nicht von seinem Schreiber, dem mir gut bekannten Narcissus, aufgesetzt, was normalerweise der Fall gewesen wäre. Und das lässt mich vermuten, dass Narcissus von der Abmachung mit Seianus nichts weiß oder, wenn doch, vernünftigerweise davon abgeraten und Claudius damit gegen sich aufgebracht hat.»

«Warum sollte er sich von der Meinung eines Freigelassenen aufbringen lassen?», fragte Sabinus. «Dessen Pflicht besteht doch nach wie vor darin, zu tun, was ihm sein Schirmherr aufträgt.»

«Claudius' Haushalt bestellen fast ausschließlich Freigelassene, und die können einander nicht leiden. Sie wetteifern um die Gunst ihres Herrn und darum, Einfluss auf ihn zu nehmen. Weil Claudius schwach ist, neigt er dazu, dem Rat desjenigen zu folgen, der am nachdrücklichsten auftritt, was zur Folge hat, dass er häufig zwischen Handlungsmöglichkeiten schwankt, die einander widersprechen. Wie dem auch sei, als sein Schreiber hat Narcissus sämtliche finanziellen Vorgänge unter seiner Kontrolle. Claudius bewundert ihn und ist ohne ihn hilflos. Darum verheimlicht er seine niederträchtigen Pläne vor ihm, aus Sorge, nicht mehr an sein Geld heranzukommen.»

«Das ist doch wohl nicht zu fassen!», platzte es aus Antonia heraus. «Wie kann ein dahergelaufener Schreiberling wagen, ein Mitglied meiner Familie zu gängeln, und sei es noch so dumm?»

«Darf ich offen sprechen, Herrin?», fragte Pallas und verbeugte sich ehrerbietig.

«Nur zu, wenn du mir etwas über meinen idiotischen Sohn zu sagen hast, was ich bislang übersehen habe.»

«Ja, Herrin, Euer Sohn scheint in mancher Hinsicht durchaus beschränkt zu sein. Er sabbert und stottert, ist unorganisiert und leicht zu beeinflussen, weil er zwischen guten und schlechten Ratschlägen nicht zu unterscheiden weiß. Dabei hat er eine aufgeblasene Meinung von sich, ist von Ehrgeiz getrieben und hegt einen tiefverwurzelten Groll auf seine Familie, die er für alle erlittenen Kränkungen verantwortlich macht. Er hat nie ein politisches Amt bekleidet, wurde nie zum Priester bestellt und gehört nicht einmal dem Senat an. Folglich fühlt er sich übergangen, unter Wert behandelt, und dagegen wehrt er sich. Narcissus hat immer versucht, sein Rachebedürfnis unter Kontrolle zu halten; er weiß, dass sein Herr nie Kaiser werden kann, jedenfalls nicht zum jetzigen Zeitpunkt, da es in der Herrscherfamilie sehr viel geeignetere Kandidaten gibt.»

«Du sagst ‹zum jetzigen Zeitpunkt›?»

«Narcissus ist selbst nicht ohne Ambitionen und unterstützt darum diejenigen seines Herrn. Wenn er aber mitbekommt, dass sich Claudius in der purpurnen Toga wiederfinden möchte, wird er ihn aufzuhalten versuchen, da bin ich mir sicher, zumal es den Anschein hat, dass Claudius dem Rat Boters folgt, der seit den bedauerlichen Ereignissen vor wenigen Jahren an Ansehen verloren hat.»

«Bedauerliche Ereignisse? Ha! Er hat meinen Sohn zum Hahnrei und Gespött gemacht, und der hat es sich gefallen lassen.»

«Nun, vielleicht tut er jetzt etwas dagegen. Euer Sohn hat den Brief nicht unterschrieben. Wenn er mit Boters Plan scheitert, wovon wir alle ausgehen, wird er leugnen können, irgendetwas damit zu tun gehabt zu haben. Er wird Boter zum Sündenbock machen, und das würde Narcissus gefallen. Er hätte freie Hand und könnte die Pläne verfolgen, die er für seinen Herrn hat.»

«Du meinst, er verfolgt die Strategie, von der ich anfangs gesprochen habe, und versucht, die geeigneteren Kandidaten aus dem Feld zu schlagen, damit sein Herr freie Bahn hat?»

«Ich glaube kaum, dass er das nötig hat, Herrin, denn wie es aussieht, nimmt ihm Seianus gerade diese Arbeit ab. Narcissus blickt weiter. Fürs Erste begnügt er sich damit, dass Claudius nicht weiter auffällt und so in Sicherheit bleibt.»

Antonia lächelte und nickte zustimmend. «Deine Beobachtungen waren wieder einmal sehr erhellend, Pallas, danke. Lass Narcissus eine Nachricht zukommen. Ich finde, wir sollten uns gleich morgen früh mit ihm treffen. Danach kümmere ich mich um meinen Sohn.»

XI

Von sanften Küssen auf die Brust geweckt, schlug Vespasian die Augen auf. Es war noch dunkel, und ein milder Lufthauch wehte durch das offene Fenster, vor dem sich mit schwachem Dämmerlicht der neue Tag ankündigte. Die küssenden Lippen wanderten weiter über seinen Bauch. Seufzend machte Vespasian die Augen wieder zu und gab sich der Wonne hin.

«Dem Herrn dürfte nun gedient sein», flüsterte Caenis einige Zeit später, mit dem Kopf auf seiner Schulter liegend. «Jetzt muss ich los und meiner Herrin dienen.»

«Ich hoffe, sie verlangt kein ähnlich zärtliches Entgegenkommen», murmelte Vespasian und küsste ihr weiches, duftendes Haar.

Caenis kicherte. «Ich habe mich all ihren Wünschen zu beugen», stichelte sie, und die ersten Sonnenstrahlen trafen auf ihr lächelndes Gesicht.

Vespasian spürte sein Herz hüpfen und erwiderte ihr Lächeln. «Mir geht es ähnlich, wie es scheint. Gewissermaßen sind wir beide ihre Sklaven.»

«Aber du musst nicht ihre Zehennägel schneiden oder ihre Brauen zupfen.»

«Stimmt, dafür musst du keine widerlichen Priester von Moesien zum Kaiser nach Capreae schaffen.»

«Ja», erwiderte sie ernst. «Meine Herrin macht sich deswegen große Sorgen.»

«Warum? Gestern Abend war von solchen Sorgen nicht die Rede.»

«Weil sie unsicher ist, ob sie überhaupt von Belang sind.»

«Was soll das heißen?»

«Liebster, du musst mir schwören, dass du nicht durchblicken lässt, dass du schon Bescheid weißt, wenn sie von sich aus darauf zu sprechen kommt. Sie vertraut mir, und ich will nicht, dass sie denkt, ich würde sie hintergehen. Das tue ich nur dir zuliebe, denn wenn sie mit ihren Befürchtungen recht hat, könntest du in Gefahr sein.»

«Zu schwören ist nicht nötig, denn du solltest wissen, dass ich nie etwas tun würde, was dich kompromittieren könnte.»

Caenis beugte sich über ihn und gab ihm einen Kuss auf die Lippen. «Ich weiß», flüsterte sie und legte ihren Kopf zurück auf seine Brust. «Wenn meine Herrin mit Macro kommunizieren will, schickt sie Clemens vor, und wenn Macro ihr etwas mitteilen will, lässt er Satrius Secundus, der mit ihm im Prätorianerlager stationiert ist, zu ihr gehen. Es gehen Nachrichten hin und her aus Gründen, die auf der Hand liegen, aber ich kenne ihre Inhalte, weil meine Herrin sie mir anschließend mitsamt den Antworten für ihre Unterlagen diktiert. Secundus' Frau Albucilla ist verrufen als zügellose Frau. Weil er sich für seine Karriere etwas davon verspricht, unterstützt er sie in ihren Umtrieben, vorausgesetzt die Männer oder auch Frauen, mit denen sie sich einlässt, haben Einfluss. Vor ein paar Tagen hat meine Herrin von einem Spion im Haus ihrer Tochter Livilla erfahren, dass Albucilla im vergangenen Monat eine Affäre sowohl mit Livilla als auch mit Seianus eingegangen ist. Wenn sie in Rom ist, teilen sie das Bett zu dritt.

Antonia vermutet, dass Secundus, der stillschweigend am Rand steht, hofft, in Seianus' Gunst zu steigen, und sie muss nun fürchten, dass er ihre Korrespondenz mit Macro verrät.»

«Hat Antonia Macro von ihrem Verdacht unterrichtet?»

«Ja. Gleich nachdem ihr die Affäre bekannt wurde, hat sie Clemens zu ihm geschickt; Macro seinerseits verzichtet seitdem auf Secundus als Botengänger. Überdies hat er Secundus und Albucilla mit dem Tod gedroht, sollte sich herausstellen, dass Secundus ihn betrogen hat. Dieser schwört, Seianus kein Wort verraten zu haben, und versorgt Macro jetzt mit interessanten Informationen, die seine Frau im dichtgedrängten Bett aufschnappt. Macro ist durchaus zufrieden mit dem derzeitigen Arrangement.»

«Und worin liegt nun das Problem?»

«Gestern hat Clemens zwei Männer von Seianus beschattet, die sich sehr für eure Ankunft in Ostia interessiert haben. Zwei weitere Männer standen in der Nähe der Villa, als ihr hier angekommen seid.»

«Ja, die beiden sind mir aufgefallen. Soll das heißen, dass Secundus Macro doch an der Nase herumführt?»

«Wenn dem so wäre, hätte Seianus doch schon etwas gegen Macro unternommen. Aber Macro hat immer noch das Kommando über die Garde in Rom, und Seianus ist nach wie vor der Mittelsmann zwischen Tiberius und dem Senat.»

«Vielleicht wartet er nur auf einen günstigen Vorwand.»

Caenis küsste ihn und schlüpfte aus dem Bett. «Den hätte er doch längst», erwiderte sie und trat vor eine mit Wasser gefüllte Schale, um sich das Gesicht zu waschen. «Er weiß, dass ihn meine Herrin zu Fall zu bringen versucht. Das ist kein Geheimnis. Wenn er also wüsste, dass Macro engen Kontakt zu ihr pflegt, müsste ihm klar sein, dass er an ihrem Komplott beteiligt ist. Er würde sich beeilen, ihn loszuwerden.»

«Ob er etwas von dem Priester weiß?», fragte er, während sich Caenis mit einem Leinentuch abtrocknete.

«Antonia ist sich sicher, dass Seianus über die Einzelheiten und den Zeitplan des Komplotts nicht im Bilde ist. Wir sind die Unterlagen noch einmal durchgegangen und haben feststellen können, dass in keiner der von Secundus überbrachten Nachrichten von dem Priester die Rede war, geschweige denn von der Absicht, ihn nach Capreae zu bringen. Die jüngste Nachricht nahm lediglich Bezug auf den Brief von Königin Tryphaina, mit dem sie deine baldige Rückkehr angekündigt hat. Und von Macro brachte Secundus die Botschaft, dass Caligula nach Capreae gerufen worden sei, worauf meine Herrin Macro über ihn wissenließ, dass sie am nächsten Tag mit deiner Rückkehr rechne.»

«Ostia blieb unerwähnt?», fragte Vespasian, der Caenis mit einigem Bedauern beim Ankleiden zusah.

«Ja, aber trotzdem waren seine Männer zur Stelle.»

«Vielleicht hat er immer Männer am Hafen.»

Caenis setzte sich auf die Bettkante und fing an, ihre Sandalen zu binden. «Möglich, aber laut Clemens' Auskunft waren es Männer, die in Seianus' Stab hohe Funktionen innehaben und auf Capreae stationiert sind. Einfache Posten, die tagtäglich am Hafen herumlungern und notieren, welche Schiffe kommen und gehen, können es also nicht gewesen sein. Und darüber zerbricht sich meine Herrin den Kopf. Wenn Secundus sie und Macro nicht verraten hat, woher wusste Seianus dann, wann und wo ihr ankommt, und das früh genug, um zwei seiner Vertrauten rechtzeitig nach Ostia schicken zu können?»

«Möglich, dass Secundus Seianus von Antonias Nachricht erzählt hat, ohne zu erwähnen, dass sie für Macro bestimmt war. Er hätte sagen können, dass er die Information von einem von Clemens' Männern hat. Vielleicht verspricht er sich davon die Gunst desjenigen, der im Streit zwischen Macro und Seianus obsiegt.»

«Vielleicht hast du recht», sagte Caenis und küsste ihn wieder. «Aber das ändert nichts an der Tatsache, dass Seianus' Spione dich und Sabinus mit einem Gefangenen von Bord des Schiffes gehen und euch hier ankommen sahen. Wahrscheinlich haben sie auch gesehen, dass Senator Pollo zu Gast war. Seianus wird also über kurz oder lang deinen Namen erfahren. Ich muss jetzt gehen, Liebster. Ich werde meiner Herrin von deiner Vermutung berichten und sie als meine ausgeben.» Sie lächelte, streichelte seine Wange und nahm das Amulett in die Hand, das an einem Lederband um seinen Hals hing. Sie hatte es ihm vor vier Jahren zum Abschied geschenkt.

«Du hast es aufbewahrt.»

«Es hat mich beschützt; es hat mein Leben gerettet.»

«Ich wusste es.»

Vespasian schaute sie zweifelnd an. «Wieso?»

«Ich wusste einfach, dass ich es dir geben sollte.»

Er berichtete ihr, wie ihn das Amulett vor dem thrakischen Stamm der Kaeni bewahrt hatte und dass dessen Anführer Koronos glaubte, sie sei die Enkelin seiner einst versklavten Schwester.

Sie starrte auf das Amulett in ihrer Hand. «Nach dem Tod meiner Mutter habe ich nachts oft wach gelegen und meine Hand fest um dieses Schmuckstück geschlossen. Es ließ mich ihr nahe sein, ja, ich fühlte mich fast wie ein Teil von ihr. Es vermittelte mir auch das Gefühl, einer größeren Familie anzugehören und auf eine Art mit ihr verbunden zu sein, die ich mir zwar nicht erklären konnte, die mich aber tröstete. Jetzt weiß ich, warum. Es ist ein Ding voller Kräfte; es hat dein Leben gerettet und meine Familie ausfindig gemacht.»

«Nimm's wieder an dich, meine Liebe», sagte Vespasian und streifte das Lederband über den Kopf. «Ich brauche es jetzt nicht mehr. Ich verdanke ihm mein Leben, was könnte es sonst noch für mich tun?»

Sie nahm es entgegen. «Danke», flüsterte sie, gab ihm einen letzten Kuss und schlich aus der Kammer.

Zur zweiten Stunde des Tages ließ Antonia Vespasian, Sabinus und deren Onkel zu sich kommen. Pallas führte sie in den prächtig möblierten Audienzraum, wo sie vor einem niedrigen Tisch aus roséfarbenem Marmor auf einem dick gepolsterten Diwan lag. Zu ihrer Linken hockte ein korpulenter, hellhäutiger Grieche mit geölten schwarzen Haupt- und Barthaaren auf der Kante eines Holzschemels. Über eine blassblaue Leinentunika hatte er eine Toga geworfen, die ihn als Bürger Roms kenntlich machte. Obwohl allein durch die

Sitzordnung deutlich zurückgesetzt, bewahrte er Haltung und tat, als beachtete er die Kränkung nicht.

Als er den Mosaikboden überquerte, warf Vespasian einen Blick auf den Vorhang, hinter dem er sich vor vier Jahren mit seinem Bruder und Caligula versteckt hatte, und fragte sich, ob der junge Freund vielleicht auch jetzt dahinter verborgen war und lauschte. Antonia folgte seinem Blick und lächelte. «Ich habe ein Schloss in die Tür einbauen lassen. Der kleine Gaius wird jetzt woanders Versteck spielen müssen.»

Dass Antonia seine Gedanken lesen konnte, beunruhigte ihn. Er nahm, von Pallas dazu aufgefordert, Platz auf einem Stuhl zur Rechten Antonias. Sabinus und Gaius setzten sich ihr gegenüber.

«Freunde, das ist Narcissus, der Schreiber meines Sohns», stellte Antonia den Griechen ohne Umschweife vor.

Narcissus machte keine Anstalten aufzustehen, wie es sich für einen Mann seines niederen Ranges gehört hätte, sondern hob nur lässig eine Hand voller juwelenbesetzter Ringe, als Antonia ihn mit den Brüdern und Gaius bekannt machte. Sie eines Blickes zu würdigen kam ihm anscheinend gar nicht in den Sinn. Nicht anders empfing er wahrscheinlich Beklagte vor seinem Richterstuhl. Der ganze Raum duftete nach seiner Pomade. Vespasian und Sabinus grüßten mit einer knappen Kopfbewegung.

Zwei junge Sklaven kamen herein und verteilten Becher mit Granatapfelsaft. Caenis folgte ihnen mit Schreibzeug und setzte sich an den kleinen Tisch hinter Antonia. Pallas stellte sich neben sie.

«Du hast doch hoffentlich nichts dagegen, dass meine

Schreiberin unser Gespräch protokolliert», sagte Antonia an die Adresse von Narcissus. Der senkte die Augenlider, drehte beide Hände nach oben und zuckte behäbig mit den Schultern, gnädig einverstanden mit einem Detail, das ihm offenbar einerlei war. Dann griff er geziert nach seinem Becher und nippte daran.

In Antonias Augen blitzte Zorn auf. Vespasian staunte über den Mangel an Ehrerbietung des Griechen gegenüber der mächtigsten Frau Roms. Was für einen Haushalt führte Claudius, wenn sein Schreiber die Allüren eines Potentaten aus dem Osten an den Tag legte?

«Danke, dass du so schnell gekommen bist, mein lieber Narcissus», sagte Antonia wieder gefasst und höflich.

«Es ist mir ein Vergnügen, teure Herrin», erwiderte er mit überraschend hoher Stimme und betupfte seine Mundwinkel mit einem seidenen Taschentuch. «Eurer Nachricht war zu entnehmen, dass Ihr mich in einer Angelegenheit betreffs meines Herrn, Eures Sohnes, des noblen Claudius, sprechen möchtet. Als sein ergebener Diener und weil mir sein Wohlergehen stets am Herzen liegt, habe ich alles andere stehen und liegen lassen und bin zu Euch geeilt.»

«Ich will sofort zur Sache kommen und dich nicht allzu lange in Anspruch nehmen, da du ja ein vielbeschäftigter Mann bist.» Antonia wollte dem aufgeblasenen Griechen offenbar schnell die Luft herauslassen. «Diese Herren hier haben einen Brief gefunden, der von deinem Kollegen Boter auf Geheiß meines Sohnes niedergeschrieben und verschlüsselt worden ist. Pallas, würdest du ihn bitte für uns vorlesen?»

Vespasian musterte Narcissus' Miene genau, während

dieser dem Wortlaut lauschte. Er hatte die Augen geschlossen. Ein paar Mal zuckten die Lippen. Ansonsten schien er völlig entspannt zu sein. Als Pallas zu Ende gelesen hatte und er die Augen wieder öffnete, warf Narcissus jedoch Blicke in die Runde, die unverkennbar Furcht ausdrückten.

«Dieser Brief ist ohne mein Wissen geschrieben worden, Herrin», behauptete er, und seine Stimme hatte sich noch eine Tonlage nach oben verschoben.

«Pallas vermutete dies schon. Er sagte, du seist viel zu klug, um meinem Sohn zu einer solchen Torheit zu raten und an einer Intrige gegen Seianus zu partizipieren. Deshalb habe ich dich sprechen wollen, bevor ich Maßnahmen ergreife.»

Narcissus bedankte sich bei Pallas mit einem kläglichen Lächeln. «Was gedenkt Ihr zu unternehmen, Herrin?», fragte er.

«Was sollte ich deiner Meinung nach tun?»

Narcissus schaute Antonia hoffend an. «Ihr könntet mir den Brief überlassen.»

«Mein lieber Narcissus, das würde unser Problem nicht lösen, denn es gibt inzwischen eine Abschrift. Du hast freundlicherweise zugestimmt, dass meine Schreiberin alles, was hier und jetzt zur Sprache kommt, protokolliert, so auch den Brief, und zwar Wort für Wort. Gern gebe ich dir die Mitschrift mit, das Original kommt zu meinen Unterlagen, wofür du sicherlich Verständnis hast.»

Vespasian lächelte über die elegante Art, mit der Antonia die Falle hatte zuschnappen lassen. Der pomadige Grieche ließ die Schultern hängen.

«Edelste Herrin, wer weiß wohl noch davon?»

«Nur die Anwesenden. Du kannst von Glück sagen, dass

Vespasian und Sabinus mir das Schreiben vorgelegt haben und nicht Seianus oder dem Kaiser. Die hätten ihnen einen solchen Dienst bestimmt großzügig vergütet.»

«In der Tat, Herrin, ich schulde den beiden Dank, der sich, sobald ich dazu in der Lage bin, in barer Münze ausdrücken wird», entgegnete Narcissus mit aufrichtig ernster Miene. «Was sollte ich nun Eurer Meinung nach tun?»

Antonia lächelte. Sie hatte den Griechen in der Hand. «Eine sehr gute Frage, mein lieber Narcissus. Ich schätze, du bist dir sehr wohl im Klaren darüber, dass ich Seianus' Einfluss zu beschneiden versuche und dieser Brief durchaus geeignet ist, Tiberius davon zu überzeugen, dass Seianus gegen ihn intrigiert, also auch gegen meinen Sohn. Obwohl mit keinem Wort angedeutet wird, ob man den natürlichen Tod des Kaisers abwarten oder die Sache durch Mord beschleunigen will, wird Tiberius Letzteres befürchten müssen. Claudius würde dann entweder hingerichtet und all sein Besitz konfisziert werden, was dich mittellos dastehen ließe, oder Claudius würde mit seinem gesamten Haushalt auf irgendeine felsige Insel verbannt werden, und du wärst überflüssig.»

Narcissus schluckte krampfhaft, entsetzt sowohl von der einen als auch von der anderen Aussicht. «Werte Herrin, Ihr würdet doch nicht das Leben Eures Sohns aufs Spiel setzen, um Seianus zu Fall zu bringen, oder?»

Antonias Augen verengten sich zu Schlitzen. «Sag du mir nicht, was ich zu tun oder zu lassen habe. Ich bin, um ehrlich zu sein, so erbost über Claudius' Dummheit, dass ich fast geneigt bin, ihn der Gnade Tiberius' zu überlassen oder auch seiner Willkür.»

«Ich bitte ergebenst um Entschuldigung, Herrin.» Narcissus stand hastig auf und verbeugte sich.

«Setz dich und hör auf zu katzbuckeln», sagte Antonia milder gestimmt. «Ich werde den Brief dem Kaiser nicht vorlegen, obwohl ich, wenn ich es täte, mein Ziel erreichen und nicht mehr verlieren würde als einen unnützen Sohn. Für mein Entgegenkommen verlange ich jedoch, dass du deinen Herrn überredest, mir die Namen aller anderen ‹Personen von Rang und Namen› zu nennen, denen er geschrieben hat, und mir mitzuteilen, wie deren Antworten lauteten. Und zwar schnell, heute noch, bevor ich es mir anders überlege. Mach ihm unmissverständlich klar, dass ich vergesse, dass er mein Sohn ist, wenn er sich weigert.»

«Er wird in wenigen Stunden hier sein, das verspreche ich Euch, Herrin.»

«Gut. Des Weiteren verlange ich von dir, Boter zum Schweigen zu bringen. Ich dulde nicht, dass er Claudius in die Irre führt, und es wird höchste Zeit, dass er dafür büßt, meinen Sohn zum Hahnrei gemacht und Schande über meine Familie gebracht zu haben.»

«Auch das wird noch heute geschehen, Herrin», antwortete Narcissus und grinste hämisch. «Er hat meinen Herrn in Gefahr gebracht, für dessen Schutz und Sicherheit ich mich nach Kräften einsetze.»

«Offenbar nicht fleißig genug», bemerkte Antonia. «Und solltest du immer noch die Hoffnung haben, deinem Herrn zur Kaiserwürde verhelfen zu können, rate ich dir, ein für alle Mal davon abzulassen. Ich werde dafür sorgen, dass mein Enkel Gaius auf Tiberius folgt. Im Unterschied zu seinem Onkel Claudius ist er jung und vernünftig. Das Volk liebt ihn, weil er Germanicus' Sohn ist, und er wird sehr viel länger herrschen, als Claudius noch zu leben hat.»

«Ich versichere Euch, edle Herrin, dass mir nur an Claudius' Wohlergehen gelegen ist. Über die Zukunft entscheiden allein die Götter.»

«Falsch, in der Hinsicht habe ich mehr als nur ein Wörtchen mitzureden. Sollte der Verdacht in mir aufkommen, dass du meine Pläne zu durchkreuzen trachtest, werde ich dich anketten, dir deine Hoden in die leeren Augenhöhlen stecken und dich verhungern lassen.»

Narcissus erbleichte. «Das wird nicht nötig sein, Herrin.»

«Hoffentlich. Du kannst gehen.»

«Danke, Herrin.» Er stand auf und verbeugte sich. An Vespasian und Sabinus gewandt, sagte er: «Euch, meine Herren, danke ich noch einmal für Eure Diskretion. Wenn ich Euch zu Diensten sein kann, zögert nicht, mich zu bitten. Senator Pollo, ich wünsche einen schönen Tag.»

So würdevoll, wie es ihm möglich war, verließ er von Pallas begleitet den Raum. Caenis folgte ihnen und schenkte Vespasian in der Tür ein liebes Lächeln.

«Das hat mir gefallen, Herrin», freute sich Gaius, kaum dass der Grieche außer Hörweite war. «Selten habe ich erlebt, wie überaus befriedigend sich mit einem abscheulichen Mann verhandeln lässt.»

«Ja, es war recht amüsant», pflichtete ihm Antonia bei. «Ich hoffe, er versteht es, Claudius unter Kontrolle zu halten. Jedenfalls wird er, sobald ich ihn mir noch einmal vorgeknöpft habe, sehr genau wissen, in was für einer prekären Lage er ist.»

«Wie gedenkt Ihr mit den Namen umzugehen, die er Euch nennen wird, Herrin?», fragte Vespasian.

«Ich werde sie Tiberius geben, einen nach dem anderen, und mit Vergnügen zusehen, wie er die Herren auseinandernimmt.»

Nach der Audienz bei Antonia machten sich die Brüder zusammen mit Gaius, Artebudz und einem sehr müde wirkenden Magnus unter strahlender Julisonne auf den Weg zu Gaius' Haus auf dem Quirinal. Vespasian wollte dort die Nacht verbringen, um am nächsten Morgen zu seinen Eltern nach Aquae Cutiliae weiterzureisen und sich dort auf dem Familiengut nützlich zu machen. Gespannt war er auch auf einen Besuch des in Cosa gelegenen Gutes, das ihm seine Großmutter Tertulla in ihrem Letzten Willen vermacht hatte – sehr zum Verdruss seines Bruders.

«Du möchtest also Urlaub auf dem Lande machen», sagte Gaius, als sie die Via Sacra hinabgingen. «Wie hübsch.»

«Ja, wenn er endlich wieder Maulesel bespringen kann, ist er glücklich», frotzelte Sabinus, der es sich nicht verkneifen konnte, den Bruder zu provozieren.

«Du solltest mitkommen, Sabinus», meinte Vespasian. «Es ist immer gut, jemanden zu haben, der das Kopfende festhält. Du würdest ganz bestimmt mit Küssen belohnt.»

«Ein reizvolles Angebot, Bruder, aber ich bleibe lieber in Rom. Es gibt viel für mich zu tun, wenn ich im nächsten Jahr zum Quästor gewählt werden will, zum Beispiel Senatoren in den Arsch kriechen. Außerdem küsse ich demnächst etwas sehr viel Hübscheres als deinen Lieblingsesel.»

Sie näherten sich dem Forum Romanum, dem Herzen

der Stadt. Magnus bahnte ihnen einen Weg durch die Menschenmenge und erklärte Artebudz gleichzeitig die Sehenswürdigkeiten. Der Bergbewohner staunte mit weit aufgerissenen Augen und offenem Mund über das Gewimmel der Menschen und die prächtigen Bauwerke, und es schien, dass er Magnus' Ausführungen kaum zur Kenntnis nahm. Eine größere Stadt als Philippopolis hatte er bislang nie gesehen, und die war, wenn auch sehr viel älter als Rom, vergleichsweise winzig.

Vespasian war zwar nur einmal kurz vor vier Jahren in der Hauptstadt gewesen, hatte sich aber an ihre Größe gewöhnt. Anders als der ehemalige Sklave aus Noricum fühlte er sich hier ausgesprochen wohl. Sie durchquerten das Forum Romanum mit seinen offenen Gerichtsgebäuden und den zahllosen Straßenhändlern, die dem Volk ihre Waren feilboten, und Vespasian kam sich vor wie ein Teil des Ganzen. Die ehrfürchtige Bewunderung, mit der er die Ausmaße Roms das erste Mal von einer Anhöhe auf der Via Salaria aus betrachtet hatte, und die Aufgeregtheit, die er empfunden hatte, als er zum ersten Mal durch die Porta Collina in die Stadt gegangen war, waren einem entspannteren Hochgefühl gewichen. Was er nun wiedersah, war das, was er als seine Stadt bezeichnete. Sein wahres Zuhause waren zwar das Gut der Eltern bei Aquae Cutiliae und Tertullas Anwesen bei Cosa, doch dort wollte er sich in Zukunft nur noch erholen. In Rom dagegen würde er leben.

Sie kamen an dem Haus der Vestalinnen vorbei, passierten die Curia Hostilia, wo sich der Senat versammelte, bogen nach rechts ab und betraten das Caesarforum. Hier wurde nicht Recht gesprochen, sondern in zivilen Angelegenheiten verhandelt. Die Ädilen, der städtische Prätor und der Stadtpräfekt empfingen hier Bittsteller im Schatten eines riesigen Reiterstandbilds, das Bukephalos darstellte, das Pferd Alexanders, auf dem der Diktator thronte, als übe er immer noch Einfluss auf die Vorgänge in der Stadt aus.

Sie gelangten zum Augustusforum, das als zusätzlicher Gerichtshof genutzt wurde, denn das Forum Romanum war mit den sprunghaft angestiegenen Verfahren wegen Hochverrats hoffnungslos überlastet.

Die Sonne brannte heiß von ihrem Zenit, als sie den Quirinal-Hügel hinaufstiegen. Eine sanfte Brise sorgte für ein wenig Abkühlung.

«Ich bringe Euch noch nach Hause, meine Herren», sagte Magnus. «Danach führe ich Artebudz zur Taverne an der Kreuzung. Er wird noch ein paar Tage bei mir und den Jungs bleiben, ehe er wieder abreist.»

«Danke, Magnus», sagte Gaius. «Deine Brüder haben dich lange genug vermisst. Ich schätze, heute Abend wird tüchtig gebechert und auf deine Rückkehr angestoßen.»

«Ja, und ich muss zahlen. Die Jungs haben meinen Anteil für mich aufbewahrt und erwarten, dass ich großzügig Wein und Huren spendiere.»

«Hast du denn nach deinen Diensten der letzten Nacht überhaupt noch Sinn für Huren?», fragte Vespasian.

Magnus zeigte sich verlegen. «Sehr komisch, Herr. Mir wär's lieber, nicht erinnert zu werden. Ich komme mir in der Tat ziemlich schmutzig und benutzt vor. Aber heute Abend gibt es wohl zarteres Fleisch.»

«Hoffen wir, dass es sich anschließend nicht auch schmutzig und benutzt vorkommt.»

«Immerhin wird es bezahlt. Geld ist ein großartiges Waschmittel.»

Vespasian lachte. «Ich bin sicher, Antonia wird sich nicht lange bitten lassen, dich eigenhändig zu baden, wenn du sie das nächste Mal besuchst.»

Sie erreichten Gaius' Haus. Die Pforte stand offen, doch von dem alten Türsteher war keine Spur zu sehen.

Gaius rannte hinein.

Vespasian zog seinen Dolch aus der Scheide und eilte ihm hinterher.

«Zückt eure Schwerter», rief Sabinus und folgte mit Magnus und Artebudz.

Im Atrium sah Vespasian seinen Onkel einen toten Sklaven in den Armen wiegen, einen jungen Germanen mit wunderschönen blonden Haaren. Der alte Türsteher lag mit aufgeschlitzter Kehle zusammen mit zwei weiteren jungen Sklaven in einer Blutlache am Boden.

«Arminius, mein lieber, lieber Junge», jammerte Gaius und streichelte über die blutverschmierten Haare des Toten.

Im Hofgarten wurden Rufe laut.

«Onkel, die Täter sind noch da», warnte Vespasian und ließ sich von Magnus sein Schwert geben. «Bleib hier, wir schnappen sie uns.»

«Hierbleiben und nichts tun, während meine Knaben abgeschlachtet werden? Von wegen.» Auf erstaunlich schnellen Beinen lief Gaius in sein Arbeitszimmer, das auf der linken Seite an das Atrium angrenzte, und war wenig später mit einem Schwert zur Stelle. «Magnus und Artebudz, ihr durchsucht sämtliche Räume. Und verschließt die Eingangstür. Nicht dass uns jemand von hinten überrascht.»

Schmerzensschreie kamen aus dem Garten. Gaius warf einen kurzen Blick auf die Brüder und rannte los. Vespasian und Sabinus versuchten, ihn einzuholen.

Sie sprangen durch die Türen des *Tablinum* in den Hof hinaus. Zwei Männer zwangen einen Jungen, der sich heftig wehrte, über den Rand des Fischteichs. Ein dritter drückte ihm einen schlangenartigen Fisch ins Gesicht. Im Wasser wimmelte es von Neunaugen, die sich über einen anderen Jungen hermachten. Der schlug mit Armen und Beinen wild um sich, während die blutsaugenden Fische zubissen. Der Junge schnappte nach Luft und kreischte. Mit den Neunaugen, die ihm im Gesicht und am Kopf klebten, sah er aus wie eine Medusa.

Die Brüder warfen sich den drei Männern entgegen, die ihr Opfer sofort in den Teich stießen. Bevor sie zu den Waffen greifen konnten, hatte Vespasian den ersten mit einem Schwertstoß in den Bauch außer Gefecht gesetzt. Den zweiten brachte Sabinus zu Fall. Der dritte rannte zur anderen Seite des Gartens.

«Ich will ihn lebend», rief Gaius und zog den einen Jungen aus dem Teich, dem zum Glück im Unglück nur ein paar wenige Fische anhafteten. Der andere war inzwischen tot und unter den zahllosen Blutsaugern kaum mehr zu erkennen.

Magnus und Artebudz eilten herbei. «Wir haben zwei Kerle erwischt, die sich im *Triclinium* versteckt hatten», meldete Magnus. «Von denen haben wir jedenfalls nichts mehr zu befürchten.»

«Bleibt, wo ihr seid», brüllte Sabinus über die Schreie des Mannes hinweg, der sich am Boden krümmte und den aufgeplatzten Bauch hielt. «Das Miststück sitzt in der Klemme.»

Der Mann war unbewaffnet und rannte schreiend, weil er sich keine Gnade erhoffen konnte, geradewegs auf Magnus zu, der ihm einen gezielten Hieb in die Magengrube versetzte und, als er in der Hüfte einknickte, das Knie ins Gesicht wuchtete. Der Kopf flog zurück, und aus der gebrochenen Nase spritzte Blut, als Magnus noch einmal mit der Faust zuschlug und ihn zu Boden schickte.

Gaius setzte den Jungen, der unter Schock stand, aber nicht allzu schwer verletzt war, am Rand des Teichs ab und baute sich über dem Mann auf, der, jetzt nur noch ächzend, sein Gedärm zurückzuhalten versuchte.

«Wer hat dich geschickt?», knurrte Gaius.

Ohne jede Hoffnung auf Rettung schüttelte der Mann den Kopf. Gaius griff ihm in die Innereien und zog daran, womit er einen markerschütternden Schrei auslöste.

«Wer hat dich geschickt?», wiederholte Gaius.

Der Mann gab keinen Namen preis.

«Werft ihn in den Teich. Mal sehen, ob es ihm gefällt, von innen nach außen zerfressen zu werden», sagte Gaius.

Vespasian schaute Sabinus an, der mit den Achseln zuckte. Sie nahmen den Mann bei den Armen und Beinen. Das Gedärm glitt wie ein schleimiges Kriechtier über den Boden.

«Letzte Gelegenheit», warnte der Onkel, aber der Mann hatte das Bewusstsein verloren.

Die Brüder warfen ihn ins Wasser. Es geriet ins Kochen, als sich die Fische auf die offene Bauchwunde stürzten.

«Vielleicht haben wir etwas mehr Erfolg mit dem anderen», sagte Gaius und griff nach einem engmaschigen Kescher, mit dem er ein paar Neunaugen aus dem Teich fischte. «Bringt ihn her.»

Ein paar klatschende Schläge auf beide Wangen brachten den Mann zur Besinnung. Er stöhnte.

«Dein Freund hat gerade ein hässliches Ende gefunden», erklärte Gaius und hielt ihm das Netz vors Gesicht. Die kreisrunden Mäuler der Neunaugen voll spitzer Hornzähne öffneten und schlossen sich in der vergeblichen Absicht, Wasser zu atmen. «Du hast die Wahl, schnell oder qualvoll zu sterben.»

Der Mann spuckte aus.

«Sei's drum. Legt ihn flach auf den Boden.»

Magnus und Artebudz packten zu und zwangen ihn in Rückenlage.

Mit seiner freien Hand hob Gaius die Tunika an und riss ihm das Lendentuch von den Hüften.

«Halt das mal», sagte er zu Vespasian, nahm mit der einen Hand ein Neunauge aus dem Netz und schob mit der anderen die Vorhaut des Mannes zurück.

Vespasian kniff die Augen zu. Ein Schrei gellte. Er öffnete sie wieder und sah, was zu erwarten war.

«Den nächsten drück ich dir aufs Auge. Wer hat euch geschickt?», fragte Gaius wieder.

«Livilla», ächzte der Gefolterte.

«Bin ich der Einzige, auf den sie euch angesetzt hat?»

«Nein, da ist eine zweite Gruppe mit einem anderen Auftrag unterwegs.» Der Mann schrie, als sich das windende Tier festbiss und nach lebenspendendem Wasser gierte.

«Wie viele und wohin?»

«Zehn, aber ich weiß nicht, wohin. Um aller Götter willen, macht mir ein Ende.»

«Wohin?» Gaius nahm einen zweiten Fisch aus dem Netz und hielt ihn dem Mann vor das rechte Auge.

«Ich weiß nur, dass sie die Stadt durch die Porta Collina verlassen haben und die Via Salaria hochgegangen sind.»

Vespasian und Sabinus schauten einander entsetzt an. Ihnen war klar, wem der Anschlag galt.

«Danke für die Auskunft», sagte Gaius. Er nahm sein Schwert und drückte es dem Mann in den Mund.

«Magnus, geh mit Artebudz und trommele zehn deiner Brüder zusammen. Wir treffen uns in einer Stunde zu Pferde vor der Porta Collina an der Kreuzung der Via Salaria und Via Nomentana», befahl Vespasian.

Magnus grinste. «Damit bleibt mir die Zeche für die Feier heute Abend erspart», sagte er und ging.

«Wir sollten uns ihnen anschließen», meinte Sabinus. «Hier vertrödeln wir nur unsere Zeit.»

«Die Kerle haben einen Vorsprung von mindestens zwei Stunden, Sabinus. Einholen können wir sie nicht, es sei denn, wir wechseln unterwegs die Pferde. Wenn uns Clemens einen Pass ausstellt, hätten wir an den Wechselstationen Zugriff auf frische Ersatztiere. Mit denen könnten wir's schaffen, bevor sie unsere Eltern erreichen.»

XII

Ich werde mir dein erbärmliches Gejammer nicht länger anhören.» Antonias Stimme war bis in das geräumige Atrium zu vernehmen, wo Vespasian und Sabinus ungeduldig darauf warteten, dass Pallas Clemens holte.

«Aber M-m-m-mutter, ich verlange nichts weiter als die Anerkennung und Ehrerbietung, die einem M-m-m-mitglied der Herrscherfamilie gebührt.» Auch die andere Stimme war überlaut, ließ aber Furcht anklingen, was durch das Stottern verstärkt wurde.

«Du hast überhaupt nichts zu verlangen, du Wicht. Ich könnte kurzerhand dafür sorgen, dass man dich in die Verbannung schickt, und das wäre noch das Mindeste. Gib mir endlich diese Liste und verschwinde.»

«Aber M-m-m-mutter …»

«Nenn mich nicht ständig M-m-m-mutter! Verschwinde und nimm meinen Rat mit, Claudius: Lass dich unverzüglich von dieser Frau scheiden. Verbring mehr Zeit über deinen Büchern und hör auf, dich in die Politik einzumischen und zum Narren zu machen.»

«Aber …»

«Geh!»

Vespasian verzog das Gesicht, so laut schrie Antonia.

Wenig später kam Claudius mit hängendem Kopf durch den Flur gewatschelt, der in das Atrium mündete. Es schien, als wollten seine Knie jeden Moment unter ihm einknicken. Als er die Brüder bemerkte, schrak er auf. Den Blick auf Vespasian gerichtet, blinzelte er unentwegt. Aus seiner Nase lief Rotz und tropfte auf die Toga.

Vespasian nickte ihm zu, so auch Sabinus. Claudius starrte sie an und schaffte es endlich, das Blinzeln abzustellen. Seine grauen Augen hatten einen berechnenden, intelligenten Ausdruck. Seine Gesichtszüge hätten durchaus als schön und edel bezeichnet werden können, wenn nicht die herabhängenden Mundwinkel und die Tränensäcke unter den Augen gewesen wären, die ihm ein klägliches Aussehen verliehen.

«Diese verdammte Familie», schimpfte er, ohne eine Miene zu verziehen. Anscheinend war ihm gar nicht bewusst, dass er etwas sagte. Er putzte sich die Nase an einer Togafalte, nickte den Brüdern seinerseits zu und watschelte weiter.

Kaum war Claudius durch die Tür, trat Antonia in Erscheinung. «Warum seid ihr wieder hier?», fragte sie kurz angebunden. Nach dem Gespräch mit ihrem Sohn hatte sie noch nicht zu der Gelassenheit zurückgefunden, die sie sonst an den Tag legte.

«Seianus hat also eure Familie mit mir in Zusammenhang gebracht», sagte sie, nachdem ihr die Brüder von dem Anschlag auf Gaius' Haus und der drohenden Gefahr für ihre Eltern berichtet hatten. «Und nun lässt er Livilla die Drecksarbeit tun, damit kein Verdacht auf seine Prätorianer fällt. Wo ist Gaius jetzt?»

«Wir haben ihn mitgebracht», antwortete Vespasian. «Pallas hat einem Eurer Sklaven aufgetragen, ihn ins Badehaus zu bringen. Er muss seine Wut ausschwitzen.»

«Gut. Er bleibt so lange hier, bis ich ihn aus Rom herausschmuggeln kann. Meine verfluchte Tochter Livilla wird nicht aufgeben und ihrem Liebhaber zu Diensten sein wollen. Warum bin ich bloß mit Kindern gestraft, die gegen mich intrigieren?»

Vespasian und Sabinus blieb es erspart zu antworten, da in diesem Augenblick Pallas und Clemens den Raum betraten.

«Die Pferde sind gesattelt und warten auf Euch im Hof, meine Herren», meldete Pallas und verbeugte sich. «Ich werde zurückkommen, sobald alle aufbruchbereit sind.»

«Wie viele Männer nehmen wir mit?», fragte Clemens, der von Pallas bereits darüber aufgeklärt worden war, wohin es gehen sollte und was man sich von ihm versprach.

«Mit uns dreien sind wir fünfzehn», antwortete Vespasian.

«Ich bin mir nicht sicher, ob uns mein Passierschein an den Wechselstationen so viele Pferde garantiert.»

«Nimm das hier», sagte Antonia. Sie streifte ihren Siegelring vom Finger und reichte ihn Vespasian. «Niemand wird es wagen, mir etwas auszuschlagen. Clemens mag ihn mir wieder zurückbringen. Wisst ihr schon, wohin ihr eure Eltern bringen werdet? Um sicher vor Seianus zu sein, müssten sie einen weiten Weg zurücklegen.»

«Ja, das ist mir klar», erwiderte Vespasian und steckte den Ring auf seinen kleinen Finger. «Die einzige Person, die mir auf die Schnelle einfällt, ist Pomponius Labeo. Er hat ein Gut im Aventicum jenseits der Alpen und wird sich dort zurzeit wohl selbst aufhalten.»

Antonia nickte. «Verstehe, und was werdet ihr dann tun?»

«Ich komme sofort nach Rom zurück», antwortete Sabinus entschieden. «Die Quästoren-Wahl würde ich ungern verpassen.»

«Zum jetzigen Zeitpunkt erscheint mir das weniger ratsam», meinte Antonia. «Du solltest auf Abstand bleiben, jedenfalls so lange, bis ich herausgefunden habe, ob es Seianus nur auf Gaius und eure Eltern beziehungsweise auf eure Mutter, die ja Gaius' Schwester ist, abgesehen hat oder ob er die ganze Familie auslöschen will. In dem Fall wärst du in Rom nicht sicher. Lass lieber Fortuna über die Quästoren-Wahl entscheiden.»

Sabinus wollte widersprechen, hielt sich aber zurück, weil er selbst ein Einsehen hatte.

«Ihr könntet beide auf meine Güter in Campania gehen. Ich hätte euch gern in der Nähe Roms, damit ihr mir schnell zu Hilfe kommen könntet. Ich warte auf eine Meldung Macros, sobald wir in der anderen Angelegenheit fortfahren können.»

«Danke für das Angebot, Herrin, aber ich würde mich vorerst lieber auf mein Gut in Cosa zurückziehen», sagte Vespasian. Sabinus warf ihm einen mürrischen Blick zu, gab sich aber einverstanden. «Es liegt nur einen Tagesritt von Rom entfernt. Magnus weiß, wo es sich befindet, und könnte mich rufen, falls wir gebraucht werden.»

«Gut», beschied Antonia, als Pallas herbeigeeilt kam.

«Es ist alles vorbereitet, meine Herren.»

«Danke, Pallas», sagte Antonia, und an die Brüder gewandt: «Beeilt euch. Mögen die Götter euch rechtzeitig ans Ziel bringen.»

Es war dunkel geworden, und sie ritten so schnell wie möglich im leichten Galopp. Vespasian, Sabinus und Clemens hatten kurz vor Mittag Artebudz, Magnus und seine Brüder zusammengetrommelt. Es war zu einem kurzen freudigen Wiedersehen zwischen Vespasian und dem langsamen, aber zuverlässigen Sextus sowie mit dem Einhändigen Marius gekommen, aber weil die Zeit drängte, hatten sie sich nicht lange aufgehalten. Alle zehn Meilen stiegen sie an einer kaiserlichen Wechselstation auf frische Pferde um. Antonias Siegel erwies sich als besonders wertvoll, denn die Bediensteten an den Stationen sträubten sich, ihnen die besten Pferde zu überlassen; sie sagten, sie hätten bereits wenige Stunden zuvor einer anderen Reitergruppe zehn Pferde abtreten müssen, die mit einer von Seianus unterschriebenen Vollmacht ausgestattet gewesen sei. Damit, dass Livillas Männer ebenfalls die Pferde tauschten und entsprechend schnell vorankamen, hatte die Gruppe um Vespasian und Sabinus nicht gerechnet. Mit schwindender Aussicht auf ein Gelingen ihrer Mission setzten sie die Verfolgung fort. Ihre einzige Hoffnung bestand darin, die Pferde bis an die Grenzen der Belastbarkeit anzutreiben und darauf zu setzen, dass die gedungenen Mörder ein paar Pausen mehr einlegten. Letzteres schien sich zu bestätigen, denn nach den Auskünften, die sie in den nachfolgenden Wechselstationen einholten, verkürzte sich der Abstand allmählich.

Als der lange Julitag in die Nacht überging, waren sechzig der insgesamt achtzig Meilen bis nach Aquae Cutiliae zurückgelegt, und nach dem letzten Pferdewechsel hingen sie nur noch etwas über eine Stunde hinter der verfolgten Reitergruppe zurück.

«Um Zeit zu sparen, sollten wir nicht noch einmal wechseln», meinte Vespasian und starrte ins Dunkel. «In diesem Tempo schaffen die Pferde es auch noch über die letzten zwanzig Meilen.»

«Dafür bräuchten wir aber ein höheres Tempo», entgegnete Sabinus. «Die Bande wird die Eltern bald erreicht haben.»

«Vielleicht machen sie auch Rast und warten, bis es wieder hell wird.»

«Unsinn. Ich fürchte, sie haben sich vorgenommen anzugreifen, wenn alles zu Bett geht.»

«Was schlägst du vor?»

«Du kannst ruhig lachen, aber ich vertraue auf meinen Herrn Mithras; sein Licht wird mich führen. Und du kommst so schnell wie möglich nach.»

Er gab seinem Pferd die Sporen und entfernte sich. Vespasian runzelte die Stirn, zuckte aber dann mit den Schultern und folgte. Die anderen hinter ihm fühlten sich offenbar verpflichtet, den Anschluss nicht abreißen zu lassen, obwohl es auch auf der geraden und gut gepflasterten Straße Wahnsinn war, in stockdunkler Nacht so schnell zu reiten.

Sie hatten ihre Fackeln gelöscht und führten die Pferde über den von Wagenrädern zerfurchten Weg, der zum flavianischen Hof führte. Nirgends brannte Licht. Im schwachen Schein des Sichelmonds waren nur die Umrisse der Gebäude zu erkennen, die bloß noch etwa hundert Schritt entfernt lagen.

Im scharfen, von Sabinus vorgelegten Galopp hatten sie die letzten zwanzig Meilen in weniger als zwei Stunden zurückgelegt. Dass die Pferde kein einziges Mal ins Stolpern geraten oder zu Fall gekommen waren, grenzte, wie Vespasian fand, an ein Wunder, doch dazu äußerte er sich nicht, denn er wollte nicht von Sabinus eine weitere Predigt über die Macht seines Herrn Mithras hören.

Die Dunkelheit schärfte alle Sinne. Vertraute Gerüche aus der Kindheit grüßten ihn wie alte Freunde, einer nach dem anderen: der süße, harzige Duft der Pinien, das Dumpfige des abgekühlten Bodens, das Aroma frisch gemähten Grases und von Wildblumen, ein Hauch von Holzrauch. All das weckte Bilder der Vergangenheit, in die, wie er fürchtete, die Gegenwart nun brutal hereinbrechen würde.

«Ich höre nichts», flüsterte er Sabinus und Clemens zu, die links und rechts von ihm ritten. «Vielleicht haben wir uns geirrt, und Seianus' Männer wollten ganz woanders hin.»

«Oder wir sind zu spät», knurrte der Bruder. Sie stiegen aus dem Sattel und banden die erschöpften Pferde an einen Feigenbaum, dessen Blätter im sanften Wind raschelten. Fernab bellte ein Fuchs; ihm antwortete ein anderer aus mittlerer Entfernung.

Artebudz, Magnus und die anderen der Bruderschaft hatten ihre kurzen Schwerter gezogen. Von der fünfzehn Fuß hohen Mauer vor dem Hof der Stallungen trennten sie nur noch fünfzig Schritte. Das Tor schien, wenn man dem schwachen Licht des Mondes trauen konnte, geschlossen zu sein.

«Sieht nicht nach Einbruch aus. Vielleicht sind wir gerade noch rechtzeitig gekommen», flüsterte Sabinus. «Ich schlage vor, wir wecken das Haus und bieten der Bande, wenn sie noch aufkreuzen sollte, eine böse Überraschung. Vespasian, nimm Magnus, Artebudz und fünf der Brüder mit. Versucht, den Torhüter aufzutreiben. Ich gehe mit Clemens und den anderen um den Hof herum zur Vorderseite des Hauses und ...»

Plötzlich hallten scharfe Rufe durch die Dunkelheit. Über die Dächer der Ställe jenseits des Hofes flogen kreisend brennende Fackeln, denen bald weitere Fackeln folgten, doch diesmal getragen von dunklen Gestalten, die über die Dächer geklettert kamen. Manche sprangen in den Hof, andere rannten die Dächer entlang in Richtung Haupthaus. Schon loderten Flammen auf, die gelbrotes Licht auf seine Rückseite warfen.

«Verdammt!», rief Sabinus. «Steig mit deinen Jungs über die Mauer, Vespasian. Ich führ meine zum Hauseingang. Einen Plan habe ich nicht. Greifen wir einfach an.»

Sabinus' Gruppe rannte um den Hof herum.

«Nehmt die Pferde», brüllte Vespasian. Er band seines los, sprang in den Sattel und preschte die fünfzig Schritte bis zur Mauer. Kurz davor bremste er scharf ab, kletterte auf die Kruppe und streckte die Arme aus, war aber zu klein, um den zwei Fuß höheren Mauerrand zu erreichen.

«Magnus, komm her und hilf mir!»

«Augenblick.» Magnus stieg von seinem Pferd auf das von Vespasian um. Das Tier scheute.

«Sextus», rief Vespasian, «halt den Gaul fest, während Magnus mir hochhilft.»

Das Tier beruhigte sich und hielt still. Vespasian setzte einen Fuß in Magnus' verschränkte Hände und stieg auf. Mit hektischen Bewegungen, bei denen er sich die Knie an den Steinen wundschabte, erklomm er den Mauerrand, legte sich dort flach auf den Bauch und streckte den Arm aus, an dem sich Magnus emporhievte. Artebudz und die Männer der Bruderschaft folgten ihrem Beispiel.

Obwohl noch keine hundert Herzschläge seit dem Angriff vergangen waren, lagen auf dem Hof der Stallungen, nunmehr hell erleuchtet vom Feuerschein aus den Fenstern mehrerer Nebengebäude, ein halbes Dutzend reglose Gestalten verstreut. Aus dem Quartier der Feldarbeitssklaven gellten Schreie von Männern, die, angekettet und wehrlos dem Rauch und der zunehmenden Hitze in ihrem fensterlosen Gelass ausgeliefert, in Panik gerieten. Flammen bedrohten die Tür. Von den Angreifern war niemand zu sehen. Das Tor zum Garten des Haupthauses klappte auf und zu.

Vespasian eilte über eins der Dächer, die unmittelbar an die Mauer anschlossen, und sprang in den Hof hinab, als eine Gruppe von Männern aus den Unterkünften der Freigelassenen, bewaffnet mit Schwertern, Speeren und Bogen, herbeigestürmt kam. Vespasian erkannte Pallo, den Gutsverwalter, der vorneweg lief, gefolgt von Baseos, dem Skythen, und dem Perser Ataphanes, die beide einen jener Bogen aus dem Osten bei sich trugen, deren Wurfarmenden zurückgebogen waren. Dummerweise erkannten sie ihn nicht. Zwei Pfeile sausten auf ihn zu, denen er mit einem Hechtsprung auf den Boden auszuweichen versuchte. Er hörte sie über sich hinwegzwischen und spürte plötzlich einen grellen Schmerz in der linken Schulter, die ihm, wie von einem Hieb getroffen, zurückgerissen wurde.

«Pallo», schrie er, «ich bin's, Vespasian!»

Aber es war zu spät. Baseos und Ataphanes, die offenbar keine Gefahr mehr in ihm sahen, richteten ihre Aufmerksamkeit auf die Männer der Bruderschaft, die sich noch auf dem Dach befanden. Zwei stürzten in den Hof, während Ataphanes, von Artebudz mit einem Pfeil in der Brust getroffen, zu Boden ging.

«Artebudz, nicht schießen!», brüllte Vespasian, verzweifelt darum bemüht, sich über den Lärm aus dem Sklavenquartier hinweg Gehör zu verschaffen. «Pallo, hör auf! Ich bin's, Vespasian!» Er richtete sich auf den Knien auf und winkte mit beiden Armen, ungeachtet der Schmerzen in der Schulter.

Endlich erkannte Pallo seinen jungen Herren, den er vier Jahre nicht gesehen hatte, an der Stimme.

«Beschuss einstellen», befahl er und rannte über den Hof. Seine Männer folgten vorsichtig mit erhobenen Waffen. «Herr, seid Ihr es wirklich? Warum fallt Ihr über Euren Besitz her?»

«Das tue ich nicht, aber für Erklärungen haben wir jetzt keine Zeit», erwiderte Vespasian wimmernd und brach den Pfeilschaft einen Daumenbreit über der Eintrittswunde ab.

Magnus und Artebudz sprangen vom Dach, gefolgt von Sextus und Marius.

«Mir nach!», rief Vespasian und rannte durch das immer noch hin- und herschwingende Gartentor. «Gebt acht, auf wen ihr schießt. Sabinus kommt von der anderen Seite.»

Der Garten war leer. Der Sklave, der beauftragt worden war, die ganze Nacht über am Tor zu wachen, lag tot am Boden. Aus dem Haus drangen Geräusche, die auf ein Handgemenge schließen ließen. Vespasian rannte durch den Säulengang auf das Tablinum zu. Aus der Schulterwunde sickerte Blut in seine Tunika. Vor Schmerzen war ihm flau.

Er stieß die aufgebrochene Tür auf und rannte durch das Tablinum ins Atrium, wo sich etliche Männer unerbittliche Zweikämpfe lieferten; manche fochten stehend mit Schwertern und Messern, andere wälzten sich ringend am Boden.

Auf der anderen Seite des Raums stand eine offene Tür in Flammen. Im Feuerschein konnte er sehen, dass neben seinem Bruder und Clemens sein Vater Titus mit einem Dolch in der Hand sein Leben verteidigte. Ihm fehlte das linke Ohr, und aus der Wunde rann Blut in dicken Strömen.

Mit Gebrüll sprang Vespasian über Varo, den Hausverwalter, hinweg, der tot am Boden lag, stürzte sich ins Chaos und fiel dem Widersacher seines Vaters in den Rücken. Er packte ihn bei den Haaren und schwang sein Schwert, das durch dessen Oberarm ging wie Draht durch Käse. Schreiend starrte der auf das amputierte Glied, als es von ihm abfiel. Mit einem gezielten Klingenstoß brachte Titus ihn zum Schweigen.

Hinter Vespasian machten sich Magnus, Sextus und Marius wie wild gewordene Furien über ihre Gegner her. Von allen Seiten bedrängt, hatten Livillas Männer keine Chance. Artebudz, Pallo, Baseos und die übrigen Freigelassenen hielten sich zurück, weil sie nicht wussten, wer Feind oder Freund war. Aber sie wurden auch nicht mehr gebraucht. Es dauerte nicht lange, und von den Angreifern standen nur noch zwei, in eine Ecke getrieben, auf den Beinen. Beide fielen zum Zeichen, dass sie sich geschlagen gaben, auf die Knie.

«Ihr seid in mein Haus gekommen, um mich vor den Totenmasken meiner Ahnen und dem Altar, den meine Familie den Göttern geweiht hat, zu töten, und hofft jetzt auf Gnade?», donnerte Titus und bahnte sich einen Weg durch die Männer, die die beiden umringten. Ohne auch nur einen Augenblick lang zu fackeln, hob er ein Schwert vom Boden auf, holte aus und sichelte dem ersten den Kopf vom Rumpf. Stürzend bespritzte der Enthauptete Magnus und einen seiner Brüder mit Blut. Der zweite Mann richtete sich auf. Seine Augen unter zusammengewachsenen Brauen verrieten keinerlei Furcht, als sie dem Blick von Titus begegneten. Er nickte und senkte den Kopf, um den Todesstoß in Würde entgegenzunehmen.

«Nicht!», meldete sich eine Stimme, als Titus das Schwert erhob.

Titus fuhr herum, erbost über den, der ihm seine Rache verwehren wollte.

Clemens trat vor.

«Wer bist du, junger Mann?», verlangte Titus schwer atmend zu wissen.

«Marcus Arrecinus Clemens, Herr», antwortete Clemens ruhig. «Euer Sohn wird meine Schwester heiraten.»

«Nun, Clemens, du irrst, wenn du glaubst, Familienbande könnten mich zwingen, diesem Mann gegenüber Gnade walten zu lassen.»

Voller Wut wandte sich Sabinus an Clemens. «Was fällt dir ein, meinen Vater daran zu hindern, Gerechtigkeit zu üben? Alle Männer Livillas müssen sterben», rief er und zeigte mit dem Finger anklagend auf den knienden Mann.

«Beruhige dich, mein Freund. Livillas Männer sind samt und sonders tot», sagte Clemens. «Der da gehört nicht zu ihnen.»

Sabinus richtete seinen Blick auf den Mann und atmete tief durch. Er merkte auf, schaute ihm ins Gesicht und erinnerte sich an den Mann, der Macro vor einem Jahr bewacht hatte. «Clemens hat recht, Vater. Der ist keiner von Livillas Männern. Er ist Prätorianer und heißt Satrius Secundus.»

XIII

Mir ist egal, wie nützlich er für uns sein kann. Ich will, dass er stirbt.» Vespasia Polla war unerbittlich. Empört über das Geschehen in ihrem Haus und erschöpft von der seelischen Belastung, den eigenen Tod vor Augen gesehen zu haben, wollte sie ihre Rache. «Wenn von euch Männern keiner den Mumm hat, mach ich es. Titus, gib mir deinen Dolch.»

«Meine Liebe, wenn Sabinus und Vespasian sagen, Secundus sollte aus politischen Gründen verschont bleiben, werde ich ihnen nicht widersprechen», entgegnete er geduldig. Aus der Wunde am Kopf sickerte immer noch Blut. «Ich erinnere an das letzte Mal, als du dich in Dinge eingemischt hast, von denen wir nichts verstehen: Dank deiner aufbrausenden Art –»

«Pah!», schnaubte Vespasia.

«Ja», erwiderte Titus scharf, «dank deiner aufbrausenden Art mussten wir wie Diebe in der Nacht aus Rom fliehen, und ich stand da wie ein dummer Bauerntrottel, der seine eigensinnige Frau nicht im Griff hat, eine Witzfigur. Geh jetzt und sorg dafür, dass die Sklaven, die wir noch haben, den Hof wieder in Ordnung bringen.»

Es schien für einen Moment, als wollte Vespasia explodieren. Sie blickte ihre Söhne an.

«Mutter», sagte Vespasian leise, «vertrau uns.»

Weil sie einsah, dass sie gegen ihre Männer nichts ausrichten konnte, fügte sie sich, war aber entschlossen, nicht auf sich beruhen zu lassen, was in dieser Nacht geschehen war. Sie hatte friedlich geschlafen, als ihr Mann sie plötzlich aus dem Bett gezerrt hatte. Vorm Hauseingang waren Flammen aufgeschlagen, und das Tor zum Garten war aus den Angeln gerissen worden. Titus hatte sie durchs Atrium in sein Arbeitszimmer geschleift – die einzige verschließbare Kammer –, ihr seinen Dolch gegeben und gesagt, sie solle sich das Leben nehmen, wenn die Tür aufgebrochen werde. Voller Angst hatte sie auf die blinkende Klinge mit der seltsamen Gravur gestarrt, und als Titus und seine Söhne nach dem Kampf schließlich in die Kammer getreten waren, hatte sie auf den Knien gekauert und wollte sich gerade ins Messer stürzen, weil sie die drei für die Mörder hielt. Dank der schnellen Reaktion ihres Mannes war es dazu nicht gekommen.

Die Männer atmeten erleichtert auf, als sie mit hocherhobenem Kopf das von Leichen übersäte Atrium verließ.

Titus trat vor seine Söhne und legte ihnen die Hände in den Nacken. Sie waren allein. Pallo und Clemens hatten Secundus weggeschlossen; Magnus und seine Brüder halfen beim Feuerlöschen. Die Eingangspforte schwelte noch. Rauch trieb durch den Raum.

«Ich danke euch, meine Söhne, ich danke euch sehr», sagte Titus und drückte sie an sich.

Vespasian versuchte, den Vater zu umarmen, wimmerte aber vor Schmerzen in der linken Schulter.

«Wir müssen dir das Eisen rausschneiden, Bruder», sagte Sabinus überraschend sanft. «Ich lasse Chloe holen.»

«Und Vater muss sich sein Ohr wieder annähen lassen», meinte Vespasian in der Hoffnung, Titus' Verletzung kleinreden zu können.

«Das Ohr ist ein für alle Mal verloren, mein Junge.» Vorsichtig betastete der Vater die Wunde. «Fast hätte es mich das Leben gekostet; ich bin im Kampf darauf ausgerutscht. Immerhin, ein Gutes hat es ja: Ich werde die scharfen Bemerkungen eurer Mutter nicht mehr so deutlich hören müssen.»

Alle drei schütteten sich vor Lachen aus, eher hysterisch als erheitert. Überglücklich, dass die Eltern noch lebten, und erleichtert von der Angst, die ihm während des nächtlichen Ritts hierher im Nacken gesessen hatte, löste sich Vespasians Anspannung mit diesem Lachen so heftig, dass es ihn am ganzen Körper schüttelte. Die Schmerzen in der Schulter und der starke Blutverlust führten dazu, dass er die Besinnung verlor und stürzte.

Vespasian öffnete die Augen und erkannte die Decke seines alten Zimmers wieder. Es war Tag.

«Es wird aber auch Zeit!»

Er drehte den Kopf zur Seite und sah Magnus, der auf einem Stuhl in der Ecke des Zimmers saß und sein Schwert polierte.

«Wie spät ist es?», fragte Vespasian mit schwacher Stimme.

«Fast Mittag.»

Vespasian legte die Hand auf die Schulter und ertastete einen dicken Verband.

«Ihr habt keinen Mucks von Euch gegeben, als die alte Chloe Euch aufgeschnitten hat. Wart die ganze Zeit über bewusstlos, selbst als sie die Wunde ausgebrannt hat. Bemerkenswerte Frau. Wie schnell sie die Pfeilspitze entfernt hat! Ich wette, sie hat in jüngeren Jahren verdammt gut ausgesehen.»

«Wenn du sie freundlich bittest, wird sie sich bestimmt noch mal auf eine Jugendsünde einlassen. Ich weiß ja, dass du auf ältere Frauen stehst.»

«Müsst Ihr mir das immer wieder aufs Brot schmieren? Einmal eine Ziege besprungen, und man ist für alle Zeit ein geiler Bock, nicht wahr?»

«Immerhin hast du dir deinen Ruf redlich verdient. Ich habe mich noch nie über einen Maulesel hergemacht, aber Sabinus zieht mich immer wieder damit auf. Wie dem auch sei, wie ist es deinen Gefährten ergangen?»

«Lucio hat es nicht geschafft. Cassandros aber wird's wohl packen, sagt jedenfalls Chloe. Der Pfeil ist ihm glatt durch die Wangen gegangen und hat nur ein paar Zähne ausgeschlagen. Tja, Griechen haben nun mal mehr Glück als andere.»

«Von jemandem verletzt zu werden, den man verteidigen wollte, würde ich nicht unbedingt als Glück bezeichnen.»

Magnus grunzte. «Wenn Ihr das so seht, habt Ihr wohl recht. Es wird sicher noch eine Weile dauern, bis er wieder eine anständige Römerwurst kauen kann. Als Grieche hat er eine besondere Vorliebe für Würstchen, wenn Ihr versteht, was ich meine?»

Vespasian grinste. «Ich fürchte, ja. Hilf mir auf, Magnus.»

«Wär's nicht besser, Ihr bleibt liegen?»

«Hast du dich so sehr in Chloe verknallt, dass du glaubst, deine Meinung als Krankenpfleger wäre von Belang?»

«Nein, aber ich weiß, wie schwach ich mich immer nach einer solchen Verletzung gefühlt habe.»

Vespasian richtete sich mühevoll auf. Die Wunde pochte, doch die Naht hielt. «Mir bleibt keine andere Wahl. Wir müssen uns um unsere Toten kümmern und dann so schnell wie möglich weiterziehen.»

«Wozu die Eile?», fragte Magnus und half dem Freund auf die Beine.

«Livilla erwartet ihre Männer heute noch zurück», antwortete Vespasian und wankte zur Truhe hin, auf der eine mit Wasser gefüllte Schale stand. «Wenn sie am Abend noch nicht aufgekreuzt sind, wird sie wissen wollen, warum, und spätestens morgen Abend wird man hier nach ihnen suchen. Wir sollten dann lieber weg sein.»

«Wenn sie hier niemanden antreffen, werden sie alles niederbrennen.»

Vespasian spritzte sich Wasser ins Gesicht. «Dann bauen wir eben alles später wieder auf.»

«Wohin reiten wir?»

«Du und deine Brüder, ihr helft Clemens, Secundus zurück nach Rom zu bringen», erklärte Vespasian und trocknete sich ab. «Ich will, dass du in der Stadt bleibst, bis Antonia eine Nachricht für mich hat, die du mir dann nach Cosa bringen müsstest.»

Magnus war anscheinend wenig angetan davon. «Wenn sie erfährt, dass ich in Rom bin, wird sie wahrscheinlich ständig nach mir rufen lassen.»

«Nimm's hin als Dienst am Nächsten. Übrigens, ich würde gern zwei deiner Brüder nach Cosa mitnehmen; ein bisschen Geleitschutz kann nicht schaden.»

«Klar, nehmt Sextus und Marius. Sie kennen sich in der Gegend aus. Was ist mit Euren Eltern? Wohin gehen die?»

«Artebudz begleitet sie nach Norden. Es liegt auf seinem Weg, und er brennt darauf, nach Noricum zurückzukehren.»

«Ja, ich weiß, er erzählt die ganze Zeit davon und macht sich Sorgen, dass sein Vater Brogduos gestorben sein könnte.»

«Wie lange ist er nun schon unterwegs?»

«Fast zwanzig Jahre.»

Titus kam, ohne anzuklopfen. Er hatte ein dickes Wundpflaster auf dem Ohr, das mit Leinen verbunden war.

Magnus verzog sich diskret.

«Du bist wach, gut», sagte Titus lächelnd. «Wie geht es dir, mein Sohn?»

«Schon besser, Vater, und dir?»

Titus reckte den Kopf nach vorn. «Was?»

«Mir geht es gut, und dir …? Ach, du machst Scherze.»

«Deine Mutter hat nicht darüber lachen können. Sie ist noch schlechterer Laune, seit Sabinus uns gesagt hat, wir müssten Italien verlassen und uns in der Fremde verstecken, in … Wie heißt die Gegend noch einmal?»

«Aventicum. Es ist zu eurem Besten, jedenfalls solange sich in Rom nichts tut.»

«Ich weiß und verstehe, aber deine Mutter nicht. Sie meint, dass nach dem abgewehrten Überfall die Gefahr vorüber ist.»

«Tja, das stimmt so leider nicht», erwiderte Vespasian und streifte sich die Tunika über.

«Versuch ihr das mal beizubringen. Sabinus und ich

haben's aufgegeben. Erst als ich befohlen habe, alle Wertgegenstände auf die Fuhrwerke zu packen, ist ihr klargeworden, dass sie nur die Wahl hat, in einem leeren, unbewachten Haus zu bleiben, das wahrscheinlich ein weiteres Mal heimgesucht wird, oder mit mir zu gehen.»

«Und wofür hat sie sich entschieden?»

«Ich weiß es nicht, sie denkt immer noch darüber nach. Ich habe ihr jedenfalls meinen Dolch zurückgegeben.»

Vespasian kicherte, während er sich den Gürtel umlegte. «Was geschieht mit dem Stallvieh?»

«Die Maultiere und die Schafe kommen auf die Sommerweiden. Pallo und ein paar der Freigelassenen werden sie eine Weile hüten. Sie haben nichts zu befürchten. Und die Sklaven aus dem Haus kommen mit uns.»

«Was ist mit den Feldarbeitern?»

«Sie sind alle tot, verbrannt in der letzten Nacht.»

«Nein, alle vierzig?» Vespasian, der sich gerade die Sandalen schnürte, blickte erschrocken auf.

«Es waren sogar sechzig. Seit du weggegangen bist, haben wir unseren Betrieb vergrößert. Ja, ein Jammer, was geschehen ist. Immerhin haben wir jetzt ein Problem weniger.»

«Ein Problem auf diese Weise zu lösen ist ziemlich kostspielig. Sie waren noch einiges wert.»

«Wem sagst du das, ich habe schließlich für sie bezahlt. Aber die Aussteuer, die Clemens' Schwester mit in die Ehe bringt, macht den Verlust mehr als wett. Wir haben heute Morgen schon mit ihm darüber gesprochen. Er bringt sie in einem Monat mit nach Cosa, wo die Hochzeit stattfinden soll. Da willst du doch auch hin, wenn ich richtig verstanden habe, oder?»

«Ja, in Begleitung von Magnus und zweien seiner Brüder –»

Sabinus steckte den Kopf zur Tür herein. «Vater, Vespasian, Ataphanes liegt im Sterben. Er verlangt nach uns.»

Die Unterkünfte der Freigelassenen befanden sich hinter den Stallungen entlang der Mauer, wo auch der Gutsverwalter sein Quartier hatte. Die Gebäude waren von den Bränden weitestgehend verschont geblieben.

Titus ging mit seinen Söhnen an den drei Fuhrwerken vorbei, die mit dem Hab und Gut der Familie beladen wurden, zur *Cenatio*, in der die Freigelassenen ihre Mahlzeiten einnahmen und sich abends bechernd und würfelnd miteinander unterhielten. Auf der Rückseite gab es einen fensterlosen Korridor mit Türen, die zu den einzelnen Schlafkammern führten und dem Stallhof zugewandt waren. Titus wollte gerade eine der Türen öffnen, zögerte aber plötzlich. Zwar hatte er als Hausherr das Recht, jederzeit einzutreten, hielt es in diesem Fall aber doch für geboten anzuklopfen.

Die Tür öffnete sich, und Chloe zeigte sich im Spalt. Überrascht runzelte sie die Stirn und verbeugte sich. «Meister Vespasian, schön, dass Ihr wieder auf den Beinen seid. Was macht die Schulter?»

«Tut immer noch weh und ist ein bisschen steif. Aber es wird schon. Danke für deine Hilfe, Chloe», antwortete Vespasian und ergriff ihre Hand in aufrichtiger Zuneigung. Schon in seiner Kindheit hatte sie so manche seiner Wunden verarztet und ihm alle möglichen Heiltrunke eingeträufelt, weshalb sie seinem Empfinden nach zum engen Kreis der Familie gehörte.

«Ihr hattet Glück, dass kein ernster Schaden entstanden ist», sagte sie und strahlte ihn an. Die wenigen Zähne, die sie noch im Mund hatte, waren gelb oder schwarz. «Dem armen Ataphanes ist leider nicht mehr zu helfen. Ein Pfeil ist in seine Leber eingedrungen, und er wird an inneren Blutungen sterben. Lang hat er nicht mehr.»

Vespasian nickte und trat in den kleinen, weiß getünchten Raum. Zu seiner Überraschung stand Artebudz vor dem einzigen Fenster. Im Hof hinter ihm ging das geschäftige Treiben unausgesetzt weiter.

Ataphanes lag auf einem niedrigen Bett. Das einst stolze, markante Gesicht des Persers war fahl und grau. Er atmete mühevoll. Er öffnete die Augen – sie hatten einen gelblichen Schimmer – und lächelte schwach.

«Ich bin dankbar für Euer Kommen, meine Herren», flüsterte er.

«Der Herr hat angeklopft», sagte Chloe von der Tür aus. Ihr war bewusst, dass sie nicht gefragt war, wollte Ataphanes aber unbedingt diese Mitteilung machen.

«Danke», sagte er zu Titus. «Ich fühle mich geehrt.»

«Du verdienst es nach all den Jahren im Dienst meiner Familie», sagte Titus und nahm ihn bei der Hand. Er drückte sie sanft und warf einen fragenden Blick auf Artebudz.

«Ich bin Artebudz, Herr. Euer Sohn hat mir die Freiheit geschenkt. Ich schulde Eurer Familie meinen Dank.»

«Das ist der Mann, der auf mich angelegt hat, Herr», hauchte Ataphanes. «Sein Schuss war sehr viel besser als meiner, den ich auf Vespasian abgegeben habe – gelobt sei Ahura Mazda.» Er versuchte zu lachen. Blut trat ihm über die Lippen. «Mein skythischer Freund Baseos hat dagegen ins Leere getroffen. Es war unser letzter Wettstreit im Bogenschießen, und ich habe gewonnen.»

«Zum Glück für mich hast du nicht ins Schwarze getroffen», bemerkte Vespasian und berührte seine Schulter.

Ataphanes nickte und schloss die Augen. «Ich habe noch zwei Bitten, meine Herren.»

«Sprich», sagte Titus.

«Zum einen bitte ich darum, meinen Leichnam nicht einzuäschern, sondern auf einem Turm der Stille den Aasvögeln zu überlassen, wie es in meinem Volk Brauch ist und den Lehren des Propheten Zoroaster entspricht.»

«So wird es geschehen.»

«Danke, Herr. Meine zweite Bitte ist wohl weniger leicht zu erfüllen. Ich habe Geld gespart, in Gold. Es befindet sich in einem Kasten unter meinem Bett, zusammen mit ein paar persönlichen Dingen, von denen ich mir wünsche, dass sie meine Familie bekommt. Ich hatte gehofft, mit dem Geld eines Tages in meine Heimat zurückkehren zu können, aber das wird nun nicht mehr möglich sein. Lasst bitte das Geld und meine Sachen meinen Angehörigen zukommen mit einem Brief, der von meinem Leben berichtet. Sie können Griechisch lesen. Ich schaffe es nicht mehr, selbst zu schreiben.»

«Gern, Ataphanes, aber an wen sollen wir den Brief schicken?»

«Meine Familie stammt aus Ktesiphon, sie handelt mit Gewürzen. Als jüngster von fünf Söhnen hatte ich keinen Platz im Geschäft. Zum Ausgleich für die Lehnsabgaben, die meine Familie schuldete, diente ich in der Armee unseres großen Königs. Und nun bin ich hier und werde es bleiben. Meine Familie hat gut verdient im Handel mit den Juden von

Alexandria, vielleicht tut sie das immer noch.» Ataphanes legte eine Pause ein, um Luft zu holen. Seine Brust ging unregelmäßig auf und ab. «Besonders eng war die Beziehung zu einer jüdischen Familie, der vor zwei Generationen von Iulius Caesar die Bürgerschaft zuerkannt worden war. Das Oberhaupt hieß Gaius Iulius Alexander. Wenn er noch lebt, wird er Euch sagen können, an wen der Brief mit dem Geld zu adressieren wäre.»

Ataphanes atmete immer flacher und sporadischer.

Titus schaute sorgenvoll auf ihn herab. «Unsereins darf nicht nach Ägypten reisen, es sei denn mit Erlaubnis des Kaisers persönlich. Wie können wir deine Angehörigen ausfindig machen, ohne dorthin zu gelangen?»

Ataphanes öffnete die Augen unter großen Mühen und flüsterte: «Schreibt dem Alabarchen. Er wird Euch weiterhelfen. Lebt wohl, meine Herren.»

Er verschied. Artebudz trat vor und schloss die gebrochenen Augen.

Für eine Weile herrschte Schweigen.

«Hol den Kasten, Sabinus», sagte Titus schließlich. «Ich werde veranlassen, dass sich Pallo um den Leichnam kümmert. Wir haben auch sonst noch einige Tote zu bestatten. Der Scheiterhaufen ist schon aufgebaut.»

Titus ging und ließ die Brüder zurück, die einander fragend anschauten.

«Was ist ein Alabarch?», fragte Sabinus.

«Keine Ahnung. Darüber können wir uns später den Kopf zerbrechen. Komm, hol den Kasten unter dem Bett hervor, und sobald die Bestattungen vorüber sind, sprechen wir mit Secundus.»

Sabinus bückte sich und tastete mit der Hand den Boden unter dem Bett ab. Schließlich zog er eine würfelförmige Truhe mit einer Kantenlänge von etwa einem Fuß darunter hervor. Sie war nur mit einem Riegel verschlossen. Er öffnete den Deckel. Die Brüder staunten nicht schlecht, als sie sahen, dass die Truhe bis zu einem Viertel gefüllt war, nicht nur mit Münzen, sondern auch mit Goldbarren und Edelsteinen.

«Wie hat er so viel zusammensparen können?» Sabinus griff mit der Hand in die Münzen und ließ sie durch die Finger rieseln.

«Er hat alles zurückgelegt, was Euer Vater ihm für seine Arbeit gegeben hat», antwortete Chloe. Sie hatte Tränen in den Augen. «Einmal im Jahr ging er nach Reate und kaufte Gold.»

«Aber dies hier ist doch mehr als das Ersparte von zehn Jahren, oder?», warf Vespasian ein. «So großzügig ist Vater nicht.»

«Baseos hat ihm einen Großteil seines Geldes überlassen. Er sagte, er habe keine Verwendung dafür, ihm fehle es an nichts, und falls er wieder in seine Heimat zurückkehrte, könne er in den Steppen Skythiens sowieso nichts damit anfangen. Er gab das Geld lieber dem Freund, der es sinnvoller anlegen konnte.»

Sabinus schnaubte. «Verständlich, ja», sagte er und hob den schweren Kasten an. «Ich sollte mich wohl in Zukunft vor allem mit Skythen befreunden.»

Er verließ die Kammer. Vespasian folgte und versuchte sich vorzustellen, wie jemand freiwillig auf das verzichten konnte, was ihm selbst überaus wichtig war, nämlich Geld.

Die Toten waren in einer von Titus geleiteten Zeremonie auf zwei Scheiterhaufen vor den Toren des Anwesens eingeäschert worden – auf dem einen die Angehörigen des Gutes sowie Lucio von der Bruderschaft der Straße und auf dem zweiten alle anderen. Einem jeden war eine Münze für den Fährmann in den Mund gelegt worden, zu Vespasians Verdruss auch den Männern Livillas.

Jetzt stand er neben seinem Vater vor einem eilig zusammengezimmerten Podest, das auf vier acht Fuß hohen Pfosten stand. Darauf war Ataphanes aufgebahrt. Dahinter hatten sich die Freigelassenen des Gutes und Artebudz versammelt. Baseos, der hemmungslos weinte, hielt Ataphanes' Bogen in der Hand, der ihm zur Erinnerung an den Freund übergeben worden war. Von Vespasian gefragt, ob er etwas von seinem Geld zurückhaben wolle, hatte der alte Skythe geantwortet, dass er für seinen Lebensunterhalt mit dem Bogen sehr viel mehr erreichen könne als mit all seinem Geld. Er schien mit dem Tausch vollkommen einverstanden zu sein, weshalb Vespasian kein weiteres Wort darüber verlor.

Da sich niemand auskannte mit zoroastrischen Bestattungsriten, hatte Sabinus kurzerhand beschlossen, die entsprechenden Handlungen des Mithraskultes anzuwenden, zumal sich beide Religionen durchaus ähnlich waren. Er sprach Gebete an die Sonne für die Seele des Toten und hob dabei eine grüne Weizenähre in die Höhe. Dann opferte er einen jungen Stier und vollführte ein paar merkwürdige Gesten mit der Hand über den Flammen, bevor er dessen Herz ins Feuer warf. Das alles mutete sehr seltsam an, wenn auch das Opfern als solches allen vertraut war.

«Was sollte der ganze Zauber?», fragte Vespasian seinen Bruder, als sie durch das Tor zurück auf den Hof gingen. Es war die achte Stunde des Tages. Die Fuhrwerke waren beladen, und die Maultiere standen schon im Geschirr. Pallo hatte gesagt, man könne in einer Stunde aufbrechen.

«Wenn ich dir darauf antworten würde, müsste ich dich anschließend töten und dann auch mich», erwiderte Sabinus ohne jede Spur von Ironie. «Wenn du Bescheid wissen willst, musst du dich einweihen lassen, zuerst in den untersten Grad: den des Raben.»

«Woher soll ich wissen, ob ich eingeweiht werden will in eine Religion, von der ich nichts weiß?»

«Du musst einfach glauben, Bruder.»

«Woran?»

«An Mithras und den Sonnengott.»

«Und was darf ich mir von denen versprechen?»

«Dass sie deinen Geist lenken und deine Seele reinigen für den Übergang von dieser in die nächste Welt.»

«Wie?»

«Den Eingeweihten werden je nach Weihegrad die Geheimnisse enthüllt.»

«Welchen Grad hast du erreicht?»

«Den dritten; ich bin Soldat. Aber erst mit dem siebten, wenn man das ist, was wir Vater nennen, sind einem alle Mysterien offenbar. Wenn du wirklich interessiert bist, kann ich dafür sorgen, dass auch du eingeweiht wirst.»

Vespasian hielt nicht viel von einer Religion, deren Geheimnisse von einigen wenigen hochgestellten Mitgliedern gehütet und der Masse vorenthalten wurden, die einfach nur einem Glauben blind zu folgen hatte. Offenbar, so schien es ihm, ging es vor allem um Macht und Kontrolle, was vielleicht erklärte, warum der Mithraskult gerade beim Militär so populär war.

«Nein, danke, Sabinus. Mir sind die alten Götter lieber, denen man nur schmeicheln muss, damit sie einem praktische Hilfe zukommen lassen: zum Beispiel den Sieg im Kampf bringen oder eine gute Ernte oder Tod dem Feind. Und um Geist und Seele, was immer das sein mag, braucht man sich nicht groß Gedanken zu machen.»

«Auch die alten Götter haben ihre Geheimnisse, die, wenn ich richtig unterrichtet bin, denen des Mithras recht ähnlich sind.»

«Und warum folgst du dann dem neuen Gott?»

«Wenn man sie sich genauer ansieht, sind alle Religionen im Wesentlichen gleich. Es kommt darauf an, sich für diejenige zu entscheiden, die die Wahrheit über Leben, Tod und Wiedergeburt auf eine Weise zum Ausdruck bringt, die einem am ehesten zusagt.»

«Ich für meinen Teil sorge mich ausschließlich um das Leben. Was danach kommt, falls überhaupt etwas danach kommt, kann für sich selbst sorgen.»

«Wie du meinst, Bruder.»

Das theologische Gespräch war zu Ende, als sie Clemens fanden, der einem jungen Stallburschen Vorhaltungen machte, weil er den Sattelgurt an seinem Pferd anscheinend nicht fest genug angezogen hatte.

«Ich bin mir sicher, der kleine Mistkerl hat versucht, mich umzubringen», beklagte er sich bei den Brüdern, nachdem er dem Jungen eine heftige Maulschelle verpasst und ihn wieder an die Arbeit geschickt hatte.

«Wo ist Secundus?», wollte Sabinus von Clemens wissen. «Wir müssen ihm noch ein paar Fragen stellen, bevor du ihn zu Antonia zurückbringst.»

«Er ist in einer der Scheunen. Kommt, ich zeige Euch, wo. Ich fürchte nur, Ihr werdet nicht viel aus ihm herausbekommen. Ich bin mit meinen Versuchen gescheitert.»

«Vielleicht hat's an deiner Überzeugungskraft gehapert», entgegnete Vespasian, als sich Clemens bereits mit ihnen in Bewegung setzte.

«Wir sehen nur zwei Möglichkeiten, Secundus», sagte Vespasian in aller Ruhe. «Entweder du vertraust dich uns an und genießt den Schutz unserer Herrin Antonia, oder du schweigst. In letzterem Fall wird Antonia Macro davon in Kenntnis setzen, dass du nicht nur sie, sondern auch ihn hintergangen hast, und dann wird dieser wohl sein unschönes Versprechen wahrmachen und dich mitsamt deiner Frau dem Tod überantworten.»

«Lasst Albucilla da heraus», knurrte Secundus und kniff die ohnehin ineinander übergehenden Brauen über seinen blassblauen Augen zusammen. Seine ausgeprägten Wangenknochen und der kantige Kiefer zeigten deutliche Spuren von Misshandlung.

«Aber sie steckt mittendrin», entgegnete Vespasian gelassen. «Und das, seitdem du sie zu Livilla und Seianus ins Bett gesteckt hast.»

«Damit habe ich nichts zu tun. Sie folgt ihrem eigenen Willen.»

«Dann entspricht es wohl auch ihrem eigenen Willen, dass sie dir brühwarm all die interessanten kleinen Geschichten weitererzählt, die sie eingequetscht zwischen ihren neuen Freiern aufschnappt, nicht wahr?»

Secundus sprang vom Stuhl auf und versuchte, über Sabinus herzufallen, wurde aber von Vespasian und Clemens rechtzeitig zurückgehalten. Sabinus versetzte ihm einen Fausthieb aufs Brustbein und schickte ihn zu Boden, wo er nach Luft rang.

«Hör zu, Secundus», fuhr Vespasian immer noch ruhig fort. «Du und deine Frau, ihr habt ein gefährliches Spiel getrieben, mit dem es jetzt vorbei ist. Antonia könnte sich mit ihrer Tochter Livilla zu einem kleinen Gespräch von Frau zu Frau zusammensetzen und sich von ihr erzählen lassen, was Albucilla dir so alles anvertraut und was Macro daraufhin von dir erfahren hat. Stell dir vor, wie Seianus reagiert, wenn er erfährt, dass es in seinem Bett eine Spionin gibt. An deiner Stelle würde ich es vorziehen, den von Macro versprochenen Tod hinzunehmen, anstatt die Qualen erdulden zu müssen, die Seianus dir und deiner lieben Frau über lange Zeit zufügen würde.»

Secundus war wieder zu Atem gekommen und schaute zu Vespasian gleichermaßen resigniert und hasserfüllt auf. «Was wollt ihr, und was könnt ihr mir bieten?»

«Schon besser. Wusste ich doch, dass mit dir zu reden ist. Ich bewundere Ehrgeiz, aber nur wenn er durch ein gewisses Maß an Loyalität gezähmt wird, und davon scheinst du nichts zu haben. Ich schlage vor, du holst in dieser Hinsicht etwas nach. Antonia und Macro werden es dir danken, indem sie dich und Albucilla am Leben lassen. Was wir wollen, ist denkbar einfach: Erkläre uns, warum du zu Seianus gegangen bist und was du ihm erzählt hast.»

Secundus mühte sich vom Boden auf. «Darf ich mich wieder setzen?»

Clemens stellte den Stuhl vor ihn hin. Secundus nahm darauf Platz, wischte sich den Schweiß von der Stirn und massierte sich die geprellte Brust.

«Nun denn», sagte Sabinus. «Sprich.»

Secundus blickte erbärmlich drein. Ihm war klar, dass er keine Wahl hatte. Er holte tief Luft. «Ich war immer loyal gegenüber Macro», beteuerte er, «aber als er sich mit Antonia gegen Seianus verschworen hat, glaubte ich, auf das falsche Pferd gesetzt zu haben. Sich Seianus zum Feind zu machen ist viel zu riskant, und ich musste fürchten, mit Macro unterzugehen. Antonia aber ist auch nicht zu unterschätzen. Falls sie die Nase vorn behält und mich der Untreue bezichtigt, wird es mir nicht minder dreckig ergehen.»

«Jedenfalls wolltest du nicht auf der Seite des Verlierers stehen», sagte Sabinus mit einem dünnen Lächeln.

Secundus zuckte mit den Achseln. «Tja, das ist wohl immer von Nachteil. Ich kenne niemanden, der etwas anderes behauptet, und wer davon zeugen könnte, ist wahrscheinlich tot. Wie dem auch sei, ich habe meiner Frau von meinen Bedenken berichtet. Sie hatte die Idee, Livilla zu verführen und dann auch Seianus; dann wäre es für uns einerlei, wer als Sieger aus dem Machtkampf hervorginge, weil wir einen Fuß in beiden Lagern hätten.»

«Wie man's nimmt», meinte Vespasian.

Secundus ging über die spöttische Anspielung hinweg. «Als es ihr gelungen war, sich in deren Bett einzuschleichen, gab sie ihnen nach und nach vermeintliche Geheimnisse über Antonia preis. Was sie ihnen sagte, hatte sie von mir, aber sie behauptete, von einem der prätorianischen Leibwächter Caligulas unterrichtet worden zu sein, mit dem sie ebenfalls ein Verhältnis habe.»

«Und wer sollte das sein?», fragte Clemens argwöhnisch.

Secundus schaute ihn grinsend an. «Du.»

«Du Hund!», blaffte Clemens und holte mit der Faust aus.

Secundus duckte sich und wich dem Schlag aus. «Was hätte sie sonst sagen sollen? Eine Liebschaft mit einem einfachen Soldaten hätte man ihr doch nicht abgenommen. Es musste schon der Hauptmann der Wachen sein. So konnte ich das weiterleiten, was ich aus den Briefen erfahren hatte, die zwischen Antonia und Macro hin- und hergingen, ohne Macro zu verraten.»

«Seianus weiß also nicht, dass Macro mit Antonia unter einer Decke steckt?», fragte Vespasian nach und legte eine beschwichtigende Hand auf Clemens' Unterarm.

«Natürlich nicht. Ich bin schließlich nicht auf den Kopf gefallen. Wenn Albucilla Seianus darüber aufklären würde, hätte Macros letztes Stündlein geschlagen, und Antonia wüsste, dass ich der Verräter bin. Und wie ich sie kenne, wäre es dann auch um mich geschehen. So schnell und weit könnte ich nicht laufen, um ihrem Zorn zu entgehen.»

«Welche Informationen hast du Seianus zukommen lassen?», verlangte Sabinus zu wissen und kam Secundus bedrohlich nahe.

«Im Grunde nur Nebensächlichkeiten, Dinge, die Clemens bekannt sein mussten, zum Beispiel die Namen derer, die bei Antonia ein und aus gegangen sind. Wichtiger war eigentlich nur der Hinweis auf die Ankunft des Gefangenen. Ich wusste, dass Antonia vorhat, einen Zeugen vor Tiberius zu bringen, der gegen Seianus aussagt, denn falls du dich erinnerst, war ich zugegen, als du dich mit Pallas und Macro getroffen hast.»

«Augenblick mal.» Vespasian wandte sich Sabinus zu. «Von einem Treffen mit Macro hast du mir nie etwas gesagt.»

«Du hast nicht gefragt», entgegnete Sabinus abwinkend.

«Was hätte mich auch zu einer solchen Frage veranlassen können? Ich dachte, dass wir uns über alles, was von Belang ist, ganz selbstverständlich austauschen.»

«Es war nicht von Belang. Ich habe Pallas begleitet, als er sich in Antonias Auftrag mit Macro getroffen hat. Secundus war als dessen Leibwächter dabei. Deshalb habe ich ihn letzte Nacht wiedererkannt.» Sabinus richtete seinen Blick zurück auf Secundus. «Lass hören, was du sonst noch zu sagen hast.»

Secundus zog seine zusammengewachsenen Brauen in die Stirn. «Als Antonia mich beauftragte, Macro mitzuteilen, dass etwas Wichtiges in Kürze in Ostia eintreffen werde, ahnte ich, dass es sich um diesen Zeugen handeln musste. Albucilla hat Seianus davon in Kenntnis gesetzt, der daraufhin Wachposten im Hafen und an allen Stadttoren aufstellen ließ. Von meiner Frau weiß ich, dass Seianus stinksauer war, weil niemand das Gesicht des Mannes hatte sehen können, da es unter einer Kapuze verborgen gewesen war.»

«Wenn ich recht verstehe, weiß Seianus nicht, wer dieser Zeuge ist», hakte Sabinus nach.

«Nein, und er weiß auch nicht, woher er kommt. Dass er in Moesien entführt wurde, habe ich Albucilla natürlich nicht anvertraut, denn woher hätte Clemens so etwas wissen sollen? Seianus hätte Verdacht geschöpft und ihr womöglich den Laufpass gegeben. Ich brauche sie aber in seinem Bett, denn durch sie komme ich an Informationen, die Macro nützlich sind. Zum Beispiel habe ich von ihr erfahren, dass Caligula nach Capreae gerufen worden ist.»

Vespasian staunte über das Doppelspiel des Mannes, seine Verschlagenheit und seine Nerven. Er hatte sich auf ein sehr gefährliches Spiel eingelassen und spielte es gut, denn er lebte noch und würde letztendlich auf der Seite des Gewinners stehen. «Warum solltest ausgerechnet du am Überfall auf unsere Eltern teilnehmen?», fragte er.

«Wir hatten den Auftrag, eure Mutter zu Livilla zu bringen.»

«Was will sie von ihr?»

«Seianus brennt darauf zu wissen, wer dieser Zeuge ist, und weil er Antonia nicht fragen kann, hofft er, von einer ihrer Vertrauten aufgeklärt zu werden. Albucilla hat ihm gegenüber mehrmals den Namen eures Onkels fallenlassen, und weil sich Senator Pollo gerade mit dem Senat anlegt – wie es Albucilla gegenüber Seianus behauptet hat –, glaubt der nun, dass Pollo von Antonias Plänen weiß. Darum hat er ein paar von Livillas Männern zu ihm hingeschickt, damit sie ihn zu einem Gespräch abholen.»

«Ja, das ist uns bekannt. Sie haben ihn nicht vorgefunden», sagte Sabinus, «aber fast alle Angehörigen seines Hauses umgebracht.»

Secundus zuckte mit den Achseln. «Wir sollten seine Schwester mitbringen, damit sie seinem Gedächtnis auf die Sprünge hilft. Ich wurde mitgeschickt, weil von Livillas Männern niemand weiß, wie sie aussieht. Es war Albucillas Vorschlag, dass ich sie begleite, denn mir ist Senator Pollo ein paarmal zu Gesicht gekommen, und ich hätte vielleicht eine Familienähnlichkeit erkennen können.»

«Und was war mit Sabinus und mir?», fragte Vespasian.

«Von euch war nie die Rede, weder im Bett noch von Macro», antwortete Secundus mit gewitzter Miene. «Albucilla sagte nur, dass zwei unbekannte junge Männer den Gefangenen von Bord führen und zu Antonias Haus bringen würden. Ich glaube, es wäre besser, ihr hieltet euch eine Weile von Rom fern.»

«Das haben wir auch vor», erwiderte Sabinus.

«Und wo bleibe ich?», fragte Secundus.

«Livilla wird Männer schicken, die nachsehen sollen, was hier passiert ist», sagte Vespasian. «Sie werden ein verlassenes Anwesen und zwei niedergebrannte Scheiterhaufen vorfinden. Livilla wird glauben, dass du auf einem der beiden verbrannt worden bist. Clemens bringt dich zu Antonia. Bei ihr kannst du dich eine Weile tot stellen; sie entscheidet derweil, was mit dir geschieht.»

«Und was ist mit meiner Frau? Soll auch sie mich für tot halten?»

«Darüber befindet Antonia. Ich schätze, ihre Antwort hängt davon ab, wie loyal und nützlich du dich ihr erweisen wirst.»

«Oh, ich kann sehr nützlich sein.»

Vespasian glaubte ihm aufs Wort und grinste. «Das würde sie dir danken.»

«Sie wird sehr dankbar sein.»

«Warum?»

«Weil ich ihr zu einem großen Triumph verhelfen und Seianus ausliefern kann.»

Teil V

Von Cosa nach Capreae,
Dezember A. D. 30 –
März A. D. 31

XIIII

Io, io, io, Saturnalia!», riefen Vespasian und Sabinus, als sie mit Tafeln voller Speisen das Triclinium von Vespasians Gutshof bei Cosa betraten.

«Io, io, io, Saturnalia!», schallte es ihnen überschwänglich von Sextus und Magnus sowie den wenigen Freigelassenen und Sklaven entgegen, die auf dem Gut zurückgeblieben und in Feierstimmung waren.

Sie räkelten sich auf den drei Liegen rund um einen niedrigen Tisch und stießen mit erhobenen Bechern zum Fest des Guten Willens miteinander an. Sie tranken schon seit dem frühen Nachmittag, während Vespasian, Sabinus und Clementina mit Hilfe einiger Küchenmägde das Mahl vorbereitet hatten. Vespasian und Sabinus verteilten nun die Teller auf dem Tisch, und Clementina ging mit dem Weinkrug herum, um die hastig geleerten Becher wieder aufzufüllen.

Der Raum war mit Tannengrün und Früchte tragenden Stechpalmenzweigen geschmückt. Alle Anwesenden, welchen Standes auch immer, trugen eine randlose kegelförmige Filzkappe, den *Pileus*, zum Zeichen der Freilassung. Die Tuniken waren nicht wie üblich weiß, rostrot oder wollfarben, sondern prangten in grellen Farben wie nur zu dieser Jahreszeit, dem sechs Tage währenden Fest zu Ehren des Gottes Saturn. Dieser Tag war der Höhepunkt der Feierlichkeiten. Der Haushalt wurde auf den Kopf gestellt: Die Herren bedienten die Sklaven und freien Arbeiter, denen es ausnahmsweise erlaubt war, respektlos zu sein, allerdings nicht über Gebühr.

Zungenschnalzend begutachtete die Gesellschaft, was serviert wurde: gegrillter Fisch mit Fenchel und geröstete Milchzicklein mit einer Soße aus Pflaumen und Kapern.

«Sieht sehr viel besser aus als der Mansch, den uns Eure Großmutter, die alte Schachtel, nach ihren alljährlichen Ausflügen in die Küche vorgesetzt hat, wenn sie die überhaupt finden konnte», bemerkte Attalus, Tertullas Verwalter und Gefährte. «Aber Ihr verwöhnten Jungspunde werdet Euch an die Schrecken ihrer Kochversuche wohl kaum erinnern können, oder?»

«Ich zweifle keinen Augenblick daran, dass du ihr jedes Mal deutlich deine Meinung zu verstehen gegeben hast», erwiderte Vespasian und lachte über die Beschreibung seiner Großmutter, die wahrscheinlich niemand mehr geliebt hatte als er.

«Und ob, mein Junge.» Grinsend leerte Attalus seinen Becher zum wiederholten Mal. «Weil es während der Saturnalien gestattet war, frech zu sein, brachte es mir keinen Spaß, sie zu verunglimpfen, weshalb ich gerade dann immer besonders ehrerbietig und fügsam war. Der perfekte Sklave. Im Verlauf der sechs Tage machte sie das richtig wild. Ich glaube, sie kochte absichtlich schlecht, nur um mir eine sarkastische Bemerkung zu entlocken. Aber so etwas kam mir nie über die Lippen. Ich habe immer brav gegessen und gute

Miene zum schlimmen Fraß gemacht. Eine Meisterleistung an Selbstüberwindung, die mir da gelungen ist.» Er winkte mit dem Becher Clementina herbei. «Schenk ein, Mädchen, randvoll wie du selbst.»

Schallendes Gelächter brach aus. Clementina errötete, legte aber lächelnd eine Hand auf ihren schwellenden Bauch und eilte herbei, um ihm zu trinken zu geben.

Sabinus sträubte sich ein wenig, lachte aber mit. Die Bemerkung war nicht böse gemeint und durchaus im Sinne der Saturnalien, an denen er trotz seines neuen Glaubens Vergnügen hatte. Er sah sie als Vorspiel zur ernsteren Feier der Geburt Mithras, die in wenigen Tagen begangen werden sollte. «Wenn du meinst, Attalus, dass diese beiden Speisen essbar aussehen, kannst du auf die nächsten gespannt sein», rief er. «Ich schätze, davor schreckt sogar ein gallischer Seefahrer zurück, der seit Wochen auf dem Meer umherirrt und Hunger schiebt.»

Wieder wieherten alle vor Lachen. Gallier waren, wie jeder wusste, weder für ihre nautischen Fähigkeiten noch ihre kulinarischen Ansprüche bekannt.

«Clementina, meine Liebe, würdest du jetzt bitte die Geschenke verteilen, während wir die nächsten Gänge auftischen?», fragte Sabinus und deutete auf einen Tisch in der Ecke des Raums, auf dem Wachskerzen, Tonfiguren und ein Stoß neuer Tuniken lagen.

Clementina lächelte ihrem Gatten zu. «Mit Vergnügen, Sabinus.»

Sabinus erwiderte ihr Lächeln und verließ den Raum.

Vespasian folgte ihm. Er liebte die Saturnalien und war bester Laune. Genau zu diesem Zweck hatte man sie vor fast zweihundertfünfzig Jahren ins Leben gerufen, zur Erheiterung des römischen Volks nach der verheerenden Niederlage, die ihm von Hannibal am Trasimenischen See zugefügt worden war, in einem Kampf, der über fünfzehntausend römische Söhne, Brüder und Väter das Leben gekostet hatte. Spötter behaupteten, dass die noch bitterere Niederlage ein Jahr später in der Schlacht bei Cannae, der über fünfzigtausend Römer zum Opfer gefallen waren, zur allgemeinen Belustigung noch beigetragen habe.

Vespasian kannte die geschichtlichen Tatsachen nicht, hatte aber seinen Spaß am makabren Witz. Es gefiel ihm, in gehobener Stimmung zu sein. Die vergangenen fünf Monate in Cosa waren kaum zum Lachen gewesen. Aber immerhin hatte er sich nicht langweilen müssen. Es gab jede Menge Arbeit auf dem Gutshof, der seit Tertullas Tod vor zweieinhalb Jahren kaum mehr bewirtschaftet worden war. Zwar hatte sich Attalus redlich bemüht, einen Notbetrieb aufrechtzuerhalten, aber da nach Tertullas Letztem Willen alle Sklaven freigelassen worden waren, mangelte es nun an Arbeitskräften, denn von den Freigelassenen waren nur wenige geblieben. Die meisten hatten beschlossen, ihr Glück in Cosa oder Rom zu probieren. Attalus hatte zwar ein paar neue Sklaven eingekauft, größere Anschaffungen jedoch zu Recht gescheut, weil dazu Vespasians Erlaubnis nötig gewesen wäre. Der war darum die ersten Monate damit beschäftigt gewesen, Landarbeiter zu rekrutieren und den Hof wieder instand zu setzen, bevor der Winter Einzug hielt und die Felder für ein paar Monate brachlagen.

Er hatte tagtäglich von Sonnenaufgang bis -untergang gearbeitet und getan, was er konnte. Das war ihm nicht schwergefallen, wohl aber die Zeit am Abend. Seit Clemens seine Schwester im August zur Heirat mit Sabinus nach Cosa gebracht hatte, war Vespasian gezwungen, mit den beiden, die sich schnell ineinander verliebt hatten, zu Abend zu essen. Tatsächlich war er zum ersten Mal in seinem Leben neidisch auf seinen Bruder. Er war neidisch auf dessen Glück und darauf, wie seine Liebe erwidert wurde und dass er das Bett mit der Geliebten teilte. Er war eifersüchtig auf alles, was Sabinus hatte, zumal Vespasian selbst seine Caenis missen musste.

Einmal hatte Antonia Caenis nach Cosa geschickt, vorgeblich mit der Nachricht, dass Caligula mit Clemens auf Capreae eingetroffen sei und sie auf Nachrichten von ihnen warte. Aber nach drei Monaten waren immer noch keine Nachrichten eingetroffen, und Vespasian wurde immer ungeduldiger. So weit von Rom entfernt, kam er in seiner Laufbahn nicht voran, und sosehr ihm die Arbeit auf dem Gutshof auch gefiel, sah er darin nicht seine eigentliche Bestimmung.

Caenis war vier Tage – und Nächte – geblieben, aber die gemeinsame Zeit lag nun schon wieder drei Monate zurück, und seitdem hatten sie sich nicht mehr gesehen. Vier Tage lang hatten sie Mann und Frau spielen können, waren morgens spazieren gegangen, hatten zusammen zu Abend gegessen und nachts im selben Bett gelegen. Dafür, dass Sabinus und Clementina nicht auf die Sklavin herabgesehen, sondern sie als Ebenbürtige betrachtet hatten, war er dankbar, aber in gewisser Hinsicht hatte dies das Problem nur umso deutlicher gemacht: So freundlich der Umgang mit ihr auch sein mochte, Caenis war eine Sklavin und konnte nur hoffen, freigelassen zu werden. Wirklich frei zu sein aber war ihr unmöglich.

Als sich um seinen Geburtstag im November herum herausstellte, dass Clementina schwanger war, konnte er seinen Neid kaum mehr verhehlen. Sein Bruder sollte ein Kind haben mit einer Frau, die er liebte, während Vespasian ein solches Glück verwehrt bleiben musste, weil ein Kind mit Caenis nicht mit gleichen bürgerlichen Rechten ausgestattet sein würde. Caenis zu heiraten kam nicht in Frage, denn die Lex Papia Poppaea schloss die Ehe zwischen einer Freigelassenen und einem Senator ausdrücklich aus. Wenn er Rom weiter diente, würde er womöglich schon im vorgeschriebenen Alter von vierundzwanzig Jahren zum Quästor ernannt werden, und ein Sitz im Senat wäre gewissermaßen vorprogrammiert, weil ihm sein Onkel bereits angehörte.

Vor diese Situation gestellt, sah er keinen Ausweg außer dem, sich von seinen Ambitionen zu verabschieden. Aber seit er sich von der Anhöhe auf der Via Salaria aus vom Anblick der majestätischen Hauptstadt hatte überwältigen lassen, wusste er, dass ihm das nicht möglich sein würde. Ihm blieb also keine andere Wahl, als seine Gefühle zu verschließen und sich in der Arbeit auf dem Gutshof zu verlieren, bis Antonia ihn und Sabinus rufen würde, damit sie ihre Mission erfüllten und Rhotekes vor Tiberius führten.

An diesem Abend aber hatte er alle seine Sorgen vergessen. Während der Saturnalien Trübsal zu blasen war fast unmöglich, und eben darum wurden sie gefeiert seit der dunklen Tage, in denen Hannibal über Italien hergefallen war.

Wieder wurde «Io, io, io, Saturnalia» im Chor geschmettert, als Vespasian und Sabinus ins Triclinium zurückkehrten und die letzten beiden Gänge auftrugen.

«Du hast nicht übertrieben, Sabinus», meinte Attalus

und rührte mit dem Finger in einer dünnen Soße, in der zerkochte Kaninchen schwammen. «Ihr lauft eurer Großmutter noch den Rang ab. Der gallische Seefahrer müsste blind und betrunken sein, um so etwas zu essen.»

«Nur Mut, du hast es bald geschafft, Attalus», antwortete Vespasian lachend und zeigte mit einem Messer auf das Gesicht des Verwalters. «Soll ich dir helfen?»

«Sehr freundlich, aber lieber nicht. Du würdest dein Hilfsangebot morgen wahrscheinlich bereuen, wenn wieder der Alltag beginnt und du einen rechenkundigen Mann nötig hast, der noch zwei Augen hat, um die Fehler korrigieren zu können, die du in die Bücher hineinfabriziert hast.»

«Io, io, io, Saturnalia!», brüllten die Übrigen und hoben ihre Becher. Sobald die geleert waren, stürzten sich alle auf das Fleisch.

«Erlaube mir, dich zu bedienen, Meister Marius», sagte Sabinus, dem auffiel, dass der einhändige Bruder von der Straße Schwierigkeiten hatte, den Schenkel eines Zickleins zu zerlegen.

«Ja, er braucht eine helfende Hand», feixte Sextus, der sich nicht entblödete, immer wieder denselben Witz zu reißen und am lautesten darüber zu lachen.

«Für die Saturnalien könntest du dir auch mal was Neues einfallen lassen, Bruder», meinte Marius und schaute grinsend zu, wie ihm Sabinus das Fleisch kleinschnitt. «Danke, Sabinus.»

«Nicht der Rede wert. Es gefällt mir, was Sinnvolles tun zu können, zumal ich es ja nicht einmal schaffe, mich zum Quästor wählen zu lassen.»

«Io, io, io, Saturnalia!», röhrten alle zur Antwort auf

diesen ungewöhnlich selbstironischen Beitrag von Sabinus. Vespasian stimmte mit ein. Er hatte sich anfangs gewundert, wie gefasst Sabinus mit seiner Niederlage umgegangen war und dass er sich auch nicht hatte provozieren lassen, als Vespasian bei mehr als einer Gelegenheit erwähnt hatte, dass sein Freund Paetus, wieder zurück in Rom, ganz oben auf der Kandidatenliste stehen würde. Aber in Anbetracht der Tatsache, dass sich der Bruder in den Armen seiner jungen Frau offenbar bestens zu trösten verstand, glaubte er inzwischen, dass sich Sabinus geradezu erleichtert fühlte. Und es gab ja auch Wiederwahlen im nächsten Jahr. Bis dahin konnte er sein Eheleben genießen, statt in irgendeiner entlegenen Provinz für ein oder mehr Jahre als Kommandant gebunden zu sein, was er mit großer Wahrscheinlichkeit zu erwarten hätte, da die besten Posten in der Stadt reserviert waren für Männer aus Paetus' Familie.

Der Schwung der Festgesellschaft ging allmählich verloren, weil alle mehr oder weniger betrunken waren. Die Ersten schliefen auf ihren Liegen oder darunter ein. Die Brüder und Clementina gingen und ließen die anderen in ihrem geräuschvollen Stupor inmitten von Essensresten zurück. So weit gingen die Saturnalien hier nicht, dass die Herren auch noch aufräumten und den Abwasch machten. Das würden die Zecher morgen mit rasenden Kopfschmerzen zu besorgen haben, wenn der Alltag wieder einkehrte.

Sabinus führte Clementina in ihre Schlafkammer. Sein Grinsen verriet Vespasian, dass der Bruder wieder auf Tröstung hoffen durfte. Weil es noch recht früh und er nicht müde war, beschloss er, ins Arbeitszimmer zu gehen und in der überraschend umfangreichen Sammlung an Geschichtsbüchern und historischen Dokumenten zu stöbern, die ihm die Großmutter hinterlassen hatte. Als er das Atrium durchquerte, klopfte es an der Haustür. Da der Türhüter nicht zur Stelle war – er lag in einer Pfütze aus seinem Erbrochenen auf dem Boden des Tricliniums –, öffnete er selbst.

«Guten Abend, Herr, komme ich zu spät zur Feier?»

«Magnus!», rief Vespasian verwundert und erfreut, den Freund zu sehen. «Ja, du hast einiges verpasst.»

«Schade.» Magnus trat ins Vestibül, streifte den Umhang ab und reichte ihn Vespasian mit einem Grinsen. «Nichts für ungut, aber die Saturnalien sind noch nicht vorbei. Ihr dürft das aufhängen und mir Wein einschenken.»

«Was machst du hier?»

«Zuerst will ich was trinken, Junge.»

Vespasian verdrehte die Augen. Die Saturnalien dauerten nach seinem Geschmack ein wenig zu lange.

«Erst im März?», schnaubte Vespasian.

«Frühestens», antwortete Magnus.

Sie saßen in Vespasians kleinem, aber gemütlichem Arbeitszimmer. In einer der Ecken glühte ein mobiles Kohlenbecken, das für angenehme Wärme sorgte. Auf dem Schreibtisch zwischen ihnen standen ein mit Wein gefüllter Krug und zwei Öllampen.

«Warum die Verzögerung?»

Magnus trank einen Schluck und befleckte seine Tunika ein wenig, als er den Becher absetzte. «Genaueres weiß ich nicht, Herr, aber es hat mit Satrius Secundus zu tun.»

«Was macht er?»

«Als wir ihn zu Antonia gebracht haben, hat sie sich für eine Stunde mit ihm und Pallas in ihr Arbeitszimmer zurückgezogen. Ich habe draußen gewartet, weil sie mich darum gebeten hat ... Gewartet, wenn Ihr versteht, was ich meine?»

Vespasian grinste. «Ja, das tue ich, du alter Ziegenbock.»

«Als sie endlich wieder rauskommt, sieht sie mich an, lächelt und sagt: ‹Jetzt habe ich ihn.›»

«Und?»

«Mehr nicht. Sie erklärt sich mir nicht und sagt nur, was ich zu tun habe.»

«Ja, das kann ich mir vorstellen», erwiderte Vespasian, versuchte aber, von seiner Vorstellungskraft keinen Gebrauch zu machen. «Secundus hat ihr also etwas verraten, wovon sie glaubt, dass sie damit Seianus als Verräter überführen und den Kaiser von dessen Schuld überzeugen kann. Richtig?»

«So sieht's aus. Sie war jedenfalls in bester Stimmung an diesem Abend», entgegnete Magnus und verzog ein wenig das Gesicht. «Aber worum es im Einzelnen geht, weiß ich nicht. Ich habe Pallas auszufragen versucht, aber Ihr wisst ja, wie er ist. Er würde selbst dann stillhalten, wenn seine eigene Mutter an einem brennenden Kreuz hinge und mit einer Pechrute gepfäh–»

«Jaja», unterbrach ihn Vespasian, der sich ein solches Bild nicht vor Augen führen mochte. «Was ist mit Caligula?»

«Ich soll Euch von Antonia ausrichten, dass er einen Plan hat, wie wir auf die Insel kommen.»

«Dann berichte.»

«Das habe ich doch gerade.»

«Nein, hast du nicht. Wie sieht er aus, dieser Plan?»

«Das weiß ich nicht. Sie hat nur gesagt, dass er einen Weg gefunden hat. Das war alles. Sie redet nicht …»

«… viel mit dir, ich weiß.»

«Genau. Aber Ihr könnt sie bald selbst fragen, wenn Ihr wollt.»

«Wie? Ich werde mindestens bis März hierbleiben.»

«Dann könnte es Ärger geben.»

«Was soll das heißen? Ich dachte, es wäre sicherer, wenn ich mich fürs Erste in Rom nicht blickenlasse.»

«Ich soll außerdem ausrichten, dass Ihr jetzt unbesorgt nach Rom zurückkehren könnt. Seianus wird im neuen Jahr als Konsul Tiberius' Kollege sein und hat die Erlaubnis, Livilla zu heiraten.»

Vespasian runzelte die Stirn und nahm einen Schluck Wein zu sich. «Weshalb sollte ich deswegen vor ihm sicher sein?»

«Weil er sich in Sicherheit wähnt. Er hält sich jetzt für unantastbar. Antonias Pläne fürchtet er nicht mehr, stattdessen stellt er all denen nach, die ihm in der Vergangenheit quergekommen sind. Auf Euren Onkel hat es keinen weiteren Anschlag gegeben. Er ist seit drei Monaten wieder in seinem Haus. Und wie Ihr vielleicht längst wisst, ist auch Euer Gut in Aquae Cutiliae verschont geblieben, seit man dort die Scheiterhaufen entdeckt hat. Antonia glaubt, dass Ihr und Sabinus – wie hatte sie sich noch einmal ausgedrückt? – ‹zu kleine Fische› wärt, als dass Ihr Seianus auffallen würdet.»

«Wie beruhigend. Und warum könnte es Ärger geben, wenn ich hierbliebe?»

«Antonia und Senator Pollo haben Euch einen Posten verschafft.»

«Was für einen Posten?»

«Mit Verlaub, das ist eine dumme Frage», antwortete Magnus. Er leerte seinen Becher und schenkte sich neu ein. «Ihr werdet das Amt eines Vigintivir bekleiden und damit die nächste Leitersprosse erreichen.»

Vespasian merkte auf. Er hatte nicht damit gerechnet, schon vor Antonias Sieg über Seianus in seiner Karriere voranzukommen. Aber wenn sie jetzt glaubte, es sei sicher für ihn, nach Rom zurückzukehren und seinen *Cursus Honorum* fortzusetzen, wollte er die Chance natürlich nutzen. Er wäre wieder in Caenis' Nähe und hätte nicht ständig das Glück des Bruders vor der Nase.

«Das sind gute Nachrichten.»

«Ja und nein, Herr.»

«Wie meinst du das?»

«Das Amt ist nicht gerade beliebt.»

«Weil die Ädilen Aufsicht über die Straßen führen? So unschön ist das doch gar nicht.»

«Ihr würdet aber als einer der *Triumviri Capitalis* fungieren.»

Vespasian stöhnte. Er wusste, was das bedeutete.

«Tut mir leid, Herr», bemitleidete ihn Magnus. «Ihr werdet einer von dreien sein, die für Bücherverbrennungen und Hinrichtungen zuständig sind.»

XV

Mein lieber Junge, du bist so rein und makellos wie deine Toga», rief Gaius alarmiert, als Vespasian von einem attraktiven neuen Türhüter ins Haus geführt wurde.

«Kann nur daran liegen, dass ich wieder einmal Rom mit kaltblütigem Mord dienen muss», erwiderte Vespasian, irritiert von den Aufmerksamkeiten, die ihm einer von den vielen neuen germanischen Sklavenjünglingen des Onkels entgegenbrachte.

«Aenor, bring uns Wein», befahl ihm Gaius, worauf der Jüngling davoneilte. «Komm, setz dich, Vespasian.»

«Ironischerweise leiste ich nun schon seit drei Monaten Drecksarbeit ausgerechnet für denjenigen, den Antonia zu zerstören versucht, wobei ich ihr helfen soll.» Vespasian nahm in dem großen Atrium auf einer Bank gleich neben dem *Impluvium* Platz. Das Plätschern des Brunnens beruhigte ihn. Gaius setzte sich zu ihm, und Aenor schenkte Wein ein.

«Und wen hat Seianus heute umbringen lassen?», fragte Gaius und entließ den Jüngling mit einem Klaps auf das Hinterteil.

«Ich habe seinen Namen schon vergessen», antwortete Vespasian. Er nahm einen tiefen Schluck aus dem Kelch und kostete mit geschlossenen Augen. Kopfschüttelnd sagte er: «Er war Händler mit Geschäftsbeziehungen nach Ägypten. Anscheinend hat er Strabo, Seianus' Vater, übervorteilt. Das muss kurz vor dessen Tod gewesen sein, als er Präfekt der Provinz war.»

«Und sechzehn Jahre später nimmt Seianus Rache.»

«Genau. Indem er Anklage wegen Verrats erhebt, die völlig aus der Luft gegriffen ist. Dem armen Kerl wurde nicht einmal das Recht zugebilligt, durch das Schwert zu sterben. Ich musste zusehen, wie der Henker einem unschuldigen Bürger Roms den Strang um den Hals legte. Dann wurde es noch seiner Familie verwehrt, den Leichnam zu bergen, um ihn zu bestatten. Er liegt jetzt auf der Gemonischen Treppe, wo er von allen, die an ihm vorbeikommen, entwürdigt werden kann. Eine Schande ist das.»

«Beruhige dich, mein lieber Junge, noch sind dir die Hände gebunden. Freu dich, dass sich Seianus an der langen Liste derjenigen abarbeiten kann, die seine Familie geärgert haben. Aber zugegeben, es vergeht kein Tag, an dem ich nicht fürchte, dass irgendein rotznasiger Quästor an meine Tür klopft und mich ruft.»

«Findest du auch Paetus rotznasig?»

«Nun, er ist jünger als ich. Wie dem auch sei, was genau wurde dem unglücklichen Händler vorgeworfen?»

«Dass er ohne Erlaubnis des Kaisers Ägypten bereist hat, und zwar angeblich in der Absicht, den kaiserlichen Statthalter der Provinz zu betrügen.»

«Hatte er tatsächlich keine Erlaubnis?»

«Vor Gericht hat er geschworen, dass er eine hatte. Aber der Ankläger legte eine Liste vor – du darfst raten, von wem – mit allen Anträgen auf eine Reiseerlaubnis nach Ägypten, die in den letzten zwanzig Jahren von Händlern gestellt wurden, und was glaubst du? Sein Name war darauf nicht zu finden.»

«Und damit war der Fall erledigt?»

«Ja, Onkel. Das Todesurteil wurde sofort vollstreckt. Ich musste ihn zum Richtplatz führen. Er hatte nicht die Möglichkeit, Berufung einzulegen, und all sein Vermögen wurde beschlagnahmt und aufgeteilt zwischen dem Windhund von Seianus, der ihn angeklagt hat, und dem Kaiser. Seine Familie ist mittellos.»

«Versuch den Namen des Verurteilten in Erfahrung zu bringen, denn wenn sich die Verhältnisse bei uns ändern, werden wir vielleicht die Möglichkeit haben, Seianus wegen seiner Verbrechen zur Rechenschaft zu ziehen.»

«Wie? Seianus hat doch offenbar den Namen aus der Liste streichen lassen.»

«Es gibt nicht nur diese Liste. Ein Duplikat muss sich in Alexandria befinden, denn sonst wüsste der dortige Präfekt doch nicht, wer einreisen darf. Ich werde Antonia bitten, ihrem Freund, dem Alabarchen, zu schreiben …»

«Alabarch?», fiel ihm Vespasian ins Wort. «Das ist schon das zweite Mal, dass ich dieses Wort höre. Was ist ein Alabarch?»

«Der Alabarch von Alexandria ist der weltliche Führer der dort ansässigen Juden. Er arbeitet für den Kaiser als Steuereintreiber und kassiert Einfuhrzölle. Die jüdische Bevölkerung weigert sich, Abgaben an Rom zu entrichten, aber einem Glaubensbruder geben sie das Geld, obwohl es in dieselben Kanäle fließt.»

«Was hat Antonia mit ihm zu schaffen?»

«Sie besitzt große Ländereien in Ägypten. Er kümmert sich darum; das hat er auch schon getan, bevor er zum Alabarchen ernannt wurde. Er ist der erste Alabarch, der zugleich römischer Bürger ist. Seinem Großvater wurde die Bürgerschaft von Caesar zuerkannt.»

«Gaius Iulius Alexander», murmelte Vespasian, den Namen aus seinem Gedächtnis kramend.

«Du weißt also von ihm?»

«Nein, aber Sabinus und ich müssen ihn aufsuchen», erwiderte Vespasian. Er erzählte seinem Onkel von Ataphanes' Letztem Willen und der kleinen Schatztruhe, die er auf seinem Landgut in Verwahrung hatte.

«Tja, sieht ganz so aus, als müsste einer von euch Jungs die Einreise nach Ägypten beantragen und den Kasten an den Alabarchen ausliefern.»

«Glaubst du, Antonia könnte ihren Einfluss beim Kaiser geltend machen und dafür sorgen, dass wir diese Erlaubnis bekommen?»

«Wenn ihr Kopf frei genug ist für banalere Angelegenheiten, wird sie ihm mit Sicherheit gern einen Brief zukommen lassen. Apropos, ich habe heute Nachmittag einen Brief von meiner Schwester erhalten. Es scheint, dass euer Vater ins Bankgeschäft einzusteigen gedenkt. Er hat von Pomponius eine Konzession für die Gebiete der Helvetier erworben, offenbar für einen günstigen Preis.»

Vespasian zog die Augenbrauen hoch. «Dann wird er wohl da oben bleiben wollen. Als ein helvetischer Bankier! Wer hätte das gedacht?»

Das Gespräch wurde unterbrochen, als jemand an die

Eingangspforte klopfte. Der hübsche neue Türhüter sprang von seinem Stuhl auf und spähte durch den Sichtschlitz. Dann machte er die Tür auf und ließ Pallas eintreten.

«Guten Tag, meine Herren», sagte dieser und verbeugte sich tief. Er streifte seinen Umhang ab und reichte ihn Aenor, der herbeigeeilt war, um zu Diensten zu sein.

«Sei gegrüßt, Pallas.» Gaius blieb sitzen. Sosehr er Antonias Verwalter auch mochte und respektierte, brachte er es nicht über sich, für einen Sklaven aufzustehen. «Was führt dich her?»

«Zweierlei, Herr. Zum einen ist es jetzt an der Zeit, dem Kaiser die Beweise vorzulegen, die meine Herrin zusammengetragen hat. Sie bittet Sabinus und Corbulo, unverzüglich zu ihr zu kommen. Sie sollen Vespasian mitbringen. Magnus ist schon in ihrem Haus. Es scheint, sie braucht seine Unterstützung.» Er griff in eine Ledertasche, die er um den Hals gehängt hatte, zog eine dicke Schriftrolle daraus hervor und reichte sie Gaius. «Meine Herrin bittet Euch, Senator, dieses Schriftstück für sie aufzubewahren. Es ist die Abschrift ihres Briefes an Tiberius, in dem sie Seianus' Verschwörung im Einzelnen darlegt. Für den Fall, dass unsere Mission scheitern und sie selbst am Ende kompromittiert sein sollte, möchte sie, dass Ihr den Brief im Senat vorlest, selbst wenn es Euch das eigene Leben kosten würde.»

Gaius schluckte. «Es ist mir eine Ehre, der guten Frau in einer so wichtigen Sache helfen zu können», erwiderte er, nahm das Schriftstück an sich und fügte schnell hinzu: «Wenn es denn unbedingt nötig sein sollte.»

An Vespasian gerichtet, sagte Pallas: «Wir müssten sofort aufbrechen. Meine Herrin hat eine diskrete Verabredung mit einem Eurer beider Kollegen getroffen. Er vertritt Euch in Euren Amtspflichten, sodass Eure Abwesenheit nicht weiter auffallen wird.»

«Danke, Pallas», erwiderte Vespasian und stand auf. «Ich werde mich nur kurz umziehen. Es dauert nicht lange.»

«Vergiss deine Toga nicht, mein lieber Junge», rief ihm Gaius nach.

«Wieso, Onkel?»

«Damit du vor den Kaiser treten kannst. Als römischer Bürger solltest du in seiner Gegenwart angemessen gekleidet sein. Alles andere wäre eine Beleidigung.»

«In meinen Augen ist er immer noch ein pompöses Arschloch», sagte Magnus zu Vespasian, als Gnaeus Domitius Corbulo in seiner Senatorentoga Antonias Empfangsraum betrat. Es war früher Abend, und die Haussklaven hatten eine Vielzahl von Lampen in der hohen, elegant und schmuckvoll eingerichteten Halle angezündet.

«Und ich vermute, für ihn siehst du immer noch wie ein flegelhafter, ungewaschener Lumpsack aus», entgegnete Vespasian leise und aus dem Mundwinkel, während er Corbulo zulächelte.

«Weil er ein pompöses Arschloch ist.»

«Vespasian, wie gut Ihr ausseht!», sagte Corbulo und ergriff den Unterarm des jungen Mannes. «Ihr seid, wie man hört, schon seit acht Monaten zurück aus Thrakien. Warum habt Ihr mich noch nicht besucht?»

«Schön, Euch wieder zu sehen, Corbulo», grüßte Vespasian und war selbst überrascht, dass er es tatsächlich so meinte. «Tut mir leid, aber ich war sehr beschäftigt.»

«Ja, ich weiß. Seianus überschüttet die Triumviri Capitalis zurzeit mit Arbeit.»

«So ist es, aber zum Glück ist er kein belesener Mann, sonst müssten wir auch noch jede Menge Bücher verbrennen.»

«Bestimmt», pflichtete Corbulo bei; Humor war bei ihm verschwendet. Er wandte sich Magnus zu und reckte seine lange Nase in die Höhe. Trotz der gemeinsam geteilten Gefahren, denen sie ausgesetzt gewesen waren, konnte Corbulo seinen Dünkel nicht ablegen, und er empfand es als Zumutung, einen so viel tiefer stehenden Mann überhaupt zur Kenntnis zu nehmen. «Magnus», sagte er stirnrunzelnd, als erinnerte er sich allenfalls an dessen Namen.

«Corbulo?», antwortete Magnus stutzend und begegnete seinem Blick mit frecher Miene.

Sabinus' Ankunft beendete den Austausch warmer Worte. Dass der Bruder, der in seinem neu angemieteten Haus auf dem Aventin Antonia am nächsten wohnte, als Letzter aufkreuzte, ließ Vespasian vermuten, dass er sich viel Zeit gelassen hatte, um seiner Frau Lebwohl zu sagen. Er unterdrückte einen Anflug von Neid und dachte stattdessen an Caenis, die er am Nachmittag zu sehen hoffte. Seit er wieder in Rom war, hatte Antonia ihn noch nicht einmal zu sich kommen lassen, weshalb er auch Caenis nicht hatte sehen können. Von Caligulas Plan wusste er auch noch nichts. Pallas hatte auf dem Weg zu Gaius' Haus mustergültig Stillschweigen bewahrt.

Als er den Bruder dabei beobachtete, wie er Corbulo auf fast kriecherische Weise begrüßte, erhaschte Vespasian zu seiner Freude einen Blick von seiner Geliebten, die hinter ihrer Herrin und Pallas den Raum betrat. Sein Herz machte einen Satz, und er erwiderte ihr strahlendes Lächeln mit der gleichen Herzlichkeit.

«Man möge wieder Platz nehmen», sagte Antonia. Sie setzte sich auf ihr dick gepolstertes Sofa und legte die Schriftrolle neben sich. Ihre purpurrote Palla drapierte sie so, dass sie in hübschen Falten vom Kopf auf den Schoß herabfiel. Caenis setzte sich an einen Tisch hinter ihr und legte ihre Schreibsachen zurecht, um das Protokoll aufzunehmen.

«Es fehlt noch eine Person, aber ich beginne trotzdem, zumal der Anfang nicht für ihre Ohren bestimmt ist.

In den letzten Monaten ist es meinem Enkel Gaius gelungen, sich beim Kaiser auf Capreae einzuschmeicheln. Er steht jetzt in seiner Gunst. Hilfreich war, dass Seianus sein Amt als Konsul ausüben muss und deshalb an die Stadt gebunden ist. So konnte sich Gaius dem Kaiser nähern, so erfolgreich, dass er nun zu hoffen scheint, zu dessen Nachfolger ernannt zu werden. Seianus weiß davon offenbar nichts.

Ich habe mir nun darüber meine Gedanken gemacht. Als Tiberius Seianus zu seinem Stellvertreter in Rom machte, dachte ich zunächst, dass er ihm noch mehr unverdienten Ruhm angedeihen lasse. Aber dann führte ich mir die zeitlichen Abläufe vor Augen. Tiberius hätte in diesem Jahr auf sein Konsulat verzichten und jemand anderes an Seianus' Seite stellen können, damit dieser nach Belieben nach Capreae hätte reisen können, vertreten durch seinen Kollegen in Rom, der die Regierungsgeschäfte fortführen würde. Aber nein, Tiberius, der seit fünf Jahren nicht mehr in der Stadt ist, setzt Seianus als seinen Nebenkonsul ein und hält sich ihn damit vom Leib. Zwei Monate nach Gaius' Ankunft auf der Insel schickt Tiberius Seianus in die Hauptstadt zurück, doppelt geehrt, und zwar mit einem Konsulat und als Stellvertreter des Kaisers. Warum hat er das wohl getan?»

Vespasian konnte der Logik Antonias folgen und war wie alle anderen Zuhörer voller Bewunderung für die Klugheit, mit der sie die politischen Winkelzüge des Kaisers zu analysieren vermochte.

«Weil ich meinem Schwager nicht hinter die Stirn blicken kann», fuhr sie fort, «bin ich auf Vermutungen angewiesen. Ich glaube, Tiberius will, dass ihm ein Mitglied der Familie nachfolgt, aber seine Optionen nehmen ab. Wie ich kürzlich erfahren musste, ist mein ältester Enkel, Nero Germanicus, im Gefängnis verhungert, und Drusus, ebenfalls in Haft, droht ein ähnliches Schicksal. Tiberius Gemellus, unser beider Enkel, ist zu jung und Claudius zu dumm – jedenfalls nach Ansicht Tiberius'. Bliebe nur Gaius als Anwärter auf sein Erbe. Seit kurzem nun hat Tiberius Seianus im Verdacht, selbst nach dem Purpur zu schielen; er sieht ihn als Gefahr, weiß ihr aber nicht zu begegnen. Wenn er ihn einfach beseitigen ließe, würde er einen Staatsstreich riskieren. Ihm ist bewusst, dass die Männer, die ihn schützen, nicht nur ihm, sondern auch Seianus treu ergeben sind und diesem womöglich sogar den Vorzug geben. Nun, um dieses Problem gründlich durchdenken zu können, hält er Seianus so weit wie möglich auf Abstand, und weil er ihn nicht gegen sich aufbringen will, hat er ihn mit höchsten Würden ausgestattet: mit einer Mitregentschaft. Sehr elegant, wie ich finde.»

Wieder wurde anerkennendes Gemurmel laut, mit dem die Anwesenden sowohl Antonia als auch Tiberius Beifall zollten.

«Ich glaube zuversichtlich, Tiberius wird durchaus empfänglich sein für das, was ich ihm vorzulegen habe, nämlich den unumstößlichen Beweis, dass Seianus eine Verschwörung gegen ihn plant. Der Kaiser muss sich zur Wehr setzen, und wenn er weiß, dass Teile der Garde zu Macro stehen, kann er sich frei fühlen, drastische Entscheidungen zu treffen.

Kommen wir nun zum erwähnten Beweis. Worum könnte es sich dabei handeln?» Antonia legte eine Pause ein und schaute jeden ihrer Zuhörer aufmerksam an.

Vespasian gefiel es, Einblick in die hohe Politik zu nehmen, der ihm von einer Meisterin in dieser Kunst eröffnet wurde, umso mehr, als er gleichzeitig immer wieder verstohlene Blicke mit Caenis tauschte. «Ist jetzt von dem Priester die Rede?», fragte er.

«Vielleicht, aber ihm ist versichert worden, dass Asinius hinter der Finanzierung der thrakischen Revolte steckt.»

«Unter Folter wird er aber doch wohl Seianus' Mittelsmann Hasdro so beschreiben können, dass Tiberius davon ausgehen muss, dass Asinius nichts damit zu tun hat und das Komplott aller Wahrscheinlichkeit nach auf Seianus zurückgeht.»

«So eindeutig ist das nicht. Ich habe darum gebeten, Rhotekes zu ergreifen und nach Rom zu bringen, als ich noch damit beschäftigt war, Beweise zusammenzutragen. Die sind an sich durchaus schlüssig. Trotzdem hielt ich es für besser, den Priester in petto zu haben, falls Tiberius nach einem Zeugen verlangt, der bestätigen kann, dass Seianus die Provinz zu destabilisieren versucht hat, um von seinen Umsturzplänen in Rom abzulenken.» Sie griff nach der Schriftrolle neben ihr und hielt sie in die Höhe, damit alle sie sehen konnten. «Der Inhalt dieses Briefes, den Pallas überbringen soll, wird Tiberius von Seianus' unvorstellbar dreistem Hochverrat überzeugen. Er beschreibt dessen Pläne im Einzelnen, wie sie mir von Satrius Secundus vorgetragen worden sind. Er war euch gegenüber nicht ganz so ehrlich, wie er euch glauben machte. Auch wenn er versucht hat, beiden Herren, Macro und Seianus, zu dienen, stand er doch, wie er selbst zugegeben hat, ein wenig mehr auf Seiten Seianus' und war drauf und dran, Macro zu verraten.

So hat er jüngst im Auftrag Seianus' meinem Enkel Tiberius Gemellus, dem gemeinsamen Sohn meiner heimtückischen Tochter Livilla und Tiberius' Sohn Drusus, ein Gift verabreicht, so abgemessen, dass es ihn nicht töten konnte, wohl aber krank und gebrechlich machte. Weil ich Seianus den Weg über Claudius zur Macht versperrt habe, plant dieser nun, Tiberius zu ermorden und den unmündigen und kranken Gemellus zum Kaiser zu machen, für den er dann die Regentschaft übernähme. Ferner hat er vor, Gemellus' Mutter Livilla zu ehelichen, um ihm schließlich mit einer tödlichen Dosis den Rest zu geben. Gemellus würde für niemanden überraschend sterben, und Seianus würde als Stiefvater des verblichenen Kaisers den Purpur erben. Was folgen würde, wäre ein Blutbad, dem ein Großteil meiner Familie zum Opfer fiele. Woher ich das weiß?»

Wieder legte sie, der gesteigerten Wirkung wegen, eine Pause ein.

«Der Brief enthält eine Liste, die Secundus' Frau Albucilla beigesteuert hat – nicht ganz freiwillig. Sie stammt aus Livillas Arbeitszimmer und wurde eigenhändig von Seianus verfasst. Aufgeführt sind die Namen von sechzehn Personen, die sterben sollen. An erster Stelle steht Tiberius, ich stehe an zweiter. Interessanterweise fehlt der Name meiner Tochter Livilla. Dies und der Umstand, dass die Liste aus ihrem Arbeitszimmer kam, lassen mich darauf schließen, dass sie in die Umsturzpläne eingeweiht und als Kaiserin in spe damit einverstanden ist, dass ihre nächsten Angehörigen, nicht nur ihre Mutter, sondern auch ihr eigenes Kind, ermordet werden sollen.»

Wieder schwieg Antonia für eine Weile. Im Raum herrschte angespannte Stille. Vespasian konnte kaum glauben, dass jemand ein Mitglied der eigenen Familie zu töten bereit war, dabei wusste er genug von den Intrigen im Kaiserhaus, um einzusehen, dass so etwas geradezu gang und gäbe war. Aber persönlichem Machtstreben das eigene Kind zu opfern war für ihn unvorstellbar. Wie, überlegte er, sollte es in einem zivilisierten Staat möglich sein, ein System der Erbfolge zu legitimieren, das Kindsmord einkalkulierte? Plötzlich war das Geräusch klappernder genagelter Sandalen vom Korridor zu hören. Vespasian blickte auf und sah einen bulligen Mann in der Tür stehen. Er erschrak, als er ihn erkannte.

«Ah», sagte Antonia, «Tribun Macro. Wie schön, dass Ihr kommen konntet. Ich hoffe, Euch ist niemand gefolgt.»

«Versucht wurde es, aber dem wusste ich mich zu widersetzen», erwiderte Macro kurz angebunden und nahm auf einem Stuhl Platz, ohne dazu aufgefordert worden zu sein. Er ordnete seine Toga und schaute dabei in die Runde. Vespasian glaubte, erkannt zu sein, als sein Blick kurz auf ihn gerichtet war und dann auf Magnus überwechselte.

«Titus Flavius Sabinus kennt Ihr ja bereits, Tribun», sagte

Antonia und deutete auf Sabinus. «Das ist sein Bruder Titus Flavius Vespasian.»

Macro deutete ein freudloses Lächeln an und nickte, als er Vespasian mit toten Augen musterte.

«Und das ist Gnaeus Domitius Corbulo», stellte Antonia weiter vor.

Macro nahm Corbulo kaum zur Kenntnis und ließ den Blick stattdessen zwischen Vespasian und Magnus hin- und herwandern, wobei er Letzteren zu dessen Erleichterung allerdings für nicht würdig erachtete, ihm vorgestellt zu werden.

«Kommen wir zur Sache, meine Herren», sagte Antonia, als habe sie nur auf Macros Ankunft gewartet, um die Sitzung zu eröffnen. «Tribun Macro und mein Enkel Gaius haben sich Gedanken darüber gemacht, wie ihr nach Capreae gelangen könnt, ohne Seianus' treu ergebenen Prätorianern aufzufallen.

Als Gaius nach Capreae gerufen wurde, sind seine beiden jüngeren, unverheirateten Schwestern Drusilla und Julia Livilla in Tiberius' Villa in Misenum umgezogen, die ganz in der Nähe von Capreae auf dem Festland gelegen ist. Weil er ihm nun nahesteht, fiel es Gaius nicht schwer, sich von Tiberius erlauben zu lassen, seine Schwestern jeden Monat für ein paar Tage zu besuchen. Normalerweise würde ich so etwas nicht billigen, aber jetzt kommt es uns zupass. Der nächste Besuch steht in zwei Tagen an. Gaius wird natürlich zu seinem Schutz eskortiert. Tribun Macro hat dankenswerterweise dafür gesorgt, dass ihn auf all diesen Ausflügen Clemens und einige seiner Männer begleiten. Er wird euch jetzt den Plan im Einzelnen darlegen.»

Macro, offenbar nicht ganz bei der Sache und in eigene

Gedanken vertieft, versuchte sich zu konzentrieren und ergriff das Wort mit schlecht verborgenem Unmut. Offenbar fand er es unter seiner Würde, zum Rapport schnöder Informationen anzutreten.

«Misenum ist über hundertfünfzig Meilen entfernt. Weil Ihr den Zeugen in einem Karren befördern müsst, sind sechs Tage einzuplanen.»

Vespasian runzelte die Stirn, als ihm klarwurde, warum Antonia die Sitzung ohne Macro begonnen hatte: Er hatte von Secundus' und Albucillas Informationen keine Ahnung.

«Wenn Ihr morgen früh aufbrecht», fuhr Macro fort, «werdet Ihr am letztmöglichen Besuchsabend eintreffen. Ihr verbringt die Nacht in Misenum – die Wache dort wird aus meinen Männern bestehen – und setzt am nächsten Tag auf die Insel über. Das Schiff, mit dem Caligula nach Capreae fährt, legt normalerweise um die Mittagszeit ab, damit es noch im Hellen zurückkehren kann. Clemens wird sich einen Verzögerungsgrund einfallen lassen, sodass es erst nach Einbruch der Dämmerung Capreae erreicht. Wenn es in Ufernähe ist, steigt Ihr in ein Ruderboot um und steuert eine kleine versteckte Bucht in der Nähe des Hafens an. Das Schiff fährt dann in den Hafen, wo Caligula, Clemens und seine Männer unter den Augen der Prätorianer aussteigen, die alle Seianus treu ergeben sind.»

«Wie steht's um die Schiffsmannschaft?», fragte Vespasian und erntete damit einen grimmigen Blick Macros. «Sie wird uns doch sehen und bemerken, wenn wir von Bord gehen.»

«Darauf wollte ich jetzt zu sprechen kommen», knurrte Macro. «Die Besatzung stammt samt und sonders aus Puteoli in der Nähe von Misenum. Bevor Ihr ablegt, werden die Familien der Männer in Geiselhaft genommen, um deren Wohlverhalten und Schweigen zu garantieren. Nachdem sie Euch in der folgenden Nacht wieder abgeholt und zum Festland gebracht haben, können die Männer zu ihren Familien zurückkehren.

Zwei von Clemens' Männern erwarten Euch in der Bucht. Sie werden Euch zeigen, wo Ihr das Boot verstecken sollt, und führen Euch über einen steilen Pfad auf die Höhe der Uferklippen. Von dort ist es nur noch eine Meile bis zur Villa des Kaisers.

Zurück geht es in der folgenden Nacht auf demselben Weg. Das Schiff wartet auf Euch eine halbe Meile vor der Bucht. An Bord brennt eine einzelne Laterne. Man wird annehmen, es sei ein Fischerboot. Ein paar meiner Männer werden sich an Bord befinden und die Mannschaft im Auge behalten. Zurück in Misenum, werdet Ihr Eure Pferde wieder in Empfang nehmen – und den Karren für den unwahrscheinlichen Fall, dass Ihr ihn noch brauchen solltet.»

Macro hatte seinen Vortrag anscheinend beendet und lehnte sich auf seinem Stuhl zurück. Seine Zuhörer rührten sich nicht und warteten gespannt auf die heiklen Details.

Antonia brach das Schweigen. «Besten Dank, Tribun. Nun, meine Herren, so gelangt ihr nach Capreae und zurück. Ihr werdet euch jetzt sicherlich fragen, was ihr auf der Insel zu tun habt.»

So mancher nickte nervös. Antonia lächelte. «Um ehrlich zu sein, weiß ich das auch nicht, aber in seinem letzten Brief, den Gaius von der Insel hat schmuggeln können, teilt er mir mit, dass Clemens einen Plan ausgearbeitet haben würde, wenn ihr ankommt.»

Alle zeigten sich mehr oder weniger entsetzt. Macro empörte sich: «Ich bringe mich in ungeahnte Gefahr, und Ihr erzählt mir, dass …» Er suchte nach Worten. «Es gibt noch keinen Plan? Wenn diese jungen Männer gefasst werden, ist es nur eine Frage der Zeit, wann sie unter Folter gestehen, dass ich beteiligt bin.»

«Tribun, ich bitte Euch», entgegnete Antonia mit erhobener Stimme. «Wir alle haben viel zu verlieren.»

«Viel zu verlieren? Ich habe *alles* zu verlieren. Ihr könnt Euch in Sicherheit wiegen und weiter Eure Intrigen spinnen.»

«Mag sein, dass Ihr das meiste zu verlieren habt, Tribun», erwiderte Antonia und schlug einen sachlichen Tonfall an. «Aber Ihr habt auch das meiste zu gewinnen. Ich werde nur einen Feind aus dem Weg schaffen; Ihr dagegen dürft Euch Hoffnung darauf machen, Präfekt der Prätorianergarde zu werden.»

«Und was, wenn ich mich auf dieses meines Erachtens viel zu riskante Spiel nicht einlasse und meine Hilfe versage? Was dann, he?»

«Oh, Ihr werdet helfen, gewiss doch», antwortete Antonia mit süßem Lächeln.

«Wieso?» Macro stand auf. «Ihr habt nichts gegen mich in der Hand, nichts, womit Ihr Seianus von meiner Untreue überzeugen könntet. In der Hinsicht habe ich besonders gründlich aufgepasst. Ich könnte mich zurückziehen und so tun, als hätte dieses Treffen hier nie stattgefunden.»

«Ich muss Euch leider sagen, dass Ihr in diesem Punkt irrt, Tribun. Satrius Secundus befindet sich in meiner Obhut.»

«Unsinn! Er ist tot. Als er über zehn Tage verschwunden war, habe ich Albucilla befragt. Sie sagte, dass er bei der Verrichtung irgendwelcher Drecksarbeit für Livilla getötet wurde.»

«Ihr werdet mir sicherlich zustimmen, wenn ich behaupte, dass eine Frau nie wirklich weiß, wo sich ihr Mann herumtreibt. Glaubt mir, Secundus erfreut sich bester Gesundheit. Und sein Gedächtnis ist voll funktionsfähig. Im Übrigen befindet er sich in diesem Haus.»

«Beweist mir das, Weib!»

«Mein lieber Tribun, wenn Ihr Präfekt der Prätorianer seid, wollt Ihr doch bestimmt eine bessere Beziehung zu mir pflegen als Euer Vorgänger. Darum schlage ich vor, Ihr befleißigt Euch einer moderateren Sprechweise. Dieses eine Mal will ich Eure Unverschämtheit überhört haben. Pallas, überzeuge den Tribun.»

Pallas durchquerte den Raum und öffnete den Vorhang der kleinen Nische, in der sich damals die Brüder und Caligula versteckt und Seianus belauscht hatten.

Macro schnappte nach Luft. Gefesselt, geknebelt und offenbar mit einem Betäubungsmittel sediert, aber durchaus lebendig, saß unverkennbar Satrius Secundus in der Nische.

Mit einem mächtigen Schrei sprang Macro herbei und zog einen Dolch unter seiner Toga hervor. Sabinus stellte ihm ein Bein, als er vorüberstürmte. Er stürzte der Länge nach hin und ließ den Dolch fallen, den Vespasian blitzschnell vom Boden aufhob. Sabinus und Magnus zwangen ihm die Arme auf den Rücken, während Vespasian den Dolch an seine Kehle drückte.

«Nun, mein lieber Tribun», fuhr Antonia fort, als wäre

nichts geschehen. «Ich glaube, es ist wohl in unser aller Interesse, wenn wir weitermachen wie geplant. Findet Ihr nicht auch?»

Macro wehrte sich nach Kräften, aber Sabinus und Magnus hatten ihn fest im Griff.

«Lasst ihn los», befahl Antonia.

Die beiden tauschten nervöse Blicke, gehorchten aber, wenn auch widerstrebend, und standen auf. Vespasian wich einen Schritt zurück, hielt jedoch die Klingenspitze auf Macro gerichtet, als dieser sich langsam auf den Knien aufrichtete und seinem Gegenüber voller Hass ins Gesicht starrte.

«Das ist schon der zweite Dolch, den du mir abgenommen hast, Junge», knurrte er und versuchte, seine Schmach zu überspielen. «Behalte ihn, wie du auch den letzten behalten hast. Eines Tages werde ich dir noch einen geben, denn aller guten Dinge sind ja bekanntlich drei.»

«Nicht nötig, Tribun», fuhr ihn Antonia an. «Er genießt meinen Schutz. Es steht Euch frei, ihn zu verachten, aber solltet Ihr Hand an ihn legen, werdet Ihr erfahren, wie ich mich eines weiteren Prätorianerpräfekten entledige.»

Außer sich vor Wut, stand Macro auf. Er wollte etwas sagen, hielt es aber offenbar für angebracht zu schweigen und ordnete stattdessen seine Toga.

«Dann sind wir also jetzt einer Meinung, Tribun», sagte Antonia gefasst.

«Meine Männer werden zur Stelle sein», versicherte Macro, der überraschend schnell zu seiner großspurigen Art zurückfand. «Seht zu, dass Eure Burschen parieren, und betet zu den Göttern der Unterwelt, dass Caligula eine zündende Idee hat.»

«Macht Euch darüber keine Sorgen.» Antonia lächelte. «Er ist durch und durch gerissen.»

Macro schnaubte, drehte sich auf dem Absatz um und verließ schnellen Schrittes den Raum.

Vespasian blickte auf den Dolch in seiner Hand und stöhnte.

«Ihr solltet Euch abgewöhnen, diesem Mann Dolche zu entwenden, Herr», meinte Magnus grinsend. «Es gibt gesündere Vergnügungen, wenn Ihr mich fragt.»

Vespasian verdrehte die Augen. «Ich will versuchen, deine Worte zu beherzigen.»

Antonia setzte sich wieder. «Bevor wir mit der Mahlzeit beginnen und auf angenehmere Dinge zu sprechen kommen, möchte ich noch eines zum Thema sagen: Sollte es dazu kommen, dass der Priester vor Tiberius aussagt, wird zwangsläufig Poppaeus Sabinus' Name fallen. Es wäre mir lieb, wenn ihr seine Beziehung zu Seianus herunterspielen würdet.»

Corbulo stand wutschnaubend auf. «Herrin, ich habe Euch meine Dienste angeboten, weil ich mich an diesem verräterischen Hund rächen will.»

«Das verstehe ich, Corbulo», erwiderte Antonia ruhig. «Und ich bin Euch für Eure Hilfe dankbar. Ich möchte nicht, dass Tiberius irgendetwas von dem Beweis ablenkt, den ich gegen Seianus in der Hand habe. Ich kenne ihn; er ist ohne Entschlossenheit. Konfrontieren wir ihn mit weiteren Verrätern, wird er die Wahrheit verdrehen, das geringere Übel beseitigen und sich einreden, damit das Problem gelöst zu haben. Ich muss dafür sorgen, dass er auf Seianus fokussiert bleibt.»

«Meine Ehre gebietet mir, dass ich Rache nehme an dem Mann, der mich zu töten versucht hat», beharrte Corbulo.

«Ihr werdet Euch an beiden rächen können, aber zuerst ist Seianus dran. Mit Poppaeus und allen anderen Mitverschwörern beschäftigen wir uns später. Auch Rache muss geordnet vonstattengehen. Wenn Euch das nicht gefällt, dürft ihr Euch zurückziehen. Eure Aussage bezüglich des von den Kaeni empfangenen Silbers wird allerdings in die Waagschale geworfen.» Im Widerspruch zu den konzilianten Worten stand die Härte ihres Gesichtsausdrucks.

Corbulo hielt ihrem Blick für einen Augenblick stand und setzte sich wieder. «Nein, Herrin, ich werde mich nicht zurückziehen.»

«Gut. Dann lasst uns jetzt essen. Ihr werdet hier übernachten, damit ihr morgen pünktlich eine Stunde vor Sonnenaufgang aufbrechen könnt. Ich will, dass ihr die Stadt verlassen habt und auf eurem Weg seid, wenn es hell ist.»

XVI

Ein leises, aber beharrliches Klopfen an der Tür weckte Vespasian aus einem tiefen, traumlosen Schlaf. Caenis lag neben ihm in seiner Armbeuge. Er öffnete die Augen. Es war noch stockdunkel.

«Wer ist da?», flüsterte er.

«Ich bin es, Herr.» Magnus öffnete die Tür einen Spaltbreit und spähte in die Kammer. «Es wird Zeit. Tut mir leid, dass Ihr das warme Bett und seinen hübschen Inhalt verlassen müsst.»

«Ich komme gleich», erwiderte Vespasian, als sich Caenis neben ihm regte.

«Wir treffen uns im Atrium. Ich habe Euren Reisesack dabei. Bis gleich.» Magnus zog die Tür leise zu.

«Mist», zischte Vespasian und richtete sich auf.

«Was ist, Liebster?», hauchte Caenis schläfrig.

«Ich muss gehen.» Er beugte sich über sie, schlang einen Arm um ihren warmen Körper und gab ihr einen Kuss.

Sie erwiderte ihn und stieß Vespasian dann sanft und kichernd von sich. «Das hilft nicht gerade, um hochzukommen.»

«Oh doch.»

«Um aufzustehen, meine ich. Auf jetzt, ich muss auch

raus. Meine Herrin wird wollen, dass ich euch verabschiede. Ich mache Licht.»

Sie schlüpfte aus dem Bett und ging zur Kommode. Vespasian hörte, wie sie etwas aus der Schublade nahm und einen Flintstein anschlug. Wenig später fing der dünne Docht einer Öllampe zu brennen an, und ihr Gesicht leuchtete auf.

«Ich habe mich immer gefragt, wie die Haus–» Vespasian unterbrach sich.

«Wie die Haussklaven die erste Öllampe zum Brennen bringen?», fragte Caenis mit gekrauster Stirn. «Schon gut, Vespasian, mein niederer Stand sollte dich nicht in Verlegenheit bringen. Wir wissen beide, dass ich eine Sklavin bin. Ich akzeptiere das, tu du's auch.»

Vespasian grinste betreten und stand auf. Natürlich hatte sie recht. Es war eine unumstößliche Tatsache, die ihn und Caenis zwar gesellschaftlich trennte, aber privat keine Folgen für sie haben sollte.

Er nahm sie in den Arm und küsste sie. «Verzeih, meine schöne Sklavin.»

Caenis lächelte. «Akzeptieren und unter die Nase reiben sind zweierlei», neckte sie ihn.

Magnus und Pallas erwarteten Vespasian im hell erleuchteten Atrium, Sabinus und Corbulo kamen wenige Augenblicke später.

«Guten Morgen, meine Herren. Wir sollten jetzt den Priester holen und unverzüglich aufbrechen», sagte Pallas, der trotz seines geringen Standes die Führung übernommen zu haben schien. Die Brüder und Magnus waren damit einverstanden, Corbulo aber reagierte gereizt.

«Als Senator und Mitglied des Adels bin ich es, der befiehlt», meinte er hustend. «Von einem Sklaven lasse ich mich definitiv nicht kommandieren.»

«Das müsst Ihr auch nicht, Herr», entgegnete Pallas geschmeidig. «Ihr befehlt, und ich entscheide, was zu tun ist, denn ich handle im Namen meiner Herrin.» Er hob die rechte Hand. Am kleinen Finger steckte Antonias Ring.

Corbulo schaute die Brüder an. «Nehmt Ihr Befehle von ihm entgegen?»

«Ich glaube, er weiß besser als wir, was erforderlich ist», antwortete Vespasian diplomatisch.

Corbulo sah ein, wie lächerlich es wäre, wenn er Pallas' Entscheide einfach nur wie ein Herold nachplapperte, und schluckte seinen Stolz herunter. «Na schön, Pallas führt uns an.»

«Arroganter Blödmann», murmelte Magnus ein bisschen zu laut.

Corbulo drehte sich um und starrte ihn an, hielt es aber wohl für besser, die Beleidigung überhört zu haben. Es war schlimm genug, den Befehlen eines Sklaven zu folgen, und er wollte nicht alles noch schlimmer machen, indem er von einem Stadtstreicher verlangte, sich zu entschuldigen. Hinter Pallas verließ er den Raum.

«Das war nicht besonders hilfreich», zischte Vespasian seinem Freund zu, als sie den beiden folgten.

Magnus grinste. «Ich weiß, aber es hat sich saugut angefühlt.»

Im hinteren Teil des Hauses stiegen sie eine Steintreppe hinab in einen langen, klammen Korridor, der von Fackeln in Haltern beleuchtet wurde. Ihr Rauch hatte die Mauern mit Ruß überzogen und trübte den Blick. Am Ende des Ganges gab es mehrere Türen aus robustem Eichenholz und mit vergitterten Luken in Kopfhöhe. Ein Gestank von Urin, Schweiß und Angst hing in der Luft. Das Klappern der Sandalen hallte von den Wänden und der niedrigen Decke wider.

«Antonia hat anscheinend ihr eigenes Gefängnis», bemerkte Magnus, als Pallas vor einer der Türen stehen blieb und einen Schlüssel ins Schloss steckte.

Vespasian kicherte. «Hier wirst du also enden, wenn du ihr nicht mehr gefällig bist.»

Laut klackend öffnete sich der Riegel. Pallas stieß die Tür auf, verschwand in der Zelle und kehrte wenig später mit dem Gefangenen zurück, der nackt war, bis auf die Knochen abgemagert und mit Eisenschellen gefesselt. Rhotekes. Die langen strähnigen Haare und der Bart starrten vor Dreck. Er hatte offenbar geschlafen und blinzelte ins Licht. Schreiend versuchte er, sich am Türrahmen festzuhalten, und trat mit den Füßen nach Pallas.

«Wenn Ihr bitte helfen würdet, meine Herren», sagte Pallas höflich. «Aber schlagt nicht so fest zu, dass er die Besinnung verliert. Ich will, dass er schluckt.»

Die Angesprochenen sträubten sich einzugreifen, so abstoßend war der Priester.

«Ach, was soll's», ermannte sich Magnus und riss ihn vom Rahmen los.

Vom Lärm geweckt, fingen die Gefangenen in den anderen Zellen zu krakeelen an und rüttelten an den Türen.

«Herr, würdet Ihr bitte mit anfassen?», sagte Pallas zu Vespasian und deutete auf Rhotekes' Fußgelenke.

Vespasian griff zu, aber nicht allzu fest, weil er fürchtete, die dünnen Knochen könnten brechen. Zaghaftigkeit war jedoch nicht angebracht, denn Rhotekes wehrte sich nach Kräften. Vespasian packte härter zu und empfand Genugtuung dabei, den Mann zu bezwingen, der sich noch vor vier Jahren in Thrakien am Opfertod römischer Soldaten ergötzt und sich nun nach acht Monaten Haft in ein Tier zurückentwickelt hatte.

«Richte ihn auf», sagte Pallas zu Magnus und holte ein Fläschchen aus seinem Schulterbeutel. «Meister Corbulo, haltet seinen Kopf und sorgt dafür, dass er den Mund aufmacht. Sabinus, helft mit dem Messer nach, wenn er nicht spurt.»

Corbulo verzog das Gesicht, tat aber, wozu er aufgefordert worden war. Vespasian grinste. Es schien, als wollte Pallas dem Tribun besonders unangenehme Aufgaben zumuten.

Rhotekes verstummte, als ihm ein Messer an die Kehle gesetzt, der Kopf in den Nacken gezwungen und der Mund aufgehebelt wurde, sodass sich seine spitzgefeilten Zähne zeigten. Pallas trat vor ihn und öffnete das Fläschchen. «Das wird dich nicht töten, wenn du es trinkst, wohl aber das Messer, wenn du dich weigerst. Verstanden?»

Rhotekes' Augen ließen erkennen, dass er verstanden hatte. Pallas kippte ihm ein Viertel des braunen, dickflüssigen Inhalts in den Mund und kniff ihm die Nase zu. Er schluckte.

«Sobald die Wirkung einsetzt, wird er an die zwölf Stunden Ruhe bewahren», sagte Pallas. «Eine ähnliche Dosis haben wir gestern Secundus verpasst. Schaffen wir ihn nach oben.»

Rhotekes hatte sich offenbar seinem Schicksal ergeben und verzichtete auf jegliche Gegenwehr.

Als sie den Priester über den Korridor schleiften, sah Vespasian im Gitterausschnitt einer anderen Tür zwei Augen unter zusammengewachsenen Brauen mit flehentlichem Blick auf sich gerichtet.

Er ignorierte sie.

Auf dem Stallhof stand für Rhotekes derselbe Zweispänner bereit, mit dem man ihn auch schon von Ostia abgeholt hatte. Weil er betäubt war, musste niemand mit ihm auf den Karren steigen.

Antonia trat mit einer brennenden Fackel vor die Tür. Caenis tauchte hinter ihr auf. Sie hielt ihr Medaillon umklammert und blies Vespasian eine Kusshand zu.

«Meine Herren», sagte Antonia. «Macro hat acht Männer seiner Vigiles bereitgestellt, damit sie euch zur Porta Capena eskortieren. Ich werde jeden Tag für den Erfolg eurer Mission beten und opfern. Möge Fortuna mit euch reisen.»

Sie drückte jedem kurz die Hand, bevor sie in die Sättel stiegen. Pallas setzte sich auf den Kutschbock und griff nach den Zügeln. Als das Tor geöffnet wurde, traten dahinter die acht Vigiles zum Vorschein, ein jeder mit einer Fackel in der Hand. An ihren Gürteln hingen schwere Schlagstöcke. Pallas schnalzte mit Zunge und Zügeln und setzte das Fuhrwerk in Bewegung. Die eisenbeschlagenen Räder kratzten über das Pflaster im Stallhof. Vespasian trieb sein Pferd an und folgte dem Karren. Vor dem Tor drehte er sich noch einmal um, richtete den Blick auf Caenis und winkte ihr zum Abschied zu. Sie winkte zurück und schaute ihm nach, bis er das Tor passiert hatte und verschwunden war.

Die Vigiles führten den Tross an. Es ging den Palatin hinunter und dann links ab in die Via Appia, vorbei an der riesigen düsteren Fassade des Circus Maximus und unter dem Bogen der wenig eleganten, aber durchaus funktionellen Aqua Appia hindurch, um an der Porta Capena die Stadt zu verlassen. Die Eskorte und Antonias Ring überzeugten den Centurio der Cohortes urbanae, sie anstandslos passieren zu lassen. Ohne die Eskorte der Vigiles, die am Stadttor zurückblieben, mussten sie sich einen Weg durch die Menge der Bauern bahnen, die in die Stadt zogen, um ihre Feldfrüchte zu verkaufen. Hinter den Caracalla-Thermen rechter Hand kamen sie an die Kreuzung, wo in der Nähe des Familiengrabs der Scipios die Via Appia und die Via Latina aufeinandertrafen. Hier bogen sie nach rechts ab und folgten der Via Appia in südwestlicher Richtung. Im Osten dämmerte der Tag unter wolkenverhangenem Himmel.

Auf der schnurgeraden Straße kamen sie rasch voran, und schon nach zweieinhalb Tagen – mit Zwischenstationen in komfortablen Raststätten, die ihnen dank des großzügigen Reisebudgets von Antonia offenstanden – erreichten sie nach siebzig Meilen Tarracina, die am Rand des Weinanbaugebietes Caecubus ager gelegene Küstenstadt. Dort knickte die Straße nach Osten ab und verlief über endlos scheinende Felder sorgfältig gepflegter Weinstöcke. Auf den Hügeln thronten prächtige Villen, die vom Reichtum der Winzer in dieser Region zeugten.

Vespasian machte sich während der Reise immer wieder

Gedanken über die Probleme der Machtübergabe von einer Generation oder einer Dynastie zur anderen, und wie sich diese in der Vergangenheit auf andere Völker ausgewirkt hatte. Die Geschichtsbücher, die ihm von seiner Großmutter hinterlassen worden waren, hatten sein Interesse geweckt. Dem hatte er während der letzten drei Monate im Haus seines Onkels, der über eine große Bibliothek verfügte, weiter nachgehen können. Weil für ihn abends ohnehin nichts weiter zu tun war, hatte er Homer gelesen, Herodot und Thukydides, auch Kallisthenes' Bericht über die Eroberungszüge Alexanders – ein unvollendeter Bericht, weil der Autor bei Alexander in Ungnade gefallen und hingerichtet worden war. Er hatte aber schließlich auch Caesar gelesen sowie die jüngst von Titus Livius veröffentlichte Geschichte Roms. Alle diese Schriften hatten sein Wissen und sein Verständnis von Politik erweitert und bestätigt, was er schon geahnt hatte: Macht und Ruhm um ihrer selbst willen waren hinreichende Motivationen für Männer, danach zu streben und daran festzuhalten. Die Geschichte war mit Männern wie Cincinnatus nicht gerade übersät.

Die dritte Nacht verbrachte der Tross in Fundi. Von dort aus ging es weiter nach Südwesten, zurück ans Meer und die Küste entlang. Rechts funkelte das Tyrrhenische Meer. Hin und her zogen Handelsschiffe und Galeeren auf der geschäftigen Schifffahrtslinie zwischen Ostia und Neapolis, die jetzt nach dem Winter wieder geöffnet war.

Sie passierten den Mons Massicus und gelangten nach Campania und in das Weinbaugebiet Falernus ager. Die Häuser waren hier erkennbar nach dem Vorbild griechischer Architektur gebaut und zeugten von der Abstammung der hier lebenden Römer.

In der fünften Nacht machten sie Station in Volturnum, einer Stadt an dem Fluss selbigen Namens, wo sie auf einer von Weinranken beschatteten Terrasse ein köstliches Mahl zu sich nahmen und den Fischern dabei zusahen, wie sie ihren Fang von den Booten luden. Am frühen Morgen brachen sie wieder auf und ritten in gemächlichem Tempo weiter nach Süden. Die Sonne ging unter, als sie am Portus Julius vorbeikamen, dem Hafen der westlichen Flotte, und auf das Kap Misenum zusteuerten, eine Landzunge, die sich wie der Rücken eines mythischen Seeungeheuers aus dem Wasser wölbte.

«Sie haben uns offenbar erwartet», sagte Magnus, als das Tor zum weitläufigen kaiserlichen Anwesen von zwei uniformierten Prätorianern hinter ihnen geschlossen wurde.

«Macro wird einen Boten vorausgeschickt haben, der unsere Ankunft gemeldet hat», erwiderte Vespasian. Sie ritten über den gepflasterten Weg auf die Villa hoch oben auf dem Kap zu.

«Ich weiß nicht so recht, ob ich mich von Macros Männern wirklich beschützt oder nicht vielmehr bedroht fühle.»

Vespasian grinste bei der Bemerkung des Freundes. «Das Gefühl kenne ich. Aber glaub mir, sicherer, als von Seianus' Männern bewacht zu werden, ist es allemal.»

«Hoffen wir, dass es dazu nie kommen wird», murmelte Magnus.

Sie erreichten die weiß getünchte Mauer, die die Villa umgab, und passierten einen hohen Steinbogen. Wie seine Gefährten staunte Vespasian über die Schönheit des Ortes: Fast unmittelbar an den Felsrand gebaut lag die eingeschossige Villa aus rosafarbenem Marmor und mit geziegeltem Dach, rings umgeben vom glitzernden Wasser der Bucht von Neapolis, durch die zahlreiche Schiffe kreuzten. Im Hintergrund ragte der Kegel des Vesuvs über viertausend Fuß aus der Küstenebene auf. Vor der Villa befand sich ein kreisrunder Teich, der an die fünfzig Fuß im Durchmesser maß und von Säulen umringt war, auf denen aus Griechenland und Asien geraubte Statuen standen. Ein marmorner Brunnen in der Mitte des Teiches stellte den Meeresgott Triton dar: Sein menschlicher Torso ging in einen Fischleib über, und er schien aus den Tiefen des Teichs emporzuschnellen. Aus dem Mund seines in den Nacken geworfenen Kopfes sprudelte eine Wasserfontäne himmelwärts, während er in der linken Hand eine Muschelschale hielt und in der rechten wie sein Vater Poseidon einen Dreizack.

Rund um das Wasserspiel waren Gärten in angenehmer Symmetrie angelegt. Acht breite, von Sträuchern eingefasste Pfade strahlten von der Kolonnade aus und endeten in einem Ringpfad, der die Gärten umschloss. Er war von Akazien und Zypressen flankiert, in deren Schatten steinerne Bänke standen, die dazu einluden, zu rasten, zu lesen oder zu träumen, all die Schönheit vor Augen und die sanfte Meeresbrise im Gesicht.

Mädchenhaftes Lachen rief die Gruppe aus ihrer stummen Bewunderung in die Gegenwart zurück. Vespasian drehte sich um und sah Caligula jenseits des Teichs über einen der Pfade laufen, gejagt von zwei jungen Mädchen. Alle drei waren nackt.

Als er den Teich erreichte, sprang er ins Wasser und watete auf die andere Seite zu. Die Mädchen folgten ihm und schöpften Wasser mit den Händen, um ihn damit zu bespritzen. Er erreichte den Rand und tat, als könne er ihn nicht erklimmen. Die Mädchen holten ihn ein und fielen kreischend über ihn her. Ein spielerisches Strampeln von Gliedern rührte schäumende Wellen auf, und schließlich tauchte Caligula wieder auf, mit dem jüngsten der Mädchen auf den Schultern. Da sah er Vespasian und seine Freunde auf ihren Pferden, erkannte sie sofort und winkte.

«Endlich», rief er. «Ich habe mich so nach euch gesehnt. Kommt her!»

Etwas verlegen führte Vespasian die Gruppe an den Teich heran, während die Mädchen Caligula kichernd und kreischend erneut ins Wasser drückten. Vespasian stieg aus dem Sattel und ging auf den Freund zu, der sich nun wieder erhoben hatte. Für einen Moment befreit von den Mädchen, offenbarte er eine mächtige Erektion, die den falschen Phalli der Darsteller in Satyrspielen in nichts nachstand.

«Vespasian», frohlockte er und stieg aus dem Teich. Seine tiefliegenden Augen strahlten. Er ergriff Vespasians Unterarm. «Wie schön, dich zu sehen. Schau, ich lebe noch. Wie findest du das? Tiberius hat beschlossen, mich nicht töten zu lassen. Im Gegenteil, er will, dass ich ihm nachfolge.» Er lachte kurz und fast hysterisch auf. «Wenn ich Kaiser bin, werde ich immerzu mit meinen Schwestern spielen. Drusilla, Livilla, das sind mein Freund Vespasian und sein Bruder Sabinus. Ihr müsst zu ihnen sehr freundlich sein.»

«Drusilla», sagte die ältere der beiden und streckte ihre Hand aus.

Sie mochte höchstens fünfzehn sein, hatte einen kleinen, aber durchaus hübschen Mund und etwas füllige Wangen. Auf ihrer elfenbeinfarbenen Haut glitzerten Wasserperlen, und das dicke schwarze Haar klebte feucht auf den Schultern. Sie machte keinerlei Anstalten, ihre Blöße zu bedecken, und Vespasian konnte sich nicht verkneifen, ihre festen, jugendlichen Brüste und die Stelle weiter südlich zu betrachten. Sie musterte ihn begutachtend, als er ihre Hand ergriff.

«Es freut mich, Eure Bekanntschaft zu machen», murmelte er, riss seinen Blick von ihrem Körper los und schaute ihr in die braunen Augen.

«Und ich bin Julia Livilla», stellte sich die jüngere Schwester vor, die inzwischen ebenfalls aus dem Teich gestiegen war. «Es ist immer schön, neue Freunde zu gewinnen, besonders wenn es Freunde von Gaius sind.»

«Sie ist eine nette Livilla und wahrhaftig nicht so scheußlich wie meine Tante», sagte Caligula und streichelte ihre Wange, worauf sie einen Arm um seinen Hals schlang, sich an seine Erektion presste und ihm einen herzhaften Kuss auf die Lippen gab. Sie war etwa zwei Jahre jünger als ihre Schwester, hatte einen ebenso kleinen Mund wie diese, aber höhere, deutlicher ausgeprägte Jochbeine und eine längere, markantere Nase. Ihre Brüste hatten gerade erst auf den mageren Rippen zu knospen begonnen.

Caligula löste sich von seiner Schwester und begrüßte Pallas, dem es gelang, sich zu verhalten, als wäre nichts außer der Reihe. Dann nickte Caligula Magnus zu und näherte sich Corbulo, der mit offenem Mund dastand, die Augen weit aufgerissen und aristokratisch ungehalten.

«Darf ich vorstellen: Gnaeus Domitius Corbulo», sagte Vespasian.

«Hallo», grüßte Caligula, sprang zurück in den Teich und ließ Corbulo noch sprachloser zurück.

«Wir essen bald zu Abend», sagte Caligula, als er wieder auftauchte. «Zurück ins Haus, meine Schätzchen.»

Beide Schwestern langten kichernd nach seinem prächtigen Penis und führten ihn zurück in die Villa.

«Ich suche nur schnell den Hausverwalter», erklärte Pallas und kletterte wieder auf den Kutschbock. «Die Pferde müssen versorgt werden, und wir brauchen Schlafplätze.»

Er ließ die Zügel schnalzen und lenkte das Fuhrwerk um den Teich herum. Vespasian folgte, sein Pferd am Zügel und in der Hoffnung, dass Caligula und seine Schwestern zum Essen angezogen erscheinen würden.

Vespasian trat aus seiner Kammer hinaus in den Gartenhof und fand Clemens mit Sabinus auf einer Steinbank unter einem Feigenbaum vor. Der Garten war nur auf drei Seiten von Mauern umschlossen; nach Süden hin bot er einen phantastischen Blick auf die Bucht von Neapolis. In der Ferne leuchteten, im Abendlicht rötlich gefärbt, die Steilklippen von Capreae.

«Dadrüben herrscht der reine Wahnsinn», sagte Clemens, der Vespasian am Unterarm ergriff. «Der alte Mann ist verrückt geworden. Er ist besessen von Sex, Tod und Astrologie, so sehr, dass er an nichts anderes denkt, allenfalls noch an den Bau seiner neuen Villa: die Villa Iovis. Sie ist erst halb fertig, aber er hat schon einen Teil bezogen, Räume, die voll sind von pornographischen Mosaiken und Fresken. Manchmal frage ich mich, ob es vielleicht nicht doch eine gute Idee ist, Seianus zum Herrscher zu machen. Zumindest vertritt er römische Werte. An ihm ist nichts griechisch. Nie im Leben würde er sich mit den jüngeren Söhnen angeblicher Freunde verlustieren. Und der Tod ist für ihn da, wo er hingehört: in der Arena oder auf dem Schlachtfeld.»

«Oder im Gerichtssaal», ergänzte Vespasian.

«Ja, zugegeben, das würde allerdings für jeden Herrscher gelten. Tiberius aber geht zu weit. Unsere republikanischen Vorfahren würden sich aus Scham ins Schwert stürzen, wenn sie wüssten, was ich in den letzten Monaten sehen musste. Einmal hat er über tausend Sklaven zusammentreiben und vor deren Augen einen von ihnen bei lebendigem Leib ausweiden lassen und damit gedroht, dass jeder, der seine Befehle missachtet, auf ähnliche Weise bestraft werde. Dann ließ er sie in einer Reihe antreten und masturbieren, bis alle Glieder steif waren. Seine Lustknaben mussten denen nachhelfen, die ein Problem hatten, und dann zwang er sie zur Sodomie, alle tausend. Könnt Ihr Euch das vorstellen?»

Vespasian war entsetzt und wusste nichts darauf zu sagen.

«Dann», fuhr Clemens fort, «ließ er eine Hundertschaft Prätorianer – Infanterie, nicht meine Reiter – an der Reihe entlangmarschieren und jeden Sklaven, der zum Höhepunkt kam, strangulieren. Allen anderen, die noch nicht so weit waren, wurde brutal eingeschärft weiterzumachen, auch wenn sie einen Toten vor sich hatten.»

«Das ist wahrhaftig nicht, was dem Vorbild eines Scipio oder Iulius Caesar gerecht wird», meinte Vespasian.

«Und was hat Tiberius die ganze Zeit über getan?», fragte Sabinus, den die Vorstellung der Gräueltaten anscheinend faszinierte.

«Er ließ sich von dem fünfzehn Jahre alten Sohn des Lucius Vitellius Veteris mit dem Mund befriedigen.»

«Und was ist mit Caligula? War er auch dabei?», fragte Vespasian in der Hoffnung auf eine Erklärung für das exzentrische Verhalten des Freundes am Nachmittag.

«Oh ja, er hat den alten Mann sogar angefeuert», antwortete Clemens kopfschüttelnd. «Ihm ist wohl klargeworden, dass man Tiberius Beifall klatschen muss, wenn man sich in seiner Nähe aufhält und überleben will. In den ersten beiden Monaten nach seiner Ankunft hier hatte er ständig Angst, Tiberius könnte ihn aus Lust und Laune hinrichten lassen, und das hat ihn, glaube ich, ein bisschen aus dem Gleichgewicht gebracht.»

«Ein bisschen?», meinte Vespasian zweifelnd. «Heute Nachmittag hatte er Sex mit seinen Schwestern.»

«Ach, mit denen treibt er's doch schon seit zwei Jahren», entgegnete Clemens abfällig. «Er ist ganz wild auf Frauen, auch wenn sie aus eigenem Fleisch und Blut sind. Mit ‹aus dem Gleichgewicht gebracht› meine ich, dass er sich nicht mehr über längere Zeit konzentrieren kann und zu hysterischen Lachanfällen neigt. Aber davon abgesehen, ist er noch ganz der Alte: unersättlich in seiner Lust, aber ein guter Junge und voller Leben.»

«Das zu hören freut mich», sagte Vespasian, den Caligulas Beziehung zu den Schwestern im Grunde nicht wirklich verwunderte. Jetzt verstand er, warum Antonia Bedenken hatte, ihn nach Misenum reisen zu lassen.

Das Gespräch konnte nicht fortgesetzt werden, weil der Hausverwalter kam und verkündete, dass das Abendessen serviert werde. Sie folgten ihm in die Villa. Die Sonne war gerade untergegangen und ließ den Abendstern zurück, der hell über dem ruhigen Meer funkelte.

«Tiberius mag es nicht, überrascht zu werden», sagte Caligula, als gerade die *Gustatio* abgeräumt wurde. «Nicht einmal von einer guten Nachricht oder einem Geschenk.» Er nahm einen Schluck Wein, lachte kurz auf und legte dann eine Hand auf Vespasians Arm, mit dem er dieselbe Liege teilte. «Vorigen Monat ist ein Fischer die Klippe heraufgestiegen und hat Tiberius die größte Meeräsche zu Füßen gelegt, die ich je gesehen habe. Der alte Mann war so vergrätzt darüber, dass jemand unangekündigt zu ihm vordringen konnte, dass er einem der Wachposten befahl, dem armen Kerl mit den Schuppen des Fisches das Gesicht abzuschmirgeln.» Er legte eine Pause ein, um eine Falte an Drusillas Gewand zu richten. Sie saß zurückgelehnt rechts von Caligula, hatte ihm den Rücken zugekehrt und sprach mit Corbulo, der sich sichtlich unwohl fühlte, mit einer sehr freundlichen Julia Livilla die Liege nebenan zu teilen.

«Wie dem auch sei», fuhr Caligula fort, offenbar zufrieden mit der Korrektur, die er vorgenommen hatte, «der Fischer hatte Witz und wusste trotz seiner Qualen zu scherzen.» Er kicherte wieder ausgelassen und rückte näher an Drusilla heran. «Er sagte … Er sagte: ‹Den Göttern sei Dank, dass ich dem Caesar nicht den Riesenkrebs geschenkt habe, der mir ins Netz gegangen ist.›» Caligula schüttete sich aus vor Lachen. Vespasian stimmte verhaltener mit ein, so auch Clemens und Sabinus, die es sich auf der Liege zur Linken bequem gemacht hatten.

«Aber dann», fuhr Caligula fort, nachdem er sich beruhigt hatte, «dann wollte Tiberius, dass der Krebs geholt werde, um dem Fischer damit das Gesicht zu schrubben. Am Ende war der nicht wiederzuerkennen.» Caligula kreischte vor Vergnügen, bis ihm die Luft ausging. Er langte nach dem Weinkelch. Während er trank, richtete sich Vespasian auf und betrachtete Drusilla. Schnell schaute er wieder weg. Ihre Stola war angehoben und gab ihr Hinterteil frei. Caligula hatte sie penetriert, der seltsamen Stellung nach zu urteilen, die sie zueinander einnahmen, aber offenbar nicht auf herkömmliche Weise. Drusilla setzte ihr Gespräch mit Corbulo wie selbstverständlich fort, dessen Miene erkennen ließ, dass er sehr wohl wusste, was da vor sich ging.

«Ich habe deshalb dafür gesorgt, dass Onkel Tiberius auf eure Ankunft vorbereitet ist», sagte Caligula, als der nächste Gang – zwei große Platten voller Meeresfrüchte – aufgetragen wurde. Eine milde Brise, die durch das offene Fenster strich, ließ die Tuniken der Sklaven wallen, während sie um den Tisch herumgingen.

«Wie?», fragte Vespasian und griff nach einer Languste.

«Es gibt hier einen alten Scharlatan, einen Astrologen namens Thrasyllos, der übrigens der Vater von Ennia ist, die ich im Haus meiner Großmutter kennengelernt habe.»

«Macros Frau?», hakte Sabinus nach.

«Ich glaube, ja. Sie ist viel zu gut für ihn. Ich würde gern selbst mal mit ihr schmusen. Also, dieser Thrasyllos redet Tiberius ständig ein, dass er noch erleben wird, was sich alles ändert, wenn in drei Jahren Phoenix wieder über Ägypten fliegt.»

«Phoenix? Was hat es damit auf sich?», fragte Corbulo, um sich von den ungehörigen Vorgängen in unmittelbarer Nähe ablenken zu lassen.

«Das ist ein Vogel, der fünfhundert Jahre lebt und am Ende in Flammen aufgeht. Aus seiner Asche entsteht ein neuer Phoenix, der ein neues Zeitalter ankündigt. Wie dem auch sei, Tiberius freut sich über die Aussicht, noch mindestens drei Jahre zu leben, und hört Thrasyllos immer wieder gern zu. Ich habe dem alten Astrologen, deshalb geraten, vorauszusagen, dass mir ein Freund wichtige Nachrichten von meiner Großmutter zukommen lassen wird.»

«Wie erreichen wir Tiberius?»

«Jeden Morgen, wenn er mit seinen … ähm, Übungen fertig ist, gehen wir runter zur Baustelle der Villa Iovis, um zu sehen, wie weit die Arbeiten vorangekommen sind. Zurzeit interessiert ihn vor allem ein Fries, der sein zukünftiges Schlafzimmer schmücken soll. Wenn ihr euch in diesem Raum über Nacht versteckt haltet, werde ich ihn darauf vorbereiten können, dass die vorausgesagten Nachrichten von Antonia eingetroffen sind und ich sie für so wichtig erachte, dass er sie unbedingt hören muss. Hoffentlich wird er dann einverstanden sein, euch zu empfangen.»

«Aber sorge bitte dafür, dass keine Meeräschen oder Krebse in greifbarer Nähe sind.» Vespasian brach die Languste auf und fuhr mit dem Finger über den scharfen Schalenrand.

Caligula lachte sehr viel lauter, als es die Bemerkung verdiente, und rückte enger an Drusilla heran. «Krebse!», prustete er und reichte seiner Schwester einen kleinen gegrillten Tintenfisch, weil sie selbst nicht an die Platten auf dem Tisch herankam.

Es erleichterte Vespasian ein wenig, dass es die Geschwister unmittelbar neben ihm halbwegs diskret miteinander trieben, ohne größeres Aufsehen zu erregen. Trotzdem begaffte Corbulo die beiden ungläubig. Ihm schien der Appetit vergangen zu sein, zumal Julia Livilla zudringlich wurde und ihm eine Hand auf den Schenkel legte.

«Meine Männer werden Euch zur Villa Iovis führen», kam Clemens auf das eigentliche Thema zurück. «Wir treffen uns vor der Mauer, und dann zeige ich Euch, wo Ihr schlafen könnt. Ich stelle Wachen vor der Tür ab, damit Euch keiner von den Handwerkern morgen sieht. In dem Raum bleibt Ihr auch nach dem Gespräch mit Tiberius. Wenn es dunkel geworden ist, gehen wir runter zur Bucht. So wird von Seianus' Männern hoffentlich niemand auf Euch aufmerksam.»

Vespasian und Sabinus nickten zustimmend.

«Wenn du meinst, dass es so gelingen könnte», sagte Sabinus, «bin ich einverstanden.»

«Es wird gelingen», erwiderte Clemens, brach ein Stück Brot ab und tunkte es in den Fischsud, der sich auf dem Grund des Tellers gesammelt hatte. «Unser eigentliches Problem ist der Geisteszustand des Kaisers.»

«Aber Caligula will ihn doch vorwarnen – stimmt's?» Vespasian stieß den Freund an, der Drusilla mit Krabben fütterte.

«Was?», fragte Caligula.

«Ich sagte: Du wirst Tiberius vorwarnen, damit er nicht in gereizter Stimmung ist, wenn er uns sieht, nicht wahr?»

«Oh ja, ja, natürlich», antwortete der Junge. «Er sollte dann ansprechbar sein, aber das will nicht unbedingt was heißen. Seit einiger Zeit lässt er, selbst wenn er in guter Stimmung ist, Leute vom Klippenrand stoßen. Er findet das amüsant. Daran müssen mitunter auch Gäste glauben, die er zu sich auf die Insel eingeladen hat. Er schickt vorher Seemänner, mit Knüppeln bewaffnet, an den Fuß der Klippen, damit sie den Unglücklichen, die den Sturz überlebt haben, den Rest geben. Zur Begründung sagt er, dass er seinen Gästen nicht zumuten wolle, dass sie unter seinem Vergnügen unnötig leiden. Viele derer, die er zu sich einlädt, begehen darum Selbstmord.» Caligula lachte schrill auf und neckte Drusilla wieder mit einer Krabbe.

Vespasian warf Sabinus und Clemens einen entsetzten Blick zu und fragte sich, ob und wie viel Antonia von den Umtrieben des wahnsinnigen Kaisers wusste.

XVII

Geht vorsichtig mit ihm um», flüsterte Vespasian ein paar Seemännern zu, die sichtlich verängstigt den ohnmächtigen Priester von Bord herabließen, in die Arme von Magnus und Pallas, die in einem Ruderboot am Heck der überdachten Bireme standen.

«Ich hab ihn», zischte Magnus aus dem Halbdunkel.

Die Seeleute reichten daraufhin das Gepäck nach und halfen Corbulo und Sabinus, der sich wieder hatte übergeben müssen, beim Umsteigen. Keiner trug Waffen, denn es wurde als Kapitaldelikt erachtet, in Tiberius' Gegenwart bewaffnet zu erscheinen – es sei denn, man zählte zu den Prätorianern oder den germanischen Wachen des Kaisers.

Caligula klopfte Vespasian auf die Schulter, als sie sich anschickten, das Schiff zu verlassen. «Geschickt eingefädelt, das Ganze, nicht wahr? Könnte lustig werden.» Seine weißen Zähne schimmerten im Dunkeln. «Wenn's gut läuft, ist der Weg zur Herrschaft für mich frei. Stell dir vor, was wir dann für einen Spaß haben werden!»

Seit er wusste, was Tiberius amüsant fand, fragte sich Vespasian, ob Caligula ähnliche Vorlieben hatte. «Hoffen wir, dass Tiberius nicht Lust darauf hat, uns von den Klippen zu stoßen», erwiderte er und schwang sein Bein über die Reling.

«Dafür werde ich schon sorgen. Vielleicht kann ich den kleinen Vitellius dazu überreden, mit uns zu kommen. Er scheint eine beruhigende Wirkung auf Tiberius zu haben.»

«Tu, was du für richtig hältst und was hilft, dass er zur Vernunft kommt.»

«Vernunft? Ein seltsames Wort.»

Vespasian lächelte wider Willen. Er gab Caligula einen Klaps auf den Arm, nickte Clemens zu und hangelte sich am Seil hinab ins Boot.

«Von der Seefahrt habe ich ein für alle Mal genug», beklagte sich Sabinus, als Vespasian am Steuerruder Platz nahm. Corbulo stieß das kleine Boot von der Bireme ab. Magnus und Pallas legten sich in die Riemen. Schlag für Schlag näherten sie sich den bedrohlichen Felsen von Capreae, die gespenstisch silbriges Mondlicht überstrahlte.

Die Bireme steuerte auf ein Leuchtfeuer zu, das den rund eine Meile entfernten Inselhafen markierte, und war bald nicht mehr zu sehen.

Unter heftigen Schüttelkrämpfen musste sich Sabinus wieder übergeben. «Nicht auszuhalten ist das», ächzte er, tief über die Bootswand gebeugt.

«Aber halb so schlimm wie das, was ich da gestern Abend sehen musste», meinte Corbulo, der nach den Vorkommnissen beim Essen anscheinend immer noch unter Schock stand.

Als mehr und mehr Wein geflossen war, hatten Caligula und seine Schwestern auch den letzten Rest Scham verloren und ein Verhalten an den Tag gelegt, das für alle, die wie Corbulo mit den ethischen Prinzipien des Augustus groß geworden waren, als unerhörter Affront gegen gute Sitten und Moral anmuten musste. Livillas lüsterner Angriff mit einer

Gänsekeule auf ihn hatte das Fass zum Überlaufen gebracht, und er war unter Wahrung der Form und dem Vorwand, sich an einer schlechten Krabbe den Magen verdorben zu haben, Hals über Kopf aus dem Triclinium geflohen. Vespasian, Sabinus und Clemens hatten die Zumutungen noch ein wenig länger ertragen, sich aber dann auch entschuldigt, als sie aufgefordert worden waren, an den Frivolitäten teilzunehmen. Zu diesem Zeitpunkt hatte sich Livilla einfallen lassen, Caligula mit ihrer Gänsekeule zu reizen, und die drei Geschwister waren so tief in ihre seltsame Welt abgetaucht, dass sie den Abgang ihrer Gäste kaum mehr zur Kenntnis genommen hatten.

Nach wenigen hundert Ruderschlägen sah Vespasian ein paar glühende Lichtpunkte am Ufer und hielt darauf zu. Es dauerte nicht mehr lange, und das Boot lief auf Grund. Zwei Prätorianer wateten ihnen mit Fackeln entgegen und halfen ihnen an Land.

«Fulvius und Rufinus von der Kavallerie der Prätorianischen Garde melden sich auf Befehl von Decurion Clemens», sagte der ältere der beiden und salutierte stramm, als Sabinus auf unsicheren Beinen und mit Hilfe des anderen Soldaten aus dem Boot ausstieg.

«Danke», sagte er erleichtert und setzte erste zaghafte Schritte auf dem festen Grund.

Schnell wurde das Boot in ein Versteck am Ufer gezogen. Magnus hievte sich Rhotekes auf den Rücken, was ihn in Anbetracht des hygienischen Zustands des Priesters einige Überwindung kostete. Die anderen schulterten das Gepäck, und die Gruppe setzte sich in Bewegung, allen voran Fulvius, der sie auf steilen Serpentinen die Klippen hinaufführte, langsam und vorsichtig, zumal die Fackeln gelöscht worden waren und das schwache Mondlicht nur wenig erkennen ließ.

Oben angekommen, folgten sie schweigend dem Klippenrand in Richtung Osten. Linker Hand sah Vespasian die Lichter von Pompeji, Herculaneum, Neapolis und Puteoli, gespiegelt vom Wasser des Meeres. Dazwischen waren entlang der Küste schwächer vereinzelte Lichter der großen Villen auszumachen, die sich Roms Elite hatte erbauen lassen. Hier und da leuchteten in der Dunkelheit zwischen Festland und Insel ein paar Lampen von Nachtfischern. Aus der Tiefe tönte die Brandung am felsigen Fuß der Klippen. Von Westen wehte ein warmer Wind, der den Duft von wildem Thymian mit sich führte.

Knapp eine halbe Stunde später gelangten sie an der Ostspitze der Insel an eine hohe Steinmauer, wo Clemens zu Pferde schon auf sie wartete, sehr zur Verwunderung Vespasians.

«Gab's irgendwelche Probleme?», fragte er und wickelte ein Seil ab.

«Nein, Herr», antwortete Fulvius.

«Gut. Halt das Pferd fest», sagte Clemens und hob die Beine, um sich auf den Sattel zu knien. An der Wand abgestützt, stand er auf, warf ein Seilende über die Mauer, erklomm den oberen Rand und verschwand dahinter. «Alles klar», rief er leise von der anderen Seite.

Es dauerte ein wenig, bis sie Rhotekes über die Mauer gehievt hatten, aber dann war auch das geschafft. Sie standen auf dem mondbeschienenen Gelände der Villa Iovis.

«Verdammt groß», flüsterte Magnus dem Freund zu, als

Clemens das Seil von einem schweren Eichenstamm losband, der am Boden lag. Ringsum häuften sich, wie Vespasian im schwachen Licht sehen konnte, Ziegel und geschnittene Felsblöcke. Säulenteile lagen zwischen aufgestapelten Terrakottaschindeln und Weidenkörben. Magnus griff in einen der Körbe und brachte eine Handvoll kleiner quadratischer Marmorfliesen zum Vorschein.

«Sieht aus, als hätte Tiberius für sein Luftschloss noch ein paar weitere Mosaiken vorgesehen», bemerkte er und ließ die Plättchen zurück in den Korb fallen.

«Hier entlang», flüsterte Clemens und schlängelte sich an den Baumaterialien vorbei einen Hang hinunter und auf den riesigen Komplex der Villa Iovis in rund vierhundert Schritt Entfernung zu. Ein paar Lichter in den Fenstern der ihnen zugewandten Fassade des Bauwerks ließen erkennen, dass sie auf die noch unfertige, unbewohnte Seite zugingen.

Je weiter sie sich näherten, desto weniger Material lag herum. Vor einem letzten Ziegelsteinhaufen blieb Clemens stehen. «Bleibt hier», befahl er. «Dort drüben stehen normalerweise Wachposten. Ich werde dafür sorgen, dass sie keine Scherereien machen.» Er richtete sich auf und ging zielstrebig auf die Villa zu.

«Halt!», rief ihm eine Stimme aus dem Schatten entgegen. «Erklärt, wer Ihr seid!» Zwei uniformierte Soldaten eilten auf ihn zu.

«Decurion Clemens, erste Ala der Prätorianischen Kavallerie», stellte sich Clemens vor.

«Was macht Ihr hier draußen, Herr? Ausgang bei Nacht ist verboten. Ihr müsst mit uns kommen.»

«Ich habe euch gesucht. Mir war nämlich, als hätte sich

dort oben auf dem Hang etwas bewegt», sagte Clemens und zeigte in Richtung Vespasians und seiner Kameraden.

«Verdammt, er verrät uns, der Hund», zischte Magnus, als Clemens mit den beiden Soldaten näher kam.

«Das glaube ich nicht», entgegnete Pallas ruhig.

Fulvius und Rufinus zogen ihre Schwerter. Automatisch griff Vespasian auch nach seinem, erinnerte sich dann aber, dass er es in Misenum zurückgelassen hatte.

«Keine Bewegung», sagte Fulvius und zielte mit der Schwertspitze auf Corbulo. Vespasian spürte Rufinus' Klinge im Rücken. «Wir sind hier», rief er Clemens zu.

Vespasian wurde schlecht. Unbewaffnet gegen fünf Prätorianer hatten sie keine Chance. Er machte sich darauf gefasst, gefangen genommen zu werden, sah sich schon vom Klippenrand gestoßen und schwor, in dieser oder der nächsten Welt Rache an Clemens zu nehmen.

«Ja, wen haben wir denn da?», höhnte Clemens, das spitze Gesicht auf sie gerichtet und von den beiden Prätorianern flankiert, die ihre Schwerter gezogen hatten. «Fischfutter, würde ich vermuten. Festnehmen.»

«Du mieses Stück», knurrte Sabinus. «Wie viel gibt dir Seianus dafür, dass du deine eigene Schwester zur Witwe machst?»

Magnus sprang auf Fulvius zu und zielte mit dem Kopf in dessen Seite. Ein wuchtiger Stoß vor die Schläfe, von Fulvius mit dem Heft seines Schwertes geführt, schickte ihn rücklings zu Boden, wo er ohnmächtig liegen blieb. Rufinus trat Vespasian die Beine weg, drehte sich unversehens und blitzschnell um und rammte dem Prätorianer links von Clemens die Spitze seines Schwertes in den Mund, während Clemens den rechten Arm um den Hals des Soldaten auf der anderen Seite schlang und mit der linken Hand dessen Kopf so heftig zurückriss, dass es krachte und der Mann erschlaffte.

«Mensch, Clemens», beschwerte sich Sabinus. «Ich hätte mich fast bepinkelt.»

«Tut mir leid.» Clemens grinste. «Ich hatte nur mit einem Posten gerechnet. Mit zweien wollte ich es nicht im Alleingang aufnehmen. Sie hätten mich ins Wachhaus geführt und in Schwierigkeiten gebracht. Kommt, werfen wir die beiden von der Klippe.» Er packte einen leblosen Arm und schleifte den Toten davon. Sabinus schüttelte den Kopf, half ihm aber.

Vespasian, innerlich noch aufgewühlt, schleppte zusammen mit Rufinus die andere Leiche über fünfzig Schritt bis zum Klippenrand.

«Hat er euch eingeweiht?», fragte er.

«Zuerst dachte ich auch, dass er Euch in den Rücken fällt», antwortete Rufinus. «Als er aber verlangte, Euch festzunehmen, wusste ich, was zu tun ist.»

«Wieso?»

«Seit ein Fischer unbemerkt die Felswand erklimmen konnte, hat Tiberius den Befehl ausgegeben, alle Eindringlinge auf der Stelle zu töten, ausnahmslos.»

«Nun, ich hoffe, er wird eine Ausnahme machen, wenn er uns morgen sieht», erwiderte Vespasian, als sie den Abgrund erreichten.

«Bei dem weiß man nie», sagte Rufinus ohne Scheu.

Sie warfen den Prätorianer in die Tiefe. Vespasian blickte über den Rand und sah den Körper durch die Luft trudeln, bevor er in der Dunkelheit verschwand. Bei dem Getöse der Brandung am Fuß der Klippe war ein Aufprall nicht zu hören. Er wandte sich ab und fühlte sich, als würde er selbst stürzen.

Zu den Gefährten zurückgekehrt, stellte er fest, dass Magnus immer noch bewusstlos war. Er musste ihn tragen, während sich Pallas, Sabinus und Corbulo um den Priester kümmerten.

Schnell überquerten sie das offene Gelände vor der Villa und betraten hinter einem noch im Bau befindlichen Torbogen einen dunklen Korridor.

Erstaunlich zielsicher führte Clemens sie durch ein Labyrinth von dunklen Gängen, beleuchtet nur vom schwachen Mondschein, der durch leere Fenster sickerte.

Vor einer großen Tür blieb er schließlich stehen und stieß sie auf. Sie folgten ihm in einen riesigen Raum. Ihre Schritte hallten von der hohen Decke wider. Rhotekes wurde umstandslos auf dem Boden abgesetzt.

«Fulvius und Rufinus werden draußen Wache stehen, bis Caligula den Kaiser geholt hat», sagte Clemens. «Auch ich werde dann zur Stelle sein und bin bereit, das Schicksal mitzutragen, das er für euch vorsieht.»

«Danke, Clemens», erwiderte Sabinus und ergriff den Unterarm des Schwagers.

Clemens erwiderte die Geste grinsend. «Hier stehen eine Menge Eimer herum, in die ihr pissen könnt. Viel Glück.» Er wandte sich um und ging, gefolgt von Fulvius und Rufinus.

Als Vespasian und Pallas Magnus auf den Boden legten, rührte der sich und öffnete die Augen. «Verflucht!», stöhnte er. «Jetzt sind wir dran.» Er rieb sich den Hinterkopf.

«Nur keine Panik», entgegnete Vespasian und half dem Freund auf.

«Was? Ich dachte, wir wären festgenommen worden.»

«Tja, du hättest wach bleiben und sehen sollen, was passiert ist, statt den Helden zu spielen und den falschen Mann anzugreifen.»

«Du meinst, Clemens hat uns nicht hintergangen und wir sind frei?»

«Schau dich um.» Vespasian deutete mit ausgestrecktem Arm in die Runde. «Wenn dir das wie ein Gefängnis vorkommt, lass es Tiberius nicht wissen. Er wäre wahrscheinlich stinksauer. Wir sind in seinem neuen Schlafzimmer.»

Vor den vier Fenstern, die in die Ostwand eingelassen waren, ging die Sonne auf. Es wurde hell, und Vespasian sah, wo er sich befand: im Inneren eines perfekten Würfels von rund vierzig Fuß Kantenlänge, verkleidet mit edelstem Marmor. Die Wand gegenüber der Tür schmückte der noch unfertige Fries, auf den Tiberius anscheinend besonders viel Wert legte. Schon auf den ersten Blick erkannte Vespasian, warum: Er zeigte eine Vielzahl geschlechtlicher Freuden in einer Reihe lebhafter Szenen, in denen Erwachsene, Kinder und Tiere eine Rolle spielten. Nichts blieb der Phantasie überlassen.

«Na, wär das auch was für dich, Bruder?», feixte Sabinus, als er sah, wie Vespasian mit weit aufgerissenen Augen ein grausam missbrauchtes Maultier betrachtete.

«Du musst zugeben, dass hier wahre Künstler am Werk sind», erwiderte er und ignorierte die Anspielung des Bruders. «Auch wenn der Gegenstand ein bisschen obszön ist.»

«Ein bisschen? Ich würde sagen, beispiellos», meinte Corbulo. «So etwas habe ich noch nie gesehen, nicht einmal in …» Er unterbrach sich und errötete.

«… nicht einmal in den Bordellen am Vicus Patricius?», half Magnus nach.

Corbulo warf ihm einen geringschätzigen Blick zu und zog eine Toga aus seinem Sack.

«Ich hätte hier etwas Brot, Pökelfleisch und Wein, meine Herren», sagte Pallas, nachdem er Rhotekes geknebelt hatte, der in einer Ecke lag und wieder zur Besinnung kam. «Wir sollten etwas essen und uns dann umziehen, damit wir dem Kaiser gegenübertreten können.»

Eine Stunde später saßen sie auf umgedrehten Kübeln, ein jeder in seine Gedanken vertieft und voller Sorge mit Blick auf die bevorstehende Audienz. Draußen im Gang hatte es ein paar heftige Wortwechsel mit Bauarbeitern gegeben, die von Fulvius und Rufinus davon abgehalten worden waren, den Raum zu betreten.

Plötzlich waren Schritte zu hören, die durch den Korridor kamen. Die Tür flog auf, und ein alter, aber immer noch vitaler Mann trat ein. Vespasian erkannte ihn sofort. Es war der mächtigste und am meisten gefürchtete Mann in der römischen Welt: Tiberius.

Alle sprangen von den Kübeln auf und verbeugten sich tief. Aus der Perspektive seines gesenkten Kopfes blickte Vespasian auf nackte Beine, die unter der purpurnen Tunika hervorstakten. Sie waren voller Krampfadern und nässender Wunden. Über den Schienbeinen spannte sich dünne, schrundige Haut. Die Füße steckten in Sandalen, wie man sie auch beim Militär trug. Die Zehennägel waren gelb und verwachsen.

Tiberius ging auf Vespasian zu und blieb unmittelbar vor ihm stehen. Der Herzschlag des jungen Mannes beschleunigte sich. Er versuchte, nicht ins Zittern zu geraten, und fragte sich, warum Tiberius seine Zehennägel nicht hatte schneiden lassen.

«Ist er das, mein Süßer?», fragte Tiberius jemanden, der im Türausschnitt zurückgeblieben war, außerhalb von Vespasians Blickfeld. Die Stimme des Alten klang tief und kehlig, dazu irgendwie entfernt, wie aus einer anderen Welt.

«Ja, *avunculus*», antwortete Caligulas Stimme. «Das ist er. Er ist mein Freund.» Er klang ein wenig angestrengt und versuchte offenbar seine Nervosität zu überspielen, die wohl daher rührte, dass ihm die Bedeutung des Augenblicks vollauf bewusst war.

«Dein Freund, sagst du?»

«Ja, *avunculus*, mein Freund.»

«Und er heißt Vespasian, ja, mein Süßer?»

«So ist es: Vespasian.»

«Schau mich an, Vespasian.»

Vespasian hob den Blick. Große, feuchte, graue Augen musterten ihn fragend, und es schien, dass sie daran scheiterten, ihn in den Fokus zu nehmen. Tiberius mochte früher einmal gut ausgesehen haben, jetzt aber war sein Gesicht, wohl weil er viel zu viel trank, aufgedunsen und rötlich. Die weißen Haare waren über den Ohren kurz geschnitten, hingen aber hinten in fettigen Strähnen bis auf die Schultern herab. Von den Ohrläppchen bröckelten Hautschuppen, und auf der Nasenspitze prangte ein dicker Pickel.

Tiberius legte seine linke Hand auf Vespasians Kopf und drückte mit Daumen und Zeigefinger so fest zu, dass dieser Angst um seinen Schädel hatte.

«Er ist noch jung, jung genug, dass ich ihm die Kalotte

aufbrechen und ins Gehirn greifen könnte», bemerkte Tiberius und starrte Vespasian immer noch fragend, beinahe rätselnd in die Augen. Sein Atem roch eindeutig nach frischen menschlichen Fäkalien.

«Ja, Avuncel, das ist er. Aber wenn Ihr das tätet, würde ich meinen Freund verlieren», erwiderte Caligula mit leicht erhobener Stimme.

Der Druck auf Vespasians Schädel nahm plötzlich ab.

«Aber ich bin doch dein Freund», platzte es aus Tiberius heraus.

«Natürlich, Avuncel, Ihr seid mein Freund hier auf der Insel. Vespasian ist mein Freund in Rom. Ihr wollt ja nicht nach Rom, und wenn ich dort bin, möchte ich auch einen Freund haben.»

Tiberius nahm seine Hand fort. Vespasian musste sich zwingen, die Druckstellen nicht zu massieren.

«Aber was, wenn ich nach Rom zurückkehre?», fragte der Kaiser, ohne den Blick von Vespasian zu nehmen.

«Dann bräuchte ich da keinen anderen Freund, Avuncel, und Ihr könntet ihm ins Hirn greifen.»

«In Rom also», sagte Tiberius, plötzlich ganz heiter, als hätte sich ein Problem auf überraschend einfache Weise gelöst.

Vespasian atmete erleichtert auf, als Tiberius seine Aufmerksamkeit auf die anderen richtete. Fürs Erste fühlte er sich in Sicherheit. Caligula nickte ihm heimlich zu und schien seinen Eindruck zu bestätigen. Neben ihm stand ein sehr hübscher Junge, der an die fünfzehn Jahre alt sein mochte. Er hatte sich Blumen in die Locken gesteckt und trug eine weiße Tunika mit Goldtressen am Saum und dem

Rand der Ärmel. Hinter den beiden stand Clemens, flankiert von Fulvius und Rufinus, stocksteif und die Hand am Heft seines Schwertes. Sein Gesicht war noch bleicher als sonst.

«Und was ist mit denen, mein Süßer? Wer sind sie?» Tiberius ließ den Blick langsam von Sabinus über Corbulo und Magnus wandern und richtete ihn schließlich auf Pallas. «Doch wohl keine weiteren Fischer, oder?»

«Natürlich nicht, Avuncel. Dass Fischer hier aufkreuzen, habt Ihr schließlich verboten», antwortete Caligula vorsichtig. «Diese Männer sind in Begleitung meines Freundes und bringen wichtige Nachrichten, wie es Thrasyllos vorhergesehen hat. Einer hat einen Brief von Antonia für Euch.»

«Also keine Eindringlinge, die meinen Seelenfrieden stören?»

«Im Gegenteil, sie sind gekommen, um Euren Seelenfrieden zu beschützen.»

Tiberius starrte Pallas an. «Ich kenne dich», sagte er schließlich und zeigte mit dem Finger auf den Griechen. «Du bist Antonias Verwalter. Dein Name ist Pallas, stimmt's?»

«Es ehrt mich, dass Ihr mich wiedererkennt und sogar meinen Namen wisst, Princeps», antwortete Pallas und verbeugte sich tief. Obwohl es im Beisein dieses Kaisers um Leben und Tod ging, blieb er nach außen völlig ruhig und gefasst. Vespasian schwitzte trotz der kühlen Morgenluft. «Sie hätte Euch den Brief gern selbst überreicht. Nun tue ich es.»

Pallas griff in seinen Beutel. Tiberius sprang zurück. Pallas bemerkte, dass er einen Fehler gemacht hatte, zog schnell die Hand zurück und kippte den Inhalt des Beutels auf den Boden. Es war das erste Mal, dass Vespasian den sonst immer beherrschten Griechen in Verlegenheit sah, und der Anblick gefiel ihm.

Pallas hob die Schriftrolle auf und hielt sie dem Kaiser hin. Der musterte sie eingehend, schien dann überzeugt zu sein, dass von ihr keine Gefahr ausging, und nahm sie entgegen.

«Meine Herrin hat mir ihren Siegelring mitgegeben, Princeps», erklärte Pallas und hob die Hand, die merklich zitterte. «Er soll Euch bestätigen, dass der Brief echt ist.»

Tiberius winkte ab. «Du bist Beweis genug», sagte er und wog das Schriftstück in der Hand. Seine Stimme klang jetzt weniger abgehoben, und es schien, als vermöchte der Brief seiner Schwägerin ihn aus der dunklen Welt in seinem Kopf, in die er offenbar versunken war, herauszuführen. Den Blick zum ersten Mal auf Sabinus gerichtet, fragte er geradezu interessiert: «Und wer bist du?»

«Titus Flavius Sabinus, Princeps», beeilte der sich zu antworten.

«Ah ja, Tribun der Neunten Hispana», erwiderte Tiberius, ohne lange nachdenken zu müssen. «Mit ausgezeichneten Diensten für den Einsatz in Afrika, wo er die Rebellion des Tacfarinas niedergeschlagen hat. Ein guter Mann, nach allen Berichten, die ich gelesen habe.»

«Danke, Princeps», murmelte Sabinus, wie alle anderen verblüfft darüber, wie geistesgegenwärtig der Kaiser plötzlich war.

«Clemens wird euch hier bewachen, während ich den Brief lese. Vitellius leistet euch Gesellschaft.» Tiberius zeigte auf den hübschen Jungen. «Er hat Talent. Komm, mein Süßer; lass uns sehen, was mir deine Großmutter zu sagen hat.»

Tiberius rauschte davon. Caligula warf einen stirnrunzelnden Blick auf Vespasian und folgte.

Sobald die Schritte des Kaisers im Flur verhallt waren, ließen sich Vespasian und seine Gefährten erschöpft und erleichtert zurück auf die Kübel fallen.

Lange saßen sie schweigend beieinander und dachten darüber nach, wie nahe sie dem Tod gekommen waren. Lautes Stöhnen aus der Ecke des Raums holte sie in die Gegenwart zurück. Rhotekes war aus seiner Ohnmacht erwacht.

«Pallas, würdest du bitte dafür sorgen, dass er damit aufhört?», sagte Vespasian irritiert. Er fand die Lautäußerungen des Priesters so störend wie alles andere an ihm.

«Es wäre wohl besser, er bliebe jetzt bei Sinnen, Herr», entgegnete Pallas, wieder ganz die Ruhe selbst. «Er könnte bald verhört werden.»

Obwohl ihn die Auskunft ein wenig besänftigte, ging ihm das immer lauter werdende Stöhnen zunehmend auf die ohnehin angespannten Nerven. «Halt endlich die Klappe», brüllte er, womit er aber nichts erreichte.

«Willst du, dass ich dich tröste, Vespasian?», fragte Vitellius. Er ging auf ihn zu und legte ihm eine zarte Hand auf die Schulter.

«Was?» Entsetzt schaute Vespasian zu dem Jungen auf. «Nein!», blaffte er und wischte die Hand unwirsch fort.

«Du bist widerlich. Hast du kein Ehrempfinden, Junge?», spuckte Sabinus aus. «Du bist ein Sohn der Vitellii, der

Spross einer alten noblen Familie. Was fällt dir ein, dich wie eine Hafenhure zu prostituieren?»

«Wenn ich es nicht tue, muss ich sterben», antwortete Vitellius geradeheraus. «Ihr habt gesehen, wie er ist.»

«Lebst du lieber in Schande als sein Lustknabe, statt wie ein Mann zu sterben?»

«Allerdings. Schande macht mir nichts aus. Ich verzichte auf Stolz und Ehre, um überleben zu können, so wie mein Vater, als er mich Tiberius gab, um selbst am Leben zu bleiben. Wie sollte ich mich sonst irgendwann einmal rächen können an allen, die mich missbraucht haben, und wenn nicht an ihnen, dann an ihren Familien?» Vitellius betrachtete Sabinus aus eiskalten Augen.

Sabinus begegnete seinem Blick. «Ich würde nie und nimmer einem Mann den Schwanz lutschen, auch wenn mein Leben davon abhinge, du verkommener Kerl.»

«Eines Tages wird es hoffentlich auch für Euch davon abhängen. Ich bin gespannt, wie Ihr Euch dann entscheidet, Titus Flavius Sabinus.» Vitellius drehte sich auf dem Absatz um und verließ den Raum.

«Hurenjunge!», rief ihm Sabinus nach.

«Dieser Ort hier übt eine sonderbare Wirkung auf seine Bewohner aus», bemerkte Magnus, als die Tür krachend ins Schloss fiel.

«Es ist nicht der Ort», sagte Pallas, der Rhotekes mit einem Messer bedrohte, was diesen zum Schweigen brachte. «Es ist die Macht. Absolute Macht verdirbt jeden, der sie innehat und dabei schwachen Willens oder moralisch ungefestigt ist.»

«Dann wehe uns, wenn Caligula Kaiser werden sollte»,

sagte Corbulo und schüttelte den Kopf. «Ich kann selbst kaum glauben, dass ich ihm womöglich den Steigbügel halte. Vielleicht sollten wir zu republikanischen Verhältnissen zurückkehren und zwei Männern für nur ein Jahr die Macht übertragen.»

«Dafür ist es zu spät», entgegnete Vespasian. «Das Vermögen des Reichs liegt in einigen wenigen Händen. Die Zeiten sind längst vorbei, in denen der Bürgersoldat Seite an Seite mit seinem Nachbarn gekämpft hat, um den eigenen kleinen Grundbesitz zu schützen.»

«Was hat das mit unserer Zeit zu tun?», fragte Sabinus unwillig. «Jeder Legionär ist ein Bürger.»

«Ja, aber statt sein eigenes Land zu verteidigen und nach einem Feldzug nach Hause zurückzukehren, dient ein Legionär fünfundzwanzig Jahre lang, um Grundbesitz zu erwerben.»

«So oder so, die Armee ist und bleibt eine Armee, egal aus welchen Beweggründen sich der einfache Legionär in ihren Dienst stellt.»

«Während der Bürgerkriege haben wir gesehen, dass es sehr wohl einen Unterschied macht. Denk nur zurück an das von Gaius Marius geschaffene Berufsheer oder Augustus' Reichsgründung. Möchtest du diese Zeiten wieder aufleben lassen?»

«Natürlich nicht», murrte Sabinus. Es gefiel ihm nicht, von seinem Bruder belehrt zu werden. «Und was schlägst du nun vor? Anscheinend hast du ja schon alles gründlich durchdacht.»

«In der Tat, ich habe viel nachgedacht, über die ganze Strecke der Via Appia hinweg, von Rom bis hierher.»

«Dann lass uns an deinen Erkenntnissen teilhaben.»

«Ich glaube, dass es zwei Möglichkeiten gibt: Entweder wird das Reich von einer festen Hand regiert und zusammengehalten, oder es zerfällt, weil die Legionen in den Provinzen unter der Führung eigensinniger Generäle abtrünnig werden und ihr eigenes Süppchen kochen. Wenn es dazu kommt, brechen neue Bürgerkriege aus, und wir werden von den Parthern aus dem Osten und den barbarischen Stämmen aus dem Norden überrannt. Oder die Generäle bekämpfen sich untereinander, was zur Folge haben würde, dass das Reich in Einzelteile zerbricht: in Italien, Illyrien und Griechenland zum Beispiel, dann in Gallien und Hispanien, Afrika, Asien, Ägypten und so weiter – wie es dem Reich Alexanders ergangen ist. Selbst wenn es römische Herrscher wären, würden sie sich untereinander immerzu bekriegen und gegenseitig aufreiben wie Alexanders Nachfolger und die Dynastien im Osten.»

«Wie kommt's, dass du dich plötzlich in Geschichte auskennst?», wunderte sich Sabinus.

«Weil ich in meiner freien Zeit nicht auf einer schönen Frau liege wie du, sondern von den umfangreichen Bibliotheken unserer Großmutter und von Onkel Gaius Gebrauch mache. Das ist nicht nur weniger ermüdend, sondern auch um einiges inspirierender.»

Sabinus schnaubte.

«Und was, wenn derjenige, der das Reich zusammenhalten soll, dem Wahnsinn anheimfällt?», fragte Corbulo. «Tiberius ist allem Anschein nach verrückt geworden, was auch Caligula passieren wird, falls er ihm nachfolgen sollte.»

«Tja, genau das ist mir auch durch den Kopf gegangen»,

antwortete Vespasian. «Wer will, dass die Herrschaft in einer Hand liegt, muss sich fragen, wie dieser Herrscher auserwählt wird. Sosehr ich Caligula auch mag, finde ich abstoßend und inakzeptabel, wie er sich gestern Abend aufgeführt hat. Anscheinend weiß er gar nicht zu unterscheiden, was angemessen ist und was nicht, und schon allein das macht ihn als Princeps untauglich. Er kommt nur deshalb als Nachfolger in Frage, weil er der kaiserlichen Familie entstammt.»

«Würdet Ihr das Erbrecht abschaffen wollen?», fragte Magnus grinsend.

«Wäre vielleicht gar keine so schlechte Idee», befand Corbulo und nickte.

«Das meine ich auch. Man schaue sich nur an, wen Tiberius als Nachfolger aufbieten kann: Caligula, Claudius oder Tiberius Gemellus. Wen würdest du als deinen Herrn anerkennen?»

«Keinen von denen», antwortete Sabinus lustlos.

«Dann wäre es doch gut, wenn der Kaiser den besten Mann Roms zu seinem Nachfolger bestimmt und ihn adoptiert, wenn er also nicht aus Loyalität der eigenen Familie gegenüber handelt, sondern zum Nutzen Roms. Kaiserliche Familien – und die Machtkämpfe, die sie mit sich bringen – würden ein für alle Mal verschwinden, und wir würden, wenn wir die richtige Wahl treffen, von einem Mann regiert, der mit absoluter Macht umzugehen versteht.»

«Das hört sich alles schön an, Herr», meinte Pallas, «aber wie wollt Ihr die herrschende Kaiserfamilie dazu bringen, dass sie von der Macht ablässt?»

«Nun, das ist wohl das Problem. Darauf habe ich keine Antwort», gab Vespasian zu.

«Es wird wieder Krieg geben», sagte Corbulo düster. «Einen Kaiser wie Caligula wird Rom nicht lange hinnehmen.»

«Wer immer als Sieger hervorgeht», erwiderte Vespasian hoffnungsvoll, «wäre gut beraten, wenn er dem Gedanken der Dynastie abschwört und den besten Mann als Sohn und Nachfolger annimmt.»

«Aber was, wenn der beste Mann der leibliche Sohn des neuen Herrschers ist?», fragte Pallas verschmitzt.

Die Tür öffnete sich, bevor Vespasian antworten konnte. Clemens trat ein. «Der Kaiser verlangt nach euch», sagte er fast entschuldigend. «Ich fürchte, ihr seid nicht mehr inkognito.»

«Was hat sie für Beweise?» Tiberius winkte mit Antonias Brief, kaum dass sie von einem germanischen Wachsoldaten in sein geräumiges Arbeitszimmer geführt worden waren. Caligula saß am Fenster; er hatte die Augen geschlossen und genoss anscheinend zeitvergessen die warmen Sonnenstrahlen auf seinem Gesicht.

Nachdem die Tür hinter ihnen geschlossen worden war, ergriff Pallas das Wort. «Princeps, das ist eine von Seianus eigenhändig geschriebene Liste.»

Tiberius warf einen Blick darauf und ließ das Schriftstück auf die Marmorplatte seines Schreibtischs fallen. «Es mag eine Liste sein, auf der Namen stehen, aber ein Beweis ist das nicht.»

«Avuncel, wenn alle, die auf der Liste stehen, tot wären, wer würde dann Kaiser?», fragte Caligula leise, ohne die Augen zu öffnen. «Aus Eurer Familie niemand, so viel steht fest.»

«Aber Seianus wird bald zu meiner Familie gehören. Ich

habe ihm erlaubt, meine Schwiegertochter Livilla zur Frau zu nehmen.»

«Ich weiß, Avuncel, und Ihr habt gut daran getan», erwiderte Caligula. «Aber vielleicht war es verfrüht. Ihr habt mir selbst gesagt, dass Ihr seinetwegen Bedenken tragt. Darum habt Ihr ihn ja weggeschickt und zum Konsul gemacht.»

«Ja, so ist es.» Tiberius betrachtete ein großes pornographisches Gemälde, das die Wand zwischen Schreibtisch und Fenster schmückte, und schien in den Zustand zurückzugleiten, in dem er gewesen war, als er Vespasian zum ersten Mal gesehen hatte. «Ich muss sicher sein, wirklich sicher; er schafft diese Sicherheit für mich und nimmt mir viel Last von den Schultern.»

«Princeps», meldete sich Sabinus zaghaft, «darf ich etwas sagen?»

Tiberius ließ mit seiner Antwort auf sich warten. Schließlich richtete er seine wässrigen Augen auf Sabinus. «Titus Flavius Sabinus von der Neunten Hispana. Ein tüchtiger Mann. Ja, ja, er möge sprechen.»

Sabinus berichtete dem Kaiser, dass er Unregelmäßigkeiten bei der Münzstätte festgestellt und herausgefunden habe, wie die Truhen voller Dinare nach Thrakien geschafft worden seien.

Tiberius schien nicht zuzuhören. Als aber Sabinus seine Ausführungen rasch beendete, merkte der Kaiser auf. «Wer hat das Geld in Thrakien entdeckt?», fragte er und schaute sich im Raum um.

«Ich, Princeps», antwortete Corbulo.

Tiberius schien zu erschrecken und erst jetzt von Corbulo Notiz zu nehmen. «Wer bist du?», blaffte er.

«Gnaeus Domitius Corbulo, Princeps», antwortete dieser nicht ohne Stolz.

«Zu Anfang meiner Regierungszeit warst du Prätor, nicht wahr? Aber zum Konsul hast du es nicht gebracht», entgegnete Tiberius.

«Ihr meint vielleicht meinen Vater, Princeps», sagte Corbulo, angenehm überrascht, dass sich der Kaiser an seinen Familiennamen erinnerte.

«Vater, he? Dann bist du der Sohn? Nie von dir gehört. Nun, sag mir, was du gesehen hast.»

Corbulo sagte aus. Er schilderte Hasdros und Rhotekes' Mitwirkung am Betrug, ließ aber, wie ihm befohlen worden war, Poppaeus unerwähnt.

Tiberius glotzte ihn an. «Und was hattest du in Thrakien zu suchen?»

«Ich war Tribun im Stab des Poppaeus.»

Das schien Tiberius nicht weiter zu interessieren. «Gibt es sonst noch Zeugen?», fragte er ärgerlich, als wäre Corbulos Wort allein nichts wert.

«Ja, mich, Princeps», sagte Vespasian.

«Ah, der Freund meines Süßen», gurrte Tiberius. «Süßer, dein Freund behauptet, gesehen zu haben, dass ein Freigelassener von Seianus einem thrakischen Stamm Truhen voller Geld gegeben hat, um ihn gegen mich aufzuwiegeln.»

«Ihr solltet ihm glauben, Avuncel», erwiderte Caligula immer noch mit geschlossenen Augen. «Er ist ein sehr guter Freund.»

«Ich glaube ihm ja, durchaus, durchaus.» Tiberius schien in Verzückung zu geraten. «Ja, ich sehe, dass er ein wirklich sehr guter Freund ist.»

«Wir haben den Priester mitgebracht, Princeps», erklärte Vespasian. «Ihr könnt ihn selbst befragen.»

Tiberius strahlte über das ganze Gesicht und rieb sich die Hände. «Wo ist er? Schafft ihn her!»

Rhotekes lag gefesselt auf einem stabilen Tisch in der Mitte von Tiberius' Arbeitszimmer. Er hatte zum zweiten Mal die Besinnung verloren. Von seinem rechten Fuß war nur noch ein verkohlter Stumpf übrig geblieben; alles andere lag qualmend in einem Kohlenbecken, das darunterstand. Der Gestank von verbranntem Fleisch hing schwer in der rauchgeschwängerten Luft, durch die ein breiter Lichtstrahl direkt auf den Priester fiel.

Tiberius hatte selbst Hand angelegt und sich, wie von Vespasian vermutet, an den Qualen und Schreien des Gefolterten über die Maßen geweidet, fast so als lauschte er wunderschöner, entspannender Musik. In dem Moment, als dem Priester der Fuß ins Kohlenbecken gelegt worden war, hatte er sofort alles gesagt, was er wusste, was ihm aber nicht half, weil Tiberius auf seinem sadistischen Vergnügen bestand.

«Er hat also für Asinius gearbeitet», konstatierte der Kaiser. Er war wieder bei klarem Verstand und betrachtete mit großem Interesse den verkohlten Stumpf. Vorsichtig berührte er einen der geschwärzten Knochen, zog aber schnell die Hand zurück und steckte den Finger in den Mund, den er sich anscheinend verbrannt hatte.

«Ja, Princeps», bestätigte Pallas. «Und er hat Hasdro sehr genau beschrieben, Hasdro, der ihm angeblich gesagt hat, dass er sich für Asinius starkmacht, um seinen Herrn Seianus zu schützen für den Fall, dass …» – er stockte und zeigte auf das, was von dem Fuß übrig geblieben war – «… so etwas passieren sollte.»

«Verstehe», erwiderte Tiberius. «Und welchen Anteil hat Poppaeus an der ganzen Sache?» Er wandte sich an Corbulo. «Du, du warst doch Mitglied seines Stabes. Hast du ihn jemals mit Hasdro zusammen gesehen?»

«Nein, Princeps», log Corbulo, was ihm, wie Vespasian bemerkte, ganz und gar nicht behagte.

«Nun, vergessen wir ihn fürs Erste», murmelte Tiberius wie zu sich selbst und saugte wieder an seinem Finger. «Aber eines Tages wird er dafür bezahlen, dass er sich seinem Heer gegenüber als ‹Imperator› ausgegeben hat, dann nämlich, wenn er mir nicht länger nützlich ist.» Er schaute sich plötzlich um, weil ihm wohl bewusst wurde, dass er einen privaten Gedanken geäußert hatte. «Es scheint also, dass ich von Anfang an richtiglag», fuhr er scheinbar heiter fort. «Seianus ist ein Verräter. Wusste ich's doch. Meine liebe, liebe Schwägerin legt mir nun den Beweis vor, und ihr …» Er breitete seine Arme aus, als wollte er alle darin einschließen. Er schien von tiefen Gefühlen bewegt, und Vespasian hatte den Eindruck, als würde er jeden Moment in Tränen ausbrechen. «Ach, ihr braven, braven, treuen Männer, ihr guten Männer, Männer, die ihr euch meinen Seelenfrieden zu Herzen nehmt, ihr habt so viel riskiert, um mir diesen Seelenfrieden zu bringen. Geht nach Rom zurück und sagt Antonia, dass ich sofort durchgreifen werde. Kommt, gehen wir spazieren.»

Die Gärten auf der bewohnten Seite der Villa Iovis waren an einem Hang über den Klippen angelegt worden. Eine hohe Mauer schirmte sie von der Baustelle ab und sorgte für Abgeschiedenheit.

Von Clemens und seinen beiden Männern eskortiert, führte Tiberius die kleine Gruppe an und stieg eine weite Treppe hinab, die von Standbildern nackter Gottheiten und Helden gesäumt war und auf einen marmornen Pfad hinauslief, der, soweit Vespasian erkennen konnte, nach rund zweihundert Schritten am Klippenrand endete. Auf der einen Seite blühten Sträucher und Büsche, von der Frühlingssonne und einem Bewässerungssystem begünstigt, das in regelmäßigen Abständen Wasser durch Rohrleitungen direkt auf die Beete sprudeln ließ.

Dasselbe System speiste auch die vielen Brunnen der terrassierten Schmuckteiche. Auch um diese Teiche herum standen kleine Statuen, die zu Vespasians Überraschung lebendig wurden, sobald sich der Kaiser näherte. Wie sich herausstellte, waren es Kinder, Jugendliche und Zwerge, die lüstern herumzutollen begannen, in den Teich sprangen und im flachen Wasser ungezwungen miteinander kopulierten.

«Meine Fischlein sind erwacht», rief Tiberius und winkte freundlich mit beiden Händen. «Schwimmt und spielt, meine Fischlein. Ich werde mich später zu euch gesellen.» Und an Caligula gewandt: «Was meinst du, mein Süßer, hast du vielleicht auch Lust, mit mir und den Fischlein zu spielen?»

«Ja, Avuncel», antwortete der junge Mann, und Vespasian hoffte, dass seine Begeisterung nur vorgetäuscht war. «Aber erst wenn mein Freund und seine Gefährten gegangen sind.»

«Vielleicht würden sie sich uns gern anschließen.»

«Bestimmt, Avuncel, was könnte vergnüglicher sein? Aber leider müssen sie, wie Ihr es angeordnet habt, nach Rom zurück.»

«Ja, ja, Rom. Sie müssen nach Rom zurück», bedauerte Tiberius.

«Und Ihr wolltet ihnen doch noch sagen», erinnerte Caligula vorsichtig, «was Ihr in dieser unschönen Angelegenheit zu tun gedenkt, damit sie Eure Freundin Antonia vorwarnen können.»

Tiberius blieb abrupt stehen und starrte Caligula an, der es offenbar plötzlich mit der Angst bekam, diese aber mit betont unschuldiger Miene zu kaschieren versuchte.

«Was legst du mir da in den Mund?», brüllte der Kaiser. «Willst du etwa meinen Seelenfrieden stören?»

Caligula kniete vor ihm nieder. «Verzeiht, Princeps», sagte er zerknirscht, «ich bin so froh, hier zu sein, dass ich manchmal vor lauter Glück Dinge durcheinanderbringe.»

Obwohl er erschrocken und wie gebannt von der dramatischen Szene war, die sich vor seinen Augen abspielte, bemerkte Vespasian, dass die Fischlein wieder zu Statuen erstarrt waren.

Tiberius blickte wütend auf Caligula herab, ballte die Hände zu Fäusten, öffnete und ballte sie wieder. Ein paarmal ließ er noch das Kinn nach vorn schnappen, beruhigte sich aber allmählich. «Ja, ja, mein Süßer, ich weiß», seufzte er. «Wenn man so glücklich ist, hat man schnell einiges durcheinandergebracht.» Er reichte Caligula die Hand und half ihm wieder in die Höhe.

Vespasian und die anderen hatten die Luft angehalten

und atmeten fast gleichzeitig erleichtert aus. Das Geräusch, das sie dabei von sich gaben, ließ Tiberius herumfahren. Er starrte sie an, und es schien, als überraschte ihn ihre Anwesenheit. Nach einem Moment, der alle mit Schrecken erfüllte, verriet sein Blick, dass er sie wiedererkannte.

«Wenn ihr wieder in Rom seid, sagt Antonia, dass ich im nächsten Monat mein Amt als Konsul niederlege», sagte er wie beiläufig. «Dann wird Seianus ebenfalls zurücktreten müssen und seine Immunität verlieren. Ich kläre den Senat schriftlich über seinen Verrat auf und verlange, dass ihm der Prozess gemacht wird. Ihn zu ersetzen dürfte nicht schwerfallen. Antonia hat mir in ihrem Brief diesen Macro empfohlen. Ich kenne ihn. Er ist mit Ennia verheiratet, der Tochter meines guten Freundes Thrasyllos. Ich bin mir sicher, er hat das Zeug für dieses Amt und wird in der Lage sein, mich ein wenig zu entlasten. Er ist ein guter Mann.»

«Er ist ein guter Mann, Princeps», pflichtete ihm Pallas bei und überraschte damit Vespasian, der das Beiwort «gut» noch nie aus dem Munde des Verwalters gehört hatte.

«Und seine Frau ist eine Schönheit, Avuncel», schwärmte Caligula. «Ich habe einmal in Großmutters Haus mit ihr zu Abend gegessen und würde sie gern einmal wiedersehen.»

«Das wäre also geregelt. Ich werde ihn hierher einladen. Er soll seine Frau mitbringen, damit mein Süßer mit ihr spielen kann. Kommt, werfen wir einen Blick über die Klippen.» Tiberius drehte sich um und folgte dem Pfad.

Die Fischlein fingen wieder zu tollen an.

Am Ende des Pfads stand ein dunkelhäutiger Mann und schaute hinaus aufs Meer. Er hatte einen grauen Bart, trug eine Lederkappe auf dem Kopf und ein langes, schwarzes

Gewand, das mit astrologischen Zeichen und Symbolen verziert war.

«Thrasyllos, mein Freund», rief Tiberius auf Griechisch, als sie sich dem Klippenrand näherten. «Verheißt die Zeit günstigen Wandel? Ich muss es wissen, weil ich eine Veränderung vorzunehmen habe.»

Thrasyllos wandte sich dem Kaiser zu. «In den Sternen steht, Ihr seid der Meister des Wandels, Princeps», antwortete er melodramatisch und mit zitternder Stimme. «Ihr werdet die größte aller Veränderungen ins Werk setzen und ein neues Zeitalter einläuten. Just in diesem Augenblick schickt sich Phoenix an, über Ägypten zu fliegen, das Land meiner Geburt, um in genau drei Jahren zu verbrennen und aus seiner Asche neu zu erstehen. Dann beginnt ein neuer Lebenszyklus von fünfhundert Jahren; die Welt wird sich verändern, und Ihr, Princeps, werdet mit Eurer Weisheit und Größe das Reich durch diesen Wandel führen.»

«Ich muss also noch drei Jahre warten», schmollte Tiberius.

Vespasian warf einen alarmierten Blick auf Caligula und fürchtete schon, der Astrologe könnte Tiberius von den anstehenden Problemen ablenken.

«Ein Weilchen zu warten kommt Eurem Seelenfrieden bestimmt zugute, Avuncel», sagte sein junger Freund besorgt. «Ich vermute, der ehrwürdige Thrasyllos hat eine größere Veränderung im Sinn, nicht die kleine Korrektur, die Ihr nun vorzunehmen gedenkt.»

«Natürlich, mein Süßer», erwiderte Tiberius merklich erleichtert. «Wenn ich das nicht tue, werde ich die Wiedergeburt des Feuervogels womöglich nicht erleben. Thrasyllos, schlag in deinen Büchern nach.»

Der Astrologe verbeugte sich. «Morgen werde ich eine Antwort für Euch haben, Princeps», deklamierte er theatralisch. Er warf einen kurzen Blick auf Caligula und kehrte auf dem Pfad in Richtung Villa zurück.

Offenbar zufrieden mit sich, nahm Tiberius auf einer Steinbank Platz, von der sich ein weiter Blick über die Meerenge zwischen Capreae und dem Festland bot, das vom Kegel des Vesuvs dominiert wurde. Caligula setzte sich neben ihn, während der Rest der Gruppe nervös Abstand hielt vom bedrohlichen Abriss des Felsens.

Es war nach Mittag. Heiß brannte die Sonne herab auf das Tyrrhenische Meer, dessen tiefblaue gewellte Oberfläche in Myriaden von Lichtreflexen glitzerte. Im Aufwind der frischen Seeluft segelten kreischende Möwen.

«Ich wünschte, ich könnte mit ihnen fliegen, mein Süßer», sagte Tiberius voller Bewunderung für die Vögel am Himmel. «So frei und schwerelos stelle ich mir tiefen Frieden vor.»

Vespasian hatte auf eine andere Art der Unterhaltung gehofft.

«Ja, Avuncel, aber den werden wir nie erfahren», entgegnete Caligula vorsichtig. Es schien, dass er solche gedanklichen Ausflüge des Kaisers kannte und damit umzugehen wusste.

Tiberius schwieg für eine Weile und schaute sinnend den Vögeln nach. «Ich hasse es, in diesem Körper gefangen zu sein», sagte er plötzlich mit Nachdruck. «Selbst als Meister des Wandels bin ich letztlich erdgebunden.»

«Lasst uns gehen und mit den Fischlein spielen», schlug Caligula vor, um das Thema zu wechseln.

«Ah, die Fischlein, ja, ja, das sollten wir tun», erwiderte Tiberius und stand auf. «Aber zuerst müssen wir uns von deinem Freund verabschieden.» Er richtete seinen Blick auf Vespasian. «Geh mit meinem Dank und meinen Gebeten», sagte er förmlich. «Clemens wird euch zum Hafen führen.»

Die Gefährten verbeugten sich und kehrten dem Kaiser erleichtert den Rücken.

«Augenblick», rief Tiberius. «Wer ist das?» Er zeigte auf Magnus. «Ich habe ihn vorher nicht gesehen. Er muss ein Eindringling sein, vielleicht noch so ein Fischer. Clemens, lass ihn vom Felsen werfen.»

«Avuncel, das ist Magnus, ein Freund meines Freundes. Er war die ganze Zeit mit uns zusammen.»

«Ich habe noch kein Wort mit ihm gewechselt und kenne ihn nicht. Clemens, tu, was ich dir aufgetragen habe.»

Caligula bedeutete den anderen, Ruhe zu bewahren, als Fulvius und Rufinus Magnus bei den Armen packten. Magnus versuchte, sich zu wehren, und warf Vespasian einen flehenden Blick zu. Entsetzt sahen er und die anderen, wie Magnus abgeführt wurde, dem sicheren Tod entgegen.

«Wusste ich doch, dass es einen Grund gab, hierherzukommen, mein Süßer», flötete Tiberius vergnügt. «Ich liebe den Ausdruck des Entsetzens im Gesicht eines Mannes, kurz bevor er durch die Luft fliegt.»

«Ja, ich weiß», erwiderte Caligula. «Ihr hört sie doch auch gern schreien, nicht wahr? Der da aber ist ein tapferer Mann. Er wird weder schreien noch um Gnade betteln.»

«So, so.»

«Ich wüsste allerdings von einem, der schreit.»

«Dann sollten wir den fliegen lassen.»

«Eine gute Idee, Avuncel. Clemens, lass den Priester holen», befahl Caligula.

Clemens verstand. «Männer, holt zuerst den Priester.»

Fulvius und Rufinus ließen von Magnus ab und liefen zur Villa zurück. Magnus stand zitternd am Klippenrand.

«Ich werde jetzt meinem Freund Lebewohl sagen, Avuncel. Er sollte mit seinen Gefährten unverzüglich aufbrechen, um Antonia so schnell wie möglich Eure Nachricht zukommen zu lassen.»

«Ja, ja, mein Süßer», entgegnete Tiberius zerstreut, den Blick wieder auf die Möwen gerichtet. «Und dann spielen wir mit den Fischlein.»

«Gute Idee, Avuncel», sagte Caligula und zog Magnus hastig von der Felskante fort. «Wir treffen uns dann am Teich.»

Caligula führte die Gefährten eilends über den Pfad, vorbei an den tollenden Fischlein. Plötzlich schallten ihnen von der Villa Schreie entgegen.

«Clemens, bring sie durchs Tor. Über die Mauer schaffen sie es nicht ungesehen», sagte Caligula, als Fulvius und Rufinus mit Rhotekes aufkreuzten, der in ihrer Mitte gezwungen war, auf dem verbliebenen Fuß mitzuhüpfen, und aus vollem Halse schrie.

«Danke, mein Freund», sagte Vespasian. «Ich weiß nicht, wie du es hier aushältst.»

«So schlimm ist es nicht.» Caligula grinste. «Die Fischlein machen Spaß.»

Als sie an Rhotekes vorbeikamen, warf Vespasian einen letzten flüchtigen Blick auf den wieselgesichtigen Priester und spürte eine Welle der Genugtuung in sich aufsteigen.

«Was für ein Tausch», bemerkte Magnus, immer noch kreidebleich im Gesicht. «Er statt meiner. Das lass ich mir gefallen.»

«Es hätte jeden von uns treffen können», meinte Sabinus, als sie die Treppe erreichten, die zum Ufer hinabführte.

«Oder alle zusammen», sagte Caligula und blieb auf der obersten Stufe stehen. «Ist auch schon vorgekommen. Pallas, richte meiner Großmutter aus: Ich werde Tiberius dazu anhalten, Seianus in den Blick zu nehmen.»

«Ihr könnt Euch auf mich verlassen, Herr», antwortete Pallas und verbeugte sich.

«Und keine Sorge wegen Thrasyllos. Der alte Scharlatan wird auch dann an günstige Auspizien glauben, wenn ich ihm sage, dass sein Schwiegersohn zum Präfekten der Prätorianer aufsteigt. Und jetzt beeilt euch, bevor mein Onkel beschließt, den ganzen Vormittag lang Leute vom Felsen zu stoßen, statt mit den Fischlein zu spielen.»

Vespasian ergriff Caligulas Unterarm. Als er sich umdrehte, um Clemens zu folgen, hörte er, worauf er schon gewartet hatte: einen gellenden, lang anhaltenden Schrei, der allmählich leiser wurde und schließlich abrupt verstummte.

Teil VI

Rom,
Oktober A. D. 31

XVIII

«Im Senat geht's drunter und drüber», erklärte Paetus und warf Vespasian einen schweren, ausgestopften Lederball zu. «In der einen Woche schickt Tiberius einen Brief, in dem er Seianus wegen treuer Dienste lobt, in der nächsten greift er in ein laufendes Gerichtsverfahren ein, das Seianus gegen einen seiner vielen Feinde angestrengt hat, und befiehlt, die Sache einzustellen.» Ächzend fing er den zurückgeworfenen Ball auf und schleuderte ihn wieder in Vespasians Richtung. «Obendrein gewährt er dem Angeklagten Immunität und schützt ihn damit vor Verfolgung.»

«Trotzdem hat er Seianus und seinen ältesten Sohn Strabo in den Priesterstand erhoben», sagte Sabinus, der rücklings auf einer Holzbank lag und mit zwei großen runden Bleigewichten Arme und Brust trainierte.

«Ja», erwiderte Vespasian, als sein wuchtig geworfener Ball Paetus aus dem Gleichgewicht brachte, «aber gleichzeitig hat er Caligula mit einem sehr viel prestigeträchtigeren Priesteramt bedacht.»

«Und jüngsten Gerüchten zufolge will Tiberius Seianus tribunizische Gewalt verleihen», entgegnete Paetus. Er zielte mit dem Ball auf Vespasians Kopf, der ihn zwar abklatschen konnte, aber von der Wucht des Aufpralls zu Boden gerissen wurde. «Dann wäre er wieder so unangreifbar, wie er es als Konsul gewesen ist.» Er ging auf Vespasian zu und half ihm auf die Beine. «Mein Spiel. Zwei zu eins, alter Knabe. Lasst uns baden.»

Sie sammelten ihre Handtücher ein und gingen durch das riesige gewölbte Atrium der Thermen des Agrippa, die Augustus' rechte Hand vor fünfzig Jahren auf dem Marsfeld außerhalb der Tore Roms hatte erbauen lassen. Die Halle war voller Männer, junger wie älterer, die hier trainierten, sich entspannten, unterhielten und massieren ließen, unter den Augen bemalter Statuen, die in den halbrunden oder eckigen Nischen der gefliesten Wand ihr starres Dasein fristeten. Das bedeutendste Standbild – so hatte Vespasian von Paetus während ihres ersten Besuchs erfahren – war der von Lysippos von Sikyon geschaffene Apoxyomenos, die vierhundert Jahre alte, wunderschöne Skulptur eines nackten Athleten, der sich mit einer Strigilis Öl und Staub vom rechten Arm schabte. Vor zehn Jahren hatte sich Tiberius in dieses Kunstwerk verliebt und veranlasst, dass es in sein Schlafzimmer gebracht und an seiner Stelle im Atrium eine Kopie aufgestellt wurde. Während eines Theaterbesuchs wenige Tage später war er mit wütenden Protesten – «Gib uns unseren Apoxyomenos zurück» – konfrontiert und genötigt worden, das Original wieder abzuliefern.

Es war ohrenbetäubend laut im Atrium, dessen Kuppelkonstruktion jedes Geräusch verstärkte: das Schnauben und Ächzen der Ringkämpfer, die von begeisterten Zuschauern angefeuert wurden; das Gelächter über einen gut erzählten Witz; das übertriebene Wehklagen derer, die sich einer Enthaarungskur unterzogen, ausgeführt von Sklaven mit Pinzetten; die Rufe der Verkäufer, die Knabbereien und Getränke feilboten; oder das Klatschen der Masseure, die die Muskulatur ihrer Herren in Form brachten.

«Inzwischen weiß niemand mehr, ob man seine Beziehungen zu Seianus pflegen oder ihn meiden soll», sagte Paetus, als sie durch eine hohe Tür in einen ruhigeren Raum gingen, durch dessen Fenster hoch oben in der mit Fresken geschmückten Wand Sonnenlicht flutete. Hier dösten Männer auf Liegen oder gaben sich einer weniger heftigen Massage hin, nachdem sie im warmen *Tepidarium*, dem heißen *Caldarium* oder noch heißeren *Laconicum* geschwitzt und sich im kalten Wasser des *Frigidariums* abgekühlt hatten.

«Vielleicht ist es genau das, was Tiberius will: Verwirrung, um Seianus zu isolieren, ohne ihn gegen sich aufzubringen, denn der bleibt auch im Ungewissen darüber, ob er weiter in der Gunst des Kaisers steht», spekulierte Vespasian, der dem alten Mann jedoch eine so listige Strategie eigentlich gar nicht mehr zutraute.

Durch eine Reihe weiterer Türen gelangten sie ins Freie zu einem riesigen Schwimmbecken – achtzig Schritt lang und vierzig breit –, das von einem Säulengang und Steinbänken umgeben war, auf denen im milden Licht der Oktobersonne Männer saßen und Klatschgeschichten austauschten. Jenseits der Kolonnade am hinteren Rand des Beckens erhob sich die Basilica Neptuni, ebenfalls errichtet von Agrippa zum Dank für seine Siege, zuerst in der Seeschlacht gegen Sextus Pompeius, dann bei Actium über die Flotten des Marcus Antonius. So groß dieses Bauwerk auch war, verschwand es doch geradezu neben dem riesigen Pantheon, das Agrippa in unmittelbarer Nähe hatte bauen lassen.

«Du hast ihn gesehen, Bruder», entgegnete Sabinus. «Er war nicht einmal in der Lage, zwei zusammenhängende Gedanken zu formulieren. Er taucht ab in die dunkelsten Abgründe seiner Phantasien und hat darüber Geist und Seele verloren.»

Die Wasseroberfläche explodierte plötzlich, als wäre das Wurfgeschoss einer Balliste eingeschlagen; dabei war nur ein übergewichtiger Badegast mit Anlauf und angewinkelten Knien ins Becken gesprungen.

«Schwachkopf!», empörte sich Paetus, der einen gehörigen Spritzer kalten Wassers abbekommen hatte. «Man sollte die Eintrittspreise erhöhen, vielleicht würde das Sitte und Anstand aufbessern», sagte er und sprang auf die gleiche Weise ins Becken, direkt neben den dicken Kerl, der gerade aufgetaucht war und Luft holte. Vespasian und Sabinus sprangen hinterher und verdreifachten die Not des Dicken, der prustend und Wasser spuckend das rettende Ufer zu erreichen versuchte.

Paetus schüttelte die dichten braunen Locken. «Ob das, was Tiberius unternimmt, strategisch ausgeklügelt ist oder einfach nur der Ausfluss seines wirren Verstandes, kommt auf das Gleiche raus: Seianus klappert mit den Zähnen, und die Senatoren wissen nicht mehr, wem sie ihre Unterstützung angedeihen lassen sollen.» Er versuchte, durch das Gewimmel planschender Badegäste zur anderen Seite des Beckens zu kraulen. Vespasian und Sabinus folgten mit ähnlich ungelenken Schwimmbewegungen.

«Und was ist mit dir?», wollte Vespasian von Paetus wissen, als sie sich auf den Beckenrand gehievt hatten und die Füße ins Wasser baumeln ließen. «Wen wirst du unterstützen?»

«Das ist das Schöne an meiner momentanen Stellung», antwortete Paetus grinsend. «Als Quästor kümmere ich mich um die Rechtsgeschäfte der Stadt, und weil ich noch neu im Amt bin, ist den Kollegen egal, was ich denke. Hauptsache, ich komme meinen Pflichten nach.»

Vespasian lächelte. Er und Paetus hatten sich angefreundet. Als Triumvir Capitalis arbeitete er mit den städtischen Quästoren eng zusammen, und es war beiden inzwischen eine liebe Gewohnheit, nach Feierabend die Thermen zu besuchen. Seit Paetus Quästor war und Mitglied des Senats, versorgte er den Freund mit Informationen und Klatsch aus seinem Umfeld, die er dann Tage später zu bestätigen oder zu korrigieren wusste. Die Gespräche mit ihm waren für Vespasian eine willkommene Ablenkung von der unterschwelligen Sorge, mit der er sich seit der Rückkehr von Capreae vor sieben Monaten herumtrieb. Obwohl Antonia und Caligula das Gegenteil behaupteten, fürchtete er, von Seianus' Männern auf der Insel erkannt worden zu sein, sodass ihm peinliche Verhöre bevorstehen könnten. Während einem seiner wenigen Besuche im Hause Antonias hatte er von ihr erfahren, dass Seianus sehr verunsichert sei, weil er zwar von einer ominösen Delegation beim Kaiser gehört habe, aber nicht wisse, worum es bei diesem Treffen gegangen sein mochte. Außerdem war sie überzeugt davon, dass Tiberius seine vermeintliche Unschlüssigkeit – zumindest teilweise – nur vortäuschte und schon bald zum vernichtenden Schlag gegen Seianus ausholen würde.

Paetus hatte Vespasian nie gefragt, was er nach seiner Rückkehr aus Thrakien unternommen habe und wohin er jene fünfzehn Tage im März verschwunden sei. Vespasian erklärte sich die Zurückhaltung des Freundes damit, dass dieser es im Klima der allgemeinen Angst und Verwirrung vernünftigerweise und aus Gründen der eigenen Sicherheit für ratsam hielt, über die Intrigen und Ränke der Mächtigen möglichst wenig zu wissen.

Nachdem sie alle Stationen der Bäder durchlaufen hatten, stiegen Vespasian, Sabinus und Paetus erfrischt und leichten Fußes die Stufen vor den Thermen hinab in die umgebenden Gärten, eine der wenigen öffentlichen Oasen der Ruhe in der ansonsten turbulenten Stadt.

«Wie geht es deiner kleinen Tochter, Sabinus?», fragte Paetus, als sie an dem kleinen Tempel vorbeischlenderten, der dem Gott Bonus Eventus geweiht war, und den Duft von Lavendel in der milden Abendluft genossen. Seit der Geburt von Flavia im Mai schloss sich Sabinus den beiden Freunden immer häufiger an.

«Sie quengelt unablässig», beklagte sich Sabinus. «Clementina überlegt, ob sie eine andere Amme anstellen soll.»

«Ja, das Problem hatten wir auch mit unserem Lucius, als er klein war», sagte Paetus mitfühlend. «Ich kann bis heute nicht verstehen, wie Mütter so etwas aushalten können.»

«Mir geht's gegen den Strich, so viel steht fest. Clementina besteht darauf, dass die Kleine in unserer Nähe schläft, und so bekomme ich nachts kaum ein Auge zu. Unser Haus ist so klein, dass man alles hört. Ich möchte das Kind schon in der Unterkunft der Sklaven zu Bett bringen, um ungestört zu sein, aber das lehnt Clementina schlichtweg ab, und ich will mich nicht mit ihr streiten.»

«Schafft euch ein größeres Haus an», schlug Paetus vor, der selbst keinerlei Geldsorgen hatte.

«Ein größeres kann ich mir zurzeit nicht leisten», entgegnete Sabinus. «Und weil ich auch in diesem Jahr die Wahl zum Quästor verloren habe, bin ich gezwungen, auf die nächste zu warten. Dann werde ich mit Sicherheit gewählt und finanziell besser dastehen.»

«Es sei denn, du nimmst jetzt schon ein Darlehen auf», meinte Paetus. «Ich könnte dir hunderttausend für ein paar Jahre leihen und würde auch nicht viele Zinsen haben wollen, sagen wir zehn Prozent.»

«Das ist sehr lieb von dir, Paetus.»

Vespasian war schockiert. «Sabinus, du wirst doch wohl nicht ...»

«Warum nicht?»

«Allein schon deshalb, weil Senatoren Bankgeschäfte untersagt sind, und das wäre ein solches verzinstes Darlehen.»

Paetus prustete. «Vespasian, alter Junge, ich kenne keinen einzigen Senator, der davon Notiz nähme, jedenfalls nicht mehr nach den Exzessen, die sich Marcus Crassus geleistet hat. Fast jedes Senatsmitglied hatte irgendwann bei ihm Schulden, und seine Forderungen waren exorbitant. Wenn ich Sabinus aus der Klemme helfen will, ist das eine rein private Angelegenheit.»

«Und was, wenn du den Kredit nicht zurückzahlen kannst?»

«Lass das mal meine Sorge sein», antwortete Sabinus gereizt. «Wie gesagt, es ist eine rein private Angelegenheit. Du magst ja hinsichtlich des Geldverleihs deine kleinlichen Skrupel pflegen, ich dagegen habe kein Problem damit. Ich möchte komfortabel leben und greife Paetus' Angebot gern auf.»

«Komfortabel leben, ja, aber im Rahmen deiner Mittel. Könntest du nachts gut schlafen in dem Wissen, anderen jede Menge Geld zu schulden?»

«Die Sorgen mache ich mir, wenn ich Flavias Geschrei nicht mehr höre.»

Schweigend passierten sie die Porta Fontinalis im Schatten des Kapitolinischen Hügels, auf dem der Junotempel und die Arx thronten. Vespasian verabschiedete sich hier von seinem Bruder und Paetus, die zu Paetus' Haus auf dem Esquilin weitergehen wollten, um dort einen Vertrag aufzusetzen.

Schnellen Schritts, um seinen Ärger abzuschütteln, stieg Vespasian auf den Quirinal und erreichte wenig später Gaius' Anwesen. Als er das Atrium betrat, traf er seinen Onkel vor dem Impluvium an. Er ließ sich süßen Kuchen schmecken.

«Ah, mein lieber Junge», begrüßte Gaius ihn dröhnend und prustete Krümel über seinen Schoß. «Hast du das Neueste schon gehört?»

«Nein, Onkel, ich war in den Bädern.»

«Aber gerade da müsste es sich eigentlich am ehesten herumgesprochen haben. Es ist endlich so weit: Tiberius ist völlig verrückt geworden.» Gaius wischte sich die feuchten Lippen mit einem Taschentuch. «Er hat den Senat aufgefordert, sich morgen in aller Frühe vor dem Apollotempel zu versammeln. Ich werde mich wohl krankmelden und entschuldigen lassen.»

«Warum, Onkel?»

«Weil ein Antrag gestellt werden wird, dem ich nicht zustimmen kann, und ich will nicht als Opponent dastehen. Es heißt, Tiberius habe den Senat aufgefordert, Seianus' Ernennung zum Volkstribun zu bestätigen.»

Eine Stunde später wollten Vespasian und Gaius essen gehen, da klopfte es an der Eingangspforte. Nach einem Blick durch den Sehschlitz öffnete der attraktive neue Türhüter. Pallas betrat das Vestibül, und sehr zu Vespasians Überraschung und Freude brachte er Caenis mit.

«Pallas, was führt dich zur Essenszeit in mein Haus?», rief Gaius, wie immer froh, Antonias Verwalter zu sehen, aber diesmal etwas nervös, weil anzunehmen war, dass Antonia um einen Gefallen bitten würde. «Und in so schöner Begleitung», fügte er mit einem wissenden Seitenblick auf Vespasian hinzu.

«Guten Abend, meine Herren», grüßte Pallas und verbeugte sich. «Wir sind, wie Ihr wohl ahnt, im Auftrag unserer Herrin gekommen.»

«Ich lade euch zum Essen ein», sagte Gaius, der nicht länger auf seine Mahlzeit warten mochte.

«Wäre das denn angemessen, Herr?»

«Pallas, mein Freund, du wirst bald dreißig und weißt, dass dich Antonia früher oder später mit Dank in die Freiheit entlassen wird. Ich habe keinen Zweifel daran, dass du dich danach zu einem Mann mit beträchtlichem Einfluss mausern wirst und sich jeder geehrt fühlen darf, den du an deinen Tisch bittest. Komm also bitte als Freund mit in mein Triclinium und lass uns alle Rangunterschiede vergessen.»

«Ich fühle mich geehrt, Herr, und werde Eure Gastfreundschaft nicht vergessen», erwiderte Pallas mit ernster Miene.

«Vespasian wird auf seiner Liege gewiss gern Platz machen für dich, meine Teure», sagte Gaius und lächelte Caenis an.

Vespasian erschien prompt das Bild von Caligula und seinen Schwestern vor Augen, er versuchte aber sofort, die Erinnerung abzuschütteln.

«Danke, Herr», sagte Caenis voller Liebreiz. «Es könnte allerdings ein wenig eng werden.»

Gaius röhrte vor Lachen. «Sehr gut, meine Teure, aber wäre das nicht der Spruch für Vespasian?»

«Durchaus, wenn er das denkt, woran ich denke.»

Vespasian errötete und schaute Caenis liebevoll an. Sie war wirklich vollkommen.

«Nun, mein Freund», dröhnte Gaius in bester Stimmung, während sein hübscher Sklavenknabe Aenor Wein nachschenkte. «Was also will Antonia von mir?»

Das Geschirr war weggeräumt, frisches Obst und süßer Wein aufgetischt worden. Vespasian fühlte sich pappsatt und rundum wohl. Die Härchen seines Unterarms sträubten sich vor Wonne, als er Caenis streifte, und er konnte es sich nicht verkneifen, sanft mit der Hand ihren Rücken entlangzufahren. Lächelnd steckte sie sich eine Traube in den Mund.

«Zweierlei, Herr», antwortete Pallas und nippte sehr viel vornehmer an seinem Wein als der Gastgeber, der ihn gierig in sich hineinschüttete. «Zum einen: Morgen versammelt sich der Senat vor dem Apollotempel, und meine Herrin nimmt an, dass Ihr anwesend sein werdet.» Pallas blickte bedeutungsvoll auf Gaius' Kelch, der schon wieder leer war.

Gaius fühlte sich offenbar ertappt und setzte den Kelch ab. «Ja, morgen früh. Ich werde gehen, wenn sie es wünscht, obwohl ich eigentlich vorhatte, mich krankzumelden.»

«Sie wünscht in der Tat, dass Ihr erscheint. Und sie möchte, dass Vespasian in seiner amtlichen Funktion vor dem Tempel wartet.»

«Aber man braucht mich im Forum», entgegnete Vespasian. «Es finden dort morgen drei Hochverratsprozesse statt, und ich könnte ein paar unangenehme Pflichten zu erfüllen haben.»

«Die Prozesse werden ausgesetzt. Antonia will Euch in der Nähe des Senats wissen. Caenis wird mit Euch gehen.»

«Warum?»

«Darauf komme ich noch. Jedenfalls hat es Antonia für richtig erachtet, dass Caenis die Nacht hier verbringt, damit sie Euch morgen begleitet. Das ist doch hoffentlich kein Problem, oder?»

«Ich könnte auf dieser Liege hier schlafen», meinte Caenis unschuldig.

Vespasian lächelte und streichelte ihr herrlich dichtes Haar.

«Also gut», fuhr Pallas fort und wandte sich wieder an Gaius. «Zum anderen verlangt meine Herrin, dass Ihr Euch Notizen macht.»

«Notizen? Sie könnte doch jederzeit die Mitschriften der Beiträge und Ergebnisse der Abstimmungen lesen.»

«Sie interessiert nicht, was zur Sprache kommt – das weiß

sie bereits. Sie will wissen, wo welcher Senator sitzt und wie lange.»

«Sie verblüfft mich», sagte Gaius und gönnte sich wieder einen Schluck aus dem Kelch.

Vespasian versuchte, seine Aufmerksamkeit von Caenis loszureißen und sich auf das zu konzentrieren, was Pallas zu sagen hatte.

«Ihr werdet doch bestimmt davon gehört haben, dass Tiberius den Senat auffordern wird, Seianus als Volkstribun zu bestätigen, oder?»

«Natürlich, ganz Rom spricht davon», antwortete Gaius. «Deshalb wollte ich mich ja krankmelden.»

«Verständlich. Was allerdings niemand weiß, ist, dass es Caligula war, der sich diesen Winkelzug ausgedacht hat. Tiberius und meine Herrin folgen seiner Empfehlung.»

«Sie wollen also wissen, wer die Skrupel meines Onkels teilt und wer nicht», sagte Vespasian, der die List plötzlich durchschaute und Gefallen daran fand.

«Exakt», lächelte Pallas. «Seianus' Gefolgsmänner werden es sich morgen nicht nehmen lassen, im Senat zu erscheinen, um ihm in der Hoffnung auf Belohnung ihre Stimme geben zu können. Und alle diejenigen, die bislang einen vorsichtigeren Umgang mit ihm gepflegt und ihn nur heimlich unterstützt haben, werden sich aus der Deckung wagen und offen zu ihm bekennen.»

«Antonia will also, dass ich notiere, wer sich in seine Nähe setzt?», vergewisserte sich Gaius.

«Wichtig wäre auch festzuhalten, wer wie lange bei ihm sitzt», präzisierte Pallas.

«Wieso?»

«Darauf komme ich später noch zu sprechen. Ich rekapituliere: Meine Herrin verlangt, und zwar so schnell wie möglich, nach einer Liste der Personen, die sich schon zu Anfang der Sitzung um ihn scharen. Caenis wird draußen vorm Tempel warten und sich dann die Namen von Euch diktieren lassen.»

«Aber es könnten an die hundert sein, vielleicht noch mehr», stöhnte Gaius.

«Seine bekannten Gefolgsleute könnt Ihr außer Acht lassen. Merkt Euch nur diejenigen, die bisher Abstand gehalten haben. Sobald Caenis die Namen aufgeschrieben hat, wird ein Sklave die Liste meiner Herrin bringen.»

«Wozu die Eile?», fragte Vespasian.

«Ich bin nicht in alle Überlegungen meiner Herrin eingeweiht. Sie sagt mir nur, was ich wissen muss.» Pallas wandte sich wieder an Gaius. «Ich kann allerdings voraussagen, dass es, wenn Tiberius' Brief vorgelesen wird, anfangs zu großem Beifall für Seianus kommen wird, dann aber mehr und mehr von ihm abrücken werden. Ihr sollt beobachten, an welcher Stelle des Briefes eine solche Bewegung einsetzt. Vespasian darf als Triumvir Capitalis den Senat betreten, wenn er von einem Mitglied dazu aufgefordert wird. Lasst ihn in regelmäßigen Abständen kommen und nennt ihm die jeweiligen Namen. Sobald Caenis die Liste vervollständigt hat, kehrt sie in Antonias Haus zurück.»

«Wie sollen wir wissen, wann die Liste vollständig ist?», fragte Gaius.

«Nachdem der Brief vorgelesen wurde, wird niemand mehr in Seianus' Nähe sein», antwortete Pallas zuversichtlich.

«Soll ich Caenis nach Hause begleiten?», erkundigte sich Vespasian.

«Nein, Herr, Ihr bleibt vor dem Tempel. Meine Herrin geht davon aus, dass Ihr dort alle Hände voll zu tun haben werdet, denn sie glaubt, dass Tiberius zum Schluss seines Briefes den Senat dazu auffordert, Seianus zum Tode zu verurteilen.»

«Hinter der vermeintlichen Unentschiedenheit des Kaisers stand also die Absicht, Seianus' Gefolgsmänner zu identifizieren», sagte Vespasian zu Caenis, die verschwitzt in seinen Armen lag. Die Schlafkammer war dunkel, und es roch süß nach Liebe.

Caenis schmiegte ihr Gesicht an seinen Hals. «Nicht ganz. Meine Herrin glaubt, dass er vor allem gefürchtet hat, Seianus' Männer könnten sich an ihm rächen. Also hat sie einen Brief an Caligula diktiert und nach Misenum schicken lassen, denn Briefe nach Capreae werden von Seianus' Männern abgefangen. Sie hat ihm mitgeteilt, dass bekannt sei, wer ihn unterstützt. Daraufhin hat Caligula zurückgeschrieben und erklärt, dass der Kaiser mit einer größeren Anzahl rechne. Darum hat Caligula vorgeschlagen, auch die anderen mit einer Täuschung hervorzulocken. Meine Herrin war sofort einverstanden mit seinem Plan und riet ihm, den Kaiser einzuweihen, der sich das Vorhaben sofort zu eigen machte, zumal er genauso fortfahren konnte wie nach eurer Abreise von der Insel.»

Vespasian grinste. «Du meinst, mit seinem ständigen Sinneswandel.»

«Schlimmer noch. Er hatte Seianus wiederholt geschrieben und ihn wissenlassen, dass er sterbenskrank sei; Seianus möge doch nach Capreae zurückkehren. Zum Glück scheint Caligula einen starken Einfluss auf den Kaiser auszuüben. Er hat ihn dazu gebracht, sich an Thrasyllos' Weissagung zu erinnern, einen weiteren Brief zu schreiben und Seianus mitzuteilen, dass er sich inzwischen sehr viel besser fühle, nach Rom zu reisen gedenke und dass Seianus bleiben und ihn in Empfang nehmen solle.»

«Ich habe gesehen, wie Caligula ihn um den Finger wickelt. Er riskiert viel dabei. Ein falsches Wort, und es könnte sein letztes sein.»

«Ja, aber er schafft, was meiner Herrin besonders wichtig ist: Tiberius von Seianus fernzuhalten.»

«Morgen wird also die Sache endgültig entschieden.»

«Ja, mein Liebster, so oder so.»

«Wie meinst du das? Am Ende wird es doch ein Todesurteil gegen Seianus geben.»

«Vielleicht. Ich habe gestern Caligulas letzten Brief für das Archiv meiner Herrin kopiert. Darin beklagt er sich darüber, dass Tiberius die Formulierung seines Briefes an den Senat nicht mit ihm abgestimmt hat und dass er, Caligula, nicht die Möglichkeit hatte, das Schreiben zu lesen. Wir wissen also nicht genau, was morgen zum Vortrag kommt.»

«Aber Pallas sagte doch, Antonia kenne den Inhalt.»

«Pallas weiß immer nur, was sie ihm sagt. Die ganze Wahrheit kennen nur wir: meine Herrin, du, Caligula und ich.»

Vespasian richtete sich auf. «Verflucht! Er könnte es sich wieder anders überlegt haben, und was würde das für Antonia und uns alle bedeuten?»

«Wir sollten jetzt schlafen, Vespasian. Wir haben morgen einen langen und gefährlichen Tag vor uns.»

Vespasian gab ihr einen Kuss auf die Lippen und legte sich aufs Kissen zurück. Er schloss die Augen, ahnte aber, dass er keinen Schlaf finden würde. Der morgige Tag versprach ein blutiger Tag zu werden, so oder so.

XVIIII

Frühmorgendlicher Nebel lag über dem Tiber und verhüllte die Insel auf der Höhe des Marsfeldes, als Vespasian, Caenis und Gaius auf den Palatin stiegen. Denselben Weg gingen Gruppen von Senatoren, die Faltschemel mit sich trugen. Sie alle strebten dem Apollotempel auf der Südseite des Hügels entgegen. Im Allgemeinen war die Stimmung heiter. Doch hier und da liefen Grüppchen weniger überschäumender Senatoren, die Last der Zukunft schwer auf ihren Schultern.

Die Menge wurde dichter, je näher sie dem Tempel kamen, denn von den Gerüchten um Seianus' Aufstieg angelockt, hatten sich auch einfache Bürger auf den Weg gemacht, um das große Ereignis mitzuerleben. Die Menge teilte sich vor den Senatoren, die an ihren Togen zu erkennen waren, und ließ sie ungehindert auf den wunderschönen, achteckigen Tempel zugehen, den Augustus zum Dank für seine Siege seinem Schutzgott hatte errichten lassen.

Paetus erwartete sie vor den Stufen, die zur Tempelpforte hinaufführten, und schleuste sie durch den Sicherheitskordon einer Hundertschaft von feierlich herausgeputzten Prätorianern. Gaius ließ Caenis an einer Stelle unter dem Portikus zurück, wo er sie schnell wiederfinden würde.

«Müsstest du nicht auf dem Forum sein, Vespasian?», erkundigte sich Paetus, als sie die Stufen erklommen.

«Ich bin aufgefordert, hierherzukommen», antwortete Vespasian, während Dutzende von Senatoren an ihnen vorbei in das Gebäude gingen.

Paetus musterte ihn mit verschlagenem Blick. «Ich kann mir vorstellen, wer dich dazu aufgefordert hat. Die Gerüchte werden sich womöglich nicht bewahrheiten, oder?»

«Wer weiß? Ich habe keine Ahnung, und es gefällt mir nicht, für etwas bereitstehen zu müssen, das ich nicht durchschaue.»

«Tröste dich, dieses Los teilst du mit allen jungen Magistraten. Heute ist wohl so ein Tag, den man lieber außerhalb Roms verbringen möchte, nicht wahr, alter Knabe?»

Die Menge hinter ihnen brach in lauten Jubel aus. Vespasian drehte sich um und sah beide Konsuln, denen jeweils zwölf mit Ruten bewaffnete Liktoren vorangingen. Sie schnitten zwei Schneisen durch die Menge der Bürger und schienen im Wettstreit darüber, wer den Tempel zuerst erreichte.

«Na, das kann ja lustig werden», meinte Paetus trocken. «Es ist das erste Mal, das zwei Konsuln gemeinsam im Senat erscheinen, seit Memmius Regulus Anfang dieses Monats Faustus Sulla als Konsul gefolgt ist. Sein jüngerer Amtsbruder Fulcinius Trio kann ihn nicht ausstehen, weil er dem Kaiser treu ist und nicht Sei–» Paetus unterbrach sich und schaute Vespasian an. «Oh, ich verstehe», sagte er langsam. «Das ist alles von langer Hand geplant, stimmt's?»

«Ja, aber außer Tiberius weiß niemand, was daraus wird.»

«Nun, Memmius Regulus glaubt es anscheinend zu wissen. Er hat heute Morgen im Forum drei Prozesse vertagt, die alle von Seianus angestrengt worden sind.» Er schickte sich an zu gehen. «Ich wäre lieber vor den Konsuln im Saal. Wir sehen uns später – in einem anderen Rom, so oder so.»

Vespasian schaute ihm nach. Die letzten Worte des Freundes hallten ihm im Kopf nach.

Regulus hatte den Wettlauf gewonnen und als erster Konsul die Pforte erreicht, ohne durch unziemliche Hast seine Würde aufs Spiel zu setzen. Wenige Schritte hinter ihm folgte mit saurer Miene Fulcinius Trio. Als sie im Tempel verschwanden, tauchte Gaius auf, nachdem er Caenis zwischen den ersten beiden Marmorsäulen des Portikus rechts von der Pforte postiert hatte.

«Ich geh jetzt besser rein, mein lieber Junge», sagte er und klang ein wenig nervös. Er zeigte auf Caenis. «Stell dich zu ihr. Und viel Glück.»

Vespasian musste nicht zweimal aufgefordert werden, den Eingang freizugeben. Während sich der Onkel entfernte, fing die Menge wieder zu jubeln an und ging auseinander, um Seianus und seinem großen Gefolge den Weg frei zu machen.

Vespasian eilte auf Caenis zu, die eine Wachstafel und einen bronzenen Stylus in den Händen hielt. Auch sie wirkte besorgt. «Alles in Ordnung mit dir, Caenis?»

«Ich kann nirgends den Sklaven sehen, dem ich die erste Liste geben soll», antwortete sie und schaute sich in der Menge um.

«Er wird bestimmt gleich aufkreuzen», versuchte Vespasian sie zu beruhigen.

Seianus und sein Gefolge stiegen die Stufen empor. Oben angekommen, blieb Seianus stehen. «Freunde», sagte er an die Adresse der Senatoren um ihn herum. «Geht in die Cella und reserviert einen Ehrenplatz für mich. Ich warte, bis sich alle versammelt haben, und trete als Letzter ein, was den größtmöglichen Effekt hat.»

Seine Anhänger klatschten und setzten sich in Bewegung.

Vespasian spähte um die Säule herum und richtete den Blick auf Seianus, der beileibe nicht den Eindruck machte, als sei er voller Zuversicht in Erwartung höchster Ehren. Sein kantiges Gesicht wirkte angespannt, die Stirn war gerunzelt, und seine Hände flatterten fahrig. Offenbar spürte er, dass er beobachtet wurde, denn er drehte sich plötzlich um und bemerkte Vespasian, der sich hinter der Säule zu verbergen suchte.

«Du da, was machst du da?», rief er und näherte sich.

«Präfekt!», meldete sich eine Stimme vom Fuß der Treppe und hielt Seianus auf.

«Macro, den Göttern sei Dank», erwiderte Seianus merklich erleichtert. «Ist eine Botschaft vom Kaiser eingetroffen? Ich habe seit acht Tagen nichts von ihm vernommen. Bevor ich nicht absolut sicher sein kann, dass er mich begünstigt und nicht etwa in eine Falle lockt, bleibe ich dem Treffen lieber fern.»

«Ja, er hat sich gemeldet», antwortete Macro. Er sprang die Treppe hinauf, zwei Stufen mit einem Schritt, und zog eine Schriftrolle aus den Falten seiner Toga.

«Gebt her!», verlangte Seianus.

«Sie ist für den Senat bestimmt», entgegnete Macro. «Auf ausdrücklichen Befehl des Kaisers darf das Siegel nur vom ersten Konsul erbrochen werden.»

«Wer hat das Schreiben gebracht?»

«Ich selbst.»

«Ihr wart beim Kaiser?», wunderte sich Seianus. «In wessen Auftrag?»

«Der Kaiser hat mich vor zwei Tagen zu sich nach Capreae gerufen. Ich sah ihn gestern Morgen und bin über Nacht zurückgeritten.»

«Was? Warum Ihr und nicht ich?», fragte Seianus mit drohendem Unterton in der Stimme.

«Weil es der Kaiser für unangemessen hielt, Euch mit der Überbringung seiner Botschaft an den Senat zu behelligen.»

«Kennt Ihr den Inhalt des Schreibens?»

«Ja, Herr. Lasst mich der Erste sein, der Euch gratuliert.» Macro umfasste Seianus' Unterarm. «Darauf haben wir alle gehofft: Tiberius fordert den Senat auf, im Sinne Eurer Verdienste, die Ihr ihm und Rom geleistet habt, abzustimmen.»

«Und mich zum Tribun zu küren? Bestimmt er mich zu seinem Erben?»

«Der Kaiser lässt Euch sagen, dass in diesem Schreiben fast alles enthalten ist, was Ihr verdient.»

«Fast alles?»

«Fast.»

«Nun, damit will ich mich fürs Erste begnügen», sagte Seianus erleichtert. «Kommt, mein Freund, gehen wir zusammen rein.»

«Ich werde nur das Schreiben dem ersten Konsul übergeben und dann sofort wieder zum Prätorianerlager zurückkehren, um die Männer auf Euren Empfang vorzubereiten.»

«Tut das, mein Freund», erwiderte Seianus, die nun den Tempel betraten. «Ich werde es Euch danken.»

Beifall brach aus, als sie die Pforte passierten.

Vespasian wandte sich mit sorgenvoller Miene an Caenis. «Was meinst du?»

«Ich fürchte, wir müssen abwarten. Aber es wird sich wohl einiges ändern ...»

«So oder so?», fiel er ihr ins Wort und lächelte.

«Ja, mein Liebster», sagte sie und drückte seine Hand.

«Vespasian, Herr!», rief eine vertraute Stimme aus der Menge.

Vespasian schaute ins Gedränge und sah Magnus mit zweien seiner Brüder von der Straße, Sextus und Marius, am Fuß der Treppe stehen. Er eilte auf sie zu und befahl als einer der Vigintiviri den prätorianischen Wachen, die drei durch die Absperrung gehen zu lassen.

«Antonia hat uns geschickt, Herr», erklärte Magnus auf dem Weg die Stufen hinauf. «Es geht um die Nachricht, die ich ihr überbringen soll.»

«Du kommst gerade rechtzeitig», sagte Vespasian, der Gaius durch die Tempelpforte schlüpfen sah.

«Die Konsuln haben soeben die Auspizien befragt und entschieden, dass der Tag gut sei für die Geschäfte Roms», verkündete Gaius schon im Näherkommen. «Wirklich erhellend, was sich dadrinnen tut. In Seianus' unmittelbarer Nähe sitzen sechs neue Gesichter, auffällig besonders drei ehemalige Prätoren und zwei emeritierte Konsuln, nämlich Aulus Plautius und Silius Nervus. Ich ruf dich rein, wenn's spannend wird.»

Er eilte weiter, um Caenis die Namen zu nennen.

«Und warum hat Antonia dich geschickt?», wollte Vespasian von Magnus wissen.

«Sie sagt, eine einzelne Sklavin sei nicht sicher auf den Straßen, männliche Begleitung könne nicht schaden. Ich weiß auch nicht, aber sie scheint sich irgendwie Sorgen zu machen.»

«Kennst wohl ihre Stimmungen inzwischen ziemlich gut, alter Ziegenbock.»

Magnus runzelte die Stirn. «Sehr komisch», erwiderte er. Caenis kam und gab ihm die beschriebene Wachstafel. «Wir gehen jetzt besser, Herr. Wir sehen uns später im Forum.»

«Warum?»

«Keine Ahnung. Ich tue nur, was mir gesagt wurde, und Antonia meinte, ich solle mit all meinen Brüdern ins Forum gehen und dort auf Euch warten.»

«Na, dann tu das mal. Ich komme dann wohl auch.»

Vespasian schaute Magnus nach und kam sich plötzlich vor wie eine sehr kleine Figur in einem großen, komplizierten Spiel, von dem er nicht viel verstand, eine Figur, die ohne weiteres geopfert werden konnte, wenn andere einen Vorteil davon hatten.

Er hörte Schritte im Rücken, drehte sich um und stand unversehens Macro gegenüber.

«Was treibt Er hier?», knurrte dieser mit unverhohlener Verachtung.

«Ich bin hier in meiner Funktion als Triumvir Capitalis und erwarte die Befehle des Senats», antwortete Vespasian, entschlossen, sich nicht einschüchtern zu lassen.

Macro lachte. «Bitte die Götter, dass es nicht deine Hinrichtung ist, der du beizuwohnen hast.» Er schob sich an Vespasian vorbei, zog eine Schriftrolle aus seiner Toga und hielt sie, am oberen Treppenrand stehend, in die Höhe.

«Männer der Prätorianergarde», rief er. «Ihr kennt mich, ich bin Tribun Naevius Sutorius Macro und habe hier einen Erlass des Kaisers.» Mit großer Geste entrollte er das Pergament. «Er fordert euch auf, in euer Lager zurückzukehren. Dort werde ich der versammelten Mannschaft eine persönliche Nachricht von ihm vorlesen, in der es um die heutigen Ereignisse geht. Ich kann schon so viel verraten, dass er sich gegenüber jedem von euch als sehr freigiebig erweisen wird.»

Die Wachen jubelten und ließen die losen Enden ihrer Togen flattern. Macro winkte jemanden aus der immer dichter werdenden Menge der Zuschauer zu sich.

«Der Senat wird natürlich weiterhin bewacht», fuhr er fort, als sich eine Gruppe von Männern nach vorn drängte. «Und nun folgt mir.» Er ging die Treppe hinunter und führte die Hundertschaft fort.

Als auch der letzte Prätorianer abgezogen war, nahmen neue Vigiles ihre Posten ein.

Eine halbe Stunde war vergangen. Die Sonne zeigte sich schon hoch über den Hügeln im Osten und warf ein weiches Licht über die Dächer der Stadt. Die Menge wurde unruhig, weil noch immer keine Nachrichten aus dem Tempel nach draußen gesickert waren. Verspätet hatten sich noch ein paar Senatoren an den Versammlungsort begeben, aber noch niemand war herausgekommen, und die Pforte blieb verschlossen.

Vespasian setzte sich mit Caenis auf eine Bank im Schatten des Portikus. Sie konnten die Stimme des ältesten Konsuls Regulus hören, aber nicht verstehen, was er sagte. Vespasian machte sich zunehmend Sorgen um den Inhalt des Briefes. Wenn Tiberius, wie Pallas erwähnt hatte, Seianus tatsächlich zunächst mit Lob überschütten und ihn dann verurteilen sollte, ließ er sich in seinem Schreiben offenbar viel Zeit damit. Er wollte Caenis gerade seine Bedenken mitteilen, als einer der Sklaven, die mit dem Austausch von Nachrichten unter den Senatoren betraut waren, durch die Pforte kam und mit einer Verbeugung vor ihn trat.

«Senator Gaius Pollo bittet Euch zu sich», sagte er mit einem deutlich gallischen Akzent.

Vespasians Puls beschleunigte sich. Er stand auf, legte kurz seine Hand auf Caenis' Schulter und folgte dann dem Sklaven in den Tempel.

Die Cella war voll von Senatoren, die in dichten Reihen auf ihren niedrigen Faltschemeln saßen. Unter der Statue des Apollo stand Regulus und las aus einer Schriftrolle vor. Als sich Vespasian hinter die letzte Stuhlreihe begab, hörte er den Konsul mit hoher, klarer Stimme sagen:

«… ferner erachte ich den Umstand, dass er vor den zahllosen, das Stadtbild verunstaltenden Standbildern seiner selbst Opferriten abhalten lässt, für eine Beleidigung meiner Kaiserwürde. Ich habe mehrfach deutlich gemacht, dass ich solche Formen der Verehrung nicht wünsche und nur in Ausnahmefällen gestatte, dass ein Tempel mir geweiht wird, und das auch nur als Gunstbezeugung gegenüber denen, die mir diese Ehre angedeihen lassen möchten, wenn ich damit einverstanden bin. Wenn es aber nach ihm ginge, huldigte ihm das ganze Reich.»

Der Sklave führte ihn zu Gaius, der ganz hinten am linken Rand saß.

«Es geht los, mein Junge, schau», flüsterte der Onkel und zeigte auf die andere Seite des Raums.

Vespasian reckte den Hals und blickte über die Köpfe der Senatoren hinweg.

Rechts von Regulus saß Seianus mit ausdrucksloser Miene. Unmittelbar neben ihm standen zwei Senatoren auf, klappten ihre Stühle zusammen und suchten Gaius' Nähe. Die anderen, die Seianus umringten, tuschelten miteinander und waren merklich erregt.

«Nenn Caenis folgende Namen: Aulus Plautius und Sextus Vistilius unter der Rubrik ‹weniger anhänglich› und Silius Nervus sowie Livius Gallus unter ‹lassen das ganze Reich seiner Person huldigen›. Geh und nimm den Sklaven mit dir – und komm dann sofort zurück.»

Caenis wartete vor der Pforte auf ihn. Schnell teilte er ihr die Namen mit. «Wie es scheint, wird es gleich geschehen», sagte er aufgeregt. «Seine Gefolgsmänner blicken verängstigt drein.»

«Wenn dem so ist, werden wir Caligula einiges zu verdanken haben», antwortete sie.

Von dem Sklaven begleitet, kehrte Vespasian in den Tempel zurück. Als er Gaius erreichte, der ihm sieben weitere Namen nannte, las Regulus vor:

«Und dass er vor fünf Jahren seine treue Gemahlin Apicata verstieß unter der Annahme, ich würde ihm die Witwe meines geliebten Sohnes Drusus an die Hand geben, war und ist, wie ich finde, eine Anmaßung sondergleichen. Ob er sie wirklich begehrte oder bloß glaubte, sich mit dieser Ehe weiter bei mir einschmeicheln zu können, sei dahingestellt. Ihr, meine Senatoren, mögt darüber befinden.»

Nachdem Vespasian wieder zu Caenis hinausgeeilt und zum dritten Mal zurückgekehrt war, trug Regulus gerade vor:

«*... geschwächt von wiederholten Übelkeitsanfällen, habe ich dieser Verbindung im vergangenen Jahr zugestimmt. Das, meine verehrten Senatoren, war ein Fehler, den ich hiermit korrigiere. Ich erkläre die Ehe zwischen Lucius Aelius Seianus und meiner Schwiegertochter Livilla für null und nichtig.*»

Es kam jetzt zu einer regelrechten Fluchtbewegung weg von Seianus. Von den Klappgeräuschen zusammengefalteter Stühle und lauten Schritten gestört, musste Regulus eine Weile innehalten. Vespasian erreichte den Onkel ein weiteres Mal.

«Das macht die ganze Sache nun etwas einfacher, lieber Junge», flüsterte ihm dieser zu. «Alle anderen fallen unter die Rubrik ‹förmlich aufgelöste Ehe›. Du kannst jetzt bleiben und zusehen, was passiert. In diesem Durcheinander wird niemand Notiz von dir nehmen.»

Seianus war isoliert. Er vergrub sein Gesicht in den Händen, als Regulus fortfuhr, die Worte des Kaisers vorzutragen:

«*Ich hoffe, der wertgeschätzte Senat wird mir zustimmen, dass dieser und viele* andere *Verstöße, derer er sich schuldig gemacht hat – wie etwa Falschaussagen zum Nachteil etlicher Amtsträger –, nicht ungesühnt bleiben dürfen. Ich bitte Euch deshalb, verehrte Senatoren, darüber abzustimmen, ob er ...*»

Regulus musste sich wieder unterbrechen, denn seine Stimme ging im allgemeinen Geschrei unter, das sich gegen Seianus richtete. Sogar jene Senatoren, die bis zuletzt neben ihm gesessen hatten, stimmten mit ein, entweder aus Furcht oder weil sie glaubten, durch ihre Schmähungen vergessen machen zu können, dass sie ihm bislang die Treue gehalten hatten.

Prätoren, Tribune und Quästoren, darunter auch Paetus, bedrängten Seianus, der keinerlei Anstalten machte zu fliehen und unter denen, die draußen versammelt waren, Zuspruch zu finden. Er blieb einfach sitzen.

Als endlich wieder Ruhe eingekehrt war, las Regulus den angefangenen Satz zu Ende vor: *«... ob er festgenommen und eingekerkert werden soll oder nicht.»*

Plötzlich herrschte fassungsloses Schweigen. Vespasian schaute sich um. Alle Anwesenden waren sichtlich schockiert. Macros Worte gegenüber Seianus hatten sich bewahrheitet: Der Brief enthielt tatsächlich *fast* alles, was dieser verdiente.

Regulus rollte das Pergament zusammen. «Senatoren, ich gehe davon aus, dass wir dem Wunsch unseres Kaisers geschlossen nachkommen.»

Allgemeine Zustimmung wurde laut. Sogar Fulcinius Trio, der jüngere Konsul, nickte beifällig, als er sich zu Wort meldete. «Da, wie zu sehen ist, alle einverstanden sind», sagte er vorsichtig, «glaube ich, dass Konsul Regulus nur einen von Euch nach seiner Meinung zu fragen braucht, denn es wird wohl die Meinung aller sein.»

«So geschieht es denn», erwiderte Regulus, den Vorschlag aufgreifend. «Lucius Aelius Seianus, kommt her und stellt Euch vor mich.»

Seianus blieb sitzen und tat, als hätte er nicht gehört.

Er rührte sich auch nicht, als Regulus seine Worte wiederholte.

Erst nach der dritten, laut herausgebrüllten Aufforderung

blickte Seianus auf. «Ich?», fragte er verblüfft, war doch seit Jahren kein einziges Mal ein Befehl an ihn ergangen. «Ihr erteilt *mir* Order?»

«Im Namen des Hauses gebiete ich Euch, vorzutreten.»

Seianus schaute sich um, verzog höhnisch das Gesicht und stand auf.

«Senator Pollo», rief Regulus, und es fehlte nicht viel, dass Gaius vor Schreck fast von seinem Stuhl gefallen wäre. «Seid Ihr der Ansicht, dass dieser Mann eingekerkert werden sollte?»

Widerwillig stand Gaius auf. «Ja, der Ansicht bin ich, Konsul», antwortete er klar und deutlich.

«Dann ist das der Wille des Hauses. Man führe ihn ab, ins Tullianum.»

«Und wer soll das sein, der mich abführt?», entgegnete Seianus. «Durch meine Prätorianer hindurch? Glaubt Ihr wirklich, die würden das zulassen? Sie schlachten Euch ab wie Schafe, die Ihr ja auch seid.»

«Graecinius Laco, stehen Eure Vigiles in Bereitschaft?», fragte Regulus.

Ein großgewachsener Mann mit dichten schwarzen Bartstoppeln trat aus einem hinteren Winkel der Cella nach vorn. «Jawohl, Euer Gnaden. Die Garde wurde von Tribun Macro ins Lager zurückgeführt.»

«Was!», schrie Seianus und wurde von vier Männern zurückgehalten, als er über Regulus herfallen wollte. «Macro! Dieser dreckige Welpe einer Hure! Zur Rechenschaft werde ich ihn ziehen, wenn der Kaiser zur Vernunft kommt und mich freisetzt. So wie euch alle, ihr dummen Schwätzer!»

«Schafft ihn fort, Laco», sagte Regulus. «Konsul Trio, wir sollten uns jetzt an das Volk wenden.»

Vespasian sah, wie Seianus abgeführt wurde. Er hielt den Kopf hoch erhoben und schüttelte die Hände seiner Eskorte ab.

Vespasian und Gaius drängten sich durch die Menge der Senatoren nach draußen und diktierten Caenis die letzten Namen.

«Ich muss rasch zurück zu meiner Herrin, Liebster», sagte sie, als Regulus und Trio auf dem oberen Treppenabsatz erschienen, um eine Rede an die verwirrte Plebs zu richten. Alle Augen waren auf den Mann gerichtet, der fast ein ganzes Jahrzehnt über sie geherrscht hatte und nun, in Ungnade gefallen, abgeführt wurde.

«Ich begleite dich. Meine Dienste werden hier nicht mehr verlangt», sagte Vespasian nicht ohne Bedauern, denn es stand eine Hinrichtung an, der er ausnahmsweise allzu gern beigewohnt hätte.

«Ich höre mir noch an, was Regulus zu sagen hat, und komme dann nach.» Auch Gaius wirkte ein wenig bedrückt. «Bin gespannt, was Antonia jetzt zu tun gedenkt. Geht besser um den Tempel herum. Auf der Rückseite führen ebenfalls Stufen nach unten. Durch das Gedränge hier schafft ihr es nicht.»

Als sich die beiden auf den Weg machten, hörten sie, wie Regulus das Wort ergriff.

«Bürger Roms», adressierte er das Volk. «Euer Kaiser und der Senat sind übereingekommen, euch vor einem Mann zu schützen, der allzu lange Macht über euch hatte.» Vereinzelt wurde Zustimmung laut. «Vor einem Mann, der zu groß geworden ist für unsere Stadt.» Der Jubel nahm zu. «Einem Mann, der sich wie Ikarus der Sonne allzu weit genähert hat. Unsere Sonne aber ist unser Kaiser. Er führt uns durchs Leben. Ist es darum nicht recht, dass dieser Mann mit Namen Seianus hier, im Tempel des Sonnengottes Apollo, zu Fall kommt?»

Regulus' Stimme ging unter in donnerndem Applaus.

«Er kommt offenbar an», sagte Vespasian zu Caenis. Sie eilten gemeinsam auf Antonias nahe gelegenes Haus zu.

«Sollte er auch», erwiderte sie, die Mühe hatte, mit ihm Schritt zu halten. «Seianus hat die Spiele großzügig unterstützt. Viele verehren ihn. Wenn es Regulus nicht gelingt, die Mehrheit für sich zu gewinnen, wird es einen Aufstand geben.»

Vespasian erschauderte allein bei dem Gedanken, hielt aber Caenis' Einschätzung für durchaus zutreffend.

Sie erreichten Antonias Haus und klopften an die Tür. Sofort wurde ihnen aufgemacht.

Antonia saß im Atrium und hielt die erste Wachstafel in der Hand. «Vespasian», sagte sie merklich enttäuscht. «Der Kaiser hat also nicht Seianus' Tod verlangt.»

«Nein, Herrin, nur seine Inhaftierung.»

«Ahnte ich's doch, dass er nicht Manns genug ist. Er fürchtet Seianus' Unterstützer, die ein Todesurteil womöglich zur Rebellion aufstacheln würde.»

«Am Ende haben ihn alle geschmäht, Herrin.»

«Gut. Ich habe nämlich vor, seine Gefolgsleute dazu zu bringen, dass sie den Senat zu tun drängen, wovor sich Tiberius offenbar scheut. Darum habe ich diese Listen aufsetzen lassen. Gib her, Caenis.»

Caenis reichte ihrer Herrin die zweite Wachstafel. Antonia überflog und verglich sie mit der ersten. «Ah, der Konsul emeritus Aulus Plautius ist unser Mann. Kommt als Letzter und geht als Erster. Offenbar will er nicht, dass der Kaiser auf ihn aufmerksam wird. Ich werde ihm sofort einen Brief schreiben und ihm mein Stillschweigen anbieten, wenn er dafür sorgt, dass der Senat heute Nachmittag ein weiteres Mal zusammentritt und Seianus' Hinrichtung beschließt, und zwar mit den Stimmen seiner Bundesgenossen.»

Vespasian staunte. «Das heißt, sie werden gezwungen, Seianus' Tod zu fordern. Wirklich genial», sagte er bewundernd.

«Nein, Vespasian, das ist Politik. Zur Rebellion wird es nicht kommen, wenn er von denen verurteilt wird, die sich persönlichen Gewinn von ihm erhofft und deshalb seine Nähe gesucht haben. Geh jetzt ins Forum und schau, ob ich erfolgreich bin oder nicht. Vielleicht erwartet dich noch eine Dienstpflicht, bevor der Tag vorüber ist. Komm, Caenis, wir haben auch noch einiges zu tun. Ich muss eine Nachricht an Macro schreiben.»

Das Forum Romanum war voller Menschen. Arbeit und Geschäfte ruhten an diesem Tag. Gespannt folgten die Bürger Roms den Ereignissen und spekulierten darüber, welchen Ausgang sie nehmen würden. Gerüchte und Gegengerüchte machten die Runde, naheliegende (Seianus werde in die Verbannung geschickt oder freigelassen) wie auch abwegige (Tiberius werde sterben oder abdanken, die Republik restauriert, oder Tiberius werde nach Rom zurückkehren, um Seianus selbst hinzurichten).

Vespasian bahnte sich einen Weg durch die Menge und erreichte den Sitz des Senats, vor dessen Stufen er Paetus und mehrere Senatoren im Gespräch mit beiden Konsuln antraf.

«Ich habe eine Abteilung der Vigiles vor dem Tullianum postiert, Konsul», sagte Paetus gerade. «Wie lauten Eure Befehle?»

«Wir halten ihn fest, bis erkennbar ist, was der Kaiser wirklich wünscht», antwortete Regulus mit einer Stimme, die Unsicherheit verriet.

«Aber das wissen wir doch», erwiderte Trio, der jüngere der beiden. «Die Frage ist, wie lange die Prätorianische Garde stillhält. Wenn sie in die Stadt marschieren, um ihn zu befreien, werde ich mich ihnen nicht in den Weg stellen. Im Gegenteil, ich werde sie zum Tullianum führen und die Zelle eigenhändig aufschließen.»

«Dann widersetzt Ihr Euch sowohl dem Senat als auch dem römischen Volk», entgegnete Regulus heftig.

«Der Senat und das römische Volk können mich mal. Die Macht liegt bei den Prätorianern und denen, die sich auf ihre Loyalität verlassen können. Mir ist es lieber, mich auf ihre Seite zu stellen, als tot auf der Gemonischen Treppe zu liegen», sagte Trio und deutete auf die breiten Stufen, die vom Forum zum Kapitol hinaufführten.

«Ihr habt aber doch an der Versammlung teilgenommen, die ihn verurteilt hat», erinnerte Regulus sichtlich schockiert. «Wie wollt Ihr Euer Gesicht wahren, wenn Ihr von dieser Entscheidung zurücktretet?»

«Ich habe zwar an der Versammlung teilgenommen, aber kein Votum abgegeben. Entschieden hat nur einer, und den habt Ihr bestimmt, Kollege, wohl wissend, dass er Seianus' ärgste Feindin unterstützt, nämlich Antonia. Alle anderen können ihre Meinung für sich behalten, bis die Zeit reif ist, um sie öffentlich zum Ausdruck zu bringen.»

Manche der Senatoren, die die beiden Konsuln umringten, pflichteten Trio murmelnd bei.

Regulus empörte sich: «Aber es war doch Euer Vorschlag, dem ich mich in schlichtender Absicht angeschlossen habe, weil Seianus' Anhängern nicht zuzumuten war, dass sie gegen ihn stimmen.»

Trio lächelte matt und zuckte mit den Achseln.

Vespasian sah, dass die am Morgen getroffene Übereinkunft ins Wanken geriet. Die Männer flüchteten sich wieder ins Vage, da ihnen dämmerte, dass der Fall noch längst nicht entschieden war und Trio ihnen neue Spielräume eröffnete.

Keuchend kam Gaius nun die Treppe herauf. Sein sonst immer sorgfältig frisiertes Haar klebte ihm schweißnass am Kopf.

«Konsul Regulus», schnaufte er, «kann ich kurz unter vier Augen mit Euch reden?»

«Durchaus.» Sichtlich erleichtert löste sich Regulus von der Gruppe und trat auf Gaius zu.

Die zurückgelassenen Senatoren tuschelten miteinander.

Paetus stellte sich zu Vespasian. «Es wird brenzlig, alter Knabe. Ziemlich verworren das Ganze, würde ich sagen», bemerkte er grinsend, als fände er Gefallen daran.

«Ich glaube, Antonia hat die Situation soeben verschärft», erwiderte Vespasian und bemerkte, wie mehrere der Senatoren auf das Senatshaus zustrebten.

Regulus brach sein Gespräch mit Gaius ab und nickte in Zustimmung dessen, was dieser ihm gerade gesagt hatte, als Aulus Plautius und Seianus' dreißig Anhänger am Fuß der Treppe aufkreuzten.

Plautius straffte seine breiten, muskulösen Schultern und richtete sich auf. Die Schlagadern an seinem gedrungenen Hals schimmerten blau. «Konsuln Regulus und Trio», rief er so laut, dass ihn alle hören konnten und die Menge verstummte. Ein jeder spürte, dass eine weitere wichtige Entscheidung in der Luft lag. Plautius wartete, bis völlige Stille eingetreten war. «Ich verlange, dass der Senat unverzüglich zusammentritt und die unbefriedigende Lage thematisiert, in der wir uns befinden.»

«Einverstanden», rief Trio nicht weniger laut. Und an Regulus gewandt: «Ich stehe Euch bei, es sei denn, Ihr wollt die Sache allein regeln. Die Auspizien sind für heute schon befragt worden und stehen günstig für Senatsgeschäfte. Ihr könnt Euch jetzt nicht verweigern.»

Regulus schaute zum Himmel empor und deutete auf eine Schar von Gänsen, die in Keilformation nach Nordwesten flogen, über den Concordia-Tempel auf dem Kapitol hinweg. «Ich sehe darin ein Zeichen der Götter», rief er.

«Ein Zeichen dafür, dass eine Aussprache nottut», entgegnete Trio ärgerlich.

«Ich könnte eine neuerliche Zusammenkunft sehr wohl verhindern und wäre nicht der Erste, der dieses Recht in Anspruch nimmt. Aber ich nehme es als ein positives Zeichen: Die Retter Roms, die, als die Hunde schliefen, mit ihren Schreien die Verteidiger des Kapitols weckten und gegen die Gallier, die unsere Stadt bedrohten, in Stellung brachten, mahnen uns, den Senat im Tempel der Concordia einzuberufen. Dort, im Heiligtum der Göttin, werden wir unser Problem lösen.»

Die Menge brüllte Beifall und öffnete eine Schneise für die vierundzwanzig Liktoren, die den beiden Konsuln auf dem Weg zum Tempel vorausgingen.

Auf dem halben Weg zum Tempel schloss Vespasian zu Gaius auf.

«Was hast du zu Regulus gesagt, Onkel?»

«Als ich bei Antonia war, erreichte sie eine Nachricht von Plautius, in der er sie wissenließ, dass er ihrem Wunsch nachkommen werde und sie damit rechnen könne, dass über dreißig Anhänger Seianus', die sich gegenwärtig in seinem Haus aufhielten, ebenfalls einverstanden seien – vorausgesetzt, Antonia würde beim Kaiser ein gutes Wort für sie einlegen. Daraufhin hat sie allen Senatoren, die der Versammlung heute Morgen ferngeblieben sind, weil sie Seianus' zu erwartenden Triumph nicht beiwohnen wollten, eine Mitteilung zukommen lassen und sie aufgefordert, im Senat zu erscheinen, wenn er neuerlich tagen werde. Sie bat mich, so schnell wie möglich hierherzukommen, um sicherzustellen, dass sich Regulus einem zweiten Treffen nicht widersetzt.»

«Zum Beispiel mit der Ausrede eines unheilvollen Vogelflugs?»

Gaius kicherte. «Genau. Er hätte das Omen auch anders deuten und behaupten können, die Zeichen stünden schlecht für die Stadt und ein weiteres Treffen rate sich nicht. All das hat es schon gegeben.»

Sie erreichten den Concordia-Tempel vor der von Säulenbögen gegliederten Fassade des Tabulariums, in dem alle Dokumente der Stadt aufbewahrt wurden. Gaius trat ein und ließ Vespasian an der Pforte zurück.

Eine halbe Stunde lang beobachtete Vespasian die Ankunft der Senatoren, von denen viele an der morgendlichen Sitzung nicht teilgenommen hatten. Sie kamen nun, dem Ruf der Konsuln folgend, aus allen Richtungen herbeigeströmt, zuversichtlich, dass ihre Fraktion diesmal die Oberhand gewinnen würde. Unter den Nachzüglern waren Corbulo und sein Vater, dem der Sohn wie aus dem Gesicht geschnitten war. Beide machten einen etwas nervösen Eindruck.

«Vespasian, was geht hier vor?», fragte Corbulo und blieb stehen, während sein Vater den Tempel betrat.

«Hättet Ihr an der Versammlung heute Morgen teilgenommen, wüsstet Ihr es.» Es machte Vespasian Spaß, ihn zu reizen.

«Wir waren krank», erwiderte Corbulo grantig. «Müssen uns wohl den Magen an schlechten Krabben verdorben haben.»

«Ihr solltet auf Krabben ganz verzichten; sie scheinen Euch nicht zu bekommen.»

«Wäre wohl besser», nuschelte Corbulo, dem wohl plötzlich eingefallen war, dass er erst vor kurzem in Vespasians Gegenwart diese Ausrede bemüht hatte. «Sagt mir, was ist passiert?»

«Wenn Ihr jetzt reingeht und dem Antrag zustimmt, kann Euch nichts passieren», antwortete Vespasian ausweichend, um ihn zu provozieren.

Corbulo schnaubte verärgert, als ihm klarwurde, dass er sich mit seinen Fragen über Vorgänge im Senat an jemanden, der selbst kein Senator war, in Verlegenheit gebracht hatte, und eilte davon.

«Senatoren!», ließ sich Regulus' Stimme bis vor den Eingang hinaus vernehmen. «Ich bitte um Ruhe.»

Das Geplapper in der Cella verstummte. Die Tore blieben geöffnet. Vespasian schaute von außen zu.

«Zwar wurde die Auspikation heute bereits durchgeführt», sagte Regulus, «doch stellen wir uns jetzt unter die Führung einer besonderen Göttin und sollten ihr darum ein Opfer bringen.»

Die eine Fraktion äußerte Zustimmung, die andere Ablehnung. Trio stand sofort auf, doch bevor er sich in Bewegung setzen konnte, fuhr Regulus fort.

«Um jeden Verdacht auszuschließen, dass in der Deutung der Omen ein falsches Spiel getrieben werde, wird meine rechte Hand das Opfer selbst vornehmen.»

Trio zeigte sich erleichtert. Er zog den Saum seiner Toga über den Kopf und trat vor den Altar. Weil eine Formation von Gänsen auf den Tempel als Versammlungsort hingedeutet hatte, war eine Gans als angemessenes Opfertier auserwählt worden. Trio fackelte nicht lange. Er tötete den Vogel und haspelte sehr nachlässig die vorgeschriebenen Formeln herunter. Dann schnitt er ihm die Leber aus dem Leib, konstatierte ihren tadellosen Zustand und erklärte sie zum Zeichen dafür, dass die Göttin der Harmonie die Versammlung segne.

«Danke, Konsul», sagte Regulus ohne jede Spur von Ironie, als sein Kollege wieder neben ihm auf seinem kurulischen Schemel Platz nahm. «Senator Plautius hat dieses Treffen einberufen. Ich erteile ihm deshalb als Erstem das Wort.»

Plautius erhob sich.

«Senatoren.» Er streckte den rechten Arm aus und schwenkte ihn theatralisch über die Köpfe der versammelten Männer hinweg. «Ich habe Euch rufen lassen, weil ich wie viele von Euch den Eindruck habe, dass wir die Wünsche unseres Kaisers nicht richtig gedeutet und damit Verwirrung heraufbeschworen haben.»

Diesmal war Zustimmung aus beiden Lagern zu vernehmen.

«Ich schlage darum vor, wir untersuchen hier und jetzt, was er tatsächlich gemeint haben könnte. Er bat uns, abzustimmen, ob der Beschuldigte – ich zitiere – ‹festgenommen und eingekerkert werden soll oder nicht›. Wir alle glaubten, der Kaiser wünsche, dass Seianus inhaftiert werde, nicht wahr?»

Wieder stimmten alle zu.

«Allerdings ist die Inhaftnahme eines Bürgers noch nie als eine vom Staat sanktionierte Strafe erachtet worden. Bittet uns der Kaiser also wirklich, eine Strafe zu verhängen, die es gar nicht gibt?»

Seine Amtsbrüder zeigten sich verdutzt und tauschten fragende Blicke.

«Lassen wir uns die kaiserlichen Worte einmal genauer durch den Kopf gehen. Was will die Wendung ‹ob ... oder nicht› besagen? Mit dieser Formulierung hat Tiberius dem Senat den Vortritt überlassen. Er hat uns beauftragt, darüber zu entscheiden, wie mit diesem Mann zu verfahren ist. Wir, verehrte Kollegen, haben sein Schreiben allzu wörtlich aufgefasst. Zur Wahl steht nicht, ob Seianus eingekerkert werden soll. Nein, der Kaiser ist manchmal so subtil, dass ihm selbst sein loyaler Senat bisweilen nicht zu folgen vermag.»

Wieder ließ sich einhelliger Zuspruch vernehmen. Vespasian grinste wegen der kriecherischen Note, die Regulus eingeflochten hatte, wohl wissend, dass der Kaiser die Mitschrift der Sitzung lesen würde.

«Die Wahl, vor die uns unser geliebter Kaiser stellt, hat eine sehr viel größere Tragweite. In seiner Weisheit ist ihm sehr wohl bewusst, dass eine Inhaftierung Seianus' hier in Rom nur böses Blut hervorrufen würde, eine Rebellion gar, womöglich Bürgerkrieg. Nein, zur Wahl stehen nicht bloß Gefängnis oder Freiheit, sondern auch Gefängnis oder Verlust aller ihm verliehenen Ehren, Kerker oder Hausarrest, entweder hier in der Stadt oder auf einem seiner vielen Landgüter. Zur Wahl stehen ferner Haft oder Interdiktion, also die Entsagung von Feuer und Wasser im Umkreis von dreihundert Meilen, Haft oder Verbannung auf eine Insel oder in eine weit entfernte Stadt.» Regulus legte eine Pause ein, damit sich die Wirkung seiner Worte unter den Versammelten entfalten konnte, die nun aufgerufen waren, eine Entscheidung über das Strafmaß zu treffen oder vielleicht auch Milde walten zu lassen. Mit seiner kräftigen Stimme übertönte nun Plautius das allgemeine Gemurmel. «Es gäbe da noch eine weitere Alternative, Senatoren: *Kerker oder Tod*. Ich plädiere für Letzteres, aber nicht etwa den Tod, den ein römischer Bürger verdient, welchen er so vielen seiner Opfer versagt hat. Nein, er soll sterben als Feind Roms: am Schandstock.»

Es kam zu einem stimmgewaltigen Tumult, doch Plautius ließ sich nicht beirren. Er hob beide Arme über den Kopf und wartete, bis sich die Versammelten wieder halbwegs beruhigt hatten.

«Aber es sollen auch andere ihre Meinung zum Ausdruck bringen», fuhr er fort, sobald er sich wieder verständlich machen konnte. «Verfahren wir, im Unterschied zu heute Morgen, den Regeln entsprechend, damit kein Zweifel am Willen des Senats aufkommen kann. Es sollte sich jeder Senator äußern können und am Ende ein klares Votum erfolgen. Mit Eurem Einverständnis, vorsitzender Konsul, möchte ich meinen Kollegen Silius Nervus zu Wort bitten, der als emeritierter Konsul das Recht hat zu sprechen.»

Plautius setzte sich wieder. Regulus stand auf.

«Konsul Trio, seid Ihr mit einer Debatte einverstanden?»

Trio, der auf die Aussprache bestanden und die Auspikation selbst vorgenommen hatte, konnte nicht dagegen sein. Er erhob sich, äußerte murmelnd sein Einverständnis und war sichtlich verstört vom fluchtartigen Aufbruch vieler Männer aus seinem Lager.

«Nun denn, ich erteile hiermit dem Konsul emerito Silius Nervus das Wort.»

Ein rundlicher Mann mittleren Alters wackelte nach vorn und stellte sich ans Rednerpult. «Senatoren, auch ich plädiere für Tod durch den Strang und fordere zudem eine *Damnatio Memoriae*. Möge sein Name aus allen Dokumenten und Historien getilgt sein», sagte er kurz und bündig und wackelte zurück auf seinen Platz.

Es schien, als schnappten alle gleichzeitig nach Luft. Den Anwesenden wurde schlagartig klar, dass sie in einen Hinterhalt gelockt worden waren und Seianus keine Begnadigung zu erwarten hatte. Vespasian staunte wieder einmal über Antonias politisches Geschick, als Regulus die Senatoren aufrief, in der Reihenfolge ihres Ranges – die ehemaligen Konsuln zuerst – einen Beitrag zu leisten. Von wenigen Ausnahmen abgesehen, die mit knappen Worten und entsprechend wirkungslos für eine Enthauptung oder zumindest eine der weniger ehrenrührigen Todesarten plädierten, sprachen sich alle für die Strangulation aus.

Bis auch die jüngsten der über vierhundert anwesenden Senatoren zu Wort gekommen waren, hatte sich bereits die Sonne auf den Horizont gesenkt. Für die vorsitzenden Konsuln wurde es Zeit, die Debatte zu beenden.

Regulus trat ans Pult. «Senatoren, zu hören bleiben jetzt nur noch die Ansichten der beiden Konsuln. Konsul Trio möge sprechen.»

Trio stand auf und ging langsamen Schritts ins Zentrum der Cella. Er machte den Eindruck eines geschlagenen, aber ungebeugten Mannes, der entschlossen war, die einzige ihm verbliebene Option zu ergreifen.

«Senatoren, seit Jahrhunderten werden wir immer wieder Zeugen von Männern, die sich, aus welchen Gründen auch immer, versteigen», sagte er mit schleppender, flacher Stimme. Schon fingen einige seiner Zuhörer zu murren an, weil sie glaubten, er wolle Zeit schinden. «Coriolanus, Gaius Marius, Sulla, Tarquinius Superbus, Appius Claudius …»

Die Aufzählung nahm kein Ende. Wie so mancher andere Senator fürchtete Vespasian, Trio habe womöglich vor, auf diese Weise weiterzureden, bis die Sonne untergegangen war und die Debatte unterbrochen werden musste, ohne dass es zur Abstimmung gekommen war.

«Es wird Zeit, dass wir uns Gedanken darüber machen, was für ein Mann Seianus ist», sagte Trio nach der namentlichen Nennung einer Vielzahl historischer Gestalten, denen ihr Ehrgeiz zum Verhängnis geworden war. Immer lauter wurden die verärgerten Zwischenrufe, sodass er seine Stimme erheben musste. «Ist er ein Mann, der ...» Plötzlich flog ein Faltschemel auf ihn zu. Er traf ihn am Kopf, riss eine Wunde in die rechte Wange und ließ ihn fast zu Boden stürzen. Er hielt jedoch stand. Blut tropfte auf seine Toga, als er wieder den Mund öffnete, um fortzufahren. Seine Worte aber gingen in wütendem Gebrüll unter. Es segelten nun Dutzende von Stühlen durch die Luft, vor denen er Reißaus nehmen und sich hinter seinem kurulischen Schemel in Sicherheit bringen musste.

«Danke für Eure Ansichten, Konsul», sagte Regulus und nickte seinem blutüberströmten Kollegen zu, als wäre nichts geschehen. «Auch ich fordere den Tod des Angeklagten. Das Haus wird sich nun aufteilen. Wer mit Ja stimmt, rücke auf die rechte Seite, der Rest nach links. Der Antrag lautet wie folgt: Das Haus verurteilt Lucius Aelius Seianus zum Tod am Schandstock. Sein Name wird aus allen Registern gelöscht.»

Es entstand ein wüstes Gedränge, da sich sofort alle Senatoren eilends in Bewegung setzten und niemand auf der linken Seite gesehen werden wollte. Es dauerte nicht lange, und der Einzige, der nicht auf der rechten Seite stand, war Trio, der sich immer noch hinter seinem Schemel versteckte. Vorsichtig hob er den Kopf und sah sich geschlagen.

«Ich stelle fest», rief Regulus, «der Antrag ist …» Seine Stimme riss ab. Mit noch offenem Mund starrte er durch den Eingang nach draußen, an Vespasian vorbei aufs Forum.

Vespasian drehte sich um und folgte seinem Blick. Die Menge auf dem Vorplatz schien in Panik zu geraten und wich nach allen Seiten hin aus, als in blendend weißen Togen eine Kohorte der Prätorianergarde geradewegs auf den Tempel der Concordia zumarschierte.

XX

Wir sind hier unten, Herr», hörte Vespasian Magnus' Stimme. Er entdeckte den Freund, umringt von seinen Brüdern der Straße, rechter Hand am Fuß der Treppe zum Tempel. Alle waren mit Knüppeln und Keulen bewaffnet. Hinter ihnen führte die Gemonische Treppe zum Kapitol hinauf. «Ich glaube, es wird Zeit für das Gelage, wenn Ihr versteht, was ich meine.»

Ihm wurde mulmig, als er sah, wie die vordere Reihe der ersten Kohortencenturie von Macro angeführt die Stufen erreichte. Hatte Macro die Garde nicht dazu bringen können, die Seiten zu wechseln? Vespasian wusste keine Antwort und hielt es für umso ratsamer, in der Gruppe um Magnus unterzutauchen. Er drehte sich um und ging.

«Triumvir Capitalis!», brüllte Macro. «Er komme sofort her, oder meine Männer werden Ihn zur Strecke bringen.»

Weil ihm nichts anderes übrig blieb, leistete er dem Befehl Folge. Macro krallte seine Pranken um Vespasians Schulter und stieß ihn durch den Tempeleingang.

Drinnen standen die Senatoren stocksteif vor Entsetzen, als die Prätorianer in die Cella eindrangen und auf Kommando abrupt anhielten.

«Was hat das zu bedeuten, Tribun?», bellte Regulus Macro entgegen, der Vespasian neben der vorderen Reihe der Centurie zurückließ und auf den Konsul zuging.

«Habt Ihr abstimmen lassen, Konsul?», knurrte Macro.

«Ja.»

«Und mit welchem Ergebnis?»

«Ich wollte es gerade verkünden, als Ihr mich respektloserweise unterbrochen habt.»

«Dann verkündet es jetzt, Konsul.»

Alle Senatoren rückten eng zusammen, voller Furcht, die falsche Entscheidung getroffen zu haben. Trio tauchte mit triumphierendem Grinsen im Gesicht hinter seinem Schemel auf.

Regulus schluckte. «Der dem Haus vorgelegte Antrag fordert den Tod Lucius Aelius Seianus' durch den Strang und die Tilgung seines Namens.» Er stockte und schaute Macro nervös an. «Dem Antrag wurde stattgegeben», sagte er mit dünner Stimme.

Es war totenstill. Alle warteten gespannt auf Macros Reaktion. Keiner rührte sich.

Macro klatschte dreimal langsam in die Hände. «Gratuliere, meine Herren. Endlich mal die richtige Entscheidung.»

Kollektiv atmeten alle erleichtert auf.

Trio wandte sich ab.

«Es freut mich, dass Ihr einverstanden seid, Tribun», sagte Regulus.

«Ab sofort erbitte ich mir, als Präfekt angesprochen zu werden, Konsul. Ich habe hier einen Erlass des Kaisers, der mich zum Präfekten der Prätorianischen Garde bestimmt», erklärte Macro und winkte mit zwei Schriftrollen. «Außerdem verlangt der Kaiser, dasselbe Strafmaß, das gegen Seianus verhängt wurde, auf diesen Mann anzuwenden. Centurio, führt ihn vor.»

Der Anführer der Hundertschaft zog einen an den Händen gefesselten jungen Mann aus dem Trupp. Er hatte den Kopf hoch erhoben und trug eine stolze, verächtliche Miene zur Schau.

«Wer ist das, Präfekt?», fragte Regulus.

«Seianus' erstgeborener Sohn Strabo. Die beiden jüngeren Geschwister sollen nach Wunsch des Kaisers verschont bleiben.»

«Wie lautet die Anklage?»

«Er ist der Sohn eines Verräters.»

«Die Sippenhaft ist abgeschafft. Wir haben aus den schrecklichen Bürgerkriegen gelernt.»

«Wenn Ihr Euch dem Wunsch des Kaisers verschließt, wird er von mir die genauen Umstände erfahren, die dazu geführt haben, dass Strabo nicht von der zuständigen Institution, sondern von der Garde hingerichtet wurde.»

«Ihr lasst uns keine Wahl», sagte Regulus und trat wieder ans Rednerpult. «Wir stimmen über folgenden Antrag ab: Strabo, Seianus' ältester Sohn, soll das Schicksal seines Vaters teilen. Wer dafür ist, nimmt rechts von mir Aufstellung, wer dagegen ist, links.»

Die Senatoren rührten sich nicht vom Fleck. Nur Trio setzte sich in Bewegung. Er hoffte wohl, in der Gunst des Kaisers wieder steigen zu können, wenn er sich den Senatoren auf der rechten Seite anschloss.

«Der Antrag ist angenommen», sagte Regulus mit einigem Bedauern.

Zu Vespasians Überraschung brachen die Prätorianer in Jubel aus, in den der Rest der Kohorte, der draußen stand, mit einstimmte.

«Man rufe einen der Triumviri Capitalis», brüllte Regulus über den Lärm hinweg, der sich auf die Menge vor dem Tempel ausbreitete.

«Einen von ihnen sah ich vor dem Tor herumlungern», informierte ihn Macro. «Vespasian, Er komme herein!», rief er nach draußen.

Vespasian trat auf Regulus zu. «Konsul, ich bin Titus Flavius Vespasianus, einer der Triumviri Capitalis.»

«Ich trage Euch auf, den Willen des römischen Senats durchzusetzen», erklärte Regulus förmlich. «Bringt diesen Mann ins Tullianum und sorgt dafür, dass er und sein Vater Lucius Aelius Seianus unverzüglich stranguliert werden. Ihre Leichen sollen auf der Gemonischen Treppe abgelegt werden.»

Vespasian führte Strabo, bewacht von zwei Prätorianern, aus der Cella und über die Tempelstufen auf das Forum hinab. Der Lärm war ohrenbetäubend. Eine aufgebrachte Menschentraube hatte sich darangemacht, die Statuen des Seianus niederzureißen. Überall gab es Handgemenge, und Blut floss in Strömen, da Bürger über diejenigen herfielen, die als Spitzel und Handlanger des gestürzten Präfekten ausgemacht wurden.

Magnus und seine Brüder schirmten Vespasian vor dem tobenden Pöbel ab. Sie überquerten die Gemonische Treppe und marschierten auf den von Vigiles bewachten Eingang des Tullianums auf der anderen Seite zu.

«Strabo! Strabo, mein Sohn!», hörte man in der Nähe eine Frau schreien. «Was haben sie mit dir vor?»

Vespasian drehte sich um und sah eine verzweifelte Frau mit tränenüberströmtem Gesicht und bittend ausgestreckten Armen.

«Lasst sie durch», sagte Vespasian zu Magnus, da ihm einfiel, dass es sich um Seianus' geschiedene Frau Apicata handeln musste. «Es sei ihr gegönnt, dass sie Abschied nimmt», fügte er hinzu und bedachte die beiden Prätorianer mit strengem Blick.

Apicata eilte herbei und warf sich ihrem Sohn an den Hals.

«Da lässt sich nichts machen, Mutter», sagte Strabo, der sie nicht umarmen konnte, weil seine Hände gefesselt waren. «Es ist vorbei. Vater wird den Purpur nicht mehr erben, und ich ebenso wenig.»

«Aber warum verurteilt man dich? Du hast doch nichts getan!», heulte Apicata.

«Oh doch, Mutter, glaub mir. An Tiberius' Stelle hätte ich nicht anders entschieden. Dir bleiben Capito und die kleine Junilla; sie werden dich trösten. Pass auf die beiden auf und bring sie aus der Stadt.»

«Wir müssen gehen», sagte Vespasian und löste Apicata von ihrem Sohn.

«Leb wohl, Mutter. Ich werde ohne zu klagen sterben», sagte Strabo und drückte ihr einen Kuss auf die Stirn. «Behalt mich in Erinnerung.»

«Das werde ich», rief ihm Apicata nach, als Vespasian den Verurteilten wegführte, «und ich schwöre, ich werde Tiberius sagen: So wie er mir den Sohn nimmt, wird ihm der seine genommen.»

Vespasian schloss das niedrige Tor zum Tullianum auf und trat zur Seite, um Strabo Platz zu machen. Strabo hielt inne. Ein letztes Mal blickte er zum klaren blauen Himmel auf und füllte seine Lunge mit frischer Luft. Dann senkte er den Kopf und schritt über die Schwelle. Es war plötzlich so kühl, dass Vespasian zu frösteln anfing, wie immer, wenn er das Gefängnis betrat.

Der kleine Vorraum war niedrig und fensterlos. In der Mitte des Bodens befand sich eine hölzerne Falltür. Drei Gefängniswärter saßen vor einem Tisch an der hinteren Wand und würfelten im Licht einer Öllampe. Sie standen auf, als die Prätorianer das Tor hinter sich zuzogen und Magnus und seine Brüder draußen ließen.

«Noch einer für die Zelle?», fragte der ältere Wärter Vespasian. Er grinste zahnlos und wischte sich die Hände an seiner schmutzigen Tunika ab. Vespasian war abgestoßen von der offensichtlichen Freude des Mannes an seinem Beruf.

«Nein, Spurius», antwortete er. «Er wird sofort hingerichtet, zusammen mit seinem Vater.» Vespasian deutete auf die Falltür.

«Seianus' Sohn, eh? Gleich zwei aus einer Familie ist neu für mich.»

Seine Kollegen kicherten.

«Schneiden oder würgen?», fragte Spurius und musterte Strabos Hals wie den eines Opferbocks. Strabo hielt sich aufrecht und würdevoll und schien von der übel riechenden Kreatur, die ihn begaffte, überhaupt keine Notiz zu nehmen.

«Würgen», knurrte Vespasian. Er hatte Mühe, sich zu beherrschen. «Unverzüglich.»

«Das ist gut. Haben wir hinterher weniger aufzuwischen, nur ein bisschen Scheiße und Pisse. Na, dann werd ich mal den Alten hochkommen lassen.»

Spurius hob die Falltür an und warf ein Seil durch die Öffnung, das an einem Haken unter der Decke festgemacht war. «Wenn ich bitten darf, mein Herr», rief er mit höhnischer Höflichkeit nach unten.

Das Seil spannte sich, und wenig später tauchte Seianus auf, der daran emporklomm. Er trug nur ein Lendentuch. An seinem schweißnassen Körper klebte Stroh, und trotzdem strahlte er Würde und Macht aus. Fast wäre Vespasian unwillkürlich vor ihm zurückgewichen. Verachtung und Wut brannte in den dunklen Augen, die auf seine Wärter gerichtet waren.

«Sind der Kaiser und der Senat endlich zur Vernunft gekommen, ihr dreckigen Würmer», knurrte er und kam mit seinem Gesicht dem von Spurius bedrohlich nahe. «Ich werde eure Gastlichkeit nicht vergessen.»

«Vater», meldete sich Strabo.

Seianus fuhr herum und sah seinen Sohn, an den Händen gefesselt, zwischen zwei Prätorianern stehen. Sein Hochmut geriet merklich ins Wanken, als ihm schwante, was Sache war. Er nickte und lächelte traurig. «Aha, verstehe, so weit ist es also gekommen.» Er richtete den Blick auf die Prätorianer. «Wie viel hat Tiberius der Garde gezahlt, damit sie mich verrät?»

Keiner der beiden antwortete. Ungerührt starrten sie vor sich hin.

«Ihr schämt euch wohl. Zu Recht», zischte Seianus. «Lasst mich raten: zwanzig Gold-Aurei pro Mann.»

Die Garden blieben stumm.

«Dreißig vielleicht?»

Einer der beiden Männer verzog das Gesicht.

Seianus riss die Augen auf. «Etwa weniger als zwanzig? Was seid ihr nur für billige Flittchen.»

«Es waren zehn, Vater», erklärte Strabo. «Sie haben sich damit gebrüstet, als sie mich zum Senat gebracht haben.»

«Gebrüstet auch noch! Gebrüstet wegen zehn lumpiger Aurei!» Seianus brach in schallendes Gelächter aus. «Hat der Kaiser doch tatsächlich sein Reich für einen Spottpreis zurückgekauft, für weniger als den Jahressold eines Gardisten. Was für ein Geschäft! Bald kann es sich jeder Dahergelaufene leisten, Herrscher zu werden.»

Er spuckte den Wärtern vor die Füße. «Bringen wir es hinter uns.» Er richtete seinen Blick auf Vespasian, runzelte die Stirn und zeigte auf ihn. «Ich kenne dich. Du hast dich doch heute Morgen am Apollotempel hinter einer Säule versteckt. Wenn du einer der Triumviri Capitalis bist, was hattest du dadraußen zu suchen, als mir in der Senatsversammlung tribunizische Macht verliehen werden sollte?»

«Ich bin bestellt worden», antwortete Vespasian und schaute Seianus ins Gesicht.

«Von wem? Macro?»

«Nein, von Antonia», erklärte Vespasian, der keinen Grund darin sah, vor Seianus zu verbergen, wer hinter seinem Sturz steckte.

Seianus grinste düster. «Dieses Weibsstück? Sie war es also und nicht Macro?»

Vespasian nickte, den Blick unverwandt auf Seianus gerichtet.

Dem schien ein Licht aufzugehen. «Ich habe dich doch schon früher gesehen, stimmt's?»

«Richtig.»

«Vor fünf Jahren, auf Livillas Mauer. Du warst einer von denen, die Antonias Sekretärin befreit haben, habe ich recht?»

«Ja.»

«Ein mutiger Handstreich.»

Vespasian starrte sein Gegenüber an, ohne zu verraten, was er von dessen Kompliment hielt.

Seianus beobachtete ihn eine Weile. Keiner von denen, die dem Wortwechsel folgten, rührte sich; jeder spürte die Intensität der Blicke, die die Männer tauschten. Vespasian warf sich in die Brust. Er hatte keine Angst mehr.

«Ich erkenne etwas in dir, junger Mann», sagte Seianus gelassen, «etwas, das auch mir eigen ist: ein eiserner Wille. Antonia wird es wohl genauso sehen, denn sie lässt dich nun schon seit fünf Jahren für sich arbeiten. Normalerweise entlässt sie ihre Gehilfen nach wenigen Monaten. Sie scheint auf dein Potenzial zu setzen. Gestern ihr Handlanger, heute Roms Scharfrichter. Wer wirst du morgen sein, frage ich mich. Wie ist dein Name?»

«Titus Flavius Vespasianus.»

«So höre meinen Rat, junger Sohn vom Hause Flavius, und nimm ihn dir zu Herzen, denn es ist der letzte Rat, den ich geben werde. Ich bin hier aus einem einzigen Grund: Ich habe es versäumt, die Macht zu ergreifen, als sie in greifbarer Nähe für mich war. Als Konsul hätte ich zuschlagen sollen. Mir gehörten die Garde und ein Großteil des Senats, auch das Volk stand auf meiner Seite. Und doch habe ich gezögert.

Warum? Warum habe ich gezögert, obwohl ich doch schon so lange nach der Macht strebte? Von Antonia wirst du wahrscheinlich wissen, dass ich jahrelang alles darangesetzt habe, Tiberius zu beerben oder zumindest die Regentschaft über seine Nachfolge zu haben, indem ich Livilla zur Frau nahm und meine Rivalen aus dem Weg räumte, bis Tiberius nur noch zwischen Claudius, Tiberius Gemellus und mir wählen konnte.»

«Und was ist mit Caligula?»

Seianus verzog das Gesicht. «Dieser verkommene kleine Skorpion? Was glaubst du, warum ich Tiberius überredet habe, ihn nach Capreae zu holen? Ich habe angenommen, der Alte würde ihn binnen eines Monats von den Klippen stoßen. Ich lag wohl falsch, aber es könnte immer noch dazu kommen. Wenn es geschehen wäre, hätte mich niemand für seinen Tod verantwortlich machen können, ebenso wenig wie für den Tod der anderen möglichen Nachfolger. Manche mögen mich verdächtigen, aber es gibt keinen Beweis. Wenn es den gäbe, wäre ich längst tot. Ich habe sehr sorgfältig darauf geachtet, dass man mich nicht für den Mörder meiner Rivalen ansehen kann, und deshalb darauf verzichtet, selbst die Macht zu ergreifen. Ich wollte, dass sie mir verliehen wird. Ich war so dumm zu glauben, dass, wenn ich sie ergriffe, mir die Macht von jemand anderem wieder entrissen werden würde und dass ich sie als rechtmäßiger Erbe bewahren und dereinst an meinen Sohn übertragen könnte.» Er blickte voller Stolz auf Strabo, legte ihm eine Hand in den Nacken und zog ihn an sich, um ihn auf den Mund zu küssen.

«Wie lautet Euer Rat, Seianus?», fragte Vespasian nach.

«Rat? Ach ja …», erwiderte Seianus und tätschelte seinem Sohn die Wange. «Ich rate dir, zögere nicht, wenn du in Reichweite der Macht gelangst, sondern greif zu. Niemand wird sie dir geben. Und wenn du sie dir nicht nimmst, obwohl du es könntest, wird derjenige, der dir zuvorkommt, dich und deine Familie vernichten – weil du der Macht so nahe gekommen bist, die nun ein anderer eifersüchtig zu schützen trachtet.»

«Warum sagt Ihr mir das?»

Seianus schenkte ihm ein freudloses Lächeln und schüttelte den Kopf. «Soll endlich Schluss gemacht werden. Komm, mein Sohn, überqueren wir den Fluss gemeinsam.»

«An deiner Seite gern, Vater.»

Seianus ergriff Strabos Hand und ging auf die Knie. Er senkte das Haupt, doch sein Sohn blieb aufrecht stehen.

«Es ist nicht das Schwert, Vater.»

«Nein, der Strang», beeilte sich Spurius zu korrigieren. Er und der andere Wärter traten vor. Beide hielten eine Garrotte in der Hand.

«Lucius Aelius Seianus, Lucius Aelius Strabo», erklärte Vespasian. «Der Senat hat Euch beide zum Tod durch den Strang verurteilt. Wollt Ihr noch etwas sagen?»

«Was ich zu sagen hatte, habe ich gesagt», antwortete Seianus, während ihm und seinem Sohn ein Seil um den Hals gelegt wurde.

Strabo schüttelte den Kopf.

«Verrichtet eure Pflicht», befahl Vespasian den Wärtern.

Beide steckten einen kurzen Eichenstab in die Schlinge im Nacken der Verurteilten und machten sich daran, die Schlingen zuzuwinden. Die Seile spannten sich und schnitten in die Haut.

Spurius warf seinem Kollegen einen Blick zu und nickte. Langsam und methodisch drehten sie ihre Stäbe. Mit jeder Umdrehung schnürten sich die Seile enger zu. Hand in Hand ergaben sich Seianus und Strabo dem qualvollen Tod. Zuerst schienen die Augen anzuschwellen, und aus den Kehlen drangen gurgelnde Laute. Dann pressten sich die Zungen unnatürlich weit aus den speicheltriefenden Mündern. Zwischen den Knien bildeten sich Urinlachen. Die Gesichter liefen fast purpurn an. Seianus' und Strabos Köpfe gingen in den Nacken. Die hervortretenden Augen starrten mit Entsetzen unter die Decke, während sich die Lippen von den Zähnen zogen. Aber immer noch hielt der eine an der Hand des anderen fest, so fest, dass die Knöchel weiß wurden. Das Gurgeln hörte auf, und in der Luft verbreitete sich der Gestank von Kot. Dann lösten sich die Hände plötzlich voneinander, die Köpfe rollten zur Seite weg, und die Oberkörper sackten nach vorn. Die beiden Henker ließen von den blutigen und tief in die Hälse eingeschnittenen Seilen ab, worauf die Getöteten in die Pfützen ihrer eigenen Ausflüsse fielen.

Vespasian blickte auf den Mann herab, der der julisch-claudischen Dynastie beinahe die Macht aus den Händen gerissen hätte. Die letzten Worte, die er mit ihm gewechselt hatte, schwirrten ihm durch den Kopf. Warum hatte Seianus ihm all das gesagt? Als würde er jemals selbst vor der Wahl stehen, die Macht zu ergreifen oder darauf zu verzichten! Plötzlich kam ihm unwillkürlich die letzte Zeile der Prophezeiung Amphiaraos' in den Sinn: «... auf dass er morgen über den vierten im Westen gewinne die Oberhand.» Sollte er selbst das etwa sein? Er schüttelte den Kopf und wandte seinen Blick ab von dem Mann, der den Westen nicht zu gewinnen vermocht hatte. «Werft die Toten auf die Treppe, Spurius!» Er drehte sich um und ging.

Draußen hatten die Vigiles zusammen mit Magnus und seinen Gefährten große Mühe, die Menge vom Gefängnistor fernzuhalten. Vespasian und die beiden Prätorianer verstärkten den Sicherheitskordon und sorgten dafür, dass Spurius und sein Kollege die Toten aus dem Tullianum herausschaffen und auf der Gemonischen Treppe ablegen konnten. Danach hatten sie es eilig, in ihre freudlose Domäne zurückzukehren.

Beim Anblick von Seianus' und Strabos leblosen Körpern brach unter den Bürgern der Stadt Jubelgeschrei aus. Alle stürmten herbei, ein jeder mit Eifer darauf bedacht, die Leichen zu schänden. Der Eingang zum Tullianum war nun frei.

«Jetzt wird's höchste Zeit für unser Gelage, Herr», meinte Magnus.

«Da könntest du recht haben, Magnus», erwiderte Vespasian und machte sich auf den Weg.

Im Laufschritt schafften sie es ungehindert bis zu den Stufen der Curia Iulia, wo sie stehen blieben und auf das Forum zurückblickten.

Die Aufmerksamkeit der stetig wachsenden Menge hatte sich auf die Kohorte der Prätorianer gerichtet, die, von Macro angeführt, in ihr Lager zurückkehren wollte. Splitter der niedergerissenen Statuen, Knüppel, Steine und andere Wurfgeschosse hagelten auf deren Reihen nieder. Etliche Soldaten wurden in der aufgebrachten Masse zermalmt, deren Wut auf die Männer, die Seianus so lange die Treue gehalten hatten, sich in tobender Gewalt entlud.

Auf ein Zeichen von Macro hielt die Kohorte an. Schwerter wurden gezückt. Macro brüllte einen Befehl, und die Männer griffen an.

Gnadenlos gegenüber den Mitbewohnern ihrer Stadt, schlugen sie nieder, wer immer in ihrer Reichweite war, stiegen über die Verletzten hinweg und fielen über die Dahinterstehenden her. Das Wutgebrüll schlug um in Schreie voller Schrecken und Schmerzen. In alle Richtungen stob die Plebs auseinander, gejagt von Prätorianern, die ohne jedes Erbarmen niedermetzelten, was ihren Schwertern nicht schnell genug ausweichen konnte.

Auf den Stufen des Concordia-Tempels tauchten Senatoren auf, die es wagten, ins Freie zu treten. Ohnmächtig mussten sie das Massaker mitansehen, das sich vom Forum Romanum auf das Forum Boarium und die angrenzenden Straßen ausweitete.

Vespasian blickte auf die Gemonische Treppe, die nun menschenleer war bis auf die beiden Toten am Boden und eine Frau: Apicata. Lautstark trauernd zerrte sie an ihren Haaren und zerriss sich ihre Kleider.

Vom anderen Ende des Forums, wo das Haus der Vestalinnen stand, waren donnerndes Gebrüll und das Stampfen tausender nagelbeschlagener Sandalen zu hören. Vespasian riss seine Augen los von Apicata. Was er sah, ließ ihn davonrennen.

«Nichts wie weg», rief Magnus seinen Brüdern zu und eilte Vespasian nach, die Stufen hinab und in Richtung des Quirinals.

Hinter ihnen schwärmte die Prätorianische Garde über das Forum und die umliegenden Gebiete aus und stellte mit entfesselter Brutalität ihre Autorität über die Bürger Roms wieder her.

XXI

Wie geht's mit dem Haus voran?», fragte Vespasian, der sich mit seinem Bruder in Gaius' Garten gekühlten Wein und Honigkuchen als nachmittägliche Erfrischung schmecken ließ.

«Wir können bald einziehen», antwortete Sabinus. «Je eher, desto besser, denn Clementina ist wieder schwanger.»

«Gratuliere.»

«Danke, Bruder. Ich will, dass wir uns so schnell wie möglich eingerichtet haben. Du weißt, wie reizbar Frauen sind, wenn es ans Umziehen geht.»

«Allerdings», flunkerte Vespasian.

«Ich warte noch darauf, dass sich die politische Lage beruhigt. Jetzt, da der Senat heute wieder zusammentritt, sollten wohl bald wieder Recht und Ordnung einkehren.»

«Hoffentlich», erwiderte Vespasian in Gedanken an die Gewaltexzesse, die die Stadt heimgesucht hatten.

Zwei Tage und Nächte lang hatte Macro seinen Männern durchgehen lassen, dass sie raubend und plündernd durch Rom zogen. Als er sie schließlich ins Lager vor die Stadtmauern zurückbeordert hatte, waren die verängstigten Bürger um einiges ärmer geworden, aber in keinem Zweifel darüber, wer die eigentliche Macht in der Stadt darstellte.

Es hatte noch etliche Tage gedauert, ehe der Alltag wieder einkehren konnte, obwohl es immer noch sporadische Ausbrüche von Gewalt gegen Seianus' vermeintliche oder tatsächliche Anhänger gab. Schließlich trat auch der Senat wieder zusammen; allerdings hatten die meisten Senatoren Rom verlassen und Zuflucht auf ihren Landsitzen gesucht, während die Prätorianer Rom in Angst und Schrecken hielten.

«Hast du es auf die Kandidatenliste für die Quästorenwahl im nächsten Jahr geschafft?», fragte Vespasian, das Thema wechselnd. Er hatte sich nur aus Höflichkeit nach dem neuen Haus erkundigt, im Grunde aber kein Verständnis dafür, auf welche Weise sein Bruder die Anschaffung finanzierte.

«Ja, habe ich», antwortete Sabinus murrend. «Dumm nur, dass sich diesmal Kandidaten aus jeder Patrizierfamilie zu bewerben scheinen. Plebejer wie unsereins haben da kaum Chancen. Ich fürchte, ich werde zum dritten Mal scheitern.»

In diesem Augenblick kam Gaius in den Garten gerauscht, gefolgt von Aenor, der ihn von seiner Toga zu befreien versuchte.

«Manchmal kommt es mir so vor, als hätte ich es im Senat mit lauter hirnlosen Schafen zu tun», wütete er. «Aenor, hol mir einen Kelch.»

Der junge Germane eilte davon. Gaius ließ sich mit seinem mächtigen Hinterteil neben Sabinus auf die Bank fallen und griff nach einem Stück Honigkuchen.

Die Brüder warteten, bis ihr Onkel den Happen hinuntergeschluckt hatte und einen mit unverwässertem Wein gefüllten Kelch in der Hand hielt.

«Streiten diese Idioten doch tatsächlich darüber, ob Macro zur Verantwortung gezogen werden soll, weil er die Gardisten über die Stadt hat herfallen lassen», fuhr Gaius fort und setzte den zur Hälfte geleerten Kelch so wuchtig ab, dass es nur so spritzte. «Aulus Plautius meint, wir sollten ihn nicht tadeln, sondern loben, weil er es geschafft hat, in kürzester Zeit die Ordnung wiederherzustellen. Von wegen in kürzester Zeit, so ein Schwachsinn! Zwei Tage haben wir uns hier verschanzen müssen, während draußen in den Straßen Chaos herrschte.» Er leerte seinen Kelch und hob ihn in die Höhe. Während Aenor nachschenkte, stopfte er sich ein weiteres Kuchenstück in den Mund. «Also hat er einen Antrag gestellt und fordert, Macro in den Rang eines Prätors zu erheben – dabei ist er nie Mitglied des Senats gewesen. Aber alle finden, dass das eine ausgezeichnete Idee ist. Der Antrag wurde einstimmig angenommen.»

«Einstimmig, Onkel?», hakte Vespasian nach. «Du bist doch dagegen. Oder warum ereiferst du dich so?»

«Hätte ich als Einziger dagegen stimmen sollen?», fuhr Gaius auf und prustete Krümel über den Tisch. «Das wäre nicht besonders klug gewesen.»

«Wenn alle so denken, muss man sich nicht wundern, dass der Senat idiotische Anträge unterstützt.»

«Es kommt noch dicker», erwiderte Gaius. «Ich fürchte, uns steht eine Säuberung ins Haus. Um von seiner Person abzulenken, setzt sich Aulus Plautius an die Spitze derer, die nach Vergeltung schreien. Drei der eifrigsten Unterstützer Seianus' im Senat hat er zum Tode verurteilen lassen. Und als wäre das nicht schon schlimm genug, hat er das Urteil sofort selbst vollstreckt und sie eigenhändig vom Tarpejischen Felsen gestoßen. Ich fürchte, mein lieber Junge, du wirst in den nächsten Tagen einiges zu tun haben.»

Drei Tage später stand Vespasian, von der warmen Vormittagssonne beschienen, auf den Stufen zum Senatshaus in Erwartung des jüngsten Senatsbeschlusses zur Bestrafung der Unterstützer des ehemaligen Präfekten. Als Triumviri Capitalis waren er und seine Kollegen, wie von Gaius vorhergesagt, wahrhaftig sehr beschäftigt gewesen. In den vergangenen Tagen hatten sie nicht weniger als ein halbes Dutzend Enthauptungen, vier Erdrosselungen und den Sturz eines weiteren Senators vom Tarpejischen Felsen beaufsichtigen müssen. Ein anderes Dutzend war der Hinrichtung durch Selbstmord zuvorgekommen, womit sie hatten verhindern können, dass ihre Güter konfisziert wurden. Ein gerechtes Verfahren auf dem Forum war niemandem vergönnt gewesen. Ein Durchführungserlass des Senats sanktionierte standrechtliche Exekutionen, die entweder auf schriftliche Weisung des Kaisers oder nach Abstimmung eines von Aulus Plautius gestellten Antrags gefordert wurden.

An diesem Morgen war ein weiterer langer Brief von Tiberius eingetroffen und von Regulus vorgelesen worden. Vespasian, der vor der offenen Pforte stand und mithören konnte, war die wiederholten Schmähreden auf Seianus' Gefolgsleute, mit denen Tiberius den Senat traktierte, mehr als leid.

Die Geräusche der fortgesetzten Debatte drangen nach außen. Offenbar stand die Abstimmung unmittelbar bevor, bei der sich normalerweise das Haus in Befürworter und

Gegner eines Antrags aufteilte. In jüngerer Zeit aber war es kaum mehr dazu gekommen, denn alle Todesurteile wurden einstimmig gefällt. Es wurde eine Weile still. Dann hörte er, wie Regulus den Antrag für angenommen erklärte. Zu seinem Schrecken sah er wenig später Paetus und Gaius zur Pforte herausstürmen.

«Doch nicht auch du, Onkel?», rief Vespasian und eilte ihm auf den Stufen entgegen. Wieso, fragte er sich, hatte er diese Gefahr nicht vorausgesehen?

«Was?», entgegnete Gaius verwirrt. «Oh! Nein, lieber Junge, nicht ich», er lachte auf. «Tiberius hat die Schlinge um sein größtes Opfer gelegt: Livilla.»

«Livilla? Warum?»

«Der Kaiser hat jetzt den Beweis dafür, was allenthalben vermutet wurde: dass Livilla ihren Gatten, Tiberius' Sohn Drusus, vergiftet hat, um sich für Seianus freizumachen. Ihr Arzt und einer von Drusus' Leibsklaven, die inzwischen beide frei sind, konnten aufgegriffen werden und haben unter Folter gestanden. Der Senat hat mich beauftragt, Antonia von dem Urteil gegen ihre Tochter in Kenntnis zu setzen. Ich kann nicht behaupten, dass ich mich auf das Gespräch freue.»

«Muss ich jetzt die Hinrichtung einer Frau beaufsichtigen?», fragte Vespasian. Ihm gefiel diese Aussicht ganz und gar nicht, obwohl er nicht viel Mitleid mit Livilla hatte, die als blutrünstig bekannt war.

«Immer mit der Ruhe, mein Freund», antwortete Paetus. «Vorläufig wird sie nur in Gewahrsam genommen. Aus Respekt gegenüber Antonia hat Tiberius entschieden, dass Livilla ihr ausgeliefert wird. Er hält es für angebracht, dass die Mutter der Frau, die seinen Sohn getötet hat, selbst darüber entscheidet, auf welche Art und Weise ihre Tochter bestraft werden soll. Ich persönlich finde, dass er in diesem Fall allzu viel Milde walten lässt. Welche Mutter wäre einverstanden damit, dass ihr eigenes Kind hingerichtet wird?»

Vier Centurien der Cohortes urbanae wurden beauftragt, Livillas Anwesen auf dem Palatin zu umstellen und eine mögliche Flucht zu verhindern, obwohl ihr, wie Vespasian wusste, der Spruch des Senats noch nicht hatte zu Ohren kommen können. Zusammen mit Paetus und begleitet vom Hauptmann der Kohorte bestieg er die breiten Stufen zum Eingang ihres Hauses. Paetus zog an einer Kette, worauf im Innern eine Glocke ertönte.

Eine Luke im Tor öffnete sich.

«Quästor Publius Iunius Caesennius Paetus», stellte sich Paetus vor. «Wir sind von Kaiser und Senat geschickt, um die Hausherrin zu sprechen», sagte er langsam und deutlich.

Die Luke wurde geschlossen, das Tor blieb verriegelt.

«Es scheint, Livilla will uns nicht sehen», bemerkte Paetus nach einer Weile. «Kann man ihr nicht verübeln. Centurio, brecht die Tür auf.»

«Zu Befehl!»

Er ließ vier Männer mit einem Rammbock kommen. Nach wenigen donnernden Stößen gab das Tor nach. Vespasian und Paetus betraten das Vestibül und gingen, vom Centurio gefolgt, bis in das elegant ausgestattete Atrium. Auf niedrigen polierten Marmortischen mit kunstvoll gestalteten und mit Gold und Silber überzogenen Beinen standen Vasen, Statuetten, Kerzenleuchter und Schalen unterschiedlicher Größe. Sessel und Liegen mit dunkelroter und goldener

Polsterung waren über den Raum verteilt und entsprachen farblich den Fresken, die die Wände schmückten und die blutigen Kriege der Titanen aus vormenschlicher Zeit schilderten. Die Decke wurde von vier hohen Säulen aus schwarzem Marmor mit grauer Äderung getragen, die an den vier Ecken des Impluviums standen, in dessen Mitte eine Riesenstatue aus Bronze aufragte: Saturn, der seinen Vater Caelus mit einer Sichel kastrierte.

«Wie könnt Ihr es wagen, in mein Haus einzubrechen!», meldete sich plötzlich eine Frauenstimme mit bedrohlich tiefem Timbre.

Vespasian und Paetus fuhren herum und sahen eine wunderschöne, schlanke Frau Mitte vierzig, die in einem der vielen Türausschnitte des Atriums stand und ihnen entgegenstarrte. Sie war unverkennbar Antonias Tochter, feingliedrig und hochmütig. Im Unterschied zu ihrer Mutter aber, die helle große Augen hatte, waren ihre dunkel und voller Bosheit. Die Fältchen an den Rändern rührten nicht vom Lachen her, sondern wohl eher davon, dass Livilla allzu häufig eine finstere Miene machte. Ihr Mund war klein, die Lippen waren voll wie die ihrer Mutter, schienen aber unablässig Hohn zu sprechen.

«Wir sind gekommen, um Euch ins Haus Eurer Mutter zu eskortieren», sagte Paetus und trat vor.

«Auf wessen Geheiß und aus welchem Grund?», verlangte sie zu wissen.

«Auf Geheiß des Kaisers und des Senats. Ihr müsst uns folgen.»

«Ihr seid mir noch einen Grund schuldig.»

«Man hat Euch für schuldig befunden, Euren Gemahl Drusus getötet zu haben. Wir bringen Euch zu Antonia, die über Euer Schicksal entscheiden wird», antwortete Paetus und blieb unmittelbar vor ihr stehen.

Sie musterte ihn mit verächtlichem Blick. «Damit wäre ich so gut wie tot.»

«Von Eurer Mutter habt Ihr wohl nicht den Tod zu fürchten. Tiberius zeigt sich gnädig, indem er Euch ihr überantwortet.» Paetus legte ihr eine Hand auf die Schulter. «Kommt mit, Herrin.»

Plötzlich schnellte ihre rechte Faust nach vorn und traf auf seine Brust. Dann wandte sie sich um und rannte, während Paetus dastand, den rechten Arm noch immer ausgestreckt. Vespasian fackelte nicht lange und eilte ihr nach. Von ihrer seidenen Stola gehindert, war sie nicht schnell genug. Er hatte sie nach wenigen Schritten eingeholt und hielt sie an den Haaren zurück. Schreiend wie eine Harpyie und sich windend wie eine babylonische Hure, versuchte sich Livilla von ihm zu befreien. Mit ihren langen Fingernägeln zerkratzte sie ihm das Gesicht und biss ihm so fest in den Arm, dass er blutete. Jetzt stürmten die Männer der Kohorte in den Raum, um die Bediensteten des Haushalts zurückzuhalten, die ihrer Herrin zu Hilfe eilten. Vespasian rang noch mit Livilla, als er über ihre Schulter hinweg Paetus auf die Knie sinken sah. Tunika und Toga waren voller Blut, und ungläubig glotzte er auf das goldene Heft eines Dolches, der ihm in der Brust steckte.

Mit tierischem Gebrüll zerrte Vespasian an Livillas Haaren und versetzte ihr einen Fausthieb, der sie erschlaffen ließ. In ihren Augen stand blankes Entsetzen. Vespasian zog sie an den Haaren in die Höhe und spuckte ihr ins Gesicht. Von blindwütigem Hass gepackt, schlug er ihr mit der Faust auf den Mund. Die Lippen platzten auf, und die Schneidezähne brachen. Er ließ sie zu Boden fallen und trat in seiner Raserei auf ihren Bauch ein in der Hoffnung, sie möge schwanger sein. Schließlich stieg er über sie hinweg und eilte auf Paetus zu, der auf den Rücken gefallen war.

Er kniete neben dem Freund nieder und hob dessen Kopf an. Schon war sein Gesicht blutleer und wächsern.

Paetus blickte aus ersterbenden Augen zu ihm auf. «Dumm gelaufen, nicht wahr, alter Knabe?», flüsterte er. «Kümmer dich bitte um den kleinen Lucius.»

«Das werde ich, mein Freund», erwiderte Vespasian mit Tränen in den Augen. «Es tut mir leid.»

«Ich war so töricht, sie für eine schwache Frau zu halten.» Er tat seinen letzten Atemzug; die Augen brachen. Vespasian legte seinen Kopf zurück und verschloss ihm mit der flachen Hand die Augen.

«Centurio, lasst ihn an einen sicheren Ort bringen, wo ihn seine Frau später abholen kann», befahl er. «Und dann folgt mir und führt diese Frau ab.»

Vespasian trat hinaus ins warme Sonnenlicht und stieg mit Livilla die Stufen hinab. Ihr Gesicht war geschwollen und blutverschmiert, aber sie ging ohne Hilfe, eskortiert vom Centurio und seinen vier Männern. Vespasian blickte starr geradeaus und versuchte, sich zu beherrschen. Am liebsten wäre er ihr mit den Zähnen an die Kehle gegangen. Wieso nur war Tiberius so nachsichtig ihr gegenüber?

«Livilla!», schrie plötzlich eine Frau von der anderen Straßenseite.

Apicata stand hinter dem Kordon, den die Soldaten der Cohortes urbanae gebildet hatten, und fuchtelte mit einem

Messer mit langer, dünner Klinge in der Luft herum. Ihre Kleider hingen in Fetzen herab; Gesicht und Arme waren voller Kratzspuren, die sie sich selbst beigebracht hatte, wovon ihre blutigen Fingernägel zeugten.

«Livilla, sieh mich an, du gorgonische Missgeburt!»

Livilla blickte auf und richtete ihre verquollenen Augen auf die Rivalin.

«Das verdankst du mir, Livilla», schrie Apicata triumphierend. «Ich war's. Ich habe an Tiberius geschrieben und ihm geschildert, wie du dir von deinem Arzt Eudemus das Gift hast geben lassen und Drusus' Leibsklaven Lygdus verführt hast, ihm das Gift zu verabreichen. Beide haben ihre Tat gestanden.» Sie kicherte hysterisch und winkte mit dem Dolch. «Du hast mir meinen Mann genommen und den Tod meines Sohnes verschuldet, und nun hat man mir auch noch meine beiden anderen Kinder entrissen. Aber das ist mir egal, Livilla, es kümmert mich nicht weiter, denn ich habe dich zur Strecke gebracht. Du bist erledigt, Livilla, mit deiner Herrlichkeit ist es vorbei! Und das ist, was ich von dir halte.»

Sie hob den Dolch über den Kopf, umklammerte das Heft mit beiden Händen und rammte sich die Klinge mit einem schrillen Schrei in die Brust. Am ganzen Körper zuckend, knickte sie in der Hüfte ein. Dann hob sie noch einmal den Kopf. Blut rann ihr aus Mund und Nase.

«Dasselbe erwartet dich», heulte sie und zwang mit manisch konzentriertem Blick aus weit aufgerissenen Augen die Klinge weiter hinauf in ihr Herz. Sie starb, ohne einen weiteren Laut von sich zu geben.

Gaius wartete auf Vespasian in Antonias Atrium. Er war sehr aufgebracht.

«Wo ist Paetus?», fragte er, als Vespasian zur Tür hereinkam.

Vespasian antwortete nicht. Seine Miene und Livillas malträtiertes Gesicht aber verrieten, was Sache war.

«Oh, verstehe», murmelte Gaius. «Wie schrecklich. Es tut mir sehr leid, mein lieber Junge.»

Vespasian nickte bedauernd, während Livilla, am ganzen Körper zitternd, an ihm vorbeigeführt wurde. Er schaute ihr mit hasserfülltem Blick nach. «Sie hat den Tod verdient, Onkel, wird aber wahrscheinlich bloß auf irgendeine Insel verbannt, wo sie den Rest ihrer Tage verbringt. Keine Mutter würde ihr Kind dem Henker überlassen.»

«Was für ein Tag ...», sagte Gaius kopfschüttelnd. «Ich muss zurück in den Senat. Ich fürchte, du wirst mich begleiten müssen, sobald du Livilla an Antonia übergeben hast.»

«Wie du wünschst, Onkel», erwiderte Vespasian wie benommen. «Was wird diesmal geschehen?»

«Etwas sehr Unangenehmes, das sich aber wohl leider nicht umgehen lässt», antwortete Gaius und verließ den Raum.

Pallas erschien zwischen den Säulen am anderen Ende des Atriums. «Die Herrin erwartet Euch. Wenn Ihr mir bitte folgen würdet?»

«Danke, Centurio.» Vespasian trat vor und ergriff Livillas Arm. «Ich komme allein mit ihr klar. Wartet draußen auf mich.»

Gefolgt von Pallas, führte Vespasian Livilla durchs Haus zu einer Tür, hinter der sich Antonias Privatgefängnis befand, in das auch schon Rhotekes und Secundus eingesperrt worden waren. Pallas stieß sie auf und stieg die kalten Stufen hinunter.

Livilla begann sich zu wehren, als sie die Gerüche von Angst und Verzweiflung wahrnahm, die ihnen aus dem Kellerloch entgegenschlugen. «Wohin bringt Ihr mich?», kreischte sie und versuchte, sich von Vespasian loszureißen.

«Zu deiner Mutter», antwortete er und stieß sie durch die Tür.

Antonia wartete auf sie in dem niedrigen Gang vor der Zelle, in der Rhotekes gefangen gehalten worden war. «Dass es so weit kommen musste», sagte sie kopfschüttelnd und musterte ihre Tochter aus kalten, drohend blickenden Augen. «Du ahnst nicht, wie sehr ich trauere, Livilla.»

«Mutter, Mutter, bitte», rief Livilla. Sie sank vor Antonia in die Knie und umklammerte deren Beine. «Bitte, Mutter, verzeih mir.»

Antonia schlug ihr mit der flachen Hand in das geschwollene Gesicht. «Dir verzeihen? Dir, die du deinen Gemahl umgebracht hast; dir, der es gefallen hätte, Caenis zu foltern; dir, die du bereit warst, deinen eigenen Sohn zu opfern? Dir soll ich verzeihen?»

«Ich flehe dich an.»

«Wage es nicht, an meine Muttergefühle zu appellieren, du Hure», schrie Antonia und stieß Livilla von sich. «Es gibt keine Liebe mehr zwischen uns.» Sie öffnete die Zellentür. «Rein mit dir!»

Livilla gehorchte und kroch wimmernd auf allen vieren in das stinkende Verlies. Antonia schleuderte die Tür ins Schloss, verriegelte sie und warf Pallas den Schlüssel zu.

«Pass gut darauf auf, Pallas. Und gib ihn mir nicht zurück, selbst wenn ich darum bettele. Vespasian ist Zeuge meiner Anordnung.» Sie rückte einen Schemel vor die Tür und setzte sich darauf.

«Was habt Ihr vor, Herrin?», fragte Vespasian.

Antonia faltete ihre Hände im Schoß. «Ich tue, was ich tun muss. Wegen meiner Tochter hat der Kaiser seinen einzigen Sohn verloren. Livilla war bereit, tatenlos zuzusehen, als ihr eigener Sohn Tiberius Gemellus vergiftet wurde. Ich werde es ihr gleichtun. Pallas, bring mir einmal am Tag Wasser und zu essen. Ich bleibe hier sitzen, bis meine Tochter gestorben ist.»

Auf ihre Worte hin ertönte ein gellender Schrei aus der Zelle. Fäuste hämmerten gegen die Tür.

«Aber Herrin, das eigene Kind zu töten ist wider alle …» Pallas brachte Vespasian zum Schweigen, indem er ihm eine Hand auf den Mund legte. Vespasian drehte sich um und sah den Griechen zum ersten Mal nicht in seiner üblicherweise gelassenen Art: Er war sichtlich verärgert.

«Zu Befehl, Herrin», sagte er klar und verständlich, den Blick fest auf Vespasian gerichtet. Dann packte er ihn beim Arm und zog ihn hinter sich her, die Treppe hinauf. Vespasian schaute zurück. Mit gefalteten Händen saß Antonia vor der Zellentür und starrte, taub für die Schreie ihrer Tochter, auf die Wand.

Pallas führte Vespasian zurück durchs Haus, noch lange begleitet von Livillas Schreien, die durch die Korridore hallten.

«Vespasian», rief Caenis und lief auf ihn zu, als er mit Pallas das Atrium betrat. «Was geht hier vor?»

Er schlang die Arme um sie und schmiegte seine Wange

an ihren Haarschopf. «Deine Herrin demonstriert ihre Willenskraft. Sie hat ein Todesurteil über ihre Tochter gefällt und beschlossen, es selbst zu vollziehen.» Er ließ von Caenis ab und zeigte in die Richtung, aus der die Schreie kamen. «Und wenn sie sie noch so sehr hasst», brüllte er Pallas an, «wie kann sie so etwas tun?»

«Ihr bleibt nichts anderes übrig, Herr», antwortete Pallas, wieder ganz ungerührt und nüchtern. «Sie weiß, wenn sie es nicht täte, würde Tiberius seinen Sohn der Ehre wegen auf sehr viel schrecklichere Weise rächen. Claudius, Caligula und Gemellus würden alle sterben, und deren Tod brächte sie um ihre Macht.»

«Wenn es solcher Grausamkeiten bedarf, um in Rom an der Macht zu bleiben, will ich zurückkehren auf meine Landgüter.»

Caenis schaute zu ihm auf und schüttelte langsam den Kopf. «Nein, Liebster, du solltest hierbleiben und dir ein Beispiel an ihrer Stärke nehmen. Pallas hat recht: Sie kann es sich nicht leisten, Tiberius herauszufordern und zu zwingen, um der Ehre willen den Rest seiner Familie zu töten.»

«Warum nicht? Caligula ist mein Freund, und ich wünsche ihm nichts Schlechtes, aber ich habe ihn erlebt und weiß, dass er ein entsetzlicher Herrscher wäre. Es wäre für alle sehr viel besser, wenn Tiberius einen geeigneteren Nachfolger auswählen würde.»

«Du glaubst doch wohl selbst nicht, dass es dazu kommen wird. Sehr viel wahrscheinlicher ist, dass er einen möglichst Untauglichen bestimmt, um sich selbst in ein besseres Licht zu stellen und als großer Kaiser erinnert zu werden. Uns droht die Herrschaft eines *wirklichen* Tyrannen.»

Das Bild des alten, labilen Mannes auf Capreae vor Augen, musste Vespasian ihr recht geben. «Ja, und es würde ihn noch amüsieren, von einem solchen Tyrannen beerbt zu werden …» Er unterbrach sich und setzte neu an. «Wir wären also besser dran mit Caligula, so verdorben er auch sein mag, denn immerhin hätte Antonia mäßigenden Einfluss auf ihn.»

«So ist es», meldete sich Pallas zu Wort. «Darum rate ich davon ab, meine Herrin umstimmen zu wollen.» Er hob den Schlüssel zu Livillas Zelle in die Höhe. «Den werde ich behalten, bis sie ihrer Pflicht gegenüber Rom Genüge getan hat. Es ist besser so, für uns alle.»

Schockiert starrte Vespasian auf den Schlüssel. Ihm war auf Anhieb klar, dass Antonia ihn ihrem Verwalter gegeben hatte, weil sie sich selbst nicht traute und fürchtete, ihre Mutterinstinkte könnten sich am Ende durchsetzen. «Sie will es selbst nicht, nicht wahr?»

«Natürlich nicht.»

«Gibt es keinen anderen Weg?»

«Sie könnte allenfalls die Qualen verkürzen und ihrer Tochter das Messer an den Hals setzen. Aber wer brächte das über sich? Sie versteht, was sie tut, als ihre Strafe für den Kindsmord. Aber sie nimmt diese Strafe auf sich, um ihrer Verpflichtung gegenüber Rom nachzukommen.»

Vespasian blickte wieder in die Richtung, aus der die Schreie kamen. «Ja, ich glaube, ich kann es nachvollziehen … Und muss ihr Beifall spenden. Sie zahlt einen wirklich hohen Preis, der aber wohl nötig ist.»

Pallas zuckte mit den Schultern. «Sie hat die Kraft dazu und kann es sich leisten.»

«Dafür sollte man ihr dankbar sein.» Vespasian schaute wieder Caenis an und seufzte. «Ich muss nun ebenfalls Stärke beweisen und meine Pflicht tun.»

Caenis streckte die Hand aus und streichelte seine Wange. «Du findest die Kraft dazu, Liebster, so oder so.» Sie lächelte.

Am liebsten hätte er sich tief in ihr vergraben und die Schrecken des Tages vergessen gemacht, der noch mehr Unheil mit sich bringen sollte. «Pallas», sagte er leise. «Sei so gut und lass Caenis zum Haus meines Onkels bringen. Deine Herrin wird in den nächsten Tagen ihre Dienste nicht nötig haben.»

«Ich kümmere mich selbst um sie, Herr.»

«Wir sehen uns später, Liebste», sagte Vespasian und gab ihr einen Kuss auf die Lippen.

«Wohin gehst du?»

«Zur Curia, wo es eine unangenehme Pflicht zu erfüllen gibt. Ich weiß nicht, worum es geht, aber mein Onkel meint, es sei noch schrecklicher als das, was Antonia tut.»

Er küsste sie noch einmal und ging. Livillas Schreie im Rücken und das Bild seiner Gönnerin vor Augen, nahm er sich ein Beispiel an Antonias selbstloser Entschlossenheit.

Der Senat war in Aufruhr, als Vespasian durch die offene Pforte in den Versammlungsraum blickte. Vor den beiden Konsuln und flankiert von schimpfenden Senatoren, die auf den nach hinten ansteigenden Sitzreihen zu beiden Seiten des Auditoriums ihre Faltschemel aufgestellt hatten, standen zwei Kinder: ein Junge von ungefähr vierzehn Jahren und ein kleines Mädchen, das nicht älter als sieben sein mochte.

«Und ich frage Euch», bellte Konsul Trio aus vollem Hals,

«wie können wir ein solches Urteil über Kinder fällen, die sich doch offenbar keines Verbrechens schuldig gemacht haben?»

Er nahm wieder auf seinem kurulischen Schemel Platz. Aus den in Unordnung geratenen Reihen der Senatoren erhob sich daraufhin Aulus Plautius.

«Senatoren, ich bitte um Aufmerksamkeit!», schrie er in den Raum und wartete, bis sich der Tumult gelegt hatte. «Mag sein, dass sie keine Verbrechen begangen haben», sagte er und blickte über seine spitze Nase hinweg auf die verängstigten Kinder. «Nichtsdestotrotz spricht ihr Name sie schuldig. Als wir einstimmig Seianus' Tod beschlossen haben, sprachen wir uns auch für die Damnatio Memoriae aus, die seinen Namen für alle Zeit aus der Geschichte tilgt. Wie stünde dieser Senat denn da, wenn er seinem eigenen Willen zuwiderhandelte? Es ist unser Wille, dass der Name Seianus in Vergessenheit gerät, und diese beiden» – er zeigte mit dem Finger auf die Kinder – «sie tragen seinen Namen. Tut also Eure Pflicht und verdammt sie!» Mit einem theatralischen Schwenk seiner Toga nahm er wieder Platz. Es herrschte vollkommene Stille, in der die Anwesenden versuchten, seiner Logik zu folgen. Was keinem gelang.

Nach einer Weile wurde deutlich, dass niemand das Wort ergreifen wollte.

Regulus erhob sich langsam. «Folgender Antrag steht zur Abstimmung: Gemäß dem Urteil der Damnatio Memoriae sind Seianus' Kinder Capito und Junilla auf dieselbe Art und Weise zu exekutieren wie ihr Vater. Das Haus teilt sich in die Lager der Befürworter und Gegner des Antrags.»

Vespasian sah mit Schrecken, wie die überwiegende Mehrheit der Senatoren auf der rechten Seite des Auditoriums Aufstellung nahm.

«Der Antrag ist angenommen», erklärte Regulus sichtlich resigniert. «Man rufe einen Triumvir Capitalis.»

Mit bleischweren Füßen betrat Vespasian das Auditorium und blieb vor den Kindern stehen.

«Ihr habt den Urteilsspruch gehört?», fragte Regulus.

«Ja, Konsul.»

«Dann tut Eure Pflicht.»

Vespasian wappnete sich. Rom verlangte an diesem Tag wahrhaftig viel von allen, wie es schien. Er legte eine Hand auf die Schultern der Kinder. Der Junge blickte aus kalten Augen zu ihm auf und streifte seine Hand fort.

«Wohin gehen wir, Capito?», fragte Junilla ihren Bruder.

«Zu Vater», antwortete Capito und nahm sie bei der Hand.

«Aber er ist doch tot.»

Capito nickte.

«Was heißt exekutieren?»

Capito drückte ihre Hand und führte sie ruhig und mit erhobenem Kopf auf die geöffnete Pforte zu.

Vespasian folgte. Außer ihren Schritten war kein Laut zu hören.

Auf den Stufen, die zum Forum hinabführten, schloss Gaius zu Vespasian auf. «Tut mir leid, dass es dich trifft», murmelte er.

«Warum hat sich Aulus Plautius für diesen schändlichen Antrag so starkgemacht? Ist nicht alles schon schlimm genug?»

«Es war nicht Plautius.»

«Aber wer hat ihn dann gestellt, Onkel?»

«Ich war's.»

«Du? Warum?»

«Antonia hat es mir befohlen», antwortete Gaius sichtlich verstört. «Sie ließ die Kinder ergreifen aus Rache dafür, dass Apicata an Tiberius geschrieben hat. Ihr war klar, dass Livilla wird sterben müssen, weil Tiberius nichts anderes erwartet. Und obwohl sie ihre Tochter verachtet, gebietet ihr die Ehre, dass sie Vergeltung übt. Also hat sie von mir verlangt, den Senat aufzurufen, den Tod der Kinder Apicatas zu beschließen. Ich habe mich zu weigern versucht, aber sie hat mir gedroht.»

«Womit?», fragte Vespasian, der kaum glauben konnte, dass sein Onkel dermaßen bestechlich war.

Gaius schaute seinem Neffen ins Gesicht. «Mit meinem Tod», antwortete er bloß und ging weiter.

Kopfschüttelnd blickte Vespasian dem Onkel nach. Er fragte sich, ob Antonia ihn wirklich töten würde, wenn er ihr nicht gehorchte. Dann erinnerte er sich an die Beharrlichkeit, mit der sie das Sterben ihrer Tochter begleitete, und wusste seine Frage selbst zu beantworten: Was galt ihr schon Gaius' Leben, verglichen mit dem, was ihr das eigene Ehr- und Pflichtgefühl abverlangte?

Vespasian wandte sich wieder den beiden Kindern zu, die Hand in Hand, vom Centurio der Kohorte und seinen Männern eskortiert, über das Forum auf ihr Ende im Tullianum zugingen.

Er folgte ihnen und erinnerte sich plötzlich an seine Großmutter, die ihm nach einem Schluck Wein aus ihrem wertgeschätzten Becher gesagt hatte: «Ich rate dir, dich aus politischen Angelegenheiten herauszuhalten, die du nicht verstehst, und dich von den Mächtigen fernzuhalten, denn die haben im Allgemeinen nur ein einziges Ziel: größere

Macht. Sie neigen dazu, Leute unseres Standes als Werkzeuge zu benutzen, derer man sich später entledigen kann.» Jetzt verstand er ihre Worte als ganz konkrete Warnung. Gaius war verzichtbar, und ebenso verzichtbar würde auch er selbst womöglich eines Tages sein.

Der Centurio klopfte an das Gefängnistor. Wenig später wurde es von Spurius geöffnet. «Na, wen haben wir denn da?», feixte er und leckte sich die Lippen.

«Verrichte dein Amt in Würde und sei still», zischte Vespasian ihn an. «Sonst, das schwöre ich bei allen Göttern, werde ich dafür sorgen, dass du das nächste Opfer dieser Säuberung bist.»

Erschrocken über den scharfen Tonfall, blickte Spurius auf, sah den eisernen Willen in Vespasians Augen und nickte betreten. Er ging zur Seite und ließ Capito und seine Schwester eintreten.

«Wo sind wir hier?», fragte sie ihren Bruder und schaute sich in dem kühlen, dunklen Raum um.

«Da, wo es mit uns aufhört, Junilla», antwortete Capito leise. «Sei tapfer.»

«Schwert oder Winde?», flüsterte Spurius Vespasian ins Ohr.

«Winde», antwortete er, wobei ihm das Wort im Hals stecken blieb. «Lass es schnell vorüber sein.»

Unverzüglich brachte einer von Spurius' Kollegen zwei Garrotten, und Spurius ließ die Kinder niederknien. Die Stricke wurden ihnen um den Hals gelegt. Junilla fing zu weinen an, als sie begriff, was ihr bevorstand.

«Moment mal», sagte Spurius plötzlich. «Mit einem Mädchen können wir das nicht machen.»

«Warum nicht?», blaffte Vespasian. Er zitterte vor Erregung. «So will es der Senat.»

«Sie ist noch … Ihr wisst schon …», stotterte Spurius und versuchte, diskret zu sein. «Und wir können doch nicht … Die Götter sind dagegen.»

Vespasian schloss die Augen und barg sein Gesicht in den Händen.

«Dann zuerst den Jungen», beeilte er sich zu sagen.

Junilla sah mit Entsetzen, wie ihrem Bruder von hinten die Schlinge um den Hals gelegt und mit dem Stock zugedreht wurde, bis sich der Strick straffte. Spurius warf einen Blick auf Vespasian, der widerwillig nickte.

Auf dem Gesicht des Mädchens stand ein stummer Schrei geschrieben, als der Strick das Leben aus ihrem Bruder herausquetschte. Sie schlug die Hände vors Gesicht und bebte am ganzen Körper.

Leblos fiel Capito zusammen in einer Lache aus Urin. Junilla warf sich schluchzend auf ihn.

«Und was machen wir jetzt mit ihr?», fragte Spurius.

Vespasian hatte das Gefühl, sich übergeben zu müssen. Er dachte an Caenis und wünschte sich nichts sehnlicher, als in ihren Armen zu liegen.

Er wandte sich dem Ausgang zu. «Der Senat hat entschieden, dass sie sterben muss», sagte er und öffnete das Tor. «Also tu's einfach.»

Er ging hinaus ins Tageslicht und schlug das Gefängnistor hinter sich zu, als Junilla einen schrillen Entsetzensschrei ausstieß.

Nachwort des Autors

Dieser historische Roman basiert im Großen und Ganzen auf den Schriften von Suetonius, Tacitus und Cassius Dio.

Die Geten waren ein thrakisches Reitervolk, bekannt dafür, dass seine Krieger zu Pferde mit Pfeil und Bogen umzugehen verstanden – und Hosen trugen. Vielleicht muss ich mich für meine wenig schmeichelhaften Vorstellungen von ihrer persönlichen Hygiene bei ihnen entschuldigen, was aber wohl eher unwahrscheinlich ist. Sie siedelten am Unterlauf der Donau, wurden aber nach und nach aus ihrem Stammgebiet nach Norden verdrängt, namentlich von den Römern im ersten und von den Kelten im dritten Jahrhundert, und unternahmen ihrerseits Raubzüge durch Moesien. Nicht ganz geklärt ist, ob sie mit dem Volk der Daker, Roms großem Feind ein Jahrhundert später, identisch beziehungsweise verwandt waren oder ob sie als ursprünglich eigenes Volk schließlich assimiliert wurden. Der Grundriss der im vierten Jahrhundert v. Chr. errichteten Getenfestung Sagadava und des in unmittelbarer Nähe gelegenen römischen Lagers lässt sich sehr gut auf Wikimapia.org 44.2414329 N, 27.8540111 E erkennen.

Dass die Römer Sklaven auf ihren Schiffen als Ruderer einsetzten, ist ein Irrtum, der zum Beispiel in dem großartigen Film *Ben Hur* dargestellt wird. Für meine Geschichte habe ich entschieden, dass es Thraker waren, die Sklaven an die Riemen ketteten, habe aber nicht verifizieren können, ob dies der historischen Wahrheit entspricht. Wenn sich das irgendwann als unwahr herausstellen sollte, bitte ich die thrakische Marine um Entschuldigung – falls es eine solche dann noch geben sollte.

Die Ruinen des Amphiareion, zu dem unter anderem zwei Tempel und ein Theater gehören, existieren noch heute. Wer sich Führung durch den Heros erhoffte, legte sich zumeist, nachdem er geopfert hatte, zum Schlafen in den Tempel. Ich ließ Rhaskos draußen schlafen, damit Vespasian und Sabinus mit den Priestern allein sein konnten.

Clemens war Mitglied der Prätorianergarde und über seine Großmutter Tertulla entfernt mit der Familie Flavius verwandt. Sabinus heiratete tatsächlich dessen Schwester Clementina, wahrscheinlich aber nicht unter den beschriebenen Umständen.

In Flavius Josephus' *Geschichte des jüdischen Krieges (De bello Judaico)* ist davon die Rede, dass Pallas als Antonias Botengänger fungierte, der ihre Beweise für Seianus' Verrat (zweifellos niedergeschrieben von Caenis) an Tiberius überbrachte. Über Satrius Secundus berichtet Tacitus, dass er Antonia diese Beweise enthüllte; er unterschlägt aber wie Josephus deren genauen Inhalt. In seiner *Trostschrift an Marcia (De Consolatione ad Marciam)* behauptet Seneca, Secundus sei ein Mandant von Seianus gewesen. Ich habe mich jedoch dafür entschieden, ihn auch an die Seite von Macro zu stellen und seine Frau Albucilla, die für ihre vielen Affären bekannt war, in Seianus' und Livillas Bett steigen zu lassen, um Antonia an die benötigten Beweise kommen zu lassen. Ob

Caligula Pallas geholfen hat, unbemerkt an den von Seianus aufgestellten Wachen des Kaisers vorbeizukommen, ist nicht belegt. Wir wissen aber, dass er sich zu dieser Zeit auf Capri aufhielt und ein klares Interesse am Sturz Seianus' hatte. Dass Pallas von Vespasian, Sabinus und Corbulo begleitet wurde, ist allerdings Fiktion.

Die «Vergnügungen» des Kaisers sind durch verschiedene Quellen belegt, so etwa, dass er Gäste von Felsklippen stieß und sich sexuellen Ausschweifungen hingab. Suetonius berichtet von Seemännern, die am Fuß des Felsens abgestellt waren, um den Unglücklichen, die noch nicht tot waren, den Rest zu geben. Bei ihm ist in Robert Graves' Übersetzung auch von den «fishies» (Fischlein) oder «minnows» (kleinen Fischen) die Rede. Den gruseligsten Hinweis fand ich allerdings bei Suetonius, der schreibt, dass Tiberius' linke Hand so kräftig gewesen sein soll, dass er mit dem Zeigefinger einen gesunden, frisch gepflückten Apfel oder auch den Schädel eines Jungen oder jungen Mannes durchbohren konnte. Ich nehme an, er muss so etwas regelmäßig praktiziert haben, sonst wäre es wohl nicht als einer seiner «Partytricks» in Erinnerung geblieben.

Caligulas inzestuöses Verhalten seinen Schwestern gegenüber wurde ebenfalls von Suetonius dokumentiert, der berichtet, dass Caligula bei Festgelagen seine Frau über sich sitzen und seine Schwestern «abwechselnd unter sich» liegen hatte. Ob Caligula nachträglich in Verruf gebracht wurde, wie dies ein deutscher Biograph kürzlich auf interessante Weise dargestellt hat, ist schwer zu sagen; ich habe mich aus naheliegenden Gründen dafür entschieden, den faszinierenden Herrscher in der Version einer eher schillernden Gestalt zu zeigen.

Die Ereignisse, die Seianus' Sturz begleiteten, habe ich hauptsächlich dem Bericht von Cassius Dio entnommen, da Tacitus' Zeugnis fast in Gänze verlorengegangen ist und das von Suetonius im Vagen bleibt. Aus Gründen der erzählerischen Stringenz habe ich manches straffen müssen: Strabo wurde nicht mit seinem Vater hingerichtet, sondern ein paar Tage später, und die Exekution der jüngeren Kinder fand nicht wenige Tage, sondern Monate später statt. Sowohl Cassius Dio als auch Tacitus erwähnen, dass Junilla vorher vergewaltigt wurde. Apicata hatte sich, bevor sie Selbstmord beging, für den Tod ihrer Kinder rächen können, indem sie Livillas Mord an Drusus offenlegte. Dass Antonia ihre Tochter tatsächlich verhungern ließ, ist nirgends belegt; bei Cassius Dio heißt es lediglich, dass er dies gerüchteweise gehört habe. Dass Aulus Plautius zuerst ein Anhänger Seianus' war und sich dann gegen ihn gestellt hat, ist meine Erfindung. Ich wollte ihn in die Handlung einführen, bevor wir ihm als General bei der Invasion Britanniens wiederbegegnen. Es ist allerdings anzunehmen, dass sich viele Senatoren verhalten haben wie er, um sich zu schützen.

Erfreulich zu vermelden ist, dass Vespasians Vater Titus laut Suetonius als helvetischer Bankier tätig und als solcher wahrscheinlich wie seine modernen Kollegen sehr erfolgreich war. Von Titus Pomponius Atticus heißt es, dass er nach seiner durch Caesar erlittenen Niederlage bei den Helvetiern großes Interesse für das Bankwesen gezeigt habe. Dass Pomponius Labeo sein Enkel gewesen sein soll, ist frei erfunden, aber es erschien mir zweckmäßig und sinnvoll, Titus auf diese Weise historisch einzuordnen.

Die Daten der Laufbahn Vespasians habe ich wieder einmal der ausgezeichneten Biographie *Vespasian* von Barbara Levick entnommen. Zur Zeit der Handlung könnte er, wenn er seine vier Jahre in Thrakien abgedient hatte, tatsächlich einer der Vigintiviri gewesen sein. Ob er einer der Triumviri Capitalis war, ist nicht bekannt. Barbara Levick weist darauf hin, dass ihm, wenn er in dieser Funktion tatsächlich an der entsetzlichen Hinrichtung der jüngeren Kinder Seianus' beteiligt gewesen wäre, während des Vierkaiserjahrs und seines Prinzipats sehr wahrscheinlich schwere Vorwürfe von seinen Gegnern gemacht worden wären, was allerdings nicht der Fall war. Der Möglichkeit nach aber hätte er daran beteiligt sein können, und so habe ich mich dafür entschieden, ihn als Vollzugsbeamten auftreten zu lassen und nicht etwa in der Eigenschaft eines Straßenaufsehers, was im Hinblick auf seine zukünftige Laufbahn vielleicht logischer wäre, aber für unsere Geschichte weniger interessant.

Bedanken möchte ich mich herzlich bei meinem Agenten Ian Drury bei Sheil Land Associates, ohne den ich wahrscheinlich immer noch in klirrender Kälte auf matschigen Feldern oder hochsommers in stickigen Filmstudios herumhängen und eine Aufnahme nach der anderen beaufsichtigen würde. Dank auch an Gaia Banks und Virginia Ascione von der Abteilung für Auslandsrechte sowie Lucy Fawcett von der Abteilung Film und Fernsehen.

Mein Verleger Nic Cheetham hat mir zu einem außergewöhnlich aufregenden Jahr verholfen, wofür ich ihm und seinem hervorragenden Team bei Corvus herzlich danke: Mathilda Imlah, Laura Palmer, Becci Sharpe, Nicole Muir und Rina Gill, um nur einige zu nennen. Herzlichen Glückwunsch, Rina, zur Geburt von Amahra Grace McQuinn.

Es war wieder eine Freude, mit meiner Lektorin Richenda Todd zusammenzuarbeiten. Ich bin ihr für ihre genaue, logische und ausgesprochen gute Arbeit sehr dankbar. (Verzeih, Richenda, das war jetzt ziemlich plumpes *telling* und nicht *showing*!)

Letztlich gilt mein Dank dir, Anja, für deine Liebe und Unterstützung, als ich mein Leben in eine andere Richtung lenkte und mir etwas mehr Kontrolle darüber zurückholte, und natürlich dafür, dass du dir jeden Abend anhörst, was ich am Tag geschrieben habe.

Vespasians Geschichte wird in *Der falsche Gott* fortgesetzt.

ROBERT FABBRI

VESPASIAN

DER FALSCHE GOTT

Historischer Roman

LESEPROBE

Aus dem Englischen von Anja Schünemann

Rowohlt Taschenbuch Verlag

Mare Germanicum
Britannia
Londinium
(London)
Oceanus Atlanticus
Germania Inf.
Germania Magna
Lugdunensis
Belgica
Lutetia
(Paris)
Rhenus
Danuvius
Gallia
Liger
Germania Sup.
Raetia et Vindelicia
Aquitania
Noricum
Burdigala
(Bordeaux)
Lugdunum
(Lyon)
Padus
Conimbriga
Narbonensis
Hispania
Cemenelum
Ravenna
Tagus
Lusitania
Tarraco
Tarraconensis
Roma
Corduba
Sardinia et Corsica
Pompeji
Baetica
Nova Carthago
Tarentum
(Tarent)
Tingis
Carales
Caesarea
Segesta
Mauretania Tingitana
Mauretania Caesariensis
Cirta
Sicilia
Carthago
Syracusae
(Syrakus)
Numidia
Leptis Magna
Africa Proconsularis
0 200 400 600 km

Die Provinzen des Imperium Romanum von Augustus bis Septimius Severus
Mauer- und/oder Wallanlagen
Mare Caspium
Olbia
Tyras
Dacia
Tomis
Pontus Euxinus
Moesia
Thracia
Artaxata
Perinthus
Nicomedia
Armenia
Macedonia
Ancyra (Ankara)
Cappadocia
Thessalonike
Troia
Nicopolis
Galatia
Asia
Caesarea
Edessa
Assyria
Athen
Ephesos
Mesopotamia
Tigris
Achaia
Tarsus
Lycia et Pamphylia
Cilicia
Antiochia
Euphrat
Cyprus
Syria
Ktesiphon
Paphus
Creta
Knossos
Baalbek
Mare Internum
Caesarea
Iudaea
Cyrene
Alexandria
Petra
Cyrene
Aegyptus
Arabia
N
W
O
S
Nilus

Rebellion in den Provinzen

Ein Kaiser, blutdurstig und hemmungslos

Vespasians Auftrag:

der Diebstahl eines der

grössten Artefakte des Altertums

Das Jahr 34 n. Chr. Vespasian dient am Rande des Imperiums, bis Tiberius' Ausschweifungen ihn zurück nach Rom zwingen. Endlich ergreift Caligula die Macht – doch die leuchtende Hoffnung Roms verkommt zu einem unkontrollierbaren Despoten. Verschwenderische Bauten, endlose Spiele, ein verängstigter Senat verblassen neben Caligulas gewagtestem Plan: eine Brücke über die Bucht von Neapel, über die er, dekoriert mit dem Brustpanzer Alexanders des Großen, reiten will. Kein anderer als Vespasian soll die legendäre Rüstung rauben. Sein Unterfangen bringt Gewalt, Chaos und Mord – und einen Verrat, der durch alle Zeiten widerhallt.

Rowohlt Taschenbuch Verlag
ISBN 978 3 499 27514 2

Ein Klopfen an der Tür riss Titus Flavius Sabinus aus dem Schlaf. Als er die Augen aufschlug, wusste er im ersten Moment nicht, wo er sich befand. Er hob hastig den Kopf von der Tischplatte und schaute sich im Raum um. Durch ein schmales, offenes Fenster drang noch genügend Dämmerlicht herein, sodass er die fremde Umgebung ausmachen konnte: seine Amtsstube im Turm der Burg Antonia. Draußen vor dem Fenster ragte der Tempel hoch in den Himmel auf. Seine mit weißem Marmor verkleideten Mauern waren in rötliches Licht getaucht, und das Blattgold, mit dem das Dach verziert war, glänzte in der untergehenden Sonne. Das heiligste Bauwerk der Juden war so gewaltig, dass die mächtigen Säulen um den rechteckigen Hof dagegen klein wirkten. Diese wiederum ließen die zahlreichen Gestalten, die zwischen ihnen herum und kreuz und quer über den riesigen Hof liefen, winzig wie Ameisen erscheinen.

Der Blutgeruch von Tausenden Lämmern, die im Tempelkomplex für das Pessachmahl an diesem Abend geschlachtet wurden, durchzog die kühle Luft. Sabinus fröstelte; während seines kurzen Schlummers war er ausgekühlt.

Es klopfte wieder, diesmal nachdrücklicher.

«Quästor, seid Ihr da?», rief jemand.

«Ja, herein», erwiderte Sabinus und schob rasch die Schriftrollen auf dem Tisch so zurecht, dass es aussah, als wäre er in seine Arbeit vertieft gewesen, statt sich bei einem spätnachmittäglichen Nickerchen von der zweitägigen Reise von Caesarea – der Provinzhauptstadt von Judäa – nach Jerusalem zu erholen.

Die Tür wurde geöffnet, ein Auxiliarcenturio marschierte herein und stand vor dem Schreibtisch stramm, den Helm mit dem quer verlaufenden Helmbusch steif unter dem linken Arm. «Centurio Longinus von der Kohorte Prima Augusta, zu Diensten, Herr», bellte er. Sein Gesicht war vom jahrelangen Dienst im Osten gebräunt und faltig wie altes Leder.

«Was gibt es, Centurio?»

«Zwei Juden bitten um eine Audienz beim Präfekten, Herr.»

«Dann bringt sie zu ihm.»

«Er speist mit einem jüdischen Prinzen aus Idumäa und mehreren Parthern, die gerade in die Stadt gekommen sind. Er ist betrunken wie ein Legionär beim Ausgang und sagte, Ihr solltet Euch um sie kümmern.»

Sabinus knurrte. Seit er vor zehn Tagen nach Judäa entsandt worden war, um auf Geheiß seines Vorgesetzten – des Statthalters von Syrien, der die oberste Amtsgewalt über Judäa innehatte – die Steuereinnahmen zu prüfen, hatte er bereits genug mit dem Präfekten Pontius Pilatus zu tun gehabt, um ohne weiteres zu glauben, was der Centurio berichtete. «Sagt ihnen, sie sollen morgen wiederkommen, wenn der Präfekt zugänglicher ist», befahl er abwehrend.

«Das habe ich, Herr, aber einer von ihnen ist ein Hauptmann der Tempelwache, der vom Hohepriester Kajaphas geschickt wurde. Er hat nachdrücklich betont, er habe Informationen über etwas, das angeblich heute Abend nach dem Pessachmahl geschehen soll.»

Sabinus seufzte. Obgleich neu in der Provinz, war er über die komplexen politischen Fehden zwischen Roms unbotmäßigen Untertanen schon genügend im Bilde, um zu wissen, dass Kajaphas seine Position der Gunst Roms verdankte und daher gewissermaßen ein Verbündeter war. Der beste, den er unter der überwiegend feindseligen jüdischen Bevölkerung dieser spannungsgeladenen Stadt finden würde.

Jetzt, da Jerusalem anlässlich des Pessachfestes zum Bersten voll mit Pilgern war, wäre es politisch äußerst ungeschickt, einen Verbündeten zu brüskieren. Wegen ebendieses Festes waren er und der Präfekt überhaupt hierhergekommen, um die Lage in der Stadt im Auge zu behalten.

«Also gut, Centurio, führt sie herauf.»

«Es wäre besser, wenn Ihr herunterkommt, Herr, damit wir dafür sorgen können, dass sie Euch nicht zu nahe kommen.» Longinus zog zwei kurze Krummdolche aus seinem Gürtel. «Diese haben wir bei dem anderen Mann gefunden, sie waren in seiner Kleidung versteckt.»

Sabinus nahm die Waffen und betrachtete die rasiermesserscharfen Klingen. «Was sind das für Dolche?»

«*Sicae*, Herr. Das bedeutet, dass er ein *Sicarius* ist.»

Sabinus schaute den Centurio verständnislos an.

«Die *Sicarii* sind Meuchelmörder, die aus religiösen Gründen töten, Herr», erklärte Longinus. «Sie glauben, das Werk ihres Gottes zu tun, indem sie jene beseitigen, die sie für unrein und für Gotteslästerer halten – und das ist so ziemlich jeder, der nicht ihrer Sekte angehört. Ein solcher Mann würde nicht vor einem Mordanschlag auf Euch zurückschrecken, auch wenn es ihn selbst das Leben kosten würde. Diese Leute glauben, wenn sie bei einem heiligen Werk ihr Leben lassen, würden sie am sogenannten Ende der Tage, wenn dieser langersehnte Messias endlich erscheint, gemeinsam mit allen anderen verstorbenen Gerechten auferstehen und in einem irdischen Paradies unter den Gesetzen ihres Gottes ewig leben.»

«Dagegen scheinen ja selbst die Zeloten ganz vernünftige Leute zu sein», bemerkte Sabinus, womit er die jüdische Sekte meinte, die bislang der unvernünftigste Haufen religiöser Eiferer war, von denen er gehört hatte.

«In diesem Arschloch des Imperiums gibt es nun mal keine Vernunft.»

Sabinus schwieg kurz, um über die Richtigkeit dieser Aussage zu sinnieren. «Also gut, Centurio», sagte er schließlich, «ich komme nach unten. Geht und kündigt mich an.»

«Jawohl, Herr!» Longinus salutierte und marschierte forsch hinaus.

Sabinus machte sich kopfschüttelnd daran, die Dokumente über Jerusalems Steuereinnahmen im vergangenen Jahr einzurollen, richtete seine Toga und verließ ebenfalls den Raum. Zwar verletzte es seine *Dignitas*, sich hinunterzubemühen, um mit den Juden zu sprechen, statt sie zu sich führen zu lassen. Doch er kannte sie gut genug, um den Rat des erfahrenen Centurios zu befolgen, denn er wollte nicht irgendeinem selbstmörderischen religiösen Eiferer zum Opfer fallen.

«Mein Name ist Gaius Iulius Paulus», verkündete der kleinere der beiden Juden in ungeduldigem Ton, sobald Sabinus in die große Halle der Burg trat. «Ich bin ein römischer Bürger und Hauptmann der Tempelwache, und ich verlange, den Präfekten zu sprechen, nicht seinen Untergebenen.»

«Der Präfekt ist indisponiert, also wirst du mit mir sprechen», versetzte Sabinus scharf. Er konnte diesen wichtigtuerischen, krummbeinigen kleinen Juden auf Anhieb nicht leiden. «Und du wirst mir den Respekt zollen, der mir als Quästor des Statthalters von Syrien gebührt, des Präfekten der Provinz, der Judäa direkt untersteht, sonst lasse ich dich mit der Peitsche aus der Burg prügeln, römischer Bürger hin oder her.»

Paulus schluckte und fuhr sich mit einer Hand durch das schüttere Haar. «Verzeiht mir, Quästor, ich wollte Euch nicht beleidigen», sagte er, und plötzlich troff seine Stimme von Unterwürfigkeit. «Ich komme mit einem Ersuchen vom Hohepriester, betreffend den Aufrührer und Gotteslästerer Jeschua bar Joseph.»

«Nie gehört», versetzte Sabinus trocken. «Was hat er angestellt?»

«Er ist einer von denen, die sich als der Messias ausgeben, Herr», erklärte Longinus. «Wir versuchen, ihn wegen Aufwiegelung zu verhaften, denn er hat einen Aufruhr verursacht, als er vor vier Tagen in die Stadt gekommen ist. Er hat sich gegen die Autorität des Kaisers aufgelehnt, indem er behauptete, ein König zu sein. Eine ganze Menge Leute sind bei dem Aufruhr umgekommen, darunter auch drei meiner Soldaten. Dann hat er den Hohepriester gegen sich aufgebracht, indem er in den Tempel ging, so ziemlich alle dort beleidigte und die Tische der Geldwechsler umstieß.»

«Was machen denn Geldwechsler im Tempel?», erkundigte sich Sabinus mit aufrichtiger Neugier.

«Die Juden betrachten unsere Münzen als Götzenbilder, weil der Kopf des Kaisers daraufgeprägt ist. Deshalb gestatten wir ihnen ihre eigene Tempelwährung, mit der sie Opferschafe und dergleichen kaufen können. Und wie Ihr Euch wohl denken könnt, machen die Geldwechsler beim Umtausch einen ganz ordentlichen Gewinn.»

Sabinus zog die Augenbrauen hoch. Allmählich überraschte ihn bei diesem Volk nichts mehr. Er wandte sich wieder den beiden Juden zu. Der zweite Mann, hochgewachsen, mit Vollbart und geöltem schwarzem Haar, das unter dem Tuch um seinen Kopf hervorquoll, stand reglos da und starrte Sabinus mit hasserfülltem Blick an. Seine Hände waren vor dem Körper gefesselt. Augenscheinlich war er kein roher Bauer vom Lande. Sein langärmeliges, hellblaues Gewand, das bis zu den Knöcheln reichte, war sauber und sichtlich kostbar, in einem Stück gewebt – die Kleidung eines wohlhabenden Mannes. Der hochwertige schwarz-weiße Mantel, den er um die Schultern trug, verstärkte diesen Eindruck.

«Was hat dieser Mann mit Jeschua zu tun?», fragte Sabinus, an Paulus gewandt.

«Er ist einer seiner Anhänger», erwiderte Paulus mit kaum verhohlener Abneigung. «Er war während der zwei Jahre bei ihm, in denen Jeschua oben in Galiläa Unfrieden gestiftet hat. Er behauptet, nach dem Pessachmahl werde Jeschua verkünden, dass das Ende der Tage bevorsteht; er werde sich selbst zum lange erwarteten Messias erklären und einen Aufstand gegen Rom und die Tempelpriester anführen. Kajaphas ersucht um die Erlaubnis des Präfekten, ihn wegen Gotteslästerung zu verhaften und vor dem Sanhedrin, dem geistlichen Gericht, anzuklagen. Dieser Mann hier sagt, er werde uns heute Abend zu ihm führen.»

Sabinus wandte sich wieder dem anderen zu. «Wie heißt du, Jude?»

Der Mann starrte ihn Augenblicke lang weiter an, ehe er

sich zu einer Antwort herabließ. «Jehudah», antwortete er und nahm eine noch aufrechtere Haltung an.

«Wie ich hörte, bist du ein Sicarius.»

«Es ist eine Ehre, Gott zu dienen», erwiderte Jehudah gleichmütig in fast akzentfreiem Griechisch.

«Also, Jehudah der Sicarius, was verlangst du dafür, dass du den Mann verrätst, dem du zwei Jahre lang gefolgt bist?»

«Ich bin nicht auf Belohnung aus, ich habe meine eigenen Gründe, es zu tun.»

Sabinus schnaubte verächtlich. «Ein Mann mit Prinzipien, wie? Sage mir, warum du es tust, damit ich glauben kann, dass das Ganze keine Falle ist.»

Jehudah starrte Sabinus ausdruckslos an, dann wandte er langsam den Blick ab.

«Ich könnte dich foltern lassen, um es aus dir herauszupressen, Jude», drohte Sabinus. Er verlor allmählich die Geduld mit diesem Mann, der keinerlei Achtung vor der Autorität Roms zeigte.

«Das könnt Ihr nicht, Quästor», warf Paulus rasch ein. «Ihr würdet Kajaphas und die Priester gegen Euch aufbringen, die Euch um Hilfe ersucht haben, um einen Aufrührer zu verhaften. Jetzt, da zum Pessachfest mehr als tausend Pilger hier sind, ist Rom auf die Unterstützung der Priester angewiesen, um Ruhe und Ordnung zu wahren. In den vergangenen Tagen hat es bereits genug Unruhe gegeben.»

Sabinus funkelte den stämmigen kleinen Soldaten der Tempelwache erbost an. «Wie kannst du es wagen, mir, einem römischen Quästor, zu sagen, was ich tun kann und was nicht?»

«Er hat aber recht, Herr», mischte sich Longinus ein,

«und ein Hilfsersuchen der Priester kann man nicht einfach ablehnen. So laufen die Dinge hier nicht, zumal wir ihnen einen Gefallen schulden.»

«Wofür?»

«Direkt nach dem von Jeschua angestifteten Aufruhr haben sie uns die Mörder der drei Soldaten unserer Auxiliartruppe ausgeliefert. Einer von ihnen – er heißt auch Jeschua, Jeschua bar Abbas – ist beim Volk fast so beliebt wie sein Namensvetter. Der Präfekt hat gestern bei seiner Ankunft alle drei zum Tode verurteilt. Sie sollen morgen hingerichtet werden.»

Sabinus erkannte, dass Longinus wahrscheinlich recht hatte: Ihm blieb nichts anderes übrig, als Kajaphas' Ersuchen stattzugeben. Er verfluchte Pilatus dafür, dass er ihn in diese Lage brachte, indem er sich selbst betrank und seine Pflicht vernachlässigte. Doch dann sagte er sich, dass wahrscheinlich die unerträgliche Situation in dieser Provinz den Präfekten dazu trieb.

«Also gut», grollte er, «richte Kajaphas aus, ihr dürft den Mann verhaften.»

«Er bittet darum, dass ein römischer Offizier uns begleitet», erwiderte Paulus. «Sonst fehlt es uns an der nötigen Amtsbefugnis.»

Sabinus warf einen Blick zu Longinus, der bestätigend nickte. «Nun gut, ich gehe mit. Wo treffen wir uns?»

Paulus wandte sich an Jehudah. «Sag es ihm.»

Der Sicarius hob den Kopf und schaute Sabinus verächtlich an. «Wir werden das Pessachmahl in der Oberstadt einnehmen. Der Raum wurde mit Bedacht gewählt: Es führt nur eine Treppe hinauf, sodass er leicht zu verteidigen ist. Aber später werden wir außerhalb der Stadtmauern neue Anhänger treffen. Seid zu Beginn der zweiten Wache beim Schaftor, dann führe ich Euch zu ihm.»

«Warum verhaften wir ihn nicht einfach auf der Straße, wenn er das Haus verlässt?»

«In Gethsemani ist es ruhiger.»

«Ihr habt zugelassen, dass die Tempelwache diesen Aufrührer verhaftet hat!», brüllte Präfekt Pilatus Sabinus an. «Damit seine jüdischen Glaubensbrüder ihm den Prozess machen. Dann habt Ihr seine bewaffneten Anhänger ihrer Wege gehen lassen, sodass sie nach Herzenslust Unheil stiften können. Und das gerade jetzt, wo diese dreckige Stadt zum Bersten voll mit den kriegerischsten religiösen Eiferern ist, die Rom jemals unseligerweise unterworfen hat!»

«Die Tempelwache hat sie gehen lassen, nachdem Jeschua festgenommen war. Ihr Hauptmann hatte bereits die Hälfte seines rechten Ohrs eingebüßt, und sie wollten einen Kampf vermeiden. Ich hatte sonst keine Soldaten bei mir.»

«Warum nicht?» Pilatus' blutunterlaufene Augen traten vor Wut hervor, seine knollige Trinkernase war rot wie ein Brandeisen, und Schweißtropfen liefen ihm über die schlaffen Wangen. Sabinus' Bericht über Jeschuas Verhaftung hatte ihn, gelinde gesagt, enttäuscht. Die drei Männer, die bei ihm zum Abendessen zu Gast waren, tranken schweigend ihren Wein, während er sich auf sein Speisesofa fallen ließ und sich die Schläfen rieb. Er griff nach seinem Becher, leerte ihn in einem Zug, schmetterte ihn wieder auf den Tisch, starrte Sabinus boshaft an und wandte sich dann an einen eleganten Mann mittleren Alters, der auf dem Sofa zu seiner Linken lag.

«Herodes Agrippa, ich brauche Euren Rat. Der Quästor hat zugelassen, dass dieser Rebell uns überlistet hat.»

Herodes Agrippa schüttelte den Kopf, dass seine geölten Locken wippten, die bis knapp unter den kurzgestutzten Bart reichten. Sein hageres Gesicht mit dem festen Kinn hätte attraktiv sein können, wäre da nicht die große Hakennase gewesen, die wie der Schnabel eines Habichts unter den dunklen Augen vorsprang. «Ihr habt recht, Präfekt», sagte er und hielt seinen Becher mit unsicherer Hand dem Sklaven hin, der ihm nachschenkte. «Die Priester sind in Jeschuas Falle getappt, ohne …» Er hielt inne, als der Sklave Wein über seine zitternde Hand goss. «Eutyches! Du bist fast so nutzlos wie dieser Quästor. Schere dich hinaus!»

Sabinus erhob sich, starrte finster geradeaus. Er machte keinen Hehl aus seiner Abneigung gegen Herodes.

«In unserem Land würde ein Mann für die Inkompetenz des Quästors sein Augenlicht verlieren», bemerkte der ältere der zwei Männer, die zur Rechten von Pilatus lagen, und strich sich über den langen, lockigen Bart.

Herodes warf seinen Becher nach dem Sklaven, der sich entfernte. «Leider, Sinnakes, haben sie hier nicht die gleichen Freiheiten wie Ihr in Parthien, Schwachköpfen ihre gerechte Strafe zu erteilen.»

Sabinus warf Herodes einen bitterbösen Blick zu. «Ich möchte Euch daran erinnern, Jude, dass ich Senator bin, also hütet Eure Zunge.» Er wandte sich wieder an Pilatus. «Die Priester haben uns eine Gelegenheit geboten, diesen Mann verhaften zu lassen, deshalb habe ich die Initiative ergriffen. Ihr wolltet Euch ja nicht mit der Angelegenheit befassen, da Ihr … anderweitig beschäftigt wart.»

«Ich war nicht ‹anderweitig beschäftigt›, ich war betrunken, und jetzt bin ich noch betrunkener. Aber selbst in diesem Zustand hätte ich genügend Verstand aufgebracht, diesen Wahnsinnigen hierher in römischen Gewahrsam zu bringen und ihn nicht den Juden zu überlassen, ganz gleich, wie viele verdammte Priester ich damit verärgert hätte. Ich scheiße auf sie alle, Quästor, hört Ihr? Ich scheiße auf sie alle.»

«Aber die Priester werden ihm den Prozess machen und ihn schuldig sprechen, das ist in ihrem eigenen Interesse», wandte Sabinus ein.

«Der Prozess ist bereits im Gange, und sie brennen darauf, ihn zum Tode zu verurteilen. Ihnen liegt so viel daran, dass sie sogar ihren Schabbath zum Pessach gebrochen haben, um ihn unverzüglich vor Gericht zu stellen. Kajaphas hat mir eine Nachricht geschickt mit der Bitte, gleich morgen früh zum Palast zu kommen, um ihr Urteil zu bestätigen, ehe sie ihn steinigen.»

Sabinus schaute seinen Vorgesetzten verständnislos an. «Und wo liegt dann das Problem?»

Pilatus seufzte ungeduldig, schloss die Augen, fuhr sich mit beiden Händen durchs Haar und bog dabei den Kopf zurück. «Ihr seid neu in diesem Dreckloch, deshalb will ich versuchen, es mit einfachen Worten zu erklären», sagte er mit nicht geringer Herablassung. «Wie Ihr in Eurem Bericht selbst eingeräumt habt, hat Jeschua seine eigene Verhaftung inszeniert; er hat Jehudah als Verräter zu den Priestern geschickt, weil er wollte, dass *sie* ihn schuldig sprechen, nicht *wir.* Weil er beim gemeinen Volk so beliebt ist, setzt er darauf, dass es sich aufgrund des Todesurteils gegen die Priester und die ganze Tempelhierarchie und auch gegen Rom erhebt, weil wir das Urteil bestätigt haben. Mit einem einzigen gewaltigen Patzer habt Ihr es Jeschua ermöglicht, einen Keil zwischen das Volk und die einzige Macht zu treiben, die diese Leute respektieren: die Priester, die ihre Stellung Rom verdanken und deshalb durch einen Aufstand nichts zu gewinnen haben.»

Plötzlich erkannte Sabinus das Ausmaß seiner Fehleinschätzung. «Hätten dagegen *wir* ihn verurteilt, dann könnten die Priester zum Frieden aufrufen und erwarten, dass man auf sie hört. Das hätte zusammen mit einer Machtdemonstration unsererseits genügt, um einen Aufstand im Keim zu ersticken.»

«Ganz genau», bestätigte Pilatus spöttisch, «Ihr habt es endlich erfasst. Nun, Herodes, ich muss diese Situation schnell entschärfen, ehe Jeschuas Anhänger anfangen, das Volk aufzuhetzen. Was soll ich tun?»

«Ihr müsst gleich morgen früh zum Palast gehen.»

«Um das Urteil aufzuheben?»

«Nein, Ihr könnt diesen Mann nicht am Leben lassen, jetzt, da er endlich gefasst ist. Aber Ihr müsst die Priester wieder mit dem Volk einen, damit sie ihren Einfluss geltend machen können.»

«Ja, aber wie?»

«Indem Ihr eine jüdische Steinigung in eine römische Kreuzigung umwandelt.»

Robert Fabbri
Vespasian. Der falsche Gott

Im Jahr 34 n. Chr.: Tiberius ist tot, Caligula ergreift die Macht. Wie so viele hofft auch Vespasian auf bessere Zeiten. Doch tatsächlich muss er zusehen, wie die große Hoffnung Roms zu einem blutrünstigen, verschwenderischen Despoten verkommt. Caligulas gewagtester Plan: eine Brücke über die Bucht von Neapel, über die er dekoriert mit dem Brustpanzer Alexanders des Großen reiten will. Vespasian soll die legendäre Rüstung rauben. Sein Unterfangen bringt Gewalt, Chaos und Mord – und einen Verrat, der durch alle Zeiten widerhallt …

608 Seiten

MIX
Papier aus verantwortungsvollen Quellen
FSC® C014496

Das für dieses Buch verwendete Papier ist FSC®-zertifiziert.